愛倫坡
驚悚小說全集

【增修新版】

TALES OF TERROR AND MYSTERY

EDGAR ALLAN POE

埃德加·愛倫·坡 著
簡伊婕、林捷逸 譯

好讀出版

CONTENTS

目錄

1 莫爾格街凶殺案 004
2 瑪麗・羅傑奇案——莫爾格街凶殺案續篇 048
3 黑貓 109
4 金甲蟲 121
5 莉姬亞 169
6 大漩渦歷險記 187
7 告密的心 209
8 失竊的信函 217
9 情約 245
10 瓶中稿 262
11 威廉・威爾森 275
12 貝瑞妮絲 298
13 亞瑟家之傾倒 308
14 阿蒙特拉多酒桶 334

15 陷阱與鐘擺 345
16 崎嶇山探險記 364
17 鬧市孤人 378
18 莫麗拉 390
19 汝即眞囚 398
20 長方形箱子 416
21 梅琛葛斯坦 431
22 紅死神的面具 443
23 活葬 452
24 作怪的心魔 471
25 屍變 481
26 跳蛙 494
27 艾洛斯與查米恩的對話 507
特別收錄——渡鴉 515
延伸閱讀——愛倫・坡的天才與不幸 豐楫撰文／漂流物 523

1 莫爾格街凶殺案

THE MURDERS IN THE RUE MORGUE

有著美妙歌聲的女海妖賽蓮，她在誘惑水手時，唱的是哪一首歌？爲了不讓勇士阿基里斯參加必死的特洛伊之戰，母親讓他混進女人堆，阿基里斯當時用的又是什麼化名？這些固然都是難解之謎，但還不至於無從推測起。

湯瑪斯・布朗爵士，《甕葬》

人類的心智特徵中，有種名爲「分析能力」的特質；然而，這種特質本身卻很難加以「分析」。當有人在某時某地發揮了此項特質，平庸如你我，所能做的就是大大「讚嘆」而已。擁有絕佳分析能力，無疑是種相當珍貴的特質；而我們之所以會這麼認爲，是因爲發現深具此特質的人，不但「熱中」、而且「樂於」發揮此道。一個人會對自己的絕佳分析能力深感自豪，就和一個體格健壯的人，對自己鍛鍊肌肉的成果感到滿意的道理是一樣的。對於擁有心智分析特長的人而言，即使是外行人看來很瑣細的事情，他也一樣能從中得到極大樂趣；他喜歡解謎、解難題、解難辨的文字，他在解答過程中所發揮的機敏睿智，總會讓人直呼「不可思議」、「太神啦」！他之所以能解答難題，不只因爲深諳解題方法，事實上，必須得歸功於敏銳的觀察力。當然，解難題的能力或許可藉著鑽研數學學問來增進。（深諳高段數學能力，就算擁有分析能力了嗎？）然而，數學上的計算能力和心智上的分析能力，仍是截然不同的兩碼子事。舉例而言，一個棋手，他或許擅於計算，但不代表他擅於分析；也就是因爲這樣，一般人都大大誤解了玩西洋象棋所應具備的心智特質，大家都以爲西洋象棋下得好的人，一定長於計算或分析。不過讀者看倌您可別誤會，我現在並不是要寫什麼與心智分析能力相關的專論，我只是想在故事開始之前來個有意思的開場白，這開場白只是我個人很隨意的一些觀察所得罷了，因而，我想藉此機會談談我對「下棋」這件事的看法。我認爲比起技巧複雜講究的西洋象棋，看似不起眼的西洋跳棋，反而需要更高段的心智思考能力。在西洋象棋中，每只棋子都有其不同步法，變化很多、很複雜，因而經常被人誤解成一種很深奧的棋戲，然而它的特色只是步法複雜罷了。於是下西洋象棋時，一定得非常專注，一分心就會失誤，下場不是痛失兵將，就是通盤大敗；走棋的步法愈紛亂多樣，就愈可能導致失誤，也因此玩西洋象棋會贏的人，十個人中有九個人是贏在心智的專注力，而非心智的敏銳力。相反地，西洋跳棋所有棋子的步法則只有一種，毫無二致；變化性不大，發生失誤的可能性也大爲減少，棋手要比較的，就是個人的心智敏銳度。心智敏銳度的高低，決定了每個人下棋的技法巧妙程度。假設有兩個人在下西洋跳棋，雙方都各剩兩只國王棋子，這下，顯然毫無其他分心的可能；無疑地，任何一方想獲勝，必須絞盡腦汁，走出勝著才行。一般性招式已經不管用，棋手要去設想、識破對手的棋路；很多時候，最後的贏家用來讓對方心慌、算計大亂的一著，往往出人意料之外。

一直以來，[1]惠斯特牌戲的特色，都以玩家需具備超高計算能力而著稱。許多腦筋很好、智商相當高的人，都會莫名愛上惠斯特牌戲，而且幾乎都認爲西洋象棋只是小意思，不值得花時間精力在上頭。無疑地，所有益智遊戲中，再也沒有比玩惠斯特牌戲更需要分析能力的了。在基督教國家裡，西洋象棋下得好的人至多只能算是最佳棋手；但惠斯特牌戲玩得好的人，則表示在各式各樣需要運用此特質的領域裡，他都能善用自己的心智分析特長，獲致成功。（請注意，我是指在正當合法的情境之下，「精通」此道的人能充分掌握、理解所有蛛絲馬跡，使自己大獲全勝；當然，這些線索不僅多且繁雜，思慮夠深沉的人才能掌握，凡夫俗子根本難以企及。）如果一個人觀察事物時夠專注，那他一定能牢記這些事情。因此，倘若有個西洋象棋棋手，他理解所有惠斯特牌戲的規則，而且觀察力、記憶力絕佳，那麼他一定能把惠斯特牌戲玩得很好；意即，一個記憶力良好以及熟悉牌戲規則的人，就能玩好惠斯特牌戲。熟悉牌戲規則固然重要，但更重要的是，玩家還得在牌局中默默進行觀察和推敲才行。每位玩家都會各自做觀察，但觀察到的訊息卻各有不同，重點不在於觀察之後是否做了正確的推敲，而在於觀察的品質究竟如何。玩家們是和「人」一起玩牌戲，因此千萬不能只把注意力放在牌局本身，也得仔細觀察「其他玩家」才行。他得仔細觀察搭檔的神色，同一時間，再觀看比較其他對手的神態又是如何；他必須猜想其他人如何分類手裡的牌；他必須從其他人看著手裡每一張牌的神情，來判斷對方擁有幾張王牌或大牌；他必須從其他人的表情變化來判斷敵情，他們是自信？驚訝？得意？懊惱？有了這些觀察技巧，玩家就應該能從某人收起一墩牌的神情動作，看出此人是否有自信贏下一墩牌；玩家還能從某人把牌丟出來的神情，看出此人是否故意製造假情報、虛張聲勢。一個厲害的玩家可以從以下這些敵情動作，敏銳洞察牌局的眞正情勢：某人講出了某句漫不經心的話；某人不小心掉了或翻開一張牌時，察知他企圖想掩飾些什麼，是焦慮，或是根本漫不經心；其他人如何計算及整理所贏牌墩；其他人臉上的表情變化，是困窘？遲疑？急切？或慌張？如此一來，出了兩、三圈牌之後，一個厲害的玩家對其他人手裡有些什麼牌應能了然於心，感覺上像是對別人手上的牌一覽無遺，之後，便能充分把握精確出牌。

一般人常把「心智分析」特長和「聰明機伶」特質混爲一談，然而，這是不正確的。一個擅長心智分析的人，肯定聰明機伶；但一個聰明機伶的人，卻往往不見得善於心智分析。聰明機伶的人當然也具備推敲、歸納事物的能力，然而這種能力並不一定得聰明機伶之人才能擁有；即使是近乎白癡之人，也常常被認爲具有某種神祕的推理歸納能力，也因此那些關注精神心理課題的作家們，往往對他們深感興趣。奇怪的是，竟有所謂的「骨相學家」（聲稱可從人類的頭骨形態，判斷一個人的心智能力或特質）指出，推敲、歸納事物的能力是與生俱來的，因而自有另外獨立的器官掌管（此學派或此觀點，已被證實都是無稽之談）。可是無論如何，一個聰明機伶的人再怎麼擅長推敲、歸納，也不代表他擁有突出的心智分析特長，這兩種人的心智特質即使很類似，也不能將他們混爲一談，他們仍是天差地別的兩種人。或許可以進一步用「喜愛幻想」和

「擅於想像」當例子說明，事實上，聰明機伶的人一定很「喜愛幻想」，但擅長心智分析之人則肯定「擅於想像」。

接下來要說的這個故事，希望多少能讓各位讀者明白，到底什麼樣的人叫做擁有心智分析特長。

那年，我在巴黎待了一整個春天（還有一小段夏天），認識了謝瓦利耶·C·奧古斯都·杜彭這個人。他是一位出身顯赫家庭的年輕紳士，但由於遭逢種種不順遂，活力與鬥志盡失，也喪失振興家產的企圖心。幸好他的債主頗爲寬厚，讓他仍能保有最後剩餘的一點家產，靠著有限的收入、盡量不產生額外支出，節省度日。閱讀，則是他生活中唯一的奢侈；幸好，這樣奢侈的想望，在巴黎很容易被滿足。

我們第一次見面是在蒙馬特街上一間偏僻的圖書館，那時我們倆都在找同一本書，那是一本很珍貴且相當特別的書，自此以後，我們的交往愈來愈密切，互相拜訪的次數愈來愈頻繁。我對他的家族史很感興趣，當然，他也總是很直率地侃侃而談（法國人都很樂於談論自己的事）。此外，我也對他閱讀涉獵之廣泛感到驚訝；最重要的是，他對事物總有靈活生動的想像力，這使我感到自己內在的靈魂也隨之翻騰跳動。對於當時想在巴黎尋找些什麼的我，立刻感到像杜彭這樣的朋友對我而言是何等珍貴；當然，這樣的心情，我也很直率地告訴了他。於是，我們決定，在我停留巴黎的這段期間一起租房子住；由於我的經濟情況比他稍稍好些，因此房租的部分由我來負擔。我倆的個性都有點古怪陰鬱，因而看上一間位在聖日爾曼區偏僻地帶的老宅，這間老房子不但年久失修、搖搖欲墜，甚至還因某種無端恐懼的迷信傳言，致使這房子長年無人居住；不過，我們絲毫不在意，也沒多問。

如果外人知道那段日子我們是怎麼個過法，一定會覺得我倆是神經病（或許吧，但至少我們這兩個神經病不會對別人造成傷害）。那時候，我們應該算是完完全全地隱居著，也不見任何訪客；不過，其實根本沒什麼人知道我們住在那兒。我小心翼翼守著這個隱居的祕密而沒告訴以前的朋友；至於杜彭，他則是好幾年都沒和別人接觸了。我倆就這樣過著遺世獨立的隱居生活。

我的朋友有個怪癖（除了稱之為怪癖，我還能怎麼說呢），就是極度迷戀黑夜；而我也漸漸受影響，開始完全地放縱自己，耽溺在這位朋友所擁有的怪癖裡。當然，黑夜女神不可能永遠與我們同在，我們得靠自己營造夜晚的氣氛；每當清晨第一道曙光出現，我們會把老宅裡所有笨重的窗簾拉上，點燃幾枝又細、又會散發濃香的蠟燭，就著鬼魅般微弱的燭光，我們在這刻意營造的夜晚氣氛下，如夢似幻地閱讀、寫作或談話，直到時鐘提醒我們，真正的夜晚已然降臨，我們才步出家門散步去。我們並肩在街上走著，聊著先前還沒聊完的話題，或是在這已然歇息的大城市中到處晃盪，靜靜觀察此刻的城市光影，讓心靈沉溺在永無止盡探索的興奮裡。

儘管我很清楚了解杜彭擅於想像的特質，但我們在城裡夜遊的時刻裡，他藉著透徹觀察展現出的心智分析能力，仍使我大感驚詫、欽佩不已。他似乎也樂於沉浸在這樣的心智觀察活動中，並且不諱言確實從中得到很大的樂趣（當然，他喜歡這麼做確實有幾分炫耀自得的味道）。他曾一邊低聲竊笑，一邊頗為自豪地說，我們一般人的心上簡直都像掛了一扇能讓他輕易敞開、洞悉一切的窗，他不費吹灰之力就能猜透人們的心思；爲了證明這一點，他還馬上就我當時心裡所想的事進行推測分析，而他的精確分析，自然讓我大大吃驚。每當開始進行分析，他的神情就會變得冷漠且抽離，眼神茫然，就連一向圓潤的男高音嗓子，則會拉到最高音般的發顫，若不是因爲他說話時仍顯從容、咬字清楚，還眞教人以爲他是在發脾氣呢！觀察著此時此刻的杜彭，總會讓我想起那「雙重靈魂」的古老哲學，我會逗樂地幻想出兩個杜彭，一個是充滿想像力、創造力的杜彭，另一個則是深具心智分析能力的杜彭。

但可別以爲我前面描述了杜彭分析事物時的神態，是爲了鋪陳什麼玄祕或傳奇的故事，其實我只是想描繪這名法國人在分析事情時，表現出的極度興奮（或說極度病態）神情。但若要更具體談論此人擁有的特殊心智分析能力，這裡倒有一個很恰當的例子。

某一個深夜，我們在皇家宮殿附近一條又髒又長的街道散步，那時顯然我們心裡都各自在想些事，兩人之間至少維持了十五分鐘的沉默。然後，杜彭突然開口說話：

「沒錯，那傢伙眞的有夠矮，他那令人發噱的外形，到雜耍劇院去表演可能還好一點。」杜彭悠悠地說。

「可不是嗎！」我下意識地回答著，但我當下根本沒意識到杜彭爲何會和我想著同一件事，或者說，他爲何猜得到我心裡正在想什麼。之後，我很快鎭定下來，回想整個過程，眞是嚇了一大跳。

「杜彭，這下我眞的不懂了。」我鄭重地說著，「你知道我有多驚訝嗎？我簡直不敢相信你爲什麼會知道我正在想……」說到這裡，我故意頓了頓，想確認他是否眞的知道我所想的事。

「你是在想尙帝利這個人吧？」杜彭馬上接著回答，「你爲什麼話說一半就縮了回去？你是在想，尙帝利身材太矮小，根本不適合演悲劇吧？」

沒錯，這正是我剛剛心裡想的事。矮子尙帝利原本是個在聖德尼街上補鞋的鞋匠，但後來對戲劇發了狂似的著迷，還曾因想詮釋[2]克米畢雍悲劇裡的人物薛西斯，而飽受奚落與譏諷。

「天啊，看在老天爺的份上，你一定要告訴我這是怎麼回事？」我驚呼著，「你到底是用什麼方法來推測我的心思？」事實上，我內心驚訝的程度遠超乎我表面上的言詞反應。

「我想是那個賣水果的人讓你有此聯想。」杜彭不慌不忙地回答，「這才讓你認爲以尙帝利的身高而言，根本不適合演薛西斯這一類的悲情角色。」

「賣水果的？你別嚇我了吧，我剛才哪有看到什麼賣水果的？」我感到奇怪地說。

「有啊，差不多十五分鐘以前，我們走進這條街時，不是有個人撞上你嗎？」杜彭接著回答。

喔，經杜彭這麼一提醒，我想起來了，的確有個頭上頂了一大籃蘋果的人，在我們正準備從C街轉進現在這條大街時，差點撞上我。不過，我實在不懂這個人和尙帝利有什麼關係；但杜彭可不是個會吹牛的人啊！

「我會好好解釋的，這樣你就能清楚理解這一切是怎麼回事。」杜彭接著說，「我們現在就從剛剛我突然開口說話那個當下，開始逆向分析你的思路，一直推敲回到你撞上賣水果的那時候吧。我現在就倒著說出你在這段時間裡，想到的幾個比較重要的思緒環節，那就是——尙帝利、獵戶星座、伊比鳩魯、石塊切割法、街上的石塊，以及賣水果的人。」

人們經常喜歡用逆向思考，來逆推日常生活中某一小段時間裡的想法。是的，這樣的心智活動的確很有意思，而且肯定是絕佳自娛方式。當有人第一次嘗試這麼做之後就會發現，某一小段時間裡，思緒的起點和終點所想到的事情，竟然風馬牛不相干。不過逆推自己的思路或許還比較有跡可循，但最令我感到吃驚的是，這個法國人竟然能逆推別人的思路，甚至正確無誤逆推出我的思路，知道我在想什麼（眞的完全正確，這一點，我不得不承認）。

「如果我記得沒錯，」杜彭繼續往下說，「在準備離開C街之前，我們談論的最後一個話題是——『馬』。然後，當我們轉進這條街時，頭上頂著大籃子的水果商人很快地從我們旁邊經過，還不小心把你擠向路旁的石塊堆，那是一堆準備用來鋪路的石塊。這堆石塊堆得不是很扎實，有點鬆，你不小心踩到其中一塊，滑了一下，腳踝稍稍扭了一下，顯得有點生氣，綳著個臉，嘴裡抱怨幾句，還回頭看看那個石堆，接著，就沉默地走著路。你可別誤會，我不是特地觀察你的一舉一動，只是『觀察周遭的人事物』這項活動，最近已成爲我生活中不可缺少的習慣了。」

杜彭接著說，「你一邊走，一邊用不高興的表情盯著路面看，你一直留意路面的坑洞和車輪壓過的凹痕，就是因爲這樣，我才知道你還在想那堆石塊的事。直到我們走進拉馬丁這條小巷子，你的臉色才變好，因爲這條巷子的路，最近才剛用鉚釘固定交疊石塊的實驗性作法鋪好，路面因而看起來很平整；我察覺到你的嘴唇微啓，並且低聲說著『石塊切割法』這個詞彙，沒錯，這確實是此項新鋪路技法比較正式的用語。而我知道你一旦想到石塊切割法，就一定會想到物質的基本單位——『原子』，接著也一定會想到伊比鳩魯的『原子論』學說，因爲這個話題我們不久前才剛討論過。我那時還特別對你說，沒想到這位古希臘哲人當時對原子及對宇宙形成的模糊推測，後來竟然被宇宙進化論學說證實無誤。因此，我想你接下來一定會抬頭仰望天上的獵戶星座（我當時眞的很希望你這麼做），結果，你眞的抬頭了，這下我更確信沒弄錯你的思路了。就因爲你抬頭看了天空，我更確定你會聯想到《博物館雜誌》上那篇挖苦尙帝利的諷刺文章，文章暗暗諷刺地說這位身材矮小的補鞋匠，自以爲穿上了[3]厚底半統靴，就能改頭換面變了個人嗎？文章裡作者還引用了我們經常談到的一句拉丁詩文來消遣尙帝利——『第一個字母喪失了它原本的發音』，我曾對你說過這句詩文與獵戶星座有關，而且我記得你當時對這個解釋頗感興趣，所以我想你應該會記住這件事。而且，你果然把這句與獵戶星座有關的詩文和尙帝利聯想在一起，因爲我看到你的嘴角上揚，正在微笑著，你在笑那可憐的補鞋匠成爲眾人諷刺訕笑的犧牲品。一路上，你都彎腰駝背地走著路，但這會兒卻突然挺直腰桿、抬頭挺胸，於是我更加確定，你正是想到了尙帝利的五短身材。也就是在此時，我打斷了你的思緒，對你說：『沒錯，那傢伙眞的有夠矮，他那令人發噱的外形，到雜耍劇院去表演可能還好一點。』」

這個小小的心智分析遊戲落幕後不久，有天我們在《法庭晚報》上看到一則離奇的命案報導，以下收錄報導內容：

離奇凶殺案——今天凌晨大約三點鐘左右，睡夢中的聖羅克區居民被連續驚恐尖叫聲驚醒。尖叫聲來自該區莫爾格街的一棟房子的四樓，這裡住著愛斯巴奈雅太太和她的女兒卡蜜兒・愛斯巴奈雅。眾人先以一般叫門方式企圖入內，但一直無人回應，耽擱一陣後，決定撬開大門強行進入；約莫有八至十位鄰居在兩名警察陪同下進入屋內。此時尖叫聲已停止，當眾人奔上一樓樓梯時，聽見了兩個人、或者更多人的憤怒激烈爭吵聲，從屋子的更高樓層傳來。等到眾人爬上了二樓，爭吵的聲音也停止了，屋裡一片悄然。眾人於是分散開來，趕緊一個接一個房間找尋愛斯巴奈雅母女。當眾人進入四樓後面一間大房搜查時（房門從裡頭上鎖，因此強行撬開房門進入），全都被房裡的景象嚇壞了。

這個房間極度凌亂，家具被砸壞、散落一地；房裡只剩下一組空床架，上面的床墊被丟到地板正中央；有張椅子上頭擺了一把沾血的刮鬍剃刀；壁爐上方則有兩、三撮從髮根被強扯下來的灰色人類毛髮，這些頭髮又長又粗，還沾了血跡；地板上則發現四枚拿破崙頭像的金幣、一只黃寶石耳環、阿爾及爾大銀湯匙三支、小合金湯匙三支，還有兩只共裝了近四千枚法郎金幣的袋子；牆角有個衣櫃，抽屜全被打開，裡頭有許多物品被拿走，不過抽屜裡還是剩下不少東西；有個鐵製的小保險箱在床墊底下被發現，保險箱已被打開，只是鑰匙仍插在上頭，裡面除了一些舊信件、不甚緊要的文件之外，沒有別的東西。

愛斯巴奈雅太太並不在這個房間裡，但壁爐裡的煤灰卻多得很不尋常，於是眾人去清查煙囪時，有了駭人的發現。愛斯巴奈雅小姐竟被倒栽蔥般地塞進狹小煙囪孔道，而且塞得頗深，因此只能從她的頭部使力拖出身體。她的身體還有餘溫，經驗屍發現，她的皮膚有多處擦傷，無疑地，是被暴力強行塞進煙囪，然後又被拖出所致；臉上有許多嚴重抓傷，喉嚨處有很深的瘀傷與凹陷的指甲印，顯然死者是被掐死的。

屋內經仔細搜查後，還是不見愛斯巴奈雅太太的身影，眾人於是來到屋外，並在建築物後面的鋪石小庭院發現了老太太的屍體。老太太的喉嚨完全被割斷，當眾人試著想抬起她時，她的頭顱竟與身體分家；老太太的頭部和身體均受到嚴重割裂傷，身上的割傷尤其恐怖，一片血肉模糊，幾乎無法辨認出人形。本報相信，此樁駭人的懸疑命案，警方截至目前爲止仍無任何線索頭緒。

隔天的報紙對此命案又有了更詳細的報導，以下爲報導內容：

莫爾格街發生了雙屍謀殺悲劇，此爲史無前例的離奇駭人命案，警方因而傳訊許多與此案相關的人士；但即便如此，仍無法爲本案案情帶來曙光。以下收錄所有相關重要證詞：

寶琳．迪布爾。洗衣婦。證人指稱已經認識愛斯巴奈雅母女三年，她負責清洗這對母女的所有衣物。她們母女相處得非常好，對彼此說話都很溫柔，而且輕聲細語。她們支付的洗衣費相當高，但證人不知道她們是以何種方式維生，猜想愛斯巴奈雅太太應是以幫人算命維生。證人聽說她滿有錢的。證人到她們家收送衣物時，從不曾看過其他人，並確定她們並未僱請傭人。除了四樓之外，這間屋子的其他地方似乎沒有放置任何家具。

皮耶・莫羅。菸商。證人指稱，近四年來，愛斯巴奈雅太太都會向他買些菸草和鼻煙。證人在這個地區土生土長，而且一直居住在這兒。愛斯巴奈雅母女陳屍的這棟房子，確實是她們倆生前所住，她們已在此居住超過六年。再之前，房子是由一位珠寶商向愛斯巴奈雅太太承租，這名珠寶商之後又把樓上其他房間分租給許多人。房子的實際所有人是愛斯巴奈雅太太，因此她很不高興這名珠寶商另外當起二房東，濫租給別人，於是她決定自己搬進來住，並拒絕分租給任何人；證人因而認爲這位老太太很孩子氣。此外，證人在這六年間大約見過愛斯巴奈雅小姐五、六次，她們母女倆極度低調地隱居著。他聽說愛斯巴奈雅太太滿有錢的。他也曾聽鄰居說愛斯巴奈雅太太是個算命師，不過他並不相信。他亦曾看過雜工進入她們家一、兩次，也曾看過醫生進去八至十次。

還有許多人和鄰居也提供了如出一轍的證詞，他們很少有機會進入這棟房子，也不知道愛斯巴奈雅母女是否還有其他親戚。房子前面的百葉窗很少開啓，屋後的百葉窗更是永遠閉著，不過四樓後面那個大房間的百葉窗倒是一直都開著。他們都說這棟房子很不錯，並不至於太舊。

伊希多爾・米塞。警察。證人指出他約莫是在案發當天凌晨三點鐘被找去現場，到達現場時，發現有二、三十人站在這棟房子的大門前，叫門準備進入，但因爲一直無人回應，最後只好用刺刀刺門（並非用鐵撬撬開門）強行進入。證人指出，此道門是雙扇門（由左右兩扇門板組成，平常是從中間向兩旁開啓），且上下都沒加栓，因此很容易就打開了。屋裡傳出的尖叫聲一直持續至門打開後，隨即停止；尖叫聲像是一個人或好幾個人所發出，聲音很大且拉得很長，並非短促的叫聲，而且聽起來似乎很痛苦。證人爬上一樓時，聽到兩個人在大聲憤怒爭吵，其中一個人聲音很粗啞，並非女性的聲音，不過從他說「該死」、「見鬼」這幾個字，聽得出來是個法國人；另一位聲音則很尖銳，但口音聽起來怪怪的，應該是個外國人，雖然聽不懂他在說什麼，但認爲他講的應該是西班牙文，沒辦法確定聲音是男性或女性所發出。證人對四樓房間以及屍體狀態的描述，均和本報昨天刊載的報導內容相同。

亨利・狄瓦爾。鄰居。銀器工匠。證人指出他也是當晚進入房子的其中一個人，他的證詞與警察先生大致相同。當他們很快打開大門、進入屋內後，隨即把門關上，不讓屋外圍觀聚集的人群衝進來（儘管當時已是深夜，圍觀人潮仍聚集得很快）。不過證人認爲屋內那個發出尖銳爭吵聲的人，並非法國人，應該是義大利人，雖然證人聽不懂義大利文，但他確信那口音腔調聽起來是義大利文，證人無法確定那是男人或女人發出的聲音。證人認識愛斯巴奈雅母女，並且經常和她們談話，因此他確定那個尖銳的聲音並非母女任何一人所發出。

ＸＸ・歐登海默。餐廳老闆。這是位自願作證的證人，但他不會講法文，訊問是透過翻譯而完成。證人原籍是荷蘭的阿姆斯特丹，案發當時他正經過屋子，並聽見有人在尖叫。尖叫聲持續了好幾分鐘，可能長達十分鐘；尖叫聲拖得很長，也很大聲，聽起來好像遭受極大痛苦，十分嚇人。證人也是當晚進入房子的其中一個人，他的證詞也和其他人大致相同。不過證人認爲屋內那個發出尖銳聲音的人，絕對是法國人，而且是個男人，但證人聽不清楚對方說了什麼，對方說話很大聲、很快，音調不太平均，很明顯帶著恐懼和憤怒；對方說話的聲音與其說是尖銳，倒不如說是刺耳。至於聲音粗啞的那個人則是說了兩次「該死」、「見鬼」，「我的天啊」則是說了一次。

朱爾・米尼亞爾。銀行業者（聖德洛藍街上「米尼亞爾父子銀行」的老闆）。證人是老米尼亞爾，他指出愛斯巴奈雅太太名下的確有一些財產，老太太八年前在他的銀行開了一個户頭，並經常存入小額款項，但從不曾提款。直到老太太死去前三天，她才第一回親自到銀行提出了四千法郎；這筆款項以金幣支付，爲了安全起見，銀行還請一名行員護送她回家。

阿道夫・勒邦。銀行行員（服務於「米尼亞爾父子銀行」）。證人指出他那天大約是在中午的時候護送愛斯巴奈雅太太回去，他兩手各拿一袋金幣。來應門的是愛斯巴奈雅小姐，她伸手拿了其中一袋金幣，另一袋金幣則由老太太接過去，他隨後便鞠躬告退。證人當時並未在街上看見任何人；而房子則是位在一條很小、很偏僻的巷子裡。

威廉・博德。裁縫師。證人指出他也是當晚進入房子的其中一個人。他是英國人，住在巴黎兩年了。證人說進到屋子後，他也跟著衝上樓，他當時確實聽到有人在爭吵，並確定聲音粗啞那位是個法國人，他很清楚聽見對方說出「該死」、「我的天啊」，但不記得對方還說了什麼別的。當時他還聽見了幾個人互抓、扭打的聲音。至於聲音尖銳那位，說話聲音則比聲音粗啞那位還大聲，證人很確定此人絕非英國人，覺得對方好像是德國人，雖然他聽不懂德文，並覺得有可能是女人的聲音。

先前提到了四位當時進入命案現場的證人，他們之後又再度接受傳訊，並全都作證指出，當他們來到愛斯巴奈雅小姐陳屍的房間門口前，發現門是從裡面反鎖住，而且裡面異常安靜，並沒有任何呻吟聲或嘈雜聲；強行進入後，並沒發現任何人。這個房間與另一間房間相通，而且窗戶均從屋內緊緊閉上；兩房之間相通的門是關上的，但並未鎖上，但另一間房那頭的房門則通向走廊，但門已從裡面反鎖，鑰匙還插在鑰匙孔上；四樓前面還有一個小房間，位在走廊最前端，房門微微開啓，這個小房間堆滿舊床墊、箱子之類的東西，爲了找尋愛斯巴奈雅母女，這些東西都被一一搬開查找，整個屋子上上下下都被翻遍了，就連煙囪也都用掃帚仔細清查。這是一棟四層樓、附加一間小閣樓（屋頂爲雙斜形式，故閣樓很小）的房子，屋頂閣樓的天窗是釘死的，而且看起來已經好幾年沒打開過了。眾人從在一樓聽見爭吵聲，以至來到四樓、破開後面這間大房的房門而入，其間究竟歷時多久，眾人說法不一，最短三分鐘，最長五分鐘。不過，這個房間的門確實費了眾人很大的勁才打開。

艾爾范佐・賈西歐。殯葬業者。證人說他原籍西班牙，就住在莫爾格街上。他也是當晚進入房子的其中一個人，不過他因爲心情太過緊張不安，而沒與其他人一起上樓。證人指出聽見爭吵聲，他確認聲音粗啞那位是個法國人，但聽不清楚對方說了些什麼；至於聲音尖銳那位，他認爲一定是英國人，但證人並不懂英文，他是從口音腔調做判斷。

艾爾伯托・蒙達尼。西點糖果師傅。證人指出他也是當晚進入房子的其中一個人，並且也聽到了爭吵聲。他認爲聲音粗啞那位應該是法國人，他聽見對方說了幾個字，感覺上好像是在勸誡、斥責；至於聲音尖銳那位，他則無法辨認對方說了什麼，因爲對方說話很快，音調又不平均，他認爲對方應該是俄國人，然而證人從未和俄國人交談過。證人是義大利人，他的其他證詞與別的證人大致相同。

好幾位證人都作證表示，四樓每一間房間的煙囱孔道都很窄，一般人根本無法爬入。尋找愛斯巴奈雅母女時，眾人仔細清查了煙囱孔道，他們使用的「掃帚」是煙囱工人專用的圓筒狀清掃刷。這棟房子並無後門可供逃脫，若是凶手想逃走，只有從眾人上樓的樓梯逃跑一途。愛斯巴奈雅小姐的身體被牢牢卡在煙囱孔道裡，當時動用了四、五名大漢，才合力拖出她的屍體。

保羅．仲馬。法醫（內科醫生）。證人指出，他當天大約是在天剛亮時被找去驗屍。兩名死者當時均被放置在四樓後面那個大房間裡，並躺在鋪著粗麻布的床架上。年輕女性的屍體有多處瘀傷和擦傷，之所以如此，是由於她被人塞進煙囱孔道。喉嚨處有嚴重擦傷。下巴的下方有幾處很深的抓傷，以及好幾處明顯由指印造成的瘀傷。臉部嚴重變色，眼球亦突出。部分舌頭已咬斷。胃部凹處有一大片瘀青，很明顯是膝蓋折壓彎曲所致。法醫仲馬指出，愛斯巴奈雅小姐可能遭到一人或多人勒斃，窒息而死。至於老太太，她的屍體則是殘破不堪，她的右腿和右臂的骨頭多少有些碎裂，左腿脛骨和左側肋骨則是嚴重碎裂。屍體瘀青和變色情形相當嚴重，而且很難想像屍體身上的傷痕究竟是如何造成的。法醫猜測，凶手得是一位相當孔武有力的男性，而且手持大木棍或大鐵條或椅子等大型鈍器，才可能造成死者身上的慘烈傷痕；法醫還肯定猜測，凶手一定是男性，因爲即使是女性持了大型鈍器重擊受害人，也無法造成死者身上這些傷痕。法醫指出，當他看到老太太的屍體時，她的頭部已與身體分離，完全斷掉，而且幾乎碎裂。喉嚨很明顯是被鋒利工具劃破，凶手很可能是使用剃鬍剃刀。

亞歷山大．艾帝安。法醫（外科醫生）。當天和仲馬醫生一同被找去驗屍，證詞與驗屍後看法均與仲馬醫生一致。

雖然還有好幾位證人均提供了證詞，但本案案情目前仍無進一步發展。如此詭譎離奇的凶殺命案，在巴黎前所未見。此案件的犯案手法和模式相當不尋常，巴黎警方因而毫無線索頭緒。

《法庭晚報》還指出，命案所在的聖羅克區仍是警方辦案的焦點，除了再度針對命案現場進行蒐證外，也另外訊問了新的證人，取得新證詞；然而，至今仍一無所獲。最後，該報報導還提到，警方在未獲得進一步證據的情況下，雖無法對阿道夫．勒邦（那位護送老太太回家的銀行行員）提出告訴，但還是先行將他逮捕收押。

杜彭似乎對此樁命案非常感興趣（他並未對我發表任何高見，我只是從他的舉止神態判斷），直到阿道夫．勒邦遭逮捕收押的消息見報後，他這才詢問我對凶案的看法。

我的看法和全巴黎人沒什麼兩樣，我認爲這樁命案很難破解，因爲我看不出任何可追查到凶手的方法。

杜彭則是提出了不同看法，「我們不能只憑警方粗略的調查結果，就認定這個案子沒辦法偵破。大家一向認爲巴黎警方辦案機伶、極具洞察力，但說穿了，這都是假象，警方最會的就是渲染自己的辦案能力罷了。他們口中所謂『擁有多種辦案手法』，其實，根本都是同一套，我的意思是，即使有再多方法擺在他們眼前，只要他們固執不通、拘泥事件細節的思維不變，以同一套思維邏輯思考，是變不出新把戲的。若眞要形容警方的思考是如何固執不通，且看我舉的例子，你就知道我的意思了——『有位小說中的人物，名叫居爾丹，他聽音樂的時候一定要穿睡衣，他堅持這麼做的理由是，這樣一來，才能舒舒服服聽音樂。』但你可能會有疑問，如果警方眞是這麼顢頇，那爲何常聽見他們破了某某刑案呢？其實，這一點也不令人感到意外，那是因爲他們有行動力，勤奮辦案的結果，往往能讓他們偵破手法形式比較一般的案件；然而，如果遇到不尋常的案子，像莫爾格街這樁離奇凶殺案，警方慣用的方法就毫無用武之地，黔驢技窮啦！像是[4]維多克，他已經算是警界裡相當傑出的偵探了，他辦起案來很堅毅執著，不輕易放棄，十分專注。可是，他卻不曾受過任何心智思維訓練。他的辦案風格是緊抓住直接相關的線索不放，而不去注意一些其他間接可能的線索；他這種過於拘泥專注在案情的某一點或某一個線索的思考，會使他失去洞察整個案情的眼光，即便他能看出案子裡一、兩點不尋常之處，但還是無法以全面性眼光去檢視整個案子。爲了追求眞相，人們往往很執著地去相信、去挖掘某一點，但到頭來，眞相並不一定存在於那一點。事實上，我眞的相信，愈寶貴的事實眞相，肯定愈淺而易見；我們往很深的山谷裡挖掘、探求眞相，然而，很可能眞相並不在那兒，反而是在舉頭可及的『山頂』。再不然，我們還可用觀察天體的例子，進一步了解警方辦案的手法模式有多固執迂腐。其實，觀察夜空中的星辰時，若我們改以斜眼去瞄，而不用正眼去瞧，反而能更清楚窺見星星，感受到它的亮度。這是爲什麼呢？因爲我們的眼球外側比起眼球內側，更容易接收微小光源，也因此，一旦我們把眼球愈往內側轉，星星的亮度就會愈來愈暗淡。當我們正眼看星星，會立即接收很多光線進來；然而，當我們用斜眼去瞄星星，反而比較能接收曚昧不明的光線，也更能細緻觀察星象。所以，說眞的，如果我們過度埋首深究一件事，反而會讓自己愈來愈困惑、洞察力減弱，如此一來，即使天上星辰明亮如金星，我們也可能因爲觀測時，太過持續、專注而直接，致使金星從我們眼前消失，完全視而不見，也說不定。」

杜彭接著說：「所以，這樁謀殺案，我們應該親自來偵查案情，才能建構我們自己對案情的看法，而不是聽聽警方的說法就算了。親自調查能爲我們帶來許多樂趣（我當時覺得用『樂趣』來形容命案偵查很詭異，不過，我並沒多說什麼），而且那位遭到收押的勒邦先生曾幫過我一個忙，我到現在都還沒報答他，再怎麼說，我也不能眼睜睜看他不明不白被關。我們應該親自去命案現場看一看，我認識警察局長G先生，我想，要拿到進入許可應該不會太困難。」

一拿到進入命案現場的許可，我們立即動身前往莫爾格街。莫爾格街是黎希留街和聖羅克街之間的其中一條殘破街道；由於這一區離我們的住所相當遠，所以，我們抵達時已是傍晚。我們很容易就找到這棟發生命案的房子，因爲房子就在路邊，而馬路對面至今仍有許多人駐足，好奇地仰望房子緊閉的百葉窗。這是一棟很平常的巴黎式住宅，大門入口處的一邊，是個以玻璃鑲造的門房，門房窗戶上掛了一塊可滑動的板子，上面寫著「門房」的字樣。在進入屋子之前，我們先走回街上，轉進一條巷子，然後再轉到房子的正後方；於此同時，杜彭也一邊仔細觀察著周遭以及建築物本身，不過，我卻看不出什麼特別之處。

我們往回走到屋子前方，按了門鈴，並向看守人員出示入屋許可。我們隨即上樓，來到四樓那個發現愛斯巴奈雅小姐屍體的房間，兩名死者的屍體目前仍停放於此。房間仍然維持凌亂狀態，而且與《法庭晚報》的報導一模一樣。杜彭仔細查看了兩具屍體以及房裡的每一樣東西。之後，我們繼續查看其他房間以及後院，此間，一直有位警察陪同著我們；現場偵查的工作一直持續到夜幕降臨才結束。回家途中，杜彭走進了一家日報報社，停留好一會兒才離開。

我在一開始就說過，我這位朋友是個怪人，他有著各式各樣的怪念頭和想法。自從我們偵查完命案現場，他的怪癖就出現了，他一直沒和我討論命案的種種。直到隔天中午，他才忽然開口問我，有沒有在命案現場觀察到任何不尋常的事。

當杜彭問我對命案現場有什麼看法時，還特別強調了「不尋常的事」這幾個字眼；不知爲何，我竟有種不寒而慄的感覺。

「沒有啊，沒看到什麼不尋常的事。」我回答，「現場情形就和報紙上陳述的一模一樣，沒什麼特別的。」

杜彭開始分析命案的本質與特色：「我倒是認爲，《法庭晚報》對這樁離奇命案的見解，恐怕還不得其中眞昧呢！因此，我們不需對報紙無知的觀點多做討論。我的看法是，這樁命案其實非常容易偵破，我抱持的理由和各界認爲難以破案的理由，其實是同一個，那就是命案特性相當

『詭譎離奇』。警方之所以對本案感到很傷腦筋，是因爲似乎缺乏犯罪動機（不，應該說是缺乏犯下『如此兇殘』謀殺案的動機；意即，凶手爲何要如此殘忍地殺人）。另外，警方也深感困惑的是，房子除了樓梯以外，並沒有其他出入口，但何以所有證人在聽到樓上的爭吵聲之後衝上樓，卻只見慘遭殺害的愛斯巴奈雅小姐，而不見凶手；凶手究竟是如何逃逸的？更別提——房間爲何會這麼凌亂？愛斯巴奈雅小姐爲何會以倒栽蔥似的姿勢卡在煙囪孔道？愛斯巴奈雅太太的身體爲何會被這麼兇殘地凌虐？離奇難解的事還不只這些，而這一切，都讓向來自認辦案能力機警的巴黎警方感到氣餒、挫敗。在我看來，警方犯了一個很嚴重、但其實相當常見的錯誤，那就是，沒弄清楚此樁命案的本質究竟是『簡單，但不尋常』還是『非常複雜，難以理解』。推理事件時，我們唯有這樣去思考，才能跳脫一般思路，找到事件的眞相。因此，針對此命案，我們應該感到疑問的，不是『到底發牛了什麼事』，而是『到底發生了什麼以前從沒發生過的事』。事實上，這樁命案在警方眼中有多難偵破，對我而言，就有多容易偵破；或者該說，我已經偵破了。」

聽到杜彭說他已經完全釐清案情，一時間，我只能驚訝地望著他，說不出任何話來。

「我現在正在等待。」杜彭一邊朝我們住所的房門望去，一邊接著說：「我正在等一個人，他或許不是犯下兇殘謀殺案的那個人，但他和命案應該脫不了關係。我希望我的假設是對的，這樣整個謎團才能解開，整件事才說得通。我會一直在這裡等待這個人到來，他如果沒來，很合理，沒什麼好意外；但他會來這裡的機率，可能高一些。假設他眞的來了，那我們就得想辦法留住他，嗯，這裡有一把手槍，我想如果有必要，我們到時都知道該怎麼做吧！」

當杜彭又繼續往下說（事實上，從他說話的神態看來，他比較像在自言自語），我故作鎮定地接過手槍，但其實我根本不知所措，或說，我根本不相信剛剛聽見了什麼。至於他那自言自語的神態，我先前已經提過，他在某些時刻會表現出這種抽離、旁若無人的神態；他雖然像在自言自語，音量也稱不上大，但聽起來卻像在對遠處的某人說話一般；他的眼神很空洞，一直注視著牆壁。

杜彭進一步說著：「從已知的證詞看來，眾人衝上樓時聽見的爭吵聲，絕非女性的聲音。這讓我們排除了愛斯巴奈雅太太先殺了她女兒，再自殺的可能性；而且我之所以這麼說，是因爲此命案的犯案手法相當特殊詭異，試想，愛斯巴奈雅太太怎可能有如此大的力氣，抬起女兒的身體，再倒栽蔥似的把她塞進煙囪裡？而且從愛斯巴奈雅太太身上慘不忍睹的傷口看來，更完全排除了她是自殺的可能性。因此，這絕對是一樁凶殺案，而眾人聽見那兩個在爭吵的人就是凶手。從眾人關於爭吵聲的證詞中，你有沒有發現什麼『不尋常』之處？」

我告訴杜彭，我注意到所有證人都同意那個音色粗啞的人，應該是個法國人；但聲音尖銳或說刺耳那位，則眾說紛紜，無法確定他是哪一國人。

杜彭開始分析眾人證詞的不尋常之處：「你的確是『歸納』了眾人的證詞，可是你卻沒說出證詞有何『不尋常』之處，看來你並沒有觀察出什麼特別的，但這並不代表證詞裡沒有值得觀察的地方。你提到證人們一致認為音色粗啞那位是個法國人，這個部分確實沒有爭議。對於聲音尖銳那位，眾人則無法確認他是哪一國人，但讓我感到不尋常的並非此點，而是我們的證人中，不乏義大利人、英國人、西班牙人、荷蘭人，甚至法國人，但每個人卻都說凶手是『外國人』，意即，從凶手說的語言聽來，他們很確定凶手與自己不同國籍；而且證人們在猜測凶手國籍時，竟然都用自己根本聽不懂的語言，來指認凶手所操的語言，這不是很奇怪嗎？如果你根本聽不懂A國語言，你又如何確定凶手說的是A國語言，進而判斷凶手是A國人？法國籍的警察先生說：『雖然聽不懂他在說什麼，但認爲他講的應該是西班牙文。』荷蘭籍的餐廳老闆也認爲聲音尖銳那個人是個法國人；但請注意，這位證人並不會講法文，他是透過翻譯完成訊問的。英國籍的裁縫師則覺得凶手好像是德國人，但他本身其實聽不懂德文。西班牙籍的殯葬業者則很確定凶手一定是英國人，但他本身並不懂英文，他是從對方講話的口音腔調下的判斷。義大利籍的西點糖果師傅卻認爲凶手應該是俄國人，但他本身從未與俄國人交談過。另一位法國籍的銀器工匠證人，則和先前提到的法國籍警察先生看法不同，他認爲凶手應該是義大利人，但他本身聽不懂義大利文，可是他從凶手說話的口音聽起來，確定那是義大利文……從這些證詞可得知，凶手的口音一定很詭異、不尋常，否則爲何我們有來自歐洲四面八方、五大國的證人，竟無一人能確切指認凶手所使用的語言。然而，或許你會說凶手可能是亞洲或非洲口音，不過你要知道，住在巴黎的亞洲人或非洲人並不多；當然，我們也並不排除這種可能性，但我希望你注意以下三點：第一，有一個證人認爲這個尖銳的聲音，與其說是尖銳，倒不如說是刺耳；第二，有另外兩個證人說這名凶手發出的聲音音調，急促又不平均；第三，沒有任何一位證人確切聽出凶手講了什麼話語字眼，沒有人能辨認他到底講了什麼。」

杜彭繼續解釋：「聽到這裡，我想你一定很難理解，我究竟想表達什麼。聽了這些與爭吵聲有關的證詞，我敢很有把握地說，想深入了解案情，一定得從這兩位聲音一粗啞一尖銳的人著手，這個推測絕對合理。我想，用『合理』還不足以形容我的推測，事實上，我想說的是，我的推測是『唯一』可能的推測，而且只有這個推測能帶領我們破案。至於那兩個在現場吵架的人涉嫌重大到什麼程度，我現在還不能說。我只希望你記住一點，就是因爲命案現場出現的這一粗啞一尖銳爭吵聲，非常奇特且不尋常，所以我先前才會想進入命案現場的四樓房間，做進一步偵查。」

杜彭開始推論凶手逃逸的可能出口：「想像一下我們現在在那個房間裡，那麼首先該找的線索會是什麼？沒錯，就是凶手逃走的方法。既然我們都認定愛斯巴奈雅母女是被人謀殺，而且也都不相信什麼超自然現象，那就更能斷定凶手並非不可測的神鬼力量，而是確有其人；既然確有其人，那麼當時肯定有他脫逃的方法和出口。但凶手究竟是怎麼逃走的呢？（我們得慶幸的是，由於凶手並非下樓梯、從大門逃走，意即，他只有從房間逃走一途，這樣一來即可縮小調查範圍，把重心放在四樓這個房間裡，仔細檢查，一定可以找出答案。）我們現在就來逐一檢查凶手逃逸的各種可能方式。可以確認的是，當眾人步上樓梯時，凶手一定還在四樓的大房間，或是那個與之相連的小房間裡；因此，我們只要搜查這兩個房間的可能出口即可。當然，警方也已經做了全面性搜查，包括地板、天花板和牆壁，只要有祕密出口，一定逃不過他們的嚴密搜查。不過，我還是信不過警方，決定相信自己的眼睛；搜查後，我的確沒發現任何祕密出口。兩道通往走廊的門都是鎖上的，而且從裡面反鎖；至於煙囪，即使這兩間房的煙囪都距離壁爐地面約莫有八至十英尺（二點四至三公尺）高，看來能加以藏匿，以逃避眾人追查，但煙囪的寬度卻不足以擠進一隻大貓，更何況要一個大漢藏身呢？既然屋裡沒有祕密出口，煙囪也擠不進人，那麼就只剩從窗戶逃逸的可能了。前面這間小房的窗戶是正對街道，若凶手是從這裡逃走，肯定會被街上圍觀的人群發現；也因此，凶手一定是從後面這間大房的窗戶逃走。既然我們已經嚴密地仔細推敲，發現凶手只可能從後面這扇窗逃逸，那就得想辦法證明我們的結論。千萬不能因爲表面上看起來似乎不可能，或是警方並不認同此觀點，就輕易否決我們仔細推敲所得的結論；我們現在要做的，就是化不可能爲可能，意即證明警方已搜查過、且視之不可能的逃逸出口，就是凶手逃逸的出口。」

杜彭繼續說明這兩扇窗的特點：「這間大房有兩扇窗，其中一扇沒被家具擋住，完全看得見；另一扇窗的下半部則是被笨重的床架緊緊擋住。那扇沒被擋住的窗，窗框左側有一個螺絲釘孔，有根釘子被牢牢釘入，因此這是一扇從裡頭牢牢釘死的窗，任何人即使用盡全力也打不開。至於另一扇被床架擋住的窗，同樣也從裡面釘死，也同樣打不開。因此，警方才會認爲，這兩扇窗絕非凶手逃逸的出口，所以認爲根本不必費事把釘子扭開、把窗戶打開，好好檢查一番。」

杜彭再次向我解釋他的想法：「如你所見，我自己進行的檢查確實比較仔細挑剔，全是爲了證明我先前的推論，也就是想辦法證實『窗戶一定就是出口』的論點，而不能因爲表面上看起來似乎不可能，或是警方並不認同此觀點，就輕易否決這項推論，我們要做的事，就是化不可能爲可能。」

杜彭開始研究窗框的特別之處：「我得從自己的結論往前倒推。既然凶手的確是從這間大房的其中一扇窗戶逃走，那麼就不可能從外頭再釘緊窗框。（警方自然也想到了這一點，可是窗框『看起來』釘得既牢且密，因此便認爲凶手根本不可能是從窗戶逃走，便不再仔細地檢查窗戶。）但奇怪的是，窗框確實被釘得很牢、很嚴密呢！凶手究竟是怎麼辦到的呢？所以我猜測，窗框本身一定有自動開關的功能；我有把握，這項猜測絕對正確。爲了試驗，我走到那扇沒被家具擋住的窗戶前，費了一些力扭開釘子，試著想拉起窗框，一切正如我先前所想，果然十分費力。也因此，我現在很確定，窗框裡一定藏了彈簧裝置，才可能在凶手開窗逃出後，還能恢復原本緊閉的狀態。我仔細檢查了一下，很快就找到隱形彈簧，我壓壓它，很滿意自己的發現，於是便未進一步拉起窗框。」

杜彭繼續說明窗戶的裝置：「之後，我重新把釘子扭緊，仔細觀察這扇窗。試想，若凶手從窗戶爬出去之後，再刻意拉下窗框，那麼彈簧勢必會再自動卡上，可是窗框上的釘子已被破壞，無法再被牢固釘住。這說明了什麼呢？結論再明顯不過，而且再次縮小了我的調查範圍；那就是這扇窗戶窗框上的釘子至今還被釘得老緊，費了我好些力氣才扭得開，因此，這扇被釘得完好嚴密的窗，不可能是凶手逃逸的窗口，凶手一定是從另一扇窗逃走的。我又繼續猜想，理論上，這兩扇窗的窗框彈簧裝置應該相同，唯一可能的不同，就只剩下釘子的樣式或釘法了。接著我爬上鋪了粗麻布的床架，把頭越過床頭板，仔細檢查第二扇窗，很快就發現了彈簧裝置，並且壓了壓它，果然，如同我先前所猜測，裝置和前一扇窗相同。我接著查看釘子，它看起來也和前一扇窗的窗框釘子樣式相同，釘法也相同，都是被緊緊釘入到底。」

杜彭向我解釋窗戶的釘子怪異處：「聽到這裡，如果你感到一頭霧水，那麼你一定是誤解了歸納的本質。套一句運動用語來說，我從不『失誤』，我從不漏失任何線索，我的思路也毫無瑕疵，我想，問題出在這扇窗的釘子上。這扇窗的釘子看起來和前一扇窗的釘子樣式一模一樣，那代表又減少了一項變數，表示問題一定出在釘子的釘法上；也因此『釘子樣式相同』這條線索與發現，至此已經告一段落，我們不必再繼續繞著它打轉，或思路被它困住而中斷調查，而應該繼續了解『釘子的釘法』出了什麼古怪。當我一伸手去碰釘子，釘頭以及部分釘身便立即脫落，剩下的釘身則還固定在釘孔裡。釘子斷裂的痕跡相當舊，因爲邊緣都布滿了鏽斑，看來這根釘子很早以前就被鐵鎚敲斷了，只是釘頭又被敲進窗框底部的最上沿，虛應一般地附著住，使之不脫落。我小心翼翼地把脫落的釘子接回斷裂處，果然，整根釘子看起來很完整，也不見斷裂痕跡，彷彿它從沒斷過一樣。接著，我壓下彈簧，輕輕地把窗框拉高好幾吋，只見釘子仍牢牢附著在釘孔裡，和窗框一起升高，當我拉下窗框、關好窗，釘子也隨之下降，並且『看起來』仍完好附著、釘死在釘孔裡。」

杜彭繼續分析：「至此，凶手逃逸出口的謎題已經解開了，凶手就是從這扇被床架擋住的窗戶逃走的。他逃出去並關上了窗，窗戶就因彈簧裝置而再度自動關上，一切看起來毫無異狀，讓警方誤以爲窗戶仍被釘子牢牢釘死，因此認爲沒必要再進一步檢查窗戶。」

杜彭接著推論凶手入侵的手法：「本案的下一個疑問是，凶手究竟是如何入侵的？昨天我們繞了房子一圈，仔細觀察了相關地形，因此我已弄清楚這一點。房子附近有根避雷針與這扇凶手藉之逃逸的窗，相距大約五點五英尺（約一點五公尺），這段距離實在不短，根本就沒人有辦法一跳即跳到窗戶邊、進到屋內。但是，經過觀察，我發現四樓的百葉窗款式相當特別，和這棟房子其他樓層的百葉窗款式都不同。這種款式的百葉窗叫做『鐵格子』（根據巴黎工匠的說法），如今已很少見，只有在里昂或波爾多地區的老房子還能見到；它的形式就像一道單扇門，是從一旁直接推開，窗戶上半部則呈鏤空的格子狀（一格一格的形狀，正好可做爲攀附的最佳把手），百葉窗的寬度則足足有三點五英尺（約一公尺）寬。昨天從屋後觀察房子時，這兩扇窗戶的百葉窗正好都是半開狀態，意即，它們和牆面是呈直角狀。或許警方也和我一樣，都從屋後勘查了房子的地形，也發現了百葉窗的寬度很寬，但由於他們打從一開始就不認爲窗戶是凶手逃逸的出口，因此並沒把百葉窗的特色與寬度當一回事，只是匆忙胡亂檢查了事。不過，對我而言，凶手是怎麼入侵的，一切已經再清楚不過，那就是，倘若這扇靠著床架的窗，當時它的百葉窗完完全全打開，緊貼著牆面，那麼百葉窗的最外沿距離避雷針，就只剩兩英尺（六十公分）遠。對一個身手矯捷、勇氣十足的人而言，要從這樣的距離一晃，然後緊抓百葉窗上方的窗格，跳進窗戶，並非不可能；他得先用手抓住百葉窗格，然後雙腳離開避雷針的支撐點，緊緊攀附在牆上，之後再把腳用力一蹬，整個人就可能盪到窗邊，假設當時窗戶是開著的，那麼凶手便可能直接盪進屋裡去。」

杜彭歸納了凶手的外在特徵：「我希望你特別特別注意的是，我假設的這種入侵方式不是很尋常容易，這個舉動不但危險，而且有一定難度，恐怕只有身手異常矯健、敏捷的人才能辦到。我請你特別記住這一點。」

杜彭滔滔不絕地往下說：「聽到我說凶手必定身手矯健不凡，你可能會在心裡質疑我，並想著：『你能證明你的論點嗎？證明給我看。』不過，難道我現在一時之間拿不出事實證明，就不能假設凶手擁有高人一等的敏捷身手嗎？法律上，或許事事講求證據；但推理時，可就不是這樣了。我的最終目標是藉著推理，挖掘出事實真相，其他什麼和法律相關的事，輪不到我操心。因此，我之所以特別向你強調凶手肯定有著不凡的身手，有個很重要的用意，那就是我希望讓你更進一步思考，這名凶手的身手異乎常人般的矯健敏捷，而且操著一口相當奇特尖銳、不平均的聲音音調，無人能聽出他說了什麼字眼話語，或辨別出他所操持的語言，也因此更無從辨識他究竟是哪一國人……這一切的一切，你覺得如何？你覺得這名凶手是個什麼樣的人呢？」

聽完杜彭說的話，我的腦海閃過一些懵懵懂懂、半成形的念頭，好像快理出什麼頭緒，但就是缺臨門一腳，好讓我的思考達陣。這種感覺就好像，有時我們好像快想起什麼事情，但就是少了點線索或提醒，以至於還是沒能想起來。與此同時，我的朋友又繼續往下分析案情。

杜彭試著釐清凶手的犯案動機：「至此，你會發現，我已經解決了本案凶手逃逸出口和入侵口的疑問，我要說的是，凶手進出都用同一個出入口。現在我們把腦袋轉回四樓這個大房間，仔細檢視房間凌亂的狀態。報紙的報導提到，衣櫃抽屜全被打開，裡頭有許多物品被拿走，不過抽屜裡還是留有不少衣物。你不覺得這個結論很荒謬可笑嗎？這眞是個很蠢的猜測。我們從何可得知抽屜裡的衣物少了？或許我們在抽屜裡發現的衣物就是全部的衣物，一件不少，也說不定？要知道，愛斯巴奈雅母女過著幾近隱居的生活，她們似乎不與親友往來，也幾乎不出門，因此或許她們需要換穿的衣物並不多，於是不盡然會放滿整個抽屜。而且那些還留在抽屜的衣物，質地都很細緻高級，如果凶手是來偷衣物的，爲什麼不挑最上等的貨色偷？又或者，爲什麼不偷走全部的、更値錢的東西？我的意思是，他爲什麼丟著四千法郎金幣不偷，反而要偷一堆礙手礙腳的衣物呢？兩只裝了四千枚法郎金幣的袋子，還好端端丟在地板上呢！也因此，如果你的腦袋也被警方粗糙的假設所影響，認爲那四千法郎就是凶手犯案動機的話，那我勸你趕緊摒棄這種想法。這只是一個巧合——死者三天前領了鉅款，三天後即遭人殺害，事實上，每天都有比這種巧合還要巧上加巧的事情發生，只是我們不知道罷了！對於一個熱中推理的人來說，如果不清楚『巧合』這種事的發生純屬機率，而每每都要在『巧合』這類事情上執著深究，這樣一來，只會使他的推理思考受牽絆，別無益處。就本案而言，倘若這些金幣不翼而飛，那麼『死者三天前才剛提領鉅款』這件事，或許就不只能簡單說是『巧合』，而可能眞的是歹徒的『犯案動機』。但倘若一個犯下如此兇殘命案的凶手，他的犯罪動機眞是爲了錢財，那麼我們不禁要想，這究竟是怎樣一個蠢蛋，竟然慌張失措到了極點，離開時，竟然連最初的犯案目的都給忘了？」

杜彭分析凶手殺人的手法：「請冷靜思考一下我剛剛說的這些事——凶手有著奇特的口音腔

調、異於常人的敏捷身手，以及犯下如此兇殘的謀殺案，但卻明顯缺乏犯罪動機。我們簡單說一下凶手犯案的手法有多兇殘好了——一名女性遭人徒手勒斃，並且被倒栽蔥般的塞進煙囪孔道。一般凶手不可能會這樣殺人，更不可能這樣處置屍體。你不得不承認，即便凶手是最邪惡、最泯滅人性之徒，也不太可能會把屍體倒塞入煙囪，這種手法極度詭異，簡直超乎一般人類的行爲，也實在讓人很難理解；而且再想想，要強行把屍體倒塞入這麼小的煙囪孔道裡，需要多大的力氣？別忘了，命案發生後，就連把屍體拖出，也得好幾名大漢合力才辦得到。」

杜彭說明凶手力氣之驚人：「現在我們再來看看這位體能過人的凶手，還做了什麼驚人之舉。報紙上的報導說，壁爐上方有好幾人撮灰色的人類毛髮，而且是從髮根被強扯下來。我相信你也知道，即使只從頭皮拔下二、三十根頭髮，也得使上很大力氣，更別說是要扯下這好幾大撮頭髮，究竟得有什麼樣的蠻力才辦得到？而且這些毛髮是連著頭皮髮根碎塊一起被扯下來（這景象眞的很駭人），看來這名凶手力氣之大，搞不好一次扯下幾十萬根毛髮都不成問題。愛斯巴奈雅老太太也不只是喉嚨被割斷而已，而是整個頸子都斷了，屍首完全分家，但凶器竟只是一把刮鬍剃刀……，這些暴行，都是我想請你特別注意的地方，請你注意這名凶手的力氣有多大、多野蠻。至於老太太身上的傷痕是怎麼造成的，我先不說，先來看看兩位驗屍法醫的說法；他們認爲老太太身上的傷是鈍器所造成，也因此，我認爲所謂的鈍器，指的就是屋子後院的石塊，而這代表老太太是從四樓那扇有床架擋住的窗戶掉下。要推理出這個結論並不是什麼難事，但警方卻想不到，我想警方無能的理由和他們先前忽略百葉窗的寬度一樣，都是窗框上的『釘子』惹的禍，他們的思考也被那枝『釘子』釘死了，他們自始至終都不認爲，這扇窗可能被人打開過。」

杜彭試著引導我：「我們現在把凶手的兇殘手法，以及發生在房間裡的古怪事情一起做聯想——凶手的身手相當敏捷，力氣超乎常人，犯下缺乏犯罪動機的殘暴屠殺，行爲詭異恐怖、泯滅人性，所持的語言讓人陌生、無法辨其國籍，而且口音腔調裡也缺乏清楚可辨的音節和隻字片語……那麼，綜合這些特點，結論呢？我說了這麼多，有沒有讓你想到什麼？」

聽杜彭這麼一問，我整個人感到一陣毛骨悚然。我顫抖地回答他，「凶手一定是個瘋子，他他……一定是個從附近精神病院逃出來的神經病。」

杜彭試著釐清我的想法：「從某些角度來看，你的觀點也不無道理。但還是沒辦法解釋瘋子爲何會有怪異口音，精神病發作時即使再恐怖，也不至於讓人完全無法聽出他說了什麼話；而且再怎麼說，瘋子也是人，也會有國籍，他說話再語無倫次、再難以辨認，也總還是有他的口音腔調吧！還有，你再看看我手裡拿的毛髮，它應該是凶手身上的毛髮，這是愛斯巴奈雅老太太手中緊握的東西，我鬆開她僵硬的拳頭後拿到的。告訴我，你覺得什麼樣的人會有這種毛髮？」

我仔細端看這些毛髮，簡直快抓狂了。我說：「這些毛髮很不尋常、很古怪，這根本就不是人類的頭髮啊！」

杜彭特別畫出愛斯巴奈雅小姐的頸部傷口特徵：「我從沒說過那是人類的頭髮啊！不過，在我們下這個判斷之前，我還想讓你看一下這張素描。這張素描是我根據報紙和法醫對愛斯巴奈雅小姐頸部傷口的說法而畫的。報紙上是說：『喉嚨處有很深的瘀傷與凹陷的指甲印……』；而法醫則指出：『下巴的下方……有好幾個很明顯由指印造成的瘀傷……』」

杜彭把他畫的素描紙鋪在桌上，繼續說著：「你看到了嗎？我畫的這張素描是想表現凶手勒斃死者的手法。你有沒有注意到凶手是怎麼掐死者的喉嚨，這種掐法多麼堅定緊固，一點稍稍鬆手的跡象都沒有，每根指頭彷彿從一開始就緊緊握住死者的喉嚨，直到愛斯巴奈雅小姐斷氣為止。現在請你試試，把你的每根手指和素描裡的指頭印子做比對，看看結果如何。」

我試了，但完全對不上素描裡的指頭印，大小相差太多，無法吻合。

杜彭要我試另一種比對方法：「嗯，不過我們這種比對方法似乎有瑕疵。因為紙張是平面的，但人的喉嚨卻是圓筒狀、立體的。這裡有一小截圓木，它的圓周大小和人的喉嚨差不多，現在試著把素描紙的指頭印包裹在小圓木上，再用你的手指加以比對，照著做，看看結果如何。」

我又試了一次，但這次我的指頭印，顯然比前一回更難與素描裡的指印對上。我的結論是：「這樣的指印，根本不可能是人類的手指所造成。」

「現在請你讀一下科學家居維埃書上的這一段敘述。」

杜彭要我讀的，是一篇與東印度群島紅棕毛猩猩有關的文章，敘述相當仔細，包括了專門的解剖學知識以及一般性概念陳述。眾所皆知，這種紅棕毛猩猩有著巨大的體型，力氣很大、身手敏捷、性情兇殘，而且非常善於模仿人類的動作。讀完這篇文章，我馬上理解，誰是這樁兇殘命案的「凶手」。

我接著回應杜彭：「書上對紅棕毛猩猩手指部位的描述，和你素描裡畫的指印一模一樣。你推論得沒錯，除了紅棕毛猩猩，我想不出還有什麼動物能造成這種深深凹陷的指印。而且書上對猩猩的毛髮特性敘述，和你拿給我看的那撮紅棕色毛髮相比也完全符合。然而，我對這樁恐怖命案的某些疑點，還是感到很困惑；此外，眾人上樓時明明聽到兩個人在爭吵，而且大家都確定其中一位是法國人，這名法國人究竟是誰？這又該怎麼解釋呢？」

杜彭試著推測法國人與猩猩的關係：「問得好！而且你應該也記得，幾乎所有聽到爭吵聲的證人都聽到這名法國人說了一句『我的天啊』，而西點糖果師傅證人則隱約聽到對方似乎是在說些勸誡、斥責的話。從種種證據抽絲剝繭，到意會理解這名法國人說的話，我想，我已大致猜出命案的謎底，那就是顯然有一名法國人，從頭到尾看見了這樁冷血殘暴謀殺案的經過，但他極有可能是無辜的；紅棕毛猩猩或許就是從他那兒逃脫的，他一路追著猩猩來到發生命案的房間，但是後續情況實在太混亂，以至於他根本抓不回猩猩，目前這隻犯案的猩猩可能仍在外頭逍遙……推測至此，我想我不應該再繼續往下猜測了，因為到目前為止，可支持我這些推測的證據仍然很薄弱，我也不敢妄想據此取信於人；因此我只能暫且稱這些推測是『猜測』，暫時先到此為止。現在只能『等』更多證據來證實我的猜測了。昨天偵查完命案現場後，在回家路上，我不是走進了《世界報》（一份具航運性質的報紙，很多水手都喜歡閱讀此報）這家日報報社嗎？我其實是進去刊登一則廣告啓事，假設這名與命案關係重大的法國人眞是無辜的，而且也看到了這則廣告啓事，他應該會找上門來才對。」

杜彭遞了今天的《世界報》給我，我往下讀了這段廣告啓事：

失物招領：某日早晨（命案當天，即命案發生後幾個小時）於布洛涅森林抓獲一隻婆羅洲種大型紅棕毛猩猩。據報，失主為馬爾他商船的水手，煩請此名失主前來認領猩猩，並酌付捉捕暨保管收養費用。請親洽聖日爾曼區××街××號四樓。

讀了這則廣告啟事之後，我驚訝地提出疑問：「你怎麼會知道這名法國人是個水手，而且還確切知道他在馬爾他商船工作？」

杜彭說明他對涉案法國人的猜測：「我並不知道也沒辦法確定，但我有合理的推測。你看我手裡這一小截油膩膩的緞帶，仔細看它的款式，不正是那些蓄長髮的水手愛用的嗎？水手們喜歡用這種緞帶來編他們的辮子。此外，也請注意緞帶打結的形式，平常人並不會打這種結，這種結是水手結，而且這個結是馬爾他商船水手專打的繩結形式。這截緞帶是我在屋後的避雷針底下撿到的，此處離命案現場太遠，因此緞帶無論如何都不可能歸愛斯巴奈雅母女所有。假設我真的猜錯了緞帶主人的身分，那麼我登的這則廣告對任何人來說，應該也是無傷大雅吧！但假設我猜對了這一切呢？哈，那收穫可就不只是以道理計！如果這名法國人知道凶案發生的一切經過，但他本人卻是無辜的，那麼他一定會對該不該回應廣告，認領回這隻紅棕毛猩猩感到遲疑。他心裡一定會這麼想：『我本來就是無辜的，而且手頭也不太寬裕，所以，這隻猩猩對我來說，可是一筆大財富。既然如此，我又為什麼要因為擔心被逮捕，而放棄這筆大財富，這不是太笨了嗎？我的猩猩、我的財富正垂手可得。反正牠是在布洛涅森林被找到的，那裡離凶殺案現場遠得很，應該不會有人懷疑命案是這隻野獸幹的吧？而且警方那麼無能，他們到現在連一點線索也沒有，即使他們追查到這隻野獸，也無法證明我知道這個命案的內情；而即使他們眞的能證明又如何，也無法因此定我的罪吧！可是，還有很重要的一點，那就是，已經有人知道我和這個案子有所關聯了，登廣告的人已經知道我就是這隻野獸的主人。我不清楚，這名登廣告的人對我涉案的事知道多少，但至少對方已經知道我是猩猩的主人，倘若我不去把這筆棘手的大財富領回來，那反而會讓我顯得更可疑，不是嗎？我實在不想讓自己或這隻猩猩，和這樁命案有所牽連或遭受懷疑，所以，我想我還是來回應這則廣告好了，把猩猩領回來藏好牠，直到這個風波平息。』」

就在此時，我們聽見有人上樓的腳步聲。「把槍準備好，」杜彭趕緊提醒我，「不過除非我向你打暗號，否則別輕舉妄動或亮出手槍。」

我們的房子前門原本就沒關，這名訪客於是沒按電鈴就直接進來，他爬了幾步樓梯，但好像有點遲疑不安，不一會兒，我們聽到他下樓的腳步聲。當我們又再度聽到他上樓的聲響，杜彭馬上迅速走到門邊。看來，訪客這回下定了決心，站定後，就沒再下樓往回走，並敲了敲房門；杜彭立刻應門，以極爲誠懇愉悅的語氣說著：「請進。」

有個男人走了進來，他的個子很高，身材很結實，渾身肌肉經過鍛鍊，神態雖然粗蠻無文，但還不至於使人反感。他很顯然是一名水手，臉龐曬得很黑，不過有一大半的臉都被落腮鬍遮住。他還隨身帶了一根大橡木棍，除此之外，沒帶別的武器。進來後，他笨拙地鞠了個躬，以法國口音向我們道晚安，雖然帶點紐夫沙特腔，但還是聽得出他是個巴黎人。

「請坐，我的朋友。」杜彭招呼著說，「我想你是爲了紅棕毛猩猩而來的吧！說實在的，我眞羨慕你擁有一隻這麼棒而且相當値錢的動物。這隻猩猩年紀大概多大呢？」

很顯然，杜彭輕鬆的開場白讓這名水手放鬆許多。他深長地呼出一口氣，就像卸下心頭重擔一般；接著，才回復自信，從容地回答：「我也不是很確定牠到底幾歲，不過應該有四、五歲了吧。牠現在在這兒嗎？」

「喔，牠現在不在這兒。」杜彭接著回答，「這裡的設施不太周全，所以沒辦法讓牠待在這兒。牠現在暫時被收容在附近的迪布爾街一處馬房裡，你明天一早就可以過去帶牠了。你應該已經準備好要認領這筆大財富了吧？」

「是啊，我已經準備好了。」水手道。

「一想到要和這隻大猩猩、大財富分開，我就覺得很捨不得。」杜彭故意這麼說。

「這位親愛的先生，您放心好了，我不會讓您白忙一場的。」水手趕緊解釋，「您幫我找回這隻猩猩，我實在很感激。我一定會在能力範圍內，好好答謝您。」

「嗯，這的確很好、很合理。」杜彭接著回答：「我來想想，我想要求什麼報酬呢？哎呀，我想到了，我只想要這個——我想請你盡可能仔細告訴我，所有與莫爾格街凶殺案有關的事。」

杜彭是以一種極低沉、極輕的聲調說出最後這幾句話——「我想請你盡可能仔細告訴我，所有與莫爾格街凶殺案有關的事。」說完後，他立刻輕聲走向門口，鎖上門並把鑰匙放進口袋。然後，他從胸口拿出一把槍，不慌不忙地放在桌上。

水手聽到杜彭的請求後，彷彿想從窒息壓迫中掙扎求生一般，整張臉漲得通紅；他站了起來，緊握木棍，但隨即又坐回椅子上，整個人激動顫抖著，面容灰如死槁，不發一語。看到他的反應，我打從心底可憐他的處境。

「我親愛的朋友，你不需要這麼驚慌害怕。」杜彭的口吻相當溫和親切，「我們沒有想傷害你的意思。我以身為一個紳士、一個法國人的榮譽向你保證，我們絕對不會傷害你。我完全清楚莫爾格街的凶殺案不是你幹的，不過，我想你確實和這個案子有某種程度的關聯性。你可以從我的話裡得知，我確實用了一些方法掌握命案的輪廓，至於我用的是什麼方法，我想，你作夢也猜不到。現在事情已經走到這地步，而且你本來就沒做錯什麼事，根本沒什麼好遮掩的。更何況你當時確實有機會可以趁火打劫，但你並沒這麼做，因此你根本用不著害怕。你什麼事都沒幹，很坦蕩，根本沒什麼理由好隱瞞整件事吧！現在，有個無辜的人被收押了，他被指控犯下這樁謀殺案，但真正的凶手卻只有你知道，而且只有你能加以指認；我相信你是個有榮譽感、有道德情操的好人，因此你更應該把你知道的所有事情說出來。」

當杜彭說著這些話的同時，水手也逐漸平復緊張惶恐的心情，重新鎮定了下來；不過，水手剛進門時臉上那副粗蠻自信的神態，如今已不再。

「老天爺救救我吧！」水手停頓了一下，接著說，「我會告訴你們所有我知道的事情，但我並不奢望你們會相信；如果我真的心存一點奢望，要你們信我，那我一定是個大傻瓜。不過，我眞的是無辜的，即使老天爺眞的要我爲這個凶殺案而死，我也一定要說出眞相才能瞑目。」

水手接下來說的事情，大致如下：他前一陣子隨船航行到東印度群島，船隻在婆羅洲登陸後，他就和一群人到內地遊玩。他和其中一個朋友抓到一隻紅棕毛猩猩，後來這個朋友死了，這隻猩猩就歸他所有。在回航途中，這隻猩猩因爲生性殘暴、很難馴服，給他惹了不少麻煩，不過終究還是平安回到巴黎，並將猩猩安置在他的住所。爲了怕引起鄰居側目、覬覦這個活生生的珍貴財富，他小心翼翼地藏匿著猩猩，準備等猩猩腳上的傷勢一復原（先前在船上所弄傷），就把牠賣掉。

有一天深夜（確切地說，是謀殺案發生的夜晚），水手和幾個朋友狂歡之後回到家，發現猩猩竟從隔壁緊鄰的小房間逃了出來（水手原本還以爲把猩猩關在那裡一定沒問題），占據了他的房間。只見猩猩手上拿著刮鬍剃刀，臉上塗滿泡沫，坐在鏡子前，一副準備刮鬍子的架勢。水手心想，這野獸一定是從小房間的鑰匙孔，偷看過他這麼做，於是便有樣學樣。一隻生性殘暴兇狠的猩猩，手上不但拿著剃刀，而且還知道如何使用這危險的武器……。水手簡直被這幅景象嚇壞了，呆愣了好一陣，不知該怎麼辦。接著，他回過神，準備用平常馴服猩猩的方法，用鞭子加以抽打，想使牠乖乖就範。未料猩猩一看到鞭子，馬上就跳到門外，跑下樓梯，正好看見有扇窗子沒關，於是逃到了外面的馬路。

看猩猩逃跑了，水手也慌張地趕緊追出去。猩猩一邊跑，手裡還拿著剃刀，偶爾還停下腳步，回頭看著追趕牠的主人，還拿著剃刀作勢比畫一番；等到主人快追上牠，猩猩就再趕緊跑開。就這樣，你跑我追持續了好一會兒，街上四寂無聲，此時約莫是凌晨三點。猩猩後來跑進一條巷子，來到莫爾格街後面，牠的目光馬上被一扇發出微微光亮的窗戶所吸引，那道光正是從愛斯巴奈雅太太房子的四樓房間照射出的光線。猩猩立刻衝向那棟房子，看到了避雷針，身手敏捷地爬上去，抓住那扇緊貼牆面、完全打開的百葉窗，然後攀著百葉窗一甩，把自己盪進了屋裡的床頭板，這一整套特技表演，花不到一分鐘就完成。猩猩進入屋內時，則又把百葉窗往外踢開。

此時，水手心裡一方面很高興，一方面也很憂心。他高興的是，這隻野獸自投羅網跑進了一個死胡同，猩猩若想逃出圈套，只能再從避雷針爬下來，那麼他就只要守候在避雷針底下，然後將牠抓住就好了。但另一方面，他也感到憂心，他很擔心這隻野獸不知會在人家家裡惹出什麼麻煩，由於實在太擔心這一點，他只好繼續尾隨這隻野獸。要爬上避雷針本來就不是什麼難事，更何況對一個體格健壯的水手來說，更是輕鬆自若。不過當他爬上避雷針，來到與四樓窗戶一般高的高度時，發現自己離窗子還很遠，於是只好停在這上頭，盡量伸長脖子，好讓自己看見屋內的情形。這一看不得了，他簡直被嚇壞了，差點失手跌下避雷針。也就是在此時，房裡傳出的驚聲尖叫，劃破了寂靜的夜晚，也驚醒睡夢中的莫爾格街居民。當時，身穿睡衣的愛斯巴奈雅母女正在整理鐵製保險箱裡的一些文件，加了輪子的保險箱被推到房間正中央，箱內的物品都被拿出來，放在一旁的地板上。她們母女當時一定是背對窗戶，一定以爲百葉窗發出的拍打聲是風吹所造成，才會連這隻野獸進了屋子都沒馬上察覺，直到她們看見了野獸，才發出驚聲尖叫。

水手往窗內看，正好看見這隻大野獸抓住愛斯巴奈雅太太的頭髮（她才剛梳過頭，所以頭髮還披散著），並模仿理髮師的動作，在老太太面前揮舞著刮鬍剃刀。愛斯巴奈雅小姐則是昏了過去，倒在地上一動也不動。老太太不斷掙扎、發出尖叫聲（她的頭髮，就是在此時，被猩猩從頭皮連髮根扯下），激怒了原本沒什麼惡意的猩猩，猩猩用牠握著刮鬍剃刀的健壯手臂一揮，幾乎快把老太太的頭割斷。看到血濺四處，猩猩更是獸性大發、暴怒癲狂，牠咬牙切齒，眼睛冒火，撲向了昏厥的愛斯巴奈雅小姐，用利爪緊掐女孩的喉嚨不放，直到女孩斷氣才罷休。此時，猩猩目光瞥向窗邊，看見主人就在窗外，還以驚嚇萬分的神情看著牠。猩猩一看到主人，馬上想起主人用鞭子抽打牠的恐怖回憶，於是一轉先前的暴怒，變得害怕了起來。猩猩知道自己做了壞事，害怕被主人用鞭子伺候，於是想湮滅這些血腥證據，並極度不安地在房裡跳來蹦去，到處破壞、亂摔家具，還把床墊從床架搬下來。最後，牠把愛斯巴奈雅小姐的屍體倒塞入煙囪，把愛斯巴奈雅太太的屍體，頭朝下往窗外丟。

正當這隻野獸來到窗前，準備丟棄愛斯巴奈雅太太殘破不堪的屍體時，水手整個人嚇得縮在避雷針上，由於他實在很害怕會和這場意外屠殺有所牽連，驚嚇中，根本顧不得這隻野獸猩猩會有什麼命運，就趕緊以滑代爬，迅速逃回家去。一群人衝上樓時聽見的聲音，就是水手在極度驚慌害怕的情形下，不自覺驚呼發出的聲音，此間，還夾雜了這隻野獸發出的含糊鬼叫聲。

莫爾格街凶案的經過大致是如此，我也沒什麼要再多補充的了。相信這隻猩猩在牠的主人逃走後，一定也循原本進入房子的方法離開，爬下避雷針，逃走；而牠爬出窗子後，一定順手將窗框給拉下。之後，猩猩的主人也親自抓到了這隻野獸，並高價賣給巴黎植物園（裡面設有動物園）；而我們也向警察局長敘述了案情的來龍去脈，當然杜彭也間或添加一些個人看法與見解，勒邦先生於是很快被釋放。言談之間，看得出來局長先生挺欣賞也頗喜歡杜彭；但另一方面，我也在他臉上看到了困窘的表情，因爲巴黎警方管轄下重點偵辦的命案，竟被一介平庸外人所破解，這面子可要往哪兒擺，於是，他才會故意對杜彭說些「每個人只管管好自己的事，其他的事不勞插手」之類的挖苦諷刺話，來給自己找臺階下。

「隨他們怎麼說！」面對巴黎警方的挖苦，杜彭完全不想多做回應，「局長想發表什麼高見就隨他去，想必這樣應該能讓他好過一點，反正，能打敗他專業領域上的事情，我已經很滿意了。不過話又說回來，局長先生之所以無法偵破這樁奇案，並非因爲此案眞的如他所想，是個『奇案』，而是因爲他這個人機伶有餘，但欠缺心智思維能力，也就是分析能力與想像能力不足，才會無法突破過去的辦案經驗，創新辦案思維與手法。他的思維，或許可以這麼形容，他就像一幅萬惡女神拉維納的畫像，只有頭部而沒有身體軀幹，機巧有餘，但卻不完整；或者充其量形容，他至少還有一對承擔事情的肩膀好了，然而，那也不過像隻鱈魚的模樣，整個身體就只是頭部連著肩膀，別無其他的長處了。再怎麼說，他這個人也還算不錯，我還挺喜歡他的，我尤其佩服他很會渲染自己辦案能力這一點，畢竟他是靠這一點來吃這行飯、贏得好名聲的，不是嗎？我的意思是，他對『拒絕承認自己無能的實情，反倒喜歡渲染莫須有的才能見識』這一點，非常在行！」

譯注：

1類似橋牌的一種牌戲。

2 Crebillon, Claude-Prosper Jolyot，一六七四年～一七六二年。十七世紀的法國劇作家、小說家。

3古希臘羅馬悲劇中的演員多穿此種靴子。

4 Francois Eugene Vidocq，一七七五年～一八五七年。此人爲法國當時的名偵探，巴黎保安警察隊爲其一手創立，並擔任首任隊長。

2 瑪麗・羅傑奇案——莫爾格街凶殺案續篇

THE MYSTERY OF MARIE ROGET—A SEQUEL TO "THE MURDERS IN THE RUE MORGUE"

即使理想與現實難以相符，但仍常被拿來相比。也因此，現實中的人們便經常修正理想，理想一旦不那麼完美，後果自然也不甚完美。如同發生於十六世紀的宗教改革，爲了抗議天主教，先是基督新教的興起，然後才有路德教派的壯大。

諾瓦利斯（德國浪漫派詩人、小說家哈登柏格之筆名）

很少會有人完全不信邪！即使是世上最冷靜沉著的思想家，有時也會被曖昧不明、但又令人半信半疑的超自然巧合現象嚇一跳，似乎只能用「不可思議的巧合」去解釋，全然無法用理智去分析。這種令人半信半疑的超自然巧合現象，除非特別用數學或然率去運算、挑剔其發生機率，否則即使無法讓人百分百信其有，確實還是有可能發生的。然而話又說回來，我們又怎能用本質上屬嚴謹科學運算的或然率來解釋反常的、難測的超自然巧合現象呢？

我現在就應大眾要求，先把以下這一連串難解巧合事件中，兩點特別使人感到驚奇的細節公諸於世。第一點，發生的時間點爲一前一後；第二點，我現在要往下說的這個事件，與最近才在紐約發生的瑪麗・西西麗亞・羅傑斯命案，竟然有著極類似的背景與發展。

我一年前之所以寫〈莫爾格街凶殺案〉這個故事，用意是想描繪一個名叫謝瓦利耶・C・奧古斯都・杜彭的朋友，他是個心智推理能力相當卓越的人；但之後，我並沒想要繼續寫有關他的故事。我當時的構思，是想藉著那一連串荒唐古怪的事件，詳細勾勒出杜彭卓越的心智推理能力，以及他強烈的個人行事風格。我其實大可再多舉一些例子，證明杜彭他那優於常人的心智推理能力，但卻又覺得好像沒這個必要。然而，最近發生在紐約的瑪麗・西西麗亞・羅傑斯命案，後續驚人發展不斷，然而我卻對其中某些牽引出的案情推論，感到很吃驚、不敢置信；也就是因爲最近聽到與這樁命案有關的推論太離譜，我才一直在思考，是否該把那件在許久以前親身聽到、參與過的命案偵查經過公諸於世，因爲這兩樁命案之間簡直有著不可思議的巧合

自從上回偵破了莫爾格街凶殺案之後，杜彭便立刻拋開此事，回到那副老樣子，繼續耽溺在他那鬱鬱寡歡的幻想世界中。杜彭一整天都在恍惚神遊中度過，而我也就自然而然跟隨他，每天沉溺在太虛幻境，不可自拔。窩居在聖日爾曼地區這棟舊房子的這些時日，我們將未來託付風中，安於此刻的寧靜，在這個單調乏味的世界，我們盡情編織著自己的夢想逸思。

但這樣的美夢並沒持續多久，因爲杜彭在莫爾格街一案扮演了關鍵破案角色，巴黎警方不可能這麼輕易就忘了他，「杜彭神探」的名聲就此傳開來，這個名號變得家喻戶曉，然而這簡潔的稱號背後似乎帶了點嘲諷意味，因爲就連巴黎警察局局長也不清楚杜彭到底是怎麼破案的。事實

上，聽過杜彭推理、分析案情的，只有我一人，想當然耳，此案在人們丈二金剛摸不著頭腦的情況下偵破，難免會被有心人譏爲──「奇蹟一樁」、「算他的直覺準」等等。然而，面對這些酸葡萄似的偏見，杜彭仍是一派自在、不以爲意，那些好事的包打聽眞該爲此感到慚愧才是！不過，也因爲杜彭對這些蜚短流長總是一副毫不在意的樣子，才慢慢讓「神探狂熱」的熱度退了下來。而且自從杜彭成了人們注目的焦點後，當地便紛紛有一些難解謎案送上門來，請他幫忙破解。其中最有名的一個案子，就是一名年輕女子瑪麗·羅傑的凶殺案。

莫爾格街慘劇發生兩年後，一名曾在香水店工作、名叫瑪麗·羅傑的年輕女子遭到殺害，她的姓和名都與最近受到人們注目的紐約「雪茄店女孩」命案被害人幾乎一模一樣，天底下竟有這等巧合！瑪麗·羅傑的父親在她很小的時候就去世了，母親一手把她帶大，一直到她慘遭殺害的前一年半，母女倆都相依爲命地住在聖安德烈街，經營著一家供膳宿的家庭式小旅館。有天，一位在皇家宮殿地下一樓經營香水生意的商人白朗先生，發現了年輕貌美、芳齡二十二的瑪麗，於是盤算著利用她的美貌，以吸引更多顧客上門（這家店的主顧多半不是什麼正經人士），因而向瑪麗提出優渥的僱用條件；即使女孩的母親對此事感到有些遲疑擔心，但瑪麗還是熱切地答應了。

一切正如香水商人所料，瑪麗果然爲香水店「增色」不少，她那國色天香的輕佻魅力使香水店的豔名不脛而走。她到香水店工作了一年後，有天突然消失了，那些愛慕她的客人因爲見不著她而擔心，但香水店老闆白朗先生卻無法向大家交代瑪麗的行蹤，更不用說瑪麗的母親會有多擔心煩憂了！就在當地報紙紛紛報導瑪麗的失蹤、警方也認眞展開調查之際，失蹤一個星期的瑪麗出現了，並重回香水店上班。瑪麗的健康看來無恙，只是面容有些憔悴悲傷。大家都對瑪麗爲何會失蹤一個星期的事感到很好奇，瑪麗和母親則一律以「到鄉下去探訪親戚」爲由回覆所有人，不過，有些比較個人隱私的問題，就不予以回答；然而，香水店老闆白朗先生則是宣稱對瑪麗過去一個星期的行蹤毫無所知。隨著此事逐漸平息，爲大眾漸漸淡忘，瑪麗明顯鬆了口氣，毋須再面對各界的無禮好奇，也不再感到壓力，於是瑪麗辭去了香水店的工作，回到聖安德烈街的家，回到母親的懷抱。

瑪麗回家住了五個月之後的某一天，她又再度失蹤了，朋友們莫不爲她感到憂心。三天過去了，瑪麗一點消息也沒有。到了第四天，瑪麗的屍體被發現浮在聖安德烈街對面的塞納河岸，那裡離偏僻的勞爾郊區不遠。

這樁年輕女孩慘遭謀殺的案件，隨著女孩生前輕佻名聲的遠播，無不激起巴黎人全體帶著有色眼光來關注；印象中，巴黎人似乎不曾如此有志一同地關注某樁謀殺案件。命案已經過了好幾個星期，但眾人對此命案的關心未曾稍減，甚至討論得更熱烈，就連攸關人民福祉的政治新聞，人們也是過目即忘，再把焦點拉回謀殺案上。巴黎警察局局長卯足了全力偵查此案，而全巴黎的警力也被徵調來進行大範圍的偵查。

女孩的屍體一被發現，警方就開始展開偵查，大家認爲凶手不可能逍遙法外太久。一個星期內，警方就祭出懸賞獎金的公告，雖然獎金不過區區一千法郎。這段期間內，命案偵查進行得如火如荼，不過，警方明顯缺乏判斷力，即使找了很多相關人士盤查詰問，仍然毫無所獲；命案偵查迄今仍無線索可言，更讓眾人對此案抱著極大的關注。到了第十天，警方對案情仍一籌莫展，因而認為有必要提高懸賞獎金一倍，也就是二千法郎。到了第十四天，案情仍然沒有突破，這使那些原本就對警方辦案能力沒多大信心的民眾，發起了幾次小暴動，以示不滿。巴黎警察局局長不得不親自公布懸賞新方案——「只要提供正確線索，擒凶定案，即發給獎金兩萬法郎；或者即使多人涉案，只要供出其中一名罪犯，亦發獎金兩萬法郎」；同時又公布，「若有命案共犯供出犯案同夥，即可免除罪行。」除了警方這則懸賞公告，還有另一則來自市民委員會的公告，懸賞獎金也高達一萬法郎。至此，這樁命案的懸賞獎金已高達三萬法郎，這對巴黎這種凶殺案頻傳、屢見不鮮的大城市來說，真是很大手筆的高額獎金，尤其受害者又只是一名出身寒微、毫無顯赫背景的女孩。

自從如此高額的懸賞獎金公告之後，眾人都對破案在即充滿信心。但即使警方有一、二次抓到了嫌犯，但事後都證明只是雷聲大雨點小，嫌疑犯都因與案情沒有直接關聯而被釋放。說也奇怪，女孩屍體被發現至今已經過了三個星期，案情竟然一點線索與突破都沒有，一直到民眾群起激憤的謠言四起，這樁命案才傳到我和杜彭耳裡。我們倆那陣子一直埋首於研究，將近一個月沒踏出家門，也沒接待過任何客人，甚至連報紙的頭條政治新聞也都只是看過去就算了。我們之所以會知道這樁命案，全都因為巴黎警察局局長G先生；他在七月十三日那天下午稍早親自登門造訪，並一直待到深夜才離開。局長先生因為已盡了全力偵辦命案，但卻毫無所獲而相當惱怒。

「再不破案，我的名聲就要不保啦！」局長先生不忘以他那巴黎人的驕矜神氣地說著，「就連面子也快要掛不住啦！」如今，所有民眾無不把破案目光放在他身上，他也願意付出一切代價，讓懸案有所進展。最後，局長先生還用他那僵硬笨拙的言詞，讚賞我好友杜彭機智過人，接著就很慷慨直率地提出協助偵案的請求，至於這項請求伴隨而來的條件利益為何，我想我沒有權力、也沒有必要在此說明，因為這和我這篇故事的主旨無關。

即使局長先生只是草草恭維了他幾句，杜彭還是一直表示不敢當；但是對局長先生提出的請求，他倒是很爽快地答應。局長先生得到杜彭的首肯後，便開始熱烈發表自己對這樁命案的看法，並對那時已掌握的證據做出冗長的評論（但當時我和杜彭對這些證據仍一無所知）。局長先生長篇大論地不斷說著，而且無疑地，他的許多觀點都相當有見解。有幾次，我甚至冒著大不敬，試著提醒局長先生天色已晚，不過，杜彭卻依然從容地坐在扶手椅上動也不動，一副很有耐心繼續尊聽局長先生高見似的模樣。我們與局長先生的談話當中，杜彭一直戴著深色墨鏡，有時我會朝他那雙綠色的鏡片看去，我想，他肯定是睡著了。不過，這不能怪杜彭，誰叫局長先生從前來直到離開，說了近七、八個鐘頭，也難怪杜彭要睡著。

隔天一早，我先到警察局拿了一份完整的命案偵查報告，接著又從各家報社拿到所有跟命案報導有關的報紙，從第一天迄今，一天不少。我試著整理這些已知的命案證詞與資訊，除掉一些已被證實的錯誤訊息，在此，我把整個事件的大致輪廓陳述如下——

瑪麗・羅傑，於六月二十二日星期天早上九點鐘，離開位於聖安德烈街的住所。她只告訴雅各·聖·厄斯塔許先生，說她要前往住在聖德羅梅街的姑媽家。聖德羅梅街是一條窄小但人口稠密的街道，而且離河堤不遠；如果從這裡抄近路走到羅傑老太太位於聖安德烈街的膳宿公寓，只有兩英里（約三公里左右）遠的距離。前面提到的聖·厄斯塔許先生是瑪麗的未婚夫，大家公認他是瑪麗的情人，他就住在羅傑老太太經營的膳宿公寓。他本來應該在當天傍晚接未婚妻回家，不過那天下午下了一場大雨，他於是認爲未婚妻當晚應該會留宿姑媽家（因爲以前也曾有過類似情形），便未依約前往。據說當天晚上，身體孱弱、年屆七十的羅傑老太太曾擔心地說：「我恐怕再也見不到瑪麗了。」但在當時，並沒什麼人留意她說的這些話。

到了隔天，也就是星期一，家人確認瑪麗並不在姑媽家，一整天過去了，還是沒有瑪麗的消息，眾人於是開始在附近以及城裡其他地方找人。到了瑪麗失蹤的第四天，才有了確切的消息；這一天，也就是，六月二十五日星期三，瑪麗的友人勃偉先生和他的一個朋友來到聖安德烈街對面、鄰近塞納河岸的勞爾郊區，打探瑪麗的下落時，才得知有具在河裡漂浮的屍體剛被幾名漁夫拖到岸上來。勃偉先生剛看到屍體時，還顯得有些遲疑，之後才確認死者就是在香水店工作的那個女孩；而同行的友人則馬上就認出是瑪麗。

女孩滿臉都是凝固了的黑色血液，有些血液是從嘴巴流出來的。嘴裡沒有泡沫，應該非溺斃致死。身上的細胞組織沒有變色現象，喉嚨處有些瘀傷和指印。雙臂被彎曲放在胸前，並且已經僵硬。右手呈緊握狀態，左手則微張。左手腕有兩圈擦傷，很顯然是繩索綑綁了許多圈所致；右手腕也有多處擦傷，整個背部也全都是擦傷，肩胛骨部位尤其嚴重。漁夫們雖然是用繩子綑綁屍體，但卻不致造成任何身體擦傷。頸部嚴重浮腫，沒有明顯割傷或毆打所致的傷痕，只發現一小條緊緊纏繞著脖子的蕾絲飾帶，蕾絲飾帶被纏繞得非常緊，幾乎都陷進肉裡去了，以至於一時很難用肉眼辨認出這條蕾絲飾帶；蕾絲飾帶被纏繞到左耳後方，並打了一個結；光是這種方式，就足以致人於死地。內科驗屍的證詞證實，死者生前並未受到性侵害，但確認遭受殘忍暴力對待。死者被尋獲時，面容仍算完整，前來認屍的友人因此很快認出其身分。

死者身上穿的洋裝顯得很凌亂，而且被撕得破破爛爛的。在外洋裝部分，有條約一英尺（三十公分）寬的布條，從裙子下擺的車縫邊被往上撕扯到腰部，不過沒有完全被撕斷；布條環繞腰部三圈後，在死者背部打了一種特殊式樣的繩結固定住。洋裝內裡部分的襯裙，材質是精細的棉布，有條寬度約十八英寸（四十五公分左右）的襯裙布，被小心而均勻地撕扯下來，這條襯裙布後來被發現鬆垮垮地纏繞在死者頸部，而且打的是死結。死者頸部除了被先前提到的蕾絲飾帶和襯裙布條纏繞住之外，最上方還纏了一條女用帽子的繫帶，帽子也還掛在脖子上。不過，女帽的繫帶繩結式樣並非女性的打法，而是水手或船員慣用的滑結形式。

既然死者身分已被認出，屍體就未再依正常程序被送到殯儀館，而是在被尋獲的不遠處匆忙下葬。瑪麗的屍體被尋獲一事，經友人勃偉先生的努力奔走，已盡量壓制下來，避免被大眾或媒體拿來大作文章。當屍體發現後一星期，各界才有了一些騷動。某家週報媒體終於還是以此大作文章，死者的屍體才又被挖了出來，重新進行驗屍。不過，重新驗屍的結果與先前沒有不同，然而，此回死者身上穿的衣物則轉呈死者母親與友人確認身分，他們都確認這的確是死者當天離家時所穿的衣物。

此時，各界對這樁命案的關注更加分秒倍增。警方逮捕了一些人，但之後又無罪釋放。這之中，尤以死者的未婚夫聖・厄斯塔許先生的嫌疑最大，因爲他剛開始並無法清楚交代瑪麗離家當天他自己的行蹤，不過他隨後還是交給警察局局長G先生一份詳細且無可挑剔的口供，清楚說明他當天每個小時都做了些什麼事。日子一天天過去了，案情依然膠著沒有新進展，於是各種矛盾離譜的謠言四起，媒體記者無不忙著胡亂揣測。其中最引人注意的一則謠言是——「瑪麗・羅傑仍在世，而那具在塞納河畔發現的屍體是另一位不幸的受害者。」我在此節錄於本地享有盛譽的《星報》所做的一些重要揣測報導片段，供您參考——

羅傑小姐於六月二十二日星期天一早離開了母親家，謊稱要前往聖德羅梅街的姑媽家或什麼親戚家。從那時起，便沒有人再看見過她，她行蹤不明、音訊全無。沒有人主動出面說明，曾在她當天離家後看見過她。現在，我們雖然沒有證據可顯示她在六月二十二日星期天早上九點鐘之後還活在這個世界上，但可以確認的是，她一直到當天早上的九點鐘都還活著。隔了幾天，星期三中午，勞爾郊區附近的河面上被發現漂浮著一具女屍。這麼說來，我們可以假設瑪麗・羅傑在離家後的三個小時內，屍體就被丟進河裡；意即，從她離家到屍體被發現，也不過整整三天的光景而已。但如果她眞的是被人謀殺，那麼凶手不就得在白天殺人，並在當天午夜前完成棄屍，這顯然不可能；但一個犯下兇殘謀殺案的凶手，怎可能會選在光天化日之下殺人，而非深夜呢？假設我們在河裡發現的死者眞是瑪麗・羅傑，那意謂她陳屍河裡大約是兩天半、頂多三天的光景。然而，根據經驗，不管是溺水或生前遭暴力對待致死、死後屍體才被丟進河裡的人，也都得經過六至十天的時間，屍體才能完全分解，浮上水面。更不用說即使以機關大砲去轟炸屍體，屍體也得沉到水裡五至六天才會浮出水面，之後才會再次沉入水中。根據常理，既然屍體被丟入河裡後，至少得經五天才可能浮上水面，那麼請問，瑪麗・羅傑的屍體又何以能如此違反自然，不到三天時間就浮出水面呢？然而如果假設女孩遭殺害後，一直到星期二深夜以後才被棄屍河裡，那麼假設這段時間屍體是先被棄置在岸上，那凶手肯定會在四周留下一些蛛絲馬跡；但如果女孩眞是在遭殺害的兩天後，才被丟入水裡，那麼屍體是否眞能那麼快就浮上水面呢？這一點也很令人感到懷疑。再說，一個會冷靜犯下前面所述種種殘暴惡行的凶手，不太可能連在屍體上綁重物、以防屍體浮出水面的招數都想不到吧？

《星報》的報導並繼續主張，屍體被丟進水裡一定超過三天，至少有十五天之久。還說，屍體一定是腐爛分解得相當嚴重，以至於最初發現屍體的勃偉先生無法第一眼就認出。不過這項觀點隨後就被駁斥，證明不實。容我繼續往下引述報導內容——

不過，勃偉先生究竟是憑哪一點來指認這是瑪麗・羅傑的屍體呢？他說他拉開死者的袖子，看到一些能辨識死者身分的特徵。一般而言，我們大多會認爲人身上足供辨識身分的特徵，多半是疤痕之類的標記，不是嗎？沒想到勃偉先生竟然只憑搓搓屍體的手臂，發現上面有些汗毛，就斷定死者的身分。這種方法也未免太模稜兩可了吧，這意思只差沒說，一定可以在人的袖子底下找到手臂呢！而且勃偉先生當晚並沒有親自向死者家人回報，他只是在當天星期三晚上七點鐘託人帶口信給羅傑老太太，告知她女兒的屍體仍在進行相驗。如果我們站在體恤羅傑老太太年老體衰且喪女哀痛逾恆的立場來看，那麼或許就能理解她為何不親自去見女兒最後一面（能做此種猜想，可得眞的很有同理心，才能如此替羅傑老太太設身處地想……）；但其他知道瑪麗身故消息的人，應該會有人想進一步了解驗屍情形吧，但奇怪的是，並沒有任何人前往查看。聖安德烈這條街上竟然沒有人聽說瑪麗屍體被尋獲的消息，甚至就連住在她母親膳宿公寓裡的未婚夫聖・厄斯塔許先生也沒聽說此事。聖・厄斯塔許先生事後曾宣稱，他一直到隔天早上勃偉先生去他房裡告訴他，才得知瑪麗遇害的消息。我們不敢相信的是，所有與死者親近的人，竟然如此平靜地接受死者慘遭謀殺的不幸消息。

《星報》在報導中，刻意營造出「瑪麗的親人對女孩死亡一事，全都表現得無血無淚」的冷血印象，但這卻與它也指出「親人們相信那名女屍就是瑪麗，瑪麗一定是遇害了」的觀點，相互矛盾。《星報》為了自圓其說，便試著影射以下情節——「瑪麗不知為了何故被質疑貞潔，因而在眾人的默許下悄悄離開了城裡，而當後來塞納河上浮出了一名和瑪麗若合相像的年輕女屍，友人們便利用這個大好機會對外宣稱死者就是瑪麗，因而順水推舟掩蓋了瑪麗出走城外一事。」而

《星報》報導中所謂「瑪麗的親人對女孩死亡一事，全都表現得無血無淚」的觀點，顯得太急於妄下論斷，以致事後被證實爲錯誤報導。實情是，羅傑老太太實在是因年老體衰而無法親自前往去見瑪麗最後一面，而且因爲情緒太激動，什麼事都做不了。至於聖·厄斯塔許先生，非但沒辦法冷靜接受這個惡耗，甚至悲傷得心情狂亂不已，勃偉先生還因此找了一名友人和親戚照料看顧他，以防他跑去參與屍體挖掘和相驗工作。《星報》更指出，死者屍體重新安葬的費用是由公家出錢、死者家人婉謝了私人贈送墓地的心意、死者親屬無一人參加葬禮。然而，我得說，《星報》之所以說這些事，都是爲了強化表達「瑪麗的親人對女孩死亡一事，全都表現得無血無淚」的觀點；然而，這些事之後也都證實是錯誤報導。隔天，該報的觀點，又轉而對勃偉先生感到疑惑。報導是這麼說的——

至此，命案發展已經起了變化。有位B太太告訴我們，有次她到羅傑老太太家，正好碰上勃偉先生要外出，他告訴B太太，等會兒可能有位警察先生會來家裡問一些瑪麗的事，他要B太太什麼也別說，有什麼事等他回來再處理，照這種情勢來看，勃偉先生好像是想自己掌控這整件事，看來事情的每一步發展都少不了他，不論往哪個方向挖掘進行，他也總會擋在前頭。不知爲了什麼原因，他似乎不想讓任何人插手管這件事，更奇怪的是他的態度，他也不想讓男性親戚涉入其間；他似乎不願讓其他男性看見瑪麗的遺體。

接下來要描述的事實，將使勃偉先生看來涉嫌更爲重大。就在女孩失蹤前幾天，有位訪客到勃偉先生的辦公室去找他，但當時他正好不在，不過這名訪客發現辦公室門上的鑰匙孔插了一朵玫瑰花，旁邊有塊留言板，在上面署名的是瑪麗。

這陣子以來，大家對這樁命案的了解都是從報紙中報導的點點滴滴而來，大家普遍相信瑪麗是被一群流氓混混所害，他們強行把瑪麗帶到對面河岸，然後殘暴地虐待並謀殺她。然而，本地另一家相當具有影響力的《商報》則非常不認同此觀點。以下容我引述該報特寫此命案報導的一、二段——

到目前爲止，所有偵查方向都把注意力放在發現屍體的區域，也就是勞爾郊區；但我們認爲這個偵查方向大有問題。像死者這樣一位年輕、有很多人都認識她的女子，怎可能獨自走過三條街而沒被人認出呢？而且，即使是不認識她的人，只要見過她，也一定會深深記得這位貌美且充滿吸引力的女子，可不是嗎？再者，從她當天出門的時間判斷，街上也應該聚集了不少人才對，因此死者怎可能一路走到勞爾郊區或聖德羅梅街，都沒人認出她？而且除了有供詞指出，死者當時有出門的「打算」之外，至今都沒人主動出面說明或有證據顯示，死者確實走出了家門。死者身上的洋裝被由下往上撕開，身體被布條緊緊環繞捆綁，像個包裏一樣被提走。倘若命案現場眞是罕無人至的勞爾郊區，試問凶手有必要這麼費事地處置屍體，深怕被發現嗎？屍體漂浮在勞爾郊區附近的河面，不代表就是在這裡被棄屍。凶手還從這個可憐女孩的洋裝內裡襯裙，撕下一段長兩英尺（六十公分）、寬一英尺（三十公分）左右的布條，繞過女孩頭部後方，在下巴處打了一個結，這似乎是爲了防止女孩大聲呼喊；看來凶手並沒有隨身攜帶手帕的習慣，要不然直接用手帕摀住女孩嘴巴，還較省事。

警察局局長到家中拜訪我們的前一、兩天，警方接獲了一條重要命案線索，這條線索推翻了《商報》的絕大部分論點。此重要線索是由德呂克太太的兩個兒子所發現，他們當時在勞爾郊區附近的灌木樹林中閒晃，發現三、四個大石塊被堆成一張形狀像是有靠墊和腳凳的椅子。最上面的石塊放了一件白色襯裙，第二個石塊則放了一條絲質披巾。地上還散落著一把陽傘、一副手套和一條繡有「瑪麗．羅傑」字樣的手帕；破碎的洋裝布則在林間散落一地。這裡的地面被踐踏得很凌亂，灌木林也被折得斷裂，換句話說，此處充滿了掙扎的證據。灌木林和河岸之間相隔著籬笆，籬笆倒塌了，地面也有被重物拖行過的痕跡。

另一家週報《太陽報》隨即對此重大線索的發現發表評論意見，觀點沒啥新意，只不過與巴黎其他媒體的論調如出一轍罷了——

這些東西顯然已被丟棄在這兒長達三、四個星期了。這期間下了雨，致使所有東西都變硬發霉，還黏成一團。四周長滿雜草，有些東西幾乎都快被覆蓋住了。陽傘上的絲質布還很堅韌，但是絲線纖維卻全都因爲發霉而糊成一團。傘頂呈現對摺狀態，而且發霉腐爛，一撐開，傘就裂了。女孩的洋裝被灌木扯下了兩條長約六英寸（十五公分）、寬約三英寸（七點五公分）的布條。其中一條是外洋裝的車縫邊，而且曾被縫補過；另一條則是洋裝內裡的襯裙布，但並非車縫邊；它們看來像是兩條被扯下的長布條，懸在離地約一英尺（三十公分）高的帶刺灌木叢上。因此，毫無疑問地，此處就是這樁駭人暴行的案發現場。

緊接著灌木林發現的物證，之後也出現新的證據。德呂克太太提供了證詞，她先說明自己在離勞爾郊區對面不遠的河岸路邊，經營了一家小旅館，這個地帶很荒涼，人跡罕至，光顧旅館的大多是城裡的混混，他們多半在星期天從城裡搭船過來遊玩。那個星期天下午，大約三點鐘左右，有對年輕男女（男子膚色黝黑）來到旅館，待了一會兒就離開了，他們之後沿路走進附近的樹林。德呂克太太之所以對這名女孩特別有印象，是因自己有位死去的親戚，也有一件洋裝和女孩身上所穿的極為相似；此外，她還特別注意到女孩圍了一條披巾。這對年輕男女離開後，旅館來了一群混混，他們不但大聲喧嘩，還白吃白喝，後來還沿著之前那對男女走的路線離開，並且在傍晚左右折回旅館，一行人急急忙忙趕著渡河。

當天，夜晚剛降臨，德呂克太太和她的大兒子都聽到旅館附近傳來女性發出的短促慘叫聲。德呂克太太事後還指認了灌木林間發現的披巾和洋裝，就是當天那名年輕女孩的打扮。而且，一位名叫偉倫斯的公車司機也做證表示，他確實在那個星期天看見瑪麗和一名膚色黝黑的男子一起渡河；而偉倫斯也表示，他的確認識瑪麗，因此不可能認錯人。此外，灌木林間發現的東西，也被死者的家人證實是瑪麗所有。

杜彭建議我蒐集所有與命案相關的證據和消息報導，我特別比別人多注意到其中一則消息，而且這一則報導顯然相當重要。那就是，在死者衣物被發現之後，瑪麗那位悲傷過度、三魂七魄幾乎沒了的未婚夫聖·厄斯塔許先生，被人發現陳屍在據說是瑪麗受害案發現場附近。從呼吸方面判定他是仰藥自盡，他身上那瓶標示著「鴉片酊」的藥罐則空空如也。他死時什麼也沒說，身上留了封信，信裡只簡短地說他之所以自殺，是為了證明他有多麼深愛瑪麗。

杜彭仔細看了我做的命案筆記之後，他說：「這樁命案比先前莫爾格街的案子要來得複雜許多，我想這一點應該不用我來告訴你。這兩個案子之間，有一個非常不同的觀察點，那就是瑪麗·羅傑命案是一樁看來很普通，但手法卻很兇殘的命案；我的意思是，這個命案其實沒有什麼特別古怪之處。基於此，你就會發現為什麼這個懸案在最初會被認為應該很容易破解，但就是這種『一定很容易就會破案』的想法，讓此案反而不是那麼容易偵破；而這也是當初為什麼警方那麼有破案把握，因而一開始並不認為有必要祭出懸賞獎金。警方普遍有種反射性的辦案邏輯，他們多半認為凶殺案之所以會發生，以及凶殺案是使用什麼手法，絕對都是有跡可循的；他們會在腦袋裡預設凶殺案的各種犯罪模式、犯罪動機，而且根據過往辦案經驗，犯罪動機和模式確實不脫這幾種可能性。但也正因為這個案子可偵查思考的面向確實很多，而且每一種假設看起來都有可能，如此一來，反而使這個案子的頭緒千絲萬縷，我想，這等於暗示要破案並不簡單。我很早就意識到，一個人若想領先群倫，就得擁有理性判斷的直覺，根本而言，就是要調查真相中的眞相；也因此，我們該對這個命案感到疑問的，不是『到底發生了什麼事』，而是『到底發生了什麼以前從沒發生過的事』。像是先前那個把巴黎警方搞得暈頭轉向、士氣大敗的『莫爾格街凶殺案』，就是一樁犯罪模式與動機前所未見的案子，因而超出警方過去辦案所累積的經驗值，而使警調人員感到苦惱不已；但這種類型的案子對一個在心智方面受過扎實訓練的人而言，卻是大展身手的好機會。也因此話又說回來，一個擁有卓越心智推理能力的人，碰到像本案這種犯罪元素相當普通、毫無稀奇古怪之處的案子，可能反倒大材小用，而陷入苦思；不過，相信案情無法突破，應該也只是一時的事，因此我們還是能從容面對警方，告訴他們，很快就會破案。」

杜彭侃侃而談：「打從我們一開始調查『莫爾格街命案』，就毫無疑問認定這一定是樁凶殺案，毫不往自殺方向去推測。同樣地，現在這個案子我們也能排除自殺的可能性；從勞爾郊區發現的這具屍體狀態看來，我們更能排除死者自殺的可能性。不過有人卻暗指那具屍體的身分並非瑪麗·羅傑，別忘了，警察局局長G先生是為了抓到殺害瑪麗·羅傑的凶手或共犯，才會祭出如此高額的懸賞獎金。但局長先生是自己一個人來拜訪我們，請求幫忙破案，現場除了我們三人，沒有人知道此事，更何況你我都知道，不能太相信局長這個人的為人與信用……因此，假設我們真的開始調查命案、找尋真凶，後來發現死者另有其人，或是發現瑪麗·羅傑還活得好好的，那麼或許局長先生會耍詭計反悔，認為我們緝拿到的並不是殺害瑪麗·羅傑的凶手，也因此別想拿到懸賞獎金。如此一來，我們不就白費苦心？也因此，我們應該是因為自己想了解真相的立場而偵查案情，而不是為了什麼官方的司法正義才這麼做。所以，我們偵查的第一步，就是確認那具被尋獲的屍體，身分究竟是不是瑪麗．羅傑。」

杜彭繼續說道：「命案發生以來，本地的《星報》一直很關心此案，不只是公眾很相信該報的推論，就連報社本身也對自家做的命案分析報導感到頗有見地，這一點，我們可以從《星報》某天的言論這麼發現──『今天，有好幾家晨報都表示，它們認為《星報》星期一對此命案的報導，深具決定性意義。』但我卻認為，那篇報導若有所謂的決定性意義，只能說撰稿人對此案懷有無比的關切熱忱罷了，除此之外，不用把它當一回事。我們要知道，媒體通常只會製造聳動話題，而不是想挖掘事實的眞相；即使有時媒體眞的挖掘了眞相，那也只不過是搭了炒作話題的順風車罷了，純屬偶然，不必把媒體看得太崇高。在這個時代裡，如果媒體報導的觀點太過平淡無奇（即使它的觀點確有其立論基礎），根本沒人要看。人們總覺得立論要刺激且矛盾不斷，這樣的報導才夠深入。看來事件的推理和文學創作沒什麼兩樣，只要其中帶有似是而非的成分，便能立刻讓人們普遍接受；可是說穿了，這種似是而非、模稜兩可的手法不管用在何處，都是最等而下之的，可不是嗎？」

杜彭接著把話題帶回案情分析：「我眞正想說的是，《星報》之所以會端出這種『瑪麗．羅傑還好好活著』的臆測報導，全是為了滿足人們愛好似是而非、喜歡獵奇、愛聳動的心理，也為了迎合人們對這個女孩的同情疼惜心理，想讓事件有個完滿的結局，因而完全不顧眞相究竟為何。我們現在就來檢查一下《星報》這篇報導裡幾個有問題的觀點，暫且先撇開文章裡一些互相矛盾的地方。」

杜彭開始分析《星報》的報導觀點：「這篇報導的撰稿人，他首先想說的事情就是——『這具屍體的身分不可能是瑪麗』，因為從瑪麗失蹤到有浮屍被發現，竟然歷時三天不到，因此死者另有其人；為了合理化自己的推論，這位撰稿人便儘可能想縮短兇手犯案、棄屍、屍體被發現的這段時間，讓這段期間愈短愈好，這樣一來，在三天以內就浮出水面的屍體就不會是瑪麗。基於一開始做出了這種假設，撰稿人追蹤案情的態度也顯得相當輕率魯莽；報上是這麼說的——『但如果她真的是被人謀殺，那麼兇手不就得在白天殺人，並在當天午夜前完成棄屍？這顯然不可能。』針對此點，我們不禁馬上要問——『為什麼不可能？』為什麼女孩不可能在離家五分鐘內，立即遭到謀殺？為什麼兇殺案不可能在一天裡的任何時間發生呢？時時刻刻都可能有人遭到殺害哪！但有沒有可能，兇殺案是在星期天早上九點鐘之後，到深夜十一點四十五分的這段時間裡發生呢，這樣一來，兇手就有時間在午夜前把屍體丟進河裡。總之，《星報》就是認為兇手不可能在星期天當天，也就是不可能在這麼短的時間內犯案，因此認為死者並非瑪麗。如果我們這一回就讓《星報》這種胡亂猜測的論點過了關，那它日後不知還會怎麼囂張報導呢！而且雖然報上刊登這一段的字眼是用『這顯然不可能』來表達，但我想，撰稿人當時的腦袋裡很可能是這麼想的——『但如果她真的是被人謀殺，那麼兇手不就得在白天殺人，並在當天午夜前完成棄屍？這顯然不可能；還有另一個假設，我知道這也不太可能，但還是想假設一下（反正現在無論如何都已經一腳踏進「假設」裡了），倘若兇手真的在午夜前殺了人，那他是不是有可能要一直等到過了午夜，才掩人耳目地把屍體丟進河裡呢？』即使撰稿人腦袋裡這第二個假設看來還是很可笑、不合理，但總比他寫在報上的那一段好多了。」

杜彭繼續往下說：「如果我的用意只是爲了釐清《星報》的論點，那我對這個案子的關心大可到此爲止。我們之所以這麼做，並非針對《星報》而來，而是爲了命案的眞相。《星報》的這個推論，觀點只有一個，也就是它無論如何都認爲凶手不可能在星期天午夜前殺人，然後把屍體丟進河裡，這點我剛剛已經很仔細分析過了。不過我們應該去探求的卻是這個推論的言外之意，那就是，爲何撰稿人會認爲不論死者在何時遭到殺害，屍體都不可能在午夜前被丟進河裡？這個推論錯在它假設命案一定是先在某種情況下、某個地方發生，然後屍體才被運到河岸，丟棄在河裡。然而，命案也有可能發生在河岸或在河面上啊，如此一來，不管命案是在白天或晚上發生，屍體都勢必會被丟進河裡，因爲這個棄屍的方法，很顯然是最立即方便的。我希望你能了解我說這些話的用意，我並不是在說自己的推論才是比較正確、可能的，因爲到目前爲止，我都還不算已經正式開始調查這個命案呢！我只是想藉此提醒你，不要被《星報》的推論觀點牽著鼻子走，不要一開始就讓自己的注意力被媒體的片面之詞所影響。」

杜彭往下分析這篇報導的其他推論：「既然《星報》已經替自己預設了『屍體不可能在星期天當天午夜前，就被丟進河裡』的立論觀點，而且它還假設，如果那具屍體的身分是瑪麗本人，那麼瑪麗被棄屍河裡的時間一定很短。報導是這麼說的——『根據經驗，不管是溺水或生前遭暴力對待致死、死後屍體才被丟進河裡的人，也都得經過六至十天的光景，屍體才能完全分解，浮上水面。更不用說即使以機關大砲去轟炸屍體，屍體也得沉到水裡五至六天才會浮出水面，之後才會再次沉入水中。』除了本地一家叫《箴言報》的報紙不認同《星報》的這個觀點之外，巴黎的其他媒體似乎都心照不宣地表示贊同。而《箴言報》主要是對『屍體最少要幾天才會浮上水面』這個部分的論點持有不同意見，它並且舉了五、六個實例來說明，屍體不一定像《星報》說的，得五至六天才可能浮出水面。然而，《箴言報》所用的案例卻不甚高明，因爲它都是舉些『特殊例子』來反駁《星報》所稱的『一般常例』，也因此，它即使再舉五十個『屍體會在二、三天就浮出水面』的特例，對《星報》所指的『屍體得沉到水裡五至六天之後，才會浮出水面』的常例原則而言，仍然只是特例，除非，《星報》所持的常例原則被駁斥、證實有誤，否則《箴言報》的說法並不對它構成威脅。倘若各界對《星報》所說的常例原則予以承認（《箴言報》其實並非不認同，它只是一味堅持自身所舉的特例論點是對的），那麼一點也無損《星報》立論的觀點。這件事情唯一值得爭議的就是，屍體到底有沒有可能二、三天以內就浮出水面。而且，除非《箴言報》舉的那些可笑『特例』累積多到可推翻《星報》所說的『常例原則』，否則關於『屍體至短幾天內會浮出水面』這個爭議，終究還是對《星報》有利。」

杜彭立刻對我說：「你現在應該看出來，接下來最需要釐清的爭議點是什麼了吧？沒錯，就是《星報》所持的『屍體得沉到水裡五至六天之後，才會浮出水面』常例原則；我們現在就來檢驗一下這個論點有沒有問題。一般情況下，人體的密度比重與塞納河這樣的淡水水質相比，應該是一比一，沒有誰輕誰重的問題。一般來說，一個骨架小、肉多肥胖的女人和一個骨架大、較爲精瘦的男人相比，前者的密度比重會比後者來得輕。當然，海水的潮汐作用也會影響河流的密度比重。不過，先撇開潮汐作用不談，我們可以說，只要是出於自由意志跳進河裡的人，幾乎沒有人會因此滅頂。即使有人不小心跌進河裡，只要他儘可能整個人都浸泡到水裡，還是可能讓身體和河水的比重，維持在一比一的狀態，因而能夠浮起來，不至於溺水。甚至，即使是一個不會游泳的人，他如果能在水中保持站立的姿勢，儘可能把頭往後仰，只露出一點口鼻來呼吸，我們會發現，在此情況下，此人也能毫不費力地浮起來。這一切的一切都表示，人體和河水之間的比重有著相當微妙的平衡，只要一點點不小心，都可能破壞這平衡。因此，倘若一個在水裡的人把一隻手臂伸出水面，失去了手臂的支撐，身體因而無法繼續和水保持平衡，水的比重就會因此變大，而產生一股把人的頭部往水裡壓的力量；但倘若此時水面漂來了一小塊木頭，讓此人得以緊緊抓住，此時人的身體將因爲這個輔助浮起的力量，與水的比重重新達成平衡，這時頭部又能再度探出水面，甚至輕鬆地環顧四周呢！可是對一個不會游泳、在水裡掙扎著的人來說，無可避免地，他一定會很慌張，把一隻手臂伸出水面，而且不但沒把頭部盡量往後仰、接近水面，反而還整個人繼續站在水中。接下來的結果就是，一般情況下，頭部會沉入水中，口鼻開始進水，想在水中張嘴呼吸，卻導致水進入到肺裡，甚至有更多水分會跑進胃裡，最後整個身體被灌進很多很多的水，身體變得很重，於是開始下沉。當然也有例外的情況，像那些骨架小或肉多肥胖的人，溺死後卻會浮在水面上，而不會沉沒。」

杜彭繼續解釋著：「屍體沉到水底後，除非再次有某種外力改變了它和水之間的比重，讓它把水排開，才可能浮出水面。這個外力可能是屍體的自然分解，也可能是其他因素。屍體腐爛、經過細菌分解後，產生的氣體會充塞並膨脹身體的細胞組織及器官，死者的面目也會變得腫脹、恐怖。屍體持續分解、變得腫脹，但重量並未隨之增加，如此一來，屍體的比重將比它所排開的水還要來得輕，因而能立刻浮上水面。然而，屍體分解得快或慢，會受到很多因素、很多作用力影響，像是季節溫差變化、水質是純水或含礦物質、水域的深淺、水是流動的或淤塞的、死者生前是健康的或生病的等等，都會影響屍體分解的速度；也因此，我們並不能確定屍體究竟得分解幾天才會浮上水面。在某些特殊情況下，屍體甚至有可能一小時以內就浮上來；但在其他情況下，屍體很可能永無浮起之日，像是如果在動物身上注射氯化汞這種化學物質，就可永久保存其軀體，不會腐爛分解，屍體自然也就永遠無法浮上水面。不過，不只是屍體分解會產生氣體，屍體胃部若殘留了蔬菜，也會發酸發酵、產生氣體，甚至其他器官也會因爲一些物質的作用而產生氣體，使屍體變得腫脹，因而浮上水面也說不定。至於拿機關大砲轟炸屍體，作用僅止於震一震罷了。當然，大砲的震動力量可能因此把屍體從軟泥巴中鬆動開來，或是讓屍體不再繼續被泥土掩蓋，而能露出身來，繼而讓屍體得以完成分解，之後就能浮出水面；或是，這股強勁的震動力也可能使屍體的組織細胞之間失去黏著性，因而讓各器官有機會進行分解，產生氣體而腫脹，最後浮出水面。」

杜彭解釋完畢，鬆了一口氣說：「當我們搞清楚這些與溺水、與屍體在水中的情形有關的原理知識後，就能輕鬆檢驗《星報》的說法了。《星報》是這麼說的——『根據經驗，不管是溺水的人或生前遭暴力對待致死、死後屍體才被丟進河裡的人，也都得經過六至十天的光景，屍體才能完全分解，浮上水面。更不用說即使以機關大砲去轟炸屍體，屍體也得沉到水裡五至六天才會浮出水面，之後才會再次沉入水中。』現在再來看這些論點，就會發現它不但自相矛盾且毫無條理。誰說根據經驗，經過六至十天的光景後，屍體就一定會浮上水面？不管是科學根據或經驗都顯示，屍體要經過多久才會浮起來這件事，完全沒有標準。而且，如果屍體已經被機關大砲轟炸、浮上了水面，那麼除非它分解後產生的氣體全部洩光，因而使屍體的比重又再度比水大，否則屍體是不會再沉入水中的。但接下來，我希望你能注意一件事，那就是去分辨『溺水的人』和『生前遭暴力對待致死、死後屍體才被丟進河裡的人』落水後的情況是不同的；雖然撰稿人在陳述時，也特地區分了前者與後者，但他之後的論述卻還是將兩者視作同一種狀況來討論。我先前已經說明過，一個『溺水、掉進水裡的人』，如果他慌張地把手臂伸出水面，接著頭部就會沉入水裡，口鼻呼吸時進水，他的肺和身體其他器官就會慢慢被水灌滿，因而讓自己身體的比重愈來愈大，失去與水之間的一比一平衡，在這種情形下，才可能會『溺斃』，屍體沉入水中。然而，一個『生前遭暴力對待致死、死後屍體才被丟進河裡的人』，絕對不可能被丟進河裡後，還像活人似的伸出手臂用力掙扎、大口呼吸被水嗆到。這個道理相當簡單，沒想到《星報》竟渾然不知，因為，按照常理，一個『生前遭暴力對待致死、死後屍體才被丟進河裡的人』，已經是一具屍體，因而不可能像溺水後、與水失去比重平衡的活人一般胡亂掙扎，它將只會安安靜靜地漂浮在水面上。然後，當屍體骨肉幾乎都已腐爛、被分解光後，屆時，屍體將眞正消失得無影無蹤。」

杜彭針對屍體的身分開始分析：「《星報》一直認爲這具屍體的身分不可能是瑪麗，因爲從瑪麗失蹤到有浮屍被發現，竟然歷時三天不到，因此死者另有其人。我剛剛在前面已經說明，屍體會何時浮出水面並沒有準確的一些科學原理，這個部分，《星報》顯然是無知又自大。至於這具浮屍的身分究竟有沒有可能是瑪麗，就讓我們來討論一下好了。一個溺斃的女人，可不一定會沉入水中；甚至，她即使沉入了水裡，也有可能在二十四小時內浮上水面。但既然大家都不認爲瑪麗是溺水致死，而認爲她是遭到殺害後才被棄屍河裡，那麼不論何時，她都可能被人發現浮屍在水面上，可不是嗎？」

杜彭分析著《星報》的論點：「《星報》接著又說：『然而如果假設女孩遭殺害後，一直到星期三深夜以後才被棄屍河裡，那麼假設這段時間屍體是先被棄置在岸上，那凶手肯定會在四周留下一些蛛絲馬跡……』剛開始，我實在很難理解撰稿人做這種推論究竟有何用意，因爲這樣一來，不就等於是在暗示——『死者被棄屍在岸上的這兩天裡，屍體分解的速度比被丟進水裡兩天還快，於是才能在星期三深夜被棄屍進河裡後，在隔天，也就是星期三就被發現浮屍在水面上……』看來他這麼寫，顯然是故意想讓人對他的論點提出異議，以證明這具這麼快就浮上水面的屍體，身分並非瑪麗。撰稿人爲了增強『死者並非瑪麗』這個推論的可信度，於是又急忙順著自己的邏輯繼續推論——『那凶手肯定會在四周留下一些蛛絲馬跡……』你看到《星報》下的這個結論，一定會覺得很可笑吧。到底有誰能只憑屍體在岸上留了很長一段時間，就斷定凶手一定會因此留下很多形跡線索呢？我想，我也沒把握這樣去判斷。

「《星報》接著又說：『一個會冷靜犯下前面所述種種殘暴惡行的凶手，不太可能連在屍體上綁重物、以防屍體浮出水面的招數都想不到吧？』你注意到了嗎，這是多麼可笑且混亂的思維邏輯啊！由於死者身上很明顯有遭到施暴的痕跡，因此，不論是《星報》或其他媒體的觀察論調都一致認同死者是先遭到謀殺，死後才被棄屍河裡。我們一直都知道《星報》的推論只是想證明『瑪麗並未遭殺害』，而非『沒有人遭到殺害』。但很遺憾地，自以為聰明但邏輯卻很混亂的《星報》撰稿人，不但無法證明『瑪麗並未遭到殺害』這個論點，反倒只證明了後面這個觀點——『沒有人遭到殺害』，他讓自己鑽進了推論的死胡同啦。他那荒謬的論點想必是這樣的——『現在出現了一具身上沒綁重物的浮屍，凶手棄屍河裡時，不可能連在屍體上綁重物、以防屍體浮出水面這一招都沒想到，因此這具屍體不是凶手丟棄的，不是凶手所為就代表死者生前並未遭殺害。』以上就是《星報》混亂且自打耳光的胡亂推論，真看不出它到底推論了什麼，甚至連鑑識『死者是不是瑪麗』的邊都沒沾上呢！稍早前，《星報》才剛說：『從那具被尋獲的屍體看來，我們有充分的理由相信，那是一名生前慘遭殺害的女性。』這會兒，《星報》卻又大費周章地賞了自己一記耳光，推論著說：『沒有人遭到殺害』呢！」

杜彭又試著舉其他例子，證明《星報》的無稽推理：「前面這個例子還不是《星報》自賞耳光的唯一一記呢！這位撰稿人就連在建構『死者並非瑪麗』這個他很堅持的論點時，也常常不自覺做出與自己論點相牴觸的推論。我先前就曾說過，《星報》一直認為這具屍體的身分不可能是瑪麗，因為從瑪麗失蹤到有浮屍被發現，竟然歷時不到三天，因此死者另有其人。他有個很明確的推論目標，那就是想把『從瑪麗失蹤到有浮屍被發現』的這段期間盡可能縮到最短，也就是盡量縮短凶手犯案、棄屍、屍體被發現的這段時間，這樣一來，在三天以內就浮出水面的屍體，就不會是瑪麗。我們可以發現他極力主張從瑪麗離家的那一刻起，便沒有人再看見過她，報上是這麼說的：『我們沒有證據可顯示她在六月二十二日星期天早上九點鐘之後，還活在這個世界上。』撰稿人似乎為了證明瑪麗沒死、把事情設想得過度理想化，才會這樣去推論，他這種光憑時間點來做推論的觀點顯然太過片面、狹隘。假設有人說在隔天的星期一或星期二都曾看到過瑪麗，那麼豈不更好，豈不更大大縮短女孩從失蹤到有屍體被發現的時間，這樣一來，不就更能大大降低死者就是瑪麗的可能性呢？無論如何，看著《星報》堅持以片面的時間點思考邏輯，來對它所認定的『死者並非瑪麗』論點做各種無稽的推理，眞是讓人覺得可笑。」

杜彭開始往下檢視《星報》其他認定「死者並非瑪麗」的論點：「我們現在重新來看一下跟勃偉先生指認死者身分的這部分報導。《星報》就連死者手臂汗毛這部分的論述，也顯得很不誠實可信，它為了自己所堅持『死者並非瑪麗』的論點，一定扭曲或曲解了勃偉先生的供詞。勃偉先生可不是笨蛋，他怎麼可能只憑死者手臂上有沒有汗毛（畢竟誰的手臂上會沒有汗毛），就指認死者的身分。勃偉先生一定是指稱死者手臂上的汗毛有著極不尋常之處，或許是在顏色上、數量上、長度上，甚至是某些與一般情況有別的特點。」

「關於勃偉先生指認死者身分的其他細節，《星報》也一一質疑駁斥，眞是太離譜了。報上是這麼說的：『死者的腳嬌小如其他女性一般，所以不足為證；至於死者腳上所穿的吊襪帶也同樣不足爲證，這是因爲吊襪帶通常和鞋子都是大量製造，一批批出售的，想必也有其他女性曾買過這樣的商品；還有，那頂在死者身上發現的飾花女用帽，也與前面其他物件不適合列入證據的理由一樣；最後，關於勃偉先生很堅持這名死者身上的吊襪帶扣合方式相當特殊，和瑪麗的穿法一樣，都是用鉤環反扣回來，捲起一截絲襪，讓絲襪長度變短；但這也不能證明什麼，因爲大部分女性多半都把吊襪帶買回家後，才依照自己的腳長和腿圍進行試穿調整，因此很可能許多女性都會這麼使用鉤環，只是旁人不知道罷了。』看了《星報》這段文字，我並感覺不到撰稿人用了誠意來推敲案情，他只是想死命堅持『死者並非瑪麗』的論點罷了。我們假設勃偉先生在找尋瑪麗的屍體時，發現一具屍體在容貌和體型上都與瑪麗吻合，那麼在不考慮屍體身上的衣物是否爲瑪麗當時離家所穿的衣著的情況下，相信勃偉先生會斷定這具屍體的身分就是瑪麗。接下來，我們再假設這具屍體不僅容貌與體型和瑪麗相吻合，就連手臂上的汗毛特徵也和瑪麗一樣，那麼相信勃偉先生一定會比先前更確定這就是瑪麗的屍體。接著，如果我們確認瑪麗的腳很嬌小，而這具屍體的腳也同樣嬌小，以這兩個條件去交互運算屍體身分爲瑪麗的可能性，若套用數學領域的說法來形容，就不只是用加法算出結果可比擬，而得用等比級數運算後的數值來大大形容還比較恰當呢！倘若，再加上從屍體身上找到的鞋，與瑪麗失蹤當天所穿的鞋子款式相同（鞋子款式之所以相同，是因爲鞋子在市面上大批販售、流通的結果）這一點，我們幾乎已能百分之百確認這具屍體的身分就是瑪麗。這告訴我們什麼呢？一個個看似不起眼、沒什麼特別之處的證據，只要被擺對了地方就可能立大功，讓眞相大白。接著，倘若在屍體身上找到的女用帽，其花飾特徵和瑪麗所擁有的帽子一模一樣，那我們至此已毋須再探求更多證據了；但如果帽子上的花飾有兩朵、三朵，甚至更多呢？那麼每多一朵花吻合，證據的可信度則將以數百倍、數千倍的倍數增加。接下來，我們又發現死者身上穿的吊襪帶和瑪麗生前穿的一樣，同樣地，至此也毋須再探求更多證據了；死者身上的吊襪帶扣合方式相當特殊，和瑪麗生前的穿法一樣，都是用鉤環反扣回來，捲起一截絲襪，讓絲襪長度變短；如果到了這地步還有人對死者的身分存疑，那人的腦袋一定很不清楚，否則就是故意雞蛋裡挑骨頭。《星報》在推論中硬是宣稱死者扣吊襪帶的方式沒什麼特別之處，足見那位撰稿人的思維有多麼固執不通。吊襪帶鉤環是很有鬆緊彈性的，死者善用鉤環彈性，回捲絲襪、讓絲襪變短這一點，更證明了這項證據的特別之處。絲襪本身也很有彈性，除非有特殊情況，否則不太需要外力去調整它。瑪麗之所以會特意這樣扣，一定有她的道理，至此，再憑吊襪帶扣合的這項特徵，就足以證實屍體的身分是瑪麗。不過，我的意思並不是指，光憑死者的吊襪帶、鞋子、帽子、帽子上的花飾、小腳特徵、手臂上的特殊印記、體型和容貌任何一項個別證據，就能鑑識出死者的身分；而是得把這些證據集合起來，加以研判才行。死者身分的鑑識至此已經相當清楚明朗，因此我並不認爲因爲《星報》撰稿人對死者的精神狀況有疑慮，就有必要爲此加以調查，即使調查了，又能證實什麼？他之所以會有這種自以爲聰明的疑慮，還不是因爲私底下和律師朋友們閒聊時聊到；而律師們又是興高采烈從哪兒得來這種想法？這就得問問那些思考僵化的法官大人了。在此，要特別說明我自己的觀察，很多法官拒絕接受的證據，對心智推理能力卓越的人來說，反而是很珍貴的線索。法官們只喜歡跟著一般性證據走，而排斥、不採納那些特例型證據。雖然法官們的思維很僵化，總是死守一般常規，無視於事件中可能出現的矛盾或例外，但無疑地，長久下來還是能夠釐清相當多案情眞相。總之，這是一種很安全、不走極端的通則性作法。不可諱言地，這種活在框框內的常規性思維，確有其價値和道理的存在；但不容否認的是，在這種思維底下誤判的案例，應該也不在少數。」

杜彭談到勃偉先生這個人，「至於《星報》把謀殺瑪麗的矛頭指向勃偉先生這件事，你大可不必當眞。相信你一定也揣測到這位好好先生有著什麼樣的個性了吧？他這個人傻傻的，但是很熱心。這樣的人若在生活中遇到了不尋常的大事，就會一股腦兒地投入，也因此很容易讓那些比較有心眼或不懷好意的人，懷疑他做這些事背後的動機。《星報》這位撰稿人曾私下訪問了勃偉先生好幾次，但勃偉先生才不管《星報》認爲『死者並非瑪麗』的推論與立場，總是很直言不諱地反駁對方，並愼重地宣稱，那具屍體就是瑪麗。《星報》是這麼說的：『我們對屍體身分提出了幾點質疑，然而勃偉先生卻完全無法釐清和排除我們的質疑，甚至還堅稱那確實是瑪麗的屍體，希望大家相信他。』關於勃偉先生爲何無法說明他是如何辨識出屍體身分這一點，或許可以這麼理解：有時候，人會因爲太熟悉、太了解另一個人，反而沒辦法用特定的形容來表達，並確切指出這個人的特徵；沒有什麼事比要我們具體形容出對一個人的印象，更模稜兩可的了。一個人能認出他的鄰居，不代表他就能用確切的形容，表達出他對鄰居的了解與印象。也因此，我認爲《星報》這位撰述人沒有權力如此質疑勃偉先生的看法。」

杜彭繼續釐清勃偉先生被當成嫌犯懷疑這件事：「我認爲勃偉先生並未涉嫌此命案，我想他是被自己浪漫、熱心過頭的性格拖累了；我這個推論，總比《星報》暗指他涉嫌重大來得好吧！一旦你認同我對勃偉先生個性上的推敲解釋，就不難理解為什麼瑪麗會在他辦公室的鑰匙孔裡插玫瑰，並且署名；誰抗拒得了這樣一位浪漫的男士呢！當然，我們也就更容易理解勃偉先生這些被《星報》質疑的行為——『不想讓瑪麗的男性親友涉入此事』、『不願讓其他男性看見瑪麗的遺體』、『要求B太太什麼也別說，有什麼事等他回來再處理』、『似乎不想讓任何人插手管這件事』。無疑地，從勃偉先生這些行徑看來，他也是愛慕瑪麗的其中一名追求者，而瑪麗顯然也對他表示過好感，因此他滿心認為由他來處理與瑪麗貼身相關的身後事，再恰當不過；關於這件事，我想就討論到這兒吧！至於《星報》提到『瑪麗的母親與親人對女孩死亡一事，全都表現得無血無淚』一事，但這與『親人們相信那名女屍就是瑪麗，瑪麗一定是遇害了』的堅定態度，不太相符；這件事之後會有更進一步證據來駁斥《星報》的這個推論。現在，既然我們已經確認了死者的身分，就繼續往下一個命案疑點討論吧！」

「那你怎麼看待《商報》對命案的推論？」我詢問杜彭的意見。

杜彭讚許地說：「我倒是打從心底認為《商報》的論點比其他報紙更值得參考。它的推論滿有道理，而且觀察滿敏銳的，不過，它還是有至少兩點的推理瑕疵。第一點，《商報》似乎在暗示瑪麗當天一出家門沒多久，一定就被一幫混混綁走。報上是這麼說的：『像死者這樣一位年輕，且有很多人認識她的女子，怎可能獨自走過三條街而沒被人認出呢？』《商報》撰稿人之所以會這樣推論，是因為他自己是個名人，而且時常在報社附近的市區走動，也因此大家幾乎都認得他。他自己的經驗是如此，因此他認為也能套用在瑪麗的情形上，因而相信像瑪麗這樣的年輕女孩，怎麼可能在自家附近活動，而沒人認得出她？然而，《商報》撰稿人忽略了一點，那就是，除非瑪麗行走的習慣和他本身一模一樣，固定且不變，否則《商報》的這一個論點，未必能成立。撰稿人很可能每天在固定範圍活動時，走的都是固定路線、固定距離，自然比較容易引起同行或類似工作性質的人注意，進而認識他。但在這個案子裡，也許瑪麗每天行走活動的路徑或範圍都不固定，也不一樣；而且，或許她失蹤當天走的路線與平常完全不一樣，這也是有可能的。《商報》撰述人的論點如果想成立，那麼得有兩個像他那種活動方式的人走遍整座城市，才可能成立。然而，在這個案子裡，瑪麗走在路上有可能遇到熟人，也有可能一個都遇不到。我想非常可能的情況是，瑪麗在當天的某個時間裡，特地選了一條可以到達姑媽家、但又不會遇見任何熟人的路線。而且我們可以這麼去想，假設有個全巴黎最有名的人，應該有最多人見過他、認識他吧！倘若把所有認識他的人加總起來，和全巴黎的人口數相比，又如何呢？這之間絕對還有很大一段落差吧！」

杜彭繼續往下說明：「《商報》的第二點推論瑕疵，就是對『瑪麗當天離家時，街上人潮洶湧』的討論；光是這一點，就足以讓《商報》對此案報導的影響力大打折扣。報上是這麼說的：『從她當天出門的時間判斷，街上應該也聚集了不少人才對。』但事實並非如此，當天可是星期天（安息日）早上九點鐘呢！一個星期裡，星期一到星期六早上九點鐘這個時候，街上的確充滿人潮；但是星期天就不同了，九點鐘的時候人們大多在家中準備出門上教堂、做禮拜。因此，任何觀察力敏銳的人都不會忽略一件事，那就是，在每個星期天這一天，早上八點鐘到十點鐘這段時間，整個巴黎簡直就像座空城，街道上空空蕩蕩的，一直要到十點鐘以後，街上才會再度充滿人潮。也因此，瑪麗在星期天早上九點鐘出門的時候，街上應該沒什麼人才對，這就是《商報》的推論瑕疵。」

杜彭興致盎然地說著：「除了前面提到的兩點，《商報》還有另一點推論瑕疵。報上是這麼說的：『凶手還從這個可憐女孩的洋裝內裡襯裙，撕下一段長兩英尺、寬一英尺左右的布條，繞過女孩頭部後方，在下巴處打了一個結，這似乎是為了防止女孩大聲呼喊；看來凶手並沒有隨身攜帶手帕的習慣。』看來姑且不論凶手這麼做，是不是為了防止女孩大聲呼救，我們現在先把問題著眼在『看來凶手並沒有隨身攜帶手帕的習慣』這一點上，而《商報》似乎在暗指，現今除了混混，所有人都會隨身攜帶手帕。然而，我相信你一定也有機會觀察到，這些年來，即使是小混混也都有隨身攜帶手帕的習慣，這些人即使沒穿襯衫、不打扮得人模人樣，也一定會帶手帕在身上的。」

「那我們又該怎麼去看《太陽報》對命案的推論呢？」我又詢問杜彭的意見。

杜彭揶揄地說著：「我說啊，《太陽報》的撰稿人沒去當隻鸚鵡還眞可惜，如果他是隻鸚鵡，肯定是同類中最卓越群倫的一隻，因為他實在太善於模仿、重複人們說的話了！這位撰稿人的推論毫無新意，他所做的不過就是很努力蒐集其他媒體的觀點，這邊抄一點那邊錄一點，完全只是應和、重申其他媒體的觀點罷了。報上是這麼說的：『這些東西顯然已經被置放在這兒長達三至四個星期了。毫無疑問地，此處就是這樁駭人暴行的案發現場……』但即使《太陽報》又重申了這些觀點，我對這個論點仍然感到很質疑，等我們之後談到與這一點有關的其他部分時，再一塊兒檢驗它們的眞實性吧。」

杜彭建議著：「現在，我們應該把注意力放在命案的其他線索上。我想你一定注意到驗屍作業是多麼不嚴謹了，屍體的身分理應很容易確認，或者說，早就該確認了；但是，其他相驗結果呢？死者身上有沒有財物被搶走？死者離家時身上有沒有戴珠寶？如果有，那麼有沒有在屍體身上找到任何珠寶呢？在此同時，還有更多類似這樣的疑點極待釐清，我們得親自查明才行，尤其是瑪麗的未婚夫——聖．厄斯塔許先生的事情。我並不認爲他有嫌疑，但還是得照程序檢驗。無疑地，我們得先弄清楚他那份交代星期天行蹤的口供書正不正確；口供書這種東西，通常只會使人愈弄愈糊塗。如果確認口供書屬實，那麼我們就可以排除聖．厄斯塔許先生的嫌疑，然而，他的自殺舉動又讓他陷入更大的嫌疑。不過，如果他的口供書確實沒有疑點，那我們就不應該一直繞著這個人以及他的自殺動機打轉，而應該讓命案偵查回歸原本的分析方向。」

杜彭對偵查方向表示不同的看法：「我建議偵查時，不要再執著於這樁慘案已知的內部環節，而應把注意力集中在未知的、外部的事件上。如果我們只把焦點放在與命案直接相關的事件上，而不去注意那些間接的、看似不重要的證據，那可就大錯特錯了；舉例來說，法官大人若認爲只有與案情直接相關的證據和言論才值得重視，那麼他也犯了大錯。許多經驗和道理都告訴我們，極大部分的眞理都是從看似不相干的事件而得來；現代科學中許多難解的課題如果無法從理性的知識層面獲得解答，那就只能轉而指望無法言說、不可預見的力量了；我想我這樣解釋，或許你會聽得有點糊塗。在人類累積知識與發展文明的過程中，我們往往會從生活中一些不相干的、靈光乍現的事件，得到意想不到的斬獲與發現。因此，站在人類不斷追求進展突破的角度來說，這些看似不重要、不相干的事情開始變得不可或缺，有了它們，也才可能激發出更多、更大、更超出所期的驚人發現。也因此，事件的發展總是出人意表，無法用常理加以推斷或預見，而須一併考慮那些看似不重要、不相干的偶然因素，才可能獲致結果。偶然、機會、非預期中的事，全都與數學演算有關，應可把它們都歸納到數學運算的範疇。」

杜彭繼續強調擴充偵查方向的重要性：「我想再說明一下，有很多事實眞相都是從一些間接、看似不相干的事情而得，而且這些眞相的確假不了。這樁命案到目前爲止毫無進展，所以我準備改變偵查方向，轉往我前面所強調的命案外部、看似間接不相干的事情去進行。接下來這段時間裡，你一邊釐清聖・厄斯塔許先生口供書的眞實性，我也一邊徹底檢驗這些跟命案有關的媒體報導，我的作法將比你之前的檢驗來得更全面、更大規模，以求找出一些命案外部的關鍵消息。到目前爲止，我們都還只是在與命案直接相關的環節上打轉，假如我推斷得不錯，若把我後續發現的一些命案外部間接證據加進來，將能使我們的命案調查報告更完整。我相信媒體沒聯想到的這些細微觀察點，將能爲我們建立起命案的新偵查方向。」

接下來的日子裡，我聽從杜彭的建議，仔細檢驗聖・厄斯塔許先生的口供書，並發現這份資料確實毫無疑點，這證明了聖・厄斯塔許先生的清白。杜彭則是埋首於各家媒體報導檔案中，他那種仔細到不能再仔細的檢查方式，讓我感覺很瑣碎，好像一點目標也沒有。一星期過去了，杜彭終於把特別整理、挑選出來的一些報導片段放在我面前，這些片段內容如下：

三年半前，有一樁引發大眾注意、騷動的失蹤案，和此次案件相當類似，失蹤當事人均是同一人——瑪麗．羅傑，當時她從皇家宮殿地下一樓的香水店這處工作地點失蹤。後來，瑪麗在一星期之後平安無事地回到香水店工作，除了面容稍蒼白憔悴之外，一切看起來都很正常。瑪麗的母親和香水店老闆白朗先生都對外宣稱，她之所以離開一週，是去鄉下拜訪一位朋友；之後，事件於是很快平息下來。因此，我們猜測瑪麗這次上演的失蹤記，也跟上回行徑如出一轍，或許一個星期或一個月後，她就會再次出現。

——摘自《晚報》，六月二十三日，星期一。

昨天有家晚報提到羅傑小姐前一次失蹤的事件。眾所皆知，羅傑小姐從白朗先生的香水店失蹤的那一週，都和一名荒淫放蕩的海軍軍官一起廝混。據推測，兩人後來似乎起了口角，羅傑小姐負氣離開，於是前一次才得以平安返家。我們知道這位海軍軍官名叫羅薩里歐，他目前正駐紮巴黎，但關於他個人的其他細節，目前仍不方便公開。

——摘自《水銀報》，六月二十四日，星期二早上。

前天，在巴黎近郊，發生了一起令人震驚的殘酷暴行。有位男士偕同他的妻子、已訂婚的女兒，在傍晚時分僱請六名在塞納河兩岸來回划船、無所事事的年輕男子載他們過河。待船靠岸，三名旅客下船，走了一段距離、遠離河岸之後，年輕女子發現她的洋傘放在船上忘了拿，但當她回去取傘，就被這幫混混擄走，塞住嘴巴，帶到河上施暴，然後被棄屍在當初她和父母親搭船處不遠的地方。目前這幫惡徒混混仍在逃，然而警方已掌握其行蹤，將很快緝拿其中幾名凶手到案。

——摘自《晨報》，六月二十五日，星期三。

本報近來接獲一、兩則讀者投書，投書內容均把矛頭指向一名被認爲涉嫌最近此樁兇殘命案，名叫曼奈斯的幫派凶嫌，但凶嫌在接受偵訊審查後，洗刷嫌疑，獲得釋放。有鑑於這幾位投書人指控的言論似乎激動熱心有餘，但事實根據不足，因此投書內容將不予刊登。

——摘自《晨報》，六月二十八日，星期六。

本報接獲了幾則見解相當具説服力的讀者投書，它們均認爲瑪麗·羅傑這名不幸的女孩，在失蹤的星期天當天，於巴黎近郊慘遭一幫惡徒混混的毒手。本報亦相當認同這個看法，今後將設法挪出版面，多刊登類似看法之讀者投書。

——摘自《晚報》，六月三十一日，星期二。

本週一，有名與稅務單位有往來的船伕，聲稱看見一艘空船在塞納河上漂流。船帆被放在船的底部。此名船伕後來將船拖回駁船辦公室，但隔天早上，有人在未取走船舵、未告知辦公室任何職員的情況下，悄悄取走了這艘船。船舵至今還留在駁船辦公室裡。

——摘自《勤報》，六月二十六日，星期四。

我讀完杜彭篩選出來的這些報導片段後，不但感覺不出它們之間有何關聯性，也無法理解這些資料和我們手邊正在查的案子有什麼關係。於是，我等著杜彭的解釋。

杜彭開始解釋：「我之所以把第一、第二則新聞（此兩則報導都談到瑪麗三年半前的失蹤，並暗示與一名海軍軍官有關）抄下來，並不是因為其中有什麼我想進一步分析的訊息，而只是想藉此讓你知道，媒體都已經這麼明顯暗示了線索，但警方到現在竟然還沒開始針對這位海軍軍官展開調查，足見我們的警察單位有多無能。事到如今，我們如果還認為瑪麗這兩次失蹤毫無關聯性，那可就太笨了吧！我們何妨把瑪麗的第一次失蹤，當成與情人私奔，結果在這段期間，瑪麗因為發現男方對她不忠而起了爭吵，於是負氣返家。我們現在假設瑪麗這一次的失蹤是第二次與情人私奔，這位情人極有可能是先前那位花心男子，而不太可能是瑪麗又另外認識的新對象。這位花心男子再度向瑪麗獻殷勤，想與她重修舊好、私奔第二次的可能性，和瑪麗答應與另外認識的新對象私奔的可能性相比，機率應該是十比一。因此，如果我們假設瑪麗這兩次失蹤真的都是與這位海軍軍官私奔，瑪麗第一次與第二次私奔所間隔的時間，比我們的海軍艦隊巡航期間多了幾個月，這是否意味著，海軍情人先前那一次預謀要做的壞事，因部隊提早出航而告中斷，因此他才會趕緊把握此次軍隊回防巴黎的第一時間，再次勾引瑪麗，親自完成先前未竟的計畫……當然，這些推測是否屬實，我們全都不得而知。」

杜彭又馬上接著說：「然而，或許你會反駁，認爲女孩第二次失蹤並非如我們所想的是私奔。當然，我們無法確定瑪麗這一次是否又與這位花心男子私奔，但這難道一點可能性也沒有嗎？據我們所知，檯面上公開追求瑪麗的正派人士，除了聖．厄斯塔許先生和勃偉先生之外，別無他人；然而，瑪麗在檯面下卻有不爲人知的祕密情人。這位神祕的祕密情人想必與瑪麗交情匪淺，否則瑪麗怎會毫不猶豫、十分放心地在星期天一早就跑到偏僻的勞爾郊區，與他相處私會一整天？試問，這位祕密情人是誰？爲何瑪麗會這麼保持神祕，不讓身邊任何親朋好友知道這位老兄的存在？而且爲何瑪麗的母親在女兒離家當天，口中會一直唸唸有詞地說著：『我恐怕再也見不到瑪麗了。』」

杜彭猜測著瑪麗的想法：「當然，我們並無法光憑羅傑老太太說的這句話就確定她知道瑪麗打算私奔，但我們至少可以確定瑪麗本人絕對有此意圖。我們所知的是，瑪麗當天離家時，告訴家人她要前往聖德羅梅街的姑媽家，並請未婚夫聖．厄斯塔許先生傍晚時分過去接她；乍看之下，瑪麗似乎把當日的行蹤交代得十分清楚，一點想要『私奔』的跡象也沒有。但是，我們仔細想想，瑪麗當天的確與某人碰了面、一起渡河，並在下午三點鐘左右來到了勞爾郊區；而且當她同意外出與某人碰面時，她一定會想該如何向家人交代行蹤？還有，如果瑪麗的未婚夫聖・厄斯塔許先生傍晚依約到聖德羅梅街的姑媽家接她，卻發現她根本不在那兒，聖・厄斯塔許先生一定會驚訝得不敢置信，而且開始感到猜疑，當他回到聖安德烈街的膳宿公寓，若還是不見瑪麗的蹤影，他就會發覺這一切很不尋常。我認爲瑪麗肯定會想到這些後果，也料想得到聖・厄斯塔許先生會有多惱羞成怒，甚至瑪麗也知道之後再回去得面對質疑的眼光；然而，如果瑪麗根本不準備再回到這個家，那麼腦袋裡預想的這些質疑與後果，對她來說根本就算不了什麼。」

杜彭繼續臆測瑪麗的計畫：「我們或許可以這麼設想瑪麗的想法——『我準備要和某人私奔，而且沒有人知道這個對象是誰。我不要任何人阻礙我的私奔計畫，而且希望我倆有足夠的時間可以逃跑，躲避旁人的追蹤，因此我準備這麼說，說要去聖德羅梅街的姑媽家作客一整天，並要聖・厄斯塔許先生傍晚來接我。這樣一來，我即使離家一整天，也不會讓任何人起疑或擔心；這個藉口不僅理由充分，而且還能爭取更多逃跑時間。如果我請聖・厄斯塔許先生傍晚再來接我，他就一定會那時候才抵達，不早也不遲；但是如果我忘了請他來接我，大家就認爲我應該會早點回去，而如果我不在他們預期的時間內回家，大家就會開始擔心我、找我，這樣一來，不是反而縮短了我逃跑的時間嗎？但假設我只是想和某人出去晃晃、沒打算離家私奔，那麼我就不會請聖・厄斯塔許先生來接我，因爲如果我請他來接我，但等他到了姑媽家卻發現我一整天根本不在那兒，那不等於是在愚弄、欺騙他嗎？這樣他就會對我起疑了。當然，我也不可能告訴聖・厄斯塔許先生我心裡眞正的計畫，我並不想讓他知道我和某人的事，所以才會想到要用一整天在姑媽家作客、請他傍晚再來接我這個理由騙他。不過，既然我現在計畫有可能永遠不再回家，或幾個星期以後才回家，又或者等我找到祕密藏身之處、安頓好之後才回家，那我目前最應該關心的事，就是盡量爲自己爭取更充足的時間逃跑。』」

杜彭接著評論大眾的意見：「從你的命案分析筆記可得知，你也觀察到了一件事，那就是大眾輿論打從一開始就認定這個命案的凶手是一幫惡徒混混。當然，在某些情況下，大眾輿論確有其參考價值，因爲人們這種自然而然形成的輿論意見，和某些擁有特殊天分的人所表現出的直覺靈感有異曲同工之妙。甚至，在百分之九十九的機會下，我認同憑直覺或輿論破案的作法；不過此種方式有一個很大的爭議，那就是，只憑直覺而形成的輿論並無法提供推論線索。此種自然而然形成的公眾輿論，只是很個人的主觀想法罷了，很難有具體線索做推論、理解。在這個案子裡，我想人們之所以一開始就認定凶手是一幫惡徒混混，原因可能和我摘錄的那則『一家三口一同渡河，但女兒折回去拿洋傘，卻慘遭殺害』命案報導有關，大家把這件案子的凶手和殺害瑪麗的凶手一起做推敲聯想。由於瑪麗是個年輕貌美、豔名遠播的女子，當全巴黎人得知她的屍體被尋獲，而且身上有多處遭暴力對待的痕跡，還被棄屍塞納河，無不感到激動與關切。人們因此便把瑪麗這樁命案，和前面提及的那件年輕女子謀殺案（已證實是由一幫歹徒混混所犯下）一起做聯想；那位年輕女子生前也遭到了暴力對待，只是程度不若瑪麗那麼嚴重；而且凶案發生的時間，正好與瑪麗命案發生的時間差不多。奇怪的是，人們竟因此想拿某樁案情明朗的命案結論，推論另一樁案情尙待釐清的命案？當然，人們要形成某種推論，的確需要更多的細節指示，而那椿案情明朗的年輕女子謀殺案就是最好的聯想線索，因爲瑪麗和那名遭謀殺的年輕女子，屍體都在塞納河畔被發現。正因爲這兩件命案有這麼多相像的細節，也難怪人們會趁機抓住這些訊息，在腦袋形成錯誤的聯想與直覺，認爲瑪麗也是被一幫惡徒混混殺害。但事實上，除非奇蹟出現，否則怎麼可能在同一個時間點、同一個城市、同樣荒僻的地點，會有兩群惡徒混混以同樣的手法、同樣的凶器，犯下兇殘程度前所未聞的凶殺案呢？因此，這兩樁命案並不能這樣放在一起做聯想推論。但話又說回來，正因爲這兩樁命案之間有著一連串不可思議的巧合，這才讓我們去思考，人們憑直覺而形成的輿論究竟正不正確。」

杜彭開始分析報紙認定的「案發地點」：「在更進一步偵查命案之前，我們先來討論一下這處被視爲案發地點的勞爾郊區灌木樹叢。這座茂密的灌木林離公路很近，報上是這麼說的：『三、四個大石塊被堆成一張形狀像是有靠墊和腳凳的椅子。最上面的石塊放了一件白色襯裙，第二個石塊則放了一條絲質披巾。地上還散落著一把陽傘、一副手套和一條繡有『瑪麗．羅傑』字樣的手帕；破碎的洋裝布則在林間散落一地。這裡的地面被踐踏得很凌亂，灌木林也被折得斷裂，可以說，此處充滿了掙扎的證據……。』」

杜彭繼續質疑：「儘管媒體都對灌木林裡發現的東西感到很興奮，甚至還有志一同地認定這處灌木林就是案發地點；但不論我認不認同這裡就是案發地點，我都認爲其中大有疑點。舉例來說，《商報》曾推論，瑪麗是在市區的自家附近被一群惡徒混混擄走，假如《商報》推論的案發地點才是正確的，而且假設這幫惡徒仍窩藏在巴黎市區，那麼惡徒自然會因媒體正確推論了他們的犯案地點，而感到心慌害怕。因此，惡徒說不定會去設想——『既然屍體已經在勞爾郊區被發現，這個地點也被炒得很熱，如果我們把女孩身上的東西也放到那兒去，說不定可以成功轉移大家的注意力。』如果歹徒眞的這麼想、這麼做，那麼他們的伎倆還眞奏了效，大家這會兒都把目光聚焦在勞爾郊區，認爲這處灌木林才是案發地點，而不再把焦點放在市區。此外，《太陽報》則指出，這些在灌木林發現的東西已經放了好長一段時間，不過，這項推論未獲證實。但從現場的『自然環境因素』來判斷，可證明如果此處眞是案發地點，那麼這些東西絕不可能在灌木林放上二十天（從案發當天到德呂克太太的兩個男孩發現的這段期間）之後，還能被人發現。《太陽報》只是隨著其他媒體起舞，它的推論是這麼說的：『……所有東西都變硬發霉，還黏成一團。四周長滿雜草，有些東西幾乎都快被覆蓋住了。陽傘上的絲質布還很堅韌，但是絲線纖維卻全都因爲發霉而糊成一團。傘頂呈現對摺狀態，而且發霉腐爛，一撐開，傘就裂了……』很顯然地，《太陽報》只憑『四周長滿雜草，有些東西幾乎都快被覆蓋住了』這樣的說法，來推論這些物證在灌木林裡已放了很長一段時間；而這說法又從何而來呢？是兩個男孩回憶物證當時散布在灌木林的狀況所說的（他們發現這些東西後，隨即將之帶回家）。不過，雜草眞的生長得很快，尤其是在又濕又溫暖的氣候（這正是發生命案那段時間的天候）裡，一天甚至會長高二至三英寸（五至八公分），因此照野草生長的速度看來，一把被丟棄在草地上的洋傘，大約只要一星期，就會被不斷長出的新草完完全全覆蓋住。至於《太陽報》撰稿人形容灌木林中物證狀態時，使用了『發霉』這個字眼多達三次，但試問他究竟清不清楚在什麼樣的條件下，東西會『發霉』？他究竟知不知道在這樣天然的環境中，有種野生菌類植物的特徵就是，在一天之內生長出來，然後枯謝，並不需要花上好幾天。」

杜彭開始形容勞爾郊區的特點：「因此，我們現在再來看那些媒體自鳴得意的推論──『這些東西顯然已被丟棄在這兒長達三至四個星期』，必定會感到很荒謬。而且從另一個觀點來看，這些物證怎可能被丟棄在灌木林那麼久（超過一個星期），而一直沒被人發現。只要是熟悉巴黎市區和近郊的人都知道，除非往更郊外的地方走，否則想在這個範圍內找到一處人煙罕至的林間幽僻之地，實在不太可能。假使我們找到一個極度熱愛大自然、但平常卻總被都市塵囂壓得透不過氣的人，讓他在某個尋常的上班日拋開一切、跟隨渴望，來到巴黎近郊的林間綠地，重回大自然的懷抱，但很不幸地，他每走幾步路，就會遇見那些聚集在樹林喧鬧、滋事、抽菸、喝酒的混混惡棍，連想找片不受打擾的綠意淨土都不可得，這讓他出遊興致全失；這裡成了低賤的巴黎人藏身處，這裡簡直就是遭到褻瀆的聖土。這名原本想忙裡偷閒到郊外晃晃的人，這會兒只能滿心作嘔、敗興地逃回巴黎市區，和彌漫著嚴重『混混污染』的巴黎近郊比起來，巴黎那空氣污染的市區還顯得好些。而且，如果巴黎近郊在平常的上班日就已經如此人煙雜沓，那星期假日會湧進的人潮盛況更令人不敢想像！一到假日，原本平日在城裡幹活或做壞事的流氓混混，就會跑到巴黎近郊放鬆自己，別誤會，他們可不是出於對大自然的熱愛而來，而只是想暫離城市的規範與限制；他們可不是特別為青山綠樹好空氣而來，只是為了能夠完全放縱自己；在這裡的路邊小旅店、小酒館，或隱密的樹林間，他們毋須在意旁人的目光，只管與志同道合的夥伴盡情飲酒尋歡，享受荒淫瘋狂的時刻。因此，我要再次說明的是，聽我前面煞費苦心形容了巴黎近郊的灌木林特性後，如果還是有人認爲那些物證被丟棄在林間至少超過一星期，看來這得奇蹟出現才辦得到。至此，我已毋須再對那些頭腦冷靜的觀察家多說什麼了吧！」

杜彭繼續質疑所謂的「案發地點」：「我認爲那些物證之所以被放在樹林裡，是爲了轉移大家對凶案眞正發生地點的注意力；因此，我還有其他理由懷疑勞爾郊區並非案發現場。首先，我請你注意一下在樹林裡發現物證的『日期』，然後再和我摘錄的晚報那篇『本報接獲好幾則讀者投書均認爲瑪麗．羅傑這名不幸的女孩，是在失蹤的星期天當天，於巴黎近郊慘遭一幫惡徒混混的毒手』命案報導的『日期』做核對，你會發現，此篇報導刊登後不久，樹林裡的物證隨即被人發現；報導中提到有好幾則來自不同讀者的投書，都將犯案凶嫌矛頭指向一群幫派混混，以及將案發地點指向巴黎近郊的勞爾郊區。然而，我倒不認爲那兩個在樹林裡發現物證的男孩，如果是因爲很多讀者投書或公眾輿論都把矛頭指向勞爾郊區，繼而才在樹林裡找到東西有什麼好質疑的。我質疑的是，這些物證之所以沒有早一點被男孩們發現，會不會是因爲它們先前根本就不在那兒？它們很有可能是在凶手（假設那幾封讀者投書都是出自同一人之手，是凶手刻意聲東擊西、轉移注意力之作）故意投遞對涉案凶嫌充滿憤恨之情的『讀者投書』當天或早個幾天，才被放在樹林裡的。」

杜彭繼續分析：「而且這座灌木樹林非常特殊，它是一座相當濃密的樹林；在這座與世隔絕的天然圍籬中，被發現有三、四個大石塊，堆成一張形狀像是有靠墊和腳凳的椅子。這座充滿幽思的樹林，離德呂克太太的住處不太遠，走幾步路就會到。德呂克太太的兩個男孩平常就有進入樹林的習慣，他們常在那兒仔細尋找掉落的「黃樟樹根部樹皮。因此，我敢打一個賠率是一千比一、聽起來似乎有十足把握的賭注，那就是，我相信這兩個一天到晚往樹林裡鑽的孩子，一定很快就會發現這張狀似石頭寶座上擺放的東西，因此這些物證怎可能放在那兒超過一個星期才被發現；若眞有人質疑我何以敢如此確定這兩個孩子的行跡，我倒要問問有哪個小孩不好動頑皮，不會一天到晚到處亂逛、亂找、亂發現東西？他難道連自己小時候有多頑皮都忘了？因此，我要再次說明，這些物證肯定在林子裡放不到一、二天，就被這兩個活動力旺盛、老在樹林裡鑽來鑽去的男孩發現；也因此，我有很充分的理由懷疑，物證是在晚報那篇『讀者投書』相關報導刊登日前後，才被放進樹林裡，而且很快就被孩子們發現。至於，《太陽報》對『這些東西顯然已被丟棄在這兒長達三至四個星期……』的推論，顯然過於武斷。」

杜彭開始對樹林間發現的物證，感到質疑：「而且除了我剛剛說的，還有其他更強而有力的理由足以使人相信，這些物證是後來才被放進樹林的。現在，請你注意一下物證被擺放得有多不自然——『最上面的石塊放了一件白色襯裙，第二個石塊上則放了一條絲質披巾。地上還散落著一把陽傘、一副手套和一條繡有瑪麗．羅傑字樣的手帕……』這種擺放一看就很刻意、很不自然，只有腦袋不太靈光的人才會自以爲擺得很自然；意即，物證被發現時的狀態不僅不像『自然遺留』的結果，甚至即使是事後才加以布置，看起來也像是『刻意擺放』，我倒還寧願這些東西全都掉在地上、而且被無數隻腳踐踏過，這還比較自然。如果當時眞有一幫惡徒凶手在如此窄小的樹蔭底下，和死者爭吵打鬥，那麼事後襯裙和披巾還能好好擺在石頭上，簡直不可能；別忘了，《太陽報》是這麼形容的：『這裡的地面被踐踏得很凌亂，灌木林也被折得斷裂，可以說，此處充滿了掙扎的證據……』但奇怪的是，襯裙和披巾事後被發現時，竟然被好端端地擺著，就像擱在架上一般。此外，《太陽報》又有這麼一段形容：『女孩的洋裝被灌木扯下了兩條長約六英寸、寬約三英寸的布條。其中一條是外洋裝的車縫邊，而且曾被縫補過；另一條則是洋裝內裡的襯裙布，但並非車縫邊；它們看來像是兩條被扯下的長布條……』《太陽報》在此也不小心用了懷疑的字眼，來形容布條的狀態──『它們看來像是兩條被扯下的長布條……』因爲如果是被灌木的棘刺扯下，而不是故意用手去撕扯，布條怎可能都被撕得長寬一致？這種材質的洋裝如果眞是被灌木棘刺或釘子勾到，是不太可能會被扯成兩條長布條的，你我應該都沒見過這種事吧！比較可能是被撕得像個長方形破洞，也就是，洋裝會先被勾出兩條長長的裂縫，之後互呈直角，再一路裂回原本被刺到或勾到的頂點。若眞的想從這種一邊有車縫邊、一邊沒有車縫邊的洋裝布料扯下一條長布條，那得用兩股不同的力量，往兩個相反方向撕才辦得到，只靠一根棘刺拉扯是不可能辦到的，而假使眞有兩根棘刺代表了兩股力量，那它們也得像先前所說的原理一樣，乖乖地往兩個反方向勾拉才行。不過，如果是手帕這種兩邊均有車縫邊的布料，那麼想扯下一塊布條，只要使出一股力量就能辦到。因此，我們現在可以知道，想單靠灌木棘刺從女孩的洋裝扯下『長布條』，有多麼困難了吧；更遑論要我們相信，被扯下的長布條不只一條──『其中一條是外洋裝的車縫邊……另一條則是洋裝內裡的襯裙布，但並非車縫邊……』如果有人說他不太相信這種事，我絕對能理解。不過，最令人感到不尋常、不合理的，還不是這些『被撕扯成長布條』的物證，反而是那殺了人之後、還能冷靜謹慎把屍體搬離現場的凶手，竟會愚蠢到把證物擺放得如此刻意、不自然，這不是功虧一簣嗎？簡直太不可思議了。不過，你可別誤解我的意思，我的意思不是指灌木林非案發現場；我想當時在灌木林或德呂克太太的小旅店，可能出了什麼意外，不過這部分倒不是最重要的，因爲我們的主要任務是揪出凶手，而非找出命案現場。我之所以提出這些聽起來無足輕重的質疑，有兩個目的：第一，我想讓你知道，《太陽報》提出『兩條長布條物證是由灌木棘刺所致』的推論，有多麼愚莽無知。第二，我想循序漸進地帶領你進一步思考，這樁謀殺案究竟是不是一幫惡徒混混所爲；這才是我主要的目的。」

杜彭先質疑驗屍報告的推論：「至於『凶手是否爲一幫惡徒混混』這個問題，我們可以從法醫那令人反感的驗屍報告開始探究。報告中關於『命案應是多位惡徒混混所犯下』的推論，就連巴黎境內所有德高望重的解剖醫生都看作是笑柄，因爲簡直毫無根據、荒謬不公至極。沒人說法醫驗屍後，不能對『有幾位凶手』加以研判、推論，但問題在於，瑪麗．羅傑這樁命案『是否由多位惡徒混混所犯下』，並無法從驗屍報告看得出來；難道只能從驗屍結果做出此種推論嗎？就沒有別的可能性嗎？」

爲了追究是否爲多人行凶，杜彭針對「掙扎的痕跡」此點進行分析：「接著，我們來思考一下報上所說的『這裡到處都是掙扎的痕跡……』。也因此，大家似乎都認爲這裡之所以到處都是掙扎痕跡，是一幫惡徒凶手所造成。然而試想，什麼樣的掙扎纏鬥會這麼劇烈，以至於處處留下痕跡？會是一群混混對付一名弱女子所造成的嗎？不可能吧，一群惡徒要制伏一名弱女子還不簡單，只要幾個男人用粗壯的胳臂緊緊擒住她，女子自然無從招架，很快便完全屈服。所以我說，這裡滿是掙扎痕跡，反而更證明凶手絕非一群歹徒，因爲如果歹徒是一群孔武有力的男子，怎可能到處都是扭打纏鬥的痕跡？然而，如此一來，你或許會從另一個角度去思考，認爲我這個論點似乎推翻了『灌木樹林爲案發現場』的可能性；在輿論目前都假設凶手是一幫歹徒的前提之下，我卻說，若是多人行凶不可能會有這麼多掙扎痕跡，那不就代表充滿掙扎痕跡的此處，並非案發地點？但換一個角度想，爲何一定要假設凶手是一群人呢？而且別忘了，我前面提過，我相信灌木樹林很可能發生了意外，因此並不排除這裡就是案發地點的可能性，因此我想表達的論點是——『在灌木樹林做爲案發現場的前提之下，那麼命案絕非多人行凶所致』。倘若我們『推測』命案爲一人行凶所犯下（不，不只是推測，應該是認定，而且確實只能這般推敲認定），才有可能留下這麼明顯、這麼劇烈的掙扎纏鬥痕跡。」

爲了繼續探討是否爲多人行凶，杜彭又再次談到樹林遺留的物證：「再者，我先前也提過，我對這些好端端留在樹林裡的物證感到很懷疑，因爲如果是犯罪證據，怎可能如此輕率馬虎地被留在樹林讓人發現？我們假設凶手是一個相當冷靜沉著的人，才會在犯案後趕緊把屍體搬離現場，因此凶手又怎可能如此大意地把繡有『瑪麗．羅傑』字樣的手帕留在犯罪現場，等著人家發現呢？手帕可是比屍體這種會隨著日漸腐敗而很快磨滅特徵的證據，更能確實保存呢！而即使物證眞的是凶手大意遺留的，那麼更不可能是一幫歹徒所留，而比較可能是單獨行凶的凶手意外留下。此話怎說呢？我們來試想，一個剛剛犯下謀殺案的凶手，他的眼前躺了一個動也不動的人，他自然會感到十分害怕；樹林裡沒有別人，只有他和死人陰魂不散的冤魂；他行凶當下的那股暴怒激情已消退，現在他的心中充滿惶恐，更不可能會有一群人犯案的那種狠膽，這裡只有他和一個死人；他很擔憂罪行被發現，因此認爲得把屍體處理掉才行；假設他認爲一次要把屍體和所有東西運走很困難，因此決定先把屍體運走、丟進河裡，其他犯罪證據暫且留在樹林，回頭再來取會容易些；但這段徒手運送屍體到河邊的路相當耗體力，而且一路上被不知名的鳥獸蟲鳴聲包圍著，使他愈走心愈慌；有無數次，他或聽見、或幻想其他人的腳步聲，深怕有人看見這一切；甚至從城裡投射出的燈光，也使他感到心慌不已；他的心情因痛苦慌亂而中途停下來好幾次，終於，他來到了河邊，丟棄了這令人發毛的屍體（他也很有可能駕了船，到河中央丟棄屍體）；好不容易才把屍體處理掉，現在即使有金山銀山在引誘他、有冤魂復仇的威脅等著他，我們的凶手也不想再孤零零踏上那條累壞他、嚇壞他的來時路，無論就這樣丟著犯罪證據不管會有什麼後果，他也絕不願再回到那毛骨悚然的樹林，再重拾那令人心生恐懼的血腥回憶；想到這兒，他嚇得即使想回去也腿軟了，他現在唯一的想法，就是趕緊逃跑；於是，他頭也不回地死命逃跑。」

杜彭繼續假設：「試想，如果命案是一幫惡徒所犯下，他們將如何處置犯罪證據呢？倘若一個小混混沒膽殺人，那麼一群混混湊在一起，膽子自然就會變大，什麼勾當不敢做。人多膽大，自然不會像單獨行凶那般容易驚慌失措、全身發軟。假設這群歹徒中第一個離開的人忘了清空現場遺留的犯罪證據，那麼第二個或第三個、甚至第四個人，一定會有人記得要查看四周有沒有留下證據。而且他們人手充足，一次就可以把屍體和所有東西運走，這樣一來，就不用再回到樹林。」

爲了進一步探討是否爲多人行凶，杜彭分析凶手搬運屍體的手法：「至於凶手是怎麼運走屍體的呢？現在，我們來看一下死者被尋獲時，身上所著洋裝的特徵——『在外洋裝部分，有條約一英尺寬的布條，從裙子下擺的車縫邊被往上撕扯到腰部，布條環繞腰部三圈後，在死者背部打了一種特殊式樣的繩結固定住……』這個臨時用布做的繩結把手，很顯然是凶手爲了方便搬運屍體之用。試問，倘若是多人行凶，凶手們還需要特別去想這種搬運屍體的方法嗎？假設凶手有三至四人，那麼死者的手腳四肢不就是最好的把手，可讓他們輕鬆搬運屍體嗎？因此，凶手之所以製作這樣的把手，是因爲他是單獨一人行凶。分析至此，也讓我們聯想到『灌木林和河岸之間相隔著籬笆，籬笆倒塌了，地面也有被重物拖行過的痕跡』這件事，假設凶手是一群歹徒，那他們有必要爲了搬離屍體，而自找麻煩把籬笆弄倒嗎？他們只要把屍體稍微往上一舉，即可輕鬆越過籬笆。又，假設凶手是一群歹徒，那他們爲何不輕輕鬆鬆抬起屍體的手腳四肢行動，而要拖著屍體在地上走，留下拖行的痕跡呢？」

杜彭繼續分析凶手搬運屍體的手法：「此外，《商報》也對屍體身上的布條特徵進行報導，我之前已稍微分析過，不過我們還是再來看看；報上是這麼說的：『凶手還從這個可憐女孩的洋裝內裡襯裙，撕下一段長兩英尺、寬一英尺左右的布條，繞過女孩頭部後方，在下巴處打了一個結，這似乎是爲了防止女孩大聲呼喊；看來凶手並沒有隨身攜帶手帕的習慣……』」

針對凶手搬運屍體的手法，杜彭又有其他見解：「我先前已經說過，這年頭，即使是小混混也都會隨身攜帶手帕；不過，我現在要談的不是『帶不帶手帕』這件事。我要說的是，《商報》猜測凶手是以在死者下巴打結的布條，替代手帕，以防女孩大聲呼喊的論點，並不正確。如果凶手眞想塞住女孩嘴巴，大可直接使用樹林裡發現的那條手帕，甚至還有其他更好的方法，可讓女孩無法喊叫；因此，布條另有他用。警方偵查報告中與『襯裙布條』有關的驗屍證詞，雖然也是很含糊，但卻和《商報》的說法有很大出入；驗屍證詞是這麼說的——『這條襯裙布後來被發現鬆垮垮地纏繞在死者頸部，而且打的是死結。』證詞中並提到這條襯裙布爲十八英寸（大約四十五公分）寬，也因此，即使這只是塊薄薄的棉質布，但若一摺一摺的摺疊起來，還是能做成一條很堅固的帶子；這條用襯裙布做成的帶子，確實如此纏繞在死者頸部。因此，我有了以下的推論，我認爲這位單獨行凶的凶手，當他費力搬著屍體走了好一段路之後（不管他是從灌木樹林或其他地方出發），他發現用屍體背後的布條把手來搬屍體，實在很重，太費力了，他決定改成用拖的，因爲拖著屍體走會比較輕鬆（證據確實顯示地上有重物拖行的痕跡）。既然決定要用拖的，那麼就得在屍體的一端綁上類似繩子的東西；而最適合的部位就是頸部，因爲頸部與頭部緊連，可防止繩子滑落。至於繩子該怎麼取得呢？凶手原本其實可以利用手帕，他即使沒帶手帕，也可用瑪麗的手帕，但手帕卻被留在樹林的某處（在樹林爲命案現場的假設下），而由於他已經搬著屍體走了好一段路，再折回去拿手帕，恐怕會浪費時間，凶手這才想到可以用那條原本綁在屍體腰部的布條來做繩結，但後來又發現不太適合，因爲它不僅在屍體身上纏了好幾圈，而且還打了結，甚至並沒有完全從洋裝扯下；看來，從洋裝內裡襯裙扯下一條新的布還比較省事。也因此，他立即動手扯下一條襯裙布，並很快地纏繞在死者的頸部上，然後拖著屍體來到河邊。」

針對德呂克太太指稱凶手疑似是一幫混混的說法，杜彭提出了觀點：「看我一直把命案往單獨行凶的方向推論，你或許要說，根據證詞，德呂克太太曾特別提到有一群混混約莫在案發當時，出現在灌木樹林附近呢；關於這一點，我並不懷疑德呂克太太的說法。我懷疑的是，案發當時究竟有多少如同德呂克太太所描述的混混，在勞爾郊區附近出沒呢？而且我們也得考量一下，德呂克太太的證詞之所以姍姍來遲的可疑原因。這位看來相當誠實可靠的老婦人之所以特別把犯案矛頭指向某一群混混，會不會是因爲這群混混白吃白喝了她店裡的蛋糕和白蘭地？」

杜彭質疑德呂克太太的證詞：「然而，德呂克太太又有何證據能證實這一幫混混就是犯下命案的凶手呢？我們來看看她的證詞：『旅館來了一群混混，他們不但大聲喧嘩，還白吃白喝，後來還沿著之前那對男女走的路線離開，並且在傍晚左右折回旅館，一行人急急忙忙趕著渡河。』」

杜彭分析著德呂克太太的證詞：「爲什麼這一群混混『急忙』的神色，在德呂克太太看來，似乎變得加倍『急急忙忙』呢？很可能是因爲她念念不忘這群人先前白吃白喝了她店裡的蛋糕和酒，以至於當這些混混折返，她又懷抱著一絲希望，希望他們能多少付點吃喝的錢，才會一直把注意力放在他們身上，因而認爲混混們離開得特別匆忙。否則當時天色已晚，而且暴風雨將來襲，即使是混混也會擔心自己的安危，因爲他們得在天黑前，趕緊划著搖晃的小船離開，神色自然是『急急忙忙』，這一點也不奇怪吧！」

杜彭繼續分析德呂克太太證詞裡的「時間點」：「我說，『天黑之前』、『天色已晚』這樣的說法，都代表『夜晚還未降臨』。根據證詞，當德呂克太太用她那犀利冷靜的目光，眼睜睜看著這群混混，神色似有異狀、急急忙忙離開時，那時是『天色已晚』之際，足見並非夜晚。然而我們得知，德呂克太太和她的大兒子就在當天晚上都聽見，『旅館附近傳來女性所發出的、短促的慘叫聲。』至於德呂克太太如何指出聽到慘叫聲的時間點呢？她的說法是：『夜晚剛降臨。』然而『夜晚剛降臨』，不論與仍有天光的『天色已晚』時間點有多接近，指的應該是『晚上』吧；意即，德呂克太太很顯然是在那群混混於『天色已晚』之際離開勞爾郊區後，才在『夜晚剛降臨』時聽見女性的慘叫聲。但奇怪的是，我剛剛跟你討論的這些時間點，在警方偵查報告與媒體報導中也都很明確地記載著，但警方和媒體卻完全沒注意到。」

杜彭對命案並非多人行凶的論點，提出最後一個推論：「最後，我還有一點很重要、而且絕對站得住腳的推論，來說明此命案非一幫惡徒混混所犯下。警方爲了緝拿凶手，已祭出『重金懸賞』和『供出犯案同夥，即可免除罪行』的辦法，然而，至今竟然沒有任何混混共犯出面供出同夥，眞是不可思議。倘若命案眞是某一群混混犯下，那麼對這之中的每一個人而言，現在最要緊的事，可能並非拿到優渥的懸賞獎金或憂心該怎麼逃亡，而是擔心會不會被同夥出賣，也因此人人都會想——『如果自己早一點出面向警方投案，不但可以免罪，還不用擔心會被其他人出賣。』但現在的事實是，這樁命案案情仍然成謎，從另一個角度看，這正是此樁命案並非由多人行凶的最好證明，否則怎可能到現在都沒人出面自首呢？也因此，這肯定是樁一人單獨行凶的命案，沒有共犯得出面供出誰，案情因而至今仍成謎。這樁駭人的暴行究竟是由誰犯下，肯定只有一、二個人知道，也就是說，只有那位凶手和老天爺才知道。」

分析完所有資料後，杜彭開始推論案情：「我們分析了案情這麼久，現在總算能開始端出一點小小的成果。我們已知的事情如下，這樁命案是由死者的愛人或密友所犯下，至於犯罪地點，不是意外發生在德呂克太太的旅館，就是凶手蓄意在勞爾郊區附近的灌木樹林犯下殘忍謀殺案。從種種證據看來，無不將這名與死者生前交情甚密的凶手身分，指向一名水手；原因是，這名凶手不但膚色黝黑，且還在屍體背後打了一個『特殊式樣的繩結』，更在死者頸部掛著的女用帽繫帶上，打了一個『水手或船員慣用的滑結』。我們的死者是名個性輕佻，但還不致太浪蕩隨便的年輕女孩，因此她的這位密友凶手應該是受過良好教育、有軍階的海軍軍官，而非一般粗俗無文的水手。這一點可以從我摘錄的晚報那篇『本報接獲好幾則讀者投書均認為瑪麗．羅傑這名不幸的女孩，是在失蹤的星期天當天，於巴黎近郊慘遭一幫惡徒混混的毒手』命案報導得到印證，由於我先前即推論這幾則讀者投書應是出自同一人之手，為凶手刻意聲東擊西、轉移注意力之作，再加上報紙也說這些投書均相當有見解、有說服力，因此更可證實我認為凶手應該是名受過良好教育的海軍軍官的推論。而這個推論，也可以與我摘錄的另一篇命案報導串聯起來，也就是《水銀報》在六月二十四日的報導，報導指出，死者先前第一次的失蹤私奔事件與一位名叫羅薩里歐的海軍軍官有關，而這名軍官目前正駐紮巴黎。」

杜彭把矛頭指向那名膚色黝黑的海軍軍官：「說到這裡，也該是時候分析這名膚色黝黑的男子至今為何一直遲遲不露面了。在分析可能原因之前，我們先注意一下這名男子的黝黑膚色，他的膚色一定是渾身上下最引人注目的特徵，否則公車司機偉倫斯和德呂克太太在提供證詞時，怎會對他的黑皮膚印象如此深刻。而這名男子為何一直沒出現？難道他也被一幫歹徒給謀殺了？如果真是這樣，那為什麼只有女孩身上的相關物件被發現，照道理，凶手應該會在同一個地方犯下謀殺案，那男子身上的東西又在哪裡呢？還有，男子的屍體呢？凶手理應會以同樣手法，丟棄兩名死者的屍體才是，怎麼只有女孩的屍體被尋獲呢？但如果我們假設這名男子現在還活著，他心裡的想法是什麼呢？他是不是因為害怕被指控謀殺（先前有人指出，看見他當天與瑪麗在一起），所以才從案發至今一直不敢露面。然而，如果他幸運地逃出了歹徒魔掌，又為何不在案發第一時間出面呢？任何遇上這種事的人，如果他是清白無辜的，一定會很衝動地在第一時間就向警方報案，並且協助指認凶手。有人可是很清楚看見男子和死去女孩一起搭渡輪過河呢，再愚蠢的人都知道，想洗刷自己涉案的嫌疑，最好且唯一的辦法，就是出面指控凶手。也因此，我們猜測男子並無法證明自己在那個致命週日夜晚的清白，也無法證明他對謀殺案一無所知、毫無所涉；也只有這樣去假設，才能解釋他為何不出面指控凶手。」

杜彭接著說明該如何查明真相：「但我們到底該怎麼做才能掌握命案真相呢？不用擔心，愈往下偵查案情，就會發現可供釐清案情的線索愈多也愈豐富。首先，我們得把瑪麗前一次私奔的原因調查清楚；得調查清楚那名海軍軍官的來歷，包括他現在的情況、案發當時他的行蹤等等；

得詳細比對那幾則寄到晚報的讀者投書（六月三十一日刊登的相關報導），這幾封投書的內容都把凶嫌矛頭指向一群歹徒，看看它們是否均出自同一人之手；分析完晚報的讀者投書筆法、手稿字跡後，再把它們和早幾天寄到早報的讀者投書（六月二十八日刊登的相關報導）做比對，這幾封投書的內容則是堅稱一位名叫曼奈斯的混混就是凶手；比對完寄到這兩份報紙的所有讀者投書後，再把它們和手邊的海軍軍官手稿做字跡比對；接著得再詢問提供證詞的德呂克太太、她的兩個孩子，以及公車司機偉倫斯先生，多了解一些有關這位膚色黝黑男子的事情，像是容貌、舉止神態、特徵等等。我們一定要有技巧地加以詢問引導，這樣就能從他們身上多知道一些這名男子的事，那些細節很有可能連他們自己都未曾特別注意；之後，就得調查那艘在女孩失蹤隔天，也就是六月二十三日星期一早上被船伕撿到的船隻。並且查明這艘船爲何會在屍體尋獲前，在沒有任何辦公室職員被告知、在船舵沒有被取走的情況下被牽走了。如今在手上握有船舵，以及當初撿到船的船伕可幫忙指認的情況下，只要我們夠努力、夠仔細，一定能追蹤到這艘船。而且一個內心坦蕩、沒做壞事的人，怎可能會不經告知、不拿船舵，就急急忙忙牽走一艘帆船？至此，我想停下偵查案情的腳步，先提示一下和這艘船有關的事。船伕撿到這艘船後，並未在報上刊登遺失船隻招領啓事，船隻就這樣悄悄被牽到駁船辦公室，然後隔天又悄悄被人牽走。而船主或租用此船的人，又如何在星期二這一天，報紙並未刊登前一天有船隻遺失消息的情形下，得知這艘船停放在駁船辦公室呢？除非我們的失主本人與海軍有某種常態性的關聯，才可能連當地海軍單位一點風吹草動的小事都瞭若指掌。」

杜彭分析凶手棄屍的手法：「至於這位單獨行凶的凶手把屍體拖到岸邊後，又是怎麼丟棄的呢？我先前已經猜測過，凶手很有可能利用船隻棄屍，因爲如果直接把屍體丟棄在河岸等水位較淺的地方，可能很容易就被人發現，這樣一來，凶手是不可能感到放心的，因此，瑪麗・羅傑的屍體應是從船上被丟進河裡棄屍的。況且，照死者背部和肩胛骨的擦傷痕跡看來，應該是船底的[2]肋材所造成。而且，如果凶手是在岸邊棄屍，那麼他一定會記得在屍體身上綁重物、使之下沉；但如果他打算從船上棄屍，自然很可能疏忽這項預防措施，一直要等到船駛離河岸、準備棄屍時，才發現自己忘了帶重物，不過此時想補救也來不及了，不，他甘冒這個風險也不想再回到那該死的岸上；如此一來，也就能解釋屍體身上爲何沒綁重物了。丟棄這令人發毛的屍體後，他急忙想回到城裡，他開著船來到一處偏僻的碼頭，接著趕緊跳上岸逃走。然而，他該怎麼處理這艘船呢？他會把船拴在碼頭上嗎？他很可能太急著逃跑，於是船沒拴好就跑掉了；甚至，他也可能是想到，如果把船拴在碼頭上，不就等於替自己留下犯罪證據？他的直覺是，盡可能讓所有犯罪證據離他愈遠愈好，因此決定不把船繫好，更不打算讓船留在碼頭上被人發現，他於是把船放水漂流，漂得愈遠愈好。我們由此再繼續推想，星期一早上，或許這個可惡的壞蛋發現他丟棄的那艘船竟然被人撿到，而且還停在他因駐紮職掌所需、得每天出出入入的地方，簡直嚇壞他了；於是，他在星期一當天晚上，在不敢向人拿取船舵的狀況下，趕緊悄悄把船牽走。但是，如今這艘沒有船舵的船究竟在哪兒呢？找到它，是我們的首要之務；一旦找到這艘船，我們就離破案不遠了。怎麼說呢？這艘船會超乎所料，很快帶領我們找到那個在致命星期天午夜駕駛它的人。一連串的證據都浮上檯面後，自然能抓到凶手。」

這就是法國香水店女孩瑪麗・羅傑的命案背景與推理偵查始末，相信各位讀者若清楚最近紐約發生的雪茄店女孩瑪麗・西西麗亞・羅傑斯命案，就會了解我為何對這兩樁命案在背景與細節上的諸多巧合，感到很不可思議。雖然，我的內心其實從不相信什麼超自然現象、超自然力量，但如果眞要我說曾遇過什麼最不可思議的巧合現象，那麼這兩樁命案無疑就是最好的例子。然而，事實上，對造物主而言，沒有什麼不可能的事。相信只要有思考能力的人都知道，「自然萬物」和「造物主」是兩個截然不同的概念；而造物主不僅創造了萬物，而且還能隨心所欲掌控、修正萬物，這一點應該也是無庸置疑的吧。請注意，我指的是造物主創造、改造萬物，憑藉的是祂的「自由意志」（因此才能隨心所欲），而非祂那「至高無上的權力」（這是一種很愚蠢的推理假設）。當然，我絕對相信造物主有至高無上的權力來改變祂的造物章法，以修正、改造萬物，然而這樣一來，不等於是在質疑、侮辱祂當初造物時有瑕疵或計畫不夠周詳，以致事後可能還有修改的必要？其實，在造物主的造物章法裡，事物在未來會有什麼樣的巧合發展，早已成定局，冥冥中早已安排好，而不是後來才加以修正；對祂而言，造物的當下就是永恆，就是過去、現在、未來。有些事情就是注定如此雷同、巧合不斷。

因此，我在這裡得重申，以下談到的這些事，我純粹把它們當成雷同的巧合來談。否則為何最近紐約這位不幸遇害的瑪麗・西西麗亞・羅傑斯，會與先前在巴黎遇害的瑪麗・羅傑，有著如此類似的悲慘命運？就連思維再理性的人也想不通，為何此兩樁命案的背景與細節會如此相似、雷同；我敢說人們一定會對這樣的巧合感到很不可思議。然而，即使這兩個案子在背景上這麼類似，但我並無意藉著這篇敘述瑪麗．羅傑悲慘命運和懸案偵查經過的故事，來暗示紐約警方只要運用當時法國警方追查殺害瑪麗．羅傑凶手的方法，或使用類似的案情推理手法，就能偵破紐約這樁瑪麗．西西麗亞．羅傑斯的命案。

紐約這樁命案，是否也能同樣使用巴黎那樁命案的推理手法來破案，這就不一定了。要知道，即便兩個案子幾乎一模一樣，但只要有一點點細微的線索不同，就可能因而導致重大失誤，把兩個案子帶往截然不同的偵查方向。這就好像在數學運算中，某個環節算錯了看來或許微不足道，但等到最後用乘法讓每個環節相乘、運算，就會發現答案錯得很離譜。如果再談到這兩樁命案究竟會相似到什麼程度？它們會不會連結果都一樣呢？別忘了我在文章一開始就曾提到，怎能用嚴謹科學運算的數學或然率，來解釋反常的、難測的超自然巧合現象呢？怎能因爲兩樁命案到目前爲止所有細節都很相似，就肯定、果斷地認爲它們之後也會有一樣的發展、一樣的結果呢？此種反常的、難測的巧合發生機率，是無法用數學或然率去運算的，但弔詭的是，這個道理似乎只有數學家能完全理解。舉例來說，如果有個賭徒擲骰子（一次兩顆），他連擲兩次，都擲出兩個六點，那麼我們現在便可以大大下注，賭他不可能連擲三次骰子，都擲出兩個六點。然而，關於「不可能連續擲三次骰子，都擲出兩個六點」這個觀點，就連聰明人都很難馬上理解、接受，更別說是一般智力平庸之輩了；然而，這個觀點的概念是，存有「連續」擲三次骰子都能擲出兩個六點的概念並不正確，要知道「前兩次擲骰子都擲出兩個六點」已經是個別完結、結束的事，前兩次的結果並不可能影響第三次；也就是，過去的事已經完結，它並不能影響未來還沒發生的事。我們只能說，「第三次擲骰子，擲出兩個六點」和「任何一次擲骰子，擲出兩個六點」的機率是一樣的，意即，每次擲骰子都是獨立的單一事件，會擲出幾點、結果如何，影響的因素無非是擲出其他點數的機率，沒別的了。也因此，擲骰子會擲出什麼點數和巧合事件之不可測一樣，道理都很顯而易見，但若有人想不通、還想加以強辯反駁，不但無法贏得別人的尊重，反而只會招來嘲笑的眼光。會犯這種推論錯誤的人，腦筋還眞是糊塗，而且還會引起更大的推理災難，至於是什麼樣的大災難，和我現在討論的事無關，我就不在此多說；不過，對那些通曉事理的人而言，他們或許已了然於心，自然也不需要我多說。我想我可以這麼說，在推理過程中只拘泥於細節的人，很容易見樹不見林，看不清事件的全貌，也因此很容易犯下大錯，導致錯誤的推論。

譯注：

1 以前常有人用風乾的黃樟樹根部樹皮，製作調味品。

2 與船隻龍骨相連接的彎曲支幹。

3 黑貓 THE BLACK CAT

我現在要寫的是我自己的親身經歷，不過，我並不指望或強求你們相信；然而，這無疑是個最離奇古怪，卻又看似很尋常的故事。我還眞希望是我瘋了，希望這些經歷全都出自我的幻想，然而，我的感官知覺都在提醒我，我——沒——瘋，而且我也不是在作夢。明天，就是我的大限之日了，所以今天，在這最後的一刻，我一定得說出這一切。我想用一種簡單明瞭、盡量不帶個人主觀意見的敘述方式，把發生在我家的事告訴大家。這些家務事演變到後來，不僅嚇壞了我，甚至完完全全毀了我。請容我稍後再詳述。我現在想說在前頭的是，對我而言，這些事情的的確確使我感到很恐怖及害怕；或許，對許多人而言，這種事沒那麼可怕，只不過詭異古怪了點。也因此，我不禁想，日後如果有比我更冷靜鎭定、思考理智的聰明人看到這個故事，或許根本不覺得它有什麼稀奇古怪之處，說不定會認爲我太大驚小怪，因爲，說穿了，這不過是個天理昭彰、冥冥中自有因果報應的故事罷了。

打從孩提時代開始，我就被人看成一個性格溫和、悲天憫人的孩子；但正因爲我的心腸很柔軟，而每每使我成爲同伴們取笑作弄的對象。我特別喜歡小動物，幸好父母親也願意讓我飼養各式各樣的寵物，我當然也就花很多時間和小動物相處；最讓我感到快樂的時刻，莫過於餵小動物們吃東西，以及撫摸、擁抱牠們。從小到大，我一直很喜愛小動物，即便是我已長大成人，和小動物相處仍是我生活中最快樂的事。狗兒是很忠心且聰明機伶的一種動物，相信只要是眞正愛狗的人，一定不難理解我喜愛小動物的心情。只要是喜歡小動物的人，一定能打從心底感覺到，動物對飼主總是懷有無私與自我犧牲的情感，但這一點，我們卻很難從人與人之間的薄弱情誼，同等感受此種忠誠、不問回報的相互對待。

我很早便結了婚，而且很開心找到一位和我個性很契合的伴侶。妻子知道我特別喜歡小動物，一有機會便會把這些惹人疼惜的小可愛帶回家來，也因此我們家養了許多種類的小動物，有幾隻鳥、一隻金魚、一隻乖狗、幾隻兔子、一隻小猴子，還有一隻貓。

這隻貓很特別，牠的體型碩大、體態優美，身體全黑，十分聰穎機伶。由於這隻貓實在很聰明靈巧，就連我那一點也不迷信的妻子，也時常把「黑貓其實是巫婆的化身」這則古老傳說掛在嘴邊，打趣地說這隻貓可能是巫婆變的，才會這麼有靈性。然而後來發生的一些事情，也開始使我相信，黑貓眞的是巫婆的化身。

普魯托是這隻黑貓的名字，牠是我最喜愛的寵物和玩伴。我總是親自餵牠吃東西，而不管我走到屋子的哪個角落，牠總會跟著我；甚至就連有事外出，也得費上好大的勁，才能讓牠別跟著我出門。

溫良和善的我，就這樣與普魯托共同親密生活了許多年，但沒想到，這一切都是邪惡惡魔的詭計，祂讓我性格大變，而且每下愈況，我的性情一天比一天變得喜怒無常、煩躁易怒，再也不像以前那樣善體人意，反而愈來愈不體貼周圍的人、事、物（關於我劇烈轉性這件事，我實在很羞於啓齒）。我開始對妻子口出惡言，到後來我甚至對她拳打腳踢、加以施暴；至於寵物，牠們當然也感覺到我性情上的轉變，我不再關心牠們，甚至還開始虐待牠們。然而，我仍然鍾愛著普魯托，其他小動物像是兔子、猴子、小狗，只要牠們想親近我的腳邊撒嬌，或是不小心擋了我的路，都逃不過被我虐待的命運。我想，我眞的病得不輕，看來長期酗酒、酒精中毒這種病還眞是可怕，因爲到最後，我連普魯托都不放過；由於牠年紀漸大，已經是隻老貓，多少有點拗脾氣，我的暴躁火氣一上來，牠便經常遭受波及。

有一天，我到城裡一家常去的酒館喝酒，半夜喝得醉醺醺回到家，竟然不見普魯托的蹤影，氣得以爲牠是故意躲我。我一怒之下，到處找牠，後來還粗魯地抓住牠，牠被我無端暴怒的舉動嚇到，於是不小心輕咬了我的手一口。這下可讓我眞眞正正地氣壞了，我感到自己原本溫良的靈魂已經飛離，整具身體轉而被暴怒惡魔所占據，在酒精催化下，我全身上下的每根神經都在顫抖發怒，我再也不認識我自己了。失去理智的我，從口袋拿出一把摺疊小刀，把刀掰開，抓住這小可憐的喉嚨，從牠的眼窩挖出一顆眼珠子……寫到這兒，我不禁爲我當時竟犯下這該死的殘酷暴行，感到慚愧、全身發燙、顫抖不已。

之後，我便趕緊上床睡覺，希望一覺醒來，喪心病狂的暴怒之氣已然消退。當我隔天早上酒醒，恢復了理智，感到驚慌又自責，無疑地，前一晚對待普魯托的暴行讓我感到罪惡深重。但沒想到，我心底浮現的罪惡感充其量只不過是一時的、淡淡的，依然喚不回我原本純潔的靈魂。之後，我仍然不改殘暴性情，不斷虐待我身邊的人和動物，再藉著狂飲酒精，忘記自己所有的罪行，把一切都付諸酒液泡沫中。

漸漸地，黑貓普魯托的眼睛復原、不再疼痛了，但牠那隻空洞的眼窩，看起來眞的很嚇人。之後，牠還是常在屋子裡兜來晃去，然而，不出所料，每回牠一看到我靠近，就害怕的躲得老遠。剛開始，對於普魯托如此明顯疏遠我，我仍會感到傷心，畢竟牠曾經和我那麼親密，但這種感覺很快轉爲憤怒。因此，這一刻終於還是到來了，我毫無這麼做的理由，但就是決意要做，而且沒有人能阻止我走上癲狂。我從沒像此刻這麼確定，有股人類天性中不可遏抑、不可除卻的原始犯罪衝動，正一步步引領著我。那些幹下壞事或蠢事的人，誰不是明知不可爲而爲呢？道德正義並非永遠存乎於心，甚至在我們心底深處，其實隨時隨地都存有犯罪欲，並且有時眞的就會去做些違反律法、違反正義良善的事；毫無原因理由，純粹爲了想使壞而犯罪。所以我說，這股天性中不可遏抑的原始犯罪衝動，將使我走上最終的癲狂；這股天性中毫無理性可言、爲了做壞事而使壞的施暴渴望，痛苦煩擾著我的靈魂，讓我無法停止虐待動物，還讓我對普魯托這無辜的小可憐，下了最後且最兇殘的毒手。有一天早上，我冷血殘酷地在普魯托的頸子套上了繩索，將牠掛在樹上吊死。我一邊吊死普魯托，一邊痛苦自責地流著淚；我之所以吊死普魯托，是因爲牠一直以來都那麼喜愛我，而我根本找不出任何繼續虐待牠的理由，只好吊死牠，免得我違背天理一直虐待牠；我之所以吊死普魯托，是因爲如此一來我才算是眞正犯了罪、眞正滿足了我的犯罪欲，這個罪惡將讓我的靈魂得不到永生，就連最慈愛、最令人敬畏的上帝也救不了我。

就在我吊死普魯托的當天夜裡，我在睡眠中被火舌給燙醒，原來是床四周的窗簾全著了火，整個房子陷入一片火海，我、妻子以及一名僕人，費了好大的工夫才從火場逃出。這場大火摧毀了一切，身家財產全讓火舌給吞食了，讓我陷入了無底的絕望深淵。

我開始猜想，這場災難之所以會發生，是否與我吊死普魯托的惡行有因果相關的報應？現在，我就要詳細說明這一連串的事件，希望別有任何環節的疏漏才好。火災發生隔天，我回到了破毀的家園，那裡已成一片斷垣殘壁，只剩一堵牆沒倒下。那堵殘存的牆並不太厚，是個隔間牆，差不多位在房子正中央，而且正好就是隔著我床頭的那面牆。我想那面牆之所以沒倒，得歸功於不久前才剛塗上灰泥的緣故，因而能抵擋住大火的攻勢。不過，這會兒竟有一大堆人聚集在這堵牆前面，他們似乎正在仔細檢查牆上的某一角，模樣滿是好奇熱切。由於一直聽到有人說「眞是不可思議」、「眞是特別」，這引起了我的好奇心。湊近一看不得了，灰白牆面竟突起一塊浮雕，上面浮現一隻大貓的形狀，天啊！這隻貓眞是栩栩如生，太不可思議啦；而且，這隻貓的脖子上竟繫著一條繩索。

我一看到這面牆上的大貓浮雕，簡直驚恐萬分，還以爲是亡貓顯靈的靈異現象，不過，後來我才冷靜下來，釐清疑點，證明一切都是自己嚇自己。我想事情一定是這樣的——黑貓被我吊在房子旁邊庭院的樹上等死，之後發生了火災，庭院一定很快就聚集了觀看的人潮，當時，一定有人看到這隻貓被吊在樹上，於是切斷繩索，把這隻貓從窗戶丟進來，要讓我從睡夢中驚醒，趕緊逃生。貓屍被丟進了火場，被其他倒塌的牆壓扁，倒在這堵剛塗了灰泥的牆上，於是這牆上的石灰物質，和著貓屍腐敗後釋放出的阿摩尼亞，形成了現在看到的貓浮雕塑像。

雖然我理性解讀著牆上的駭人大貓浮雕，但我不免還是會胡思亂想。這幾個月以來，黑貓普魯托的身影一直在我腦中徘徊，揮之不去，我對自己殘忍吊死普魯托，又感到自責悔恨。對於痛失這隻黑貓，我一直感到很傷心，因此便經常在幾個習慣鬼混的齷齪小酒館裡，尋找類似普魯托的黑貓，以替代死去的普魯托。

有天晚上，半醉半醒的我坐在某個到處擺滿琴酒或萊姆酒大酒桶的酒館裡；突然間，我好像看見一隻會動的黑色物體，趴臥在一個大酒桶上。我定定地看了這黑色物體好幾分鐘，驚訝發現牠竟然是一隻貓，接著，我走向牠、輕輕撫摸牠，沒錯，牠是一隻大黑貓，簡直和普魯托一樣體型龐大，且除了胸口有塊很大、但圖案不甚明顯的白色印記之外，牠簡直與我死去的黑貓普魯托長得一模一樣。

我一撫摸這隻貓，牠便馬上咕嚕咕嚕地大聲低鳴著，而且還一直磨蹭我的手，好像很開心我注意到牠。啊，我想就是牠了，這就是我想找的貓。我立刻向酒館老闆表示想買下這隻貓，但老闆卻說我不需支付任何費用，因爲這隻貓並不屬於他，在這一晚之前，他從未見過這隻貓。

我繼續撫摸這隻貓，而當我準備回家時，牠竟作勢想和我一起離開，我沒有拒絕，於是讓牠跟我一起走，回家路上，我偶爾還會彎下腰來摸摸牠。一到家，這隻大黑貓便表現出樂於被人豢養的模樣，馬上適應了居家環境；我的妻子更是一見到牠就很歡喜，並對牠疼愛有加。

至於我，我很快就發現自己對這隻貓感到厭惡、憎恨的心情，我沒想到自己會有這種一百八十度的大轉變，也不知道自己為何會這樣；這種厭惡憎恨之情，後來甚至轉為很深的敵意。我開始躲避這隻貓，而或許因為我對普魯托一直感到很愧疚，將情緒移轉到這隻貓身上，使我不敢對牠加以虐待。就這樣過了好幾個星期，我眞的都沒打罵虐待牠，但是，我還是對牠很反感，我說不出個所以然來，而且情結愈來愈嚴重。我就像躲避致命傳染病毒一般，默默逃避這隻令人深惡痛絕、感到作噁的貓。

我想，我之所以會這麼厭惡這隻貓，有一個很重要的原因，那就是，在我帶牠回家的第二天早上，我赫然發現牠和普魯托一樣，都瞎了一隻眼睛。但正因為牠和普魯托的遭遇如此相像，我的妻子才會立刻對牠一見如故，深深疼愛著牠（我先前曾說過，妻子和過去的我很像，她擁有悲天憫人、純眞熱愛小動物的性格）。

然而，雖然我非常厭惡憎恨這隻貓，但牠對我的愛卻有增無減。我走到哪兒，牠一定會跟到哪兒，這種「跟定我」的執著，外人恐怕很難想像。像是當我坐下的時候，牠會蜷伏在椅子底下，或是爬到我的膝蓋上，令人反感地磨蹭我；如果我起身走路，牠就會跑到我的兩腿之間，每每差點把我絆倒，或是用牠那尖尖長長的爪子攀著我的衣服，爬上我的胸膛。牠這些黏膩撒嬌的舉動，簡直讓我快受不了，很想一拳打死牠，但我還是克制住了傷害牠的欲望，一部分原因是，只要一想起我之前對普魯托做的壞事，就感到愧疚；但很重要的原因是，我不得不坦白承認，我眞的打從心底對這隻貓感到莫名的恐懼害怕。

這隻貓眞的讓我感到不寒而慄，喔！我實在很羞於承認這件事，但牠的出現與模樣，讓我不斷聯想到牠就是妖魔鬼怪的化身。而且，妻子不只一次提醒我，這隻貓和普魯托唯一的不同之處，就是牠的胸口有一大塊白毛。我先前提過，這隻貓胸口的白毛雖然很大一塊，但上面的圖案並不甚明顯，然而慢慢地，在我絲毫沒注意、或說骨子裡根本不想承認的情況下，這塊白色的印記有了無比清晰的輪廓。一想到這隻貓胸口的白色印記，我就感到害怕顫抖，這個圖案竟來自我最厭惡害怕且急於擺脫的黑貓身上，天啊！我簡直說不出口那上頭到底映現了什麼圖案。好吧，我要說了，這個令人感到恐怖害怕的圖案就是——「絞刑臺」。我的老天爺，爲什麼是絞刑臺？這無比淒慘嚇人的裝置，可是象徵著恐怖罪行、臨死痛苦啊！

這下子，我眞的只能苟延殘喘地活下去了，就連一隻「貓畜生」也能如此這般掌控我的命運（天啊，該不會是因爲我曾吊死過牠同類的關係吧），我可是崇高上帝所造的「人」啊，我可是「萬物之靈」啊！唉呀，這下子我日日夜夜都不得安寧了，我眞是怕了這隻貓。白天，這隻貓無時無刻黏著我、跟著我；夜晚，每當我從惴惴不安的噩夢中醒來時，都會發現這隻貓對著我的臉呼氣，而牠那龐大的身軀更扎扎實實成了我的夢魘，老是壓在我的胸口上，而我生怕觸怒牠，根本不敢把牠從我胸口推開呀！

處在這種身心極受壓抑、折磨的壓力下，我整個人終於變得十足瘋狂，連最後一點點道德良心都泯滅無存，陰沉邪惡成了我唯一的精神歸屬。我的脾氣愈來愈喜怒無常，對所有人事物，我都毫不留情地經常突發怒氣，完全無法控制，而我的妻子便經常成爲我的施暴對象，她總是逆來順受地默默忍耐著。

有一天，妻子和我來到我們住的老舊房子地下室，辦一些家務瑣事。這隻貓也跟著我來到地下室，但地下室的階梯又陡又窄，牠差點就絆倒我、害我跌下去，這下子，牠可激怒了我，我把原本對牠的那份可笑畏懼感全都拋諸腦後，一怒之下，舉起斧頭朝牠砍去，這可是致命的一砍，肯定能讓牠斃命。然而，正當我準備往下砍去時，妻子抓住了我的手想阻止我，沒想到她這阻攔我的舉動，更使我暴怒發狂不已，我像惡魔附身一般掙脫了她的手，拿起斧頭，朝她的腦門砍去；來不及發出任何呻吟痛苦聲，我的妻子就當場死去。

我冷血恐怖地砍死妻子之後，馬上冷靜下來，仔細思考該怎麼藏匿屍體。我知道，不管是白天或晚上，我都不能把屍體運出房子，因為這樣一來，肯定會被鄰居發現。一時間，我的腦袋浮出很多處理屍體的想法，我一下子想到可以把屍體切成一小塊一小塊，然後用火燒掉；後來，我又想到可以在地下室挖掘一個洞，把屍體埋在裡面；或是，我也想到把屍體丟進院子的井裡；再不然，我還想到乾脆把屍體裝在一個箱子（就像一般的商品箱）裡，放在庭院，再請個雜工把它搬走。最後，我忽然想到一個絕佳的點子，我決定仿效中古世紀僧侶處理犧牲者的作法，把妻子的屍體砌在牆裡。

這間地下室正好符合我藏匿屍體的計畫所需，讓我得以進行小小改建工程。地下室的牆砌得不怎麼牢固，而且牆面最近才剛草草地塗上灰泥，由於天候潮濕，所以塗於牆上的灰泥還未完全硬化。更棒的是，其中一面牆先前可能考量到要設置煙囪或壁爐，而往外突出，現在則是被完全封住，成了一面突出的牆。無疑地，我可以輕輕鬆鬆把這面空牆的磚頭移開，把屍體塞進去，再把牆填好，如此一來，便無人能看出這面牆是新砌的，更不可能起人疑心（反正其他面牆的灰泥也都還沒乾）。

一切果然如我計畫般順利，我很輕易就用鐵橇移開了空牆的磚頭，並且把屍體搬進牆內，讓它倚靠著內牆站立，接著，我毫不費力地再把磚頭填好，讓整面牆的結構與原本看起來毫無二致。我還小心謹慎地找了一些灰泥、沙子、毛髮，把這些東西攪和在一起，拌成與原本牆面灰泥相仿的物質，再仔細塗在這些新砌好的磚頭表面上。大功告成後，我對自己的作品感到十分滿意，這面牆完全看不出是新砌的。我小心撿起地上的垃圾，得意洋洋地看看地下室四周，並對自己說：「我的工夫眞不賴，我想這些勞動努力不會白費。」

我的下一步計畫便是找出這隻害我大忙一場的黑貓，我已經打定主意要把牠弄死，這會兒如果讓我看見牠，牠絕對逃不掉。但這隻狡猾的黑貓顯然已被我先前的怒氣嚇到，而有所警覺躲了起來，不想讓我撞見。不過，這眞是讓我打從心底鬆了一口氣（這種感覺眞是很難形容或想像），夜晚時，我的胸口終於可以好好喘口氣，不再被這隻討人厭的貓霸占，不再被壓得大氣都不敢喘一下。晚上睡覺時，牠果眞沒出現，呼，太好了，自從這隻貓來到家裡，我從沒機會像今晚這樣能平靜舒服地睡個好覺。是的，少了這隻貓的糾纏，我的內心眞是無比輕鬆，甚至連犯下謀殺案這件事，都被我拋到九霄雲外去了。

第二天、第三天過去了，可恨的怪貓一直沒出現，太好了，我總算重獲自由了。這隻恐怖的怪物已經永永遠遠離開我的房子，我再也用不著看到牠了，我覺得好開心、好自在、好幸福；這隻貓消失了，我的心頭大患也解除，相較之下，犯了殺妻的惡行，還不像這隻貓的存在糾纏，那麼使我擔心害怕！沒錯，警方偵訊了好幾次有關妻子的事情，不過，我當然很輕易就打發了他們；他們也曾上門搜查了一次，不過什麼也沒發現。我想，我一定能舒舒服服擁有幸福美滿的未來。

殺妻後第四天，一群警官又毫無預警上門來，並再次仔細搜查房子。我因爲對自己藏匿屍體的方式與所在，十分有把握不會被發現，因此即便警官大人要我陪同他們搜索，我也絲毫不感困窘或爲難。警方搜查得很徹底，連屋子的角落、密室都沒放過，最後，反覆搜查了屋裡三、四次後，他們決定到地下室搜查。即便警方已經來到地下室，我仍表現得很鎮定，我把雙手交疊在胸前，輕鬆自若地陪著警官們從這一頭搜查到那一頭。經過一番搜查，警方什麼也沒發現，他們因此完完全全相信了我，並且準備離去。我對自己高明的藏屍手法，實在太得意，以至於難掩自滿的心情。我甚至自以爲是地想對警方說些場面話，一方面想暗自宣告殺人、藏屍、矇騙警方的大勝利，另一方面也想讓他們對我更放心，完全排除我殺人的可能性。

最後，當警官們開始步上階梯、準備離開地下室，我說話了：「各位警官，我很高興你們能排除我犯案的嫌疑，我祝你們全體身康體健，還有，希望你們能多尊重我一點。最後，要向各位警官順帶一提的是，我這棟房子眞的建得很牢固（天啊，我刻意想表現得很自然，說些家常話，但簡直不知所云），嗯，應該說是非常非常牢固，而且這些牆……欸，警官們，你們要走了啊，不看看這些牆嗎？它們可是砌得很堅固牢靠呢！」此時，純粹出於虛張聲勢，我故意用手上的枴杖向牆面重重敲去，那面牆的背後，正是我藏匿妻子屍體的所在。

或許是上帝想讓我重回祂的庇護，因而得將我從惡魔的毒牙中解救出來，才會讓接下來的事就這麼發生了！當時，牆面被我用手杖重擊之後，回音未散，我就聽到牆裡發出一陣哭叫。剛開始，那個聲音模模糊糊、斷斷續續的，就像小孩抽噎哭泣的聲音，接著，很快變成一陣連續的長音高聲尖叫；那個聲音很不規則，簡直不像人類所發出，那是一種夾雜著驚恐與歡呼的尖銳嚎叫；聲音感覺上像來自地獄，像是把被打入地獄的人發出的痛苦聲，和地獄惡魔發出的歡欣鬼叫聲交相混音後，所發出的淒厲嚎叫。

這一切東窗事發後，我的行為舉措實在很蠢，蠢得我實在不想說，好吧，那時，我整個人嚇得幾乎要昏倒，搖搖晃晃走向對面的牆。警官們則是在聽到嚎叫聲的第一時間，顯得極度驚恐，嚇呆在樓梯上，一動也不敢動；但下一分鐘，他們便立即衝下樓，來到這堵牆的前面，用著粗壯的手臂拚命敲打牆壁；不一會兒，牆就完全倒塌了。牆裡的屍體幾乎已完全腐爛，血液也早已凝固，僵直地站在警官們面前。屍體的頭上，坐著一隻令人厭惡到了極點的黑貓，牠張著血盆大口，獨眼目眶閃耀著怒火；都是牠，使出狡猾詭計故意引我犯下謀殺案，還發出淒厲嚎叫聲存心讓我被人識破，想送我上絞刑臺。誰叫我把這隻可恨的黑貓也一起砌進牆裡，把牠給活埋了！

4 金甲蟲 THE GOLD BUG

哇！哇！不得了！這傢伙正瘋狂跳著舞，他想必是被[1]狼蛛給咬了！

《All in the Wrong》

許多年前，我曾和一個名叫威廉·勒格杭的朋友來往得很頻繁。十七世紀時，他的祖先因信仰喀爾文新教（胡格諾教派），不見容於當時的法國，遭受宗教迫害，遠走美國。因此，勒格杭是法裔之後，他的家族曾興旺一時，然而卻遭逢一連串災難，導致家道中落，生活陷入困境。為了不想聽到別人在背後對他家族遭遇的指指點點，他毅然決然離開紐奧良，離開這個先祖最早在美國落地生根的家鄉，來到南卡羅萊納州，一個靠近查爾斯敦、名為「蘇利文島」的地方。

蘇利文島是一座非常特別的島嶼。島嶼的地質幾乎全是海沙，島嶼長度約三英里長，而寬度則不到四分之一英里。島嶼和美國本土之間僅隔著一條很小的溪流，溪岸兩旁長滿蘆葦，且土質軟黏，是秧雞棲息的天堂。島上的草木植物非常少，且都很矮小。島嶼的最西邊，有一座名為

「莫爾特里堡」的軍事要塞；另外還有幾間粗製濫造的木屋，夏天時，有些查爾斯敦地方的人會爲了避暑熱、躲沙塵，跑來這裡租小木屋居住；此外，島嶼最西邊還生長了一種葉子剛硬如鬃毛的美洲蒲葵樹。整座島嶼，除了最西邊和沿岸的硬質白沙灘以外，到處都長滿了低矮的常綠野生灌木——甜香桃木，此種植物在這島上或許一點也不稀奇，但卻很受英國園藝家看重；這些灌木的高度大約有十五至二十英尺高，形成了一大片灌木林，林子生長得很茂密，人們得費很大力氣才能從中穿越，葉木間相互依偎散發出的香氣，則不斷在空氣中瀰漫飄送著。

在灌木林最深處，也就是島嶼最偏遠、離東側不遠的角落，有間簡陋的小木屋，那就是勒格杭住的地方；我和他剛認識的時候，他就已經住在那兒了。我和勒格杭很快從初識變熟悉，繼而成爲好朋友，我想有很大一部分的原因，是因爲我對那些選擇過隱居生活的人，總是感到特別好奇與佩服。我發現勒格杭是一位受過良好教育的人，並且擁有特殊的心智思考能力，但卻極度封閉、不願與人接觸，而且性情古怪，一會兒表現得很熱情，一下子可能又會變得很憂鬱。他家裡有很多藏書，但他卻很少閱讀，因爲他比較喜歡到戶外打獵、釣魚，或是閒晃到海邊找貝殼，散步到甜香桃木灌木叢間尋找昆蟲遺骸，帶回家製作標本。說到昆蟲標本，他的收藏之豐，可能會讓那位專門研究動物細胞的荷蘭籍博物學家史華莫丹也深感嫉妒。勒格杭外出散步健行時，總會有一名老黑僕陪著他；事實上，這位名叫朱彼得的老黑僕，早在勒格杭家道中落以前就被解放了，然而儘管再怎麼威脅利誘，朱彼得仍認定勒格杭是自己的「小主人」，並繼續隨侍在側。然而，朱彼得之所以老是認爲「小主人」長不大，極可能是因爲勒格杭的親戚們都曾刻意灌輸老黑僕一個觀念，那就是「小主人」的心智還不夠成熟、不夠穩定，身邊必須有人照料、保護才行。

由於蘇利文島所在的緯度並不高，因此冬天並不太嚴寒，甚至就連來到秋天，室內也還不需燒柴火取暖。然而，一八××年十月中旬的某一天，天候竟一改往常、冷得要命；一路上，我挨著身子，狼狽地在灌木叢間攀爬著，終於在日落前穿越樹叢，抵達勒格杭的住處。在此之前，我已經好幾星期沒見到我的朋友了，那時我住在查爾斯敦，距離蘇利文島約有九英里遠，兩地交通並不若今日方便暢通，因此每回若要到島上拜訪我的好友，並不是一件輕鬆容易的差事。到了勒格杭的小木屋後，我習慣性地先敲敲門，但沒人應門，我於是從藏匿鑰匙的地方找出鑰匙，自個兒開門進屋裡去。屋裡沒人，但壁爐卻生著一團小火，這感覺很新鮮有趣，並且舒服極了。我脫掉大衣，坐進一張會發出吱嘎聲的老舊扶椅，耐心地等待主人回家。

天黑後不久，勒格杭和朱彼得回來了，他們很開心地歡迎我的造訪。朱彼得笑著說，晚餐有秧雞可加菜了。勒格杭也表現得很興奮熱情，他說他找到了一種不知名的雙殼貝，看來收藏又可再添一筆；此外，他還說，在朱彼得的幫忙下，他抓到了一隻聖甲蟲，他認為這隻蟲絕對是前所未見的品種，希望能在明天聽聽我的看法。

「何不今晚就讓我看看這隻蟲呢？」我一邊在爐火上方不斷摩擦雙手以生熱取暖，一邊對勒格杭說。我是真的很想趕快瞧瞧這隻甲蟲，看看牠究竟有何來歷。

勒格杭興奮地說，「哎呀，我哪裡知道你今天會來，因為我已經好一段日子都沒看到你了，我根本沒想到你會選在今晚來。我剛剛在回家途中，碰巧遇見了駐守莫爾特里堡的G中尉，便像個熱情的蠢蛋，把甲蟲借給他了，所以你可能要到明天早上才能看到這隻蟲。你今晚就住這兒吧，我請朱彼得明早就去把這隻甲蟲拿回來。哎呀，那眞是上帝所創造過最美的寶貝了！」

「什麼最美的寶貝？你是說日出嗎？」我不解地問著。

勒格杭趕緊解釋：「哎呀，我不是在說日出美，我是說那隻甲蟲很美！牠的身體呈亮澄澄的金色；體積像顆大型胡桃果那麼大；靠近殼背上方的一端，有著兩個烏黑斑點，靠近殼背下方的尾端處，則有一個長形的大斑點。觸角呢，則是——」

此時，一旁的朱彼得興奮地插話：「主人，老僕我告訴過你好多次，那蟲子是純金的，除了翅膀，牠全身上下、裡裡外外都是金子做的，一點雜質都沒有。老僕我活到這把年紀了，還沒看過重量有牠一半重的甲蟲，牠肯定是一隻純金甲蟲。」

「好了、好了，朱彼得，就算那隻蟲眞的是一隻純金甲蟲，」勒格杭頗眞誠戲謔地說著，「你也還是得把燒雞的火候看好，別讓牠給燒焦了，不是嗎？」接著，勒格杭又轉向我：「不過，朱彼得說得沒錯，那隻甲蟲的色澤眞的是金光閃閃，我想，你一定沒見過會發出黃金般明亮色澤的甲蟲，嗯，總之你明天早上看到就會知道了。不過現在，我倒是可以先把牠的形狀畫給你看。」勒格杭一邊說，一邊坐到一張小桌子前，桌上有筆有墨水，就是沒有紙；他於是打開抽屜，開始翻找，但就是找不到紙。

「沒關係，有了，用這個就可以了。」勒格杭說完，便從他的背心口袋拿出一張髒兮兮的紙片，並拿筆開始畫了起來。勒格杭在一旁畫著圖，我則仍感覺凍冷，因而繼續坐在火爐邊烤火取暖。不久，勒格杭畫好了圖，並伸長手把圖遞給我。我接過圖畫，還來不及看，就先聽見一陣狗兒的嗥叫聲，再下一刻，大門就給用力使勁地抓著，朱彼得走去開門，勒格杭養的那隻紐芬蘭大狗立刻衝了進來，跳到我的肩上，撒嬌地和我玩鬧；狗兒之所以會這麼熱情，是因爲我以前每次來都會和牠玩。狗兒嬉鬧完後，我這才有機會仔細看看勒格杭畫的圖，但這一看，我說眞的，他畫的圖實在讓我感到很困惑。

「嗯，我得承認，」仔細看了這幅圖好幾分鐘後，我開口了，「這隻甲蟲眞的很奇特，我從沒見過這個品種的甲蟲。而且，與其說這是一隻甲蟲的形狀，我倒覺得它比較像人頭骨或骷髏頭之類的東西。」

「骷髏頭？」勒格杭回應著，「噢，對啊，你說得沒錯，這隻甲蟲因爲是畫在平面的紙上，所以看起來的確像個人頭。你一定是把靠近背部上方的那兩個黑色斑點看成眼睛，對吧？至於背部下方那個長形斑，則像個嘴巴，再加上甲蟲的形狀呈橢圓形，所以才會讓你有這種聯想。」

「可能吧！」我接著說，「但是勒格杭，我想這隻甲蟲你恐怕畫得不太像，我還是等到明天親眼看了，再來說說牠像什麼好了。」

「嗯，或許吧。」勒格杭微慍地說，「但我自認爲我畫得應該不壞、頗傳神才是。我以前可是曾拜師學過畫畫的，再說，我也不是笨蛋，怎麼可能連隻甲蟲都畫不好！」

見到勒格杭有點惱怒，我趕緊解釋著：「我親愛的朋友，你誤會我的意思了，我認爲你把頭顱畫得好極了，以我粗淺之見，這顆頭顱簡直和生物學、生理學上用的頭顱範本沒什麼兩樣。所以，如果那隻甲蟲眞的長得像顆頭顱，那麼牠肯定是世上最怪異的甲蟲了，這下子，牠肯定會在自然科學史上占有一席之地。你有沒有想過要幫牠取什麼學名呢？或許可以取名爲『人頭骨甲蟲』之類的稱號。對了，你不是說牠有觸角，你畫在哪兒？」

「觸角？」不知爲何，勒格杭似乎對甲蟲這個話題特別感興趣，因而顯得很激動，「我確定我畫了觸角，而且我有把握，我畫的觸角肯定就和甲蟲身上長的一模一樣。」

「嗯……嗯，」我一臉莫名其妙地回答：「或許你的確是畫了，但我就是沒看到那對觸角。」爲了怕激怒他，我沒再多說什麼，便把那張紙交還給他。我實在沒想到事情會變成這樣，我被他突如其來的生氣不悅給弄糊塗了，而且說眞的，我眞的沒看到什麼觸角，他畫的圖眞的就像顆骷髏頭嘛！

勒格杭急躁地接過那張紙，正當他氣急敗壞準備把紙揉成一團、丟進火爐時，卻好像瞄到了紙上的什麼，接著便停下動作，仔細盯著那張紙看。他的臉在一瞬間漲紅了起來，接著，又變得一臉死白；接下來的好幾分鐘，他就直挺挺坐在座位上，鉅細靡遺地查看那張紙。最後，他起身，從桌上拿了一盞蠟燭，走到房間最遠的一個角落，坐在一個水手專用的櫃子上，再一次焦慮地查看那張紙，還把那張紙翻來轉去地檢查著。他雖然一句話也沒說，但他的舉動可把我給嚇壞了，爲了不想激怒他，我小心翼翼地什麼話也沒多問。過了一會兒，他從大衣口袋掏出了皮夾，謹愼地把那張紙放進皮夾，接著再把皮夾放進寫字檯的抽屜，鎖上。這會兒，他的行爲舉止已然鎭定沉著許多，一掃先前那激動熱切的心情，現在的他繃著個臉，看似在生氣，但其實比較像是分心出神。而且，夜色愈深，他似乎愈顯陷入冥想沉思，無論我說些什麼滑稽的傻話想引起他注意，都沒法使他回過神來。那晚，我本來打算像以前一樣，在他的小屋留宿一晚，但後來看到勒格杭那副失了魂的怪模樣，我想我還是離開比較妥當。勒格杭也沒表現出要我留下過夜的意圖，不過，就在我準備離去之際，他握住了我的手，而且顯得比平常還要熱切用力。

接下來的一個月裡，我都沒再去找勒格杭。直到有一天，勒格杭的老黑僕朱彼得來到查爾斯敦找我，說是他的主人請我到家裡去一趟。朱彼得的神色看起來很沮喪，我以前從沒見過他這副模樣，我擔心會不會是勒格杭發生了什麼不幸。

「朱彼得，發生了什麼事嗎？你家主人還好嗎？」我關心地問著。

「唉，老實說，我家主人並不太好。」朱彼得嘆氣地說。

「不太好？怎麼會這樣，我很遺憾聽到這樣的事。他身體哪裡不舒服呢？」我繼續問著。

「不是啦，他沒有哪裡不舒服，但他就是病得很嚴重。」朱彼得擔心地說。

「病得很嚴重？哎呀，你剛剛怎麼沒馬上說？那他現在躺在床上休息嗎？」我詢問著勒格杭的病況。

「沒有，他不肯躺下來好好休息，就是這樣才叫人擔心。老奴我實在很擔心我那可憐虛弱的主人。」朱彼得神情憂心地說。

「朱彼得，我實在聽不太懂你的意思。你是說，你家主人生病了，但是他沒有告訴你他身體哪裡不舒服，是嗎？」我換另一種方式詢問勒格杭的病況。

「噢！先生，你先別太著急。」朱彼得試著想讓我放心，「我家主人雖然沒說他哪裡不舒服，但看他的樣子就知道不對勁。他整天不是垂頭喪氣，就是忽然站挺身子，臉色慘白得像鬼一樣，而且還一整天拿著筆。」

「他整天拿著筆做什麼？」我不解地問。

「他整天就是拿著筆，看著書桌上的圖畫。而且，那張圖眞的畫得有夠古怪。」朱彼得仔細細解釋著：「我告訴你，他那副樣子眞是嚇壞我了，所以我想我應該把他看緊一點，免得他發生意外。可是有一天，他竟然趁著天還沒亮，就偷溜出去了，而且還出去晃了一整天。我很生氣，就砍了一根木材當大棍子，準備在他回來的時候，好好打他一頓。不過，他回來以後，我一看到他那副可憐樣，就不忍心打他了。你說，我是不是太心軟了？」

「呃——什麼？太心軟？你竟然準備了棍子要打他呀？」我趕緊對朱彼得說：「我想，你還是別對你家主人太兇！你千萬別拿棍子打他，我怕他的身子承受不住。對了，你清不清楚你家主人爲什麼會生病？或是發生了什麼意外變故，讓他變成現在這樣？這一個月裡，有沒有發生什麼不愉快的事呢？」

「沒有啊，先生，從你來家裡拜訪那天到現在，都沒有發生什麼不愉快的事啊！不過，我擔心問題會不會就是出在你來拜訪我們的那一天。」朱彼得若有所思地回答著。

「這話怎麼說？你的意思是——」我疑惑地問。

「噢，先生，我是說問題可能出在那隻甲蟲身上。」朱彼得懷疑地說。

「甲蟲有什麼古怪之處嗎？」我疑惑地問。

「我確定那隻純金甲蟲一定在我家主人頭上咬了個洞。」朱彼得堅定地說。

「你爲什麼會做這種假設呢？」我好奇地問。

「先生，你可知道，」朱彼得解釋當時捕捉甲蟲的情形，「那隻甲蟲的腳和嘴巴都厲害得很，我從沒看過那麼兇猛的蟲子，只要有任何東西靠近牠，牠就會又踢又咬的展開防衛。一開始，我家主人的確抓住了牠，但牠很快就掙脫，我想，主人一定就是那時候被牠咬到的。也因此，我特別防備那隻甲蟲的嘴巴，不想用手直接去抓牠，所以我找了張紙包住牠、抓到牠，還把牠的嘴也用紙張塞住。」

「所以你認爲，你家主人眞的是因爲被甲蟲咬了，才會生病？」我歸納地問。

「老僕我不只是認爲，而是很確定地知道。」朱彼得肯定地說著：「如果我家主人不是被甲蟲咬到，怎麼會連作夢都夢到金子的事？而且，我以前就聽人家說過金甲蟲的事。」

「可是，你又是怎麼知道他作夢夢見金子呢？」我追問著。

「老僕我爲什麼會知道？噢，那是因爲他說的夢話和金子有關。我就是這樣知道的。」朱彼得老實地回答。

「好吧，朱彼得，或許這一切都被你說對了。不過，我今天爲何有此榮幸，讓你親自登門拜訪？」我客氣地問著。

「先生，你的意思是……你請說得白話一點，老僕我不懂你的意思。」朱彼得不解地問。

「噢，我的意思是，你家主人有沒有要你帶什麼口信給我？」我解釋著。

「先生，我家主人沒要我帶口信給你，但他請我交給你一封短信。」朱彼得說完後，便交給我一張便條紙，上頭是這麼寫的：

我親愛的：

為何我這一陣子都沒見到你呢？已經有好長一段時間了吧？我希望，你別因為我上回的直率無理而感到生氣。不會的，你才不是度量那麼狹小的人，我知道，你不會生我的氣。

上回見了你之後，有件很重大的事一直使我感到焦慮不已。我有話想對你說，但又不知該從何說起，也不確定到底該不該說。

這些日子以來，我的身心狀況都不是很好，而老黑僕朱彼得他雖然出於心疼，好意關心我，但他的舉動已經超過我所能忍耐的極限，簡直快把我氣死了。你相信嗎？有一天，他竟準備了一根大木棍要打我，只因為我那天偷溜出門，一個人越過小溪，跑到本土大陸的山裡待了一整天。我真的相信，要不是我當天回家後，仍一副病懨懨的可憐模樣，肯定會遭他一頓毒打。

自從我們上次碰過面，寒舍就沒再添過什麼東西了。

但如果你不嫌棄，而且方便允許的話，希望你能和朱彼得一同回來。請務必過來我家裡一趟。我希望今晚能見到你，事關重大。我向你保證，這件事極重要，比任何事都還重要。

你的摯友

威廉・勒格杭　敬上

勒格杭在這封便箋裡使用的語調口氣，讓我感到很不安，因爲勒格杭平常說話並不是這個樣子的。夢裡的他，究竟夢見了什麼？他那亢奮的腦袋裡，又裝了什麼新鮮的狂想呢？他信中提到「事關重大」，但究竟是什麼事呢？他究竟是涉入什麼樣的大事呢？從朱彼得那兒聽到有關他的種種，似乎都預示著不祥的徵兆。倘若勒格杭一直被不幸災難困擾著，我實在很擔心，他到最後會失去理智，整個人發瘋崩潰。因此，當下我毫不猶豫，立刻隨同老黑僕回他家裡去。

到了碼頭，準備登船時，我赫然在船上見到三把全新的長柄大鐮刀和鏟子。我好奇地問朱彼得：「這些傢伙是用來做什麼的？」

「是我家主人要的，是鐮刀和鏟子。」朱彼得如實回答。

「我知道、我知道它們是鐮刀和鏟子，但這些東西爲什麼會在這裡出現？」我換個方式問。

「我家主人吩咐我到城裡買這些東西，而且爲了買這些東西，還花了我不少錢呢！」朱彼得回答。

「可是你家主人究竟爲什麼需要用到鐮刀和鏟子呢？」我不解地問。

「這老僕我就不知道了，但我確定，就連神魔鬼怪也不可能會知道。這世上，恐怕只有我家主人自己知道這些東西是拿來做什麼用的。不過，肯定和那隻甲蟲有關。」

我還是無法從朱彼得那兒得到滿意的答案，看來，他的思考似乎全被「壞甲蟲」給霸占了，我只好步上船，接著啓程。一路上我們都順風而行，風勢頗強，不一會兒，我們就來到了莫爾特里堡北邊的這處小海灣，上岸後，走了一段約兩英里的路，終於到了小木屋。我們大約是下午三點抵達的，勒格杭顯然很焦急地盼著我們回來。他一見到我，便亢奮熱情地抓著我的手，這怪舉動使我感到很不安，更加深了我對他生病一事的擔心。他的面色慘白得像鬼一樣，他那深深凹陷的眼睛則透露出不尋常的光芒。我關心地問著他的健康情形，之後，我因爲不知該說些什麼，便問他是否已從G中尉那兒取回了甲蟲。

「噢，有的、有的。」勒格杭回答著，但臉色卻漲紅了起來。「那天你離開後，我隔天就立刻把甲蟲拿回來了。誰都不能讓我和這隻甲蟲分開！你知道嗎，這隻甲蟲的事，還眞是讓朱彼得給說對了。」

「朱彼得說對了甲蟲的事？你是指哪一方面？」我詢問著，但心中帶著一股不祥的預感。

「就是──『純金甲蟲』這件事！」勒格杭說話時，神態正經八百，讓我感到莫名震懾。

「這隻甲蟲將會爲我帶來財富，」勒格杭臉上掛著得意的笑容繼續說：「牠能讓我贏回所有失去的家產。這世上果然有奇蹟，才會讓我中了甲蟲這個大獎！既然幸運之神如此眷顧我，把甲蟲賜給了我，那我可得好好善用牠才行。這隻甲蟲身上的線索能帶領我們找到金子。朱彼得，幫我把那隻甲蟲拿來！」

「什麼？主人，你要老僕我去拿蟲子？」朱彼得激動地說，「不不不，我可不想惹那隻蟲子，你自己去拿好啦！」於是，勒格杭一臉正經莊重地起身，取來一個玻璃盒，那隻甲蟲就被放在裡頭。啊，那眞是一隻漂亮的甲蟲，而且對當時的自然博物界來說，那的確是前所未見的新品種，是科學上的大發現。果然在靠近甲蟲殼背上方的一端，有著兩個圓圓的、黑色的斑點，靠近殼背下方的尾端處則有一個長形大斑點。牠的殼極度光滑堅硬，全身金子般晶亮閃耀。牠的重量的確重得很不尋常，綜合這些外觀特色，我也就不難理解朱彼得何以認爲這隻甲蟲是「純金」的了。朱彼得會這麼認爲還算情有可原，但勒格杭爲何也認爲這是一隻純金甲蟲呢？這我就想不通了。

見我對這隻甲蟲亦大感不可思議的驚嘆，勒格杭隨即以一種極爲得意自耀的口吻說話：「我請你來，是想聽聽你對甲蟲、對我所謂的『天賜財富』這件事，有什麼意見與……」

「我親愛的朋友，」我打斷了勒格杭，大聲對他說，「你的身體狀況顯然不太好，請多保重才是上策。我想，你應該躺回床上休息，我會在這兒多陪你幾天，等到你康復了再離開。你現在在發燒，而且……」

「你摸摸我的脈搏，就會知道我到底有沒有發燒。」這下換勒格杭打斷我的話並伸出手。我摸了他的脈搏，說眞的，我其實感覺不出他有任何發燒的跡象。

「可是，你沒發燒不代表你沒生病啊！」我擔心地說：「容我以好友身分，充當一回醫生，請你好好聽從醫生建議，先到床上休息，然後……」

「我想，你弄錯了，」勒格杭又打斷我的話：「我除了情緒有點亢奮激動外，一切都好極了。如果你眞的想幫我，那就幫我舒緩亢奮激動的心情吧！」

「那我該怎麼做呢？」我詢問著。

「很簡單，」勒格杭說明他的計畫，「我和朱彼得計畫到本土大陸那邊的山上探險，但我們還需要另一個人的加入與幫忙。這次的探險，意義非比尋常，因此我們得找一個信得過的人，而那個人就是你。最後，不管探險結果是成功或失敗，我的心情應該就能恢復鎮定、平復下來。」

「我當然很樂意幫你的忙。但你的意思是指，這隻怪甲蟲和你的探險有關嗎？」我進一步詢問著。

「是的，牠的確與這場探險有關。」勒格杭簡短地回答。

「這實在太荒謬了，勒格杭，我想，我不能加入你這瘋狂的舉動。」我堅決地回答。

「很抱歉把你扯進來，眞的很抱歉。那麼，看來我和朱彼得只能靠自己了。」勒格杭平靜地說。

「什麼？你們兩個人要自己去？你一定是瘋了，這怎麼成！不過，且慢，你預計這場探險要花多久時間？」我不放心地問著。

「可能得花上一整夜也說不定，所以我們得趕快出發了，我想，無論如何，我們天亮之前一定就會回來。」勒格杭興奮地說著。

「你可願意答應我，一旦結束探險，滿足了你對這隻甲蟲的好奇心，回來後就聽從我的指示，像聽從醫生的建議那樣，好好休息？如果你能答應，我就和你們一起去。」我正經地說著。

「好的，沒問題，我答應你。不過，我們眞的該出發了，我們不該再浪費一分一秒！」勒格杭急切地說。

我帶著沉重的心情，和我的朋友們一起出發了。我們一行三人（我、勒格杭和朱彼得），外加一條狗，在下午四點鐘左右啓程了。一路上，朱彼得堅持由他來揹鐮刀和鏟子等沉甸甸的工具，他的舉動在我看來，可不是出於什麼勤勞或體貼的用心，他是擔心萬一讓勒格杭碰了這些危險工具，不知會發生什麼恐怖意外。這個老黑僕說頑固還眞是頑固到了極點，一路上，他嘴巴裡唯一迸出的字眼，就是——「那隻該死的甲蟲」。我呢，則負責拿著兩盞遮光提燈；勒格杭則從頭到尾只顧著照料他的甲蟲。他用細細的腸線綁住甲蟲，像個魔術師一樣，一直拉著線，來回旋轉、把玩著蟲子。我一直觀察著勒格杭，看到他有如神經錯亂般的舉動，我不禁擔心地流下眼淚，但這會兒，我想暫時也只能順著他的意，慢慢再想，有什麼好辦法可以讓他變得正常點。此外，我也一直想盡辦法套問他要探的究竟是什麼樣的險，但就是套不出話來。自從我上了鉤，答應和他們一起探險後，一路上，我問勒格杭任何事情，他總是敷衍帶過，而且總是回答我——「到時候就知道了」。

我們搭船越過小溪流，來到了本土大陸，登岸後便立即往高地走去。我們朝西北方向走去，沿途所見盡是荒涼孤絕的土地，絲毫不見人跡。一路上，勒格杭明快果斷地在前頭領路；但有時候，他還是會停下來，四處查看先前偷溜出來探勘地形時，留下的路標記號。

我們就這樣徒步行走了兩個小時，接著，太陽才剛落下，我們就進入了一個前所未有的恐怖區域。這裡是片山中台地，離險峻難登的山頂已經不遠。這整座山從山腳到山頂，都長著濃密的樹木，還偶有一些峭壁岩石，以看似鬆垮的姿態附著在土壤上，我想，這些岩石之所以沒掉進山谷深壑，應該是因爲它們攀附著草樹植被的關係。從山上往下探看，山谷深壑四處縱橫交錯，爲這無人山林更添幾分嚴峻莊嚴之感。

我們所在的這處天然平台，到處都長滿濃密的刺藤，此時，唯有用鐮刀劈出一條路，才能再往前行。於是，朱彼得聽從勒格杭的指示，一路劈著刺藤，淨空出一條小徑，直達一棵參天大樹底下。這是一棵百合樹，旁邊還有八到十棵的橡樹，但這棵百合樹卻遠遠高於底下這些橡樹，也高於我們一路上所見的其他樹木；它有著很美的葉子與樹形，樹枝開展繁茂，整棵樹看起來非常雄偉壯觀。接著，勒格杭問朱彼得，他是否有辦法爬上這棵樹。這個老黑僕一聽，先是感到驚訝，一時之間沒能回答他的主人，待他鎮定下來後，便湊近瞧瞧樹幹，圍著這棵百合樹緩緩繞圈，仔細觀察了好一陣，最後，朱彼得說話了，「可以的，主人，老僕我任何樹都能爬，任何樹都難不倒我。」

「那好，麻煩你趕緊爬上樹，以免之後天色太黑，我們什麼事也做不成。」勒格杭接著說。

「主人，老僕我要爬多高呢？」朱彼得問著。

「你先沿著樹幹往上爬，到時候，我自然會告訴你該往哪根樹枝爬。對了，把這隻甲蟲帶在身上。」勒格杭指示著。

「帶著甲蟲？爲什麼老僕我得帶著牠爬樹，我死也不幹！」朱彼得大叫，同時往後退了幾步。

「朱彼得，你堂堂一個男子漢竟然會怕一隻小小的甲蟲？」勒格杭半玩笑半正經地說：「更何況這只是一隻死掉的、完全傷不了人的蟲？如果你眞的那麼怕，不敢直接碰這隻甲蟲，那就抓住這條綁蟲子的細線好了。如果你再不肯帶著牠爬樹，那我就用鏟子敲破你的頭！」

「主人啊，你消消氣，」朱彼得覺得有點難爲情，先軟化下態度，「你怎麼老愛生老黑僕的氣呢？我只不過是開個玩笑嘛！我怎麼可能會怕這區區一隻小甲蟲！」說完，他便小心地抓住細線最末端，盡可能和甲蟲保持一大段距離，並開始爬上樹。

百合樹，它是美洲森林中最雄偉挺拔的樹，樹幹非常光滑，在一定的樹幹高度之上才會開始長出樹枝；然而，到了成熟時期，樹皮便會長出像瘤狀突起般的小枝椏，樹幹再也不像以前那麼平坦……看來，朱彼得要爬上這棵樹，似乎不太容易。只見老黑僕朱彼得很快就抓到爬這棵樹的要領，他以手臂和大腿緊貼著圓圓的樹幹，用手攀住樹幹的突起枝椏，用腳趾頂住其他的枝椏，一步步扭著身體往上爬。剛開始，朱彼得還不太熟悉爬這棵樹的節奏，曾有一、二次差點掉下來，但之後，他便一步步扭動匍伏著身軀，愈爬愈高，爬到第一根樹枝處，喘口氣，他知道自己已大抵完成了爬樹的使命。這會兒，朱彼得雖距離地面約有六、七十英尺高，看起來非常驚險恐怖，然而與之後的任務比起來，最困難危險的階段已經過去了。

「主人，老僕我接下來該往哪兒爬？」朱彼得問道。

「爬到最粗最大的那根樹枝——就是這一邊，對，沒錯，就是這一根。」勒格杭交代著。朱彼得照著指示，身手快速敏捷地往上爬著，他愈爬愈高，矮胖的身軀也被繁茂生長的樹葉團團包圍住了。不一會兒，他從很高的樹上傳來一聲——「哈囉」。

「老僕我還得爬多高啊？」朱彼得大聲問著。

「你現在爬得多高了？」勒格杭反問著。

「噢，我爬得很高囉，連樹頂上的天空都看得見了！」朱彼得回答。

「你不用管天空離你近不近，」勒格杭鎮定地說，「你仔細聽我說，現在你往下面看，看看你下面有幾根樹枝？你一路已經爬過幾根樹枝了？」

「一根、二根、三根、四根、五根——」朱彼得數出聲音地說，「主人啊，我下面有五根樹枝。」

「那麻煩你再爬高一點，再往上爬一根樹枝。」勒格杭吩咐著。幾分鐘後，朱彼得又傳來聲音，說他已經爬上了第七根樹枝。

「朱彼得，」勒格杭大聲回應著，語氣中明顯帶著興奮，「現在，我要你沿著這根樹枝往外爬，爬得愈遠愈好。如果你看到了什麼不尋常的東西，請告訴我。」

至此，我已確定勒格杭眞的是瘋了，要不然他爲什麼會要朱彼得做這種荒謬的事呢？我很擔心，到底該怎麼帶他回家？此時，朱彼得又再次出聲了，「哎呀，爬在這根樹枝上好危險哪，因爲樹枝已經枯死了！」

「朱彼得，你是說，那是一根枯樹枝？」勒格杭顫抖地大喊。

「是的，主人，這樹枝簡直就像個生鏽的釘子，沒用處了啦！」朱彼得形容著。

「老天啊，我究竟該怎麼做呢？」勒格杭自言自語地說道，他看來似乎很煩惱。

「該怎麼做？」我很高興終於有機會插話：「我們何不現在就回家，讓你好好上床休息去。我們走吧，這才是我的勒格杭。現在天色已晚，況且，你還記得我們之間的約定吧？」

「朱彼得，」勒格杭大叫著，他顯然根本沒聽到我剛剛講的話，「你聽得見我說話嗎？」

「可以啊，主人，老僕我聽得很清楚。」朱彼得回應著。

「拿出你的刀子，試試那樹枝有沒有你想像中那麼乾枯壞死。」勒格杭指示著。

「主人，樹枝的確枯掉、死掉了，」幾分鐘後，朱彼得從高處傳來聲音，「但沒有想像中那麼糟糕。我想，如果只有我自己一個人爬的話，或許還可以再往外爬遠一點。」

「什麼叫做——『如果只有你自己一個人爬，就可以再往外爬遠一點』？」勒格杭不解地問。

「欸，老僕我是說，」朱彼得解釋他的意思，「那隻甲蟲實在很重，如果我可以把牠丟掉，這樣樹枝承受的重量就可以少一點，我就可以爬遠一點。」

「你這可惡的壞東西，」勒格杭聽朱彼得這麼一說，寬心不少，但還是故作生氣地大喊，「你在滿口胡說八道什麼？你要是敢丟掉這隻蟲子，我保證把你的脖子扭斷。朱彼得，你聽到了沒？你聽到我說的話了沒？」

「有的，我聽見了，主人。你沒必要對一個可憐的老黑僕這樣大吼生氣吧？」朱彼得哀求地說。

「好啦，你聽著，」勒格杭利誘著朱彼得，「如果你能帶著那隻甲蟲，小心安全地再往外爬遠一點，你待會兒下來，我就賞你一個銀幣。」

「好的、好的，我願意，主人。」朱彼得很快地答應，並開始往外爬，「老僕我就快爬到最外頭了。」

「對，爬到最外頭，快！」勒格杭近乎尖叫地說著，「你是說你快要爬到樹枝的最外頭了吧？」

「主人，我很快就會爬到盡頭了，你別急。」朱彼得回應著，「噢，我的老天爺，這裡怎麼會有這種鬼東西？」

「朱彼得，你快說，你看到了什麼？」勒格杭開心地大叫。

「沒什麼啦，只是個骷髏頭。」朱彼得形容著，「看來，之前有人把一顆頭放在這樹上，然後烏鴉把肉全都吃光了。」

「你是說，那裡有一顆骷髏頭？太好了！」勒格杭興奮地說著，「你仔細看看，它是怎麼被固定在樹枝上的？」

「沒錯，這的確是一顆骷髏頭。」朱彼得回答著，「至於它是怎麼固定的，讓老僕仔細瞧瞧……奇怪，有一根很大的釘子穿過頭骨，把骷髏頭釘在樹枝上。」

「好，朱彼得，現在請你照著我的話去做。你聽到了嗎？」勒格杭試著鎮定下來。

「我聽見了，主人，老僕我會照你的話去做的。」朱彼得很快地回應。

「注意聽，現在，請你找到骷髏頭的左眼。」勒格杭指示著。

「嗯，好的，可是，哪一隻眼睛是左眼呢？」朱彼得問著。

「不會吧，你眞是笨到家了！你知道右手和左手怎麼分辨吧？」勒格杭又好氣又好笑地說。

「會啊，我會分辨——我砍木頭的時候，都是用左手。」朱彼得大聲地說。

「沒錯，你是左撇子。」勒格杭鼓勵地說，「所以你應該知道，你的左眼和左手是在同一邊吧！那沒問題了，我想，你一定能找到骷髏頭的左眼，我是說，它的眼眶或眼洞之類的洞——你找到了嗎？」

朱彼得似乎忙了好一陣，最後，他說話了：「既然我的左眼和左手是在同一邊，那這顆骷髏頭的左眼和左手，應該也在同一邊吧？可是，骷髏頭只有頭，沒有手啊，不過，沒關係，我還是找到了它的左眼！接下來，老僕我該怎麼做？」

「把甲蟲放進骷髏頭的左眼眶裡，把細繩子盡可能放到底，讓甲蟲垂下來。不過請務必小心，你的手別放掉了這條繩子。」勒格杭接著指示。

「好了，我弄好了，主人。」朱彼得回答著，「把蟲子放進眼睛洞裡，這差事挺容易的。對了，你們在底下有沒有看到蟲子慢慢垂下去了？」

我們站在樹底下，只聽得到朱彼得從樹上傳來說話的聲音，但看不見他。不過，那隻甲蟲倒眞的垂了下來，牠好好地被綁在細繩這一端，在落日的最後餘暉中，閃耀著純金光澤，像顆發亮的小金球似的。甲蟲已然下降得離地面相當近，再差一點，就會落到我們的腳邊了。此時，勒格杭迅速地拿起鐮刀，以甲蟲爲圓心，清出一大片直徑約三至四碼的圓形空地。之後，勒格杭便要朱彼得鬆手，讓甲蟲直接垂到地面，並請他爬下樹來。

接著，勒格杭便在甲蟲落至地面的位置上，精確無誤地釘進一根木釘。再下一刻，他已從口袋拿出捲尺，走到樹下，在最靠近木釘的這一面樹幹，將捲尺的一端固定其上，並開始拉開捲尺，通過木釘點，沿此方向再繼續拉長五十英尺；另一方面，勒格杭也請朱彼得用鐮刀，清空這個範圍裡的所有刺藤。接著，他便在捲尺通過木釘點後的五十英尺落點上，釘下了第二根木釘，並以此爲圓心，畫出一片直徑約四英尺的圓形空地。完成後，勒格杭除了自己拿起一支鏟子，他也把另兩支鏟子交給了我和朱彼得，請我們趕緊幫忙一起挖掘這個圓形空地。

說眞的，任何時候的我都不可能以「挖土掘地」爲樂，遇到類似情況，我總是能閃則避；尤其今晚一路奔波健行來到此地，我簡直快累壞了，對於要進行這種勞動，我當然更是興致缺缺到了極點，可是呢，這會兒好像找不到藉口脫身不做，而且我擔心要是不幫忙挖土，勒格杭好不容易才鎮靜下來的心情，可能又會變得暴怒。唉，如果朱彼得願意幫忙，我一定毫不猶豫把勒格杭這個瘋子強行架回家，但我太了解這名老黑僕了，不論發生了什麼情況，他都不會違逆勒格杭的話，眞傷腦筋！至此，我已經很確定勒格杭生什麼病，他生的是尋寶妄想病，他因爲撿到了區區一隻甲蟲，或說是受到朱彼得的啓發，認爲那是一隻純金甲蟲，因而眞的相信南方人之間口語相傳的藏寶故事傳說。沒錯，瀕臨瘋狂的人，很容易因爲一些突發事件與自己既有的想法若合符節，而陷入瘋狂，因此，勒格杭先前才會說——「這隻甲蟲將會爲我帶來財富，牠身上的線索能帶領我們找到金子。」此時，我感到既擔心悲傷，又生氣困惑，這到底是怎麼回事嘛？不過，最後我換了個角度想這整件事，調適好心情，決定輕鬆地、好好地幫忙挖土，既然我們肯定挖不出什麼金銀寶貝，那就讓痴心妄想的勒格杭看個仔細，眞正死了這股發財的妄想。

我們打開了提燈遮片，讓光源完完全全透出，便開始這場注定白費苦心的挖土尋寶。我一邊挖著土，一邊看著燈光投射出我們三人挖土的身影，不禁想，這眞是有趣的組合啊！如果有人剛好走過來，他將如何看待我們此時此刻正在進行的荒謬舉動？

一轉眼，我們已經挖土挖了兩個小時，在這段時間裡，沒人放下手上的鏟子，也沒人多說話，但最讓人煩心的，是狗兒一直吠叫，牠似乎對我們三人正在進行的事情很感興趣。到最後，狗兒愈叫愈大聲，勒格杭很擔心牠再這麼狂吠叫喊下去，會讓附近的人聽見，便可能會中斷或影響我們的挖土作業；至於我，則是很希望眞的有人打擾中斷我們，這麼一來，就可以不用再幹這挖土的苦差事，還能趕緊把勒格杭這個想發財想瘋了的瘋子帶回家。不過最後，還是由朱彼得馴服了狗兒，狗兒終於安靜了下來，不再發出吵鬧的叫喊聲——只見老黑僕先是神態從容、堅定地跳出了大坑，從自己身上取下一條吊褲帶，緊緊纏住狗兒的嘴巴，之後便又笑咯咯地回到洞裡繼續挖土。

此時，我們已經挖出了一個五英尺深的大洞，但仍不見任何寶藏。大夥都停下挖掘動作，我則暗自希望這場鬧劇趕快結束。然而，儘管勒格杭的神情看來有些沮喪挫敗，但他仍撫額深思著，之後，他又努力地繼續往下挖掘。這個洞的直徑足足有四英尺，這會兒，勒格杭要我們再稍稍加大挖掘範圍，並再往下挖掘二英尺；但仍然什麼也沒發現。最後，勒格杭神情非常沮喪地爬出了坑洞，慢慢地、不甘心地穿起他的大衣外套……對此，我真的由衷感到同情與遺憾。我一句話也沒說，而朱彼得則在主人的授意下，把所有工具收拾好，並鬆綁狗兒的嘴巴，我們一行三人和一條狗，沉默無語步上了歸途。

我們走了約莫幾十步，勒格杭忽然發出一聲很大的咒罵聲，一個箭步往前抓住了朱彼得的衣領，朱彼得被他這突如其來的舉動嚇壞了，眼睛、嘴巴睜得老大，手上的鏟子也掉了，嚇得跪倒在地。

「你這個可惡的壞東西！」勒格杭齜牙咧嘴、氣憤地說道，「你這可惡的老黑奴，你馬上告訴我，不准支支吾吾，快說，哪一隻眼睛是你的左眼？」

「噢，我的老天，救救我吧！主人，我的左眼不就在這兒嗎？」朱彼得顯然被嚇壞了，他大聲地回應著，並且一邊用手指著他的「右眼」，然後馬上把「右眼」遮住，深怕勒格杭把他的眼珠子挖出來。

「我就知道，我就知道！好極了，萬歲！」勒格杭放掉了朱彼得的衣領，大聲地、興奮地又叫又跳，老黑僕朱彼得絲毫不明白發生了什麼事，便安靜地從地上爬起，不明所以地看看勒格杭又看看我，再把視線從我這裡轉回他的主人身上。

「來吧，我們還得再重新挖洞。」勒格杭一邊興奮地說著，一邊往回走向百合樹，「尋寶遊戲還沒結束呢！」

「朱彼得，」勒格杭到達樹下後，他開口說話了，「你說，那顆骷髏頭的臉是朝外、向著遠方，還是朝內、向著樹？」

「骷髏頭當然是朝外，這樣，烏鴉才有辦法輕輕鬆鬆啄掉眼珠子啊！」朱彼得一副理所當然地說著。

「好，那你告訴我，你把甲蟲放進骷髏頭的哪一隻眼睛？是這一隻，還是這一隻？」勒格杭一邊說，一邊摸著朱彼得左右兩隻眼睛。

「主人，老僕我當然是照你所說的，把蟲子放進骷髏頭的左眼，我就是放進這一隻眼睛！」朱彼得一邊回答，一邊用手指著他的「右眼」。

「好了，我知道了。我們得再重新挖個洞。」勒格杭回答。接著，他便把木釘從原本釘下的位置往西邊移三英寸左右（說到這兒，我還是不得不稱讚一下我的朋友，他儘管想發財想瘋了，但思考還是很有條理），並從口袋裡拿出捲尺，走到樹下，在最靠近木釘的這一面樹幹，將捲尺的一端固定其上，並開始拉開捲尺，通過木釘點，沿此方向再繼續拉長五十英尺，並在五十英尺的落點上，釘下第二根木釘；這個落點比我們第一次固定的落點，距離了好幾英尺或公尺之遠。

勒格杭以此新落點爲圓心，畫出一個直徑超過四英尺長的圓形空地。於是，我們三人又再次拿起了鏟子挖土。此時，我雖然已筋疲力竭，但不知爲何，我卻已不像先前那麼排斥挖土掘洞了，相反地，我竟興致勃勃了起來。我在想，或許勒格杭這怪異的瘋狂舉動後面，眞的懷著什麼不可思議的遠見或深思熟慮也不一定。因此，我一邊夢想著寶藏，一邊奮力地挖著，此刻的我和勒格杭想寶藏想瘋了的心情，沒什麼兩樣。我們就這樣又挖了將近一個半鐘頭，此時，狗兒的吠叫聲又再度打斷了我們。前一次，我們在掘洞時，狗兒也發出了吠叫聲，叫聲予人的感覺純屬玩鬧，但這一次，狗兒卻是正經八百、煞有其事地吠叫著。當朱彼得正準備綁住牠的嘴巴時，狗兒竟猛烈地反抗著，並跳進了洞裡，發狂般地用爪子掘土。幾秒鐘後，狗兒逐漸挖出了一些人骨，最後發現，原來那是兩副完整的人骨，上頭還附著幾顆金屬鈕扣，以及殘朽的羊毛衣物。接著，我們又挖了一、二下，翻出一把西班牙大刀；再往下挖，就發現三、四枚隨意散落的金幣及銀幣。

看到了金幣和銀幣，朱彼得興奮極了，然而，勒格杭卻好像很失望。接著，他要我們繼續往下挖，但我還來不及說話，腳就被一個半掩在土裡的大鐵環給絆住，整個人往前跌倒。

接下來的十分鐘裡，我們卯足了勁奮力挖著土，那肯定是我一生中最激動亢奮的十分鐘了，因為，我們發現了一口長方形木箱！從木箱外觀完好、質地堅硬密實的情況看來，它肯定經過了很完善的防腐處理（或許，是用那種保存屍體用的氯化汞也說不定）。這口木箱長三點五英尺，寬三英尺，高二點五英尺；箱子以一條條縱橫交錯的鍛鐵嚴嚴實實密封住；箱子較長的兩個面，靠近箱頂處，各設有三枚鐵環（因此，總共是六枚鐵環），看來是設計給六個人抬行使用的。我們使盡全力，還是只能抬起箱子一下下，隨即又重重摔下，我們只有三個人，顯然抬不起這設計給六個人搬的箱子。幸好，木箱蓋子僅以兩道滑栓固定住，接著，我們懷著無比興奮顫動的期待心情，滑開了栓門——哇，再下一刻，無數的寶藏已然在我們眼前，閃爍著金黃幽光。我們把提燈往洞裡照射，這一照不得了，一堆堆錯落散亂的金子、寶石便投射出閃閃耀人的光芒，亮澄澄的、金燦燦的，照得我們目眩神迷。

我簡直無法形容發現寶藏時的心情，我想，除了驚訝還是驚訝。勒格杭很興奮，但也疲累得幾乎說不出話。朱彼得則是發著呆，好幾分鐘裡，臉色也像被雷劈到一樣，太過驚訝、不敢置信，嚇得發白；一會兒後，他在木箱前跪了下來，把兩隻胳臂都埋進箱子裡，久久不動，就像用金銀財寶泡澡一般，最後，他長長嘆了一大口氣，便大聲地自語著：

「沒有純金甲蟲，就沒有這些金銀財寶！啊，美麗的金甲蟲，可憐的小金甲蟲，真對不起啊，我之前說了那麼多你的壞話。老僕我真該死、真慚愧……」

如今夜已深，我們得在天亮以前把所有寶藏都搬回家，因此，我得讓這主僕兩人趕緊回過神來，大夥一起想想該怎麼運寶藏才好。我們左思右想，千頭萬緒，始終想不出好法子，最後，我們的決定是，先把木箱內三分之二的財物搬出來，這樣一來，木箱的重量就會變輕許多，只要我們三人再多使點力，就能把木箱抬出洞外，之後要抬著箱子離開，便不致太困難。但我們該怎麼處理洞裡頭剩下那三分之二的財物呢？我們決定放些刺藤野草進去，掩蓋住這些財物，並命令狗兒嚴密看守。朱彼得給狗兒下了道指令，要牠不得擅離崗位，也不能吠叫引人注意。接著，我們三人便匆忙抬著那口木箱離去，一路千辛萬苦，終於在凌晨一點鐘安全抵達勒格杭的小屋。由於我們實在太過疲累，體力嚴重透支，於是在家中稍事休息，用點晚餐、補充體力後，帶著三只在家中意外找到的堅固麻布袋，於凌晨二點鐘再次出發前往那座山；接近凌晨四點鐘，我們終於抵達挖出寶藏的坑洞。接著，我們將剩下的寶藏平均分裝在三個麻布袋裡，讓坑洞維持原狀，沒再把土填回去，隨即踏上歸途；當清晨第一道曙光從枝頭灑下，我們這才回到家，卸下沉重的金袋。

這會兒，我們全都累壞了，但情緒仍亢奮得睡不著覺。我們勉強淺睡了三、四個小時，然後全都醒來，就好像先前約定好什麼時間要起床一般，迫不急待想查看寶藏。

寶藏箱裡的金銀財寶多得滿溢了出來，我們花了一整天和大半個晚上，才清查完所有財物。箱裡的金銀財寶堆放得毫無秩序可言，所有物件都雜亂地摻雜在一起，我們小心地一一加以分類，發現寶藏總值遠超乎我們當初所想像。在錢幣方面，我們已盡可能從當時每一種錢幣的價值來計算總值，估計至少有四十五萬美元；而且，這些全都是年代久遠、各式各樣的金幣，像是法國金幣、西班牙金幣、德國金幣、英國古金幣，以及一些我們從未見過的博奕籌碼；此外，還有幾枚又大又重的金幣，因磨損得太厲害，無法看出上頭刻了什麼字，也無從辨識是哪一國錢幣。在寶石方面，總值則難以估算；鑽石有一百一十顆，全都大得嚇人，品質非常精良；紅寶石有十八顆，光彩鑑人，無與倫比；綠寶石有三百一十顆，全都美得動人心弦；藍寶石則有二十一顆，此外，還有一顆蛋白石。沒有一顆寶石是完整鑲嵌在底座上的，它們的底座與其他財寶一同混雜在箱子裡，但都被鐵鎚用力敲壞，看來，有人不想讓底座洩露了寶石的來歷，於是，上百顆華美的寶石就這麼四散在箱子裡。此外，箱子裡還有大量的純金飾品，光是實心戒指和耳環，就將近兩百枚；富麗金鍊三十條（如果我沒記錯的話）；又大又沉的十字架有八十三支；價值不菲的金爐有五座；表面雕刻著葡萄葉和酒神圖案的大型洒缽有一只；雕刻精美的劍柄兩把……，還有其他數量眾多的純金小飾品，但我已不復記憶。箱子裡所有錢幣、珠寶和金飾加起來的重量，至少有三百五十磅，但這還不包括一百九十七支上好金錶的重量在內。這一百九十七支金錶中，有三支金錶，每支至少價值五百美元。這些金錶已經非常老舊了，舊得無法看時、對時，而且或多或少都有點生鏽，儘管如此，光是滿滿鑲嵌其上的寶石和價值不菲的錶盒，已難掩其華貴氣派。我們估計，箱子裡所有金銀財物加起來，總值大約一百五十萬美元；然而，從那些金飾、寶石（我們自己保留了一小部分）脫手售出後所得的金額來看，我們對寶藏總值的估計，恐怕仍太過保守、太小看它了。

最後，當我們查看完這些財物寶貝，心情也稍稍平靜許多。這會兒，勒格杭見我急於想知道這一路尋寶的來龍去脈，便開始鉅細靡遺地述說所有相關細節。

勒格杭從頭娓娓道來：「你應該記得那晚我把甲蟲圖畫交給你，之後所發生的事吧？我先是很氣你說我把甲蟲畫得像顆骷髏頭，剛開始，我還以為你是在開玩笑，但後來當我仔細想想甲蟲背上那三個黑點的相關位置，就認為你會如此聯想，或許有那麼一點道理根據！接著，你又嘲笑我的畫圖實力，這可激怒了我，因為我在其他人眼中，是個頗有繪畫天分的人呢！因此，當你把那張羊皮紙交還給我時，我本來氣得想把它揉成一團，丟進火爐裡。」

我更正說：「不對吧，那不過是一張很平常的紙。」

勒格杭解釋著：「不，不是的，那眞的是一張羊皮紙，只是它看起來和一般的紙沒兩樣。我本來也以爲那只是一張普通的紙，但當我開始在上面畫畫時，便立刻察覺到那是張很薄、很髒的羊皮紙。反正，後來當我生氣地把它揉成一團，準備丟掉時，目光忽然落在那張紙上（我當時的神情之吃驚訝異，相信你也看到了），原來紙上的確有顆骷髏頭，而且與我畫的甲蟲好相像。當下，我實在太訝異了，根本沒辦法靜下心來好好思考，我只知道，雖然我畫的甲蟲和那顆骷髏頭在輪廓上十分相像，但細節其實非常不同。於是，我拿起桌上的蠟燭，走到房間的另外一個角落，仔細檢查那張羊皮紙；我把羊皮紙翻了面，便赫然發現我畫的甲蟲。我當時的第一個想法是，這隻甲蟲和骷髏頭竟有著如此相像的外形輪廓？而且怎麼會這麼巧，羊皮紙另一面竟剛好就是一顆骷髏頭，它不論在輪廓、大小和位置對應方面，都和我畫的甲蟲吻合得剛剛好？爲了這個不可思議的巧合，我當時的確目瞪口呆了好一陣。我絞盡腦汁，一直想找出它們之間的關聯性或因果關係，但卻因一陣麻木，而想不出任何線索。後來，當我從麻木中清醒過來，腦中便逐漸形成某種概念，而這概念遠比它們之間的巧合來得更令人驚訝。我記得非常清楚，當時我準備要在羊皮紙上畫圖時，還特地翻來覆去，想找一個比較乾淨的角落來畫，因此我確定，如果當時紙上已經畫了骷髏頭，我一定會發現的，所以可見，我要畫圖的當時，羊皮紙上是沒有骷髏頭圖案的，但究竟爲何後來會出現呢？這實在是個難以解釋的謎團。雖然這個謎團暫時無解，但我心中好像閃過一抹幽光……我們昨晚的尋寶探險，成功證實了這個最初閃現的想法。不過當時，我卻決定先把羊皮紙收好，等到我一個人獨處的時候，再好好想想箇中巧妙。」

勒格杭回憶撿到甲蟲與羊皮紙的經過：「當晚你離開後，朱彼得也很快上床睡覺，我這才開始靜下心來，試著以條理歸納分析這整件事。首先，我先回想那張羊皮紙的來源。當時，我們在本土大陸的岸邊，也就是距離此島東面約一英里、離高潮線不遠的地方，發現了甲蟲。我抓住甲蟲時，這蟲子竟狠狠咬了我一口，使我痛得鬆了手。然而，當甲蟲飛向朱彼得，一向較爲小心謹愼的他，便四下探看有沒有葉子之類的東西能用來包住甲蟲，才不至於被蟲子給咬到。那時，我和他同時看見了那張羊皮紙，我一直以爲那是張很普通的紙；這張羊皮紙半埋在沙子裡，只露出了紙角邊緣；羊皮紙附近有殘船破片，像艘大船的救生艇，看來船難是很久以前發生的，因爲破艇木條幾已腐朽不可辨。」

勒格杭形容當時遇見G中尉的情形：「總之，朱彼得撿起了那張羊皮紙，用紙包住了甲蟲，一併交給我。我們於是打道回府，在路上，巧遇G中尉，我便拿出甲蟲，把紙拽在手上，直接讓他瞧瞧這甲蟲。之後，他請求我讓他把甲蟲帶回軍營裡，我答應了，他便直接把甲蟲放進背心口袋。你也知道的，G中尉相當熱愛大自然的動植物，所以他或許是怕我突然改變主意、不借他甲蟲，才會趕緊把甲蟲放進口袋，連原本用來包甲蟲的紙都甭包了；於此同時，我可能也出於下意識動作，把手上的羊皮紙也放進了背心口袋。」

勒格杭神情正經地說著：「你也記得的，當時我爲了要畫甲蟲給你看，遍尋紙張不著，便摸了摸背心口袋，希望裡頭有什麼舊信件之類的東西，結果，我的手很自然便摸到了那張羊皮紙。我之所以如此鉅細靡遺地述說這些事，是想讓你知道，我是在種種巧合的牽引下，才拿到羊皮紙，進而發現裡頭的祕密。」

勒格杭說起他的初步想法：「說到這兒，你一定會覺得我實在太會胡亂聯想了！但是當時，我的確已將那艘破碎的遇難船隻和羊皮紙串連起來，我認爲它們是大謎團裡的兩條線索。你想想，有一艘破船擱在海岸上，而且不遠處還埋了一張畫著骷髏頭的羊皮紙，當然，你一定會問，關聯性何來之有？但請你別忘了，骷髏頭可是海盜的正字標記，每當他們要進行海上搶劫時，都會把骷髏旗幟豎起，可不是嗎？」

勒格杭說明羊皮紙的重要性：「我已經提過，那張用來包甲蟲的紙不是一般紙，而是羊皮紙。要知道，羊皮紙極爲耐用，幾乎可永久保存。如果人們只是要寫些（畫些）暫時性或一般性的事情，用一般的紙來書寫即可，不太可能會想到要用羊皮紙。因此，羊皮紙上畫著骷髏頭，代表它隱含著某種特殊涵義，某種相關性。當然，我也沒忘記觀察羊皮紙的外觀，雖然它有好幾個邊角都磨損不見了，但仍看得出它原本是一張長條形的羊皮紙。那張長條羊皮紙，極可能是特地用來記錄某些事情用的，記錄某些永不被遺忘、得仔細保存的事情。」

此時，我插嘴道：「可是，你不是說畫圖時，並沒在羊皮紙上發現任何骷髏頭圖案嗎？那麼，你又是怎麼將遇難船隻和骷髏頭一起做聯想呢？而且，骷髏頭究竟是如何在你畫完甲蟲後，在那麼短的時間內，被畫上？放上？印上？……」

勒格杭自信滿滿地說著：「啊哈，這就是謎團的癥結所在了！不過，這項癥結祕密，還不算太難理解，而且我自認推理功力相當扎實，因此，我相信，這祕密只有一種解答。說解答之前，請容我一步步引導你進入我推理的思路。我記得我在畫甲蟲時，當時羊皮紙上的確沒有骷髏頭圖案，而當我完成後，把圖交給你，一直到你把圖還給我的這段時間裡，我都仔仔細細看著你，因此，也不可能是你或另有其人畫下骷髏頭。也就是說，在這段時間裡，並沒有任何人爲力量畫下骷髏頭，然而，骷髏頭形狀竟然還是出現了……」

勒格杭分析著骷髏頭現形的關鍵：「我一直努力回想，當我把圖交給你之後，有沒有發生什麼不尋常的事情或插曲。我記得那天天氣竟一反常態的寒冷，於是屋裡壁爐燒起了柴火。但我因爲在外面健行一整天，渾身發熱，並不覺得冷，於是坐在一張離壁爐頗遠的桌子旁，你則是坐在一張靠近壁爐的扶手椅上，就近取暖。我把圖交給你之後，你原本正作勢要查看它，但那隻大狗竟跑進了屋裡，親暱地跳到你的肩上，和你玩鬧了起來；你用左手撫摸狗兒，但爲了讓這隻亢奮的狗兒平靜下來，你也試著用右手將狗兒撥開，於是，你鬆開了拿著羊皮紙圖畫的右手，圖畫便因而自然滑落在兩膝之間。那時，羊皮紙已離火爐非常近，我實在很擔心它會直接滑進火爐裡，我正準備要提醒你，你就拿起了它，開始仔細地查看。我仔細思索著這些不尋常的異狀，馬上發現，使骷髏頭現形的作用力，應該就是火爐的高溫熱度。我想你也很清楚，若在一般的紙或羊皮紙上，用某些經過特別調配的化學劑寫字畫圖，不但能隱形，還能永久保存，而且只有火焰的高溫才能使之現形。在非洲薩伊，人們了解到用一定比例的濃硝酸與濃鹽酸所混合成的黃色王水溶液，只要再以四倍的水稀釋，就會變成綠色溶液，溶液煉金後，裡頭的鈷物質經沉澱，將分解成硝酸鉀，顏色則又變成了紅色；倘若用此種化學物質來書寫，遇冷後，顏色就會或快或慢地消失不見，直到遇熱，才可能再度恢復原本的顏色。」

勒格杭說明以火烤羊皮紙的情形：「但當我仔細查看骷髏頭，卻發現骷髏頭最外圍的輪廓，也就是靠近羊皮紙的邊緣處，線條是最清楚的，我立刻想到可能是受熱不均勻的關係。於是，我趕緊生起一堆火，讓羊皮紙的每一寸面積都均勻受熱。剛開始，火烤效果只是讓骷髏頭的線條變得明顯許多，然而，我仍繼續耐心地以火烘烤羊皮紙，終於，在骷髏頭的斜對角方位慢慢出現了一個像是山羊的圖案，但經過仔細查看，我確認那不是一隻大山羊，而是一隻小山羊的圖案。」

我接著插話：「哈！哈！雖然我沒有權力取笑一個剛剛發現一百五十萬美元寶藏的人，但顯然你還是沒從羊皮紙上找出謎團的第三條線索啊！你的海盜和山羊之間，怎麼可能會有關連！你也知道的，山羊對海盜是沒啥用處的，牠們對農夫還比較有幫助！」

勒格杭不服氣地說：「我剛剛不是說了嗎，那不是一隻山羊的圖案！」

我又打趣地說：「嗯，沒錯啊，但那是隻小山羊的圖案，不是嗎？大山羊和小山羊，不都是山羊嗎？」

勒格杭說明小山羊的典故：「是啊，牠們的確都是山羊，但意義上並不完全相同。你應該聽過一個叫『吉德』（Kidd）的蘇格蘭籍海盜吧？人稱他爲『吉德船長』（Captain Kidd）。也因此，當我一看到那隻小山羊（Kid），我便立刻發現那是個雙關語，或說是某一種特殊的簽名；我認爲是簽名的可能性較大，因爲它位在羊皮紙的右下角。如此一來，那顆位在羊皮紙左上角的骷髏頭便是類似郵票或戳記之類的東西。但奇怪的是，羊皮紙的中間部分並沒有其他文字。」

我接著提出自己的觀點：「我想，你一定很希望在郵票和簽名之間的中間部分，發現一封信吧？」

勒格杭若有所思地述說著：「是啊！我的確有此想法；而且，有一股說不上來的預感，使我聞到肯定有筆大財富，遠在天邊、近在眼前。不過，說實在的，當時我那種預感或想法，畢竟還只是一種想發財的想望罷了。但你知道嗎，朱彼得那些有關『純金甲蟲』的傻氣說法，還眞的讓我聯想連篇呢！況且，像是爲何撿到甲蟲的那一天，天氣剛好出奇的冷，如果天氣沒那麼冷，壁爐根本不可能會生起火，而如果狗兒不是剛好在那時候進屋裡來，羊皮紙也不可能有機會近火烘烤，而我也根本不可能看得見骷髏頭，更不可能會發現寶藏了……這一連串的意外和巧合是那麼奇特，奇特得不得不令人感到驚奇。」

我催促著說：「好啦，你趕緊再往下說吧，我迫不及待想知道事情的後續發展！」

勒格杭說明他對海盜寶藏的看法：「我想，你一定也聽過，吉德船長和他的海盜黨羽藏了很多寶藏在大西洋沿岸……之類的故事或傳說吧？我認爲，這些傳說其來有自，而且寶藏故事之所以會流傳那麼久，一定是因爲寶藏還被埋在地底下，尚未出土。假設吉德船長眞的只是把寶藏藏起來一陣子，之後便挖出取回，那麼寶藏傳說就不會流傳至今了；而且，你有沒有發現，那些寶藏故事都是尋寶故事，而非獲寶故事。如果寶藏找到了，傳說故事自然毫無繼續流傳的道理。我認爲，吉德船長一定是發生了弄丟藏寶圖之類的意外，以至於無法找到正確的方位挖出寶藏，結果，他的下屬意外得知這些不爲人知的藏寶祕密後，即使眞想找出寶藏，但缺了藏寶圖的指示，也只能白忙一場，最後，藏寶、尋寶故事才因而傳開。你可曾聽說，有人挖掘出大西洋沿岸的寶藏？」

我回答道：「沒有，沒聽說過這種事。」

勒格杭語氣堅定地說：「這就奇怪了，吉德船長搜掠的寶藏多到令人咋舌，且人盡皆知。所以，我認爲這些寶藏一定都還埋在地底下。既然那張羊皮藏寶圖如此意外地讓我拾獲，不管是巧合、機緣或天意也好，我想，那裡頭肯定藏有寶藏的地點指示，這下，你應該不難理解，我爲何如此堅定地懷抱著尋寶美夢了吧？」

我又問道：「那你之後怎麼進行呢？」

勒格杭說明他如何讓藏寶文字現形：「我再次把羊皮紙拿到火爐上方烘烤，而且還增加了熱度，但仍然沒有任何東西顯現出來。接著，我又想，會不會是羊皮紙蒙上了一層泥土髒污的關係？於是，我在羊皮紙上倒了一點溫水，小心地擦拭著，擦乾淨後，便把羊皮紙的骷髏頭那面朝下，放進一個平底鍋，把鍋子放在火爐上方烘烤；幾分鐘後，鍋子已完全變熱，我趕緊翻開羊皮紙，發現上頭出現了好幾行數字，我興奮極了，於是繼續用火烘烤一分鐘，再翻開，整張藏寶圖就成爲你現在看到的模樣了！」

此時，勒格杭重新將羊皮藏寶圖加熱，然後遞給我看。我看見藏寶圖上出現了一排排的紅色數字與符號，字跡非常粗劣。現將藏寶內容列出如下：

53§§+305))6*;4826)4§.)4§);806*;48+8ß60))85;;]8*;:§*8+83(88)5*+;46(;88*96*?;8)*§(;485

);5*+2:*§(;4956*2(5*-4)ßß8*;4069285);)6−8)4§§;1(§9;48081;8:8§1;48+85;4)485+528806*81(§9

;48;(88;4(§?34;48)4§;161;:188;§?;

我看了看藏寶圖，對勒格杭說道：「我完全看不懂這上頭寫了些什麼啊！如果說，只要解出這個謎題就有吃穿不完的金山銀山，那麼，我看我是永遠嚐不到坐擁金山銀山的滋味了！」

勒格杭分析著藏寶文字的特性，「哎呀，解謎沒有你想像中那麼困難啦，任誰這麼匆匆看上一眼都解不出來啦！這些看似毫無排列規則的數字符號，組合起來就是密碼，這些字各有其代表的意義。此外，根據我對吉德船長的了解，我不認為他有能力創造出很深奧難解的密碼，所以，我告訴自己，這一定是一種很簡單的密碼謎語，當然啦，這對一般粗俗無文的水手、海盜來說，肯定很深奧難解。」

我驚訝地問道：「你眞的解出藏寶文字了？」

勒格杭頗爲得意地說：「那當然囉，我剛剛說了，這一定是非常簡單的密碼謎語。而且，比這個難上千百萬倍的謎題我都解開過，我這個人非常喜歡解謎語，這可能與我身處的環境，以及個人心智上的偏好有關吧！我相信，密碼謎語既然是『人』所創造出來的，只要有心解謎，專心運用心智能力，任何『人』都能破解密碼。事實上，只要把密碼代換成可理解的字眼，密碼即可一一轉換成有意義的文字。」

勒格杭敘述該如何解謎：「想破解密碼謎語，第一個了解的問題便是謎語是以哪一種語言寫成，然後再分析該語言有何變異性，歸納出用語或語法規則。一般來說，我們解謎的人，得用自己懂得的所有語言，一一測試謎語可能是以何種語言寫成，除此之外，別無他法了。不過，我們現在面臨的這個密碼謎語，確實不須耗費太大的精神心力，就能知道它是以英語寫成的。怎麼說呢？只要看看羊皮紙上的『簽名』即可知，吉德船長的姓氏是Kidd，而這個字的唸法與羊皮紙上的小山羊（Kid）有諧音的雙關語關係，可見這個謎語是用英語寫成。

勒格杭敘述解謎第二招：「我想你也注意到了，謎語裡頭這些數字符號之間並沒有任何段落分隔，假設有段落可言，謎題就會更容易破解；因爲，這樣一來，我就可以試著從a（一個）或I（我）這類比較簡單的字眼開始著手分析。不過，既然這個密碼謎語沒有段落分隔，那麼我的第一步，便是找出出現次數最多和最少的字眼。我數算了一下所有數字符號，並將各出現頻率的結果，製作成以下的表格：

8	出現三十四次	5	出現十二次	9	和2出現五次
;	出現二十七次	6	出現十一次	:	和3出現四次
4	出現十九次	(	出現九次	?	出現三次
)	出現十六次	+	出現八次	ß	出現二次
§	出現十五次	1	出現七次	]	和·-出現一次
*	出現十四次	0	出現六次		

勒格杭分析著英文字母的特性：「我們知道，英文裡出現頻率最高的字母是E。其他字母出現頻率由高到低，分別是：AOIDHNRSTUYCFGLMWBKPQXZ。所以不管句子是短或長，最常見到的字母通常都是E。」

勒格杭開始解謎：「如此一來，我們便有了解謎的根據，而毋須盲目地瞎猜。首先，既然這個謎語裡最常出現的字眼是8，我們很自然可以假設它代表的就是字母E。英文裡，最常出現的字母不但是E，而且E還常常成雙出現，像是meet/fleet/speed/seen/been/agree等等。爲了證實『字眼8→字母E』的假設，我們可發現這個謎語裡，字眼8（即字母E）成雙出現的次數，就有五次。」

勒格杭繼續解謎：「現在，我們已假設『字眼8→字母E』；此外，我們知道英文裡最常出現的單字是the，因此我們就來檢查謎語中，是否有哪三個字眼不僅不斷重複，而且尾字是8。若眞有此情形，我們便可假設那三個字眼組成的單字，就是the。經過檢查，我們果眞發現『；48』這個字眼組合，出現次數多達七次。因此，我們便可假設『字眼；→字母T』，而『字眼4→字母H』，且已經可以非常確認『字眼8→字母E』。如此一來，我們便已邁出了解謎的一大步，總算有點眉目了。」

勒格杭根據已知字母做解謎推論：「謎語的其中一個單字the既已確認，代表我們可據以推論出其他單字的字首和字尾。以謎語中倒數第二個出現的『；48』組合爲例，我們知道它代表the，想必緊跟在後的『;(88;4』六個字眼組合，應是另一個獨立的單字。我們先將已知的代表單字替換上，空下未知的單字，意即從『;(88;4』變成『t_eeth』。」

勒格杭有條有理地說著：「但經過查核字母表，一一對應二十六個字母，發現並沒有什麼單字是以t開頭，後面空一個單字，最後再以th結尾的，因此，我們便可把th從這個組合抽出，把這個未知的字眼組合從『t_eeth』縮短爲『t_ee』。如此一來，再經查核字母表，便會發現，空下來的單字僅能塡入r，整個組合因而變成tree，這是唯一可能的拼法。意即，『;(88』代表的是單字tree，從此例我們可歸納出，『字眼(→字母R』。」

勒格杭試著推論一小段文字：「從謎語倒數第二個出現的『;48』組合再往後看，我們在不遠處即能看到最後一個『;48』的組合。我們試著把兩個『;48』組合之間這一小段數字符號，盡量用已知的字母替換上，未知的字母先空下，看看能不能因此歸納出一些新的單字；意即，從『;48;(88;4(§?34;48』，替換成『the tree thr _ _ _h the』。查核字母表，發現有空缺的這個單字應該就是through，意即，『;4(§?34』代表的是單字through，從此例我們又可多歸納出三個單字，『字眼§→字母O』、『字眼?→字母U』、『字眼3→字母G』。」

勒格杭繼續聰明地解謎：「現在，我們可用好幾個已知的字母，去檢視整個謎語，便發現可把『83(88』這個組合，替換爲『egree』。因此，我們可馬上推敲出degree這個英文單字，意即，『+83(88』代表的是單字degree，從此例我們又可多歸納出一個單字，那就是，『字眼+→字母D』。」

勒格杭示範著如何解謎：「我們把目光從degree這個字往後移四個符號數字，可發現

『;46(;88*』這個組合，如同先前做法，我們可用已知字母替換爲『th_rtee_』。因此，我們可馬上推敲出thirteen這個英文單字，意即，『;46(;88*』代表的是單字thirteen，從此例我們又可多歸納出兩個單字，『字眼6→字母I』和『字眼*→字母N』。」

勒格杭示範最後一個解謎方法：「現在，回到謎語的一開頭，我們可發現『53‡‡+』這個組合，如同先前做法，我們可用已知字母替換爲『_good』。因此，我們可馬上推敲出A good這兩個英文單字，意即，『53‡‡+』代表的是A和good，從此例我們又可多歸納出一個單字，那就是『字眼5→字母A』。」

勒格杭歸納著：「我們現在已從此密碼謎語代換出很多字母，爲了避免混淆，列出排列表格如下：

5	代表A	4	代表H	(	代表R
+	代表D	6	代表I	;	代表T
8	代表E	*	代表N		
3	代表G	§	代表O		

最後，勒格杭總結道：「到目前爲止，我們已經解出了十個密碼文字的對應字母，我想這樣你應該知道如何一一破解密碼了吧，在此，就不再往下多做解答了。你應該相信這種密碼謎語的技巧很簡單了吧，而且分析、歸納都是有跡可循的。不過，要知道，這可是最簡單的一種密碼形

式。現在，我只需要告訴你整個謎語解碼後的文意即可：

主教旅舍裡的魔鬼座椅的一面絕好鏡子東北偏北二十一度又十三分從主幹東面第七根樹枝骷髏頭左眼往下射出子彈從樹拉一直線經子彈到五十英尺外。

（密碼英譯：A good glass in the bishop's hostel in the devil's seat twenty-one degrees and thirteen minutes northeast and by north main branch seventh limb east side shoot from the left eye of the death's-head a bee line from the tree through the shot fifty feet out.）」

我聽完後，搖著頭發問：「即使解開了謎題，這堆話的文意似乎仍是一團謎啊！要怎麼樣才能知道『魔鬼座椅』、『骷髏頭』以及『主教旅舍』指的是什麼呢？」

勒格杭接著說：「我承認，這些話的文意乍看之下的確很難懂。接下來，第一件事，就是揣測寫謎語的人是怎麼斷句的。」

我問道：「你是說，爲這段話加一些標點符號？」

勒格杭回答：「是啊，就是這個意思。」

我又問：「但你怎麼知道該如何斷句？」

勒格杭說明該如何斷句：「我知道寫謎語的人爲了增加解謎的困難度，會故意不斷句。但如果寫謎語的人不夠細膩敏銳，他的作法可能適得其反，而被人給識破。通常，我們在寫文章時，若碰到語氣應稍做停頓或加標點的地方，多半會停下來；然而，這個寫謎語的人卻不是，他爲了不想停下來加上標點，反而不自覺地把一些字眼寫得特別擠、特別靠近。如果你仔細看看這張羊皮紙手稿，就會發現段落裡有五處符號文字，顯得特別緊湊。根據這個線索，我試著斷句如下：

主教旅舍裡的魔鬼座椅的一面絕好鏡子／東北偏北／二十一度又十三分／從主幹東面第七根樹枝／骷髏頭左眼往下射出子彈／從樹拉一直線經子彈到五十英尺外」

我又表示意見：「即使斷了句，我也還是弄不懂這段話的文意啊！」

勒格杭繼續說明他對藏寶圖的研究：「不只是你不懂，就連我也不懂啊！我花了好幾天，到處向島上的人們探聽，這附近有沒有什麼名叫『主教旅舍』或『主教旅館』的建築物，但一點線索也沒有。正當我準備擴大研究範圍，以更有系統的方式進行時，有天早上，我意外聯想到，『主教旅舍』（Bishop）會不會是指一個叫做『貝索普』（Bessop）的古老家族呢？過去，貝索普家族曾在蘇利文島北面四英里處擁有一座莊園，但如今已成了農場。我立刻趕到那裡，向當地一些黑人老婆婆打聽『主教旅舍』或是『貝索普』之類的地方。最後，有位年紀最長的老婆婆告訴我，她聽說有個地方叫做『貝索普城堡』，她可以指給我看，不過那個地方不是城堡，也不是旅舍，而是一處高聳的岩石。」

勒格杭說明發現「主教旅舍」的經過：「我希望老婆婆能親自帶我到那座岩石處，我願意支付重金麻煩她。經過一陣猶豫，老婆婆終於同意帶我過去，幸好，這一路並不太崎嶇難行，等我們到達後，我便請老婆婆先離開，因爲我得留下來好好勘查才行。原來，所謂的『城堡』，指的是一堆形狀不規則的岩石峭壁，其中有座岩石顯得特別高，看起來很不自然，好像硬被人力擠高一般。我爬上了這座高聳岩石的峰頂，但卻感到很困惑，完全不知道下一步該怎麼做。」

勒格杭敘述著岩石峭壁：「當我正絞盡腦汁努力思考時，目光卻落在岩石東面一片突出的細窄岩架上，我往下探看那片岩架，發現它離我所在的峰頂大約有一碼的高度。岩架大概向外突出十八英寸長，但寬度卻不及一英尺，有座壁龕就在它的正上方，那壁龕看起來就像一張天然形成的凹背座椅。我不加思索，確認那壁龕肯定就是謎語中暗指的『魔鬼座椅』，至此，我似乎已完全掌握了謎底。」

勒格杭聯想到更多的謎底：「我相信，謎語中指的『絕好鏡子』就是望遠鏡，因爲在航海人的用語裡，鏡子指的就是望遠鏡，很少會指涉其他意思；我很確定自己的推論，沒錯，得用望遠鏡來看才行。於是，我立刻想到『二十一度又十三分』和『東北偏北』，指的應該就是視線所及的某一點水平視角。發現了這些驚人謎底，我於是興奮地衝回家，拿了一副望遠鏡，趕緊再回到這岩石峭壁來。」

勒格杭說明坐在「魔鬼座椅」上瞭望的經過：「我想辦法從峰頂爬下那片突出的岩架，並且小心翼翼坐進了壁龕；我發現要想坐進壁龕，還得將身子的角度挪得剛剛好才行。接下來我所發現的一切，正好與我先前預想的不謀而合。我用望遠鏡瞭望著，『二十一度又十三分』指的正是海拔高度的水平視角，而『東北偏北』指的則是水平觀望的方向。於是，我先以袖珍羅盤辨識出『東北偏北』的方向，然後再將望遠鏡盡量固定在『二十一度又十三分』的視角上，我小幅度地上下移動望遠鏡，仔細查看著，終於發現遠方有一個圓形裂縫，在一棵參天大樹的葉片間，若隱若現地亮晃晃閃動。我在圓形裂縫中央隱約看見了一個白點，一剛開始，我無法確定那是什麼，直到調好望遠鏡的焦距後，我才發現那是顆骷髏頭。」

勒格杭繼續分析著謎語：「至此，我完完全全相信自己已破解了藏寶謎題。謎題中所謂的『從主幹東面第七根樹枝』，意指那顆骷髏頭的方位；而『骷髏頭左眼往下射出子彈』，指的就是挖掘寶藏的事情了。這下我知道了，從骷髏頭左眼往下射出一顆子彈後，再從最靠近子彈落點的樹幹，拉一條直線到子彈落點後，再往外延伸五十英尺，那個落點就是藏寶地點。」

我回應著：「你這一連串發現寶藏的心智思考實在太巧妙了，這些線索在你的解釋下，全都一清二楚啦！那麼，你離開『主教旅舍』後有什麼行動嗎？」

勒格杭侃侃而談著：「噢！在仔細觀察了對岸那棵大樹後，我就起身，準備回家了。但說也奇怪，當我一離開『魔鬼座椅』，我便怎麼樣也看不見葉縫中的骷髏頭了。我認為，這個獨一無二的骷髏頭觀測點，是整個尋寶過程中設計最巧妙的一個機關，因為只有坐在這個位置，才能看見對岸大樹的茂密葉片間，有一道圓圓的、亮晃晃的裂縫。」

勒格杭繼續說著：「由於我從撿到甲蟲那一天開始，已經有好幾個星期，整個人的心思全都耗在寶藏解謎上頭，朱彼得因而擔心極了，他堅持不讓我獨自行動，因此，那次到『主教旅舍』

的探險，他全程都在一旁相陪。但隔天一早，我偷偷摸摸起了床，趁朱彼得不注意，跑到本土大陸那座山上，找尋骷髏頭所在的那棵大樹。結果，那一整天的奔波快把我累垮了，不過幸好苦心勞力全沒白費，我的確找到了那棵大樹。誰知道，當天晚上一回到家，我的老僕人竟準備了棍子，要痛打我一頓……至於之後的挖寶探險故事，你也參與了，這部分就毋須我再多說明了吧。」

我談到挖寶時的烏龍事件：「可是，第一次挖掘時，我們卻因朱彼得錯把右眼當成左眼，而錯過了眞正的藏寶地點。」

勒格杭愉悅地說著：「你說得沒錯，朱彼得那個老蠢蛋，害我們第一回合白白挖了好多土。雖然，第一次和第二次的子彈落點（也就是甲蟲落下的位置），距離只相差二點五英寸，倘若寶藏就藏在這個子彈落點的正下方，那麼這點誤差就不算什麼，然而，子彈落點的用意，卻是在於要與其最近的樹幹位置形成某個方向，指出幾十英尺或幾十公尺外的寶藏所在地。那二點五英寸的誤差，差點讓我們落失了遠在天邊、近在眼前的寶藏，要不是我很確定地底下的某處肯定埋著寶藏，便很有可能在第一次挖寶失敗後就放棄，打道回府。」

勒格杭提到他對「骷髏頭」的看法：「另外，我猜想，吉德船長之所以選擇用骷髏頭做尋寶象徵，應該是受到海盜旗幟的啓發。無疑地，他認爲骷髏頭毋寧是一種充滿想像力、充滿詩意的象徵，預示著財富將重回他的懷抱。」

我接著提出不同看法：「也許你說得沒錯，但我倒覺得以骷髏頭做尋寶象徵，應該用常理就能解釋，不見得要與海盜的浪漫、迷信性格扯上關係。試想，要從『魔鬼座椅』清楚看見遠方的一個小小物體，還有什麼能比白色物體更明顯？而且，只有骷髏頭才能在歷盡風吹日曬雨淋的情況下，還能歷久彌『白』，白得發亮啊！所以，還有什麼東西會比骷髏頭更適合放在那兒當藏寶記號呢？」

我又問著：「對了，爲何在探險的一路上，你一直拿著那隻甲蟲，讓牠天南地北胡亂旋轉呢？你這種舉動眞的很怪異，我還因而確定你絕對是瘋了！還有，你爲什麼堅持要用金甲蟲取代子彈，從骷髏頭的左眼射出呢？」

勒格杭促狹地說：「呵，坦白說，我之所以那樣拚命搖著甲蟲玩，是爲了偷偷懲罰你們，誰叫你們都說我精神錯亂、說我瘋了！就是因爲這樣，我才故意作弄你們，玩些小把戲，讓你們眞以爲我瘋了！至於，我爲何用金甲蟲取代子彈，倒是因爲你稍早仔細查看甲蟲時，特別提到甲蟲的重量很重，我才臨時起意，決定這麼做。」

我好奇地問著心中最後的疑惑：「喔，原來如此。對了，還有最後一件事情，讓我感到很不解。爲什麼藏寶土坑裡，會埋了兩具屍體骸骨呢？」

勒格杭猜測地說：「關於這一點，我也不是很肯定。但我想到了一個可能的解釋，然而，若我的解釋眞的能成立，那事情簡直太驚悚駭人了。我的想法是，吉德船長要埋藏寶藏，一定得有一些幫手，然而，當寶藏埋好之後，他再也不需要人力了，更不需要有人分享他的藏寶祕密，於是他便趁坑洞裡的助手們不注意，用鐵鍬把他們……用鐵鍬重擊一個人好幾下，應該就能致人於死吧，當然，也或許得重擊個好幾十下，人才會被活活打死！這種事，問誰呢？」

譯注：

1 Lycosa Tarantula，得名於義大利南方城鎮塔朗多，當地此種蜘蛛橫行，被咬到的人別無他藥可癒，唯有不斷跳舞，使身體流汗，方可排出毒液。

5 莉姬亞 LEGEIA

心念意志永不滅！心念意志一旦產生，即便肉體衰亡，精神仍永不止息。有誰知道，心念意志的力量何以如此強大？上帝之所以無所不在，不也是因爲萬物都對祂懷抱著堅定的意志，相信祂的存在？人們之所以死去，不是屈服於天使，也不是臣服於死亡，而是意志已太薄弱，再也無法繼續支撐自己活下去。

約瑟夫・格蘭維爾

我已經不記得是在什麼樣的情況下、什麼時候或什麼地方認識了莉姬亞，事情已經過了許多年，這些年來我因爲經歷了太多苦痛，記憶已變得相當不牢靠。或者應該說，我之所以記不得與莉姬亞相識的種種，是因爲我全部的心思早已被她的博學、她的沉著自若之美、她樂音般震懾人心的低語，給無聲無息占據了，因而難容其他枝微末節的事情。不過，我大概記得我是在萊茵河畔那座古老衰敗的大城市裡認識她的，之後，那座城市也成爲我們最常相會的地方。至於她的家庭背景，我確定我曾聽她說過，但卻已不記得，可以確定的是，她來自一個非常古老的家族。噢，莉姬亞、莉姬亞，只有這個甜美的字眼能讓我從書堆中回到現實世界，想像逝去的伊人就在我眼前。就在我寫這則故事的當下，我忽然想到，我甚至連莉姬亞姓什麼都不知道，怎麼會這樣呢，她一路走來，扮演著我的摯友、我的未婚妻、我的研究夥伴，甚至最後成了我的妻子，我怎能連她姓什麼都不知道！這是莉姬亞對我開的甜蜜玩笑嗎？或是老天爺要我無論如何都得愛著莉姬亞，即使我不知道她的姓氏也一樣嗎？還是我自己發狂般地陷入了愛情漩渦，因而什麼都不在乎、什麼都沒問？我甚至到現在仍想不起究竟是什麼原因，使我完完全全忘了過問莉姬亞的姓氏。如果埃及女神阿希多芙眞是負責掌管這世上的不幸婚姻，那想必我的婚姻也歸她所管轄。

我唯一可靠的記憶，就是仍然記得美好的莉姬亞本人，不論是她的外表容貌，或是她的氣質容貌，我將永不或忘。她的身姿本就修長纖細，然而在她病逝前的最後一段時日裡，病魔卻將她摧折得憔悴枯槁。她像一陣幽影，來去不留痕。每回我在書房埋首研讀時，若不是她將冰冷的手搭在我的肩上，發出甜美的低語，我根本不知道她已走進書房，來到我身邊。她的美貌無人能比，並總是散發著聖潔輕快、鼓舞人心的光芒，走進我的白日美夢。然而，她的美，卻非一般人心目中的美人典型。英國哲學家培根曾精確論及各種形式之美，他說：「只要是精緻的美，都有著不可思議的協調比例。」因此，雖然我的莉姬亞美得不同凡俗，美得「精緻」，美得「不可思議」（她的五官比例擁有「不可思議」的協調感），但筆墨所能形容的，仍不及她美貌的千萬分之一。她的額頭高聳而白皙，完美無瑕；額頭兩側飽滿寬闊，如同純白象牙般白嫩細緻；一頭長髮捲翹飄逸、濃密烏亮；鼻子的線條細緻，光滑潔白，兩側鼻翼和諧彎曲，鼻形如鷹勾，訴說著自由的精神與氣息；漂亮的嘴巴，絕對是上帝無雙的傑作，她說起話來神色生動，上嘴唇曲線秀緻，下嘴唇柔軟性感，酒窩漾現，牙齒潔白晶瑩，閃耀著聖潔的光輝，這些美妙的細節，開展出無比溫潤、明亮暢快的笑容；下巴寬闊，曲線柔和，就像希臘神祇般柔軟且偉闊、豐厚而靈巧。接著，我把目光望向莉姬亞的明眸大眼。

莉姬亞的眼睛像誰呢？我似乎無法從古希臘羅馬時期的雕像，找到足可比擬的對象。或許，我親愛妻子的雙眼，也有著培根所謂的細緻協調之美。她那雙大眼，遠比我們一般人大多了，也比住在諾亞哈山裡部落民族那瞪羚般的眼睛，還要來得渾圓。當然啦，只有在某些特殊的興奮時刻裡，莉姬亞的眼睛才會睜得很大、很渾圓，整個人也因此美得令人震懾，美若天仙，超凡脫俗。她的眼珠子是那麼烏黑光亮，更不用說眼瞼上的睫毛有多濃密烏黑、捲翹纖長了。她的眉毛也有種非比尋常之美，也與眼珠、睫毛一樣，黑黑亮亮的。她的渾圓大眼、烏黑明亮的眼珠、睫毛、眉毛，總之，這些完美的組合，構成了她「不可思議」的眼神丰采。啊，她的眼神深邃動人，無法用言語形容，也無法用凡俗無知的眼光，探測裡頭的廣袤。莉姬亞的深邃眼神，花了我一整個仲夏的夜晚，無數個小時光景，予以沉思想望，大膽深究。她的眼神裡究竟有著什麼？竟比古希臘哲人德謨克利特口中那個眞理之井，還要深刻；她的眼珠裡究竟有著什麼？竟使我著了迷地想好好深究發現。噢，莉姬亞的雙眼，又大又亮又聖潔的眼眸，是我的雙子星，我就像那星象家一般，總是熱切虔敬地觀測著。

無疑地，人類心智中最不可理解的現象，莫過於當我們絞盡腦汁想回憶起一些事情時，眼看著自己就要想起來了，但就差那麼一點，到最後還是沒能想起。這種情形眞的很常見，但奇怪的是，對此，卻絲毫無任何研究稍加著墨。有多少次，我探索著莉姬亞的雙眼，眼看我就要從她那深邃眼神看出什麼，但就是差那麼一點，最後，那接近成功的探索，竟一下子完完全全消失了。這眞是詭異中的詭異現象！甚至我還因此發現，不只是探索莉姬亞的眼神時會這樣，生活裡也常發生類似的事。我要說的是，每當我想起莉姬亞的美，那份聖潔之美就會住進我心裡的一方聖壇；她的聖潔之美，來自她那明亮渾圓的眼眸，激起我無以名狀的心心念念。然而，我卻無法稍加解釋、分析，甚至從容地看待那份心心念念；無論是觀察著葡萄藤，或凝望一隻飛蛾、一隻蝴蝶、一只蝶蛹、一汪奔泉、一片汪洋、一顆隕星、一位老者、一兩顆星辰、一些文字段落，甚至聽著弦樂器發出的輕柔撥弄聲，都會使我感受到那份對莉姬亞的心念。然而，在數不清的觀測凝望中，最能召喚我對莉姬亞這份想望的，莫過於約瑟夫．格蘭維爾在某本書裡提到的一段話，格蘭維爾是這麼說的：「心念意志永不滅！心念意志一旦產生，即便肉體衰亡，精神仍永不止息。有誰知道，心念意志的力量何以如此強大？上帝之所以無所不在，不也是因爲萬物都對祂懷抱著堅定的意志，相信祂的存在！人們之所以死去，不是屈服於天使，也不是臣服於死亡，而是意志已太薄弱，再也無法繼續支撐自己活下去。」

讀了英國道德學家格蘭維爾這段話之後，好幾年來的不斷深思，竟使我發現這段話與莉姬亞的性格，確實有某種程度的關聯性。在我們相處的那段日子裡，她的所思所想、所做所言，都處處展現了她強大的意志力。她是我認識的女人當中，外表最沉著冷靜，但內心情緒起伏卻最猛烈的一位。當她情緒激動時，一雙明眸會睜得很大，使我感到又疼愛又震懾；樂音般低沉的嗓音也會有所起伏；用字遣詞雖無不同，仍如往常般詭異、使人驚奇，然而，她的表達方式卻變得極度亢奮、猛烈。

我曾在一開始時提到，莉姬亞的學識相當淵博、廣闊無邊，沒有一個女人比得上她。她精通古希臘羅馬時期的語言，甚至就連我所熟悉的歐洲現代方言，也難不倒她。任何令人感到欽佩的思想學說、任何深奧難懂的知識流派，莉姬亞也全都如數家珍。但奇怪的是，我卻一直到很後來才眞正發現我摯愛的妻子有多麼博學多聞！是的，我的確說過，我從未見過像她如此博學多聞的女人，但請注意，我指的是，在「女人」的範疇裡，她的博學，我前所未見。我當時根本沒意識到，她其實做到了一般人觀念裡，「男人」才辦得到的事，她甚至精通倫理學、物理學和數學；莉姬亞的博學，著實令人感到震驚不已。不過在我們剛結婚那幾年，我也確實像個孩子般信任著莉姬亞，在她的引領之下，我得以窺望哲學領域的堂奧。她一點一滴帶我發現那些鮮爲人知的哲學神思，引領我踏入景觀壯麗又荒僻的思索長路，邁向神聖的智慧峰頂。

唉，沒想到才過了幾年，我的哲學思索之路竟就此斷卻，成了幻影；無法繼續朝智慧之峰前行，是多麼令人悲傷沉痛啊！沒有莉姬亞的幫助，我就像個在知識殿堂中迷路的小孩。在哲學鑽研的道路上，她的神思丰采和獨特見解，總能讓我面前那些晦澀難懂的知識，頓時變得鮮活易懂。我心愛的莉姬亞生病了，她陪我閱讀學習的次數也愈來愈少了，她再也無法以閃耀的哲思智慧領著我讀書了。她的雙眼迸燒著不尋常的炙熱光芒；她的手指清透如蠟、蒼白如死屍；她的情緒只要稍有波動，額頭上的青筋便會暴露浮出。我知道她離死亡不遠了，然而，我仍在心底絕望地與殘酷的死神搏鬥著。我沒想到的是，莉姬亞的求生意志竟出乎我預料的堅定高昂，她對抗死神的意志，甚至比我祈求死神別帶走她的企盼，還要來得猛烈旺盛。在我心中，莉姬亞一向是個很沉著堅定的人，我原本以爲，即使是死亡，也不能使她感到恐懼，然而，我錯了，她和死亡幽影纏鬥到底的猛烈決心，也非我筆墨能形容。看著我可憐的愛人與病魔奮力爭鬥，我的心很痛很痛，我也曾試著撫慰她、勸她儘管安心平靜地離去，但她想活下去的意志卻強烈得驚人，頓時讓我覺得自己怎會如此軟弱沒用，竟像個傻瓜似的想勸她安心地走。儘管她的身心承受著極大的痛苦與扭曲，但一直到臨終前，她都保持著沉穩自若的神態。她氣若游絲，說話聲音愈來愈和緩、愈來愈小聲，但奇怪的是，我竟不想再探究她話裡那些離奇古怪的語意了，我聽著她微弱的說話聲音，腦袋竟開始暈眩了起來，我愈聽愈著魔……啊，她的聲音美妙得出塵，霎時，使我嚮往起未知的死亡。

我知道，莉姬亞是愛我的，我一向知道愛情對她而言，絕不只是尋常的激情烈愛而已。但我卻一直到她臨死之際，才眞正感受到她有多麼愛我。一連好幾個小時，她一直緊握著我的手，細細傾訴她愛我的心志、滿溢的情感，情感之濃烈，遠超乎人們對偶像的熱烈崇拜之情。我何德何能，能被莉姬亞如此深深愛戀？但我又何其不幸，竟得眼睜睜看著深愛我的妻子死去？這份心情太過悲傷沉痛，請容我無法加以詳述。我只想說，莉姬亞對我懷抱的濃烈熾愛，我實在不配擁有，她是那麼的美好，美好得讓我不敢多加奢想。我終於懂了，她之所以如此渴望活下去，是希望能活著繼續愛我，這就是她對生命的激情與渴望。然而，關於生命這回事，我似乎無權置喙，我的體會有限，不該在此胡放厥詞？

莉姬亞死去的那個午夜，她要我陪在身邊，要我唸一首她不久前剛寫好的詩給她聽。我答應了她的心願，她的詩是這麼寫的：

瞧！在那孤寂年歲裡，
有個歡樂的夜晚！
一個個天使相聚一堂，收攏翅膀，
臉罩面紗，流著淚水，
同坐戲院，欣賞
一齣充滿希望與恐懼的戲碼，
此時，樂隊正吹奏著
天堂的樂音。

滑稽的小丑，扮演至高無上的天神，
喃喃低語，四處飛翔著——

這些來來去去的演員，不過是些傀儡，
是巨大無形的力量要他們這麼做，
任場景不斷變換，
他們如兀鷹般的羽翼仍拍打著，
看不見的人世悲痛！

噢，那絕對是一場鬧劇！
但卻不可或忘！
人們追逐著恐懼的幽靈，
但卻永遠追不到，
永遠兜著圓圈跑，
繞著原地打轉，
人們的瘋狂、人們的罪愆，
人們的恐懼，是這齣戲的主旨。

但看哪，一群滑稽演員之中，
闖進了一個蠕動的身軀！

一個血液般紅色的身體，蠕動闖進了荒僻的舞台！
它極端痛苦地扭曲著，扭曲著！
所有演員都成了它的食物，
天使們啜泣哭訴著，那害蟲的毒牙，
那沾滿人血的毒牙。

熄滅了，所有燈光全都熄滅了！
舞台簾幕，柩衣般的簾幕，
伴隨著暴風雨的侵襲，
覆蓋著每一個顫抖的身軀，
天使們神色慘白，
紛紛站起，揭開面紗，堅稱
這是一齣「人」的悲劇，
而主角正是那征服者，紅色的蠕蟲。

「噢，天啊！」我一唸完詩，莉姬亞就虛弱地尖叫道，並且抽搐般地揮動雙臂和雙腳。「噢，天啊！萬能的天父！這一切眞的冥冥中自有安排嗎？難道主宰人們生死的征服者，將永遠攻無不克、所向無敵嗎？我們這些萬物子民不都是您的一部分嗎？有誰知道，心念意志的力量何以如此強大？人們之所以死去，不是屈服於天使，也不是臣服於死亡，而是意志已太薄弱，再也無法繼續支撐自己活下去。」

莉姬亞激動地說完話之後，整個人似乎耗盡了體力，頹然地放下慘白雙臂，慎重平和地躺回了病榻。她的鼻息虛弱，但口中仍低聲唸唸有詞。我彎下身，耳朵湊近她的雙唇，想聽聽她說些什麼。只聞她重複先前最後說的幾句話，那是格蘭維爾書裡寫的話——「……人們之所以死去，不是屈服於天使，也不是臣服於死亡，而是意志已太薄弱，再也無法繼續支撐自己活下去。」

我心愛的莉姬亞死去了，看著她的遺體，我悲傷地徹底崩潰。我再也不想待在萊茵河畔這個傷心地了，我決定離開這間充滿憂傷淒涼回憶的房子。我並不缺乏世俗的金錢財富，反倒是莉姬亞帶給我的一切，遠超乎世俗的財富，也遠超乎一般人所能擁有的深刻愛情，然而，她竟離我遠去了。因此，在過了好幾個月毫無生氣、漫無目標的晃蕩生活之後，我選擇在英格蘭一處偏遠荒僻的角落，買下一座廢棄的修道院，稍事整修，便住了進去。這座建築物地處荒僻郊區，外觀既雄偉又陰鬱，充滿了沉鬱與歲月感，與我準備離世索居的心情十分吻合，因而才會決定在此安頓下來。建築物因年久荒廢，致使它的外牆爬滿綠色青苔與藤蔓，對此，我讓步了，我還能忍受，並不想予以大幅變動。至於建築物的內部，我則像個倔強的孩子，一意予以大肆改造，改造得豪華氣派更勝皇宮；我之所以會做這種蠢事其來有自，源於孩提時代所受的薰陶，如今又興起這樣的想法，或許是我沉浸喪妻悲痛的另一種方式吧，但是老天爺啊，我真希望能因此稍撫心中的痛。唉，我多少能從家中那些富麗古怪的掛毯、神聖的埃及雕刻品、風格詭異的屋簷與家具、金黃似錦的繁複地毯，感覺到自己發狂的徵兆。我已吸食鴉片成癮，身心理智都隨著鴉片帶來的幻夢逝去，究竟因此做出多少荒誕不經的事，我已無法細數。我僅僅想說其中一件事，此事與那個受了詛咒的房間有關。當時，不知是精神錯亂或發瘋了，我竟然在神的見證下，另娶了一位名叫羅薇娜・崔凡恩的金髮碧眼女子當我的妻子，並且領著她步入那個受詛咒的新房。

新房裡的一梁一柱、一擺一設，於我而言，至今仍歷歷在目。現在想想，我不禁感到失笑，是什麼樣的家人在看過這種新房裝潢擺設後，還願意讓他們的掌上明珠嫁進來？他們高貴傲慢的靈魂哪裡去了？他們的眼中難道只有金山銀山、榮華富貴？我說過，這新房裡的所有裝潢細節我全都記得，但可惜的是，我竟忘了房間的設計主題，也因此我的腦海裡，只記得那些毫無秩序可言的古怪陳設。新房位在這座修道院建築的塔樓，格局是五角形，空間相當寬敞。房間的南面開了唯一一扇窗，這面窗非常的大，上頭鑲嵌了一整片完整的窗玻璃（特地從威尼斯進口），玻璃著了沉重的鉛灰色，每當外頭的陽光或月光照射進來，屋內便會覆上一層鬼影般的恐怖光芒；此扇窗的上方，還向外延伸出一個棚架，綠色老藤一路攀著房子的沉鬱外牆生長，爬上塔樓，滿覆著棚架。天花板挑高呈圓拱形，著上了沉重的橡木色，並飾以精細怪誕的浮雕，浮雕圖案摻雜著一半哥德風，一半德魯伊教風。天花板正中央內凹處，懸下了一條長長的純金鍊子，鍊子上固定了一盞伊斯蘭教風格的純金香爐，香爐的表面穿鑿了許多小孔，爐內各色火焰燃燒，火舌則不斷從香爐孔隙穿進穿出，就像一條條恣意扭動的毒蛇。

新房裡，好幾張東方風的沙發床與金色燭臺擺放在各處。低矮的印度風睡床，以堅硬的黑檀木雕刻而成，上頭還蓋了一層柩衣般的床罩。房間的每個角落都立著一口巨大黑色花崗岩石棺，這些石棺是從埃及的路克索神廟挖掘出來的，棺蓋全都飾以古老的雕刻。然而，房間裡最古怪的擺設，莫過於那一片片的掛毯了；房間牆壁巍然高聳，空間予人不成比例的挑高感，每一面牆，從牆頭到牆腳全都覆蓋著沉重偉岸的皺摺掛毯，掛毯的材質與地毯、沙發椅罩、床罩和繪以華麗渦形圖案的窗簾，完全相同，選用的是最富麗華貴的金色布匹；阿拉伯式的圖案，不規則狀地分布其間，每個圖案直徑約一英尺長，且圖案呈烏黑光亮的顏色。然而，若想看見掛毯上的阿拉伯式圖案，還得從某種特殊的角度觀之才行；圖案會隨著人們觀看角度的不同而變換，此種設計手法在中古世紀以前即有，在現今則非常普通常見。當人們一走進房間，剛開始會被掛毯上顯現的妖怪嚇到；再往前走近，則掛毯上的鬼怪圖案將逐漸退去；接著，若在房裡一步步走動，便會發現自己被掛毯上難以數計的、連續的駭人景象層層包圍，那些恐怖駭人的景象可能畫著北歐人的迷信故事，也可能畫著六根不清淨的修道僧侶，午夜夢迴的噩夢夢境。然而，若當下不斷吹著強風，則將更形加劇房間的恐怖悚然氛圍，將讓那些可怕的、令人感到極度不安的幽靈景象，變得栩栩如生，嚇壞所有的人。

婚後，我和新婚妻子就在這間新房裡，可鄙不潔地安然共度了第一個月。新婚妻子對我那喜怒無常的殘暴脾氣感到很懼怕，總是盡可能迴避我，而且我感覺得出來，她一點都不愛我；不過，這正合我意。不知爲何，我對她似乎懷抱著很深的敵意，就像對惡魔恨之入骨那麼深。我常常悲從中來，悲傷沉痛地想起莉姬亞，噢，莉姬亞，我摯愛的、敬重的、美麗的、死去的亡妻。我讓自己沉緬於所有和莉姬亞有關的回憶裡，莉姬亞的純潔、智慧、聖潔縹緲的氣質，以及她對我的那份執著愛戀，都使我永難忘懷。此刻，我的精神意志才眞正肆無忌憚地燃燒了起來，而且遠超乎莉姬亞的心志烈焰。吸食鴉片後，我整個人會感到亢奮、奔放，我在寂靜的夜裡、白日的山谷裡大聲呼喊莉姬亞的名字，那份追憶亡妻的狂熱、神聖的熱情、強烈的渴望，每每都能使我感受到莉姬亞的存在，然而，她眞能再一次回到人世間，回到我身邊嗎？

婚後的第二個月，我的新婚妻子便患了急病，而且復原得相當緩慢。她一直發著高燒，這使得她夜裡睡得很不安穩；她在半睡半醒的不安淺眠中，說她聽到這新房裡出現怪聲、怪動靜。我對她的說法並不以爲然，認爲純屬無稽，我想，她可能是因爲生病、身心失調，致使腦袋出現幻覺，要不然就是房裡掛毯的幽靈氛圍在作怪，嚇壞了身心虛弱的她。後來她的身體逐漸復原，並終於完全康復。但過沒多久，她又生病了，而且這一次的病情比先前還嚴重，她的身心極爲虛弱，並從此沒再好起來過。她的病情一下好一下壞，每一次復發都比前一次還嚴重告急，然而，卻沒有一位醫生能診斷出確切病症、醫好她。新婚妻子久病不癒，病情不斷惡化，看來病魔已完完全全抓住了她的心神，她的病已無力可回天。然而，我卻發現，她那原本就緊張易怒的個性，竟益發動輒得咎，一點點小事都會使她感到害怕，爲之激動亢奮。她愈來愈常提及掛毯會發出怪聲，一種輕微細小的怪聲，還有不尋常的怪動靜，她在前一次生病時就曾提過這些事，而且十分固執地認定著。

九月下旬的一個夜晚，新婚妻子又再次提起「掛毯」的怪異，她的語氣很正經嚴肅，儼然希望我能眞正重視與注意。她病懨懨地躺在黑檀木睡床上，剛從睡夢中醒來不久，但如同以往，睡得極不安穩；我則一直坐在妻子床邊的沙發椅，又是焦慮擔心、又是莫名恐慌的看著她那日漸憔悴的臉龐。她低語呢喃地說掛毯有怪聲、怪動靜，但這些怪事，我卻全都聽不到、也感受不到；說眞的，我並不太相信她說的話。牆上的掛毯仍輕搖擺動著，我告訴她，那些怪聲是輕風拂過發出的聲響，那些怪動靜是掛毯上不斷變換的圖案造成的，這一切都是風吹進屋裡使然。然而，妻子的臉仍懼怕得面如死灰，任我再怎麼向她保證都沒用。這會兒，她好像快暈過去了，但一旁卻沒有僕人可供差遣。我這時想起醫生開了一個淡酒藥方，便急忙走到房間對面的角落去拿酒，然而當我走到香爐底下時，卻發現了兩樁不尋常的事。我先是感覺到有個隱形的形體從我身旁輕輕掠過，然後發現有道濃濃火光從香爐射出，映照在金色地毯上，地毯上因而隱約出現了一個天使般的影子。然而，當時的我因吸食大量鴉片，正感亢奮，任何事對我來說都不眞切、都很飄飄然，我因此便沒向妻子提起這兩個幻覺。找到淡酒後，我趕緊倒了一杯酒，湊近妻子的唇邊；這會兒，她恢復了許多，已能自己拿著酒杯，而我則坐回一旁的沙發椅，一直緊盯著她看。之後，我很確切地感覺到，有個輕巧的腳步聲踩在地毯上，走近妻子的床邊；再下一秒，當妻子舉起酒杯，正要將酒喝下時，我似乎迷濛地看見有股無形力量，將兩、三滴暗紅色的液體滴進了酒杯裡；然而，這情景妻子卻沒看見。我沒說出剛剛看見的事，而她當然也就毫不猶豫喝下了酒，我之所以沒說，是因爲我認爲不應該再讓易感的她受驚，畢竟那很可能是我鴉片吸多了，在這寂靜的夜裡所產生的幻覺聯想罷了。

但之後發生的事，卻由不得我懷疑所見的事情都是眞的，而非幻覺。當妻子喝下那杯摻了暗紅液體的酒之後，她的病情便急速惡化；當晚之後，又過了三天，夜裡，她的僕人就已備妥了墳墓；第四天夜晚，我獨自坐在房裡，和裹著屍衣的死去妻子，在這間詭異新房裡度過最後一夜。在鴉片的作用下，我眼前出現了各式各樣狂亂古怪的景象，這些景象像影子般輕快地流轉掠過，所有事物全都變得飄飄然。我一會兒迷亂不安地看著房間角落的每一具石棺，一會兒又看著掛毯圖案鬼魅般的變換，一會兒又將目光掃向頭頂的香爐，看著那不斷扭動的各色火焰，最後，我的目光凝視著地毯，盯著那個先前曾映射出天使幻影的落點。這會兒，地毯上沒出現什麼天使般的幻影，呼，我鬆了一大口氣，接著將目光望向睡床上那個面無血色、全身僵直的屍體。看著新婚妻子的屍體，我心中激起了對莉姬亞的想念，記憶如潮水般湧來，不久前，我才曾悲痛地望著冰冷的莉姬亞、裹著屍衣的莉姬亞啊！夜已深，我望著新婚妻子的屍體，心中卻充滿了對摯愛莉姬亞的苦澀思念。

接著，有陣低聲溫柔的啜泣，清楚傳進了我的耳裡，打斷了我的沉思幻想；我沒特別注意時間，那時可能是午夜十二點左右吧！我感覺啜泣聲似乎來自這張躺了屍體的黑檀木睡床，並感到一種莫名的害怕恐慌，再仔細一聽，那聲音卻消失了！我驚訝得睜大了眼睛，查看屍體是否有任何動靜，奇怪的是，一點動靜也沒有；然而，我不可能會聽錯的，我的神志很清醒，那聲音雖然微弱，但的的確確出現過。接下來的幾分鐘裡，我一直將目光盯著屍體看，但卻絲毫沒有任何動靜；最後，屍體的臉龐兩頰和眼皮上方凹陷的血管，竟開始慢慢地、一點一滴地恢復血色。我看到這靈異景象簡直嚇壞了，霎時間，我的心臟暫時停了跳動，我的手腳也變得僵硬、不聽使喚；最後，一股道義上身為人夫的責任感，驅使著我趕緊恢復鎮定。經過查看，無疑地，我的新婚妻子並未死去，她還活著。此時，我得趕緊對病人採取急救措施才行，但僕人們離新房很遠，我若要找僕人，勢必得離開房間去叫，然而，這一來一往可得費上好幾分鐘，病人的命已分秒危急，情況並不允許我向外討救兵！於是，我只好盡自己最大的能力，試圖喚回這個尚在人間徘徊的虛弱遊魂。沒想到，一會兒後，病人臉上的淡淡血色又退去，面色死白若大理石，雙唇變得加倍癟皺，臉上表情變得很恐怖駭人；屍體很快變得冰冷，濕黏得令人作噁，還全身變得僵硬。我顫抖地跌坐回沙發椅上，並繼續沉緬在極度思念莉姬亞的幻夢中。

一小時過去了，我似乎又再度聽見屍體發出聲音。我害怕地聆聽著，那聲音眞的再次出現了，是嘆息的聲音。我趕緊衝到屍體旁，清楚看見她的雙唇在顫動，但一分鐘後，雙唇的顫抖平息了，接著，唇間露出一整排明亮貝齒。此時，我心中又是驚詫，又是恐懼害怕，我的視線模糊了，理智也失了神，但我還是努力地讓自己鎮定、清醒過來，查看究竟發生了什麼事。此時，屍體的額頭、兩頰和頸部都泛著血色，身體變得溫暖、不再冰冷，甚至還有輕微的脈搏跳動。無疑地，新婚妻子確實還活著，我再次施以急救措施，想把她帶回人世間來；我憑著直覺，輕輕用濡濕的毛巾撫擦著她的太陽穴和兩隻手，除此之外，我無計可施；慌亂中的我，想不起任何醫學急救常識啊！然而，這一切的努力仍是枉然，突然間，妻子的血色又退去了，脈搏停止了，雙唇像死人那般瘪皺；再下一刻，屍體已變得冰冷，死白，極度僵硬，身形凹陷，回復成這幾天以來的死屍怪樣，令人感到嫌惡不已。

之後，當我又陷入思念莉姬亞的幻夢時，我又再度──再度聽見了一陣低聲啜泣，從放著屍體的黑檀木睡床傳來。但我究竟爲何要一直詳述那晚所感受到的無邊恐怖呢？然而，那晚的死屍復活恐怖劇碼一次又一次上演，直到近天亮、黎明曙光從鉛灰窗子映透之際才停止，這實在很震駭驚人，因此，我非說不可。我要說，屍體在每一次復活後，繼而都會死得更徹底、更完全；我要說，每一次與看不見、摸不著的對手掙扎搏鬥，都使我的身心瀕臨極大痛苦；我要說，每回與看不見的敬畏敵人搏鬥後，屍體模樣都會變得更恐怖駭人。我還是趕快說完這個故事吧！

恐怖的夜晚已經過了一大半，然而，死去的屍體，又再度有了動靜。雖然這回屍體動得比先前更劇烈，但顯然又是毫無希望的死亡掙扎。我已經不再對屍體進行施救了，整個人僵直地坐在沙發椅上。我的心緒受到極大震盪，整個人暈眩不已，話雖如此，但嚇呆似地坐著、處於瀕臨崩潰的畏懼邊緣，總比得一次次受屍體驚嚇、與無名力量搏鬥，還更使人感到寬慰吧！我再說一次，這一次，屍體眞的晃動得比先前任何一次都還劇烈。屍體的面容恢復不尋常的血色，四肢變得柔軟、不再僵硬，若非她的眼皮仍緊閉，身上的繃帶和屍衣仍穿著固定完好，我還眞的以爲我那新婚妻子已然掙脫死神的擺布，重回人間；然而，下一刻只見屍體從床上坐起，站了起來，踏著蹣跚衰弱的腳步，雙眼仍緊閉、像個夢遊者，身著屍衣，大步地往房間中央走去。

這會兒，我不再顫抖，也沒移動身體，因爲那屍體的神態、身高、舉止……無數幻想閃過我的腦海，我整個人麻痺了，全身血液凍結。我一動也不動，只能緊盯著那行進中的幽靈看。我的思緒陷入混亂，我不禁想著，眼前站著的眞是那個活生生、金髮碧眼的新婚妻子嗎？但我又爲何要懷疑這一切呢？繃帶下的嘴巴，難道不屬於金髮碧眼的她；嫣紅如玫瑰的燦紅雙頰，難道不是她的粉頰；漾著迷人酒窩的下巴，難道不是她所擁有？然而，爲何患病的她、現在的她，看起來竟長高了一些？還有，爲何我會瘋狂地胡亂懷疑、胡思亂想呢？接著，我跳到她的腳邊，不小心碰到了她，她身上的屍衣於是鬆脫，一頭濃密凌亂的長髮瀑瀉而出。天啊！那是一頭黑色的長髮，髮色比午夜伸出的巨翼還要烏黑，接著，眼前的人慢慢睜開了她的雙眼……「這這這——」我尖叫著，「我不可能認錯，這雙又圓又大、又黑又狂亂的雙眼，屬於我那逝去的愛人所有，屬於我的妻子——莉姬亞所有！」

6 大漩渦歷險記

A DESCENT INTO THE MAELSTROM

上帝於自然萬物的作工，就像天意一般不可測知，也非我們一般人所能理解。人類再怎麼精於工法設計，也比不上上帝的鬼斧神工；上帝的作工之廣大深博，絕非人們所能探究、稍加理解，即便是古希臘哲人得謨克利特比喻的那口眞理之井，也比不上。

約瑟夫・格蘭維爾

這會兒，我們已然征服群崖，來到此地最高山崖的峰頂了。老人似乎累得喘不過氣、說不出話。

之後，老人終於開口了：「以前，我還能像我最小的兒子一樣，精力充沛、健步如飛地在前頭領著你一路爬上來，但現在眞的沒辦法囉。三年前那場長達六小時的瀕死恐怖經歷，徹底崩潰了我的身心，讓我變成現在這副模樣。那種事一般人絕不可能遇上，即使遇上了，也不可能全身而退，並且好端端站在你面前，告訴你這些事。在你眼裡，我一定像個老頭子吧！但事實上，我一點也不老，我還是個壯年人呢！那次的事件，使我的一頭黑髮在一夕間全都變白了。從此，我的手足四肢變得衰弱無力，心智神經也衰退耗弱，如今我只要稍微用點力氣，就會全身發顫；看到不知名的黑陰暗影，就怕得要命。你知道嗎，現在若要我從這小小峭壁往下探看，也會使我暈眩不已。」

這會兒，老人整個人漫不在乎地躺了下來，他就這樣躺在這「小小峭壁」上，他的手肘與滑不溜丟的懸崖邊緣離得不能再靠近了，一不小心，他整個人就會掉下去。老人口中的這個「小小峭壁」，是一處垂直陡峭、由烏黑發亮的岩石構成的山崖，我們與腳下的群峰峭壁，相距約一千六百英尺的高度。這會兒，誰都別想讓我朝懸崖邊逼近，我想我得離懸崖邊緣至少六碼才安全。誰知道，與我同行的老人竟如此大膽，做出這種危險動作；我呢，則是害怕得趴在地上，死命緊抓周圍的小矮樹，一動也不敢動，連抬頭仰望天空都不敢。我心裡一面死命的害怕顫抖，還一面胡思亂想，想著要是這強勁的狂風把山腳都給吹垮了，那我還活得成嗎？就這樣不知過了多久，我才慢慢恢復理智，生出一點點勇氣，試著坐起來，朝遠方望去。

「你一定得克服腦袋裡那些害怕的怪念頭才行！」老人說話了，「我之所以帶你到這兒來，是因爲這裡的景致，最能忠實還原並呈現我當時歷經的處境；而且，這樣一來，你也才能清楚看見事件發生的地點，才可能眞正感受這整件事。」

「我們現在所在的位置，」老人以他那獨特的神態與口吻說著，「相當接近挪威海岸，這裡大約是北緯六十八度，行政區域則屬北土省一個叫做羅浮敦的邊陲小地方。我們現在所在的這座山叫做海斯金山，它還有個別稱，叫做「雲陰」。對了，你現在試著讓自己的身子拉高點，往懸崖下面看去，如果你會感到暈眩，就抓緊旁邊的野草好了……沒錯、沒錯，就是這樣，現在，把視線越過懸崖下方那一大片山嵐霧氣，往更下頭的海洋看去。」

一往懸崖下方看去，我整個人就暈眩了起來。我看到了一片廣袤的海洋，海水像墨色般黑沉，我立刻就聯想到那個努比亞地理學家所發現的「黑暗之海」。這片汪洋之深沉，予人的感覺是那麼絕望淒涼，此情此景，絕非一般人所能想像。極目四望，我看見海洋的左右兩側各延伸出一道黑色峭壁，就像兩道護守世界的堡壘一般，昂然矗立著；海浪強力拍打著，一波波慘白無力的浪頭沖激著暗黑色峭壁，就像在世界盡頭無止盡地、絕望地尖聲叫喊一般。此外，在我們所處懸崖的正對面、距離我們約五、六英里的海面上，有一座很小的黑色島嶼；說得精確點，由於這座小島實在很小，再加上層層大浪不斷吹攏，因此這座小島時見時不見。不過，我們所在的懸崖和這座黑色島嶼之間，另有一座比較明顯的島嶼，這座小島距離黑色島嶼大約兩英里遠，島上崎嶇不毛，四周還有黑色岩石不規則地間隔環繞。

那座距離我們比較遠的黑色島嶼，其岸邊附近的海面狀況看起來很不尋常。當時，有陣強勁的海風正往陸地吹襲，海面上有艘雙桅帆船，這艘帆船僅靠一片對摺的斜桁帆抵抗強風，船身不時在海浪中掙扎，載浮載沉；海浪吹湧週期並不規律，盡是一些從四面八方快速湧來的短促怒浪；海面上到處飛濺著浪花泡沫，不過島嶼岸邊卻沒濺起太多浪花。

「距離我們比較遠的那個黑色島嶼，」老人繼續往下說，「挪威人稱它富耳。離富耳約兩英里遠的那個小島則是摩斯可。不過，摩斯可和富耳之間，還有四座很小的島嶼，它們依序是亞特霍姆、弗里曼、山得夫雷森，以及司卡霍姆。距離我們北面大約一英里那座島則是安巴倫，再延伸過去的其他島嶼依序叫做伊夫雷森、霍依霍姆、吉洛霍姆、蘇爾凡，以及巴克霍姆。這些都是小島的名字，而且可不是我自己亂取的，至於它們爲何個個都有名字，這就無從得知了。對了，你有沒有聽到什麼聲音？你有沒有發現海水起了什麼變化？」

先前我們是從羅浮敦的內陸開始爬山，所以根本看不見海，一直要到爬上了海斯金山山頂，才豁然開朗地看見這一大片墨黑汪洋在我們腳底下奔流；這會兒，我們已在山頂待了十分鐘左右。經老人這麼一問，我才察覺四周似乎有股很大的聲響，而且這聲響愈來愈大聲、力度愈來愈強，聽起來像是一大群美國草原上的水牛低聲悶吟；此刻，我終於了解，水手們爲何會用「浪滾翻飛的千軍萬馬之姿」來形容奔流的海水。原來，我們腳底下的海水改變了流動方式，形成一股股猛奔的急流，往東邊奔竄。我盯著這股大水流看，發現它流動的速度實在快得驚人，每一秒鐘都在加速，強度也愈形猛烈，不斷往前方衝。不消五分鐘，整個海面（遠至離我們最遠的富耳島）已陷入一大片漫溢奔竄、無法稍壓的海水暴動。不過，水流激動猛衝的最主要範圍，則是在摩斯可島附近的海面；這片廣大的海面，似乎被撕割劃裂出上千條交錯的水道，接著，竟陷入瘋狂震盪，水流滾滾抬升，發出嘶嘶般詭譎聲響，形成無數巨大渦流；所有渦流不停高速旋轉，向東邊奔竄，速度之快，就像水流從陡峭高處直瀉而下那般猛烈。

幾分鐘後，海面景況又變得截然不同。一個個渦流逐漸退去，海面也逐漸平靜下來，取而代之的，是一道道巨大的浪花泡沫。這些浪花四散開來，之後，又聚合在一起，並藉著先前的渦流迴旋運動，先前的小渦流群，這會兒形成了一個更巨大的渦心；接著，在下一秒鐘，一個直徑超過半英里的大漩渦已然形成。巨大漩渦的邊緣是一條很寬且閃閃發光的浪花帶子，奇特的是，竟沒有任何一滴浪花泡沫滑進這個漏斗狀的大漩渦。就我肉眼所能及，我看見了漩渦內壁是一片平滑光燦、烏黑發亮的水牆；漩渦與水平面大約呈四十五度斜角，並一大圈一大圈地高速擺盪旋轉，還發出狂風般尖銳、轟鳴的駭人呼嘯聲，我想，即便是尼加拉瓜大瀑布那上達天聽的萬聲怒吼也不能及。

大漩渦震盪力量之大，連一旁的山巒海崖都爲之搖晃，嚇得我趕緊俯臉貼地，害怕地胡亂抓住手邊稀疏的小草。接著，我顫抖地問：「這——這——這一定就是傳說中的挪威大漩渦吧？」

「沒錯，是有人這麼稱呼它，」老人接著說，「不過，我們挪威人都叫它摩斯可大漩渦，這是因爲它是在摩斯可島附近形成的。」

親眼見到摩斯可大漩渦後，我發現，那些寫過此漩渦相關論述的人，一定不像我這般見識了此情此景；其中，拉慕斯的記載可說是所有論述中最詳盡的了，但仍沒能描繪出大漩渦的千萬分之一特色。壯闊駭人的摩斯可大漩渦，觀之，會使人心頭湧起一股前所未有的狂亂感，讓人震驚得失去心神。我不清楚那些描寫過摩斯可大漩渦的作者，究竟是從何方位或從何時間點來觀察這個大漩渦，但我敢肯定，他們先前絕非站在我目前的位置做觀察；海斯金山山頂是一處絕佳的觀察點，在這裡，能完整目睹巨大漩渦形成的過程。雖然拉慕斯筆下的摩斯可大漩渦，絲毫不及我眼下所見的千萬分之一壯闊浩大，但仍請容我引述幾段他的文字記載：

羅浮敦地區與摩斯可島之間的水深達三十六噚至四十噚，但靠近富耳島側水淺不利船隻航行，即便天氣很好、適合航行，但到了這一帶，船隻仍不免會觸礁擱淺。漲潮時，海流會快速猛烈地漲滿羅浮敦和摩斯可島之間的海面；退潮時，伴隨海流猛壯奔流入海的，是無比轟鳴的怒吼聲，聲音之響亮駭人，就連大瀑布的噴瀉也比不上，身處十公里外都聽得見。其所形成的漩渦既寬且深，若有船隻進入其引力範圍，必然會被捲入，直達漩渦底部，在高速旋轉下，海底岩塊則會把船隻撕攪成碎片，等到海潮趨緩，船隻的支離碎片才可能浮上水面。不過，只有在天氣好的時候，漲潮與退潮轉換之際，海潮才可能在接下來的十五分鐘裡變得平靜緩和，十五分鐘過了之後，海潮又會逐漸開始騷動。若天候不佳，有狂風暴雨加以侵襲，海潮將更形狂暴，此時千萬不得在大漩渦最猛烈之際，與其近身二公里以內，否則小自小船，大至遊艇、船艦，通通會被捲進漩渦，無一倖免。即使巨大如鯨，若不小心太過靠近這猛暴的漩渦，也難逃被捲入的命運；這種事確實常發生，鯨魚再怎麼與漩渦搏鬥、想逃脫，也只是無謂的掙扎，牠因劇烈掙扎而發出的咆哮吼叫聲，更是淒厲地無法形容。曾有一隻熊，牠想從羅浮敦游泳至摩斯可島，卻被捲入漩渦，當時，牠所發出的恐怖怒吼聲，連岸上的人們都聽得見。即使粗大如樅樹、柏樹，被捲入漩渦後，再浮上水面已然斷裂撕毀，有如短刺殘鬚一般；很顯然地，這些大樹幹被捲進漩渦後，一定是不斷高速旋轉，最後，與海底的嶙峋岩塊互相翻騰撞擊。之所以會產生此種猛烈奔騰的海潮漩渦，是由於海水在調節漲退潮，而且每六小時調節一次。一六四五年，四旬齋前的第二個星期天早晨（大約是二月中旬），海水歷經調節漲退潮所發生的變化，可謂前所未有的猛烈狂暴，海潮的怒吼聲更是前所未聞的驚恐駭人，海岸上以石塊堆砌的房舍，也紛紛受到震盪，崩落石塊。

關於「水深」這件事，我實在不懂作者何以能如此確定大漩渦附近的水深，有誰能近身測量漩渦確切發生地點的深度，難道作者曾進入漩渦，然後全身而退嗎？作者所謂的「水深達三十六噚至四十噚」，應該是指摩斯可島和羅浮敦沿岸附近的水深吧，大漩渦的實際深度是不可能被眞正測量出來的。大漩渦究竟有多深，相信沒有比我目前所在位置更好的觀測點了；從海斯金山山頂往下看，可斜眼瞄進大漩渦，那深淵之深，深不見底。看著腳下陰間火流般狂奔的怒海，再想想拉慕斯對摩斯可大漩渦的形容淡寫，不禁令我失笑；那段鯨魚和大熊陷入漩渦的軼事描寫，也簡直太過可笑。其實，就我所見的驚人氣勢看來，只要進入了漩渦的引力範圍，即使是世上最巨大的戰艦也仿若風中鴻毛，無助飄蕩，任其宰割，且會立刻被大漩渦吞噬，消失得無影無蹤；因此大熊和大鯨魚，又怎麼可能有機會與漩渦水流拼搏，做最後的困獸掙扎呢？

我記得以前閱讀摩斯可大漩渦的記述文字時，還認爲其中有些說法頗有道理、頗眞實，但如今我親身躬逢了大漩渦的形成與暴怒情狀，覺得先前那些文字記載，不僅未得其中眞昧，還與我所見頗有出入。一般最常聽到的說法，以大英百科全書的描寫代表，它上頭是這麼說的——「挪威大漩渦，就像產生於[1]法羅群島間那三個比較小型的漩渦一般。它們之所以會形成，是因爲海水在漲退潮時，海流碰撞上了海底岩石山脊，遭到阻擋，因而只能像瀑布激流般往下衝；海流水勢愈是猛烈高漲，則往下衝盪的力道愈大，大漩渦於是就此形成；至於漩渦產生的吸力有多大，已有一些實驗可茲證實。」但當我對老人描述了大英百科全書對大漩渦的說法後，老人則謙稱自己所學不多，無法理解書上所說的概念；對此，我也深有同感，一旦親眼目睹這恐怖海潮的奔竄作用力，聽聞它雷聲一般恐怖的轟鳴叫響後，對於書上的說法，我不僅感到難以理解，還感到荒謬可笑。另外，還有其他像柯奇的研究者則猜測，摩斯可大漩渦的渦心肯定直透地球深處，通往另一個出口；另外還有人肯定地說，出口處一定就是波斯尼亞海灣。這個說法雖然毫無根據，但我一看到這樣的文字，腦袋就不禁浮想各種相關畫面，便馬上接受了這個小說探險般的說法；但令我大感意外的是，老人卻對這個挪威人的說法，相當不以為然。

「這會兒，你應該已經把這漩渦看個仔細了吧！」老人說話了，「現在，如果你能小心爬過這塊峭壁，到海水轟鳴聲較弱的下風處，那我就把我親身經歷的故事說給你聽，這樣一來，應該能讓你相信，我是真的對摩斯可大漩渦略知一二。」

我照了老人所說的話去做之後，他於是開始說起自己捕魚的故事。「我和我的兩個兄弟曾擁有一艘雙桅縱帆小漁船（這艘船約七十噸重）。那時，我們總是駕著漁船到摩斯可島和富耳島之間的海域捕魚，因為我們若抓對時機，就可在海水水潮急退後，捕捉到很多的魚，漁獲量非常可觀。但光說很容易，做起來可就沒那麼簡單了，因為要到這個海域捕魚，可得俱備十足勇氣才行；整個羅浮敦地區靠海維生的人當中，就只有我們三兄弟敢到這裡捕魚。一般漁夫都是到比較下游、往南的那些海域作業，那兒全天候都有魚可抓，而且比較安全，風險也低，所以大家幾乎都往那兒去。摩斯可島和富耳島之間這個海域，到處充滿岩石暗礁，是上好魚種聚集的地方，而且漁獲量也很豐富。我們一星期往往只到這兒作業一天，但我們的漁獲量，還遠超過那些膽小、不敢到這兒捕魚的同行；他們在南邊下游那些漁場裡，辛勞一整個星期所得的魚獲，還不及我們在摩斯可海域捕魚一天的收穫。事實上，我們也知道自己的作業方式很投機，而且很危險，我們的做法可說是以性命替代勞力，以冒險勇氣換取實質收益。

「通常，我們都是把漁船停在距離此海域上游約五英里的一處海灣。天氣好的日子裡，我們會趁海水那十五分鐘的平潮期，駕著漁船通過摩斯可大漩渦範圍內的主要水道，但我們仍不敢直闖大漩渦的所在通道，而是繞遠路，繞到漩渦上方的海域，也就是摩斯可島和富耳島之間的另兩座小島附近（亞特霍姆島或山得夫雷森島）；那裡的海流沒那麼湍急，接著，我們就定錨、捕魚。我們通常會在這裡停留到下一次平潮期出現，然後起錨、回家。我們總是在側風穩定、確定風向不會改變的時候，才駛船在此間往返來去，以確保身家安全。幸好，我們很少出錯。在那六年捕魚的日子裡，只發生過兩次小意外，一次是當我們準備離開漁場時，海面竟然平靜無風，這實在是很罕見的事，於是我們只得把船停泊在漁場裡，待上一整晚。還有一次，我們一到達漁場，海上立即颳起強風，整個水道爲之洶湧翻騰，那時，一個個水流漩渦把我們弄得暈頭轉向的，後來逼不得已，我們只好把錨纏住，拖著它走；本來我們還以爲會被這一道道的怒流給驅趕到大海裡，但海潮是如此變幻無常，最後我們反倒被其中一道海流，帶往摩斯可島和富耳島之間另一座叫弗里曼的小島，幸好那裡是下風處，我們趕緊登岸，保住了性命，但前前後後在這海域滯留了快一星期，還是差點餓死。」

老人感嘆地說：「唉呀！我們在這漁場裡碰過的種種困境，眞不是三言兩語就能說完。這個漁場環境之險惡、變幻無常，即使是好天氣也不能保證什麼……但不管如何，在那些日子裡，我們總是盡力在摩斯可大漩渦的魔爪縫隙中求生存、討生活。你知道嗎，只要我們比平潮到來的時刻，早或晚個一分鐘出發、離開，我的心就會揪在一起，緊張地跳個不停。有時候，我們出發時風勢並沒那麼強勁，但沒想到天不從人願，風勢愈變愈強，海流因而愈見洶湧翻騰，致使船隻行進速度不如預期，當時，我心裡第一個念頭就是，如果我大哥那個十八歲的兒子，和我自己的兩個小壯丁也在就好了，他們如果也在船上，就可以趕緊用槳幫忙快速划船，甚至還能幫忙加快捕魚的作業。唉，想歸想，但天下父母心，我們還是不希望把下一代也捲進這種危險裡，說眞的，這種捕魚方法，還眞是恐怖的冒險，危險哪！」

老人切入了正題，說起那樁「親身經歷」：「再過幾天，就是那個事件的三週年了。那一天，是一八××年七月十日，是地方上所有人永遠難忘的一天，大夥經歷了有史以來最猛烈的颶風。那天，從早上到傍晚，幾乎一整天都吹著西南方送來的和煦微風，天氣也很晴朗，陽光亮晃晃地照耀著，天氣實在好到讓我大哥這經驗最老到的漁夫，也料想不到後來的天候，竟有如此大的變化。」

老人說著當時的捕魚情形：「眼見天氣是如此晴朗，我們三兄弟於是在當天下午兩點鐘左右駕船渡海，來到漁場，並很快就滿載了上好的漁獲，當時，我們還很開心此行收穫之豐，前所未見。接著，我看了一下手錶，時間正好是晚上七點鐘，我們於是收起錨，準備利用此平潮期趕緊離開，因爲下一波的海流騷動將在晚上八點鐘。」

老人描述當時的天候異狀：「乘著一陣吹向漁船右舷的風，我們順風啓航了，並且輕快高速地前進了好一會兒，毫無不祥徵兆，因此更不可能意識到前方有危險在等著我們。接著，有陣微風從海斯金山吹來，我們立刻感覺情況有異，這事極不尋常，以前從未發生過，我心中有股說不出的擔心。我們想繼續航行，但卻被無數漩渦海流所阻擋，我們三人猛然回頭，竟看見整個海平線已被快速聚攏的雲彩所覆蓋，呈現出紅銅般奇異的色彩，此時，我提議先返回原本定錨停泊的地方。」

老人繼續描述不尋常的天候狀況：「在此同時，那陣從海斯金山吹來的微風竟然停止了，在無風飄送的情況下，我們只得隨波逐流。但這樣的情況並沒維持多久，局面變化得很快，快到我們還來不及想下一步，暴風雨就已來到。再下一分鐘，天空便已布滿烏雲，而原本被船隻濺起的白色浪花，也頓時變得暗黑；在此伸手不見五指的情況下，我們兄弟三人根本看不見彼此。」

老人說著暴風雨的肆虐：「我們遇上的這場暴風雨，實在是前所未有的猛烈，就連我大哥，這個全挪威最老資格的漁夫，也沒經歷過此等狂暴颶風。這會兒，我們趕緊在颶風追上之前放帆急駛，但不料，一鼓帆，船上的兩根船桅就像被風鋸斷一般，隨風吹走了；我的小弟爲求安全，原以爲把自己綁在主桅上便萬無一失，但竟連人帶桅被風吹走了。」

老人繼續描述暴風雨的猛烈情狀：「在暴風雨的侵襲下，我們這艘小漁船和一整片怒海比起來，簡直輕若鴻毛，我們只得聽天由命了。漁船的甲板範圍頗大、也很平整，靠近船頭處有一道小艙門，每當我們要穿越大漩渦的邊緣，就會用木條把艙門縫隙塡滿，以防大浪波濤灌進。然而，在此猛暴風雨的撲打下，我們擔心的已不是海浪灌進來的問題，而是在好些片刻裡，我們的船已完完全全沒入海中，恐怕有沉船淹沒的危險。至於，我大哥是怎麼逃過海水淹沒船隻這一劫，我一直都沒有機會向他問清楚。那麼，我自己又是怎麼逃過的呢？當時，我很快放開前桅的船帆，之後，整個人趕緊趴在甲板上，雙腳抵住船頭一側的甲板邊緣，雙手則緊抓前桅底座的螺栓環……我這麼做，完完全全是出於本能，因爲當時情況太慌亂，根本沒空多想；事後證明，我這個救了自己一命的作法，無疑是我這輩子做得最正確的一件事。」

老人訴說漁船沒入水中的驚險情形：「船沉入海裡的那些片刻，我一直閉著氣，緊抓螺栓環，倘若憋氣憋到受不了，就試著跪起雙膝，雙手仍緊抓螺栓環，把頭伸出水面呼吸。過了一會兒，我們的船就像隻急於浮出水面的狗，震晃了一下，浮上了水面，並眞的抖掉了不少海水。之後，我也試著使自己從恍惚中鎭定下來，以想想下一步對策，但突然間，竟有人一把抓住了我的手。我一看，那人竟是大哥，我本以爲他落了水，已經……天啊，老天保佑，我眞高興他還活著。但下一分鐘，當他湊近我的耳邊，大聲喊叫，說出『摩斯可大漩渦』這幾個字時，我前一分鐘的高興喜悅，頓時全讓驚慌恐怖給替代了。」

老人激動地說著：「我想，根本沒人能了解我當時有多驚慌、多害怕。我全身上下、從頭到腳猛烈地打著冷顫，我很清楚『摩斯可大漩渦』這幾個字代表著什麼意義，我知道大哥試圖想讓我了解些什麼，那就是，這陣狂風暴雨將直接把我們帶往大漩渦，而且任誰都救不了我們。」

老人描述著當時的心情：「你要知道，我們平常穿越大漩渦時，都盡量繞遠路，走較遠的水道，到達捕魚的海域；而且即使是在好天氣的日子裡，我們也不敢稍加輕忽，仍會小心等待平潮的到來才穿越水道。但這會兒，我們竟直接朝大漩渦衝去，而且還是在此等猛烈的狂風暴雨情形之下。但我心裡仍不放棄地想著：『沒關係，相信我們到那兒時，應該還是在平潮期間，或許還是有那麼一點點希望……』但下一分鐘，我馬上覺得自己像個大傻瓜似的，竟奢望從大漩渦的魔爪下生還。我很清楚，我們死定了，即使我們現在搭的是一艘比小漁船大上十倍、而且有著九十座門砲的重量級船艦，也難逃一死。」

老人往下描述颶風的肆虐：「此時，颶風暴雨的第一波侵襲似乎平息，不！它並未平息，只是因為我們一直順風急速行駛，才會感覺不到它的威力。暴風平息，壓制住海水，使海水不再翻湧洶動，海面一片平靜，充滿水波泡沫；但不料一會兒後，海水竟又猛烈翻湧了起來，浪頭急遽升高，像座山似的朝我們逼近。此時，天際也產生異狀；我們的四周仍是無止盡的黑暗，但突然間，頭頂上方的天空，竟裂出一圈圓形縫隙，縫隙裡的天空亮潔無比，我從未見過如此晴朗光亮的藍色夜空；圓形縫隙裡的天空高掛著一輪滿月，月光清亮無瑕，也是我一輩子前所未見。滿盈的月光照亮了我們的周遭，但是，我的老天啊，為何要讓我看清楚眼前這一切呢？」

老人的神情又激動了起來：「我三番兩次想和大哥說話，但不知為何，四周的喧囂卻愈來愈大聲，我近乎尖叫地放聲說話，但仍無法使他聽見我的一言一語。不久後，他搖了搖頭，臉色死白，舉起一根手指頭，像是在對我說──『噓，你聽！』」

老人嘆了口氣，接著說：「一開始，我實在不懂大哥要我聽什麼，緊接著，我的腦袋竟閃過一個可怕的念頭。於是，我拿出了懷錶，就著皎潔的月光查看時間，沒想到錶竟然停了，接著，我放聲大哭了起來，並狠狠把錶丟進很遠很遠的海裡。原來錶上的時間走到七點鐘就停了，時針一直停在七點，我這才發現我們出發時，早已誤了平潮的時間，反而趕上大漩渦狂捲暴怒的時刻。」

老人接著說了題外話：「接下來，我想向你解釋一個概念，這將有助你了解接下來的故事。我要說的是，如果一艘船建造得很穩固，帆桅裝置得很好，而且載重不多，再加上處在順風而行的狀態下，那麼即使海風吹得再強勁，猛勁的浪頭也只能一個個從船底滑過。我知道這聽起來很不可思議，但在航海這一行，我們稱這種航行方式爲『乘風破浪』。」

老人繼續說故事：「回到故事，由於我們一路都是順風行駛，所以總是能巧妙地乘風破浪，但不久，有道巨浪打中了我們的船尾，接著便一個勁兒地把我們愈推愈高、愈推愈高，推上了半空中；我現在回想起來，還是不敢相信竟有浪頭能飆得如此之高。之後，我們被這巨浪掃了下來，又是滑落，又是猛衝搖晃的，弄得我一陣噁心、頭暈目眩，那種感覺就好像在夢中，從很高的山頂跌下一樣，很不眞實。不過，當我們被巨浪推得老高時，我很快地向四周瞥了一眼，這一瞬間，我看清楚了我們所在的位置，摩斯可大漩渦就在眼前，我們距離它只剩四分之一英里了，而且當時的大漩渦可不像我們現在見到這般，在狂風暴雨的侵襲下，它簡直像流進水車的猛烈水流，異常高速地運轉。如果當時，我並不知道自己身在何處，也不知道自己將會碰上什麼，也就不可能意識到接下來將陷入何等恐怖的情境。出於驚恐和懼怕，我本能地閉上雙眼，眼皮如同痙攣抽搐一般，緊緊死閉著，睜也睜不開。」

老人描述捲進大漩渦的情況：「接著，海浪竟然在兩分鐘內平息下來，四周都是浪花泡沫。我們的漁船陡然向左舷急轉了半個船身，接著便像一道急電霹靂，迅猛地往新方位衝去。於此同時，海水的怒吼聲已轉成一種刺耳的尖叫聲，那聲音聽起來就像上千艘蒸氣船的排水管，同時排出水蒸氣那般尖銳逼人。這會兒，我們來到大漩渦邊緣的浪花帶，此時我心想，下一刻，我們一定就會被捲進漩渦裡；但由於水流迴旋的速度實在快得驚人，以至於漩渦深處究竟有什麼古怪，這會兒仍無法看個眞切。但奇怪的是，我們並非馬上就被捲進漩渦，反而像顆氣泡，一直在漩渦的浪花帶上迴旋。船的右舷斜向了大漩渦的中心，左舷則高高豎起，睥睨海面，它就像一堵夾在我們和海平線之間的牆，巨大而痛苦地震盪著。」

老人平靜地說：「說也奇怪，當時我雖然身在漩渦的大口，面臨著隨時可能到來的死亡，但心情卻比先前來得沉著。我想，可能是因爲我已不抱任何生還希望，於是心情反而變得輕鬆，不再像先前那麼懦弱害怕了。那份絕望的心情，反倒使我對死亡一事變得坦然。」

老人訴說當時的心境：「我接下來要說的，聽起來可能有點像在吹噓臭蓋，但沒騙你，我所說、所想的，都是眞的。當時，我心念一轉反而想著，我這種死法，應該算得上是波瀾壯闊吧！

如果能以我個人渺小的性命，見證上帝創造自然萬物的神奇作工，見識這驚人的漩渦，那麼死亡又有何憾？想到這兒，不禁想起自己先前的害怕懦弱，為我這滄海一粟般的渺小，感到慚愧。於是，我開始對大漩渦的結構感到好奇，我急於想進行對它的探索。我很希望能進入大漩渦內部一探究竟，即使一死，也在所不惜；這下，死亡最令我感到悲傷遺憾的，反倒是我再也沒有機會向岸上的親人朋友，訴說這段神奇特別的漩渦經歷了。我知道，這些話聽起來很詭異，一個身在絕境的人，竟會胡亂想些奇奇怪怪的念頭，實在很不可思議；說眞的，事後我還經常回想，會不會是因為當時船隻一直繞著漩渦旋轉，把我整個人都給轉得頭昏眼花的，我才會有這些奇怪的念頭！」

老人繼續形容身處漩渦的心境：「不過，我之所以會恢復從容鎮定，還有一個原因，那就是，我們當時所在的位置，已非颶風所能吹襲、大浪所能翻湧的勢力範圍了，少了那一層懼怕，才使我不再像先前那樣感到憂慮恐懼。當時，海上颶風仍暴怒侵襲著，海浪仍翻湧得很高，有如一座座倏然高聳的黑色駭人山脊，幸好，我們所在的位置是大漩渦邊緣的浪花帶，那裡比海面位置低了許多，因此，那山一般高的海浪已無法逞兇對付我們。至於，洶濤巨浪為何如此使人感到害怕呢？我想，如果你從沒在海上遇過超級強風，那麼可能無法體會遭受強大風力吹襲、進而被翻騰巨浪吞噬的感覺，有多令人感到害怕；它們會聯手合作，使你看不見、聽不見，使你感到窒息壓迫，使你喪失所有思考和行動能力。因此，我認為，當時擺脫了狂風巨浪侵擾的我們，得感謝上天的這項恩賜，讓我們得以專心致志面對死亡的漩渦，這感覺就像是作惡重犯在判決未定時，仍得承受許多身心折磨，然而一旦被判死刑，反而能在臨死前享有一些小恩小惠。」

老人敘述他們兄弟兩人當時如何面對漩渦：「我們究竟在漩渦邊緣的浪花帶旋繞了多久並不清楚，或許有一個小時吧！但與其說是漂浮，倒不如說是一直處於高速繞圈、飛揚猛衝的狀態，而且逐漸朝漩渦的中心急流衝去，愈來愈貼近漩渦的內壁。這段時間裡，我一直躲在船頭，雙手一直緊抓著螺栓環；我大哥則躲在船尾，僅僅抓住一個大型空水桶，那個空水桶則被嚴嚴密密綁在船尾下方，甲板上除了這空水桶外，所有東西都在稍早被颶風吹走了。當我們愈來愈向漩渦的中心逼近，我大哥放掉了空水桶，爬到船頭，想和我一起攀附螺栓環，但他可能是因為太害怕了，唯恐那螺栓環不夠大，不敷兩個人同時緊抓，而拚命想撥開、擠掉我的雙手。唉，儘管我知道，大哥是因為極度恐懼而神智不清了才會這麼做，但他的舉動還是讓我感到很傷心，深沉的傷心。我不想和大哥爭奪螺栓環，因為我認為，我們兩兄弟不管是誰抓住那環，意義都一樣；於是，我鬆開了手，爬到船尾去抓空水桶。雖然我們身在高速旋轉的漩渦裡，但要在船上爬行，倒也不是太困難，因為船隻飛奔猛衝的速度相當平均穩定，而且船身仍相當完整平坦，因此只要抓住漩渦往復掃盪的節奏即可。但當我一爬到船尾，連空水桶都還沒抓穩，船身就忽然向右傾，急速往漩渦深淵衝去。我本能地向上帝禱告，心想這下即將完蛋了。」

老人描述往漩渦中心墜落的心情：「被大漩渦突如其來一掃，我整個人興起一陣噁心感，本能地緊抓水桶，緊閉雙眼。接下來的好幾秒鐘裡，我根本不敢睜開雙眼，但奇怪的是，我本來以為自己會掉進海裡，和海水進行臨死前的纏鬥掙扎，然後死去。然而時間一點一滴流逝了，我竟然還活著。那種往下墜落、被捲進漩渦裡的感覺消失了，並仍如同先前處在漩渦邊緣的浪花帶一般，不停高速迴轉飛旋著，只不過，這會兒是在漩渦裡頭旋繞。於是我鼓起了勇氣，再次睜開雙眼探看四周。」

老人形容漩渦內的景象：「我想，我永遠忘不了睜開雙眼後看見的景象，我的內心產生出近乎敬畏、震懾，令人不由自主感佩的神聖感。那是什麼樣的景象呢？當時，我們的船就像被施了魔法般，倒掛在巨大漩渦內壁的中間位置，看得出來這漩渦非常的幽深。而且沒想到，漩渦內壁竟然如此平滑，烏黑的像塊黑檀木，不過由於水流轉速高得嚇人，而且在滿月的金色月光照耀下，烏黑的漩渦內壁反倒發散出幽幽青光，而這青色幽光還一直往漩渦最深處延伸去。」

老人敘述漁船當時在漩渦裡的狀態：「剛開始，我的心情實在太混亂了，所以無法好好仔細觀察周遭；對周遭我只是模模糊糊感到一種既宏偉又駭人的感受。之後，我鎮定下來便不由自主往漩渦深處看去；由於我們的漁船是傾斜倒掛在漩渦的內壁，使我能將四周看個一覽無遺。此時，船身仍相當平直，並與傾斜近五十度角的漩渦水壁呈平行狀態，意即，我們的船看起來近乎垂直，一副快倒栽淹沒的樣子。我發現，整艘船雖接近垂直倒栽狀態，但我卻仍能毫不費力地維持姿勢，我想，應該是拜漩渦的超高速運轉所賜。」

老人說明漩渦深處的景象：「雖然月光一直照耀著漩渦深處，但我仍無法將裡頭看個眞切，因爲有層厚厚的水霧將一切都給包覆住了。此外，那裡還懸了一道壯闊無比的彩虹，令人不禁感覺，那就是回教徒所說的，一條通往『時間』和『永恆』的通道，那是條窄窄的、在水光中晃盪不已的橋。無疑地，漩渦底部這層厚厚的水霧，一定是漩渦水壁匯聚盡頭深處，仍不斷沖激碰撞所造成的；至於水勢強力沖激，繼而穿透水霧、上達天聽的轟隆巨響，我則不敢妄自稍加形容。」

老人描述漁船在漩渦裡的旋轉情形：「後來我才知道，從漩渦邊緣浪花帶被捲進漩渦水壁的第一回合，和之後其他幾回的下滑墜落比起來，震盪的距離可謂相當大。進入漩渦後，我們仍一圈圈繞著內壁旋轉，高速地搖擺震晃，把人給弄得暈頭轉向；每次旋轉震晃的幅度都不相同，有時僅僅只轉個幾十公尺，有時又近乎繞壁一圈。但可確定、察覺的是，我們一直不斷往下旋轉，緩緩地，被愈捲愈深入。」

老人說明對漩渦的觀察：「接著，我繼續觀察這一大片包圍我們的流動黑牆，發現我們這艘小漁船並不是唯一一件入了漩渦大口的物體。我們的上上下下還有像是船隻碎片、營建木材、樹幹、家具、破箱子、桶子，以及其他一大堆雜物，與我們一起旋轉、震盪、下滑。我先前提過，由於坦然接受死亡，因此如今反倒對漩渦的結構感到好奇。我很清楚，隨著漩渦高速迴轉、逐漸往深處下墜，我離死亡已不遠了；於是，我轉換心態，不可思議地觀察起其他被捲入的物體。我想，我當時應該是神經錯亂了吧，因為我竟開始玩起『誰先落進漩渦底部』的小小遊戲，也就是說，我忙著預測下一回墜入漩渦底部的大獎獎落誰家。有一回，我聽到自己這麼說：『下一個被捲入、消失的，一定是這棵樅樹。』但沒想到，我還是猜錯了，那一回竟被一艘荷蘭商船給捷足先登了！可惡，為何我每猜必錯，老是算不準哪個物體會先被捲進漩渦底部呢？但就在這一瞬間，我忽然靈光乍現，想到了些什麼，整個人於是不住顫抖、心跳加速。」

老人繼續說明他對漩渦引力的觀察：「當時，我之所以一直顫抖，是因爲心底浮現一絲生還的曙光。這微小的生還希望，一半是因爲我聯想到一些過去的記憶，另一半是因爲我在當下觀察到了一些現象而得。我聯想到以往我老在羅浮敦沿岸看到很多漂流物，這些都是被摩斯可大漩渦捲入，之後又被拋上來的東西。我記得很多東西都破損得面目不堪，想必它們一定是不斷遭到沖激磨損，才會變成破條碎片；然而，我也記得有些東西好像還是挺完整的，似乎沒被毀損破壞。儘管那些漂流物的毀損情形似有不同，但當下，我只能就自己的想法來做推測。我的猜想是，有些物體之所以會變得破損不堪，一定是先前曾被捲入漩渦底部；至於其他尙稱完整的物體，則可能是在漲潮後期才進入漩渦，或是有某些緣故使它們進入漩渦後，迴旋下墜得相當緩慢，並在來不及被捲入漩渦底部前，海水就退潮了；我認爲這兩種方式都有可能延緩物體被深深捲進漩渦的速度，物體因而能藉之後的退潮時機，毫髮無傷地被沖至海面上。另外，置身這漩渦內壁，我還觀察到三件重要的事：第一，一般來說，體積愈龐大的物體，下墜速度愈快。第二，兩個物體體積一樣大，若一個是圓形，另一個是其他形狀，那麼圓形物體的下墜速度較快。第三，兩個物體體積一樣大，若一個是圓筒形，另一個則是其他形狀，那麼圓筒形物體的下墜速度較慢。」

老人詳細說明物體的浮力原理：「關於這三點觀察，我在大難不死後還去請教了一位本地的老校長，想知道我的觀察正不正確。他說，我觀察得一點也沒錯，那正是各種形狀的物體在水中漂流的必然結果。他還做了簡單實驗，向我證明，圓筒形物體處在漩渦水流之中，將比其他體積相同、形狀各異的物體，更能抵擋漩渦的吸力。」

老人說明當時周遭物體的漂流情形：「回到故事裡，就在我做了這三點觀察後，我又有了一項驚人發現。那就是，當我從浪花帶被捲進漩渦內壁後，睜開雙眼觀察漩渦時，便發現身旁有些桶子、帆桁、桅杆之類的東西，和我們一起高速迴旋，但不久後，這些東西都明顯上升了一些高度，高過我們的頭頂，而且絲毫沒有再往下墜的跡象。」

老人描述當時的逃生作法：「於是，我不再猶豫了，我決定把船尾那條繫著空水桶的繩子解下，用它緊緊綁住自己和空水桶，然後棄船，讓自己連人帶桶在水中漂浮、迴旋。在此同時，我也不斷比畫手勢，拚命指著那些漂近我們的桶子，想讓大哥了解我的計畫。我想，最後他應該是弄懂了我的意思，然而，不知他究竟有沒有弄懂，他竟然絕望地搖著頭，不願離開他一直緊緊攀附的螺栓環。當時，情況已經很緊急、刻不容緩，我也沒辦法再往他那邊靠近；我的內心痛苦掙扎了一會兒，但終究還是讓他決定了自己的命運，而且時間緊迫，我於是趕緊解下繩子，把自己和空水桶緊緊綁在一起，再連人帶桶，往海裡一躍。」

老人繼續說著逃生後續發展：「事實證明，我果然用對了逃生方法，若我不是成功地死裡逃生，又怎能在這裡現身說法給你聽呢？聽到這裡，你應該已經相當了解我當時的逃生手法，而且你應該也能猜到，之後我大概發生了什麼事吧？那麼，我很快做個結尾，說完這故事吧！當時，在我棄船後的一個小時裡，我們的小漁船又連續旋轉了三、四圈，並不斷被漩渦往下捲，捲得離我愈來愈遠；之後，船隻就載著我親愛的大哥，往漩渦底部衝去了。而身上綁著水桶的我則只稍稍下墜了一些高度，接著，漩渦便起了很大的變化；漩渦內壁已不再那麼傾斜、斜度變得愈來愈緩，水流旋轉速度也不再那麼猛烈，而且漩渦底部的水霧沖激、彩虹也消失了，渦底也逐漸往上升、趨於平緩。這會兒，天空變得很清朗，風勢也減弱了，一輪明月高掛西邊，我發現自己就躺在離羅浮敦海岸不遠的海面上，而且此處正是摩斯可大漩渦的所在位置。此時已是平潮期，但海浪仍因颶風來襲，飆高得像座山一樣，我因而被捲進了漩渦水道，但幾分鐘後，我很快被帶到了下游沿岸漁場。之後，我便被一艘漁船給搭救了，但我因爲筋疲力竭、驚恐過度，竟說不出任何一句話來。救我上來的，是我昔日的捕魚夥伴，但他們卻都不認得我了，只當我是個從漩渦聖殿死裡逃生的陌生人。原來，這幾個小時裡，我因爲過度驚恐害怕，一頭烏黑亮髮，竟在一夕間，嚇成了滿頭白髮，成了你現在看到的這副模樣；他們還說，我整個人的面容也改變了。我告訴他們，我所經歷的這一切，但這些樂天知命的漁夫沒一個人相信。現在，我把這段親身經歷告訴你，但我仍不敢期待，你會稍加相信。」

譯注：

1 Faroe Islands，丹麥屬地，位在蘇格蘭與冰島之間的北大西洋海域。

7 告密的心

THE TELL-TALE HEART

沒錯，我是眞的很緊張不安，我一直以來就是這麼神經兮兮的。什麼？你說我瘋了，才沒有！神經緊張，不但沒危害，反而使我的知覺更敏銳；尤其是聽力，我的聽力可是出奇敏銳，天上人間發出的聲音我全聽得見，甚至連地獄來的聲音我也聽了不少。這麼一來，你倒說說看，我這樣像是瘋了嗎？你且仔細聽聽我是怎麼說這故事的，仔細觀察，你就知道我有多健康正常，我有多沉著冷靜。

我是什麼時候興起這個念頭已經不可考，我只知道，打從有此念頭開始，這個想法就日夜在我腦海裡盤旋，揮之不去。我之所以會對老人興起這個念頭，不是因爲某個特定目的或憤怒怨恨，事實上，我愛他，我愛這個老人。老人對我很好，從來沒罵過我或羞辱我，我之所以會這麼計畫，也不是圖他的財產。那究竟是爲了什麼呢？我想，是爲了他那顆眼珠子，沒錯，就是爲了眼珠子，我才會興起這個念頭。老人那隻眼睛的眼珠是淡藍色的，就像覆上了一層薄霧，像隻禿鷹的眼；每當這隻眼睛的目光掃向我，我全身的血液就會變冷、凍結。日復一日，漸漸地，我再也受不了老人的目光，於是下定決心要奪走他的性命，永遠地擺脫那顆眼珠子。

光憑一顆眼珠就興起殺人念頭？你一定覺得我瘋了。然而，瘋子應該是瘋瘋癲癲、神經失常的吧，但你看看我，我的謀殺計畫是如此聰明機伶、如此小心、如此深謀遠慮、如此鎮定冷靜，如果我眞的瘋了，我做得到這些嗎？在我預計殺人的前一星期裡，我對這個老人可是加倍的好。那一個星期裡，每天深夜十二點，我都會輕輕轉動老人房門的門鎖，打開房門，開到和我的頭一般寬的門縫，然後，再把一盞遮光的黑提燈（用這種燈，才不致有燈光外洩）伸進門裡，接著我再慢慢把頭探入（天啊，你要是看到我探頭進去的模樣有多機伶，你一定會忍不住笑出來的）。爲了怕吵醒睡夢中的老人，我的頭移動得非常、非常緩慢，每回都得花上一個鐘頭，才能把頭完全伸進門裡邊，看到熟睡中的老人。哈！你說一個瘋子可能這麼聰明謹愼嗎？當我把頭完全探進房裡後，便開始非常、非常小心謹愼地稍稍打開提燈蓋（如果不夠小心，提燈蓋的絞鍊就會發出咯吱咯吱的聲響），好讓一縷微光落在那隻禿鷹般的眼睛上……連續七天、每天午夜十二點，我都重複做著這件事，但那隻禿鷹般的眼睛卻從未睜開，讓我根本無從下手，因爲我想對付的是那隻惡毒的眼珠子，而不是熟睡中的慈祥老人。等到隔天天一亮，我就會鼓起勇氣直接走進老人房裡，和他說話，誠懇地叫他的名字，問他前一晚睡得好不好。我是如此虛僞而鎭定地面對他，老人當然也同樣誠懇相對。如果說，他其實一直都知道我在夜半時偷窺他，那他也未免太鎭定、太深不可測了吧！

到了第八天的夜晚，我開門鎖的技巧愈發純熟了。我的動作小心謹愼，可是比手錶分針移動的速度還要慢，我從沒想過自己可以把這種躡手躡腳的機伶潛能發揮到如此極致，我心中在狂喜、在歡呼，簡直抑制不住，很想狂笑出來！只要想到我正一步步打開老人的房門，而老人對我的祕密行動及念頭卻渾然不知，我就忍不住竊笑了起來。然而，可能因爲聽到我的笑聲，老人忽然驚動了一下。讀到這裡，你或許認爲我會因此退縮回門外，然而，我並沒有。老人的房間黑漆漆一片（爲了怕盜匪入侵，百葉窗一律緊閉），因此我知道，他根本不可能看得見有人在開門，我於是老神在在地繼續推開房門。

當我把頭探進房裡，正準備打開提燈蓋時，老人忽然從床上坐起，並大聲叫著：「是誰在那裡鬼鬼祟祟的？」

忽然聽到老人大叫，我並不心慌，我靜止手邊的動作，保持沉靜。一個小時過去了，我連根汗毛都沒動過，老人也依舊維持坐姿，沒躺回床上。他直挺挺地坐在床上，似乎想聽出些什麼細微的聲響，他這舉動我很了解，就如同我夜夜都在聆聽牆裡的蠹蟲啃蝕木頭一樣，蟲兒發出的咯咯聲響猶如死亡之聲，夜夜都在侵蝕我的靈魂、我的心。

不一會兒，我聽到一聲很輕很輕的呻吟，那不是痛苦或悲傷的呻吟，我知道，那是臨死的恐懼呻吟。呻吟聲相當低悶，像是打從靈魂深處發起顫來。我太清楚這種呻吟了！有多少個午夜，當全世界都已入睡，將死的恐懼感就開始爬上我的胸口，迸出恐怖的呻吟聲，回聲驚怖駭人，揮之不去；所以，我說我對這種呻吟聲再清楚也不過！我眞的知道老人心中的感受，而且打從心底同情他，不過儘管如此，我還是忍不住在心底竊笑。我知道他從聽到我竊笑的聲音開始，就一直醒著不敢睡，他心中的恐懼不斷擴大，幻想這一切都是他自己嚇自己，他對自己說：「那個怪聲，不過是風吹過煙囪所發出、不過是老鼠穿越地板時所發出、不過是蟋蟀發出的唧唧聲罷了。」老人試著用這些假想來使自已寬心、好過一點，然而，還是沒有用。沒錯，這種粉飾太平的假想一點用也沒有！因爲死神已經來臨，祂正拖著黑色的身影悄悄靠近，死亡的氛圍已包圍了老人。縱使老人看不見也聽不到任何聲音，但他仍感覺到了我從門縫間伸出的頭，是的，他已嗅出死亡將至的陰慘氣息。

我耐心地等了很長一段時間，還是沒聽見老人再次躺回床上的聲音，我因而決定讓提燈透出很細微、很細微的光線。我小心翼翼地打開提燈蓋（你根本無法想像我的動作有多輕巧），我只開了一小方縫隙，提燈於是射出一道蜘蛛絲般的微弱光線，我試著調整角度，讓這微光落在那隻禿鷹般的眼睛上。

那隻眼睜著！那隻禿鷹般的眼睛是睜開的，睜得很大、很大！我愈凝望，心中就愈發暴怒生氣。那顆蒙上薄霧一般的淡藍色眼珠，在我眼前愈發清晰地睜大著，我打從心底發出冷顫，全身的骨血都因害怕而凍結。我直覺地將光源射向老人的眼睛，只管鎖定那顆該死的眼珠，其他一概不管。

我不是告訴過你，別錯把我當瘋子看待嗎？瘋子怎可能有如此敏銳的感官知覺呢？此刻，我的耳邊響起一連串短促、低悶的聲音，那聲音就像手錶被棉布蓋住後，發出的悶悶滴答聲。關於這聲音的來歷，我也知之甚詳，沒錯，這正是老人的心跳聲，這聲音猶如激勵戰士鬥志的鼕鼕戰鼓一般，暴怒地激發著我行動！行動！

我終究還是克制住了行凶的欲望，並保持鎮靜不動，連大氣都不敢喘。我一動也不動地拿著提燈，試著一直將光束對準那隻禿鷹般的眼。同一時間，那戰鼓般的心跳聲也愈發大聲地響著，它愈跳愈快、愈跳愈大聲，一刻也不停。老人一定是極度地驚恐，才會發出如此大的心跳聲吧，這心跳眞的愈跳愈大聲……你能體會我所感覺的一切嗎？我早說過我是個神經緊張的人，這可一點不假！在這萬籟俱寂的深夜，老宅也陷入一片死寂，但詭異的心跳聲卻使我不能自已地驚恐害怕著。接下來的幾分鐘，我又試著鎭定下來、靜止不動，但還是沒有用，老人的心跳仍舊愈跳愈大聲，我想，他的心臟一定就要爆炸了。而且，此刻我的心中又浮起另一層焦慮，那就是再這樣下去，老人巨大的心跳聲一定會被鄰居聽見！就是現在，老人領死吧！我大叫一聲，把燈完全打亮，跳進他的房裡；老人尖叫了一聲，僅僅這麼一聲。我立刻把老人從床上拖到地上，再用厚重的床墊悶住他；完成了殺人計畫，我開心得意地笑了。但老人的心跳聲卻隔著床墊，又悶悶地跳了好幾分鐘；不過，這並不困擾我，因爲隔著床墊，心跳聲不致穿透牆壁被人聽見。終於，該死的心跳聲停止了，老人死去了。我搬開床墊，好好檢查屍體一番，是的，他像石頭一樣動也不動了，他眞的死了。我伸出手，擱在老人的心窩上方，靜止了好幾分鐘，確定心跳完全停了，他是眞的死了。他那禿鷹般的眼將再也折磨不了我！

如果你到現在還認爲我是瘋子，那麼，等你聽完我是何等聰明地藏匿屍體之後，你就不會再這麼認爲啦！夜愈來愈深，我倉促但安靜地處置老人的屍體；第一步，就是肢解屍體，我切下了他的頭部和四肢。

接著，我從老人的房間地板撬起三塊木板，把肢解後的屍塊全都丟進木頭地板的夾層，然後再把這三塊木板聰明巧妙地塡回去，如此一來，便無人能看出地板下藏著屍體，哈！即使是那隻禿鷹般的眼也看不出來。地板上並未留下任何血跡污漬，關於這一點，我不得不稱讚自己的聰明謹愼，我是在浴缸裡肢解屍體，一切污漬痕跡全都被沖刷得一乾二淨，這一切都太完美了，可不是嗎？

處置完屍體已是清晨四點鐘，夜色仍舊深沉漆黑。當時鐘敲起整點四點的鐘聲，大門也傳來了敲門聲。我輕鬆地下樓開了門，畢竟，我已處理好了一切，還有什麼好怕的呢？訪客是三位警官，他們十分客氣有禮地介紹著自己，並且說明之所以登門盤查，是因爲隔壁鄰居在夜裡聽見了尖叫聲，懷疑可能有人遭到謀殺，因而馬上向警方報案，他們三位於是奉命前來調查。

聽了警官們的來意，我微笑以對，畢竟，我已處理好了一切，還有什麼好怕的呢？我對他們說，那個尖叫聲應該是我自己在睡夢中發出的；至於和我一塊兒同住的老人，他目前人並不在國內。我帶著訪客巡視整棟房子，並請他們儘管仔細搜查。最後，我帶他們來到老人的房間，確認老人的金銀財寶安全無虞，絲毫沒有被人碰過的痕跡。出於對自己殺人及毀屍滅跡手法的滿滿自信，我甚至熱情地拿了幾張椅子到老人房裡，請警官們坐下來歇歇腿，我則像是宣告大勝利一般，毫無所懼地坐在屍體藏匿處正上方。

我的舉止神態一派輕鬆自在，讓警官們對我不疑有他，這也使我更感到放心。他們坐著閒聊了起來，我則是開心地搭著腔。但不一會兒，我開始感到面色發白，很希望他們趕緊離開。接著，我感到頭痛，而且覺得耳朵裡好像有聲音「砰砰」作響，然而，警官們聊得正開心，絲毫沒有要離開的意思。耳朵的「砰砰」聲愈來愈清晰，我便故意大聲恣意地說著話，想用說話聲掩蓋過「砰砰」聲；但「砰砰」聲仍一直存在，揮之不去，最後，我發現這聲音並非來自我的耳朵。

無疑地，我的臉色一定變得非常蒼白，但我卻更加高談闊論，想壓制住「砰砰」聲。沒想到，這不知來自何方的「砰砰」聲愈來愈大聲，我到底該如何是好？這聲音聽起來像是——一連串短促、低悶的聲音，就像手錶被棉布蓋住後，發出的悶悶滴答聲。我的天啊！這「砰砰」聲是老人的心跳聲！我趕緊深呼吸，試著鎮定下來；幸好，警官們似乎還沒聽見這心跳聲。我開始像連珠炮似地，話愈說愈快，愈說愈慷慨激昂，但還是蓋不掉這該死的心跳聲，而且它似乎愈跳愈大聲、愈跳愈大聲……。言談中，我開始為一些芝麻蒜皮的話題感到惱怒，激動地用高分貝聲調爭論著，還連手帶腳地比劃做手勢，但這心跳聲依舊存在，而且愈跳愈大聲。我已經對這一切感到厭煩、感到相當不快了，我的情緒變得如此暴怒，就是在對警官們下逐客令，為何他們還不是識相點，趕緊離開呢？我大踏步地在地板上來回走動，想讓警官們認為我和他們話不投機，而且對他們的某些觀點相當不高興，想暗示該結束這場聊天會了。但無論我怎麼做，客人還是賴著不走，而那天殺的心跳聲則愈跳愈大聲、愈跳愈大聲。喔！天啊，我到底該怎麼辦才好？我開始生氣地說話，口沫四濺、語無倫次、大聲喊叫、詛咒、罵髒話樣樣都來，甚至還搖晃起我的椅子，讓它摩擦地板，發出咯吱咯吱聲；然而，還是沒有用，那心跳聲仍然蓋過一切聲響，而且持續升高。它變得——愈來愈大聲——愈來愈大聲了！但奇怪的是，這些警官為何能夠若無其事一般，繼續談笑風生呢？這天殺的心跳聲跳動得如此大聲，他們怎麼可能沒聽見？喔，我的老天哪，難道是我瘋了不成？不，不可能，他們一定聽見了心跳聲，他們於是懷疑起我來了，他們全都知道了，他們裝模作樣，爲的就是嘲笑我、作弄我，他們一定是想看我被恐懼呑沒的樣子──而且，我至今都還這麼認爲。我不想跟他們諜對諜玩下去了，我再也不要承受這種精神折磨、忍受這種嘲笑作弄了，我再也受不了他們那虛僞的笑容了！我快崩潰了，再不大聲叫出來，我就會死掉。那心跳聲──你聽──愈來愈大聲──愈來愈大聲──愈來愈大聲──

「人是我殺的，」我放聲尖叫著，「我不想再隱瞞下去了，我承認我殺了那老頭。撬開這些木板，就是這裡的木板，老人該死的心跳聲就是從這裡發出來的！」

8 失竊的信函

THE PURLOINED LETTER

聰明機伶過了頭便是狡獪陰險，這世上沒有比聰明才智的濫用，更可恨的事物了。

辛尼加

一八××年，秋天，巴黎。一個夜幕初降的颼風夜晚，我和我的朋友謝瓦利耶・C・奧古斯都・杜彭，當時正在聖日爾曼區都諾街三十三號三樓後面一間小圖書室，一邊冥想，一邊叼著煙斗，享受著人生雙重至樂。當時，我們倆至少靜默了一小時光景，相信在外人看來，我們這兩個無所事事的人，不僅不事生產，還沉溺在吞雲吐霧之中，把滿屋子弄得到處都是煙味。但實情可不是這樣，當時我正在思考稍早與杜彭聊到的「莫爾格街命案」、「瑪麗・羅傑奇案」。我才正在想這兩件許久前發生的刑事命案，房子大門就突然被打開了，登門拜訪的，原來是我們的老朋友，巴黎警察局局長G先生；還眞是無巧不巧，想到刑案，警察就來了。

對於局長先生的突然造訪，我們感到很開心，無不熱烈歡迎。他這個人雖然有點卑劣可鄙，但大體來說人還不壞，挺有趣的；更何況，我們也好些年沒見他了。屋裡沒點燈，四周一片漆黑，見客人來訪，杜彭原本起身準備把燈點亮，但後來聽到局長先生說明來意，杜彭又索性坐回椅子，不打算點燈了。局長先生說他之所以前來拜訪，是爲了一件令警方大傷腦筋的公務，他希望和我們商量商量，或乾脆聽聽杜彭的意見。

「如果你想聽我們的意見，」杜彭原本想起身點燃燈芯，但一聽到局長先生的來意，他停下了動作，「那麼最好還是在黑暗中進行談話；黑暗中，我們的思考比較敏銳。」

「你這個人還眞是古怪啊！」局長先生回應著。對他而言，只要有任何事情難以理解，或是與他的思維不同，他就會稱之爲「古怪」；看樣子，他在生活中遇上的「古怪」事應該不少！

「沒錯、沒錯，我從不否認自己是個怪人。」杜彭一邊說，一邊遞了煙斗給局長先生，還把一張舒服的椅子推到他面前，請他坐下。

「這回，你們又遇上了什麼傷腦筋的事？」我開口問了，「該不會又是謀殺案吧，希望不是！」

「噢，不是、不是，不是命案。」局長先生趕緊回答，「事實上，這件事很簡單，一點也不複雜，我們警方絕對有能力可以處理。只是我在想，杜彭或許會想聽聽整件事，因爲它其實是件很古怪的事。」

「你是說，這件事很簡單，但又很古怪？」杜彭歸納地問著。

「呃，可以這麼說，但也不完全是這樣。」局長先生有點困窘地說，「這麼說好了，理論上，這是一件很簡單、很好處理的事情，但實際上，卻讓我們很困擾，傷透了腦筋。」

「或許，是你們太小看這件事了吧！」杜彭又說。

「哈，你在胡說些什麼啊！」局長先生回答，然後大聲笑了起來。

「我的意思是，或許就是因爲這件事情的本質太簡單，才會讓你們這麼困擾。」杜彭解釋著。

「噢，我的老天啊，有這種說法嗎？」局長先生笑著說。

「這道理不是很明顯嗎？有這麼難懂嗎？」杜彭悠悠地說。

「哈！哈！哈！——哈！哈！哈！——呵！呵！呵！」局長先生聽了杜彭的話，立刻開心大笑了起來，「噢，杜彭，你這個人啊，老愛故弄玄虛，眞是快讓我笑死了。」

「回到正題，這究竟是怎麼一回事？」我接著問。

「呃，別急，我會說的。」局長先生回答，接著他安靜了下來，深吸了一口氣，挪好坐姿，「我會簡單扼要地告訴你們這整件事，但在我開始說之前，我想請你們特別注意，這件事是最高機密，千萬不能洩漏，否則我的飯碗可能不保。」

「請繼續往下說吧！」我接著說。

「或者，你也可以選擇不說。」杜彭好整以暇地說。

「好好好，我說、我說，事情是這樣的，」局長先生趕緊往下說明，「我從一個相當高層級的人那裡得知，皇宮裡有一份很重要的文件被人偷走了。現在大概知道是誰偷走了這份文件，而且知道這份文件目前仍在此人手上。」

「你們怎麼知道文件還在小偷手上？」杜彭發問。

「這一點無庸置疑。」局長先生回答，「假設小偷眞的讓這份文件流了出去，那麼後果可是很嚴重的。不過，到目前爲止，一切還算風平浪靜，所以我們得趕緊取回這文件才行，以免誤了時間，到最後對皇室產生不利。」

「請解釋得清楚一點。」我對局長先生說。

「嗯，這麼說好了，」局長還是繼續兜圈子，「一旦握有這份文件，在某些方面來說，就等於擁有很大的權力，擁有掌控局勢的權力。」看來，我們的局長先生還是很喜歡打高空，想用某些似是而非的辭令，對我們矇混實情。

「我還是不懂你的意思。」杜彭回應著。

「什麼，還是不懂？我這麼解釋好了，如果這份文件落到了某人手上，抱歉，此人的名字我不能透露。」局長先生停頓了一下，「那麼就會讓某個地位崇高的大人物聲譽岌岌可危。也就是說，這份文件等於是個把柄，若流出去，落到某人手裡，不僅會破壞這位大人物的名聲，還會讓他很困擾、不得安寧。」

「若這份文件要成爲威脅的工具，」我插嘴說道，「那這名小偷也得讓失主知道，文件是他偷的才行啊，他才能以此要脅失主吧；而且，究竟是誰這麼大膽，敢偷——」

「偷這份文件的人，就是D大臣。」局長先生打斷我說，「D大臣這個人沒有什麼不敢做的，再不得體、再下三濫的事情，他都做得出來。他偷這份文件的手法，可說是既巧妙又大膽。事實上，這份文件是一封信，是我們這名地位極爲崇高的大人物收到的信，她收到這封信時，人正在皇宮裡，身旁並沒有別人。然而，當她讀信讀到一半，突然有另一位大人物闖了進來，無巧不巧，她剛好就是不想讓那名大人物知道此信的存在。這下該怎麼辦才好，她在情急之下，原本想把信收進抽屜，但沒想到來不及，於是她只好讓這封信攤在桌上。幸好，信件只露出最上方的地址，才沒讓闖進來的那位大人物注意到。湊巧的是，D大臣在此時也進來了，他和先前闖進來的那位大人物，分站在信件主人的座位兩旁，因此，眼睛像山貓一樣銳利的他，一眼就從桌上那封只露出地址的信認出筆跡，進而知道信是誰寄的。接著，D大臣又觀察到我們的大人物，也就是信件主人的言行舉止似乎有些慌張，因而猜到那封信可能藏有她不欲人知的祕密。於是，D大臣一如往常，很快地向我們的大人物報告完公事，接著拿出一封信（這封信與桌上那封很像），把信打開，假裝在閱讀，讀完後故意將它放在桌上那封信的旁邊。接下來的十五分鐘，D大臣又和兩位大人物繼續談論公事，最後要離開時，他便假藉誤拿的手法，巧妙抽走了桌上那封不屬於他的信。我們的大人物見到了此景，但卻不敢聲張喝止D大臣，因爲一旁還站著另一位大人物。也就是說，D大臣把他那封無足輕重、用來掉包的信留在桌上，就從容離開了。」

「這就是所謂的威脅。」杜彭轉頭對我說，「現在你應該知道，D大臣已經很確切地讓我們的大人物知道，文件是他偷的了吧！」

「沒錯，D大臣等於抓住了大人物的把柄。」局長先生進一步回答，「過去這一陣子以來，D大臣一直以此把柄要脅大人物，行了許多不法政治目的、政治利益。這也使大人物愈發堅定要取回這封信，當然，她不可能公開進行這件事；大人物絕望之餘，最後把這個任務交給了我。」

「那是當然的，大人物委託任務的第一人選，肯定是您。」杜彭不慌不忙吹出一個形狀完美的煙圈，然後說，「國內再也找不到像您這般聰明睿智的警探了，可不是嗎？」

「你過獎了。」局長先生聽得心花怒放，「不過，大人物之所以找我辦這件事，很可能眞的是想借重我的聰明才智吧！」

「如你所觀察，」我接著分析D大臣的心態，「我們可以確定這封信仍在D大臣手裡。既然D大臣到目前為止都還沒讓這封信派上用場、流出去，那代表時候未到，他仍在等待適當時機。因此，他一定會把信收好，免得到手的把柄飛了。」

「你說的沒錯，」局長先生回應，「我也是這樣想。所以我先前最關心的就是如何在不打草驚蛇、不使D大臣起疑的情況下，徹底搜查他的住所，找出這封信。」

「不過，類似的搜查你應該很擅長，不是嗎？」我接著問，「巴黎警方應該常做這種事，不是嗎？」

「是啊，就是因為這樣，我才頗有自信，一點也不擔心。」局長先生往下解釋，「而且D大臣的日常作息方式，也有利我進行搜查。他經常徹夜不歸，住所裡的僕人也沒幾個。他的僕人大多是義大利籍的那不勒斯人，經常喝酒喝得醉醺醺的，更何況他們的睡房也都離D大臣的房間很遠。你知道的，我手邊可是有一套能打開全巴黎所有房間密室的鑰匙。這三個月來，每天晚上，我都親自到D大臣的住處進行搜查。這項任務不但事關我個人名譽，而且辦妥之後，能拿到的賞金也不少。因此，我一直都沒放棄搜查，但這會兒，我終究還是得認輸了，我承認D大臣比我更機伶，他實在狡猾。D大臣的住所上上下下、各個角落密室全都被我翻遍了，但我就是找不到這封信。」

「有沒有可能，」我猜想著，「這封信不在D大臣的住所，而被他藏在別的地方？」

「這似乎不太可能，」杜彭回應著，「目前，皇宮裡的情勢很詭譎，聽說，D大臣也涉入了這些陰謀，那麼他自然會把這封信放在一個隨時可取得的地方，以便隨時派上用場，掌控局面。我的意思是，他一定會把信放在手邊，以便能隨時發揮功能，派上用場；若否，那等於白偷了這封信。」

「什麼叫做——『讓這封信能隨時發揮功能，派上用場』？」我不懂地問。

「D大臣不一定要把信交給第三者，用來毀損大人物的名譽啊！必要時，他為了自保或什麼的，也可以把信給銷毀啊！」杜彭回答。

「嗯，杜彭說得有道理，」我接著提出自己的看法，「這麼一來，這封信肯定是在D大臣的住所裡，而且我想他一定不可能隨身帶著信。」

「一點也沒錯。」局長先生回應著，「我安排過兩次公然行搶突襲，假裝搶劫D大臣，還徹徹底底搜查過他全身上上下下，但就是沒找到這封信。」

「省省力氣吧！」杜彭接著說，「我想D大臣不是笨蛋，他一定早就料到會遇上這種假突襲、眞搜查。」

「看來，這傢伙還眞不全然是個笨蛋，」局長先生蔑視地說，「我爲什麼這麼說呢？因爲我知道D大臣是個詩人，哼，在我的想法裡，詩人與笨蛋只有一線之隔。」

「哈，沒錯，詩人與笨蛋確實只有一線之隔。」杜彭從他的煙斗深深吹出一大口煙圈，然後說，「我自己也常寫些不入流、讓人見笑的詩，應該不算是眞正的詩人，否則就會被人想成是笨蛋了。」

「請你說說，先前如何搜查D大臣的住所？」我又問道。

「嗯，事實上，我們的確花了許多時間，仔仔細細搜查整棟建築物。我們巴黎警方對這種地毯式搜查很有經驗，一星期七天、七個夜晚，房子裡的每個房間都已經仔細搜查過。我們一進入房間，首先就是檢查家具櫥櫃，而且絕不放過任何抽屜夾層，你們也知道，每一個受過專業訓練的警察，絕對能識破任何祕密夾層。也因此，如果有人以爲他把東西藏在祕密夾層裡肯定萬無一失，那他就大錯特錯了。我們警方究竟如何識破夾層呢？這個道理很簡單。所有櫃子都有一定的體積，有一定的體積就有一定的空間，因此我們用了很精確的尺規，測量判斷出是否有祕密夾層的存在，若有毫釐之差，也絕逃不過我們的法眼。接著，開始檢查椅子，我們會用細細長長的針戳刺所有的坐墊，看看有沒有異物。至於桌子，我們則是掀開桌面……」局長先生鉅細靡遺地說明。

「爲什麼要特別把桌面掀開呢？」我好奇地問。

「這是因爲，」局長先生回答，「有時候人們會把桌面移開，把桌腳鑿洞或挖空，把東西藏在裡頭，再把桌面移回原位。對了，床架和床柱也可能有類似情形，所以我們也會這樣檢查。」

「難道一定要把桌子的表面掀開，才能知道桌腳有沒有被鑿洞嗎？不能從敲打家具發出的聲音來偵測嗎？」我又問。

「是的，一定要把表面掀開，才能看出個端倪。」局長先生自豪地回答，「因爲人們若在挖空的桌腳裡頭藏東西，勢必會在周圍塡塞棉花，這樣才不會顯出異狀。而且，別忘了，我們這回搜查D大臣的住所，可是偷偷潛入，千萬不能發出任何敲打聲呢！」

「但你們的搜查手法再仔細，」我接著質疑，「也還是不可能把所有家具都掀開或拆開來檢查吧？一封信，有可能被捲得很細很細，尺寸很可能像一根稍粗的編織棒針那般，如此一來，便很有可能被藏在椅腳橫木之類的地方。你不可能把整張椅子都拆開來檢查吧？」

「我們當然不會拆開整張椅子做檢查，」局長先生自信滿滿地說，「我們用的是更精密、更有效的方法，來檢查這些家具可能藏有的死角或接合處。我們使用放大鏡檢查家具，只要上頭有任何蛛絲馬跡是新近造成的，都能馬上被偵測出來。家具被鑽洞後留下的一絲碎屑，在放大鏡的作用下，都會被放大得像顆大蘋果；家具黏合的痕跡、接合處的裂縫等不尋常之處，也都逃不過我們的檢查。」

「那麼你一定也檢查了鏡子吧？」我故意詢問，「你一定查看過鏡面玻璃和接著木板之間的縫隙了吧？你一定也用長針一一戳刺了床墊、寢具、門簾、掛毯和地毯吧？」

「那是當然的，屋子裡所有家具、裝潢和擺設，我們確實都仔仔細細檢查了。」局長先生回答，「不僅如此，我們還搜查了房子的結構本身；首先，先把房子劃分成許多部分，一一編號，以免有所漏失；接著，再一寸寸進行地毯式搜尋。就連緊鄰的左右兩棟建築物，我們也沒放過，全都一一加以徹查。」

「連緊鄰的左右兩棟建築物，你們也都搜查了？」我驚呼，「哇，你們一定費了很大一番工夫吧！」

「沒錯，眞的很耗時費力。」局長先生笑道，「不過，誰叫賞金數目這麼高、這麼吸引人呢！」

「你們也清查過房子周圍的地面了？」我好奇地問。

「沒錯，不過這個部分倒比較省事。」局長先生解釋著，「因爲地面全都鋪了石磚，我們只要檢查石磚之間的青苔有沒有被破壞即可。」

「D大臣家裡所有資料文件，以及圖書室裡所有藏書，你們也都搜查了吧？」我繼續探問。

「這還用說，每一包、每一捆文件，我們都一一打開來檢查。」局長先生得意地說，「在檢查書籍的時候，我們不像某些警察，只是把書打開、抖一抖就算了，我們是一頁一頁翻開檢查的。此外，還用了精確尺規和放大鏡，仔細就精裝的書籍封面，檢查厚度有否異常。而且也檢查了書頁有沒有重新裝訂的可疑痕跡，有幾本剛從裝訂師傅那兒送到的新書，我們也用長針一一戳刺、小心檢查過了。」

「地毯底下的地板，你們也一一探測過了吧？」我繼續發問。

「那是當然的。」局長先生仔細描述著，「我們移開了所有地毯，再用放大鏡仔細探測底下每一片木板的縫隙，看看有沒有古怪之處。」

「牆上的壁紙也都檢查了吧？」我不死心地問。

「沒錯，我們連牆壁都檢查了。」局長先生回答。

「地下室呢？也檢查過了嗎？」我又想到什麼似的發問。

「嗯，那裡也清查過了。」局長先生回應。

「這樣的話，」我接著表示意見，「我看，你可能是估算錯誤了，這封信顯然不在D大臣的住所裡。」

「我想，你說的恐怕沒錯。」局長先生苦惱地說，「就是因爲這樣，我才會來拜訪你們，想問問杜彭，他有什麼好建議？」

「我的建議是，再徹底把整棟房子搜查一遍。」杜彭回答。

「我想，絕對沒有這個必要。」局長先生不以爲然地說，「我非常肯定這封信絕對不在D大臣的住所裡。」

「不過，我眞的沒有什麼比較好的建議可提供。」杜彭接著說，「對了，你一定知道這封信的確切形式與內容吧！」

「是啊，我的確知道這封信的種種細節。」局長先生說完後，拿出一本備忘小冊子，大聲唸著信裡的內容，以及信件的特徵。唸完信件的各種特徵，局長先生隨即離去，我感覺得到他十分沮喪，我從沒見過他這個樣子。

過了大約一個月，局長先生又來拜訪我們。我們仍是那副老樣子，繼續坐在煙霧彌漫的書房裡，叼著煙斗，呼出一圈又一圈的煙圈。局長見狀，便拿了根煙斗，找張椅子，和我們話起家常。

「那封失竊的信後來如何了？」我關心地問，「我想，應該還是徒勞無功吧！D大臣的狡猾機智，眞是令人不得不佩服！」

「沒錯，我眞的快被D大臣弄瘋了，他眞是太狡猾了。」局長先生回答，「後來，我明知不可能，但還是依照杜彭的建議，又搜查了房子一次，果然，完全徒勞無功、白費力氣。」

「對了，你說說大人物到底提供了多少賞金，要找回這封信？」杜彭開口問。

「呃，是相當高、相當豐厚的一筆賞金，確切金額是多少，我不太方便說。」局長先生支吾地回答，「不過，我拍胸保證，只要有人幫我取回這封信，我願意支付他五萬法郎。現在的情況是，找回這封信的重要性與日俱增，因此，賞金在最近也提高了一倍。不過，這下我想即使賞金提高到三倍，我也無能爲力、束手無策了！」

「局長先生，我想，你應該……」杜彭一邊叼著煙斗，一邊悠長地說，「在這件事情上，再更努力一點，再多用心一點。」

「此話怎講？你倒是說說看，我應該在哪方面多下工夫？」局長先生不解地問。

「嗯，這個嘛……」杜彭一邊呼出煙圈，一邊好整以暇地說，「你想聽我的意見？這樣好了，我先問問你，有沒有聽過阿布尼西醫生的故事？」

「沒有，我沒聽說過。誰是阿布尼西醫生？」局長先生不耐煩地回答。

「是啦，這個故事的確沒什麼。」杜彭開始意有所指地說著，「話說，很久很久以前，有一個人他非常有錢，但卻非常吝嗇，簡直是個守財奴。他為了不想花錢請醫生幫他看病，於是想出了一個辦法。他藉著與阿布尼西醫生閒聊，還假冒別人的名義，講了一些病情，希望能從醫生那兒套問一些醫病方法。守財奴這麼對醫生說：『我們假設某某有這些病狀，醫生，你有什麼好建議嗎？』阿布尼西醫生於是回答：『呃，建議就是，請他聽我這個醫生的忠告，趕快請醫生幫他看診。』」

「好了、好了，我知道你的意思。」局長先生馬上了解杜彭的意思，並感到有點困窘，「在這件事情上，我很樂意聽取高人指點，若有人能教我或幫我取回這封信，我一定會支付獎金給他的。」

「既然如此，」杜彭接著一邊說話，一邊從抽屜拿出支票本，「麻煩你在這支票本上填入五萬法郎的金額、簽好名。之後，我馬上把信交給你。」

聽到杜彭這麼說，我心頭為之一震，嚇了一跳，更不用說局長先生一副被雷擊中的神情了。接下來的幾分鐘裡，局長先生還是驚訝地說不出話，一動也不動，張大了嘴，不敢置信地睜大眼睛看著杜彭，眼珠子簡直快掉出眼窩，驚訝得不能自已。接著，局長先生似乎恢復了一點神智，抓起一枝筆，兩眼茫然，猶豫了好一會兒，終於在支票上填入五萬法郎的金額，並簽好名，遞給坐在書桌那一頭的杜彭。杜彭將這張支票仔細檢查一番、確認無誤後，就將它夾進隨身的小冊子裡。接著，他把一個上鎖的抽屜打開，拿出一封信交給局長先生。只見局長先生又是氣窘又是興奮地接過這封信，顫抖地把信打開，很快瞄了一下信件內容，之後，還是一句話也沒多說，狼狽萬分地走向門口，沒說一聲再見，隨即急忙離去。

局長先生走了之後，杜彭開始向我解釋這一切是怎麼回事。「巴黎警方確實有他們的一套，他們辦起案來很執著努力，也很聰明機伶，而且對於辦什麼案要用什麼手法，也非常精通厲害。因此，當局長先生鉅細靡遺告訴我們，搜查房子的各種手法時，我確實相信他們已經在能力範圍內，做了很仔細的搜查。」

「什麼叫做——『相信他們已經在能力範圍內，做了很仔細的搜查』？你似乎意有所指。」我不解地問。

「是的，警方搜查D大臣房子所用的手法，不但巧妙，」杜彭不急不徐地說，「而且執行得非常徹底。若那封信真是藏在警方的搜查範圍裡，那肯定會被找出來，這一點是無庸置疑的。」

聽了杜彭所說的，我只是笑了笑，並且願聞其詳；而杜彭則對他剛剛所說的事情，表現出很認真的神情。他繼續說：「我剛剛說了，警方搜查房子用的手法很仔細巧妙，也執行得很徹底完善。他們的問題在於，就這個案子，對付這個狡獪聰明的D大臣而言，他們根本用錯了方法。我的意思是，要找出這封信根本不能靠這種方法，但局長先生不明所以，沒把問題的癥結想清楚，而只想套用過去搜查物證的經驗法則來解決這個案子，這種思維實在很頑固、不知變通。局長先生沒受過思維訓練，腦袋的思考方式也受到局限，這也就是他爲何不是把案子想得太艱澀複雜，就是想得太簡單容易，我是指，他想事情永遠那麼死腦筋。容我說句不好聽的話，小學生的思考搞不好都比局長靈光許多。我就認識一個八歲大的小男孩，他因爲很會玩『猜猜看，奇數或偶數』的遊戲，而讓許多人對他佩服不已。這是一種很簡單的彈珠遊戲，玩家雙方手上各握一些彈珠，每一回合都可變換彈珠數目，並要對方猜自己手上有多少彈珠，數量是奇數或偶數？玩家每猜對一次，就可贏得一顆輸家的彈珠；但玩家若猜輸了，就會損失一顆彈珠。我剛剛提到的那個八歲小男孩，他可是一個贏走全校小朋友彈珠的大贏家呢！他之所以這麼『會猜』，顯然有一套他自己的『猜測邏輯』，但說穿了，他就是在遊戲中觀察與忖度對手有幾分聰明，然後讓對手反被『自以爲是的聰明』所誤。舉例而言，如果男孩遇上了一個奇蠢無比的對手，遊戲開始，當這個超級蠢蛋握緊他手中的彈珠問『奇數或偶數』，男孩回答『奇數』，然後輸了第一回合。不過，當第二回合開始前，男孩開始在心裡盤算：『這個蠢蛋一定會想，我第一回合猜奇數，那我第二回合就會猜偶數，於是他爲了不想讓我贏，手裡一定會故意準備奇數數量的彈珠，哼，那我就偏要猜奇數。』果不其然，男孩逆向思考對手的心態，猜了奇數，贏了第二回合。現在，有另一個稍微聰明一點的對手向男孩挑戰，同樣地，男孩在第一回合猜對方手中的彈珠數量爲奇數，結果輸了，之後，第二回合開始前，男孩又在心裡盤算著：『這個對手似乎比前一個聰明一點，他的直覺想法可能是，我第一回合猜了奇數，所以第二回合我可能會猜偶數，因此他得準備奇數數量的彈珠，好讓我猜錯；但他接著可能會想，這種非奇即偶的猜測邏輯似乎太簡單了，於是思考又再轉了一個彎，設想我很可能第二回還是故意猜奇數，沒錯，他認爲我一定會很狡猾地猜奇數，而爲了不想讓我贏，他就會故意準備偶數數量的彈珠，哼，那我就偏要猜偶數。』第二回合裡，男孩藉著分析觀察對手的心態，猜了偶數，贏了。大家都說這個男孩之所以贏透透，純粹是運氣好罷了，然而，男孩應該是靠分析對手的心態贏的吧，可不是嗎？」

「這個遊戲，」聽完杜彭說的故事，我表示了意見，「不就等於是兩方玩家鬥智，看誰能正確分析對方的思路罷了。」

「你說得沒錯，」杜彭接著說，「我曾經問過這名男孩，問他究竟如何洞悉對方的思路，然後克敵制勝？他是這麼告訴我的：『當我想知道一個人究竟是聰明或愚蠢、是好人或壞人，或甚至是他當時心底在想什麼，我只要把自己臉上的表情，盡可能調整得和對方一樣，然後，等著我的腦海或心裡浮現什麼想法即可。』這名男孩的思考方式很不得了，簡直與羅謝佛德、馬基維力這些哲學名家一樣深沉！」

「你的意思是，」我若有所悟地回應著，「玩家若想判斷出對方的思路，那首先還得確認對方有幾斤幾兩重囉！也就是說，得確切了解對方究竟有多聰明，聰明才智到達何種程度，才能推算對方的思路與思考邏輯？」

「是的，這樣才能克敵制勝啊！」杜彭回答，「局長先生和他的手下之所以常常無法破案，有兩個主要原因：第一，對凶手或對手的思考邏輯完全不了解；第二，錯估或根本沒去估算凶手或對手的聰明程度。他們只從自己的思考邏輯出發，從不眞正去了解凶手或對手的想法，這樣怎麼可能破案？即便是找失竊的東西，他們也從不去想，現在面對的這名小偷是聰明人還是笨蛋，而只是一意孤行，太過自信地以為用一般人藏匿東西的手法或過去辦案的經驗就能找出失物。」

「看來，巴黎警方的思維簡直與一般烏合大眾無異，這樣一來，遇到聰敏狡猾一點的罪犯，他們當然無計可施，無法破案。警方老是錯估凶手罪犯的聰明才智，不是把凶手想得太聰明而嚇壞自己，就是把對手想得太蠢而太過輕敵。他們查案，從來不知變通原則，即使遇上不尋常的案子或賞金再高的案子，也還是一樣，了不起只是把所有舊思考、舊手法全都用上，然後繼續在有限的思維邏輯裡打轉罷了。就這個失竊信件的案子而言，警方也同樣不知變通，不去想想他們對手D大臣有著何等聰明才智，竟想靠著什麼顯微偵查、地毯式搜查破案？所以我說，警方的思維程度與深度有限，如同烏合之眾，能想出的就是這些手法了；說穿了，局長先生累積多年的辦案經驗，歸納下來就是同一套思維、同一套手法罷了。我們都知道，一般人藏匿東西時，不是把東西藏在挖空的桌腳，就是藏在密穴或密室裡，因此，我們親愛的局長先生以他烏合尋常的腦袋，自然也以『一般人的作法』去設想D大臣會怎麼藏信，才會把搜查重點放在房子裡的隱密角落。相信警方在過去一定曾經尋獲遺失物件，但這不代表他們的腦袋特別聰明、有別常人，他們能破案，只是因為他們辦案很認眞、努力、細心而有決心，也很有耐心；別忘了，我剛剛一直強調，警方的腦袋總是不知變通，不管遇到賞金再高或再重大的案子，他們也只想得出平常那一套手法，然後勇往直前、努力蠻幹。」

「現在，你應該知道，我爲什麼說那封信其實一定仍在D大臣的住所裡，也就是一定仍在局長先生他們所搜查的範圍了吧！我的意思是，如果局長先生理解了D大臣的思維，就不難發現D大臣究竟把信藏在哪裡，當然，也一定能找到那封信了，不是嗎？可是，沒想到我們的局長先生竟完完全全被自己的思維矇蔽、搞糊塗，他錯把擁有詩人身分的D大臣當成笨蛋（看來，在局長先生的思想裡，他眞的認爲詩人全都是笨蛋），以至於完完全全低估了D大臣的聰明才智。」

「不過，D大臣眞的是個詩人嗎？」我疑惑地問道，「我知道D大臣他們家有兩兄弟在文壇上享有盛名，但D大臣是其中一位嗎？我是記得D大臣寫過與數學領域有關的『微分學』專文，因此他應該是位數學家，而不是詩人吧！」

「我想，你可能弄錯了。」杜彭接著說，「我對D大臣這個人很熟悉，他既是數學家，也是詩人呢！因此，擁有詩人和數學家雙重身分的D大臣，他的推理思考概念可是異於常人的好。不過，他如果只是一名數學家，反倒沒辦法有這麼好的推理能力，而可能成爲局長先生的囊中物。」

「不會吧，你這說法嚇壞我了。」我不敢置信地說，「你竟然認爲數學家的推理能力不夠好，甚至不如詩人，我想其他人聽見你這番話，恐怕都會反對。要知道，你這說法可是挑戰了人們數百年來的觀念哪！在一般人的觀念裡，要精通數學運算，可得具備一等一的推理能力啊！」

杜彭接著先以法國道德家香夫的一段話來回應我：「——『毫無疑問，一般人的思想觀念、一些約定俗成的想法，全都很愚蠢，爲什麼呢？因爲一般人的聰明才智就只有這麼一點。』所以囉，我很能理解你爲何會這麼想，因爲數學家們實在很會製造『善於推理思考』的假象，但這絕對是假象，他們混淆視聽，模糊事實的眞相、推理的本質。然而，數學家們又是怎麼製造假象的呢？他們無疑是玩了一種辭令技巧，也就是把『分析』這個詞彙偷渡、應用在『代數』的領域裡，讓人以爲分析推理能力可與代數運算能力畫上等號；無疑地，法國人絕對是這種欺騙假象的始作俑者。我們說，一個語言裡的字彙、語詞產生演變，或加以應用在不同的語言裡，那麼的確是有其重要性與價値，而不是硬把『分析』這個詞彙帶進『代數』的領域就算回事了。我舉幾個從拉丁文演變成英文字詞的例子，你就會知道文字經過演變，蘊含著何等的文化意義，例如：拉丁文中 ambitus 這個字（拉丁文意思是：寬廣的、四處看看的），演變成英文的 ambition（英文意思是：野心、抱負）；拉丁文中 religio 這個字（拉丁文意思是：宗教），演變成英文的 religion（英文意思也是：宗教）；拉丁文中 homines honesti 這個詞彙（拉丁文意思是：一些値得尊敬的人），演變成英文的 a set of honorable men（英文意思也是：一些値得尊敬的人）。」

「哇，你的觀點確實很不一樣，」我笑著說，「看來，你準能和全巴黎的代數學家爭論個沒完沒了。」

「沒錯，除了抽象的邏輯訓練，」杜彭立刻接下去說，「我並不認爲推理分析能力能從其他方面養成，即便能夠，我也對其所養成的推理能力感到質疑。最讓我詬病的，莫過於研習數學能培養推理分析能力的迷思了。數學，是一種具象的、有特定形式與數量的演算學問，因此從學習數學得來的推理能力，只是一種觀察形式與數量變化的能力，並非眞正的推理分析能力。數學做爲一種具象有形的代數學問，竟被多數人誤以爲是一門抽象的學問；而且人們竟也以爲從演算得出的結論，代表了抽象的眞理，或甚至是一切事物的眞理。我實在不懂人們爲何會存此普遍想法，這是多麼荒謬的認知與推想啊，不是嗎？其實，進行數學運算前，那個被放在演算者心上的命題公理，即使經演算確實能回頭來驗證當初的命題公理，那又如何？不代表這些命題公理能被推及爲一切事物的眞理，這是推理者，也是一般人腦袋裡很大很大的謬誤。

「我舉兩個學科上應用的例子，你就會了解我的意思。數學上的命題公理並不能被應用在倫理學、形而上學的領域，意即，不是將倫理學的A訓示與B訓示相加後，就會得出C眞理，眞理在於心智，而不在運算。同樣的，數學上的命題公理在化學領域也不適用，意即，倘若有兩個實驗動機，它們各自有特定數值，將它們各自相加後所得的數值，與兩動機相混合、經化學作用後所得的數值做比較，會發現數值不盡然相等。因此，所有數學上的命題公理都只能適用於數學範疇，不能胡亂做眞理經驗的延伸。但沒想到數學家們不知是出於職業病或大頭病，竟企圖把數學範疇裡的命題公理擴延成一切事物的眞理；但最令人不可思議的，是人們竟然也都信以爲眞，而且深信不疑。」

「布萊恩特的巨著《神話》中，曾提及類似的認知謬誤，書裡是這麼說的：『儘管與異教徒有關的寓言神話全然不可信，但我們卻常忘了這回事，反倒從中加以推斷，認定這些神話素材所講的確有其事。』我要說的是，剛剛提到的『代數學家們』就是布萊恩特書裡的『異教徒』，他們對自家數學領域裡的『寓言神話』相信得很，因此才會將數學公理胡亂擴大推論，把數學公理看成是萬物的眞理。我想，數學家們並不是因爲忘了布萊恩特的警言，才錯把數學公理推演成一切事物的眞理，而完全是因爲腦袋瓜不清不楚，一派糊塗。總之，我要說的是，我還沒遇過什麼推理能力一等一的數學家，在我的想法裡，他們不過是懂些等根運算的事情罷了。而且這類數學家，說有多固執就有多固執，舉例來說，他們一定會理所當然、毫不遲疑地堅信以下這項運算式，所得出的結果——『$X^2 + px = q$』如果你想知道這些紳士有多頑固、多堅持，你只要故意說，有時候這項運算式很可能會得出以下的結果——『$X^2 + px \neq q$』，一旦他意會了你的意思，很快地（當然，你得比他更快做反應，早一步閃開），他就會出拳，把你一拳揍倒在地，以維護他專業領域的權威與尊嚴。」

杜彭慷慨激昂地說著他對一般數學家的看法，我聽了之後，僅僅微笑，沒有多表示意見。接著，杜彭又把話題拉回案子本身。「前面說了這麼多，只有一個用意，我只是想說明，D大臣若眞的只是個數學家，而不俱備詩人身分的話，那麼以他有限的推理思考能力，是絕不可能逃過局長先生的搜查掌控的。就是因爲D大臣擁有過人的推理能力，考倒了我們的局長，局長先生才落得二話不說，馬上開支票給我的田地。那D大臣的思維究竟該怎麼掌握呢？光是他身兼詩人和數學家兩種身分，就讓我一點也不敢小看此人的聰明才智。此外，我還把自己想成是他，設身處地，想像自己身在D大臣的處境之下，會有什麼樣的思路——『我，可是個膽大妄爲的奸臣，怎麼可能不知道警方辦案手法，我怎麼可能不知道那兩次路上行搶是警方的搜查伎倆，我怎麼可能不知道警方一定會找機會到家裡大肆搜查，既然如此，那我就每晚都不回家，讓警方找個夠。不管警方找了幾回，肯定還是徒勞無功，這樣一定能讓警方以為那封信不在我的住所裡。我知道警方就那一套平庸的辦案思維，所以我絕對不會把信藏在一般人都會藏的地方，而讓他們找到。我也絕對不會把信藏在祕密夾層或凹龕裡，因為我知道警方一定會用盡各種儀器辦法探測出來。所以，我究竟該把信藏哪裡好呢？我想我得簡化這一切，警方愈是用複雜想法、精密儀器來搜查，我就愈要反其道，用最簡單的作法，欲擒故縱，騙過他們。正所謂愈危險的地方，就是愈安全的地方。』我想你應該記得，局長先生頭一次來訪的時候，一剛開始我就告訴他──『或許，就是因為這件事情的本質太簡單，簡直不證自明，才會讓你們這麼困擾。』但沒想到局長先生完全不懂我的意思，還以為我在故弄玄虛，狂笑了好一陣。」

「是啊，我記得。」我立刻回應，「我記得他當時實在笑得很誇張，我還以為他會笑到抽搐休克呢！」

杜彭繼續往下說明案子的本質：「說到這個案子的本質，讓我又另外想到一些說法，可向你解釋『本質』的意義何在。我想說的是，眞實世界與虛擬世界並非完全平行、不相干，它們之間其實有很多相似之處，能互相為師。不管是一個案子的本質，或是一件事情的本質，很多時候，它們的本質都被一些表面辭令所掩蓋，不管是暗喻或明喻手法，通通都是為了美化事物，也因此便形成了某些似是而非的觀點或偽裝，以混淆視聽、模糊本質。那究竟該如何探尋事物的本質呢？我們可從『慣性定律』著手，因為它不僅實際（運動的物理性），也夠虛幻、形而上（觀念上的哲學性），正好可同時說明『本質』在眞實與虛擬世界中各自的景況。先說慣性定律的物理性，我們若想移動一個體積龐大的物體，一定比移動體積較小的物體，在行動上困難許多，而且也會比較花力氣。再說慣性定律的哲學性，聰明才智高人一等的人，在決定要做一件事之後，一定會比才智較爲遜色的人，顯得更深思熟慮且不輕易放棄，也不會輕舉妄動，甚至在行動之初，還會顯得有些笨拙、猶豫不決。對了，不知道你有沒有注意過街上商家的招牌？什麼樣的招牌最能吸引你注意？」

「哪一種商家招牌最顯眼，這種事我倒沒想過。」我想了一想，之後說。

杜彭又舉一例說明案子的本質：「先聽聽這個吧！有一種猜謎遊戲叫做地圖猜謎，玩家們面前有一張花花綠綠、複雜不已的地圖，玩法是：看著地圖，找出一個詞彙，請對方找出這個字詞位在地圖上的何處，這個詞彙可以是城鎮、河流、州或帝國名稱，各種字詞都行。若有玩家是新手，那麼他通常會故意選些字體印得很小的詞彙，讓對手得睜大眼睛找，想考倒對手；但玩家若是老手，則多半會選些字體很大的詞彙，而且詞彙與詞彙之間串連起來，幾乎可形成一直線，從地圖這端延伸到那端。重點來了，老手玩家都選些什麼樣的詞彙來考新手玩家呢？他們大都選些街上的招牌廣告字眼、告示牌上的字詞，這些字詞的字體印得很大、很明顯，但就是因爲太明顯了，反而會讓新手玩家視而不見，找不到這些字。玩地圖猜謎時，新手經常對那些攤在眼前的大型招牌字體視而不見，這種肉眼上的疏忽其實與心智上的主觀疏忽道理相同，若某些事情的線索似乎太過明顯、簡單，反而會讓聰明人毫不放在心上，而予以忽略，並認爲事情肯定會再複雜點，沒那麼簡單，這種心態就是聰明反被聰明誤。」

「說了這麼多，我只是想藉慣性定律和地圖猜謎這兩個例子，來或多或少解釋這個案子的本質，解釋局長先生看待這件案子的心態。也就是說，局長先生沒弄懂D大臣善於偽裝、深思熟慮的本質，也沒搞懂案子的簡單、明顯本質。我想，他可能從來沒想過，其實這封失竊的信就藏在他自己的『鼻子』底下，這其實是個看來冒險、一蹴可及，但卻是最安全的地方。此話怎講呢？因為每個人無論如何順著自己的視線往鼻子下方看，肯定是看不見任何東西的。因此，我的意思是，D大臣肯定會把信藏在最明顯的地方，他可是算準了警方（包括局長先生在內），肯定會犯視而不見的主觀毛病。」

杜彭分析D大臣藏信的手法：「不過，我愈是想像D大臣那超乎常人的聰明才智、膽大妄為、一派輕鬆瀟灑的性格，就愈認為他藏信的手法一定很絕頂聰明，肯定會跌破眾人眼鏡。我想，他可能根本沒想過要把信藏起來，他的思考肯定跳脫了『藏匿→被找到』的層次。他之所以不藏信，一方面是為了能隨手可得地拿到信，以方便進行利用；另一方面是，他相信警方絕對想不到這一點，於是就把信隨意放在一個警方思維裡不可能藏信的地點，這樣一來，警方自然不會想對該地點進行搜查。」

杜彭接著說明拜訪D大臣的經過：「有了這些想法後，我立即準備了一副綠色鏡片眼鏡，並且在某個美好的早晨，突然前往D大臣的住所拜訪。結果，D大臣不僅在家，而且還一如往常地打呵欠、懶洋洋應門，並故意佯裝出一副窮極無聊、無所事事的模樣。但我相信，這些都是D大臣的偽裝，在人前，他藉著裝傻、漫不經心，不想讓人識破、看穿他；在人後，他肯定是一個充滿活力，再聰明機警不過的人。」

杜彭繼續描述與D大臣的互動：「看見D大臣裝傻，我也故意裝傻，我故意說些連日來眼睛不舒服，因而不得不戴上眼鏡之類的抱怨話。然而，綠色鏡片就是我的偽裝，表面上我熱烈開心地談天說話，但我那綠色鏡片下的雙眼，則小心翼翼、徹底察看著周遭。」

杜彭說明他在D大臣家的發現：「我特別注意到D大臣身旁那張書桌，上頭堆了各式各樣的信件和文件，還有幾把樂器與一些書。我從容觀察了好一會兒，不過沒發現任何可疑物件。」

杜彭繼續描述他的發現，「之後，我又把目光掃向房間別處，最後，我將目光停在一個俗麗的卡片分類紙盒架上。紙盒架懸掛在半空中，盒子上頭綁了一條藍色絲帶，藍絲帶很髒，筆直地掛在壁爐正下方一處黃銅把手上。紙盒架劃分成三、四個小隔間，其間隨意放置了五、六張名片，以及一封信。那封信看起來髒髒縐縐，一點也不重要，而且還從中間被撕破，差點破成兩半；但信件主人可能又想到，還是先把信留著好了，於是改變主意留下了信，沒把信完全撕碎、丟掉。信上蓋了一個大大的黑色印記，上頭的首字母D花押圖案，看起來非常明顯；另外，收信人寫著D大臣的名字，字跡非常纖細，像是女人寫的。這封信被胡亂擠在紙盒架的最上面，看起來簡直無足輕重、一點也不重要。」

杜彭描述他發現的信：「我瞥了一眼這封信，馬上確定這就是我要找的信。是的，從信件的形式看來，這封信的確和局長先生先前向我們描述的特徵，相差了十萬八千里——這封信的印記是大大的黑色印記，上頭是首字母D的花押圖案；而局長說的是『小小的紅色印記，上頭是S家族的公爵徽章』。這封信的收信人寫著D大臣的名字，字跡非常纖細，是女人的筆跡；而局長是說『收信人爲某位皇宮中的大人物，字跡非常剛硬、粗線條』。看來，只有信件的尺寸和局長先生說的相符，但不管如何，這封信都和局長先生所形容的細節相距甚遠。而且，這封信爲何看起來又髒又縐，且被胡亂塞在紙盒架裡？D大臣是個凡事有條不紊的人，他不太可能如此處理信件，從種種跡象看來，他好像故意營造一種觀感，讓人感覺這封信一點也不重要。然而，對於一個疑心病重的人來說，這封信是很啓人疑竇的。」

杜彭說明他發現信之後的作法：「爲了能仔細查看這封信，我於是故意投其所好，說些D大臣很感興趣的話題，以延長我們的談話時間。我儘可能把這封信的各種外觀特徵都記在腦海裡，甚至還另外發現了一些新線索，這些線索解除了我心中小小的疑惑。是什麼樣的新線索呢？我仔細觀察這封信的邊緣，發現信紙磨損狀況很異常，這信紙的材質應當很堅硬才是，但會磨損成這樣，一定是被反覆摺疊了好幾次，反過來摺、沿著原本的摺痕再摺，才可能造成這種磨損。我的新發現至此已經再清楚不過，這封信一定像只手套那樣，被翻轉到背面處理，重新寫上收信人的姓名，重新蓋上封印。之後，待我向D大臣問候過日安，便馬上離開；離開前，我還故意在桌上留下一只黃金鼻煙盒。」

杜彭說明再一次前往拜訪D大臣的事，「隔天早上，我假藉要取回前一天忘了拿的鼻煙盒，又前往D大臣的住處拜訪。我們又熱烈聊起前一天未完的話題。突然間，窗外傳來了很大的爆炸聲，像是槍聲之類的聲音，接著，又傳來一連串驚叫聲，還有一群人的叫喊聲。D大臣於是衝到窗邊，推開窗框，往外看看究竟發生了什麼事，於此同時，我趕緊三步併兩步走到壁爐下的紙盒架，把那封又髒又縐的信放進我的口袋裡，再於原位放上一封外觀幾可亂眞的假信。那封假信是我前一天就準備好的；首字母D的花押圖案，其實很好模仿，那是我用麵包刻壓出來的。」

杜彭描述著窗外的暴動：「原來街上的騷動是一名持槍男子所爲。他發了狂似地朝路上的婦人、小孩射擊。不過，事後證實，該名男子的槍裝的不是眞正的子彈，而此人也被當做瘋子或醉漢，遭押解離開。男子一離開，D大臣也隨即離開了窗邊，至於我當時在做些什麼呢？我一直待在D大臣身邊，觀看窗外的這場騷動。騷動結束後，很快地，我也向D大臣告別離開。至於街上那個發瘋的持槍男子，則是我花錢找人假扮的。」

「不過，你爲什麼不直接在第一次拜訪D大臣的時候，」我不解地問杜彭，「就把信偷走？這樣你就不用大費周章製作一封假信，冒險做替換。」

「你要知道，D大臣這個人什麼事都做得出來，」杜彭回答我的疑慮，「而且他身邊也不乏狠角色型的隨扈。倘若我眞的照你所說的去做，我大概無法活著走出D大臣的家門，這樣一來，可愛的巴黎人民就再也聽不到『杜彭神探』的英勇事蹟了。哈！不過，除了前面這些原因，事實上，我之所以用假信替換眞信，還有別的目的。我想，你應該很清楚我的政治立場，不過，在這個案子裡，我可是站在信遭偷竊的『女大人物』這一邊。過去一年半以來，D大臣一直以這封信要脅大人物，他完完全全掌控了大人物，行了許多不法政治目的與利益；但現在，這封信回到主人身上了，大人物將可再度掌控局勢、掌控D大臣，D大臣到現在都還不知道信被調包，因此，接下來，他如果又想以手上的信勒索要脅大人物，那大人物就可光明正大揭發他的惡行，D大臣的政治生涯也將馬上垮臺。不過，D大臣若眞的垮臺了，我可是一點也不同情可憐他，他雖然聰穎過人，但卻是個不折不扣的壞胚子，毫不講原則、毫無道義。我承認，我之所以用假信替換眞信，還有另一個目的，那就是，我還眞想看看，一旦他要脅大人物不成，想使出最後手段、拿信當把柄，然後，當他一打開信，看到裡面的內容，會有什麼表情。哈！哈！哈！」

「此話怎講？難道你在信裡還寫了什麼別的不成？」我好奇地問。

「呃，如果信裡沒寫任何字，」杜彭好整以暇地回答，「恐怕太污辱人了。有一次在維也納，D大臣冒犯了我，我當時還很有風度地說：『你對我做的事，我會永遠記得的。』所以，此時不報仇，更待何時呢？而且，信被人調包了，他一定會很好奇，究竟是誰有這般聰明才智，竟比他技高一籌，我想，總不好讓他垮臺垮得莫名其妙，完全不知道是誰將他一軍吧！因此，我在信裡寫了幾句話，給他一點思考線索，更何況他也認得我的筆跡，我想，他會知道是誰寫的。」

我寫給他的話，摘錄自克來畢雍一齣有關復仇的劇作《阿特流》。信上是這麼寫的：

一項毀滅性復仇計畫所帶來的後果，對阿特瑞斯來說或許未必值得，但對希斯特斯而言卻已足夠。

9 情約 THE ASSIGNATION

請在那兒等著我，我一定會到幽谷與妳相會。

契切斯特主教亨利・金，爲妻所寫之送葬文

你，總是活在活躍無邊、光燦非常的冥想之中；你，總是不惜用全副生命撲向青春的烈焰，活得精采，毫無保留；你，一個不幸的謎樣般男子啊！唉，我又再次想起了你，你的舉止、你的形貌全都歷歷在目，然而，不，你不該變成現在這樣，你不該待在幽冷淒清的死亡蔭谷裡。你應該好好待在家鄉威尼斯，那個朦朧美好的水都、眾神寵愛的海角樂園，將你的生命浪擲於壯闊無邊的冥想思索裡；你應該好好待在滿盈智慧光輝、充滿靈妙之美的宅邸裡，從開闊大窗往下臨眺，以鬱鬱哲思望穿靜默的河水……是的，沒錯，這才是你該過的生活。無疑地，這世上有許多沉思默想的形式，有人以見解獨到取勝，有人以思考推理見長，那麼，人們又爲何要質疑你、責備你，說你鎮日耽溺於幻想、不切實際、頹廢度日呢？人們實在不知道你的思想有多繁盛，你的靈感有多源源不絕，你的腦袋有多鮮活！

那一次，在威尼斯的嘆息橋下，是我和故事中的男子第三或第四次相遇。當時的細節，我的記憶已有點模糊，記得不甚清楚。但我永遠記得，那個更深夜重的午夜時分、那座嘆息橋、那個美麗的少婦，還有那個跳進窄窄運河、上上下下到處梭巡的大情聖。

那個夜晚，夜色不尋常的漆黑。廣場上的大鐘剛敲響夜晚十一點的報時聲。鐘樓廣場一片死寂，老公爵大宅裡的燈光就要一一熄滅。我離開市集廣場，準備取道大運河返家。但當我乘貢多拉來到聖馬可運河河口的另一邊，突然聽見深幽處傳來一陣女子尖叫聲，聲音瘋狂而猛烈，相當歇斯底里，而且持續了好一陣，淒聲劃破了寂靜的夜晚。我被這尖叫聲嚇得整個人彈了起來，我的船夫也嚇得把手中的長槳滑落了。夜色太黑，我們找不回船槳，只好任由水流將我們從大運河帶進了小運河；這艘黑色貢多拉，就像一隻在夜裡晃蕩的黑羽大兀鷹，我們任流水緩漂，漂往嘆息橋的方向。與此同時，我也看見公爵大宅的窗戶竟映射出熊熊火光，接著，上千個人手持火把從大宅拾級而下，將黑夜照亮得有如白晝一般。

原來是公爵大宅裡有個孩子不幸從母親的臂彎滑落，掉出府宅窗戶，落進運河裡；那扇窗所在位置極高，運河的水既黑又混濁，就這樣不假顏色地呑沒了那孩子。河水渾黑，運河上唯一可見的就是我搭乘的這艘貢多拉，然而，大宅裡多名勇敢的泳夫仍跳進水裡，在水面附近尋找那尊貴的小寶貝，可是，一連串的搜索竟歸無功，唉，看來孩子已沉入水底了。此時，有個人站在公爵大宅入口處不遠的寬闊石板上，那裡離運河只有幾步遠；那副身影，任誰瞥上一眼，必將永生難忘。那個人，就是瑪丘莎．愛芙羅黛蒂，她是世上最美豔動人的女人，威尼斯眾生無不為之傾倒；然而，她同時也是猾獪老公爵曼托尼的年輕妻子，更是那落水孩子的母親。那孩子是公爵夫人唯一的孩子，但如今，那可憐的尊貴小寶貝已沉入漆黑的水中，用盡全力掙扎著，小娃兒可憐地想要媽媽抱抱，痛苦哭喊地叫媽媽。

公爵夫人獨自一人站在黑色的大理石板上，她打著赤腳，但那雙小腳在光潔烏亮的大理石映照下，閃爍著銀光。即使夜已深，她的髮式仍保持得極為整齊講究，頭上的髮辮一圈圈纏繞並盤附著，鑲綴了許多小鑽石，其秀緻鬈曲的模樣，活像朵嬌巧的風信子花。她身上只穿了一件雪白的薄紗打摺長衫，更顯出身軀之纖細嬌弱；然而，這仲夏之夜是如此窒熱，悶不透風，空氣是凝止的，就連公爵夫人身上的長衫褶子也未見風拂稍動，這位悲傷焦急的母親就像座立於大理石上的雕像，一動也不動。但奇怪的是，她那雙又大又明亮的眼睛卻沒盯著運河看，反倒望向截然不同的地方！從她的目光方向判斷，我想，她應該是往全威尼斯最雄偉的建築物看去，那棟建築物的前身是古共和時期監獄，座落在公爵大宅的對面，兩幢建築物之間隔著一座嘆息橋。但她究竟為何在孩兒落水、性命垂危的此刻，盯著那棟古監獄看呢？我看到那棟建築物的確有個凹龕囚房正對著公爵夫人的房間，但此時，那裡可是一片漆黑啊，有什麼值得特別注意的事物嗎？是它漆黑的陰影，還是它的建築樣式，或是它那布滿藤蔓的飛簷？公爵夫人應該早就看過不下千次了吧！哎呀，我眞是一派胡說八道，夫人當然看見過那凹龕囚房，但在此愛子落水、凶多吉少的悲痛當下，公爵夫人或許是為了保持鎭定，而將她那雙心煩意亂的悲傷眼眸落向別處，以轉移注意力，避免悲傷過度。

另外，還有一個著正式服裝的人，他站得離公爵夫人好幾步遠，就站在嘆息橋的橋拱下方；他正是貪酒好色的老公爵曼托尼本人。曼托尼站在那兒，偶爾撥弄手上的吉他，偶爾漫不經心地給些救援指示，看起來一派窮極無聊的沒事人模樣，對孩子落水一事，似乎並不太焦急關心。而我呢，則是先前被公爵夫人突如其來的尖叫聲嚇壞了，到現在還全身僵硬地站在貢多拉上；我想，看在那些激動慌張的搜救人員眼裡，他們見我一定像見鬼一般，只見我面無血色、四肢僵硬地站在鬼魅般的船上，緩緩地漂流在深夜的運河上。

然而，水中搜救孩子的行動並不順利，許多勇猛精壯的搜救人員都已耗盡體力，但就是找不到孩子，紛紛垂頭喪氣地上岸，沉痛不已。孩子似乎已無生還希望，公爵夫人不禁悲從中來，陷入絕望。就在此時，竟有個黑影從那個正對公爵夫人房間、古監獄雄偉建築的囚房凹龕一閃而過，那人全身罩在黑色斗篷之下，很快地步出漆黑監獄，走到光亮處，步上嘆息橋，稍頓片刻，往下探看，接著，便一股作氣跳進了運河。一會兒後，這名身著斗篷的男子竟奇蹟似的找到了孩子，他抱著奄奄一息的小娃兒上岸，來到公爵夫人身邊；男子渾身濕透，斗篷因而鬆開、滑落至腳邊，此時，眾人才驚訝地發現，這名神祕男子竟是位風度翩翩的年輕男人，而且他就是那個名號響遍全歐洲的大人物。

神祕男子救了孩子上岸後，一句話也沒說，然而，公爵夫人還來不及接過孩子，好好把他捧在懷裡心疼地抱抱，這尊貴的小寶貝就被人從神祕恩人的手上抱走，之後隨即被悄悄抱進了府宅。於此同時，公爵夫人顫動著美麗的雙唇，盈盈淚水在眼眶中打轉，全身上下難掩激動之情，這尊原本凝止不動的美麗雕像又活了過來。她那雕像般冷白的面容與雙腳，恢復了緋紅血色；她那冰冷凝結的心，又再度跳動了起來；她那嬌弱纖細的身軀輕輕震晃了一下，就像一株高貴的銀色百合花，被輕風吹拂得搖曳生姿、楚楚動人。

然而，我應該沒看錯才對，公爵夫人的臉上竟閃現一抹潮紅，有誰能告訴我箇中原因？莫非她是因爲自己一時情急、擔心孩子的安危，忘了穿上拖鞋、換件可蓋住裸肩的衣裳就下樓，因此感到困窘非常？要不然，還有什麼原因能使她的面容如此潮紅？是因爲她一眼瞥見了神祕男子的迷人雙眼？還是因爲心兒不知爲何，竟無以名狀地快速撲通跳動？或是因爲她的手不自覺顫抖著？還有，不知爲何，當公爵轉身回府之際，突然間，夫人卻顫抖地把手輕壓在神祕男子的手上，然後以非常小的音量向男子告別，匆忙說出一些聽似無意義的話。會不會是因爲河水潺潺，使我無法將夫人說的話聽個眞切？我彷彿聽見公爵夫人這麼說：「我已完完全全被你征服，我們日出後一小時見，沒有什麼事能阻擋我們！」

方才的混亂已然平息，公爵大宅裡的火光也全都熄滅了。然而，那名神祕男子、也就是我不久前才認識的朋友，仍獨自站在剛才上岸的位置，不住激動震晃著身軀，目光則掃看著運河，看看此時還有沒有船可搭。一見此景，我立刻請他與我一同搭船，之後，我們從府宅大門取得了一支船槳，便往我這位朋友的住所划去。這會兒，他已然恢復了沉著自若，並熱切愉快地聊起我們前一次見面時，談到的話題。

在此，我很樂意向各位形容這位神祕男子的形貌，並請容我繼續在本故事中繼續稱他為「神祕男子」，因為對世人而言，他的確是個神祕而不可測的人。他的身高比一般男人略矮，然而，當他心情亢奮時，整個人就會因激動而看起來高挑許多。他的身材較為精瘦，但卻與他的身高體型搭配得剛剛好，這也說明了，他為何能如此迅速地從古監獄衝至運河邊，再輕盈地躍入水中救孩子；此外，他的體型雖然精瘦偏矮，但卻相當果敢有力，某些危險緊急的情況，只要有他就能搞定。他的嘴部、下巴線條相當完美。他的眼型十分渾圓特別，眼神亦狂野亦清亮，某些時候裡，他的眼珠顏色會從原本淡悠悠的褐色，變成明亮的神色。他有著一頭捲捲的黑髮，一旦他撥開前額的頭髮，會發現他的額頭極為寬闊飽滿、白皙明亮。我想，除了古羅馬暴君康莫多斯外，我從沒見過比神祕男子長得更端正的人了。我的意思是，像他這種長相端正、整體感非常勻稱的人，每個人一生中都會見過或認識那麼一個，但一生僅此一次、僅此一個。然而，我並不是說神祕男子臉上有何特殊、異於常人的表情神色，相反地，他的臉龐輪廓雖端正，卻還不到讓人永生難忘的程度，甚至可以說，那是一張使人看過即忘的臉；但某些時候，對於這張一閃即逝的臉龐，我們仍模模糊糊地會有些印象，而且會很努力地回想，自己究竟在何時看過這張臉。雖然神祕男子沒有什麼太特殊的表情神態，但請別誤以為他這個人面無表情、神態冷漠之類的，其實，他和我們所有人一樣，臉上也會掠過七情六慾般的表情，而一旦當下的情緒消失，神情自然恢復平靜、正常。

回到事件發生的當晚，神祕男子後來回到了住所邊、準備上岸時，他再三請求我，堅持要我在幾個小時後、也就是非常非常早的清晨時分，到他家裡去一趟。於是，天才剛亮，我便依約來到他的宅邸，那是一幢陰鬱壯闊的大豪宅，而且就在里奧托橋附近，依臨大運河而立。我循著一座以馬賽克瓷磚鑲綴的偉麗迴旋梯往上爬，之後，便來到了一間房間。才一開門，我就被屋內散射出的刺眼金光給弄得頭暈，滿室金燦豪奢裝潢透出的光芒，簡直弄得我睜不開眼。

我一直都知道我這朋友極富有，但沒想到竟富有到這種程度。傳聞中，他的家產物業龐大得令人咋舌，我還一度斥之爲可笑、不實的誇張說法。然而，如今我親眼見識了這豪奢貴氣、金光閃爍的氣派，就相信我這朋友果然來歷不小，他肯定是皇親國戚之後。

天色已亮，但屋裡仍亮燦燦開著燈。神祕男子的面容十分憔悴，看起來很疲倦，我想，他是一夜未眠。這個房間的設計式樣與裝潢風格，著實令人感到目眩驚嘆。此話怎說呢？因爲它的設計與擺設一點也不協調，完全看不出偏向哪一類型、哪一族或哪一國的風格。屋裡的每一樣擺設都相當有意思，很値得觀看，我一會兒看著詭異的希臘畫作，一會兒又看著羅馬全盛時期的雕像，再不然就是看著古埃及的巨大雕刻。屋內還迴盪著不知名的悲愴樂音，四周富麗的掛毯似乎也隨著音樂輕輕擺動，彷彿加入共鳴。造型怪異的盤旋狀香爐裡，無數泛著綠光和紫光的火舌正張牙舞爪地燃燒著，散發出毫不搭軋的兩種香味，異常刺鼻地飄送在屋子裡。太陽光從一片片猩紅色窗玻璃透射進來，耀眼的陽光在金光閃爍的屋子裡頑皮跳動著，將垂放下來的窗簾映照得銀瀑般震懾動人，最後與室內亮燦的光線混成了一氣，一同在流金般的金黃地毯上打滾。

「哈！哈！哈！——哈！哈！哈！」神祕男子，也就是屋子的主人一邊大笑，一邊示意我在某張椅子坐下，接著，他自己則舒服地躺進了一張沙發椅。而且，他似乎也察覺到我對這屋子懷抱的震懾讚嘆之情，以及不解他以狂笑來迎賓待客的用意，「看得出來，你對這屋子裡的雕像、畫作，以及室內設計、裝潢式樣，感到很吃驚、很陶醉。這裡的奢華氣派嚇壞你了吧？請原諒我剛才笑得那麼用力（他的語氣，聽起來眞的是很誠心道歉），因為你一進到這屋子，就東張西望地探看，整個人簡直看傻了眼，你那模樣實在震驚過了頭，你也表現得太毫不保留、太滑稽了吧！所以我才會狂笑出來，免得悶在心底而被憋死。不過，話又說回來，一個人如果是笑死的，那可是最壯烈的一種死法，英國那個傑出優秀的湯瑪斯．摩爾爵士就是笑死的，你記得吧？還有那個拉維斯．泰克特的《荒誕集》一書裡頭，不也有許多角色的下場都是壯烈地笑死？另外，你知道嗎，斯巴達的西邊有座城堡，當然那城堡早已成了斷垣殘墟，然而，那裡卻有一塊殘缺的雕像底座，上頭所雕刻的『笑神』字樣仍清晰可辨。想想看，斯巴達境內有多少供奉著各式神祇的神殿聖壇，但唯獨這『笑神』的聖壇檯座得倖免於難，可見『笑』之於我們的生活有多重要。好了、好了，我不應該再取笑、挖苦你了。其實，我也有這個把握，相信這間屋子肯定是全歐洲最豪貴奢華、最壯麗氣派、最品味不凡的傑作。其實，這棟房子裡其他房間的設計與擺設，都與這間截然不同，它們的特色，頂多只稱得上高級，但高級得很空洞無味！所以我相信，一旦其他貴族見了我這房間也會愛不釋手，之後肯定會一窩蜂灑下重金、全力仿效；但如此一來，我辛辛苦苦設計、打造的原創性不就全沒了，而且不就等於褻瀆毀壞了我自己的靈思構想。因此，打從我一造好這房間，便用心竭力地低調保有隱私，除了我自己和奴僕外，可從沒有外人到過這裡。你可是第一、也是唯一一個受邀進入的訪客呢！」

我向屋子主人深深一鞠躬，以表達我的榮幸之意。但我爲何不用口語表達呢？總的來說，我眞的從進門到現在，都還陷在震驚、瞠目結舌的情緒裡，這房子之金光閃爍，香氣氛圍之怪異，放送音樂之詭異悲切，主人說話神態之古怪……這一切，都使我懾服，我眞怕我一開口，除了說句「榮幸之至」外，還會不由得話匣子大開，再多說些恭維讚嘆的話，讓我自己露出更多餡，活像個土包子！

神祕男子站起身來，把手往我肩上搭，帶著我參觀房間。「我這裡收藏的畫作，從古希臘、文藝復興時期，到當代作品都有。你也看到了，我鑑賞繪畫的眼光和一般收藏者的品味很不一樣，不過，我想這些畫作與房間裡懸掛的掛毯，調性很相配，可不是嗎？此外，我這裡還收藏了很多沒沒無聞的傑出畫作，甚至還有些不知名的、未完成的畫作草稿，儘管它們的創作者在當代很有名，但畫家死後，那些素以鑑賞洞察力著稱的學院派學者，並未善加考據研究，沒讓這些傑出畫家在史上留名，也讓我傷腦筋查證了好久。對了，你覺得這幅《聖母慟子圖》如何？」

「這是雷尼的眞跡吧！」我仔細查看著這幅超凡入聖的畫作，興奮地驚呼，「沒錯，這就是雷尼的眞跡！我的老天啊，你是怎麼找到這幅畫的？這幅畫的地位，就等於是雕塑界的維納斯女神像啊！」

「你說的可是美麗的維納斯女神？」神祕男子想了一會兒，說道，「金髮、小頭的那一位？

哈，我知道維納斯女神雕像是義大利望族麥迪奇的收藏，不過，你知道嗎，那座雕像的左手局部和整隻右手，全都修復過呢！（此時，神祕男子刻意壓低了音量說話。）在我看來，維納斯那遮胸的右手，簡直極盡挑弄情慾之能事，不過那顯然是這個充滿做作、炫耀性的作品裡，最經典的部位；可惜啊可惜，最重要、最具藝術性的部位竟然經過修復。說眞的，比起維納斯，我倒還比較想擁有卡諾瓦仿古雕塑的阿波羅神像；哎呀，我眞是個固執盲目的傻蛋，即使作品中的阿波羅神態是那麼自傲無比，但眞要我在維納斯和阿波羅之間做選擇，我還是會選阿波羅。然而，我想我最最喜歡的還是古羅馬美男子、羅馬皇帝哈德良的年輕愛人——安提紐的雕像。請原諒我的三心二意和貪心，請讓我說說我的想法。蘇格拉底曾提到，安提紐的雕像是直接被刻在一塊大理石裡頭的，可見這個作品的創作理念相當樸實，並不想刻意細工雕琢、矯揉造作。米開朗基羅也曾以詩文闡述過類似的創作理念，他說：『一個好的創作者，不會老想著要在一塊完整的大理石上，加工刻畫不必要的輪廓。』」

讀到這裡，相信各位讀者應該對這位神祕男子詭異特別的氣質，多少有些了解，因此，我想我應該對他的這份特殊氣質多加著墨。在我眼裡，他是個眞正的紳士、眞正的性情中人，然而，像他這種氣質特殊的人，行爲舉措或許與一般人看起來幾乎無異，因此，人們並無法從表面上觀察到這類人的不凡之處。而且，藉著此次受邀到他家裡參觀，我才更確定他無論是在心智思考或性格個性上都極爲特殊，而且與眾不同。他和一般人的不同之處在於，他的腦袋總是不停地全方位思考打轉，不管事情有多麼瑣碎、微不足道，不管他是不是在打趣開玩笑，他無時無刻都能藉著當下的各種活動，找到思考的興奮與快樂。我想這樣形容他應該還算貞切、傳神吧！

面對這樣一個無時無刻都在進行思維活動的人，我不禁對他愈來愈感興趣，因而便持續在那段難得共處的清晨時光裡，聽他談些不重要、但卻挺有意思的話題，還試著從他說話時或輕鬆或正經的語氣，更深入觀察他。無疑地，他說話時的神態很緊張、很焦慮、很容易激動，他說的話、表現出來的舉動都有某種程度的神經質。我實在無法理解他為何會如此，甚至，我有時候還會被他的模樣嚇到，又是恐慌、又是擔憂的。他還常說話說到一半便停下來，一副剛剛什麼事都沒發生、並且不打算繼續把話說完的樣子；接著，他會表現出凝神傾聽的模樣，感覺上好像在期待我說些什麼，又或者他根本就是在傾聽自己腦袋裡、心裡發出的聲音。

有一次，他說話說到一半又神遊太虛去了，我於是就近拿起一本書來翻翻，那是詩人學者波力提安的傑作《奧菲歐》，也是義大利第一部悲劇劇本。書上有個段落特別用鉛筆畫了線做記號，無疑地，那正是最著名、最感人肺腑的一段，即便內容有點淫猥、不道德，但男人讀之肯定感覺新奇刺激，女人品之無不為之深深嘆息；說得精確一點，那個段落正是第三幕快結束前的某一段。那個段落所在的書頁濕濕的，涕淚痕跡還未全乾，右邊對頁則寫了好幾行英文字，筆跡不太像我朋友的，因為他的筆跡頗特別，但我仔細觀察了一會兒後，發現應該是他的筆跡沒錯。那幾行英文字是這麼寫的：

我的愛，妳是我的一切，

爲了愛，我日漸消瘦憔悴，
我的愛，妳是藍色汪洋中的綠島，
一泓清泉和一座聖壇，
精靈般的果實與花朵四處遍布，
而幻夢之花全都歸我。

啊，歡快鮮明的夢境，難永續！
啊，星星般閃爍的希望升起，
但終究仍爲烏雲遮蔽！
未來的聲音在召喚，要我——「繼續前行，向前看！」
但靈魂卻一直在過去的幽暗深淵盤桓不前，
我沉默，我動也不動，我憂怕！

唉，我深深感到悲痛。
生命的光輝已然熄滅。
「已不再——已不再——已不再！」
（此表達蘊含的絕望之情，就連壯闊莊嚴的海洋，也因之動容，凝駐沙岸。）

遭逢雷擊的樹已無法起死回生，
身受重傷的鷹已無法振翅高飛！

如今，我分分秒秒都在神遊恍惚，
夜晚的夢境裡，
我總是追隨妳憂鬱的目光，
我總是追隨妳的腳步——
在義大利的河流邊，
妳步履纖纖，宛若輕舞。

唉，那該死的一刻，
他們帶妳橫渡重洋巨濤，
遠離愛人，投入封爵老賊的懷抱，
躺上邪惡不潔的枕頭，
遠離了我，遠離了我們的霧都，
獨剩銀柳悲淚流！

以我過去對神祕男子的了解，我所知道的是，他應該對「英語」這個語言不是很熟悉，因此，看到這些用漂亮英語洋洋灑灑寫出的句子，著實令我有點吃驚。他的學問淵博、才華洋溢，他喜歡深藏不露、然後出其不意地使人大吃一驚。這些事我是知道的，也因此，即使發現他其實很擅長使用英語，也不至於太使人吃驚；我得承認，眞正讓我訝異的是另一件事，那就是，這些文句竟是在「倫敦」寫成的。文末，他在落款時，原本寫了「倫敦記感云云爾」之類的字眼，但後來又刻意畫上濃濃密密的註銷線條，不想被人發現，但無論如何，還是被眼尖的我識破了。然而，爲何我對「倫敦」這個地名反應如此之大？那是因爲，前一天深夜，公爵府裡發生了孩子意外落水事件，後來，與神祕男子在搭船離開的途中，我還特別問起，他與公爵夫人以前是否在倫敦就認識了（因爲，公爵夫人結婚前住在倫敦），但如果我沒記錯或聽錯的話，他的回答是他從未去過英國倫敦。不過，或許我應該特別說明，那就是我不止一次聽說神祕男子其實是個英國人，而且是在英國受過教育（當然，我是不會相信這些荒謬傳聞的）。

「來來來，」神祕男子回過神，但他並沒注意到我手上拿著那本悲劇劇本，「這裡還有一幅你沒見過的畫。」一說完，他便掀起一塊布，一幅很特別的畫露臉了。說來眞巧，剛剛我趁他神遊時，才正想到他和倫敦、和公爵夫人的關係，眼前竟然就出現了一幅公爵夫人的全身畫像。

這幅畫像簡直太完美了，它把公爵夫人超凡脫俗的美貌，刻畫描繪得唯妙唯肖，而且無法再多一分、減一毫。前一晚那個站在公爵府宅前大理石階上的美人，這會兒竟栩栩如生地出現在我眼前，一樣的飄逸細緻，一樣的美若天仙。不同的是，畫裡的她臉上是漾滿笑意的，但即使如此，她的笑容裡仍有一股揮之不去的、彷彿天生即有的憂鬱愁思。（這個絕世美人的心底究竟藏著什麼樣的哀愁？）畫裡的她，右手抱在胸前，左手朝下、指向一個款式奇特的花瓶，一隻玲瓏小巧的腳足輕點地面，人像周圍的用色，相當明亮，而且隱約有雙細緻的天使般的翅膀，更顯佳人的絕世脫俗、聖潔純眞。此時，我倏然將目光望向站立一旁的神祕男子，男子身形輪廓之英挺拔萃，委實令我懾服讚嘆，不禁使我聯想到查普曼在《Bussy D'Ambois》悲劇著作裡提到的幾句話：

他是如此昂然英挺，像座古羅馬雕像！
他將會一直這麼站立，
直到死神將他變成眞正的大理石雕像！

接著，神祕男子突然開口，他一邊說，一邊朝著一張鑲嵌了富麗搪瓷琺瑯的大銀桌走去。那張桌子上頭擺了幾個有顏色的高腳杯，以及兩只伊特魯里亞花瓶，花瓶裡斟滿了上等的德國白葡萄酒；花瓶的形狀樣式，則和公爵夫人畫像裡的那一只如出一轍。轉眼，天已亮了一個小時。「來吧，我們來喝酒吧。嗯，現在天才剛亮，時候的確還很早，但管他的，我們來喝一杯吧。」接著，他又陷入自己的思緒，之後終於開口，就像小天使拿著沉重金槌，敲出日出後的第一記悶響那樣，「我們來倒杯酒，向遠方神聖的太陽致敬。屋內的燈光再閃耀、香氣再濃重，都無法阻止白日的降臨、萬能太陽的照射。我們注定要臣服於祂。」他一邊說，一邊和我對碰酒杯、表示敬意，便將酒杯裡的酒一飲而盡，接著又陸續喝下好幾杯酒。

「沉醉在幻想沉思裡，」神祕男子以古怪詭異的口吻繼續說著，他拿起其中一只伊特魯里亞花瓶湊近焚香香爐，「就是我生活的全部。如你所見，我的確爲自己打造了一個幻想之屋，而且就蓋在浪漫的、充滿藝術氣息的威尼斯市中心，你想，還有比這裡更適合建造夢幻屋的地方嗎？沒有錯，在這間屋子裡，你所看到、感受到的氛圍，都是藝術品混搭的結果。像是樸素純潔的愛奧尼亞風格似乎被遠古時期藝術品的光芒給遮掩、冒犯了，而古埃及的獅身人面像竟誇張地立在金黃地毯上……我知道，對那些作風較保守謹愼的人而言，這種藝術品裝飾風格簡直不協調到了極點。但，人們究竟又爲何老是認爲藝術品的收藏與陳設，一定得有時空上的協調對應呢？一般人的心中肯定有某種精靈鬼怪在作祟，思維想法才會老是這麼死板拘泥，沒辦法將藝術眼光拉抬得更高、更壯闊。不瞞你說，我也曾經經歷過一般人這種綁手綁腳欣賞藝術的階段，我總覺得那個時期的自己，心靈很僵化，簡直俗氣無味。現在你眼前的這一切，總算表現出眞正的我，展現了我眞正的想法和喜好；這些藝術品，個個代表我的心心緒緒，我們互相成就了彼此。就拿這些阿拉伯風情的焚香香爐來說好了，散發香氣的火舌在裡頭跳動著，我的心靈也隨之扭動，這種景致總是使我感到很興奮，引領我進入無比眞實的幻夢之境，驅使我進入更狂蕩不羈的沉思默想。但如今，我將永遠離開這幻夢之境……」他還沒把話說完就忽然打住，將頭垂到胸前，似乎在聆聽內心的聲音。最後，他抬頭挺胸往上看，並唸出的契切斯特主教寫的這幾句話：

請在那兒等著我，我一定會到幽谷與妳相會。

再下一刻，他已然不勝酒力，整個人躺回了沙發椅。接著，外面的迴旋梯傳來一陣急促的腳步聲，之後便響起急促的敲門聲。我原本期待的是另一位訪客的到來，但沒想到來的卻是老公爵府裡的一名小僕。他結結巴巴、哽咽激動地說：「我家女主人——我家女主人——她服毒自盡了——死了。喔，美麗的——美麗的公爵夫人。」

我聽到這消息，簡直給弄糊塗了，便趕緊跑到沙發椅邊，想叫醒主人，告訴他這件令人吃驚的事。但沒想到，神祕男子竟已全身僵硬、嘴唇發青，幾分鐘前，他的目光還炯炯有神，這會兒卻已呆滯如死灰。我嚇得搖搖晃晃退後了好幾步，撞到那張華麗的銀色吧檯桌，手不小心碰碎了一個高腳杯，我仔細一看，那杯子竟然已完全發黑，那表示他也……此時，我的腦袋似乎閃過這椿駭人事件背後的眞相……

10 瓶中稿

MANUSCRIPT FOUND IN A BOTTLE

一個人若已沒有下一分鐘可活，那麼也就沒有什麼事好隱藏的。

菲力浦・基諾，《Atys》

關於我的國籍和家庭，我想並不需要特別著墨；總歸一句，長年虛擲光陰的結果，使我遠離了我的國家，也因而疏遠了我的家庭。我來自一個家產豐厚、家境優渥的家庭，我接受良好的教育；由於我生性喜歡思考，因而總能將早年勤勉唸書、追求知識的研究心得，有條不紊地爬梳整理。說到學習研究，最使我樂在其中的，莫過於研讀日耳曼道德學家的思想了；不過，請別誤會，我並不是欽佩或懾服於他們熱中雄辯的丰采，眞正讓人引以爲樂的，是我總能用自身堅實嚴謹的思維，看穿他們的虛妄。然而，人們不但不欣賞我那受過思想訓練的腦袋，還批評我的思想很僵化乏味，並認爲我這種「缺乏想像力」的人很可恥，甚至還因爲我對任何事物都抱持「懷疑論」的觀點，而對我很反感。不過，說到信奉懷疑論或懷疑主義，我的確也擔心自己是否太過醉心於物理、自然科學，甚至連那些與科學範疇幾乎搭不上關係的事物現象，也習慣性用理性的科學來解釋，而犯了時下常見「矯枉過正」的毛病。總之，我想我是一個相當實事求是、絕不迷信的人。說了這麼多介紹自己的「前情提要」，或許會讓人覺得我很囉唆，但對於我接下來要寫的這篇故事是絕對必要的。我擔心，如果沒先說明清楚我這個人的人格特質與思考方式，你們看了故事後，恐怕會以為這不過是個瘋狂粗糙的奇想故事，而不相信這是個眞實故事。然而，這的的確確是我個人的眞實經歷，是個一輩子視幻想、白日夢於無物的人，所寫下的眞實故事。

長年在海外旅行漂泊的我，於一八××年，從豐饒富裕、人口稠密的爪哇島港口巴塔維亞出發，搭船前往桑達群島。我以乘客的身分搭船，但不知為何，心頭卻一直感到緊張不安，有股不祥的預感。

我所搭乘的這艘船打造得很漂亮，重達四百噸，孟買製造，木材選用上好的馬拉巴柚木，並以銅釘固定緊栓。上頭除了裝載來自拉加迪伍群島的吸水脫脂棉及油品，還有椰殼纖維、椰子、粗糖，以及幾箱鴉片。不過，這些貨物卻裝載得很隨便，整艘船因而顯得搖搖晃晃的。

我們乘著輕風起航，並接連好幾天都沿著爪哇島東部海岸航行，除了偶爾會遇上幾艘從我們預定目的地桑達群島來的雙桅帆船外，這一路上還眞是乏味得很。

有一天傍晚，我倚靠著船尾欄杆，百無聊賴地望看遠方。突然間，我注意到天邊有一朵很奇特的雲，它孤零零的，顏色又十分特別，這還是船隻啓航後，天空中首次出現的雲彩。我一直盯著這朵雲看。日落時，只見它很快地朝東邊和西邊天空伸展開來，最後，形成一條很窄的蒸氣帶，圍住了地平線，看起來像條長長的淺灘。之後，我很快就注意到月亮呈現出暗紅色澤，而海相也變得很奇特。海水顏色變得異常透明，海底清楚可見，但奇怪的是，測深鉛錘卻告訴我，我們正航行在十五噚（約二十八公尺）深的汪洋中。這會兒，海上的空氣變得炙熱難受，還出現了迴旋狀的熱蒸氣，就像鍛鐵時所冒出的那種熱氣。夜晚降臨了，空氣中絲毫沒有一點輕風或微風，海面平靜得不像話。一旁的燭火和一綹夾在指間的長髮，也完完全全聞風不動。不過，船長並不認爲有何危險跡象，此刻，我們的船隻正往岸邊漂去，他因而下令捲帆，解錨。船長沒安排任何人力守望，船上爲數眾多的馬來籍船員也一個個從容地躺在甲板上。我離開甲板，帶著滿心不祥的預感，步下了船艙。眞的，從種種跡象看來，我們恐怕會遇上一場西蒙熱風，我告訴船長我的憂心，但他不僅一點都不在乎，甚至連句禮貌性的回答都不給，轉身就走。我擔心得睡不著覺，便在午夜時分左右，想再次爬上甲板觀望。但我才剛踩上最後一階艙梯，還來不及爬上甲板，就被一陣巨大的嗡鳴聲嚇壞了，那聲音就像水車高速運轉時所發出的聲響，而且，在我還來不及反應這一切是怎麼回事時，船身中央已開始顫動了起來。下一刻，一陣巨浪泡沫先是將我們拋向船尾，然後又拋向船頭，大浪狂掃著甲板，從船頭到船尾無一倖免。

然而，這道猛烈無比的巨浪，可說是救了我們這艘船。雖然整艘船沒入了海水裡，而且船桅也被海浪吹斷、倒在船舷邊，加重了整艘船的重量，但一分鐘後，笨重的船隻仍浮上了海面，雖然暴風雨仍繼續吹襲，船隻也搖晃傾斜得很厲害，簡直一副快翻船的模樣，但最後還是爭氣地挺了下來。

我究竟是如何奇蹟生還的，我並不知道。我整個人被怒浪衝撞得失神，神志清醒後，才發現自己竟被卡在船尾柱與船舵之間。我費了很大的勁兒才站起身來，昏沉沉地看著四方，回想剛才曾一度被狂吐飛沫的怒海、如山高的巨浪漩渦捲進去，我感到一陣恐怖，這種恐怖景象與感受，實非一般人所能想像。

一會兒後，我聽見那個瑞典籍老伯的聲音，他是在開船之際才登上船的，我用盡全力大聲喊叫，向他示意，他這才搖搖晃晃地走到船尾來。我們很快發現，我倆是這場船難中「唯二」的倖存者。除了我們倆，甲板上所有的人全被掃進了海裡，而由於整艘船一度沒入海水之中，當時在船艙裡睡覺的船長、大副和二副，應該都是在睡夢中罹難。我們盡力為船隻做了一些防護措施，試著想保住這艘船及性命，但就憑我們倆，能做的實在很有限；後來，當我們發現船隻正一點一點地往下沉，心都涼了。想必在暴風雨之初，船隻的錨鍊一定就給吹斷了，要不然我們肯定會翻船沉沒。此刻，整艘船以極為恐怖的高速在海面上行駛著，海浪因而不斷衝撞著船身。船尾處損害得非常嚴重，當然，船隻的其他部位也幾乎被毀損得體無完膚，幸好，上天保佑，船上的抽水幫浦沒堵塞，而用來穩定船隻的壓艙石也沒位移得太嚴重。暴風已不再像先前那般狂放肆虐，最恐怖的威脅已經過去了，但我們仍懷著一絲希望，希望暴風能完全止息下來；我和瑞典籍老伯都很清楚，我倆身心已蒙受如此大的震盪摧折，倘若暴風大雨再不平息，肯定會吞噬我們。但沒想到，我們不但沒立刻被大浪吞沒，反而還苟活了好幾天。在接下來的五天五夜裡，這艘笨重的廢船竟將一陣陣吹襲而來的狂風拋在後頭，反而以不可思議的高速在海上急駛，那陣陣狂風的強度雖不若我們先前遭遇的西蒙熱風，那恐怖的暴風雨氣勢，也是前所未見；此外，我們還費了不少勁兒，從船艙前部的水手艙翻出一些粗糖，幸運地以此維生，撐了五天五夜。頭四天，船隻一直朝東南偏南的方向航行，我想我們是沿著紐西蘭海岸急駛；但到了第五天，風勢一直朝北面，向我們撲打而來，使我們不停地感到寒冷，冷到了極點。我想，這一天之所以這麼冷，與太陽勉強從地平線升起，且升高沒幾度，僅泛著淡黃光澤，虛弱地散發不出光熱有關。天空萬里無雲，但風勢卻不斷增強，反覆不斷地猛烈吹襲著。大約到了中午時分，我們發現太陽產生了變化，變得陰晦無光，光芒彷彿都被偏散了一般；沒入大海之際，在一道不知名力量的作用下，太陽中心點的光芒竟突然熄滅，就像蠟燭被急忙吹熄一般；再下一刻，僅泛著幽暗銀光的太陽，急急落入了萬丈深海。

接下來，我們是應該邁入航行的第六天。但對我而言，這一天卻遲遲未到；對那位與我一起生還的瑞典籍老伯而言，則根本來不及盼到這一天……。因爲打從太陽沉沒落海的那一刻起，黑夜就像穿了黑墨渲染不均的屍衣，包圍、覆蓋住我們，離船隻二十步以外的海面情況，根本無從窺見。儘管海上閃現了我們在熱帶地區常見的燐火，但仍不敵夜幕的深沉，黑夜仍無止盡地包圍著我們。狂風暴雨仍不斷在漆黑的四周咆哮著，但奇怪的是，滔天巨浪卻已不再。我們彷彿陷入了恐怖沉鬱、悶熱烏黑的海上荒漠，迷信般的恐懼害怕便一點一滴攫住瑞典籍老伯，我則安靜地沉醉在此奇景之中。我們心想，最壞的情況也是如此了，因此便棄船於不顧，反而儘可能將自己固定在船隻的後桅殘柱，試圖往更遠的大海看去。我們不知道時間究竟過了多久，也不知道身在何方，只知道我們正往更南方駛去，往無人到過的極南方向前進；但令人大感意外的是，這一路上，我們竟沒遇上任何擋路或阻礙的冰雹。這會兒，暴風雨已恢復狂捲侵襲的威脅姿態，如山高的巨浪一次又一次急急湧來，眼看就要吞噬我們，我們殘喘地苟存著，多活一分鐘是一分鐘；海浪翻湧之狂暴猛烈，是我一生前所未見，但奇蹟似地，我們沒被大海吞沒。瑞典籍老伯認為，這是因為我們的船載貨不重，且船隻打造得很扎實精良的緣故；但我卻不這麼樂觀地認為，船行速度愈來愈快，只見黑色汪洋無邊無際地困住我們，我不禁絕望而悲鬱地想著，死亡大限不遠了，而且肯定會在一小時內到來。有的時候，巨浪會把我們拋得老高，比信天翁飛得還高，嚇得我們喘不過氣來；有的時候，海浪卻急急將我們捲入海之冥府，那裡十足悶滯、靜悄一片，弄得我們頭暈眼花，還好沒吵醒沉睡中的海怪。

這會兒，我們又被捲入了海流漩渦底部，突然間，瑞典籍老伯發出了一聲尖叫，他的叫聲陰森悚然，劃破了寂靜的深海。他在我耳邊放聲尖叫著：「快看——我的老天爺啊，你快看看！」他一邊說，我也一邊發現有道沉鬱的紅光，透進了漩渦水壁，明明滅滅地映照在我們的甲板上。我順著紅光往上看去，所見景致，頓時凝結了我的全身血液。原來，有艘約四千噸重的巨艦，正盤桓在我們上方相當遠的陡峭水壁邊緣；驚人的是，船隻儘管被海浪拋得很高很高，比它本身的高度還要高上至少百倍，但它的體積看起來仍是那麼龐大，遠超乎當代的戰艦，或來往東印度的貿易船。那艘巨艦的船身顏色暗渾深黑，船身雕刻在深黑色彩的覆蓋下，幾難得見；寬闊的左舷突出了一排黃銅色大砲，由於船艦索具上掛了無數戰鬥提燈，提燈搖擺震晃，燈裡的火光因而將大砲的黃銅色砲身，映照得光亮無比。最讓人感到恐怖震驚的是，它竟只憑一面帆，與狂暴颶風對抗，站立在漩渦的入口。我們第一眼看到船艦時，只看見了船頭，因爲它當時正被恐怖的漩渦緩緩拋起，在那千鈞一髮之際，它渾身凝止在晃動不已的浪頭頂端，似乎在思考著什麼，接著，便顫抖踉蹌地落了下來，掉進了漩渦。

面對這艘龐然大艦的下沉墜落，不知爲何，當下的我竟生出一股沉著自若，我儘可能將身子往船尾縮，無所懼地等待船艦淹沒、傾覆我們。船艦下墜的衝擊力實在太強，使我們的船隻停止掙扎，原本已沒入水中的船頭則整個朝下，沒入了海底，緊附著船尾的我，則被甩得老高，最後竟被猛烈地拋出船外，整個人被晃盪至那艘巨艦的索具上。

我掉到船艦上的時候，船艦正好在起伏擺盪、準備轉向，趁此混亂，我才得以逃過船上人員的注意。我輕巧、不被察覺地走到了主艙口，艙門半開，我發現自己可藏身於此。爲何想將自己藏起來，我也說不出個所以然，或許是因爲我匆匆瞥了船上的人員一眼後，感到某種莫名畏懼，才因而想躲起來吧！驚鴻一瞥，發現船員們帶給我一種很複雜的感受，既新鮮特別，又使人感到擔心遲疑，因而我不放心把自己交出來。於是，我想在主艙裡爲自己弄個藏身處，我試著搬走一小部分的活動木板，將自己藏在粗大的木頭的縫隙間。

我才剛布置好藏身處，就聽到一陣腳步聲，我因而趕緊躲了進去。只見有個人搖搖晃晃地，踩著虛弱的步伐，從我的藏身處前走了過去。我沒看見他的臉，但卻能將他的身形看個大概，這個人年老體衰，他的膝蓋無力，一邊走一邊顫抖。他低聲沙啞地自語著，但他所說的語言我實在聽不懂，接著，他走到一處堆放了特別儀器和壞朽航海圖的角落。這名老人的行爲舉止看起來很暴躁，但又有幾分威嚴尊貴。最後，他爬上了甲板，而我就再也沒見過他。

有種無以名狀的感覺占據了我的心緒，這種感覺似乎不容分析，就連我過去所學的知識、所受的思考訓練也派不上用場，甚至或許未來也不見得有線索能解釋。即使這股詭異、特別、矇昧不清的感覺，並不見得是什麼好事，但這感覺所爲何來，我是一定要弄清楚的。現階段，我只能說，我的內心又多了一種全新的、無以名狀的感受。

算一算，我待在這艘巨型怪船上也好些時日了，我想，我的命運全繫在船上這些怪船員的手上。爲什麼說他們怪呢？因爲每一個船員都沉溺在某種無法理解的冥思默想之中，而且即使我站在他們面前，他們也都視若無睹地走過去，好像我這個人不存在、像空氣似的。看來，當初上船時，我那種緊張地想替自己覓個藏身處的想法，簡直就是蠢到家，因爲這些人根本就看不見我嘛！我才剛剛從大副的眼前經過呢！甚至在不久前，我還冒險進入船長的船艙，從裡頭拿了些書寫用具，試著記錄這趟詭異的旅程。我想，我一定會繼續記錄這趟旅行的所見所感，雖然我恐怕沒機會讓世人知道我身上發生的事，但我還是會繼續努力地寫。等到最後一刻，我就會把這手稿紀錄放在一個瓶子裡，丟進大海，希望這瓶中稿有機會被世人所發現。

之後，發生了一件事，這事兒爲我帶來了新的思索空間。我在想，我之所以會遇上這些怪事，是否有一股不可掌控的機緣力量在運作、操弄著？我曾經冒險踏上了甲板，跳到船艦裡一艘堆放著繩梯和舊帆的小帆船；我一邊待在小船裡思索我奇特的命運，一邊不自覺地拿起焦油刷，就著一張擱在木桶上、摺好的副帆邊角，塗鴨起來。現在，這張副帆正繫在船上，而我當時塗鴉的字眼則被大剌剌撐了開來，我寫的字眼是──「發現」。這陣子，我對這艘船艦進行了許多觀察，我發現，它儘管武裝良好，但應該不是一艘戰艦。從索具、船形和設備看起來，它都不像是一艘戰艦所該擁有的，我想我有了個初步結論，那就是，這艘船絕對不是戰艦，但至於它是一艘什麼樣的船艦，我還不能確定。它的船形和桅座相當特殊，船帆也巨大得誇張，船頭設計相當簡單，船尾設計則很老舊……有時候，我的心頭會對這些式樣和設計閃過某種熟悉感，這種熟悉感揉合了模模糊糊的回憶，一種年代久遠、不復理解的記憶……

我也仔細觀察了這艘船艦所使用的木材。我並不清楚它使用的是什麼樣的木材，但從木材本身的其中一項特點看來，我認為此種木材並不適合用來造船。我的意思是，排除因航海所造成的蟲蛀狀況，以及因年代久遠伴隨而來的腐朽狀況，這木材本身即有許多穿孔。或許，我對這艘船所使用的「木材」似乎顯得太好奇了一點，不過，我猜這些木材應該是西班牙橡木，因為若將西班牙橡木以人為力量處理、使它變膨脹，就會成為我眼前所見的木材形式。

寫到這兒，我不禁聯想起一名荷蘭籍的老航海家所說的一句妙言。每當有人懷疑他的航海冒險與經歷，他總是會這麼說：「這絕對千眞萬確，就像航行於海上的船隻，像水手的身體會變大一樣的眞確、假不了。」……

大約一小時前，我做了一項大膽的舉動，我故意站在一群船員之間，想看看究竟會有什麼結果。結果，他們仍對我視若無睹，就好像我這個人根本不存在似的。他們每個人看起來都很老邁，就像我最初在主艙裡看到的暴躁老人一樣。他們因年老體衰，以致膝蓋不住顫抖；因年紀實在太過老朽，雙肩下垂得非常嚴重；皮膚皺皺的，風一吹，還會發出咯咯聲響；說話聲音很低、很小聲，既顫抖又斷續無力；眼睛爲累積多年的分泌物所覆蓋，因而顯得閃閃發光；灰白的頭髮在暴風雨中，狂亂地飄揚著。船員們所站的甲板四周，則散布著各式各樣典雅至極、早已淘汰不用的精密老儀器。

我先前提過，那張我在上頭塗鴉寫字的副帆，後來已被繫在船桅上，因爲打從那時起，船艦便撐開了每一片帆，以順風航行之姿，迎著狂風猛浪，不畏一個個會將船隻桅帆全打入水中的高聳浪頭，繼續朝正南方前行。風浪實在太大，我發現自己根本站不穩、無法招架，於是離開了甲板，但那些船員們似乎個個身經百戰，繼續穩立甲板上。對我來說，我們這艘體積龐大的船艦竟沒馬上被大海吞沒，簡直就是奇蹟中的奇蹟；看來，我們已注定將永遠航行在世界的邊緣，根本不可能會落入海底深淵。這會兒，如山高的狂風猛浪，每一道都比我所見過的海浪還要猛烈上千倍，但沒想到，我們這艘體積龐大的船艦，竟像隻輕盈如箭矢的海鷗，總能輕巧滑過一個又一個的浪頭。每一道滔天巨浪都像海洋深處冒出的魔鬼，但說穿了它們也只是魔鬼，只許嚇人，但卻不會眞正致人於死。如果眞要我歸納屢次浪裡來、濤裡去的幸運逃脫原因，我想我只能試著用一個原因去解釋，那就是，或許我們每次正好都來到強大海潮或湍急退潮的海流勢力範圍內吧！

我曾經在船長客艙裡與船長照過面，雖然說是「照面」，但一切如我所料，他其實看不見我，意識不到我的存在。對一般人而言，船長的外表或許沒有什麼特殊之處；但對我而言，他渾身上下就是散發出一股令人感到敬畏讚嘆的威儀。他的身高和我差不多，大約是五呎八吋，他的身材強壯結實，但又不至於太孔武有力、粗質無文。他的臉孔散發出一種很特殊、很難以形容的氣質，充滿老年人特有的熱切、驚人與毛骨悚然的感覺。他的額頭沒有什麼皺紋，但仍予人飽經風霜之感；頭髮灰白，像在記錄過往的人生；比頭髮更顯灰白的眼珠，則像能預示未來，看透人世。客艙地板到處散落著以鐵栓緊扣的奇特書籍、壞朽的科學儀器，以及早已淘汰、久經遺忘的航海圖。這會兒，他的頭往下俯，簡直就快垂至手邊，眼神激動不安，盯著一張紙看；那似乎是一張有著君王親手筆跡的委託諭令。他一邊看著諭令，一邊喃喃自語，就像我最初在主艙裡看到的暴躁老人一樣，船長也同樣操著一口外國語言，聲調極低，但卻有些生氣抱怨；奇怪的是，船長雖然就在我的身邊，但他說話聲音小聲且混沌不清，彷彿離我有一英里遠。

這艘船艦的一切，都蒙上了一層古老氣息。船員們個個像千年鬼魂一般，往復滑行梭巡著；他們的眼神既熱切又不安；而當他們在我面前，以手指擋住了索具上戰鬥提燈散發出來的光芒時，我心中便會興起一種前所未有的感覺，那種奇異的感覺是，唉，我這一生都在從事中世紀以前的古董器物買賣生意，走訪過許多遺跡斷廊，憑弔過無數千年幽魂，直到我也把自己變成古蹟的一部分為止。

我看著四周魔鬼般駭人喪膽的風浪，不禁感到羞愧了起來。如果說現在遭逢的狂風巨浪十足嚇人喪膽，那麼先前所遭遇的颶風或西蒙熱風又算得了什麼呢？四周的夜色像墨水一樣濃重，無止盡的深沉永夜，但海面卻絲毫未見白色浪花翻湧，然而，在距離船側兩邊約三英里的海面上，卻隱約可見一幢幢高聳入天的冰山堡壘，像宇宙的邊牆，挺拔矗立著……

我猜想這艘船艦正處於一道洋流中，而洋流正通過白色冰山，以雷霆萬鈞之態向南邊猛衝，猶如高速往下激衝的大瀑布一般。

此刻，我內心的驚恐害怕，實在難以形容，然而，我心中那股想揭開神祕未知謎底的好奇心，似乎凌駕了我的絕望恐懼，使我得以和死亡握手言和，不再那麼懼怕死亡的到來。無疑地，我們現在正往前急衝去，衝向某個令人感到興奮的未知境界，揭露某個注定不該爲人所知的祕密，而一旦獲致這祕密，隨之而來的就是死亡毀滅。或許，這道洋流將把我們帶往南極……我知道這個假設很荒謬可笑，但不是不可能，而且大有可能。

船員們在甲板上顫抖不安地踱步，但他們臉上的表情，則顯露出急切渴望，而非絕望麻木。此時，狂風仍緊跟著我們不放，由於我們張開了所有的船帆，因而船身有時會整個被拋高，離開海面——噢！天啊，這種感覺簡直恐怖到不能再恐怖，我的心臟簡直要掉出來了！冰山一下在左，一下在右，把我們弄得頭暈眼花，我們彷彿身在世界邊緣的一座龐大圓形露天劇場，一圈圈自轉，在劇場邊緣繞著自己打轉。一座座冰山邊牆到處矗立，頂峰高聳，沒入深沉的天際。這下子，再也不容我進一步思索什麼命運了，因爲船艦愈轉，圓周愈小圈，我們被渦流給攫住，被猛烈地吸捲著……海浪轟隆吼著，暴雨怒鳴著，船艦不斷顫抖搖晃，噢！我的老天爺，我們——

被吸進渦流了！

附記：

〈瓶中稿〉一文最初發表於一八三一年，幾年後，我看到麥卡托繪製的地圖，發現他將海洋描繪成由四個入口，急衝進（北）極灣裡，然後被吸進地球內部；此外，麥氏則將極地繪製成一座高聳入天的黑色大岩壁。（埃德加．愛倫．坡）

11 威廉・威爾森

WILLIAM WILSON

該怎麼說明這一切呢？該怎麼說明，道德良心一旦泯滅，內心的惡魔便會阻擋我前行？

威廉・張伯倫，英雄史詩〈Pharronida〉

我就暫且稱自己爲威廉・威爾森吧！接下來要寫的故事，恐怕不容我以眞實姓名稍加玷汙。我是如此惡名昭彰，人們一旦聽到我的眞實姓名，就會一次又一次抱以輕蔑鄙視的神情，投以極度厭惡的眼光。憤怒的風應該早就將我的無雙臭名，散播到世上最偏遠的角落去了吧？噢！我是一個被放逐到世界最邊緣、最被唾棄的人，如此一來，我跟死人有什麼兩樣？噢！我不再屬於人世；名譽不屬於我，芬芳花朵也不屬於我，希望更不屬於我。濃厚陰鬱、無邊無際的烏雲，將永遠把我阻隔在希望與天堂之外。

在此，即使我能將近年來所經歷的不可承受之悲慘、所犯下的不可原諒之罪惡娓娓道來，我也不想。是的，我在這幾年裡，竟然變成一個卑鄙無恥、道德淪喪的人。我究竟爲何會變成這樣？而這正是我筆下要寫的故事。一個人會變壞、變得窮凶惡極，通常是一點一滴轉變，而非一蹴幾成的。然而，就我而言，我卻幾乎是在一瞬間，像脫掉一件遮蓋住身體的斗篷那樣，摒棄了所有的道德良知；我幾乎是在一瞬間，從小奸小惡的使壞行列，跨出好大一步，直接犯下比極惡暴君還要令人髮指的滔天大罪。我究竟是在什麼樣的情況下或事件裡，招惹了邪惡，進而將它帶進我的生命呢？死神的腳步近了，但祂的陰影卻早一步到來，遮蔽了我的心靈。行走在死亡幽谷裡的我，正渴望著人們給予我一點憐憫和同情。如果人們願意相信，我之所以會落到今天這步田地，在某種程度上，是因爲天意不可違的關係，那麼我會感到很高興；我的意思是，我個人小小的力量難敵命運的擺布，因此我只得服從它，如它所願，變成一個十惡不赦的人。如果人們看了我的故事後，願意試著從我罪惡的生命荒漠，找出一小方救贖的綠洲，那麼我會感到很高興的。我希望人們能夠承認（事實上，是不得不承認），人世間存在著各式各樣的誘惑，在我之前，從來沒有人經歷過此等誘惑，不曾經歷，也就更不可能沉淪。此等誘惑，在我之前，從來沒人經歷過，是嗎？那麼，爲何偏偏是我？爲何是我該經歷，該承受苦果？我眞希望這一切是一場夢，這樣我就不用犧牲在這場離奇古怪、惹人嫌惡的人間幻夢底下，眼睜睜看著我的生命逝去。

我來自一個愛幻想、易亢奮性格的家庭，不，應該說是家族；這種性格特點，早已成爲我們家族的正字標記。也因此，我從很小的時候，便開始展露出「愛幻想、易亢奮」的家族遺傳性格。隨著年歲漸長，我這種個性也愈演愈烈，不僅我的朋友替我感到不安，就連我自己也被搞得吃足苦頭。我很固執任性、個性反覆多變，而且完全無法控制自己的脾氣。我的父母也是家族性格遺傳的受害者，他們的性格懦弱、優柔寡斷，不僅無力管教我，也用錯了管教方式，因此他們拿我一點辦法也沒有，只能縱容我無理胡鬧；我——這個邪惡的孩子，打敗父母的管教，大獲全勝。從那時起，我說的話便是家中所有人的「聖旨」，任何人都得聽我的，規矩都由我來訂；像我那個年紀的小孩，幾乎仍會受到大人的管束，但我卻能隨心所欲，成為家裡的小霸王，或說，我根本就是自己的主人。

我對於學校生活的最早記憶，都和一棟龐大、建造無章的伊麗莎白女王時代的建築物有關。那棟建築物位在英格蘭一個多霧的鄉間，小鎮裡有著數不清的大樹，那些樹不僅高大，而且還長滿瘤狀突起；屋舍的樣式也全都很古老，說真的，那還真是個如夢般撫慰人心的老鄉鎮啊！寫到這兒，我似乎又能感受到那林蔭大道拂來的清冽氣息，聞到那數不清的灌木所散發出的香味，聽見那使人感到莫名興奮欣喜的教堂鐘聲。我還記得，那鐘聲是如此低悶，每個小時一響，喚醒了老朽的哥德式塔樓，讓塔樓從沉鬱靜止的沉睡中悠悠轉醒。

每當想起學校生活的一切瑣碎記憶，就令我感到很開心愉快，即使我在之後的日子裡也經歷了許多開心快樂的事情，然而這份單純的、稚嫩的愉悅記憶仍長駐我心，從不曾淡忘。唉！如今的我，已身陷在悲慘與苦痛之中，然而，我應該還是有權利從過往的微不足道記憶中，尋求片刻點滴的心靈慰藉吧！雖然這些記憶既瑣碎且荒謬，但對那個時空下的我而言，卻有著不可思議的重要性；我的意思是，那是我第一次隱約感受到何謂命運的安排，因為打從那時起，我便一直受到命運擺布，活在它的陰影裡。我想，我就來好好回想當時的學校生活吧！

我前面提過，我早年就讀的那所學校，建築式樣相當老舊且雜亂、不對稱。校地很寬廣，四周聳立著堅硬的磚牆，牆壁頂端則砌上了灰泥和碎玻璃。監獄般的校園限制了學生們的活動空間，我們一星期只有三次與外面世界接觸的機會，一次是星期六下午，在兩位助教的帶領下，全體學生得以在鄰近的田野散散步；另外兩次是星期天的早上和傍晚，我們所有人得列隊前往鎮上的教堂作禮拜。主持鎮上那所教堂的牧師，就是我們學校的校長，但每當我坐在教堂長椅上，遠遠看著他慢條斯理地踩著莊嚴的腳步，步上講道壇，我就不禁感到訝異與困惑。我總是忍不住地想，這名神情認眞和藹、長袍光潔飄揚、假髮裝扮大又僵硬的可敬牧師，眞的就是我們學校那個面露凶光、衣著骯髒、手拿教鞭、教授雅典法律的校長先生？噢！他們兩者之間的差異實在太大了，眞是荒謬！

校園四周的磚牆一角，有一道比厚重磚牆戒備還森嚴的大門。大門釘滿鐵栓，上方還裝設了鋸齒狀的尖鐵，給人的印象十足恐怖與敬畏，而這也正是它想達到的效果。這道大門每週只開啓三次，也就是我們到校外活動的那三次，也因此，每當門上的大絞鍊發出咯咯聲響，我們的幼小心靈總會浮上某種神祕至極的感受，對此，我們有說不完的嚴肅話題，想不盡的莊嚴沉想。

學校的校園雖然十分寬廣，但建築樣式極不規則，因而形成了許多隱密地帶，其中最大的三、四處地方，則合而成了學生的操場。操場位在校舍建築物後方，它的地勢很平坦，覆蓋著細細的堅硬碎石，沒種任何樹，也沒擺任何長椅。校舍前方有個小花壇，裡頭種了黃楊木和其他矮小的灌木，然而，我們平常很少有機會來到這個神聖的地方，除非是剛入學或畢業離校時，或是父母、朋友來接我們回家過聖誕節或暑假時，才可能與這個地方有點交集。

至於這棟古怪、典雅，又饒富趣味的校舍建築物本身，在我心裡，可說是一座不折不扣的魔法皇宮。它的格局迂迴彎曲，似有著無限多的小隔間，一眼望去，根本看不到盡頭。而且，我從來都無法清楚說出或猜出，我究竟位在哪一個樓層；每當我要從某房間來到另一間房，不是得往上爬三階，就是該往下走三階。建築物朝橫向發展，有無數小隔間，格局迂迴曲折，對我們而言，這整棟建築物確實給人一種無限延伸、不可捉摸的感覺。我在這兒住了五年，我的同學兼室友約莫有十八至二十名，但我連自己的寢室位在什麼樓層都搞不清楚了，更別說是要我確切說出其他二十間寢室的正確位置。

我們的教室，是整棟建築物最大的一個房間，這間教室占地之大，使我不禁覺得，它說不定是全世界最大的一間教室。它的格局成狹長型，室內高度很低，令人有股窒息感；教室牆壁鑲嵌了好幾扇尖頂的哥德式窗戶，天花板則是橡木材質。此外，建築物遙遠、恐怖的一角，有個八到十英尺見方的正方形房間，那裡是布朗斯比先生，也就是我們的牧師校長白天辦公的「聖壇」；那間辦公「聖壇」建造得很扎實牢固，還加附了一道沉重的門，我們總是希望裡頭沒人，期盼恐怖的牧師校長不在。建築物的另一端，還有兩間類似的正方形房間，這兩間房雖然也令人感到很敬畏，但至少不像牧師校長的聖壇那麼使人感到畏懼；其中一間是教授「古典文學藝術」助教的講壇，另一間則是「英文和數學」助教的講壇。「英文和數學」助教的講壇房間裡，到處雜亂堆放著老舊的黑色書桌和長凳，成堆的舊書本，有的書本上頭不是寫著姓名縮寫或全名，就是塗鴉著古怪的圖案，有的甚至被刀子劃得面目全非；房間的某一角擺了個大水桶，另一角則立了個大時鐘。

我在這所四周皆是高牆圍繞的神聖校園裡，愉快度過了前三年。我天生喜愛沉思幻想，思考冥想就是我快樂的泉源，毋須再外求其他事物找樂趣。因此，即使學校生活看來很沉悶枯燥、千篇一律，但卻是我心智思想感受最強烈亢奮的階段，這個時期的我是最快樂的，遠比我之後享盡人間奢華的年輕時期快樂，也比我那充滿邪惡罪行的成年時期快樂。我想，我的心智發展確實和一般人不太相同，甚至到了極不尋常的誇張程度。一般說來，人們通常記不得很小的時候經歷過什麼事，模糊的記憶、快樂與痛苦，全都成了過往幽影。但我的心智狀況卻非如此，我在童年時期所經歷的一切，就像鏤刻在古錢幣上的文字標記一樣，鮮明的、深刻的、歷久不衰的刻印在我的腦海裡。

當然啦，對一般人而言，學校生活根本沒什麼特別、沒什麼好記得的。我的生活當然也不例外，還不就是——早晨醒來，晚上睡覺，不斷的讀書和朗誦，每週三天的校外活動，在操場上爭吵、玩樂和耍心眼詭計。然而，一旦塵封許久的心靈魔法輕點，當時那些古怪的、有趣的、紛雜的、熱切的、亢奮的、鼓舞的情緒感受，就會紛紛湧上心頭。

我的性格個性如此容易激動亢奮、傲慢跋扈，想當然耳，自然很快就在同儕之間傳了開來，甚至連高年級的學長們，也逐漸知道我這一號人物，並屈服在我的強勢霸道之下。然而，唯獨有一個人不吃我這一套、不買我的帳，這個人是我的同學，而且他還和我同名同姓，不過，別誤會，我們之間根本沒有親戚關係。說到同名同姓這件事，要知道，我雖然出身貴族，但我所承襲的名姓卻很一般，自古以來即有，市井小民取這名姓的人，大有人在。我在這篇故事裡雖然用了「威廉・威爾森」的化名，但這個化名其實與我的眞名十分接近。因此，我要說的是，我的同學之中，就只有這個叫威廉・威爾森的人膽敢在學業、運動方面（還包括了在操場邊的爭吵）挑戰我，不把我說的話當回事，也不順從我的命令，也就是說，威廉・威爾森根本存心與霸道任性、專制獨斷的我過不去。如果說，這世上眞有絕對的專制霸道，那麼肯定只存在於一群青少年同儕之間；總會有那麼一個邪惡叛逆、專橫任性的小霸王，在團體中作威作福，極盡欺壓霸道之能事。

威爾森對我一言一行的反叛違逆、不屑服從，總使我感到很困窘難堪。儘管我總是故意在眾人面前對他虛張聲勢，壓制他的裝腔作勢，但我心裡其實很怕他，而且想到他總是那麼輕鬆自若地還我以顏色，我就不得不在心底暗自佩服他，承認他確實技高一籌；但我也不是省油的燈，既然我無法壓制他，那麼至少可以永遠勢均力敵地相抗衡吧！幸好，我的同學們都像瞎了眼一樣，絲毫沒察覺威爾森使壞心眼的個性其實技高我一籌，這件事，只有我自己知道。的確，他所有與我唱反調的惡性競爭行爲，都是在私底下衝著我來，也難怪沒人知道。不過，我發現他倒不是出於強烈的好勝心或激動亢奮的心情才這麼做，看來他之所以處處與我競爭作對，只出於一個怪原因，那就是他純粹是想挫挫我的鋒芒銳氣，想看我驚訝地說不出話來，想羞辱我一番罷了！然而，很多時候，我卻又發現，他對我的傷害、侮辱與唱反調並非出自惡意，這一點，使我感到很驚訝生氣。他太可笑了吧，即使他眞是懷著惡意衝著我來，我也不怕他，他又何必這麼假惺惺呢？因此，對於威爾森種種怪異、但非惡意的敵對行爲，我只能歸咎出一個原因，那就是，他實在太自負了，他自以爲那種假好心的惺惺作態，對我是一種施恩、一種手下留情。

然而，或許因爲威爾森從沒對我表現出什麼惡意，再加上與我同名同姓，且正好與我唸同一年級，才會使那些高年級的學長們誤以爲我們是兄弟，而且以訛傳訛，從沒向我和威爾森兩方確實求證過。我先前已提過，威爾森和我一點血緣關係也沒有。不過，話說回來，如果我們倆眞的是兄弟，那肯定是對雙胞胎。此話怎說呢？後來離開學校後，我曾在偶然機會裡得知，威爾森的出生年月日是一八一三年一月十九日，天啊，這還眞是不可思議的巧合，因爲，我與他是同年同月同日生呢！

奇怪的是，儘管威爾森與我之間總存在著一種令人不安的競爭感，而且他總是表現出一種令我難以忍受的唱反調姿態，但我從沒眞正恨過他。我們幾乎每天都會爭吵，雖然最後他總是當眾向我認輸，但他的神色態度卻告訴我，他是故意禮讓我、讓我贏的；由於我的好勝心、自尊心很強，再加上他總是顧盼自若、氣量高貴，因而總能讓爭吵和平收場，成爲名副其實的君子之爭。我知道，我們倆在個性上有許多相似之處，若非身分地位相差太懸殊，我們絕對可以成爲朋友。我很難定義或說清楚，我對威爾森眞正的感覺，這份感覺很複雜，我對他懷抱著一股任性的敵意，但卻又不是眞正憎恨他；我很尊重他，甚至到了敬重的程度；此外，我還對他懷有一種不安的、好奇的恐懼。我想，即便是專門研究人類心理和行爲的學者們也會認爲，我和威爾森之間的確有種不可分割的情感，我們是眞的了解彼此。

無疑地，我和威爾森之間確實有一種很奇特的關係，也因此，我雖然對他做出各式各樣、或公開或私下的攻擊，但其實仍屬善意的逗弄和惡作劇（純粹爲了取笑挖苦他），而非眞正的敵意攻訐。但即使我精心策畫了那麼多詭計，也不是每次都能順利地整到他，這是因爲，威爾森的性格相當保守謙抑、低調樸實，這些尖酸刻薄的惡作劇，對他來說根本算不得什麼，他就像個沒有弱點或罩門的人，所以很禁得起玩笑，並總能從容自若地享受與面對。威爾森的性格雖然幾乎讓人挑不出弱點，但他身上卻有一項先天缺陷，是我可以拿來好好利用的（換做是威爾森的其他對手，可能會不察地予以放過），那就是，他的發聲器官有缺陷，致使他任何時候都無法提高音量，只能輕聲細語般說話。好不容易揪出他的小小弱點，我一定不可能輕易放過。

面對我的攻擊惡作劇，威爾森不可能永遠處於挨打狀態，要知道，他的報復花招也是很多的，而其中有一項無疑是最困擾我的。說起來，這一招其實很瑣碎無聊，一點都不重要，但我就是很在意。然而，我自始至終不知道，他是怎麼發現可以利用此點來惱怒我的；不過，既然被他發現了，他當然也就一而再再而三地以此刺激我。問題就出在我的「姓名」，因爲這姓名實在是太普通了，一點都不高尙，不符合我尊貴的出身，隨隨便便的市井小民都可能與我同名同姓，對此，我眞的感到很厭惡反感。我那過於平庸粗俗的姓和名，簡直使我深惡痛絕，因此，我入學當天，發現在我之後還有個「威廉・威爾森」來報到，簡直氣壞了。我氣這個陌生人竟然與我同名同姓，也因此更加倍討厭這個姓和名。都是這個該死的陌生人，不僅使我生活中出現「威廉・威爾森」這個姓名的機會倍增，而且這個叫「威廉・威爾森」的人還一天到晚在我眼前晃來晃去，更氣的是，學校方面也經常無可避免地搞混我們兩個人的身分。

更惱人的是，我和威爾森裡裡外外幾乎都很相像。雖然在學校時，我並沒發現我倆的年紀相當，但我知道我倆的身高一樣，就連五官輪廓和外表身形也幾乎一樣，想當然耳，當高年級學長們議論紛紛，說我和威爾森有血緣關係時，我也只能無奈地生氣。沒有什麼事比聽到別人說我和威爾森在心智、外表和體形各方面都很相像，更令人惱怒煩亂的了（雖然我表面上總是小心翼翼掩飾此種煩亂的心情），幸好，到目前爲止還沒有人這麼說。事實上，除了有人懷疑我倆的血緣關係外，除了威爾森本人，應該沒有人發現我們兩個人裡裡外外都很相像，當然也就不可能以此大作文章。我也知道，威爾森應該和我一樣，早就發現我倆非常相似了，只是沒想到，在我倆如此敵對、充滿競爭的惱人情況下，他竟也有此能耐和我一樣，冷靜地發現這一點，我不得不佩服他那異於常人的洞察力。

我們不只是身形外表相像，他甚至還模仿我說話的聲音、語調、神態、用字遣詞，以及外在打扮、行爲舉止，這一切可說是唯妙唯肖到了極點，使我佩服不已。我的服裝打扮，不用說，當然很容易模仿；我的舉止神態，也很容易偷學。至於我說話的聲音，他也學得像極了，即使他先天發聲器官有缺陷，學不來我的大嗓門，但我說話的音調語氣，他學得可眞的很傳神；他的低語，每每使我以爲那是我自己的回聲。

這個惱人的威爾森究竟與我神似相像到什麼程度（要知道，這可不是什麼一時滑稽的模仿），我實在很難以筆墨形容之。不過，足以告慰的一點是，除了我以外，幸好沒人發現威爾森在模仿我；好吧，就讓我一個人默默承受他那詭異又帶有諷刺意味的笑容吧！想必，威爾森一定會因爲成功算計我、耍弄我、整到我，而在心底得意地咯咯偷笑；不過，以我對他的了解，若眞的有人發現，因而讚賞他計謀高妙，他倒也不至於因此得意忘形，爲了得到掌聲喝采而算計我，這本來就不是他的初衷。威爾森最剛開始模仿我的那幾個月，我簡直像吃了黃蓮一樣，有苦說不出，也不能向同學們揭穿他的把戲，只能任憑我那些同學，對威爾森加諸於我的伎倆視而不見，同學們甚至還加入威爾森的行列，一起嘲笑對付我。我在想，爲什麼沒有人發現威爾森模仿我的事實呢？是因爲他的作法是漸進式的，一點一滴慢慢模仿我，所以讓人難以察覺？還是我該歸功於他那唯妙唯肖的模仿功力，或許他對外表這種表面上的模仿根本不屑一顧，他眞正投入心思的，是進入我的內心，看到了我喜歡沉思默想、性格易怒的一面，因而眞正徹底變成了我。

我已經不止一次提到，威爾森總是流露出一股令人作嘔的施恩、不與我一般見識的姿態，而且還老愛多管閒事，干涉我的行爲。他總是迂迴曲折地暗示我，給些不中聽的忠告；隨著年歲增長，他的忠告甚至更使我感到厭惡反感。然而，今天我得說句公道話，他在那個我倆都不諳世事的年歲裡，所暗示的許多忠告和見解，確實都相當中肯而正確。雖然，他的聰明才智比不上我，但他的道德感卻比我強得多。倘若我當初對他輕聲低語的樣子，沒那麼厭惡或嫌棄，或許也就不會那麼抗拒他的忠告，而倘若我眞的把他的忠告聽進去了，或許我會成爲一個更好、更快樂的人。

總之到後來，面對威爾森嘮嘮叨叨、使人反感的忠告建議，我變得更倔強抗拒，而且一天比一天更無法忍受他的自大，我甚至愈來愈公然直接地表達怨恨之意。我前面提過，基於我和威爾森之間特殊的交流互動，在共學的前幾年裡，我們是很有機會發展出友誼的。不過，即使在畢業前的幾個月裡，他稍稍收斂了自大、故作成熟智慧的行爲舉止，但仍無法稍減我對他的反感恨意。在一個偶然的機會裡，他似乎察覺了我對他的恨意，之後，他不但總是躲著我，而且還刻意表現出唯恐不及的樣子。

約莫是在這段即將離校的日子裡，我記得我和威爾森爆發了一次嚴重的爭吵，他當時竟一反常態，拋開了平常的成熟冷靜，也和平常輕聲細語的模樣不同，公然直率地和我吵了起來。在那當下，他說話的語調、神態和外表，無一不使我感到震驚，並且深深吸引著我，使我想起孩童時期模模糊糊擁有的印象，這份記憶十分混雜古怪，彷佛早在記憶形成前就已亙古存在。心頭有股不可扼抑的激動在告訴我，眼前這個人，我其實很久很久以前就認識了——這是一份無限遙遠的過往記憶。然而，這種似曾相識的幻覺其實是稍縱即逝的，我之所以特別提出來，是爲了說明當時我和威爾森劇烈爭吵的情形，而那也是我們最後一次交談。

我們求學唸書生活所在的偌大古老校舍，雖然有著數不清的小隔間，卻也有好幾間相連相通的大房間，這些大房間因而成了大多數學生的寢室。然而，這棟校舍建築物的格局規劃並不是很好，裡頭到處都是零星的小角落，因此，很會精打細算的布朗斯比校長，便把這些畸零空間設計成迷你寢室。這種迷你小寢室僅能容一人住，而威爾森就是睡在這種小小寢室裡。

有個夜晚，就在我和威爾森劇烈爭吵後不久，我趁著寢室裡的大夥都睡著後，從床上起身，手拿油燈，躡手躡腳地穿越狹窄長廊，來到威爾森的寢室。一直以來，我總是心懷不軌策劃了一些計謀要對付他，但始終沒能成功。這次，我終於有機會好好對付他了，我一定要讓他知道，我有多恨他、多討厭他。我來到威爾森的寢室後，先用遮光片蓋住提燈，放在門外，再輕手輕腳走進房間，我向前走了一步，聽見他發出均勻的呼吸聲，確定他睡著了，才又折回門邊，拿起油燈，輕聲地朝床邊走去。床的四周垂下了睡簾，我依照計劃行事，緩緩地、輕輕地打開簾子，再以提燈亮晃的光線，映照熟睡中的威爾森，當然，我也老實不客氣地，兩眼直視著他的臉。我看著看著，竟感到一陣麻木驚呆，全身上下感到冰冷，胸口感到噁心，膝蓋不住搖晃，整個人被一種茫然難耐的恐怖感給攫住了。我大口喘著氣，並小心地將提燈湊近威爾森的臉。我在心底問著，這眞的是威廉．威爾森的臉嗎？我看著這張熟睡中的臉龐，告訴自己，這的確是威爾森的臉，但卻又不住顫抖地幻想，希望這不是威爾森的臉。爲何他的臉使我如此驚慌失措呢？我一邊凝視著他，腦袋也一邊暈眩地轉著，還冒出了無數紛亂的想法。不是，這絕對不是威爾森的臉，威爾森醒著的時候，並不是長這副模樣啊！我們不是姓名一樣、臉孔輪廓一樣，而且連入學都是同一天嗎？他還莫名其妙地執意模仿我，不是嗎？我走路的樣子、我的行爲舉止、我的聲音語調、我的習性，他也全都學得很像。原來光憑模仿練習，一個人竟能眞的變成另一個人。這是眞的嗎，眼前熟睡中的人，眞的是威爾森嗎？他看起來和我一點都不像啊！我被這張臉、這些念頭給嚇壞了，我再也承受不住了，便趕緊熄燈，輕步離開這間寢室，並立刻頭也不回地離開了學校，從此再也沒踏進過一步。

我在家晃蕩了幾個月，之後，便進入頂尖的貴族學校伊頓公學就讀。這幾個月說長不長，但確實使我逐漸淡忘布朗斯比學校的大小事，或說，即使再想起，但感受已沒那麼深刻。對我來說，那戲劇性的眞相、悲劇，已不再那麼強烈了。看來，我實在該好好審視一下自己的理智與判斷力，我當時竟然那麼容易就被威爾森的伎倆所騙，眞是不得不為我那與生即俱的豐富想像力，感到失笑。如今，物換星移，雖然我已來到伊頓公學，但我對過去在布朗斯比學校發生的事，仍心存懷疑與困惑。邁入了新的學校生活，我卻變得愈發放浪形骸，生活得像個沒有思想的蠢蛋，昨日於我恍如泡沫，過去於我只剩一抹淡淡的回憶。

關於我在伊頓公學時期所過的放蕩生活，我不想多著墨，簡單來說，我的放蕩是為了挑戰律法的權威、逃避社會的規範。那三年裡，我活得像個蠢蛋，毫無人生目標，沒有一點收穫長進，若眞硬要說些變化，那無非是我那邪惡放縱的習性變得根深蒂固，以及身材體態發育、成熟不少。有一回，我過了沉悶萎靡的一週，因此決定找些和我一樣放浪形骸的同學們，到我房裡祕密狂歡一番。狂歡宴會開始得很晚，因為我們早有心理準備，不胡鬧縱欲到天明，絕不罷休。席間，我們飲酒作樂、無限暢飲，我們什麼都不缺，只缺刺激危險的誘惑。當東方露出了魚肚白，荒淫胡鬧的氣氛才正炒熱到最高點。數不清的黃湯下肚，我的臉龐因而漲紅，但我仍一邊玩著紙牌，一邊作勢乾下另一杯酒；此時，宅邸大門突然被人用力打開，接著，房門外便傳來了僕人急切的通報聲。僕人說，門廳有個人，神色看起來很匆忙，要我立刻去見他。

酒精甚濃、極度亢奮的我，面對這突如其來的打擾，不但不感吃驚，反而覺得開心興奮，我於是立刻起身，搖搖晃晃地走向門廳。門廳是個低矮狹小的房間，裡面沒掛任何油燈，因而顯得十分昏暗，唯一的光線，是從半圓形窗戶射進的黯淡天光。我才剛跨入房間門檻，便注意到裡頭有個年輕人和我一般高，身著上等的白色喀什米爾羊毛袍，款式與我身上的服裝相同。由於光線太弱，我看不清楚這位訪客的臉孔，我才剛走進去，他便大踏步地走向我，無禮粗魯地一把抓住我的手臂，輕輕附著我的耳朵說——「我是威廉．威爾森」。

我一聽到訪客報上的名姓，便整個人清醒了過來。這位陌生訪客表現出的神情舉止，以及他那不斷在我眼前顫動的手指，使我陷入了莫大的震驚，然而，最令我震驚的還不是這些。只見他以那特殊、低沉的嘶嘶細語，鄭重告誡、警告著我，他的神態語調，是那麼簡短有力、那麼令人感到熟悉，霎時，過去的無數回憶全湧了上來，我全身像通了電般的震懾不能自已。但不待我恢復清楚意識，他便已離去。

這名不速之客的突然造訪，擾亂了我的心情，使我沉溺在胡思亂想之中，但日子一久，這件事也逐漸淡出我的內心。事件發生後，我確實有好幾個星期都忙著探聽此人的相關消息，還因此陷入病態的冥想推測。來者何人，我自然再清楚不過，他就是那個一而再、再而三執意干涉我、勸戒我，使我心煩的威廉．威爾森。但這個威爾森究竟是哪一號人物？他來自哪裡？他這麼做究竟有何目的？可是，這些問題卻幾乎都無從得解，唯一可確定的消息是，當年我匆忙逃離布朗斯比學校的那一天，威爾森也因家中突然發生變故，在當天下午離校了。然而，過了一段時日後，我便沒再多想他突然造訪的這件事，因爲當時我滿心想著的，都是去牛津的事。不久後，我就到了牛津，我那虛榮的父母自然也幫我打點了住所，以及全年生活所需的一切。這些安排使我得以繼續隨心所欲、過著窮極奢華的生活，使我能和全大不列顛最富有的伯爵子弟們，比荒淫、比揮霍。

身在牛津，享受著極盡奢華生活的我，性情也變得加倍狂放，絲毫不把一般社會約束放在眼裡，只管糜爛荒淫地過生活。我當時的行跡之奢華荒淫，實無法在此一一詳述，只能說，我放蕩縱欲的程度，與聖經中的暴君希律王有得比，比起當時歐洲最放浪形骸的大學生，實有過之而無不及；而我所犯下的各種邪惡罪狀，根本無法一一勝數。

甚至，令人不敢相信的是，我放著好好的名門子弟不當，竟自甘墮落，認識了一個可鄙的職業賭徒，並從他那裡學來一身卑鄙的賭博技巧，拿我那些有錢的低能同學們開刀，賺進大把大把的鈔票，更形豐厚增進我的財富。這些，全都是事實，無半點虛妄。無疑地，我犯下的罪行，已完全偏離了仁人君子的正道，並且絕對應該接受譴責。就連我那些最放蕩無恥的同學們，也不禁要問：那個浪蕩、直率、慷慨的威廉·威爾森，也就是那個身分最尊貴的牛津大學自費生，他之所以犯下種種罪行罪狀，眞的只是因爲年少輕狂、放縱過了頭嗎？他那些偏差行爲，難道只是出於一時興起的怪念頭？他那些邪惡罪行，難道只是放肆的奢華習性所造成？

我就這樣極盡驕奢荒唐在牛津混了兩年，此時，有個年輕的貴族暴發戶子弟葛倫迪寧，也進了這所大學。我很快就發現此人腦筋平平，很適合做我聚財的冤大頭。我常常找他一起玩牌，並故意使出賭徒的伎倆，讓他贏走大把鈔票，這樣一來，他肯定能很快成為我的囊中物。之後，時機終於成熟，我約了他進行最後、也是最具決定性的一場牌局，地點就在我同學普雷斯頓的房間，普雷斯頓和我們倆都很熟，但為了公平正當起見，我並沒讓普雷斯頓知道我的意圖。為了讓整件事看起來自然點，我還找了八個或十個人一起過來玩牌，並且小心翼翼地讓牌局遊戲開始得很自然、不像是經過設計，更設法讓葛倫迪寧自己提議設賭局。我的動機就是這麼簡單邪惡，因此我還用盡各種賭博技巧，務求一定要贏得牌局，並且像過去每一場牌局那樣，讓人搞不清楚我究竟是怎麼贏的。

牌局進行得很久，一直拖到深夜時分。最後，在我精心設計下，牌桌上只剩下我和葛倫迪寧兩個玩家。我們玩的，是我最喜歡的埃卡泰兩人牌戲。由於我們的賭注愈下愈大，引起了其他人的注意，大夥無不中止自己的牌局，圍著我們倆，興致盎然地觀戰。只見我的對手，這個暴發戶冤大頭已在稍早中了我的計，喝得醉醺醺的，這會兒，他不論是洗牌、發牌或玩牌，舉止神態都顯得異常焦躁。不一會兒，他已經輸了一大筆錢；只見他又喝下一大口紅酒，而且如我先前所料，在賭金已高得離譜的狀況下，他果然提出賭金加倍的建議。對於他的提議，我故意表現得很不願意，並且還回絕了好幾次，以激怒他，想使他失去耐性，見他生氣，我才因而勉為其難地答應提高賭注。結果證明，他果然完完全全中了我的圈套；不到一小時，他輸掉的錢已多達四倍之多。之前，他的臉龐還因酒精作用而顯得泛紅，但這會兒，出乎我意料的，他的臉色竟變得十分蒼白。對於他的反應，我是眞的感到很意外，因為我先前已仔細探察過，他所擁有的財富不可勝數，雖然今晚他的確輸了不少錢，但我相信對他來說應該只是小意思才對，所以，我想他應該是酒喝太多，臉色才會由紅轉白吧！此時最重要的，無疑是保有大夥對我絕決個性的觀感，我因此堅持繼續玩下去，但此時，卻有人推了推我的手肘，而葛倫迪寧也忽然發出一聲絕望的喊叫。我這才知道，我顯然眞的擊潰了他，大夥莫不對他抱以同情，想保護他免於受我這個惡魔的摧殘。

此刻，我實在不知道究竟該做何反應。葛倫迪寧的可憐模樣，讓現場氣氛變得尷尬低靡。接下來的好幾分鐘裡，大夥一陣鴉雀無聲，現場甚至有些較正派的人，紛紛對我投以輕蔑指責的眼光，使我的兩頰不禁滾燙、發熱了起來。此時，有個突如其來的打擾出現，總算稍解尷尬局面，也使我心頭那股難忍的罪惡感，暫時有了出口。原來，有人突然將房裡這扇又寬又沉重的雙扇門拉開到最底，那股力量之精壯有力與匆忙急躁，像變魔術戲法般，一併吹熄了房裡所有的蠟燭燈光。燭光還未完全熄滅前，我們大夥隱約看見一個陌生人走了進來，他的個子和我一般高，並緊罩著一件斗篷。後來，屋內燈光已全暗，但仍大概感覺得到這名陌生人站在我們中間，但大夥都還來不及鎭定下心情，陌生人便已開口說話了。

「各位先生，」陌生人以一種極小聲、極清晰，且令人永遠難忘的低語說著話；我則是一聽到他開口，便嚇得全身骨頭脊髓都在發顫，「我想我不需要爲我魯莽的行爲致歉，因爲我責無旁貸，不得不然。無疑地，你們想必都不清楚今晚這位大贏家的底細吧，我說的是，這位以埃卡泰牌戲贏了葛倫迪寧閣下一大筆錢的威爾森先生。在此，我將很簡單快速地提供大家一些與他有關的必要訊息。待會兒如果有空，請各位仔細檢查威爾森先生的左袖口內襯，以及繡在他袍子上的那幾個大口袋，大家可在裡頭發現一些玩意兒。」

陌生人說話的當下，房間裡安靜得連根針掉在地上，似乎都聽得見。話一說完，陌生人便離開了，他來去像陣風，使人感到意外且唐突。然而，我該形容我當時的感覺嗎？我得說，那時我全身上下感到一陣該死的恐怖怵然！我還沒意識到下一步該怎麼反應時，就被許多隻手給抓住，而此時屋內燈光也重新點亮。眾人開始對我進行搜索，我的袖口內襯被翻出各式王牌，袍子上的幾個大口袋則被翻出幾副牌，而且正好就是牌局所使用的紙牌樣式。大牌的底部邊緣都被做了突起的記號，小牌則是在兩側做記號。由於，葛倫迪寧習慣以垂直方式切牌，如此一來，他每每都會把大牌切給了我；想當然耳，我則是橫著切牌，小牌因而都到了葛倫迪寧手裡。

當眾人從我身上搜出作弊證據後，大夥全都憤怒到了極點，他們沒說半句話，不是對我投以輕蔑眼光，就是冷冷諷刺地看著我。

「威爾森先生，」此時，這間屋子的主人普雷斯頓先生說話了，並一邊彎腰撿起腳下那件豪貴的毛皮斗篷，「這是你的斗篷（由於天氣相當冷，我出門時特別罩上一件斗篷，並在進入室內後將它脫掉）。我們已經識破了你詐賭的伎倆，真的，我們今晚看得夠多了。我希望你識相點，能立刻離開牛津，但無論如何，都請你馬上離開我的房間。」

聽到這種難堪的話，實在很令人感到屈辱，顏面掃地，本來以我暴怒無常的個性，我肯定會立刻動手打人還擊，但此時我的注意力卻被另一件更令人驚駭的事所吸引。我穿來的那件毛皮斗篷，上頭的毛皮非常稀有珍貴，至於有多稀有、價格有多昂貴，我就不在這兒多說了。而斗篷的款式，則因爲我生性浮誇、愛挑剔，乾脆由我自己設計式樣。而當我詐賭的罪行被揭發後，不知在何時，我早已不自覺拿起了斗篷，掛在手上，走向門邊；因而，當普雷斯頓撿起腳邊的斗篷，準備遞給我時，我才大感吃驚、近乎恐慌地發現，他遞給我的這件斗篷，竟然和我手上這件幾乎完全相同。此時，我猛然想起，方才唐突闖進、毫不留情揭發我的那個陌生怪客，身上也穿了一件斗篷；而且，房間裡並沒有其他人穿著斗篷前來。但我仍盡力保持鎮定，從普雷斯頓手上接過了那件斗篷，在沒有任何人察覺的情況下，悄悄放在我自己的斗篷之上，隨後便繃著臉，離開了房間。隔天天還沒亮，我便帶著既驚恐又羞愧的痛苦心情，急急忙忙離開牛津，前往歐陸。

然而，不管我逃到哪裡都沒用，邪惡的命運之神仍得意地追著我跑，而且事實證明，祂對我的恐怖控制與支配，才正開始。我人才剛到巴黎，那可憎的威爾森便帶著他的勸世般的假好心出現。時光飛逝，轉眼已過了好幾年，但我的痛苦從沒解放過一絲一毫，這一切都要怪罪那該死的威爾森！在羅馬，他早不來晚不來，偏偏在重要時刻像個幽靈般出現，阻撓我的好事，他甚至還跟著我到維也納、柏林、莫斯科。但說實在的，無論身在何處，我不也總是在心底想著他、詛咒他嗎？面對他那深不可測的專制霸道、控制支配，我每每都像是躲避瘟疫的陣仗，總是驚慌失措地逃離，但即使我逃到世界的盡頭，還是沒有用，還是擺脫不了他的魔爪控制。

我一次又一次在心底暗自問著：「他究竟是誰？他從哪裡來？他究竟有何目的？」但仍舊得不到答案。於是，我開始仔細觀察研究他搞破壞的形式、手法和特徵，試著從中歸納出一點蛛絲馬跡，但還是沒有用，我仍推敲不出半點結論。不過，看得出來，他之所以不放過我的任何計畫，存心加以阻撓破壞，是為了不想看到這些陰謀詭計，最後釀成大禍。多麼可悲的正義感啊，這妄自尊大的傢伙，他以為他是誰啊；多麼可悲的施恩告誡啊，這固執的傢伙，他不知道自己的言行舉止一點也不中聽、不受歡迎嗎？

此外，由於威爾森已經陰魂不散跟了我好久，老是多管我的閒事，使我不得不注意到，他身上穿的服裝竟然每次都和我完完全全一樣，但奇怪的是，我竟從來都無法窺見他的臉孔。眞不知道威爾森這麼做有何用意，如果他的目的是不想讓我認出他，那這伎倆也未免太做作、愚蠢了吧！我怎麼可能不知道他是誰，他就是我昔日的同學威廉·威爾森哪！他就是——那個和我同名同姓的人；那個特別心靈相通的夥伴；那個在我就讀布朗斯比學校時，既可恨又可畏的對手；那個在我就讀伊頓公學時，跑來告誡訓斥我的人；那個在我就讀牛津大學時，毀壞我名聲的人；那個在羅馬壞我好事、在巴黎阻撓我復仇、在那不勒斯妨礙我戀情、在埃及誤解我心懷貪欲的人；那個讓我如臨大敵、如遇邪魔的對手！天啊，這一切是眞的嗎？我還是趕緊把這齣戲最後也是最重要的一幕說完吧！

至此，我早已完完全全屈服在威爾森的恐怖掌控之中。一直以來，對於威爾森的崇高品德、無邊智慧、無所不在，我始終感到很敬畏，後來甚至還更添幾分畏懼；再加上對他個性的一些猜測，更使我對他這個人感到莫可奈何，即使再不情願，也只能屈服在他專斷堅決的淫威底下。然而，個性本就狂蕩不羈、脾氣本就暴躁易怒的我，在最近這些日子裡，變得沉迷貪戀杯中物，在酒精的催化下，變得愈發失去耐性，興起掌控一切的狂烈念頭。我喃喃自語，我猶豫不決，我變得抗拒。我發現，只要我多一分堅決抵抗命運擺布的念頭，命運瘟神的支配力量便會減弱一分。然而，這是眞的嗎？還是一切只是我的狂想罷了？我的內心開始激起一股熱烈燃燒的希望，那希望祕密強化、堅定著我的心志，我告訴自己，絕不再臣服於命運的擺布。

時值一八××年，羅馬嘉年華會期間，我參加了那不勒斯公爵布羅里歐於府邸所舉辦的化裝舞會。席間，我喝了很多很多酒，毫無節制，比起平常有過之而無不及；室內擠滿了人，令人感到窒息難耐。我急著想穿越人群，但發現自己被人山人海給擠得動彈不得，於是開始不耐煩地生起氣來，因爲當時我正急著找尋布羅里歐公爵夫人的倩影，那個年輕貌美、輕浮浪蕩的公爵夫人。公爵夫人先前曾大膽向我透露，她在舞會上將穿著何種款式的禮服，這會兒，我總算瞥見了她，便急急忙忙朝她走去。但再下一刻，我便感覺到有隻手輕輕放在我的肩上，耳邊也傳來了一陣再熟悉不過的該死低語。

我整個人憤怒到了極點，立刻轉身，一把抓住這壞事傢伙的衣領。果然，如我所料，威爾森又打扮得和我一模一樣了，他穿著一件藍絲絨質地的西班牙式斗篷，圍了一條深紅色腰帶，上頭佩帶了一把細細的長劍，臉上則戴了一張遮住全副臉孔的黑絲綢面具。

「你這個惡霸！」我氣急敗壞、暴怒嘶啞地吼叫著，「你這個惡霸、模仿狂、該死的混蛋！你好大的膽子，敢跑來糾纏我，你是來找死嗎？跟我來，否則我就在這裡一劍刺死你！」我一路拖著威爾森，離開了宴會大廳，進入一間與宴會廳相連的小前廳。

一進到屋裡，我便用力推開他。他搖搖晃晃退到了牆邊，我則一邊咒罵著關門，一邊命令他拔劍。剛開始，他還遲疑了一下，接著，便輕輕嘆了口氣，拔出劍來，準備決鬥。

這場決鬥並沒持續太久，很快就結束了。當時，我全身上下混雜著各種亢奮之情，發了狂似的，用來持劍的那隻手臂正蠢蠢欲動，好像有股能量亟待爆發。不出幾秒，我已將威爾森逼到牆角，此時，他落到了任我擺布的田地，我於是立刻使出暴怒蠻力，一直不斷用劍向他的胸口刺去。

於此同時，屋外已有人想開門進入，我趕緊走去門好門，不讓任何人進來。之後，便轉回屋內，走向奄奄一息的威爾森。但下一秒鐘裡，我所見到的景象，著實令人震驚害怕得無法言傳。我才離開短短幾分鐘，房間另一頭的陳設竟發生了大改變。房裡出現了一面鏡子，我還以爲是我看錯了，但眞的有面大鏡子，立在原先根本空無一物的地方，接著，我極度驚恐，慢慢步向這面鏡子，發現鏡子裡的我臉色發白，臉龐濺有血跡，拖著虛弱的身軀，步履蹣跚地往前走。

鏡子裡的人，看起來就像是我，但我要說的是，那並不是我，那是我的敵人威爾森，是他拖著將死的身軀，痛苦地站在我面前。他掀開了面具、脫掉了斗篷，然而，他身上所穿的服飾、臉部上的皺紋輪廓，無一不像我，完完全全就是我的模樣，根本就是我！

那是威爾森，但他的聲音已不再那麼小聲了；他一開口，我還以爲是我自己在說話。他是這麼說的：「你打敗了我，而我的確是輸了。但是，自此以後，你也如同死了一樣，你將不再屬於人間，也不屬於天堂，更不可能再擁有希望。你，因我而存在；我，死去了，你可以看看鏡子裡面的人是誰？是你自己，可不是嗎？看看你是怎麼徹底謀殺了自己、毀滅了自己！」

12 貝瑞妮絲

BERENICE

這世上有著各式各樣的苦難與不幸，這些苦難與不幸，如同橫跨天際的彩虹，紅、橙、黃、綠、藍、靛、紫，色彩分明，緊緊相鄰。彩虹啊彩虹，你是如此的美麗壯闊，你是和平的象徵，我怎能把你喻做苦難與不幸呢？然而，倫理學上不是說，到頭來，美好的一切都將以邪惡收場嗎？歡樂遠離了，悲傷便緊接著登場嗎？這不就告訴我們，昨日的歡樂美好有多令人狂喜熱愛，今日的痛苦煩惱就有多深沉苦切。

我叫伊格斯，這是我受洗時用的名字；至於我家族的姓氏為何，在此我就不多提了。不過我想，世上應該沒有任何一座城堡會比我祖傳的這一幢來得更陰沉憂鬱、更歷史悠久！此話怎講？這是因為我的家族一向被外界稱為「幻夢家族」，意即，我們家族的人都喜歡沉溺在幻想、空想、白日夢之中。外人對我們家族的看法確實一點也沒錯，光從宅邸的建築特徵、大廳的壁畫、寢室的掛毯、武器室的壁面雕刻、迴廊上的古董畫作、圖書室的裝潢以及藏書內容來看，就可知道我們一家子有多麼陰沉、喜好幻想。

我人生中最早的記憶，應該是來自家裡這間圖書室（當然啦，我對圖書室的藏書如數家珍、知之甚詳，不過，在此我就不多提了）。我與圖書室的淵源為何會這麼深呢？我想，這是因為母親在這生下我，她死去，我新生。我知道，在我呱呱墜地以前，都還不算眞正來到這個世界上，因爲靈魂不可能先於肉體而存在，可不是嗎？不過，我們毋須在此爭辯這個觀點（我的確認爲，人應該先有肉體，才有靈魂；這一點，只要我自己相信就已足夠，毋須說服別人相信）。然而，我卻發現，我一出生就擁有某些模糊縹緲的記憶，我記得有雙純淨幽幽的眼睛、有個樂音般美妙但悲沉的聲音。回憶，像人的影子，朦朧飄忽、模糊多變；不過，只要我依然理智、思緒夠清晰，出生那一刻即伴隨的幽影般記憶，就會永存我心底。

我是在圖書室出生的，我還記得當時的感覺，感覺上我好像沉睡了很久，然後終於從漫漫長夜醒來；呱呱墜地的我，睜著骨碌碌的雙眼，驚恐熱切地凝望四周，發現自己似乎掉進了一個幻想之境，一個充塞詭奇知識的浩瀚祕境。童年時期的我，總是鎭日埋首書堆；青少年時期的我，總是成天耽溺幻想。但這些並不足爲奇，驚人的是許多年過去了，一直待在祖傳房子裡的我，雖已屆壯年，但幾十年探索奧祕知識的成果，不但使我留住了青春、外表仍像個年輕小伙子，還使我原本資質普通的腦袋有了全然不同的深度面貌。外頭眞實世界的一切，之於我如虛幻浮雲；反倒是這幢浩瀚知識寶庫中蘊藏的各種詭祕思想，對於我而言，早已不只是每日必吸收的精神食糧，它們是個個別別、眞眞實實存在的獨立生命，每日每日，我都和它們一同俯仰呼吸，互相探索。

我和貝瑞妮絲是表兄妹，我們從小在這幢祖傳的房子裡一起長大，然而，我們卻各自發展成很不同的兩個人。在人格特質方面，我總是一天到晚病懨懨，而且性格陰沉；她則是機伶敏捷、優雅大方，全身上下充滿活力。在興趣喜好方面，我總是埋首於圖書室，專心研讀；她則一天到晚都在山上閒晃。在人生觀、思想方面，我的身心靈總是沉浸在冥思幻想之中，痛苦陰鬱得不可自拔；她則每天過得開開心心、無憂無慮，從不去想些人生道路上的陰影，或是感嘆時光稍縱即逝。貝瑞妮絲、貝瑞妮絲，每當我這樣大聲呼喊，陰鬱的腦海便浮起許多與她有關的狂亂回憶——啊，眼前的她是多麼鮮活、多麼爽朗開懷、多麼燦爛美好啊，她就像樹叢間的淘氣精靈，湧泉中的水之女神！但為何這美好的一切，到頭來，竟變得如此駭人恐怖，令人難以理解，也難以言說。致命疾病像荒漠熱風掃蕩著她的身軀，改變了她整個人的氣質、心靈、習慣以及性格，她變得不可捉摸、恐怖駭人，一點也不像原來的她。毀滅她的力量來了又走，祂帶走了我熟悉的貝瑞妮絲；眼前的人，我並不認得，我美好的貝瑞妮絲究竟在哪裡？

貝瑞妮絲罹患一種原發性致命疾病，就是這個病，將她的身心摧殘得極為恐怖，此外，還引起許多併發症。其中，尤以「癲癇症」最令人感到擔心苦惱，且難以控制；癲癇症發作完之後，病人像是徹徹底底死了的昏迷，而忽然間，病人又會出人意表地醒來，恢復正常。在此同時，我自己本身的病情也愈來愈嚴重（我患的是何種精神疾病，似乎沒有恰當的病名可稱呼），嚴重到性情會變得極端偏執，而且分秒惡化，到最後，我的心智將完完全全被這偏執狂症狀占據。然而，此種極度亢奮、易怒的「偏執狂」症狀，在純哲學領域看來，卻是「專心致志」的表現。不論是偏執狂也好、專心致志也罷，我對這種病症的了解非常有限，我也擔心無法清楚告訴你們，精神極度亢奮的症狀是怎麼一回事；就我的情況而言，我想或許可以說（如果不用太技術性或學理上的說法來說），我陷入了一種「極端耽溺於冥想」的狀態，即使是看來最微不足道、最平凡無奇的事物，都會讓我陷入沉思默想，不可自拔。

我可以盯著書頁空白處的插圖或是書本的排版印刷，一連看上好幾個小時而不覺得累；夏日裡，當日影斜映牆上掛毯或地板，形成了古怪的影子，也能讓我花上大好光景，全神貫注地凝視；我可以一整晚都盯著油燈裡的火焰，或是火堆中的餘燼，讓自己完全沉浸其中；我可以一整天作夢似地，好像聞得到花香；我還可以一直反覆唸著某個再平凡不過的字眼，直到腦袋再也聯想不出任何與之相關的念頭，才肯停止；我更可以讓身體長時間靜止不動，並且一直頑固地堅持下去，直到全身都僵硬麻痺、失去知覺才肯停止。諸如此類的舉動都還只是我偏執狂症狀發作時，所產生的最普通、最無害的行爲，這些行爲或許不是絕無僅有，但應該也很難加以分析或解釋吧！

我這種常被瑣碎事物吸引的偏執狂症狀，實在過於病態、沉淪，並不能與一般人愛好沉思、富想像力的習性相提並論，所以你們可千萬別誤解了。即便有的偏執狂嚴重到了極點，老是耽溺在荒謬至極的空想裡，這也與一般人愛好沉思、富想像力的習性，在本質上差異甚大。舉例而言，一般愛幻想的人對瑣碎的事通常不感興趣，而只喜歡沉溺在他所關注的事情裡，一頭熱、毫無章法地胡亂聯想與推論，直到滿足奢侈地做完白日夢，才發現自己根本忘了這件事最初吸引他注意的原因。但我的偏執狂症狀是，我眞的深深陷溺在超級瑣碎事物的空想裡，而且因精神錯亂所產生的幻覺，往往讓我有種不眞實感，讓我覺得這些事很重要，一點也不像旁人想得那麼瑣碎、那麼無聊。全神貫注在這些瑣事上頭時，我就是專心一意地空想，而很少進行推論演繹之類的思考，即使有，我也會把思緒再繞回瑣事本身，以瑣事爲中心，進行思考。因此，我不自覺陷入的這類沉思空想，絕不像愛幻想之人所做的白日夢，那麼令人感到愉快；然而，正因爲愛幻想的人，往往浮想連篇，到最後，甚至連自己當初爲何開始胡思亂想的原因都忘了，才會讓人大大誤解這樣的人便是有偏執狂症狀。好吧！總歸一句，我傾向把這種鍛鍊心智能力的特殊舉動叫做「極端耽溺於冥想」，但愛幻想的人可能會稱之爲「深刻的思索與推論」；或許是每個人看待心智活動的方式不同，才會有這些不同的解釋！

我在生病期間所讀的書，內容多半都很天馬行空、不合邏輯，因此它們絕對該爲我的偏執狂症狀負起絕大部分的責任。我記得很清楚，尤其是以下列出的這些尊貴義大利文著作——克利歐·塞貢都·庫利歐寫的《廣闊天國的神祇》、聖·奧斯丁的巨著《上帝之城》，以及特士良的《基督的肉身》書裡某些似是而非的句子，都曾讓我一連好幾星期不間斷地費力鑽研，但可惜的是，最後並沒有什麼驚人的大發現。

我在生病時讀了這些思想似是而非的書，更讓我脆弱的精神狀態一觸即發，即使是很瑣碎細微的事物，也可能使我精神失控。我就像努比亞地理學家何費斯提恩口中的海邊峭壁，雖能堅決對抗人類的暴行，也能抵禦海水強風的猛烈侵襲，然而只要嬌柔的水仙輕輕碰我一下，就會使我顫抖不已。因而有人認爲，貝瑞妮絲生了怪病、身心產生劇烈變化這件事，不正好可以滿足我

「極端耽溺於冥想」的病態心智嗎？意即，我要怎麼看待、想像她所罹患的怪病，都可以想個徹底、痛快，不是嗎？然而，事實並不是這樣的，貝瑞妮絲生了怪病這件事，帶給我的是極大的痛苦，而非冥想的快感啊！是的，當我病情比較和緩清醒時，我的確時常痛苦地想：老天爺爲何要讓貝瑞妮絲生這種怪病？爲何要奪走她美好溫潤的生命？而究竟是什麼樣的病害如此急遽入侵她的全身，使她的身心產生嚴重變化？然而，此種對老天爺、對貝瑞妮絲生病的疑問與思索，應該是很正常的吧？任何人換做是我，也不禁要無語問蒼天吧？這和我的偏執狂病狀一點關係也沒有。然而，話又說回來，我雖然向來不重視外表這回事，但貝瑞妮絲生病後，她那相對變形、恐怖扭曲的外表，卻毫無理由地令我偏執著迷，極度著迷。

過去，當貝瑞妮絲是那麼開朗美麗、活潑靈動的時候，我很確定自己從未愛過她。我知道自己是個極度反常、怪異的人，也因此，我對貝瑞妮絲的感覺是精神上的、理性的，而非情感上的愛戀。過去，在那些陰鬱的清晨、樹影交織掩蔽的午后、寂靜的閱讀夜晚裡，貝瑞妮絲都會閃過我的眼前，然而，我看到的並非活生生的貝瑞妮絲，那是我幻夢中出現的貝瑞妮絲；我看到的貝瑞妮絲並沒有血肉之軀，而是一種抽象的靈魂；我看到的貝瑞妮絲，並不令我心生愛慕，而只是個讓我想理性分析的對象；我看到的貝瑞妮絲，並不令我愛戀，而只是個讓我深感奧祕難解的對象。如今，我一看到貝瑞妮絲卻忍不住要發抖，只要她一靠近我，我的臉色就嚇得發白；但即使如此，她那日漸憔悴的形槁，仍令我感到萬分痛苦與不捨，我眞希望能爲她做點什麼。我想起，她一直以來都是愛著我的，於是在這當下，我開口向她求婚，請她嫁給我。

距離我和貝瑞妮絲舉行婚禮的日子愈來愈接近了，我記得有個午后（那是個冬日午后，一個難得溫暖、多霧祥和的午后），我獨自一人坐在圖書室靠裡面的一個角落。忽然間，我抬起頭，竟看見貝瑞妮絲站在我面前。

究竟是我的想像力太豐富？還是屋外多霧的氣氛影響？或是受到圖書室裡充塞的日暮光影所致？抑或是貝瑞妮絲周圍的灰色皺褶掛毯的原因？總之，我眼前的貝瑞妮絲，輪廓朦朧難辨。她不發一語，而我也吐不出任何一句話。我全身都在打冷顫，難以忍受的焦慮感壓迫著我，強烈好奇心霸占著我的靈魂，我的雙眼一直盯著眼前的人。我整個人往後坐，深深靠在椅背上，屏氣凝神、一動也不動地看著貝瑞妮絲好一會兒。天啊，當我如此仔細地凝望她，才發現她整個人眞的憔悴到不能再憔悴，如今，她的身上連一絲絲往日神采都不可得。最後，我灼熱的目光終於落在她的臉龐。

她的額頭非常高，相當蒼白，看起來很平靜；她的頭髮曾是那麼烏黑亮麗，如今全都變得發黃，有些許黃髮覆在額頭上，兩邊凹陷的太陽穴則被無數黃色捲髮遮蓋住，這些古怪詭異的特徵與她憂鬱的面龐極不相稱。她的雙眼無神，眼光呆滯，毫無光彩可言，看起來簡直沒有瞳孔，我不自覺退縮了目光，將注意力放在她乾癟纖薄的嘴唇上。她的嘴唇微啓，寓意深長地笑了，緩緩地笑露出牙齒，這是她生病之後，我第一次看見她的牙齒。我的老天爺，我眞希望從沒見過這些牙齒，讓我死了吧！

突然間，一陣關門聲驚醒了我，我一看，原來是貝瑞妮絲離開了，她把門關上了。然而，她那兩排死人般慘白的牙齒，那恐怖駭人的模樣，還停留在我渾沌錯亂的腦海，揮之不去。別誤會，貝瑞妮絲的牙齒並未與她的外表一起扭曲變形，相反地，她的牙齒很光潔，沒有任何污漬或凹痕，但她潔白的牙齒又爲何會深深烙印在我的腦海裡呢？現在，我反而比剛才更清楚看見這些牙齒——牙齒、牙齒，這裡也有、那裡也有、到處都有，它們就在我眼前；長長的、細細的、異常慘白的牙齒，隨著貝瑞妮絲蒼白無血色的嘴唇到處蠕動著，這是何等駭人的景象啊！接著，我的偏執狂發作了，症狀相當猛烈，無論我怎麼做，都掙脫不了這接踵而來的後果。身邊那些常讓我冥想、幻想的事物，對我而言不重要了，我現在全神貫注想著的都是貝瑞妮絲的牙齒，我是多麼渴望想得到它們啊！這些牙齒充塞在我的腦海中，它們有獨立的生命，它們成了我心智活動裡不可或缺的主角，我在各種燈光下把玩它們，我把它們翻來轉去，仔細查看它們的特色，我老是想著它們的古怪奇特，我思考著它們的構造，我沉思著它們的本質如果改變了又會如何；我甚至顫抖著賦予它們感知的能力，希望它們即使脫離那雙唇，也能充分表達其心志思想。啊，我相信這些牙齒即使脫離了貝瑞妮絲的雙唇，所說的、所表達的思想，一定還是貝瑞妮絲的思想。沒錯，就是貝瑞妮絲的思想，是的，我渴求這該死的思想，爲了這思想而把自己搞得瘋瘋癲癲、不成人形；不過我相信，只要擁有了這該死思想化身的牙齒，我就能恢復平靜，恢復理性。

接著，天色漸暗，夜晚到來又離去；黎明破曉，新的一天又來到，慢慢地，日影逐漸西斜，這一天的夜露又悶聲不響包圍我。而我，仍舊一動也不動地待在與世隔絕的圖書室，一直埋首於沉思默想之中。誰教那可怖牙齒的幻影仍縈繞我心、揮之不去？最恐怖的是，那可怖牙齒竟會隨著外頭光影的變換，在屋裡、在我眼前，飄浮遊蕩不已。最後，有個驚恐慌亂的尖叫聲戳醒了我的幻夢；尖叫聲停止後，不久，接著傳出焦慮不安的人聲，還伴隨著痛苦悲傷的低聲嗚咽。我從座位上站起來，走到圖書室門口，推開門，看見一名女僕站在圖書室前的接待室，淚水滿眶地告訴我，貝瑞妮絲已經——已經離開人世了。今天清晨，貝瑞妮絲的癲癇症發作後，就沒再醒過來；如今已是深夜，貝瑞妮絲的墓穴和葬禮後事，也都準備妥當了。

這會兒，我發現自己又獨坐在圖書室裡，感覺上好像才剛從混亂刺激的夢境中醒來。我知道現在已是午夜時分了，而可憐的貝瑞妮絲則是在日落時下了葬。然而，從日落到午夜，這段陰鬱難熬的時間裡，我究竟做了什麼事呢？我完全想不起來。我只是一直感到毛骨悚然，隱約中感到驚恐，害怕的感覺不斷加深；朦朧中感到駭人，驚怖的感覺也不斷加深。我相信，這絕對是我生命篇章裡，相當恐怖的一頁，裡頭肯定寫滿朦朧駭人、難以理解的回憶。我拚命想理出一點頭緒，破解這恐怖的回憶，但一點用也沒有。不久，我的耳邊傳來一陣尖銳刺耳的尖叫聲，這是女性的聲音，就像死去亡魂所發出的聲音。我想，我一定幹了什麼事？才會聽到這樣的尖叫聲，於是，我大聲吼叫地問自己：「我到底做了什麼事？」緊接著，偌大的屋裡充滿低喃般的回聲，回應著：「我——到——底——做——了——什——麼——事？」

我身旁桌子上頭擺了盞油燈，油燈旁放了一個小盒子。這個小盒子沒什麼特別的，以前我便常在家庭醫師的身上看見過它，然而，現在這個盒子爲何會出現在這兒、出現在我的桌上？而我又爲何顫抖著不敢打開它呢？這種種疑問，我實在很難回答個清楚。最後，我的目光落在某本書上，我看見一行詩句底下畫了線，意涵很奇特，但也很簡單——「朋友們告訴我，去看看愛人的墳穴吧，這樣一定能稍解苦痛。」而我爲何一細讀這個句子就感覺到汗毛直豎，全身血液凍結呢？

這時，有人輕敲圖書室的門，接著，一個面如死灰的男僕，輕手輕腳地走了進來。他的神色很古怪，而且看起來很害怕，他說話的聲音顫抖、嘶啞，而且極度低沉，他說了什麼呢？他說的盡是些斷斷續續的句子。我試著把他說的話串連起來。男僕說，有個古怪的叫喊聲劃破了寂靜的夜晚，於是家裡所有人都聚集起來，試著想找出這聲音的來源。接著，男僕聲調明顯變得悚然害怕，他說，貝瑞妮絲的墳墓遭到破壞，墓中人遭到毀屍，而穿著屍衣的死人，竟還有呼吸，心臟仍在跳動——貝瑞妮絲還活著！

接著，男僕指指我身上所穿的衣服，上頭沾滿了爛泥巴，還有凝結的血塊。見我沒說話，他又輕輕抬起我的手，上頭全是指甲的抓痕。之後，他又要我看看牆上掛的東西，我盯著這東西看了好一會兒，原來那是把鐵鏟。我尖叫著跳到桌子旁，抓起桌上那個盒子，但因爲手顫抖得太厲害而一直打不開，盒子於是從我手中滑落，重重一摔，碎成了好幾片；接著，我聽見金屬發出的嘎嘎聲，盒子裡接連滾出牙醫專用的器具，以及三十二顆小小、白白，像象牙般材質的東西，四散一地。

13 亞瑟家之傾倒
THE FALL OF THE HOUSE OF USHER

他的心像一具緊繃的詩琴，只要輕輕碰觸，便會發出聲響。

貝朗傑

那年秋天，我在一個陰沉黑壓、雲層很低的日子裡，獨自騎著馬，穿越了一大片沉鬱的田野，終於，在黃昏時分，望見了陰森闇黑的亞瑟府宅。我也不知道爲什麼，但才剛瞥了府宅一眼，我渾身便感到不對勁，心頭浮起了一陣鬱悶的反感。我之所以感到厭惡，是因爲以往我即使看到再怎麼淒涼恐怖的景象，都還是能以頗爲詩意、傷感的心情面對，但這亞瑟府宅，卻令我無法感到半點愉悅的詩意。陰鬱的房子、簡樸的府宅庭園、荒廢的外牆、空洞的窗子、一小叢莎草，以及早已腐朽、變白的樹幹……眼前這些景致實在讓人感到相當沮喪、絕望，有種吸完鴉片煙，從幻夢中醒來的無力感；有種淒慘度過每一天的痛苦感；也有種將要揭開未知面紗的恐怖感。它給人的感覺是那麼冰冷衰敗、令人作嘔，找一個全世界最沒想像力的人來形容，也絕不可能把這大宅形容成「崇高壯觀」之類的氛圍。但我究竟為何一看到亞瑟府宅，就感到如此沮喪不安呢？這毋寧是個難解的謎團，我愈想釐清，心頭便又會浮出各種模糊朦朧的奇想，阻斷了我的思緒，使我拿這團謎題一點辦法也沒有。房子的一草一木、一片光影、一朵雲彩，都為這房子營造出渾然天成的陰森氛圍，無疑地，是那氛圍感染、震懾了我，沒想到虛不可觸的氣氛，竟有這等深沉的力量。不過，我認為這是很有可能的，或許，若這房子與周遭景物的關係稍有調整、改變，就不會讓人感到這麼悲悽鬱悶了吧！一想到這一點，我便決定往前走一點，走向不遠處的山中小湖；湖岸陡滑，我於是勒著馬，慢慢地前進。這麼做的原因是，我想站在亞瑟府宅旁邊的這座小湖邊，換個方式觀察這房子。

小湖波瀾不驚，湖水則是恐怖駭人的深黑色。於是，我往湖心看去，改看看府宅的倒影，但沒想到，那景致竟比直接注視房子還悚然恐怖，令人顫抖不已。那陰鬱蕭條的莎草、壞朽駭人的樹幹，還有那空洞如渙散目光般的窗戶倒影，無一不加深了我心頭的恐怖感。

儘管這棟陰沉憂鬱的房子怎麼看，怎麼使人不舒服，但這卻是我未來幾個星期要居住的地方。屋主是羅德烈克．亞瑟，他是我小時候一位很要好的朋友，不過，算一算，我們已有好多年沒見了。有一天，住在偏遠地帶的我，竟接到了亞瑟的來信，看來，亞瑟為了找我還費了好一番功夫。他的來信，極盡了懇求催逼之能事，要我務必到他家裡去一趟，陪他住一段時間；經不起他死纏爛打的執意請求，我只好動身了。我從他信裡的筆跡看出，他的精神似乎相當緊張不安，而且非常心煩意亂。亞瑟在信裡提到，他病得很重，是為精神方面的疾病所苦；他非常想見到我，因爲我是他最好的、也是唯一的一個朋友，所以他希望我能去陪陪他，帶給他一些安慰、歡樂，以稍減病痛之苦。這些就是他信裡的內容，而且他還寫了很多眞誠希望、渴望、盼望我造訪的字眼，我因而毫無遲疑推辭的餘地，便遵照他怪異的請求「傳喚」，立即動身，前往亞瑟家。

雖然，我小時候和亞瑟確實是最要好的朋友，但他實在是個過分謹愼、低調、沉默寡言的人，因此，我對他所知不多。我只知道，他來自一個多愁善感、性情沉鬱出了名的古老家族，過去，這個家族在許多藝術項目上，都發揮它獨特的纖細特質，因而在藝術方面的成就相當高；近代以來，除了特別往音樂藝術方面鑽研（亞瑟家族專注的是深奧的音樂研究層面，而非淺薄易懂的旋律之美），甚至還將情感豐富的特質化爲悲天憫人的善心，慷慨、低調地捐了許多錢，爲善不欲人知地做了許多好事。此外，我還知道一件事，就是這個古老的家族從不曾成功延續過旁系的血統，換句話說，這整個家族就單靠直系的一脈血統相傳。缺少了旁系血親，這個家族的香火傳遞顯得很單薄，不甚興旺，不過，或許正因爲如此，這幢祖傳的房子才能在直系血親的代代相傳薰陶下，也傳承了一貫的陰鬱低沉。此外，由於這個家族一直都是父傳子的嫡傳形態，因此到後來，不論是家族的名稱，或是家族的府宅，也都自然而然秉承了這個從姓氏而來的稱號——「亞瑟家」；這個稱號，模稜兩可、極有意思，是當地人們私底下的叫法，它包涵了兩種意義，代表——亞瑟家族和亞瑟宅邸。

我在文章一開始就提過，由於亞瑟府宅給我的第一眼印象，是那麼陰鬱駭人，於是我傻裡傻氣做了一個實驗，改從湖面倒影觀察府宅，想看看感覺是否不再那麼恐怖，結果我錯了，府宅的倒影反而更顯陰森恐怖。我意識到內心的恐懼指數急遽昇高，無疑地，這全都是我自己嚇自己的結果。我一直以來都知道，人們的內心之所以經常產生似是而非、互相矛盾的感受，原因只有一個，那就是——「恐懼感」在作祟。也因此，當我將目光從湖面轉回府宅時，打從心底發出的悚然恐懼感壓迫著我，使我不由得對府宅浮想連翩，進而生出荒謬奇怪的幻想念頭。哎呀，我一定是想像力太豐富，才會認爲整棟府宅和它的四周全都瀰漫著一股奇特的氣味，不過說穿了，也沒什麼好覺得奇怪的，只不過就是一股混雜了腐樹惡臭、灰牆濕氣，以及湖面上那薄薄凝滯的鉛灰霧氣味道罷了。

接著，我試著擺脫對府宅的詭奇幻想，理性地仔細查看它的外觀。我愈看愈感到這房子的確會給人一種很古老的感覺，外觀已大幅褪色，並有數不清的細小菌類，像一張密密麻麻、編得很細的大網，從屋簷垂下，布滿了整個外牆。從這些特徵來看，建築物倒不至於有倒塌的危險。這石造建築物仍稱完整，沒有任何石塊鬆脫或掉落，只是若仔細觀察每個石塊，便會發現每一塊石頭都有毀壞裂掉的跡象，因而予人一種很不協調的感覺；我的意思是，建築物看來很完整，但細部卻毀壞已極。這種金玉其外，敗絮其中的感覺，使我聯想到一個景象，那就是，在一個廢棄、密不透風的地窖裡，有個老舊的木製物品，它的木頭外表雖仍十分完好，但裡頭的木質纖維卻早已腐壞、爛光光了。就這棟府宅而言，若不去細看那一個個破裂狀況嚴重的石塊，並不會感到這房子有任何倒塌的危險跡象；不過，找個目光最銳利仔細的人來看，相信他一定能察覺到這房子的外牆，有一道從屋頂裂到牆角的Z字形大裂縫，而這裂縫，最後應該是消失在沉靜暗黑的小湖之中吧！

我一邊觀察著亞瑟府宅，一邊騎著馬，沿著一條短堤道，來到了府宅門前。有名僕人已在門前等候，我一到，他就上前示意，將馬匹牽走；之後，我便走進府宅，跨過哥德式拱門，進入大廳。接著，有名男僕躡手躡腳地領著我，無聲穿過許多陰暗迂迴的走廊，來到他家主人的工作室。看著走廊上各種各樣映入我眼簾的東西，我不禁又從心底冒出陣陣悚然，浮起了模糊的恐怖感。圍繞著我的是天花板浮雕、牆上的陰鬱掛毯、烏黑的地板，以及當我路過時，會突然發出咯咯聲響的幽靈般紋徽銘牌，但這些東西都是我小時候一天到晚見到的（但一開始，我的理智竟不太願意讓我翻出對這些東西的記憶與印象），照理說，我應該會感到很親切熟悉才對，怎麼還會胡亂恐怖聯想呢？接著，我在某個樓梯間，遇見了亞瑟家的家庭醫師。他臉上的神情混雜著不入流的陰險、狡獪與惶惑，當他與我擦肩而過時，我感覺得到他身上帶著驚恐與不安。再下一分鐘，男僕已然打開了一道門，引領我來到他家主人的面前。

我來到一間相當寬敞、挑高的房間，窗戶也嵌得非常高，呈尖頂狹長型，而且離黑色的橡木地面相當遠，用手根本搆不到窗。微弱的深紅色光線，從格狀的窗玻璃透進來，除了房間最邊遠的角落，以及那早已腐蝕的拱形天花板凹陷處，目光所及，屋內所有東西無一不披上一層深紅色的薄薄光輝。房間各面牆壁都掛著黑色掛毯。屋內擺設了許多質感普通、老舊破爛的家具，給予人不自在的窒悶感覺。大量的書籍、樂器雖然散落一地，但這屋子仍死氣沉沉，一點活力生氣也沒有。房間瀰漫著一股憂傷的氣息，空氣中充滿了無可救藥的深沉陰鬱感。我感覺得到，我呼吸得到。

一見到我進屋裡，原本拉長身子、躺在沙發上的亞瑟，立刻站起身走向我，熱烈活潑地迎接我；一開始，我對他表現出的熱情，感到很不自在，因爲感覺上，他應該是個很疲憊、精神很萎靡的人，但卻似乎勉強著自己堆出熱情的精神、誠摯的神態，客套地歡迎我；但後來，當我瞥見他臉上那種熱切興奮的表情，才發現他確實是眞心眞意歡迎我的到來。之後，我們一起坐了下來，但有好些片刻，他都沒說話，而我則是一直盯著他看，但沒想到，看著看著，竟對他生出一種既同情又敬畏的感覺。哎呀，羅德烈克．亞瑟怎麼會變成這樣呢？從我剛剛進門到現在，這短短時間內，他的容貌怎麼會從熱烈興奮，變成現在這樣呢？爲何改變如此之大？眼前的人，眞的是我兒時的玩伴嗎？然而，他的五官特徵卻又沒什麼改變，仍然那麼特殊、那麼引人注目──面容枯槁；眼睛大又清亮；嘴唇有點薄，蒼白無血色，但嘴形的弧度很完美；鼻形很細緻，但鼻孔卻很寬大；下巴長得很精巧，但卻不夠突出，看起來不夠堅毅，心智力量頗薄弱；頭髮比蜘蛛絲還要柔軟、纖細；額頭兩側的太陽穴部位，異常突出腫脹……總之，這是一張一見到就令人難忘的臉孔。但這會兒，爲何同樣的五官與稍有牽動的表情組合後，竟產生了如此大的改變，我不禁懷疑，眼前和我交談的人眞的是亞瑟嗎？這當下的他，面色比之前還要蒼白，呈現出恐怖的死白；但最恐怖嚇人的，則是他那散發出神奇光澤的眼睛；絲綢般柔軟的頭髮，則毫無整理地，任它隨意亂長，因此，這一頭亂髮不但沒重重地垂在臉上，反而像蜘蛛絲一般輕柔地飄著，不過我怎麼也無法將他這副怪樣子，想成是一個正常人該有的模樣。

我眞的被亞瑟這副詭異、不協調的面孔給嚇壞了，但我很快便發現了原因所在。我想，那是因爲他十分努力地想將內心的驚恐不安、神經緊張給壓抑住，但卻又克服不了，所以才會出現這副痛苦扭曲、極不協調的怪表情。不過，一旦釐清了他這怪模怪樣的原因，我對他所表現出來的神經緊張，倒是一點也不訝異，應該說，其實是他信裡的口吻和筆跡，給了我心理準備；而且，我也記得他從小就是這麼神經兮兮的，他的身體狀況和個性氣質，似乎和別人不太一樣。我發現，他的性子十分陰晴不定，一下子表現得活潑興奮，一下子又變得生氣陰鬱。此外，處在不同的情緒裡，說話的樣子也會不一樣。平常鬱鬱寡歡、精神萎靡的時候，他總是一邊發抖，一邊說話，一副吞吞吐吐、毫不乾脆的樣子，讓人很難聽清楚他到底在說些什麼；但當他情緒變得亢奮、精神來了的時候，神態就會出現一百八十度的大轉變，他說起話來不但會變得鏗鏘有力、簡潔明白，也顯得從容不迫，此外，他的聲音也會變得清晰可聞，既沉穩和緩，又有適當的抑揚頓挫。這種說話方式還頗令人感到似曾相識，感覺上，就像醉茫茫的酒鬼和染上毒癮的毒蟲，他們在最亢奮的時候，就是這麼說話的。

這時，亞瑟便是以酒鬼毒蟲亢奮時的語調，和我交談。他滔滔不絕地說著請我到家裡來的目的，說是眞心誠意地想見見我，希望我能在一旁陪他，給他一些安慰；接著，他提到自己所生的病，那是一種他與生即俱、毫無治癒希望的家族遺傳性精神疾病，但他隨即又補充說明，這個病一定會很快消失的，他很快就不用再受折磨了。他還說，這個病使他在許多方面都禁不起刺激；他雖然描述得很仔細，但有些細節仍然使我感到既好奇又困惑，我想，這可能與亞瑟的用字遣詞、說話方式有關吧！他提到，這個病使他的感官知覺變得相當敏感亢奮、易受刺激，因此，他只能吃清淡的食物；只能穿某種材質做的衣服；只能聽弦樂器發出的聲音，因爲其他樂音聲響都會使他感到恐懼害怕；不能聞任何花朵的香味，因爲香味會使他感到壓迫；而且眼睛即使見到一點點的光線，也會感到刺痛。

此外，他還表現出一種徹徹底底被「恐懼感」奴役、征服的樣子。他是這麼說的：「我就要死了，我一定會死在自己可悲愚蠢的『恐懼感』手裡，沒有別的死法了！我害怕未來，但我怕的不是人、事、時、地、物本身，而是它們帶來的結果。即使是最微不足道的事情，也會使我害怕發抖，也會使我易感的心靈難以承受。我眞的不討厭、也不排斥面對危險、威脅，但我怕的是，一旦面對危險，恐懼感也將會隨之而來。我每天都生活在緊張不安、可悲喪氣之中，我總是趨吉避凶，想盡辦法不和『恐懼感』正面交鋒，但我感覺得到，那一天即將來臨，屆時，我就得丟開生命和理性，和猙獰的『恐懼感』幽靈進行搏鬥。」

而且，我還不時從他話裡行間的某些斷續、模糊線索，感覺到他的精神狀態確實頗爲古怪異常。該怎麼描述才好呢？話說，亞瑟已有多年沒踏出這棟老府宅，長年生活其間，使他愈形堅定相信，某些與房子有關的迷信想法。他的迷信態度與想法，實在是很荒誕、不可捉摸。亞瑟的說法是，這房子裡裡外外都表現出一種古老、怪異、詭奇的氣質，他相信，這是在年久月深的影響下，宅邸感染了他們家族世代承襲的鬱鬱寡歡氣質的緣故，所以，房子的外牆變得灰濛濛的，塔樓也變成現在這副蕭條萎靡的樣子；而且他還說，就連府宅旁邊的山中小湖，似乎也在他的日夜凝望之下，受到感染，成了一潭黑鬱暗沉、靜止無波的湖水。

亞瑟和老宅之間似乎有一種拉扯的力量，使他們不由得互相影響，但一直以來，情況不也就是如此嗎？那爲何亞瑟的精神狀況，會在最近變得急遽惡化，變得這麼糟呢？亞瑟終於還是遲疑地承認了，有個很天經地義、明白不過的原因，使他的病情惡化。那就是他久病不癒的摯愛妹妹，可能在不久後即將離世。亞瑟的妹妹是多年來唯一陪伴著他的人，是他在這世上最後、也是唯一的一個親人。亞瑟告訴我：「妹妹如果死了，我這又病又弱又毫無指望的人，就是亞瑟家族最後僅存的子嗣了。」我永遠忘不了他當時的悲痛神情。不過，亞瑟說這些話的同時，他妹妹瑪德琳也正好緩緩走進屋子裡，接著走向另一頭的房間出口，然後，便直接離開了；可是，瑪德琳卻從頭到尾，都沒注意到我這個外人的存在。我看到瑪德琳時，簡直驚訝害怕得說不出話來，即使是現在，我也無法描述當時的感受，總之，我整個人嚇呆了，只能眼睜睜看著她離去。之後，當她離開房間，把門帶上後，我的目光便不自覺、急切地落在亞瑟身上。只見亞瑟把頭深深埋進了手裡，接著，悲痛的淚水便撲簌地從他蒼白消瘦的指縫間抖落出來。

瑪德琳生的是怪病，這些年下來，不知換過了多少醫生，但每個醫生都對她的病束手無策。醫生們診斷她的病情爲——對所有人事物均無感、身軀將日益消瘦、經常發生短暫的局部性僵直，意即陷入假死狀態。儘管病況日益嚴重，但她卻一直不向病魔低頭，也不願就此躺在病床上等死；然而，就在我抵達亞瑟府宅後不久，也就是夜幕才剛降下，瑪德琳便不得不向病魔屈服，死去了（這是亞瑟在夜裡告訴我的，他突然跑來說這件事，神情非常激動）。我這才知道，先前在亞瑟工作室的驚鴻一瞥，是我在瑪德琳死前見她的最後一面。

瑪德琳死後那幾天，不管是我或亞瑟，都沒提起過瑪德琳的名字；此外，我還想盡辦法，轉移亞瑟對妹妹死去一事的注意力，希望能稍減他悲傷的心情。我們一起畫畫，一起閱讀；而且，就像在作著什麼怪誕的夢一般，我甚至聆聽亞瑟彈吉他，聽他奏出一首首即興狂放的樂曲。那幾天，我和亞瑟的親密相處，使我得以進入他的內心深處，但愈是深入，便愈感到無力，因爲我發現自己根本無法稍減他沉鬱的心情、安慰他悲傷的心緒；他的性格天生憂鬱晦澀，他的身心、全身上下，無時無刻不散發出憂鬱的氣質、鬱鬱的幽思，任誰也無法撼動或稍減。

我想，我這一生永遠不會忘記，我在那幾天裡和亞瑟共度的許多沉鬱時光。不過，我怎麼也想不起來，我們當時或認眞看書，或排遣心緒的各種情景。那些興奮的、混亂的美好情境，彷彿全蒙上了一層硫磺般的淡黃光輝，使人目眩不已。我記得，亞瑟即興創作了許多長輓歌，而這些歌將永遠迴盪在我耳邊；其中，有一首改編自韋伯的〈最後華爾滋〉，讓我留下很深的印象，因爲他將原作改成了大膽怪誕、顚覆加長的亞瑟版本。除了作歌，亞瑟還畫了很多畫作，他作畫的主題是非常精巧細緻，但愈往下畫，涵義愈深沉，也愈使我感到顫抖，感到無以名狀的悚然；甚至，我到現在都無法將這些畫作予人的悚然意涵，形容出一二。他的創作理念相當直率，毫不遮掩他內心眞正的想法，因此他的創作總使人震懾不已。這麼說好了，若眞要說一幅畫「畫之有物」，畫得有思想、有見解；無疑地，羅德烈克．亞瑟的畫作，當之無愧。至少在當時，亞瑟的畫作對我而言，已不僅僅是憂鬱症患者的抽象創作而已，他的畫使人感到毛骨悚然、心生畏懼，他的畫有種極度陰鬱晦澀的氛圍，就連一向以狂想風格著稱的富塞利，也不曾給過我這種陰沉悶鬱的感覺。

不過，在亞瑟眾多抽象幻想作品之中，倒是有一幅畫沒那麼「抽象」，或許我能在此稍稍描繪出畫作內容。那是一幅小畫，畫面裡有個延伸得很長的長方形地窖或洞穴之類的室內空間，空間裡的牆壁極低、很光滑、呈白色，而且沒有任何擺飾。從畫作中的某些附加描繪可得知，這個空間位在很深的地底，離地表相當遠。此外，在這個長條形的空間裡看不到任何出口、任何火炬，或是其他人為光源的所在，但卻有不知從何而來的強烈光束，把室內照得亮晃晃的，使整個空間都沉浸在一種恐怖駭人、極不協調的光燦之中。

我之前曾提過，亞瑟生的這個病，在聽覺方面的影響是，只能聆聽特定弦樂器奏出的聲響。我想，或許是因為他能聆聽的樂音有限，所以亞瑟才會特別喜愛吉他這個樂器吧，可以說，吉他在很大程度上，造就了他那些古怪奇異的音樂創作。談到音樂創作，我想，我很難以言語來形容他對即興音樂創作的熱愛，以及那份渾然天成的才華；只能說，他在極度亢奮的時刻裡，心智就會變得極度專注，再加上他平常就很愛寫些押韻詩，因此往往能很澎湃流暢地，創作出一首首有著動人歌詞旋律的狂想曲。亞瑟創作了許多狂想曲，其中有一首歌的歌詞，我記得最為清楚。這首歌的歌詞之所以使我如此印象深刻，可能是因為裡頭充滿了他當下心有所感的情志，而這也是我第一次，得以窺見亞瑟內心的完整思想，以及他那搖搖欲墜的理智心性。這首〈鬧鬼宮殿〉的歌詞，我想我已相當精確地記了下來。歌詞是這麼寫的：

I

綠意盎然的山谷裡，
住了一群美好的天使，
那裡曾是一座潔白而宏偉的宮殿——
一座光芒四射的明亮宮殿——
一顆經過灌溉養成的頭腦。
那裡由思想君王管轄——
昂然矗立的思想宮殿啊！
就連地位最崇高的天使長，
也不曾來到過這美好的宮殿。

II

金燦的黃色旗幟，
曾在宮殿的屋頂上幡然飄動，
但這已是很久很久以前的事了。
過去的時光是那樣甜美可人，
輕柔的氣息曾在此駐足嬉戲，

如今，榮耀的城牆已變得毫無生氣，
空氣中不再飄浮著輕柔香氣。

III

在那快樂山谷晃盪的遊人啊，
透過兩扇明亮發光的靈魂之窗看見，
詩琴發出美好低沉的樂聲，
精靈們翩翩起舞，
圍繞著思想君王跳舞，思想君王坐在王位上，
看起來很有威嚴，散發出威武的榮光，
他就是宮殿的統治者。

IV

潔白宮殿的大門，
流淌著無數光燦的珍珠與紅寶石，
大批的華美寶石，不斷流進、流進、流進宮殿裡，
將宮殿妝點得閃閃發光、無比輝煌，

山林女神們甜美地歌唱，以非凡的美聲，
歌頌思想君王的才學與智慧。

V

然而，一群穿著憂傷袍服的邪魔，
竟突襲崇高的思想君王；
（啊，多麼令人哀痛，再也盼不到明日曙光的降臨，多麼淒涼啊！）
圍繞著宮殿的火紅榮光，曾是那麼繁盛壯麗，
如今，卻成了久葬深埋的黯淡記憶。

VI

如今，在山谷中旅行的人，
透過那紅光閃耀的靈窗，看見的是，
群魔隨著刺耳的旋律，狂亂舞動著；
有如恐怖駭人的急流，爭先恐後穿越宮殿蒼白的大門，
從此，群魔在宮殿裡不斷奔竄，
從此，只聞恐怖駭人的笑聲——笑容，則永不復見。

我記得很清楚，當時，這首歌的歌詞還引發了我倆對某項觀點的思考。而且，亞瑟還極力主張某個觀點，不過，我卻不是很認同，因爲這觀點實在太標新立異了，眞不知道亞瑟爲何如此執拗地堅持；這個觀點就是——草木萬物皆有情。看來，亞瑟的思維已然錯亂脫序，他提出的這項論點不僅大膽，甚至在某種情況下，簡直冒犯了天地間的無機領域。對此，我不僅無法理解，也無法多加闡述，總不能要我跟著亞瑟一起發瘋吧！事實上，他之所以會如此堅持此論點，還是與亞瑟府宅（這棟建築物本身）世代以來產生的變化有關（他的這種想法，我在先前提過一些）。他認爲，這房子的每一塊灰色石頭都是有知覺的，也因此它們的排列秩序才會是這樣；不僅如此，就連散布於房子外牆上的菌類植物、持續屹立的腐朽老樹，一直以來，也都是因爲受到房子每個石塊，意即受到房子本身的掌控、召喚，才會形成如今的樣貌與狀態；甚至，這房子對緊鄰在旁的山中小湖，伸出的召喚魔爪更是加倍厲害，因爲整潭湖水都被它給攪得黑沉、陰鬱、靜止了。亞瑟還說，凝聚在房子四周的特殊氣味，便是「草木萬物皆有情」的最好證明；也就是說，這股混雜了牆壁濕氣、植物腐臭，以及湖面霧氣的獨特氣味，證實了石頭、房子、植物、湖水皆有情，所以會互相影響。他並且還補充說明，就是因爲一直以來，這房子總是默默散發一種揮之不去、恐怖無邊的影響力，亞瑟家族的命運才會變得如此，而他也才會變成我如今看到的這副模樣。以上這些論點與看法，全是亞瑟堅信不移的，我想，既然他是這麼解釋家族的命運，一切就已足夠，我毋須、也毋能再有任何的意見。

在我和亞瑟共處的那幾日裡，我們所閱讀的那些書，不僅是他平日不可或缺的精神食糧，而且我認為，那些書肯定與他愛幻想的性格有著十分密切的關係。我們一起讀了——葛雷塞的《the Ververt et Chartreuse》、馬基維利的《Belphegor》、史威登伯格的《天堂與地獄》、霍爾堡的《Subterranean Voyage of Nicholas Klimm》；羅伯特・弗盧德、尙・丹達日內、德・拉塞布爾三人所著的手相學書籍；提克的《Journey into the Blue Distance》、康帕內拉的《太陽城》等書籍。其中，我倆最喜愛的，莫過於那本小小的、八開大的、由道明會修士艾梅里克・德吉龍內所寫的《宗教裁判手冊》；裡頭引用了好幾段拉丁地理學家龐波尼耳斯・梅拉所說的有關古非洲森林之神、畜牧之神的說法，亞瑟一讀完這些段落，就一聲不吭，坐著發呆、神遊了好幾個小時。不過，這段日子裡，他最常閱讀的則是一本非常珍貴古怪的、四開大的、以粗體字寫成的書，那是一座為世人所遺忘的教堂，所留下來的祈禱書，書名叫《馬貢廷奈教堂合唱團陪伴亡靈於齋戒前夕之守夜》。

我想起，瑪德琳死去那晚，亞瑟在夜裡突然跑來告訴我，瑪德琳已經撒手人寰了，還說他想將妹妹的遺體停放在房子的地下室兩星期，之後再下葬的事，於是，我便忍不住將這件事和瑪德琳死後那幾天，亞瑟一直很專心閱讀的那本祈禱書，一起做聯想，因為這本書裡頭提到很多怪異的宗教儀式，我擔心亞瑟極有可能是受到這本書的影響，才會決定這麼處理妹妹的遺體。不過，當然，他決定這麼做（這是他告訴我的，他說他決定了），也不完全是因為宗教因素，他自有一些其他現實因素要考量，像是死者生前所患的疾病相當特殊；還有家庭醫師一直就此事，不斷問他要怎麼處理，弄得他很心煩；以及，家族墳場位在相當偏遠的地方等情況。而既然亞瑟已將所有事情都考慮進去了，我想，我也不便再多說些什麼。更何況，我一想到自己剛到亞瑟府宅那天，曾在樓梯間和那個陰險狡獪的家庭醫師照了面，我就不想蹚渾水反對亞瑟的決定，畢竟這也是家庭醫師建議的作法，與他爲敵，對我也沒什麼好處；此外，這個決定不僅不會傷害或危及任何人，也不至於眞的那麼古怪反常，因此，我個人也認爲沒什麼好反對的。

亞瑟請我幫他一起處理遺體臨時安放的事情，我當然二話不說，幫忙到底。待屍體一放進棺木，我倆就抬著棺材，來到這間預定存放遺體的地下室。由於地下室已經很久沒開啓，裡頭的空氣相當悶窒，我們手上的火把因而半明半滅，致使我無法好好勘查這個地方。不過，我大概知道這個地方占地不大、頗狹小、很潮濕，而且完全透不進任何光線；此外，這間小室位在很深、很深的地底下，它的方位正好就在我睡房的正下方。很顯然地，在過去那個遙遠的封建時代裡，此處應該是城堡的地牢；到了近代，這裡便被用來存放火藥或其他易燃物質，這一點，可從裡頭絕大部分的地方，像是地板局部、長長的拱道，都仔細鋪上了銅質防燃地板可知，地下室之所以使用厚重的鐵門，也是爲了防燃；此外，每當大門絞鍊轉動時，這厚重鐵門便會發出尖銳刺耳的咯吱聲。

將棺木安放在這悚然地下室後，我們便將棺材蓋稍稍推開一些，想再看瑪德琳最後一眼。我一看到眼前躺著的人，便微微震懾住了，沒想到，瑪德琳的容貌竟然和亞瑟如此相像；亞瑟很快便察覺了我內心的震驚，並小聲地對我說，他和瑪德琳是雙胞胎兄妹，所以，他們倆一直有著超乎尋常的默契。我們很快看了屍體一眼，便把棺材蓋蓋上，畢竟，死者與我們已陰陽兩隔，再多看一會兒，心裡恐怕會覺得毛毛的。唉，老天爺，竟然就這樣帶走了正値花樣年華的瑪德琳，如同其他罹患類癲癇、僵直症死去的病人一樣，瑪德琳的胸口和臉上都出現了一抹微弱的潮紅，嘴角上揚，詭譎的笑容久久不散，看起來很是嚇人。總之，我們把棺材蓋蓋好、以螺絲拴緊後，便離開這停放死屍的地下室，關緊大門，心情沉重地離去，回到那陰鬱程度差不到那兒去的府宅裡。

如今，心情最痛苦難熬的那幾天已經過去了，亞瑟的行爲舉止也產生了明顯變化。他已不再像前幾天那麼亢奮了，也不再顧著看書、畫畫或彈奏曲子了。他整天不停地在屋子裡晃盪、踱步，他的腳步很急促，每一步走的距離都不一樣，既慌張，又顯得漫無目的。他的面色變得更加蒼白了，但我認爲，用死白、慘白來形容還更貼切。眼睛不再散發奇異光芒，光芒全都熄滅了，目光變得呆滯。嘶啞有力的嗓音已不復見，他說起話來，已回到以往那副怯怯懦懦的模樣，再加上他似乎陷入極度驚恐害怕，以至於他一開口，便不住顫抖。曾有好幾次，我認爲，他的內心一定是藏了什麼祕密，才會如此不安、受壓迫，而且他肯定是想告訴我這祕密，只不過仍在天人交戰，想找到開口坦白的勇氣。但也有好幾次，我卻認爲，他肯定是陷入了某種莫名其妙的狂想，才會變得這麼失落；因爲，我發現他曾一連好幾個小時都對著空氣發呆，而且是很認眞地發著呆，好像在聆聽什麼幻夢聲響似的。然而，誰教他的行爲舉止那麼恐怖嚇人，嚇得我好像也感染了他那詭奇怪異的恐懼感，我開始慢慢感到，有股毛骨悚然的感覺爬上心頭。

那種毛骨悚然的感覺，在我們安放了瑪德琳遺體後的第七或第八天夜裡，到達了恐怖的頂點。那天夜裡，我在床上輾轉難眠，時間一點一滴地流逝，而我依然清醒。我努力想擺脫內心的神經緊張，我告訴自己，我只不過是被房間裡這些陰森森的家具，和隨風胡亂飄動的窗簾嚇到，所以，根本沒什麼好緊張害怕的。我告訴自己，窗外的暴風雨正在發威，而那些破破爛爛的黑色窗簾，只不過是因爲被強風吹得到處亂晃亂飄，碰撞到了床邊的裝飾，才會不斷發出沙沙響聲。但這自我安慰與自我心理建設，仍然一點用也沒有。我渾身上下忍不住戰慄，最後，有一股無以名狀的恐懼感盤據了我的心頭。爲了掙脫心頭的恐懼感，我鼓起不知哪兒來的勇氣，緊靠著枕頭，奮力往房間最陰暗的深處看去，然後聆聽著。不過，我也不知道，自己爲何要豎起耳朵聽，我想是本能要我這麼做吧。然而，我聽見了，我眞的聽見了，每當暴風雨間歇時，也就是，每隔好長一段時間，我都會聽見模模糊糊的低沉聲響，但我並不知道這聲音究竟從何而來。我的內心感到極度恐懼，這恐懼不僅無以名狀，也令人忍無可忍。我想，今晚我是別想睡了，於是我很快從床上爬起，穿好衣服，在房間裡快速來回地踱著步，想趕快擺脫這可悲的恐懼處境。

我在房間裡踱步、轉了幾圈之後，便聽到隔壁的樓梯間傳來一陣輕巧的腳步聲，我聽了一會兒，認出那是亞瑟的腳步聲。再下一刻，他已然敲著我的門，隨後，手上拿著盞油燈的他，便進到了屋裡。他的面容一如往常的死白，不過，眼神卻不太一樣，好像有種瘋狂的喜悅似的，不，那瘋狂的眼神，並不是因爲喜悅，而是因爲他正努力壓抑歇斯底里的情緒與反應。說眞的，亞瑟的樣子嚇壞我了，但此時發生任何事，都好過要我一個人繼續忍受這無名的恐怖感，我甚至還打從心底歡迎他的到來，這眞是一種心靈的寬慰啊！

「你還沒看到嗎？」亞瑟安靜地看了看四周，突然開口說話，「所以，你還沒看到囉？不過，等會兒喔，你馬上就會看到的。」他一邊說著，一邊小心地用遮光罩遮好油燈的光線，然後很快跑到其中一扇窗的窗邊，迎向暴風，推開窗戶。

亞瑟一推開窗，猛烈的暴風便立刻灌進屋裡，把我們吹得站不住腳。我望向天際，天空果眞出現奇特的異象，這的確是個美麗的暴風雨夜晚，它有恐怖的一面，也有美麗的一面。很顯然地，有股強大的旋風在鄰近不遠處發威，但它的風向卻一直不斷猛烈地改變。天空中濃雲密布，但雲壓得很低很低，簡直就快碰到了府宅的塔樓。但說也奇怪，儘管這片雲霧濃得化不開，但我們卻能清楚看見裡頭一朵朵的雲，正以迅猛之姿往四面八方飛撞，往其他雲朵的方向奔竄，然而，所有的雲朵竟然都只是在這團大雲霧裡活動，而不見任何一朵雲脫離，往遠處飄去。我想表達的怪異之處是，沒想到在雲霧這麼濃密的狀況，且毫無月亮、星斗或閃電的亮光輔助下，我們竟然仍看得見雲霧裡的動態。原來，有個詭譎不明的微弱光源團團包圍了整棟府宅，在光源的映照下，還可清楚看見房子四周也圍繞了一團霧氣；此外，府宅四周的所有景物，包括塔樓上方的這團亂雲底部，也全都幽幽散發著光亮。

「你不可以、也不應該再看這種東西了！」我一邊顫抖著對亞瑟說話，一邊使勁將他帶離窗邊，「這些使你感到驚奇困惑的天空異象，只不過是大氣的放電現象，沒有什麼特別的，嗯，或許是小湖裡那些難聞的沼氣造成的，也說不一定。我們還是把這扇窗關上吧，外頭的空氣很寒冷刺骨，對你的身體沒好處。來，這裡有一本你最喜歡的冒險故事，我來唸，你只管聽，我們就一起看點書、讀點故事，度過這恐怖的暴風雨夜晚吧！」

我準備唸給亞瑟聽的，是一本名叫[1]《Mad Trist》的古書，作者是蘭斯洛．康寧爵士。我得說，這本書根本就不是什麼亞瑟最喜歡的一本書，那是我情急之下脫口而出、亂說的。事實上，這本書的用字遣詞很粗俗，而且冗長無趣，根本不可能是亞瑟會看得上眼的書，要知道，亞瑟的文學藝術造詣可是很高的！不過，沒辦法，這是我手邊唯一的一本書，只能死馬當活馬醫了。但我仍懷抱一絲絲希望，希望這本蠢書能讓亢奮激動的亞瑟，穩定心情、恢復平靜。我心想，在我說故事的同時，如果亞瑟看起來真的像是仔細在聽，而且也表現出入迷快活的神態，那我就算是達到目的了。

這會兒，我已進行到故事相當著名的高潮段落，我唸到，故事裡的主人翁艾思爾萊，他請求進入隱士的住所，但卻遭到拒絕，於是只好來硬的，強行以武力進入。我記得故事是這麼說的：

艾思爾萊，天生就是個勇敢、大無畏的人，再加上他現在酒意甚濃，火氣蠻力可大得很，因此，他不打算再和這固執惡狠的隱士周旋下去。站在門外的他，已感覺到雨水落在他的肩上，他擔心暴風雨就要來臨，便立刻舉起手上的鎚矛，用力朝門板狠狠擊去，試著敲打出一個大洞，好讓他那隻穿戴護鎧的手臂得以伸入。接著，他便將手臂伸進門上的大洞，再猛力往外一拉，瞬間，木門破裂、撕裂了，化成了無數的木頭碎片。一時間，木頭清脆破裂的無數巨大聲響，驚擾了整座森林，在森林中迴盪不已……

這會兒，我才剛唸完故事裡的「一時間，木頭清脆破裂的無數巨大聲響，驚擾了整座森林，在森林中迴盪不已」，就不自覺停了下來，因為——因為我似乎也聽見府宅深處傳來了類似的木頭碎裂聲，接著也傳出了回聲，只不過宅裡這回聲並非清脆的聲響，而是悶窒的。但我隨即又想，這是不可能的事，一定是我房間的木頭窗框在暴風雨的侵襲下，發出了類似的巧合聲音吧，哎呀，我還是別亂想、亂嚇自己。於是，我又繼續往下說故事：

艾思爾萊是個驍勇善戰的鬥士，他破門而入後，沒見到惡狠的隱士，他因而感到既吃驚又憤怒。隱士消失了，取而代之的，竟是一隻全身長滿鱗片、吐著火舌的巨龍。巨龍坐在一座鋪著白銀地板的金色宮殿前，護守著宮殿；宮殿的牆上掛了一面閃亮亮的黃銅盾牌，上頭銘刻著：「能入殿者，便是王者；能屠龍者，便得寶盾。」

接著，艾思爾萊舉起了鎚矛，往巨龍的頭部猛然擊去，巨龍隨即倒地，發出一聲尖銳刺耳的恐怖叫聲後，便嚥下最後一口氣死去。那巨龍死前的哀叫聲之尖銳恐怖，前所未聞，即便勇猛如艾思爾萊，也不得不以雙手摀住耳朵，抵擋這恐怖刺耳的聲音。

故事說到此，我又突然停頓了下來。我內心感到極度驚詫，因為我確實聽到一陣故事裡那種尖銳恐怖的叫聲，從房子的某方位傳出。那是一聲很不尋常的持續尖叫聲，非常低沉、刺耳，而且聽起來很遙遠。總之，我作夢般聽見的這個長聲尖叫，確實和故事裡巨龍所發出的怪異尖叫，完全吻合。

沒想到，我竟然一連兩次都聽見故事裡的聲響，在這府宅裡「原音重現」；對此，我眞的嚇壞了，第一次出現相同的聲響，或許眞的只是巧合，但同樣的事情又發生第二次，眞的不得不說是詭異的巧合了。儘管我的內心對這些巧合感到既驚訝又恐懼，但我仍在表面上力求鎭定，不希望被神經質的亞瑟察覺，免得他又陷入瘋狂、歇斯底里。儘管亞瑟在故事發展的最後那幾分鐘裡，行爲舉止有了奇怪的轉變，但我還是不認爲他聽見了這些怪聲音，否則他的反應不會只是這樣而已。亞瑟的奇怪舉止是，他原本是面對我而坐，但他卻逐漸改將椅子轉向門口，面朝門口而坐；也因此，我只能看見他的側面，看見他的嘴唇好像在動，只是我完全聽不見他在喃喃自語些什麼。此外，他還把頭垂到胸前，不過，從他那睜得大大的眼睛看來，我知道他並沒有睡著；而且，還有一點能證明他是醒著的，那就是，他的身體一直輕輕地、不斷地搖晃擺動，從左邊搖到右邊，再從右邊晃到左邊。我很快觀察完亞瑟的狀況，發現他情況還算穩定，便又繼續往下說著故事：

勇士艾思爾萊打敗了恐怖巨龍後，接下來，便想到要取下那黃銅盾牌。爲了解除盾牌上的魔咒，他移開了眼前的巨龍屍體，勇敢步上宮殿的白銀地板，往懸掛盾牌的牆壁走去。然而，艾思爾萊還沒走完這段路，盾牌便從牆上落下，掉落在他腳邊的白銀地板上，發出了一陣清脆恐怖的巨大響聲。

但沒想到，最後這一句話才剛從我嘴裡迸出，我就好像聽見房子深處，傳來那黃銅盾牌重重摔在白銀地板後的回聲，那回聲很低沉、響亮，只是聽不太清楚，有悶窒感。聽到這個聲音，我整個人再也承受不住內心的驚恐，嚇得從椅子上跳了起來；然而，亞瑟似乎毫無反應，自若地繼續搖晃他的身體。我立刻衝到他的身邊，發現他兩眼直盯著門口看，臉上的表情像石頭般僵硬。然而，當我把手放到他的肩膀上時，他竟全身強烈地打起顫來，嘴唇也顫抖地漾起詭異笑容，接著，他便開始語無倫次，他急促而低聲地說著話，絲毫沒意識到我的存在。我彎下身體、挨他很近，仔細聽他說出那恐怖駭人的一字一句。

亞瑟失了魂般地自語著：「這樣還是沒聽見嗎？不，我聽見了，我一直都知道這些聲音的存在。這些聲音已經出現了好長、好長一段時間了；每一分鐘、每一小時、每一天，我都清清楚楚聽見，但老天爺啊，請可憐我這個既悲慘又卑鄙的小人啊，我就是沒膽說出這些事。我把瑪德琳活生生的送進墳墓裡了！我說過，我的感覺很敏銳的。現在，我就告訴你，打從一開始，我就聽見她在棺材裡虛弱地掙扎……那是好幾天前的事了，但我就是沒膽說出來。今晚聽到的故事眞是好極了，哈！哈！哈！那故事主角砸壞隱士住所木門，發出的聲音就是瑪德琳破壞棺材的聲音；那隻巨龍死前的長聲尖叫，就是瑪德琳打開地下室大門時，絞鍊發出的聲響；那盾牌摔在白銀地板上發出的連續金屬碰撞鏗鏘聲，就是瑪德琳沿著地下室鋪銅拱道，匍伏爬行的聲音。噢，天啊，我究竟該往哪兒逃？她應該會立刻來這裡，責怪我爲何如此草率急忙埋了她吧？那應該是她上樓的腳步聲吧？那應該是她沉重駭人的心跳聲吧？瘋子！」亞瑟說到這兒，便整個人突然猛烈地跳起來，尖聲驚叫著，那模樣很駭人，他似乎正一點一滴離自己的靈魂遠去。他一邊用手指著房間的門，一邊大聲尖叫著：「瘋子！我告訴你，瑪德琳現在肯定就站在門外！」

亞瑟最後這句用盡力氣叫喊的話，似乎有某種神奇魔力。他只是用手指著門，沒想到，這道沉重烏黑的古老鑲板大門，竟緩緩地往後打開了。不過，這道房門其實是被強風吹開的，然而，門一打開，映入我們眼簾的，眞的是那個身形高挑、穿著屍衣的——瑪德琳。瑪德琳的白袍上沾有血跡，那正是虛弱的她，連日以來掙扎著求生的證據。之後的幾分鐘裡，她一直站在門檻上顫抖搖晃著，接著，她發出了一聲低沉哀吟，便重重地往前倒在她哥哥的身上。見到瑪德琳臨死前極度痛苦的樣子，亞瑟的內心驚恐到了極點，如他自己生前所預料，他果眞輸給了內心的恐懼，接著，便立即倒地死去。

見到此情此景，我整個人嚇壞了，沒命地逃出宅邸。穿越堤道的同時，我發現暴風雨依舊肆虐著。突然間，有一道不尋常的光照亮了我眼前的路，我立刻轉過頭去，想看看這光線從何而來。眼前所見，只是孤零零的亞瑟府宅和它巨大的黑影，沒別的光線從房子裡透出啊！接著，我總算發現了光源所在，有一輪將盡的血紅滿月，正賣力將最後的光芒，投射在府宅的外牆上，將那道從屋頂裂到牆角的Z字形大裂縫，照得清楚無比。我一邊看著那不斷擴沿開來的裂縫，一邊感覺到旋風強力吹襲而來，接著，那血紅明月突然出現在我眼前，我的腦袋爲之暈眩。我看見，亞瑟府宅的石牆正急速崩毀，化成無數碎石，那牆崩石落的長聲巨響，聽起來就像千頃波濤在壯闊奔流。我腳下的深黑湖水，則靜靜鬱鬱吞沒了亞瑟府宅的斷垣碎石……。

譯注：

1 此書爲作者虛構，用意是爲了鋪陳故事情節，並非眞有其書。

14 阿蒙特拉多酒桶

THE CASK OF AMONTILLADO

多少次，福杜納托故意欺負傷害我，我都盡量忍了下來不還擊；但當他以言語侮辱了我，我就發誓這個仇一定要報，眞正了解我的人都知道，我可不會口頭上說說氣話就算了。到最後，我一定會報這個仇，這一點我很確定；不過，我光想著要報仇，但似乎忘了評估有沒有風險。若眞要報仇，我就得好好計畫、盤算一番，免得之後福杜納托又有機會回過頭來整我，那這個仇不就等於沒報？而如果我沒讓福杜納托搞清楚他到底做了什麼壞事而遭人報復，那這個仇我也等於沒報。

報仇的時候未到，我當然不會胡亂說些或做些什麼，讓福杜納托對我起疑心。我一如往常繼續假裝親切友善，臉上堆滿微笑，這樣一來，他根本無從察知我的微笑裡充滿置他於死的復仇念頭。

雖然福杜納托是個幾乎在各方面都很受人尊敬、甚至敬畏的人，但他還是有一個弱點，那就是，他對自己鑑賞名酒的能力，實在太過於自豪、自大；這一點，我可以好好利用。說到品酒，很少有義大利人眞的懂酒，大多數人都是不懂裝懂、滿嘴不實，他們不僅不用心鑽研，反倒都把心思放在該怎麼抓住機會，才能把那些從英國和奧地利來的富翁唬得一愣一愣。至於談到繪畫和珠寶方面的鑑賞，福杜納托也和其他人一樣，全是草包；但說到陳年老酒的鑑賞，那麼福杜納托確實是假不了的行家。不過，說句老實不客氣的話，我自己在品鑑老酒這方面的功力，也與福杜納托不相上下；對於義大利美酒的品鑑，我也很在行，而且無論何時，只要我手頭方便，就會大舉買來收藏。

有一天傍晚（那幾天正值嘉年華會的狂熱高潮），我巧遇了福杜納托，當時他因爲酒喝多了，醉醺醺的，才會如此熱情地與我攀談。福杜納托當時身穿花花綠綠的緊身條紋衣裳，頭上戴著小丑般的繫鈴圓錐帽。見到他，我眞是高興，不過事後想想，我當時根本沒必要那麼熱情回應他，竟然用力握了他的手。

「親愛的福杜納托，能遇見你眞好，」我對福杜納托說，「你今天氣色看起來很不錯呢！對了，我最近買到一大桶酒，據說那是『阿蒙特拉多酒』，不過，我卻覺得有點懷疑。」

「你是說你買到『阿蒙特拉多酒』？」福杜納托反問，「而且還買到一大桶？不可能，你買到的不可能是眞品，更何況現在正值嘉年華會期間！」

「對啊，就是這樣我才會那麼緊張懷疑。」我附和地回答，「哎呀，我眞是笨得可以，沒先問過你的意見，就花大筆錢買了假的『阿蒙特拉多酒』。誰教我當時找不到你，而且又擔心錯過一樁好買賣，才會貿然下了決定。」

「這絕對不可能是阿蒙特拉多酒！」福杜納托堅決表示。

「是啊，我也懷疑，我買到的根本不是阿蒙特拉多酒！」我故作懊悔地說。

「沒錯，你買到的絕不可能是阿蒙特拉多酒！」福杜納托又再一次這麼說。

「所以，我一定要弄清楚這到底是怎麼回事！」我故作憤慨地說。

「沒錯，你得弄清楚才行！」福杜納托也跟著激動了起來。

「不過你現在好像在忙，那我去找盧契斯好了。好在還有盧契斯，除了你以外，我還可以找他這個專家來幫我鑑定一下，我想，他應該能告訴我這酒的來歷。」我故意這麼說。

「哼，你要找盧契斯幫你鑑酒？拜託，他連阿蒙特拉多酒是雪利酒的一種都不知道，怎麼可能幫得了你！」福杜納托酸溜溜地說。

「可是，有很多人都說盧契斯和你的品酒功力不相上下啊！」我故意刺激福杜納托。

「那我們就走吧！」福杜納托興致勃勃地說。

「走去那兒？」我故意這麼問。

「我們一起去你的酒窖啊！」福杜納托回答。

「不好、不好，我親愛的朋友，這太叨擾你了，我想你一定和人有約了。沒關係，我去找盧契斯。」我以退為進地說。

「沒有、沒有，一點也不麻煩，我沒和人約。我們這就走吧！」福杜納托熱情急切地說。

「不好、不好，我親愛的朋友，你有沒有和人約事小，但我看得出來，你得了重感冒。我的酒窖很潮濕，而且牆上還覆著厚厚白白的硝酸鹽，這恐怕對你的呼吸道很不好。」我故作擔心地說。

「哎呀，我的感冒不礙事啦，我們走就對了。天啊，你買到的怎麼可能是阿蒙特拉多酒，你肯定被人騙了。而且，你找盧契斯幫忙也沒用，他眞的連阿蒙特拉多酒是雪利酒的一種都不知道，我沒騙你！」福杜納托激動地回應著。

福杜納托說完，抓起我的手臂就要走。我呢，只好戴上黑絲綢面具、兜攏及膝外套，任他催促著我往我家的路上走。

到家後，家裡空蕩蕩的，沒有任何僕人在家，看來，他們全都偷溜出去過節狂歡了。我之前交代過他們，我要到明天早上才會回來，並囑咐他們好好看家，不可以把家裡弄得天翻地覆。這道指示果然很管用，因爲我太清楚了，只要我前腳一踏出家門，他們必定後腳跟著溜出去玩。

我從牆上的燭臺拿了兩支火把，一支交給福杜納托，並領他隨我穿過幾個房間，來到通往酒窖的拱道。我沿著長長的迴旋梯往下走，並提醒他跟緊我的腳步，小心走。走下了最後一階，我們已然身處蒙特瑞索家族的墓穴，腳下踩踏的地面確實頗潮濕。

福杜納托因爲喝了酒，走起路來搖搖晃晃的，每走一步，他頭上的繫鈴帽便發出「叮叮噹噹」的聲響。

「酒在哪裡？」福杜納托問著。

「在裡面呢，我們還得走一段路。」我回答他，「不過，你有沒有看見牆上那些像白色蜘蛛網的東西在發光？」

福杜納托轉過身來呆呆望著我，他的眼神因酒醉而霧茫茫的，眼眶還流出了一些分泌物。一會兒，他開口了：「你是指硝酸鹽嗎？」

「沒錯，是硝酸鹽在發光。」我故作關心地回答，「對了，你這樣咳嗽咳了多久？」

「喀！喀！喀！——喀！喀！喀！——喀！喀！喀！——喀！喀！喀！——喀！喀！喀！——」可憐的福杜納托就這樣一直咳，咳了好幾分鐘，根本沒辦法好好回答我的問題。

「咳嗽？小事啦，沒什麼大不了的。」咳聲停止了，福杜納托漫不在乎地回答著。

「我們還是調頭回去吧，」我一副下了決心的模樣，語重心長說著，「你的身體健康要緊。你是那麼的富有，而且很受人敬愛尊重，看到你現在這麼快樂，什麼都有，我就想起以前的自己。總之，你是一個很重要的人物，大家都仰賴你、惦掛著你，我則只是個無名小卒，實在不該這樣勞駕你。所以，我們還是往回走吧，要是你的病情加重或有個三長兩短，我眞的擔待不起。更何況，我還可以找盧契斯……」

「好了、好了，你就別擔心了！」福杜納托繼續說，「這點咳嗽沒什麼好大驚小怪的，它害不死我、咳不死我的。」

「我知道、我知道，我也不是故意想嚇唬你。」我回答，「不過，留心一點總是比較穩當，來來來，這裡有瓶梅鐸紅酒，喝口酒，能讓我們心口暖一點、擋擋濕氣。」說完，我從酒架上抽出一瓶酒，敲斷瓶頸，把酒遞給福杜納托，「來一口吧！」

當福杜納托舉起酒瓶、湊近唇邊時，忽然停下動作，斜著眼看我，並親切地向我點頭示意，他帽子上的鈴鐺也隨之叮叮噹噹響起。他開口說話：「我喝我喝，在此，我敬那些長眠於此的前人們。」

「我敬你長命百歲。」我回敬著。

喝完酒，福杜納托再次抓起我的手臂，我們一起向前邁進。過了一會兒，他又開口了：「這個地窖還真是大啊！」

「那當然，我們蒙特瑞索家族也曾是個大家族呢！」我回答。

「欸，我好像忘了你們的族徽長什麼樣？」福杜納托接著問。

「我們的族徽是一隻巨人的腳，腳是金色的，背景是碧藍色的。巨人腳下踩著一隻惡狠狠的大蛇，蛇的毒牙還陷進了巨人的腳跟。」我向福杜納托描述著。

「族徽上刻著什麼銘文？」福杜納托又問。

「有仇必報。」我清楚地回答著。

「好極了！」福杜納托表示讚許。

梅鐸紅酒的酒力發揮了作用，福杜納托的眼睛濕潤地閃著光，頭上的鈴鐺也一路叮叮噹噹地響；我則是感到微醺，思緒飄飄然的。我們繼續往地窖最深處邁進，通道兩旁放置了一堆堆的白骨與大大小小的酒桶。我再度停下，但這次我大膽抓住了福杜納托的手臂。

「你看這些硝酸鹽，它們愈積愈多了，」我接著說，「簡直就像青苔一樣，爬滿地窖了啊！我們現在位在河床下方，這裡的濕氣顯得特別重，濕氣凝結成的水滴也會慢慢覆上這些骸骨。我看，趁現在調頭還不遲，我們還是回去吧，我實在很擔心你的咳嗽。」

「哎呀，我就說這咳嗽不礙事了嘛。」福杜納托接著說，「來來來，我們繼續往前走，不過，可以喝口梅鐸紅酒再上路吧！」

這回，我敲破一瓶瓶身有把手的葛富紅酒遞給福杜納托，他馬上一口氣喝完。他醉意甚濃地眼露凶光，笑著把空瓶朝上一丟，還做了個怪手勢。

我滿臉驚訝不解地看他，於是他又比畫了一次怪手勢（這個手勢眞的古怪極了），並接著說，「你不知道這手勢代表什麼意思嗎？」

「不，我不知道。」我回答他。

「看來，你不是我的好兄弟。」福杜納托又說。

「此話怎講？」我好奇地問。

「因爲你不是[1]共濟會會員！」福杜納托回答。

「我是、我是，我的確是共濟會會員。」我急切地回答。

「你是共濟會會員？不可能！」福杜納托接著說。

「沒錯，我是共濟會會員。」我堅定地回答。

「好吧，那你說說看共濟會的共同識別是什麼？」福杜納托反問。

「就是這個——」我一邊回答，一邊從及膝大衣的夾層口袋拿出一把泥水匠專用的[2]鏝刀。

「你別開玩笑了！」福杜納托大叫，並向後退了幾步。「我們還是專心往『阿蒙特拉多酒』的位置前進吧！」

「好吧，那我們繼續往前走吧。」我回答。接著，我把鏝刀收回大衣，並用手臂撐著福杜納托一起走，他醉意甚濃，沉重地靠了過來。我們往前走，穿過幾道低矮的拱門，再往地勢更低處走，走著走著，又下到更低的地勢。終於，我們來到了地窖深處的一處土穴，土穴裡的空氣相當污濁噁心，四周不知彌漫著何種氣體，這氣體竟使我們手中的火炬發起了光熱。

土穴的盡頭又有另一座密穴，不過規模窄小許多。此密穴的四面牆全都堆疊著人類的骸骨，骸骨一直往上堆疊至天花板，就像巴黎的大型地下墓穴那般。不過，第四面牆堆放的骨頭掉落了不少，骸骨散落在地上，形成了一座小骨堆；隨著骨骸的鬆動掉落，我們發現這面牆裡頭竟有一處內凹的小空間，深度約四英尺、寬度約三英尺，而高度則達六或七英尺。這處牆壁凹龕似乎沒有什麼特殊用途，好像只是用來隔開支撐墓穴的兩根巨柱，凹龕裡頭那面牆壁的材質則像墓穴外圍的牆壁一般，是堅硬的花崗岩石。

此時，福杜納托舉起手中火光微弱的火把，試著往凹龕裡一探究竟，不過火光實在太微弱，以至於無法瞧個清楚。

「再往裡面走一點，」我故意刺激他，「阿蒙特拉多酒就在裡頭，我想如果是盧契斯，他一定能……」

「盧契斯，他根本什麼都不懂。」福杜納托打斷我的話，受到刺激，便搖搖晃晃踏進了這處凹龕，我也馬上跟著他身後進入。他一進入，馬上就被擋在凹龕的牆面前，他傻傻站在花崗岩壁前，想不透爲何無法繼續前進；趁此機會，我立刻將他鎖在這面牆上。牆壁的表面固定了兩副鐵鉤環，它們的高度一致，距離彼此大約二英尺，其中一個環有條短鍊，另一個環則是個鐵鎖，我用短鍊纏繞住福杜納托的腰，之後再把它拉出，固定在鐵鎖上。我的動作快又俐落，花沒幾秒鐘就緊緊鎖住了福杜納托，而他則是驚嚇過度，連抵抗都來不及抵抗，任由我擺布。我鎖上了鐵鎖，抽出鑰匙，倒著退出凹龕。

「用你的手摸摸牆壁，」我對福杜納托說，「一定感覺得到厚厚的硝酸鹽吧！這裡眞的很潮濕，我再一次懇求你，我們回頭吧？你不願意嗎？那我只好自己離開了，不過離開前，我願意在我能力範圍內，爲你做點事。」

「阿蒙特拉多酒——」福杜納托還沒從驚嚇中回過神來，突然叫出一聲。

「沒錯，我是帶你來找阿蒙特拉多酒的。」我回答著。我一邊說，一邊在我先前提過的那座骨頭堆上忙碌著。我忙著把上面的骨頭撥到旁邊，事先準備好的石塊和石灰很快地露了出來，我拿出身上的鏝刀，就著這些材料，開始振奮地砌起牆，堵住整面凹龕。

我從地面開始，一層一層往上砌，但第一層都還沒砌好，我發現福杜納托好像已經清醒一大半，因爲我聽見凹龕裡傳出了低聲喊叫，而這聲音頗清晰，不像酒醉的人所發出。接著，凹龕陷入一陣寂靜，但我知道裡頭那個人還沒完全屈服。我接著砌了第二、第三、第四層，之後，我又聽見鎖鍊猛烈搖晃的聲音，看來他還想試著掙脫，這聲音持續了好幾分鐘，這幾分鐘裡，我停下手邊的工程，坐在骨頭堆旁，一邊仔細聆聽這垂死的掙扎聲，一邊對自己一連串的絕妙好計感到滿意得不得了。最後，鐵鍊碰撞晃動的聲音終於止息，我重新拿起鏝刀，不受干擾地砌完第五、第六、第七層。現在，這面牆的高度已經和我的胸口一樣高了，我只剩下幾層要砌，我再次停工，舉起火把，就著微弱的火光，探照著牆裡的人。

沒想到牆裡那位被鐵鍊縛住、被牢牢鎖上的人，竟突然發出連續尖叫聲，簡直嚇了我一大跳，害我不由自主往後退了幾步，有那麼幾分鐘，我感到擔心遲疑，且全身顫抖。我拿出身上的佩劍，不放心地朝凹龕內牆刺去，刺探一番後，我很快放下了心；之後，我又用手直接觸摸質地堅硬的花崗岩內牆，並且感到滿意極了，這人是逃不了的。於是，我整個人貼近即將封起的凹龕，我也以大聲叫喊回應著裡頭的人，他一喊叫，我就更大聲、更用力地喊回去，一陣子後，裡頭的人終於平靜了下來。

現在已是午夜時分，我的砌牆工程轉眼也將結束。我已經砌完第八、第九、第十層，眼看第十一層和最後第十二層就要完工，只剩最後一個石塊要塡了。我費力地舉起這石塊，好不容易把它放了上去，正準備挪放好時，凹龕裡卻傳出一陣低笑，嚇得我頭皮直發麻。接著，裡頭有個悲傷的聲音說話了，沒想到這聲音竟是出自我們高貴的福杜納托之口，原來，他也會有今天！

「哈！哈！哈！——呵！呵！——你這玩笑開得可眞是好、眞是妙！別鬧了，我們回我家去吧，咱們何不一邊喝酒，一邊把這玩笑再從頭到尾好好笑過一遍吧！——呵！呵！呵！」福杜納托是這麼說的。

「你是說，我們回去喝阿蒙特拉多酒，是吧？」我輕鬆地回答。

「呵！呵！呵！——呵！呵！呵！是啊，沒錯，我們就來喝阿蒙特拉多酒。對了，現在是不是已經有點晚了？我太太和其他人應該都在家裡等我們回去，我們該走了！」福杜納托接著又說。

「是啊，你說得沒錯，時候是不早了，我們該走了！」我順著他的話說。

「看在慈愛上帝的份上，放了我吧，蒙特瑞索。」福杜納托哀求著。

「是啊，我是該看在慈愛上帝的份上。」我回答著。

不過，福杜納托卻沒再回應。我等了一陣，失了耐性，便大聲叫著：「福杜納托。」但他還是沒出聲，於是我又叫了一次：「福杜納托。」福杜納托還是沒出聲。最後一個石塊還沒擺放好，我於是趁此缺口，將火把塞進凹龕裡去，裡頭只傳來叮叮噹噹的鈴聲，沒別的了。由於墓穴實在太潮濕了，我已開始感到陣陣噁心、不舒服，便加緊趕工把這個石塊放好，塗上灰泥，之後再把散落一地的骸骨沿著這面砌好的牆重新堆高……。哈哈，我幹下這件事的年代雖然已經十分久遠，但五十年來，可是不曾有人打擾這凹龕裡的骸骨呢！

願死者安息！

譯注：

1共濟會（Freemasonry），全世界規模最大且歷史悠久的祕密集會組織，類似兄弟會，以友愛慈善互助的精神集結起來。發源於中古世紀，在當時是泥水匠所屬的一種行會。

2鏝刀，砌牆時，用來抹平牆壁塗料的工具。

15 陷阱與鐘擺

THE PIT AND THE PENDULUM

這裡曾是邪惡暴徒心懷憎恨敵意，以無辜鮮血餵養其噬血靈魂的地方。如今，祖國已獲救，恐怖的死亡巢穴已毀壞，安康生機也再次重現。

巴黎「雅各賓俱樂部」舊址現已改爲市場，

如今市場大門上可見此四行詩。

我感到噁心，非常想嘔吐，持續的噁心想叶快把我折磨死了；他們終於將我鬆綁，我又能再度坐立起來，但我卻感到麻木不仁，只覺得全身知覺正在遠離我。死刑判決——我被判了死刑，這是我最後清楚聽見的一句話，接著，宗教裁判所的法官又繼續說了什麼，再也不重要了，那些話語如夢似幻的模糊嗡鳴著，而嗡鳴聲又使我聯想到水車輪的運轉呼轆聲，我開始感到暈眩、天旋地轉，天啊，我便再也聽不見任何聲音了。但即使聽不見，我卻還看得見，我看見那恐怖非常的——嘴唇，那一個個身穿黑袍的法官，他們的嘴唇竟比白紙還要蒼白，而且單薄的近乎詭異，他們從唇間一字一句冷血、不帶感情，堅決、無關痛癢地迸出「死刑」的這兩個字眼。我看見，他們蠕動的嘴唇仍源源不絕地流瀉出我的死刑宣判；我看見，他們唸著我名字時，唇間形成的音節，但令人害怕顫抖的是，我仍聽不見任何聲音。在這極度驚恐錯亂的時刻裡，我還看見，牆上的深黑色掛毯正細微難察地輕輕擺動著，之後，我的目光便落在桌上那七根長蠟燭上頭。剛開始，我還以爲這些長蠟燭就是前來解救我的慈悲白衣天使，但不一會兒，有股致命的噁心感湧了上來，我的身體像有道電流通過那樣，全身上下每個細胞開始不住打顫。蠟燭的天使形象退去，它們一個個變成了頭戴火焰的恐怖幽靈，我這才知道它們根本不是什麼慈悲的使者，它們不是來拯救我的。接著，有個樂音般低沉柔緩的念頭，闖進了我的幻想，那念頭像在告訴我：「進了墳墓，就能好好安息啦！」這安慰人心的念頭，就這樣不著痕跡，輕輕地來了，它似乎早已來到，只是我一直沒察覺，然而，當我終於充分感受到它，並準備接受死亡到來的時候，奇怪的事情發生了。那些法官們竟像變魔術般地消失了，那些長蠟燭也消失了，燭火也全熄滅了，四周變得一片黑暗，我全身的知覺開始被一道漩渦怒流往下席捲，靈魂像墜入地底深淵一般，接著，四周陷入死寂，無邊的黑夜降臨。

我暈了過去，但還不至於喪失全部知覺；然而，到底還有哪些知覺存在，我並不打算多加解釋或形容，總之，我並不算眞正喪失所有知覺！一般而言，人即使在熟睡中、在精神錯亂狀態下、在昏厥情況下、在死亡裡，甚至在墳墓中，都不見得會失去全部的知覺，要不然，人類何以能夠不朽，何以能夠精神長存。以睡眠與夢境之間的關係爲例，我們通常都是突破了夢境的蛛絲薄網，才會從深沉的睡眠中醒來，但即使夢境之網是那麼纖薄而透明，但到了下一秒鐘，我們仍不記得先前究竟夢到了什麼。從昏厥的角度來看，從暈倒到甦醒，總共得經歷兩個階段，第一階段是心理或精神層面知覺的恢復，第二階段是肉體感官官能知覺的恢復；通常，當我們快要甦醒，也就是快恢復第二階段肉體官能知覺時，通常仍會記得在第一階段感受到的精神知覺，也就是靈魂被漩渦急流往下席捲，陷入地底深淵的種種印象。不過，請注意，靈魂因昏厥而掉進漩渦深淵，與因死亡而陷入幽谷陰影，是兩種截然不同的經驗，這兩者之間是有差別的。不過，即使我們在這即將甦醒的一時片刻裡，仍想不起第一階段裡的任何事情也沒關係，因爲這份記憶印象將會在日後出奇不意、不時地出現。經歷過昏厥的人，腦海裡一定都曾閃過這些記憶片段——看見炭火裡映照出詭奇的宮殿、狂亂熟悉的臉龐；看見漂浮在半空中的悲淒幻影，但其他人卻都看不見；突然對某種奇異花卉的芳香，若有所「聞」；對某種以前從沒特別注意過的樂音旋律，突然感到困惑、若有所思。

也因此，在我聽到死刑判決、昏厥了過去後，究竟仍若有似無意識到了什麼？我一直認眞地急切回想，終於，有那麼短暫的片刻，我眞的清楚回想起當時。我模模糊糊記得，有幾個高個子抬起我，靜默無言地一直往下走、往下走，那種無止無盡往下走的感覺，使我感到一陣噁心暈眩的壓迫感。我還依稀記得，當時，我似乎沒了心跳，無邊的恐懼感籠罩著我，我感覺不到自己的心跳啊！接著，四周竟突然陷入一陣無聲無息，感覺上好像是抬著我的那些人累了，所以休息片刻，放下了我……我感覺到一陣平坦、潮濕……但接著，我便想不起任何事情了，我陷入了混亂，一種想努力挖掘深藏記憶、但記憶卻不允許我開啓的混亂感受。

突然間，我又再次恢復了知覺，不過，只是部分知覺；我感到心臟正狂亂地跳動，耳裡也聽見了心臟跳動的聲音。但接著，有那麼一下子，一切又暫停，成了一片空白。一會兒後，我又恢復了知覺，但這次多了個觸覺，因爲有股刺痛感襲遍我的全身。這會兒，我已恢復了所有的肉體感官知覺，但卻仍一直無法思考，腦袋毫無思維可言，這種情形持續了一段不算短的時間。之後，我的思考能力終於恢復了，我驚恐地顫抖著，希望意識趕緊完全恢復，好了解自己究竟處於何種狀態，然而沒想到，竟有股無法控制的強大渴望，又讓我陷入了無意識狀態。一會兒後，我的意識竟突然甦醒了過來，而且還能自由挪動我的身體……我終於想起了所有的事情，包括：審判的情景、法官的模樣、牆上的深黑色掛毯、死刑的判決、噁心感、昏厥，以及昏厥後所有空白殘缺的記憶，也全都補白了起來。這之後所發生的事情，我也費了好大一番工夫，才模模糊糊想了起來。

我到目前爲止都還沒睜開雙眼。我感覺自己正平躺著，並已被鬆綁。我伸出一隻手摸索著，發現自己摸到了潮濕、堅硬的東西，我靜靜摸了好幾分鐘，並竭盡所能猜想自己究竟身在何處，究竟該怎麼辦。我很想睜開眼睛看個清楚，但卻不敢，我害怕睜開眼睛後，第一個進入我眼簾的景象；我怕的並不是睜開眼睛後會看到什麼恐怖的景象，而是害怕四周空無一物，什麼都看不見。最後，我懷著絕望的心情，仍然睜開雙眼；這一看，果然印證了我最壞的假設。我的四周一片漆黑，黑暗無止盡地包圍著我。我害怕地掙扎著，一陣混亂地呼吸著，這四周漆黑得好徹底、好深沉，壓迫得我喘不過氣來，使我感到窒悶難耐。這會兒，我仍安靜地平躺著，並盡一切力量想讓自己恢復理智。我回想起先前接受審判的情形，並試著設想我究竟處於何種狀態。從我被判了死刑至今，已經過了好長一段時間，每一刻，我都以爲自己已經死了，儘管小說情節大多是這麼發展的，但卻和我現在面臨的眞實處境大不相同，我究竟身在何處、處在何種狀態之下呢？我知道，死刑犯通常都會被處以火刑，我接受審判那一晚，就有個犯人被燒死。難道，我已經被送回牢房，幾個月後才將被處死嗎？不，絕不可能，死刑犯一定會馬上被處決的。而且，我現在所在的地方似乎不是我的牢房，我的牢房，就如同托雷多的其他死刑牢房一般，地板都是以石塊砌成，因此，四周不至於一點光線都沒有。

突然間，有種可怕的猜想，像腦充血般湧上了我的心頭，我因過度懼怕，而又再度陷入不省人事。之後，我醒了過來，並馬上站起身來，我感到自己全身上下的細胞都陷入了痙攣顫抖。我上上下下胡亂揮動著手臂，但卻沒摸到任何東西，我實在很害怕再往前移動任何一步就會碰撞到一堵堵墳墓的邊牆。汗水從我身上的每個毛孔滲出，額頭上大滴大滴的冷汗直流。我感到極度焦慮、痛苦的焦慮，最後，我終於受不了了，我試著伸出雙手探索，小心翼翼地往前踏了一步；此外，我還努力睜著眼，希望即使有一點點的光線進來也好。我走了好幾步，但四周仍一片漆黑空曠。我終於放下心，鬆了口氣地呼吸著，還好，我面臨的處境還不是最恐怖、最糟糕的；我感到幸運，至少，我沒被活埋。

這會兒，我仍繼續小心地往前踏出每一步，但腦袋卻胡亂想著托雷多這個地方流傳的各種恐怖故事。這裡的監獄有著各式各樣詭異恐怖的傳說，過去，我一直認爲它們只不過是故事、流言罷了，但現在，我不禁害怕地認爲，它們有可能是眞的。我的死刑判決，是要我留在這黑暗隱密的地方挨餓等死嗎？或是，有什麼更恐怖的命運在等著我呢？但不管如何，我知道，我面對的是死亡，是受盡凌虐而死的死亡，這一點一滴流逝的時間，都是用來折磨我的，我太了解那幫宗教裁判所法官陰狠決絕的個性了。

走著、走著，我的雙手終於觸摸到某種材質堅硬的阻礙，那是一道牆，好像是石頭砌的，摸起來非常光滑、黏膩且冰冷。我一邊擔心害怕地沿著牆走，腦袋還一邊想著那些古老的恐怖傳說。但接下來我又想，若我一直傻傻沿著這面牆走下去，也還是無法得知這牢房的面積大小啊，說不定我只是一直繞著牢房轉圈罷了。於是，我試著翻找口袋，想找出之前放在身上的小刀，把它插進牆縫做記號，這樣一來，我就能知道自己是從何處出發的了。但可惡，小刀不見了，我身上原本穿的衣服已被換下，換成了粗毛邊長袍。沒有小刀，我開始覺得慌張，不知道該如何是好，但之後才發現，要做記號還有別的方法，而且一點都不難。接著，我從身上穿的長袍撕下一條縫布邊，並將它塞進牆縫；我知道，若我的方向眞是沿著地牢繞圈，那麼屆時我一定會再摸到這布條。於是，我就這麼大膽決定，準備好好探索這間牢房，全沒考慮到這牢房的面積是大或小，也沒考慮到自己虛弱的身體狀況是否能負荷。牢房的地板很濕滑，我搖晃蹣跚、勉強小心地往前走著，但卻還是摔跤絆倒。我因爲太過疲倦、虛弱，跌倒後便一直沒能爬起身來，於是，便維持著往前趴的俯臥姿勢，很快地因疲累而沉沉睡去。

睡醒後，出於本能地，我伸出一隻手四處摸索著，並發現身旁有一塊麵包和一壺水；筋疲力盡的我，什麼也沒辦法多想，便不管三七二十一，先吃先喝了再說。裹腹之後，恢復了點氣力，我於是又繼續沿著牆探索牢房，走了好久，終於才又再次摸到牆縫裡的布條記號。跌倒前，我數過，自己總共走了五十二步；醒來後，我又繼續走了四十八步，才摸到那布條。看來，繞著牢房走一圈的周長是一百步，而且以每兩步相當於一碼的距離來換算，這牢房的周長應該是五十碼。至於牢房的形狀我則不能確定，這是因爲我在行走時遇到了多處牆角；但我想，我所在的地方，應該是座地窖。

我之所以探索這間牢房，並非基於任何目的，或懷抱任何逃生希望，而是出於某種好奇心。接下來，我決定離開牆邊，往對牆走去。剛開始，我步步走得小心，因爲這地板看似尖硬，但卻處處黏著了軟泥，一不小心就可能失足。最後，我終於鼓起勇氣，毫不猶豫地堅定踏下每一步，試圖一直線地走向對牆去。不過，我才這麼朝前走了十來步，腳就踩到先前撕了縫邊布條後，所垂下的剩餘長袍布條，布條纏住了我的腳，我整個人朝前一倒，摔了個狗吃屎。

我剛跌倒時，整個人一陣慌亂，並沒馬上意識到情況有異，直到我在地上趴了好幾秒鐘後，才注意到——我的下巴雖然靠在地板上，但嘴巴和大半張臉，卻都懸了空，沒好好貼在地板上。於此同時，我發現自己的前額浸在一片濕冷發黏的水氣裡，而鼻孔也聞到某種腐敗黴菌散發出的怪味。接著，我伸出了手臂，往前摸索著，這才顫抖地發現，原來我跌在一個圓形坑洞的邊緣；至於這個坑洞有多大，我則還不能確定。我把手伸入坑內，沿著坑壁，試圖鬆動一小塊石頭，成功後，我便將這碎石頭往下丟。接下來的好幾秒鐘，我一直聽見小石頭摩擦坑壁、往下掉的聲音，最後，才終於聽見它悶聲掉入水裡的聲音，響亮回聲接著傳出。於此同時，我還聽見頭頂上，似乎有人快速開門、關門的聲音，有道微弱的幽光因而突然往下射出，但光線隨即又消失。

這會兒，我已知道我面對的是何種死刑了，但也很暗自慶幸，方才的跌倒及時救了我一命，因爲要是再往前多走一步，我就徹底和這世界說再見了。我所面對的這種死法，果眞印證了那些古早無聊的死刑故事，原來那些傳說所言不假。聽說死刑處決大致可分成兩種性質，一種是殘酷致死的肉體折磨，另一種則是駭人致死的精神折磨；看來，我所遭遇的，應該是精神折磨致死的死法。經過這麼長時間的恐懼與折磨，我早已變得神經衰弱，現在就連讓我聽見自己的聲音，我都會嚇得發顫，我想，我早晚確實會因爲受不了精神折磨而死去。

我搖晃顫抖著手足四肢，摸索著路，退回了牆邊。我忍不住開始想像，這牢房說不定挖了很多坑洞陷阱，等我掉進去，心念一轉，我便決定縮在牆邊等死，這總比失足跌進坑洞好。其實，在其他情況下，我或許會立刻心一橫，生出勇氣往坑洞裡跳，結束我悲慘的命運，但此時，我卻成了不折不扣的懦夫、膽小鬼。因爲我永遠記得，那些古老死刑傳說曾記載有關「掉進坑洞」的死法，這種死刑處決計謀之恐怖陰險，怎可能讓人跌進坑裡就一了百了地解脫，裡頭說不定還有更恐怖的極刑折磨在等我。

激動煩亂的情緒，使我一連好幾個小時都保持在清醒狀態，但最後，我還是累得睡著了。睡醒後，如同先前，我發現身旁有一塊麵包和一壺水。由於我實在太口渴了，便將壺裡的水一口氣喝光；然而，這水一定是被下了藥，因爲我才剛喝下去，就感覺十分睏，昏昏欲睡。之後，我陷入了沉睡，像死去般的沉睡。我不知道我究竟睡了多久，但當我再度醒來，卻發現四周的一切變得清晰可見。有道不知從何處投射出的硫磺火光，照亮了牢房，使我能將牢房的大小和格局看個清楚。

原來，我一直估算錯了牢房的大小，整個房間的周長根本不到二十五碼。然而，接下來的好幾分鐘裡，我不禁感到失笑，對一個身處恐怖情境的人而言，這四周環境的確切面積大小，究竟又有何重要呢？但不知當時我究竟是哪一根筋不對勁，竟對這種無聊的事情感到好奇興趣，一直想找出自己先前為何會誤算房間大小的原因。最後，我終於想出解答！原來，我在跌倒前沿著牆走了五十二步後，其實離布條記號只有一、二步遠，也就是說，我幾乎已經快繞完牢房一圈了，但睡醒之後，我卻沿著反方向往回走，才會又多繞一圈，誤將屋子的周長多算一倍。至於我為何沒注意到剛開始出發時是往左邊走，但睡醒後第二次出發卻是往右邊走呢？我想，恐怕是因為當時的精神和心緒都太混亂了，才會一時不察。

而且，我也弄錯了牢房的形狀。在黑暗之中，我因為碰觸到許多牆角，而誤以為房間呈不規則狀，然而，那些牆角根本不是牆角，而只是一些牆壁的凹陷罷了。對一個當時身處一片漆黑、又剛從昏睡（被下藥迷昏？）中醒來的人而言，會有此誤判，應該還算情有可原吧。其實，這間牢房大致呈正方形，我先前判斷牆面是以光滑的石塊砌成也弄錯了，房裡的四牆其實全以大鐵板或金屬板組成，可說是名副其實的銅牆鐵壁。而那些我誤以為是「牆角」的牆壁凹陷，也只是兩片金屬鐵板之間接合的凹縫罷了。所有的金屬牆面都畫滿了陰森可厭的圖案，像是長著骷髏頭的恐怖惡魔等可怕圖像；這些惡魔圖像的輪廓仍很清晰，但上頭的顏色卻模糊難辨，我想，應該是室內濕氣瀰漫的關係。我也注意到了房間地面，沒錯，確實是石塊砌成的；房間中央有一個坑洞，應該說，整個房間就只有那麼一口井坑，我先前差點失足掉落進去的，就是這口井。

我費了很大的力氣，才模模糊糊看見這牢房裡的一切，因為我現在的狀態，和陷入昏睡之前已大不相同。這會兒，我整個人是躺平、躺直的，而且被一條長皮帶扎扎實實綁在一個低矮木架上；那條長皮帶繞了我全身上下好幾圈，被五花大綁的我，只剩頭部能自由轉動，以及左手還能勉強伸長，搆著擺在旁邊地面上、以土盤裝盛的食物。但這會兒，使我由衷感到恐怖震懾的是，地上竟然只放了食物，而沒有水壺，但老天啊，我口渴得要命；看來，那些對我用刑的人，是存心想讓我口渴的，因為盤子裡裝的，是特別經過調味、又油又辣的肉啊！

接著，我又往上察看著牢房的天花板。天花板距離我大約三十或四十英尺高，材質和四周牆壁一樣，也是金屬鐵板；但其中有塊板子，上頭畫的圖像特別吸引我注意。板子上畫的是時間老人的圖像，型態很一般，沒什麼特別的，但比較不同的是，時間老人的手上原本拿的是鐮刀，但這張圖畫裡，他卻改拿了一支古董時鐘裡常見的大鐘擺。然而，那圖畫上的鐘擺竟是某種類似機械的裝置，使我不得不特別注意它；那塊板子就在我的頭頂正上方，因此我特別把眼睛往上瞪，定定地看著它，看著看著，不知是幻想還是真實，我看見那機械裝置似乎在運轉，但很快地，我便確認了那不是我的幻想，那鐘擺真的在動。鐘擺擺盪的幅距很短，而且速度極慢；我注視了它好幾分鐘，實在不明所以，內心的納悶反而多過害怕。鐘擺的擺動是那麼單調枯燥，最後，我看得厭煩了，便把目光掃向天花板別處。

一會兒，有陣細微的聲音吸引了我的注意力，我循著聲音往地面看，赫然發現有好幾隻大老鼠在地上爬著。牠們是從我右手邊那個井坑爬出來的。儘管我雙眼瞪視著牠們，但這些大老鼠仍列著隊，急急往我這兒前進，牠們隻隻面露貪婪凶光，垂涎著那塊散發香味的肉。爲了驅趕老鼠，著實費了我不少力氣。

驅走老鼠，當我再將目光掃向天花板時，大概已是半小時或一小時後的事了。但這一看，卻讓我感到驚訝，困惑至極，那鐘擺的擺盪幅距已然變大，將近有一碼寬，而且擺盪速度也加快了許多，但最使我感到心神不寧的是，鐘擺顯然正一點一滴地往下降。這會兒，我終於發現了鐘擺的恐怖之處，它的末端掛了一把沉重的弦月形鋼刀，鋼刀兩端的彎角往上翹，彎角之間的刀刃足足有一英尺長，尖銳鋒利的像把剃刀。鋼刀上方有支沉重的黃銅桿與之相連，每當這鐘擺鋼刀在空中擺盪時，總會發出駭人的嘶嘶聲。

至此，我總算明白那些判我死刑的人，打算怎麼折磨我致死了。那些判我爲宗教異端的裁判所法官，發現我識破了先前的坑洞陷阱，便決定換其他方式致我於死。要知道，坑洞象徵的是地獄，掉進坑洞即掉進地獄，這是所有懲罰中的極刑，唉，像我這樣一個拒絕改信其宗教的膽大之徒，還有什麼死法比下地獄坑洞更適合我的呢？不過，我之所以沒失足掉進坑洞陷阱，純粹是運氣好。我也知道，這些死刑之所以如此千奇百怪，都有個很重要的目的，那就是，要出奇不意地讓犯人落入圈套陷阱，歷經身心的痛苦折磨。但那些對我施以坑洞極刑的人發現計謀失敗後，自然也就不可能硬把我丟進坑裡去，因為倘若真這麼做，實已不復當初設陷阱的意義，於是，他們決定採取另一種較為和緩的死法來對付我。天啊，這種眼看著鐘擺鋼刀一點一滴下降的凌虐死法，實在恐怖至極，怎能說是「較為和緩的死法」呢？想到此，我不禁痛苦地苦笑了起來。

好幾個小時下來，我一直懷著驚恐害怕的心情，計算著鐘擺鋼刀的震盪擺動與下降速度。它一吋吋、一點點地往下降，雖然下降速度相當緩慢，但它仍一直不斷地降下。好幾天過去了，它已降得非常低，我已然能感受到大鋼刀擺盪的風勁，鼻孔也能嗅出鋼刀尖利的味道。對這一切，我已感到十分厭煩難耐了，我祈求老天爺，讓鋼刀降得更快一些，趕緊結束這一切；我整個人已經發狂，奮力地掙扎著，想讓自己的身體往上更湊近那可怖的鋼刀。但之後，我又突然平靜了下來，乖巧安穩地躺在木架上，像個讓什麼珍稀寶貝給收服的孩子，朝著那尖利發亮的鋼刀，愉快滿足地微笑著。

之後，我又陷入了一陣不省人事，但期間非常短暫，因為當我恢復過意識來，發現鐘擺鋼刀並沒再往下降落太多。不過，我隨即又想，也或許我的確暈了很長一段時間，只不過那些施刑惡魔們注意到了，便先止住鐘擺的下降，想等我醒來再繼續折磨我。醒來後，歷經長時間空乏挨餓的我，感到了一陣無法形容的噁心和虛弱感。沒想到，人即使身心如此受痛苦煎熬，仍會渴求進食。我痛苦地伸出了左手，盡可能想搆到盤子裡被老鼠吃剩的食物。正當我把一小口食物放進嘴裡時，腦袋卻忽然閃過一個模糊的想法，一個帶點開心與希望的想法，然而，都到了這節骨眼，我還能懷抱什麼希望呢？是啊，所以我說這不過是個模糊、半成形的想法，畢竟，誰的腦袋沒出現過天馬行空、半成形的想法呢？我的確感受到了一陣模糊開心與希望，但這想法卻忽然消失，任憑我怎麼回想都沒用，仍舊無法喚回。長時間受到精神折磨，已幾乎摧折了我基本的心智思考能力，我，已然變成一個蠢蛋、白癡。

我知道，那弦月形的鐘擺鋼刀的擺動方向，正好與我的身體成垂直角度，而且對準了我的胸口部位，屆時，它將劃過我身上的粗毛邊長袍，接著再往復擺盪，繼續往下劃、往下砍。儘管它擺盪的幅度大得離譜，恐怕至少有三十英尺寬，而且它往下砍的力道也肯定很驚人，想必將四周的銅牆鐵壁切斷也不成問題，但我想，它這一來一回的往復擺盪，要眞正劃破我的長袍，可能還是得花上好幾分鐘吧。想到這兒，我便不敢再往下想了，我自欺欺人地固執以爲，只要我不再往下想，鋼刀就會永遠停在這個高度，不再下降。不行，我不能這麼懦弱，我得先做好心理準備，於是，我強迫自己去想像——那鋼刀劃破袍子的聲音，以及屆時我全身汗毛直豎的感覺。我愈想，心裡愈發毛，最後，連牙齒都開始不住發顫。

鐘擺鋼刀一直往下降——它緩緩地、平穩地往下降！我陷入一種瘋狂亢奮的狀態，竟開始比較起鋼刀緩慢的下降速度，和它快速的擺盪幅度。它忽左、忽右，忽右、忽左，到處擺盪，還一邊發出該死的尖叫聲。在我看來，它簡直像隻鬼鬼祟祟、輕聲緩步的巨虎猛獸。我則像被兩隻魔鬼給輪流揪住一般，一會兒鬼叫，一會兒狂笑。

鐘擺鋼刀一直往下降——它眞的不停往下降，冷血無情地往下降！它在我胸口上方三英寸的地方擺盪著。我奮力地、猛烈地想掙脫左手的束縛。我的左手只有手肘以下這一段沒被綁住，可自由活動，但仍得費好大一番力氣，才能構著旁邊的餐盤，將食物送進嘴裡。因此，如果我能掙脫手肘以上的束縛，我就能一把抓住鋼刀，不讓它冷血無情地砍死我。這道理就像，眼前若有一場雪崩即將發生，我也會盡最大能力阻止它，不讓它將我活埋。

鐘擺鋼刀一直往下降——它毫不停歇、無可挽回地往下降！它每擺盪一次，我就害怕地倒抽一口氣，我痛苦地掙扎，我痙攣般地全身打顫。我絕望地看著它來回擺盪，唉，雖然死亡是種解脫，但這會兒，我心上卻有千頭萬緒，有種說不出的感受。只要一想到閃閃發亮、尖利無比的鋼刀，將要輕輕劃過我的胸膛，我的每根神經就忍不住顫抖。但不對，是希望，是那幽微的生存希望，使我全身上下、每根神經不住發抖；是希望，在我身邊唱著勝利凱旋之歌；是希望，正對我這異端死刑犯喃喃細語。

我想，鐘擺鋼刀再震盪個十或十二下，它就會精準碰觸到我的長袍。但沒想到，這個觀察竟使我絕望的心情變得極度冷靜，而這也是我歷經痛苦折磨的時日以來，首次冒出的思考想法。接著，我又想到，他們只用了一條很長的皮帶來綑綁束縛我，而不是用很多條小束帶；這表示，無論鋼刀劃過我身上哪個部位的皮帶，皮帶都會爲之稍稍鬆綁，如此一來，我或許就能善用左手的力量，盡力擺脫全身皮帶的束縛，逃過鋼刀的劈砍。但多恐怖啊，屆時，鋼刀將十分逼近，磨蹭著我的身體；多可怖啊，鋼刀劃過我的身體時，若我輕輕胡亂掙扎，就可能會喪命。而且，那些施刑人怎麼可能沒想到此種逃生方法？鋼刀可是對準了我的胸口啊，我胸前綑綁的皮帶，眞的能正好在鋼刀擺盪的路徑範圍內嗎？鋼刀會不會碰不到任何皮帶，直接一刀砍進我的身體裡呢？我對此逃生計畫沒什麼把握，因而一直不敢微微抬頭，好好檢查胸口的綑綁情形，我很擔心這最後一絲希望若幻滅，我將會承受不住，直接暈過去。但我終究還是鼓起勇氣，抬頭檢查我的胸口，唉，這才發現，我的計畫眞的行不通，那些施刑人果然想過此種逃生的可能性，因此，我全身上下雖然幾乎都被緊緊綑綁住，但唯獨胸口地帶，也就是鐘擺鋼刀通過的路徑範圍，沒縛上任何皮帶。

察看完胸口，我才剛沮喪地躺回原位，腦袋就閃過先前提到的那個模糊、半成形的想法。這會兒，「想法」雖然還不是很明確，仍有些飄忽不定，但卻已完全成形、變得完整。於是，帶著一股絕望中興起的亢奮能量，我立刻將此救命想法，付諸實踐。

這幾個小時以來，在我身邊爬行亂竄的老鼠，可說是「鼠」滿爲患。這些無法無天、爲了食物不計一切代價的飢餓老鼠，睜著紅色的大眼，在一旁不懷好意地瞪視著我，彷彿只要我一動也不能動，牠們就會立刻伺機而上，將我生呑活剝。我心想：「不知道這些鼠輩，平常在井裡都吃些什麼食物呢？」

儘管我之前極力驅趕這些鼠輩，但牠們仍吃掉了盤裡大部分的肉。然而，我雖然下意識養成了在盤子四周揮手、驅趕老鼠的習慣，但仍不敵牠們的囂張跋扈。這些鼠輩吃得如火如荼的同時，還不忘肆虐我的左手手指，只因我的手指曾抓過食物、留有氣味，牠們於是聞「香」而襲。見識到鼠輩們貪婪好吃的模樣，我便立刻想到可好好運用此點，因此，便伸手將盤裡僅剩的食物，也就是那些又油又辣的肉，盡可能全部塗抹在綑綁我的皮帶上。之後，我把手放回木架上，屏氣凝神、一動也不動地等待著。

剛開始，這些貪婪的鼠輩全都被我突如其來的「改變」嚇壞了，因爲我竟然靜止不動，也不再揮手驅趕牠們。牠們驚恐地退縮著，其中甚至有很多隻老鼠嚇得爬回井裡；不過，這只是牠們一剛開始的反應，我並沒錯看這些大老鼠貪婪好吃的本性。接著，鼠輩們發現我一動也不動，便有一、兩隻比較大膽的老鼠率先跳上了木架，並在皮帶上聞來聞去。見這兩隻開路先鋒順利爬了上來，井裡的其他老鼠也像獲得安全信號般，成群地爬了出來。牠們攀上了木架，越過木架，接著便有數百隻的老鼠爬上了我的身體。對於鐘擺鋼刀的逼近，鼠輩們絲毫不以爲意，仍兀自啃囓舔噬著我身上的皮帶，甚至還搔我的喉嚨，用牠們冰冷的嘴舔著我的嘴。我差點被身上滿布的老鼠給弄得窒息，胸口漲滿無以名狀的噁心感。不過，時間才過了一分鐘，我就知道這噁心的折磨快結束了，因爲，我清楚感覺到皮帶變鬆了。我知道，鼠輩們已咬斷了好幾處皮帶，但我仍繼續維持靜止不動，繼續忍耐著，等待更驚人的成果。

我總算沒打錯如意算盤，也沒白白忍受這折磨，因爲，我感到自己正一步步接近自由。我身上的皮帶已斷裂，但鐘擺鋼刀也已來到我的胸口，鋼刀劃破了我的長袍，也劃開了裡面的亞麻內衣。鐘擺鋼刀又擺盪了兩下，使我的每根神經都感到極大的痛苦，不過，逃脫的時刻已然來到，我用力大手一揮，那些鼠輩救兵便亂哄哄地四散逃掉，接著，我小心翼翼地慢慢往木架旁邊縮起身體，移往鐘擺鋼刀砍不到我的地方。至少就這一刻而言，我是眞正自由了，我死裡逃生了。

此刻，我雖然獲得了自由，但我的小命仍掌握在異端裁判所手上。我才剛驚魂未定地跨出木架，腳都還沒來得及著地，那恐怖的鐘擺鋼刀便已不再擺動，並緩緩往回升上天花板。看到這一幕，我的心都涼了，絕望到了極點，原來，我的一舉一動眞的都受到嚴密的監視。誰說我已重獲自由？我眞是太天眞了，我只不過是從某種痛苦的死亡折磨逃脫，逃向另一個更恐怖痛苦的折磨。我緊張不安地望向四周的銅牆鐵壁，接著，牢房裡發生了不尋常的變化。一剛開始，我實在無法判斷出是什麼改變了，有好幾分鐘，我顫抖作夢般地想出了神，但還是沒用，我仍判斷不出究竟發生了什麼事。不過，在這段時間裡，我總算發現了硫磺火光的光源從哪兒來，原來，火光從牢房的牆角縫隙射出，離地面大約半英吋高，並繞行牆基一整圈。我這才發現，原來牢房的牆壁與密室是分離的，我試著從火光縫隙往外看，但當然，什麼也看不到。

就在我放棄查看火光縫隙、才剛從地上起身之際，我便理解牢房究竟發生了什麼變化。先前，我曾注意到牆上那些圖畫的輪廓十分清晰顯明，但顏色卻很模糊難辨，但這會兒，圖畫的色彩瞬間變得鮮明明亮，妖魔鬼怪畫像立時變得驚恐駭人，嚇破人膽。那一雙雙狂亂、恐怖、活靈活現的惡魔之眼，全都閃爍著火焰般的紅光，從四面八方瞪視著我……這一切都是眞的，天啊，我眞希望這一切只是我的幻想。

這一切是眞的嗎？現在，只要我一呼吸，就會吸進烙鐵的熱氣，令人窒息的氣味彌漫了整間牢房。屋子裡那無數的火眼金睛正看著我受苦受難，每一刻，那一隻隻火紅的眼睛都更顯火紅，血液般的深紅色，染遍了所有的圖畫，惡魔看起來更恐怖駭人了。我心跳加速，就快喘不過氣來了！無疑地，這些都是施刑人的傑作，噢，這些冷血無情的魔鬼化身。我不斷退縮著，從滾燙火紅的四壁，往裡頭縮，眼看就要退到房間中央的井坑。只要一想到四壁滾燙燎紅的交攻、那火焰般的毀滅，我就不禁感受到這口井帶給我的清冽涼意，現下，只有它能撫慰我灼熱的靈魂。我急忙往井坑的邊緣逼近，張大了眼睛往下看，那來自天花板的火紅瞪視，為我照亮了深淵的最深處，但這一刻，眞是恐怖至極，令我想抗拒眼下所見。然而，那深淵就是不放過我，它逼著我、揪著我獻上靈魂，它燃燒毀壞著我，我的理性在動搖……噢，這實在太恐怖了，沒有什麼比地獄般的深淵更恐怖的了！我尖叫地逃開了井坑邊緣，我掩著面，痛苦地哭泣著。

牢房的熱度急遽升高，而當我再一次睜開雙眼、望看四周，我嚇得不禁渾身打起冷顫。牢房又再度發生了變化，這一次，是格局上的變化。如同前一次，一剛開始，我實在無法判斷房間正在發生何種變化，但很快地，我便完全理解了。由於我兩次的成功死裡逃生，逼急了異端裁判所的人，他們已不想再浪費時間和我玩恐怖折磨的遊戲了。原本，這間牢房是正方形格局，但這會兒，兩兩相連的銅牆鐵壁竟開始移動，並伴隨金屬碰撞的低沉隆隆聲往外延伸，不一會兒，牆壁角度已從直角變成了鈍角，房間變成了菱形格局。但房間仍繼續變化著（當然，我也毫不指望它會就此停止），牆壁一直往內擠縮、再擠縮。我原本大可讓這些燎紅火牆將我壓扁，以求永遠的解脫，因此，我大叫著：「我寧願被燒死、燙死、壓死，都不願意跳進那口井！」然而，我是個大蠢蛋，我怎麼沒想到，他們用烙鐵攻擊我，不就是要逼我自己往井坑裡跳嗎？我抗拒得了燎紅火牆散發出的炙人熱氣嗎？即便我能承受住這熱氣，但我抵抗得了牆壁的壓迫嗎？牆壁一直往內擠壓，房間窄縮急遽快速，已不容我多加思考了！眼看，牢房僅剩中央的井坑可立足了，但我仍一直死命不從，拚命往外退縮，但牆壁卻不斷將我推向中央。到最後，房裡已全然無立足之地，我可憐的、滾燙的、灼傷的身軀啊！我停止了掙扎，但卻不禁從靈魂深處叫喊出最後的絕望嘶鳴。這會兒，我發現自己已然站在井坑的邊緣，我搖搖欲墜，閉上雙眼……。

咦，這會兒，四周竟傳來了紛雜的人聲，傳來了萬千喇叭齊鳴的巨大響聲，傳來了銅牆鐵壁粗嘎碰撞的撼動聲。燎紅火牆迅速往後退去。在我感到一陣暈眩，就要掉入井坑深淵之際，有隻手及時抓住了我，那是拉薩爾將軍的手。法軍已攻進托雷多，這異端裁判所已落入了敵軍手裡。

譯注：

1 Toledo，地名，西班牙中部的一個城市，本故事以此爲地緣背景。

16 崎嶇山探險記 A TALE OF THE RAGGED MOUNTAINS

一八二七年秋天，我住在維吉尼亞州，靠近夏洛特維爾不遠的地方。一個偶然的機會裡，我結識了一位名叫奧古斯都・貝德羅的朋友。這位年輕紳士在各方面都極爲出色，他的生理和心理狀況很特別，他來自何處、家世背景如何，這一切全都是謎，因此我對他這個人實在很好奇、很感興趣。雖然我剛剛稱呼他是一位「年輕紳士」，但實際上，他的年齡歲數也是個謎；他看起來的確很年輕，但不知爲何，有些時候，我總會毛骨悚然地覺得他搞不好有一百歲。而他最令人感到奇特的，應該是他的外表；他異常高瘦，駝背很嚴重，手足四肢細長瘦弱，額頭非常寬且低，臉色蒼白，幾乎毫無血色，嘴巴大而癟皺……他的牙齒雖然健康完好，但卻非常不整齊，總之，我從未看過這麼醜的牙齒。他的笑容雖不至於讓人感到厭惡，但總是那一號笑容，千篇一律，應該說，他的笑容總是給人深沉憂鬱之感，一種無止盡的陰鬱。他的雙眼大得很反常、很不協調，而且像貓眼一般圓不溜丟；眼珠子也像貓一樣，瞳孔會隨著光線進入的多寡而變大或變小。然而，當他極度興奮時，眼球卻又會變得無比明亮，就像是會自動發光那般明亮，也就是說，在這種時候，他的眼神閃亮了起來，就像蠟燭燃燒出火光、太陽照射出陽光那樣；但平常的時候，他的雙眼卻很無神渙散，彷若陳年死屍一般。

貝德羅顯然也對自己怪異的外表感到很困擾。我還記得，我們初認識時，他便急於解釋自己的容貌何以會如此，我聽了之後，實在很同情他；不過，即使到後來，他還是經常有意無意替自己的奇特容貌辯解，他顯然一直很在意自己的外表。不過，我倒是很快就習慣了他的怪異模樣，慢慢地，我便不再對他的外表感到侷促不安。而且，他還時常提到自己以前是個相貌堂堂的美男子，但後來卻因神經中樞方面的疾病，整個人的容貌才嚴重扭曲變形，變成我今天見到的這副模樣。許多年來，貝德羅身邊一直有位專屬醫生照料，這名醫生名叫田普雷頓，年紀大約在七十歲上下，是位老紳士。貝德羅最初是在加州的薩拉托加結識這位老醫生，他感覺自己接受了田普雷頓醫生的診療後，身體狀況明顯改善。於是，富有的貝德羅便以相當可觀的年薪，聘請田普雷頓醫生擔任他個人的專屬醫生，請這位經驗豐富的老醫生全心全意照顧他。

田普雷頓醫生早年曾到處遊歷，並在巴黎接觸了梅斯莫醫生的催眠學說後，便致力於催眠治療的課題。熱中催眠術的他，竭盡所能地想使病患相信催眠治療的成效，最後也達成了目標，成功引導病患接受催眠。他藉著一種叫做「以磁力傳導，影響病人體內磁流，以達治療成效」的催眠理念與作法，成功減輕了病患的痛苦，病患也因此對催眠治療深具信心。此後，催眠術在醫療上的應用變得愈來愈廣泛、普遍；不過，在這則故事發生的年代裡，美國境內仍鮮少有人知道關於催眠術的種種。說了這麼多，我的重點是，貝德羅和田普雷頓醫生之間也藉由一次次的催眠治療，建立起相當特別的情誼，一種相當深厚的催眠關係；但請注意，我的重點不在於他們之間的情誼如何深厚、如何超乎單純的催眠關係，我的意思是，請特別留心催眠術的強大力量。田普雷頓醫生幫貝德羅進行的第一次催眠治療，是完完全全失敗的，因爲他完全無法使貝德羅進入催眠狀態；經過長時間不間斷的催眠，成果仍十分有限；直到第十二次，他總算成功催眠了貝德羅，自此以後，田普雷頓醫生就很容易引導病人的意志，每每都能成功催眠貝德羅。我記得剛認識他們倆之初，有一次，醫生竟在貝德羅絲毫未察覺他在場的情況下，光憑意志力，冷不防就催眠了貝德羅。如今，時序已來到了一八四五年，類似的催眠奇蹟每天都在發生，我也才膽敢寫下這個不容小覷的驚人催眠故事。

貝德羅生性敏感，很容易興奮，而且相當熱情。此外，他也是個想像力豐富、極具創造性的人，不過，我想這應該得歸功於他長期服用嗎啡的副作用使然。他服用嗎啡的劑量很大、近乎成癮，沒有嗎啡，他大概活不下去。每天早餐後，他就會立即吸食高劑量的嗎啡；或者說得更精確一點，每天早晨，他喝完一杯濃咖啡後，就會立即吸食嗎啡；咖啡，就是他每天唯一的早餐。服用了嗎啡後，接著，他會自己一個人（或遛著一條狗）漫步到夏洛特維爾西南邊的荒野丘陵裡健行；雖然那座山很荒僻索然，但它還是有個名字——「崎嶇山」。

在一個陰霾多霧的深秋暖日裡，貝德羅在早晨一如往常出發到崎嶇山健行，但一整天過去了，他卻一直沒回來。

一直到晚上八點鐘，貝德羅都還沒回來，大夥擔心得要命，正準備要搜山找人時，他竟然就奇蹟般出現了。幸好他的身體狀況看起來還算穩定，不過，情緒卻顯得很亢奮。貝德羅說，他在山裡碰上了奇遇，所以才會耽擱得這麼晚，接著，他便說起自己的探險奇遇；我聽了之後，也不得不爲之大感驚奇與震撼。

貝德羅開始說故事：「你們知道的，我通常都在早上九點鐘左右離開家，出發前往崎嶇山。大約在十點鐘左右，我在山裡走著走著，竟發現一處從沒走過的峽谷，由於好奇心使然，我便決定沿著通往山谷的彎曲小徑，一探究竟。一路上，四周景致雖然與壯闊雄偉搭不上邊，但對我來說，卻有種難以形容的荒僻之美。這裡的草皮是那麼翠綠，岩塊是那麼陰灰，似乎從未有人跡，我想，我應該是踏入這處女地的第一人。山谷的入口處極爲隱密，而且難以進入，除非天時地利人和，否則很難發現這處隱蔽的山谷。」

貝德羅描述著山谷小徑：「在溫暖秋日的濃霧籠罩下，所有景物都蒙上了一層厚厚的霧氣，更添此地的朦朧美感。在重重霧氣的包圍下，我的視線僅能及十二碼遠，但儘管如此，被包圍在濃霧之中的我，仍感覺十分舒適愉悅。這條山路既彎曲又迂迴，再加上太陽照射不到此處，四周顯得一片陰沉霧重，我因而失去了方向感，弄不清天南地北。於此同時，嗎啡的副作用發作了，使我愈發對周圍的一切感到強烈好奇，看那樹葉的沙沙抖動、草葉的翠顏、三葉草的逗人形狀、蜜蜂的嗡鳴、晨露的晶瑩幽光、秋風的吹拂，以及森林釋放出的微微香氣……，這一切無不使我浮想連翩，心頭因而浮上各種有趣的狂想念頭。」

貝德羅描述心中的惶惶不安：「於是，我一邊往山谷邁進，還不忘一邊欣賞四周景致，讓自己沉醉在各式各樣的奇想之中。我就這樣走了好幾個小時，但沒想到霧竟然愈來愈濃，到最後，我變得只能如瞎子摸象般，在濃霧中摸索著前行。突然間，一股無以名狀的不安襲上了心頭，我感到緊張、躊躇，且渾身顫抖。我怕要是再往前，我就會掉進深淵。我想起以前聽來的那些有關崎嶇山的怪異故事，故事裡描述了那些住在樹叢間、洞穴中的兇猛野人族，讓我愈想愈害怕。我被心頭無數幽微恐怖的想像壓迫得喘不過氣，煩擾地失去主意。這會兒，竟有陣鼓聲大作，我的注意力於是被這突如其來的聲響吸引了。」

貝德羅描述著第一樁怪事：「聽到鼓聲，我真的嚇了一大跳，而且驚訝萬分。山裡怎麼會有鼓聲呢？這簡直比親耳聽見天使長吹奏喇叭還稀奇古怪。接著又出現了更令人驚詫的景象，使我又是好奇，又是困惑不解。我先是聽見叮叮噹噹、就像甩動一大串鑰匙那樣的怪聲音；接著便看到一個皮膚黝黑的半裸男人，一邊尖叫，一邊奔跑，就這麼從我身旁掠過。此人經過時，我甚至能感覺到他大口呼出的熱氣。他一邊跑，一邊用力地搖晃著手上的樂器，那是一只以許多鋼環製成的樂器。正當他快要沒入前方的迷霧時，我竟看見一隻張口喘氣、眼露凶光的大野獸朝他追去；沒錯，那肯定是隻大土狼，我不可能看錯的。」

貝德羅試著鎮定心情：「看到這隻野獸怪物，我內心的恐懼反倒舒緩了不少。這會兒，我確定我剛剛所經歷的全都是幻覺，這山裡怎麼可能會有土狼呢？我試著想讓自己清醒一點，便開始大踏步向前走，我揉揉眼睛，大聲喊叫，甚至還捏捏自己手上、腿上的肉。接著，我看到了一泓清泉，停下腳步，用泉水洗洗我的臉、脖子，還有我的手。這會兒，我感覺自己真的清醒了不少，先前令我恐怖幽微的困擾一掃而空，我抖擻精神，堅定自信地步上前方未知的道路。」

貝德羅描述著自己的發現：「最後，我實在是走得精疲力竭，再加上有股沉悶燠熱的感覺一直朝我襲來，我只好來到一棵樹下，就著陰涼的樹蔭稍事休息。不久，有道微弱的陽光穿透樹蔭，將微弱的葉影投射在草地上。我發呆似的凝視草地上的葉影，並感到驚訝萬分，我趕緊抬頭往上看，那竟是一棵棕櫚樹。」

貝德羅沉醉般地說著：「我心想：『不會吧，這裡怎麼可能會有棕櫚樹？』為了讓自己不再胡亂幻想，我不安地趕緊站起身來。但這會兒，我發現自己的意識相當清醒，而且我感到，意識已將我引入一個新奇有趣的世界。突然間，四周燠熱得令人難以忍受，風中飄送著一股奇特的味道，甚至還有潺潺低語的流水聲，混雜著無數嗡嗚的嘈雜人聲，傳進我的耳裡。」

貝德羅說明接下來發生的事：「我愈仔細凝聽這些聲響，愈感到驚訝，簡直驚詫到了極點。接著，有陣強勁疾風吹來，竟一口氣吹散了我眼前的迷霧，就像巫師輕揮魔棒那般令人嘖嘖稱奇。」

貝德羅描述著平原大城的景致：「我發現自己站在一座高山的山腳下，往下俯瞰著一片大平原，平原裡有條雄偉壯闊的大河蜿蜒其間。大河邊，有座阿拉伯故事裡的東方風情城市，但這座城市的栩栩如生之感，遠超過書上所描繪。我所在的位置雖然離城市頗遠，但由於我是由上而下俯瞰，因此還是能將城裡的一角一落看得很清楚，就像拿放大鏡看地圖那樣清晰。城市裡，街道混亂錯落，與其說是街道，還不如說是一條條幽長蜿蜒的巷道，還比較恰當；而且街道上擠滿了人潮。房屋的樣式相當別緻，家家戶戶設有陽臺、走廊、尖塔、神龕，以及雕工細緻的凸窗。到處都有販售精緻工藝品的市集，鋪上大多陳列著富麗奢華的器皿、數不盡的華美絲綢與棉布、光燦燦的餐具，以及華貴的寶石玉品；不僅如此，市集裡還充斥著各式飄揚的旗幟，許多坐在轎子上、戴著面紗的貴婦人，裝飾得金碧輝煌的大象，古怪的神像雕刻，以及圓鼓、旗幟、銅鑼、長矛、銀器、鍍金的權杖等等。此外，路上也擠滿了人，有人潮就有喧囂擾嚷、混亂騷動；人群中也有數不清的黑人、黃種人，他們戴著頭巾，穿著長袍，蓄著長鬍。路上除了人，也有許多裝扮華貴的聖牛在路上閒走晃蕩，而那些渾身髒兮兮、但似乎同樣神聖不可欺的聖猴，則恣肆地發出吱吱尖叫，在滿城的清眞寺廟屋簷、尖塔、雕花凸窗任意地攀上爬下。接著，我將視線從擁擠的城內街道移往大河沿岸，在那裡搭建了數不清的階梯，供人們走到河裡沐浴；大河除了得讓人們沐浴，似乎還得勉強開出一條水道，供大船艦隊行駛其上。城市的周圍，高聳著棕櫚樹和可可樹，以及其他不知名的、樹齡頗老的詭奇巨樹；此外，城市的邊緣地帶還可見到稻田、茅屋農舍、池塘、寺廟、吉普賽人的帳棚，甚或是一名優雅的少女，頭頂大水罐，朝神聖偉闊的大河走去。」

貝德羅繼續說：「聽到這裡，或許你們會說我一定是在作夢，但我並非在作白日夢。我所看到、聽到、感覺到、理解到的一切，再眞實不過，而且有條有理，一點都不像是夢境。剛開始，我的確很懷疑這些場景究竟是不是眞的，於是我進行了一連串試驗，然後很快地證明這些場景都是眞的，我眞的不是在作夢。當一個人正作著夢，夢裡的他會懷疑自己究竟是不是在作夢，而通常只要這麼一懷疑，睡夢中的人便會馬上醒來，離開夢境；所以，諾瓦利斯說得沒錯——『當睡夢中的我們，懷疑自己是否在作夢，那麼，我們的確快醒了！』因此，若我對於所看見的場景絲毫不感懷疑，那麼，我肯定是在作夢。然而，但就是因為我對自己看見的這些場景感到懷疑，並加以試驗後，發現自己仍然置身其中，並未發生所謂『清醒過來』，或『脫離夢境』的情形，因此，我才會把這些山中經歷的場景看做是奇遇。」

田普雷頓醫生說話了：「我並不急著否定你所經歷的這一切，不過，還是麻煩你繼續往下說，說說你進入那座城市的情形。」

「是的，你說得沒錯，」貝德羅繼續說，並以一種不敢置信的神情看著醫生，「我之後的確進入了那座城市。我往城市的方向走去，一路上和許多人摩肩擦踵，每條路都擠滿了人，而且不知為何，人們全都往同一個方向走去，而且似乎群情激昂。突然間，一陣莫名的衝動使然，竟使我對人們正熱中的事務感到十分好奇，心情也變得很亢奮，而且，我有一種很奇怪的感覺，我覺得自己似乎會在某事件或某行動裡，扮演舉足輕重的角色，然而，我其實渾然不知自己究竟會涉入什麼樣的事件或行動之中。被人們推擠著走的我，不知為何，竟突然對這些平民百姓打從心底昇起一股很深的敵意。於是，我避開了人群，很快地繞往別條路，之後，終於進入城裡。城裡各處都陷入群情激憤的混戰騷動，此時，我看見幾個穿著大不列顛國制服的軍人，他們率領一小群身著半印度、半歐洲風格服裝的男子，與一大群平民百姓在巷弄間激戰。穿制服的軍官們明顯寡不敵眾、居於下風，我不加思索，立刻加入了他們戰鬥的行列，撿起倒下軍官的武器，不明所以的與一大群人激戰，真不知道這些平民百姓究竟為了什麼，竟如此激憤兇狠，絕望地孤注一擲。

但我方劣勢難轉，很快就被一群烏合暴民擊潰了，我們趕緊退守到一座涼亭避難，並暫時保全性命。接著，我從涼亭頂的窺孔查看四周情形，我看見了大批暴怒的民眾，將一座突出於河面上的富麗宮殿團團包圍，並予以攻擊。不久後，有一名陰柔男子，從宮殿高處的窗戶，攀著一條以僕人們頭巾串綁而成的布繩，從高處滑落地面；有艘小船在岸邊等著，看來，這名陰柔男子準備逃到河流對岸。」

貝德羅敘述接下來的行動：「這會兒，我像是想到了什麼一樣，並迅速簡短地對同伴們說些鼓舞士氣的話，成功募集了幾個人，準備從此避難處殺出一條生路。我們直接衝向暴民，一開始，我們的確擊退了敵人；之後，暴民們又重新集結振作，瘋狂地向我們進攻，然而，卻還是被我們擊敗。此時，我們已離避難涼亭相當遠，身陷狹窄巷道，與暴民進行巷戰對峙。這裡的巷道十分窄，以至於屋舍全都向空中借地，一律蓋得又高、又突出路面，我們因而得以躲在太陽照射不到的屋舍下方。暴民不斷祭出猛烈攻勢，用長矛嚇唬攻擊我們，最後，以塗抹了劇毒的箭矢擊潰我們。那是一種很特殊的箭，形狀彎彎曲曲的像條蛇，又長又黑，箭鏃抹了劇毒，總之，有點類似馬來人慣用的波浪狀雙面短劍。有支毒箭射進了我額頭右側的太陽穴，我立刻暈眩倒地，一股噁心感襲來，我試圖對抗毒性，大口艱難地喘氣，但終究還是死了。」

聽貝德羅描述至此，我笑了起來：「你是說，你最後死在毒箭之下囉！可是，瞧瞧現在是誰在對我們說故事，是你啊，活生生的你啊！你現在應該知道，那些景象、經歷全都是你的夢境吧，要不然你怎麼可能到現在還活著呢？」

我之所以開玩笑似地這麼說，是因爲我希望貝德羅趕快醒醒，分清楚夢境與現實，再同樣以玩笑話來回應我。但出乎我預料，他竟遲疑地顫抖著，整張臉變得毫無血色，並且默默不語。此時，我把目光轉向田普雷頓醫生，他則是僵直地坐在椅子上，臉部朝下，雙眼盯著自己的襪子看；最後，他以幾近嘶啞的聲音對貝德羅說：「請你繼續往下說吧！」

貝德羅形容著死後的感覺：「我中箭死後的那幾分鐘裡，我感到一種模模糊糊、飄飄然的感覺，我感覺不到自己的存在，但意識卻很清醒地知道，自己已然死去。最後，好像有道強力電流，瞬間通過了我的靈魂，使我再度恢復知覺，並感受到光亮；再下一刻，我已然從地上爬起，然而，我並沒有肉身，我看不見、聽不見，也觸摸不到任何東西，我想，我可能只是一團氣體之類的東西。暴民群眾已散去，騷動戰亂也已平息，整座城市似乎暫時休兵，安靜了許多。我雖然看不見，但卻感覺得到自己的屍首正躺在地上，毒箭還牢牢插在太陽穴裡，頭部因劇毒侵襲，變得十分腫脹，且極度變形。我整個人輕飄飄的，失去了自主意志，任由一股推力驅使，我循著來時路，飛快地飄飄然離開了這座城市。但當我來到先前看見土狼的那個山谷時，瞬間又有一股電流通過我，我的肉體、意志又重回我身上，我又變回原來的我了。於是，我趕緊快步狂奔回來。然而，那些景象、經歷仍十分鮮活地存在我的腦海中，那種感覺很眞實，一點也假不了，不像在作夢。」

「沒錯，你所經歷的一切都是眞的，那的確不是夢境。」田普雷頓醫生神態嚴肅，正經八百地說，「但這件事解釋起來有點棘手，若想理解這件事，請容我先向你們灌輸一個假設性概念，那就是，在今日，藉由一些驚人的心理實驗，人類已然能控制另一個人的心靈意志；你們認同這個概念後，剩下的疑點就交給我來解釋。貝德羅，這裡有一張水彩畫，我早就該拿給你看了，但我擔心你看了之後，會覺得很恐怖，所以才一直沒拿出來。」

我們一起看了醫生拿出來的圖畫，我看不出其中有何古怪之處；然而，貝德羅一看到這幅圖，反應竟十分劇烈，還差點暈了過去。但在我看來，這不過是一張畫得唯妙唯肖的人物肖像，畫中人和貝德羅確實很相像，幾乎一模一樣；只不過，這張肖像畫的尺寸很小，因此，精確一點的說法是，畫中人簡直就是小一號的貝德羅。

田普雷頓醫生繼續往下說：「你們有沒有注意到，這幅畫繪製於何時？就在這裡，在這個角落，筆跡已經不是很清楚，但勉強還可以看得出來是『一七八〇年』。畫中人是我一個死去的朋友，他叫做歐德伯，我第一次見到他，是在印度的加爾各答，此後便非常仰慕、欣賞這個朋友。當時，我才二十歲，我和歐德伯都在海斯汀總督當權時期的印度政府底下服役。因此，貝德羅先生，我要說的是，當我第一次在薩拉托加看見你，我簡直不敢相信，竟有人會和這幅畫像裡的人，也就是和我的摯友長得如此相像。於是，我便想盡辦法認識你，與你攀談、交朋友，並做了一些安排，以便日後能與你長久相處，成為你最忠實的朋友。當時，我之所以那麼積極地想與你交朋友，主要是因為我對亡友歐德伯的英年早逝，一直感到很遺憾、很懊悔歉疚；但另一方面，我對你這個人確實感到很好奇，你渾身上下散發著一股令人不安的、帶有幾分陰森的氣息，而這種氣質很吸引我。」

田普雷頓醫生侃侃而談：「你剛剛提到自己站在山頂，往下俯瞰的一座平原城市，那確實是一座眞實存在的城市，也就是位在印度聖河旁的貝拿勒斯。你所經歷的混戰暴動也全都是眞的，那年是一七八〇年，這場暴動是一名印度王公辛格發起的造反行動，暴動規模相當大，當時的印度總督海斯汀，性命可說是岌岌可危。那個從宮殿窗戶攀著布繩逃出的男子就是辛格；而那一小群躲在避難涼亭裡的人，則是由海斯汀領軍的抗暴軍，穿制服的是英國軍官，服裝揉合著印度風和歐洲風的則是印度籍士兵。當時，我也是其中一名抗暴軍官，而且我極力反對另一位軍官的魯莽突圍行動，但那位軍官終究還是不顧一切地行動了，之後，他不幸壯烈犧牲，中了孟加拉毒箭、死在市井窄巷裡，他就是我摯愛的好友——歐德伯。」

接著，田普雷頓醫生拿出一本記事本，翻到其中幾頁，那幾頁的字跡還很新，看起來應該是不久前才剛寫上。他對貝德羅說：「你看看我寫的這些內容，這些內容是我稍早之前在家裡寫下來的，我所寫的正是同一時間裡的你，在山上所見、所聞、所歷經的一切……。」

一星期後，我在當地的《夏洛特維爾報》上，看到了以下的報導：

在此，我們很悲傷地宣布奧古斯都・貝德羅先生的死訊。這位紳士爲人和善、品德美善，他一直都是我們地方上的好市民。

幾年以來，貝德羅先生一直爲神經中樞方面的痼疾所擾，這個惡疾一直威脅著他的生命，終致他的死亡。然而，貝德羅先生的宿疾儘管致命，但卻不是造成他死亡的直接原因，他眞正的死因非常罕見。幾天前，他從崎嶇山健行回來之後，便患了輕微的發燒感冒，經醫生診斷，他的身體出現血液往頭部流的不尋常症狀。爲了改善此症狀，田普雷頓醫生決定採行局步放血，他因此放了一隻水蛭在病患的太陽穴上，但沒想到病人竟在很短的時間內死去。經查證，發現醫生放在病人身上的，並非一般醫療上常用的水蛭，而是一種與水蛭十分相像，但卻會分泌毒液的吸血蟲，此種有毒吸血蟲偶爾會出現在附近的池塘，因此不知在何時也一同被放進了醫生的水蛭存放罐裡。當時，這隻有毒吸血蟲一被放上太陽穴，便牢牢吸附住上頭的小動脈，將毒液傳送進去；當醫生發現他放的是有毒吸血蟲時，一切都已太晚，病人已回天乏術。

請特別注意：此種夏洛特維爾地區的有毒吸血蟲，與醫療上使用的水蛭有以下特徵差異——全身黑色，蠕動時彎彎曲曲的，與蛇類的行進方式非常相似。

貝德羅先生離奇死亡的報導刊出後，我來到報社，向處理該篇文章的編輯請教、確認死者的姓氏是否被誤植。（據我所知，他的姓氏正確拼法爲BEDLOE，但報紙上卻漏了最後一個字母E，而拼成了BEDLO。）

我對該名編輯說：「不好意思，我想請問，這篇關於貝德羅先生死訊的報導，應該是您這邊經過多方資料查證、確認後，才見報的吧？但我總覺得死者的姓氏好像弄錯了，似乎少拼出最後一個字母E。」

該名編輯回答：「資料查證有誤？不是的，這純粹是稿子進入排版作業後發生的疏漏。貝德羅先生的姓氏字尾的確有E。反正這個報導已經見了報，整件事已經告一段落，我想，我再也不需要爲這個姓氏的拼法傷腦筋了！」

聽完編輯的說法，我轉身離開，一邊喃喃自語地說：「排版上的錯誤？少拼了一個字母E，讓貝德羅換了個姓氏，從BEDLOE變成BEDLO；而若把這個BEDLO的拼法倒過來，不正好就是田普雷頓醫生那名軍官友人歐德伯（OLDEB）的姓氏嗎？這世間還眞是無奇不有，此等眞人眞事簡直比虛構小說還來得離奇詭異，可不是嗎？誰能說這只是個排版上的錯誤？」

17 鬧市孤人 THE MAN OF THE CROWD

無法與自己獨處，是一個人最大的不幸。

約翰・拉布爾耶

有本德文書極有意思，光聽書名就知道是本有趣的書；書名叫做《不准讀我！》，很顯然地，這本書不希望被人閱讀！然而，誰說只有書才能發揮自由意志，人世間也有許多「祕密」，顯然也不欲被人揭露、爲人所知。夜裡，有多少人在睡夢中死去；他們在臨死的睡夢中，拚命緊握鬼魅神靈的手，以哀淒的眼神仰望，以求告解，渴望救贖，但即使他們已聲嘶力竭地叫喊，喉嚨仍舊無法發出聲音，最後，還是只能在絕望中死去。爲何瀕死之人想做最後的告解也不可得呢？爲何喉嚨就是發不出聲音，說不出話？這是因爲他們想告解的是他們心中深藏已久的祕密，然而，這些祕密極度醜惡、駭人悖理，既已成祕密，便不容被揭露。唉，有時候，人活著時，心頭一直背負著各式各樣的祕密，被這祕密重擔日夜壓迫，便時時刻刻活得惶惶不安，直到祕密隨自己生命的終結，一起被帶進了墳墓，才能解脫，這也就是有些祕密之所以永遠成爲祕密的原因。

不久前的一個秋日傍晚，我坐在倫敦那家D咖啡館的拱形大窗下。在那之前，我病了好幾個月，不過後來已逐漸康復好轉（所以才能上咖啡館閒耗），精神氣力也恢復了不少，心情相當愉快，不像先前精神狀況不佳時那樣，對凡事都感到倦怠。而且，我覺得自己的思考能力和以往比起來，明顯增進、活躍許多，我的心智思考簡直可媲美德國哲學家萊布尼茲的鮮活敏銳，辯才也如同古希臘哲學家高爾吉亞那般華麗雄辯。大病初癒的我，心中充滿了感激與感動，啊，活著眞好！走過病痛，我變得比較能正面看待人生的悲傷苦痛，如今面對周遭的人事物，我的心境也變得比較沉著平和，但仍不失探索世界的好奇與興致。那天下午，我坐在咖啡館裡，口中叼著雪茄，腿上放著報紙，我一會兒自得其樂地研究著報上的各式廣告，一會兒觀察咖啡館裡嘈雜哄鬧的人們，再不然就是隔著霧濛濛的玻璃，往窗外的街道看去。

窗外這條大街是城市的交通主要幹道，因此，人潮都是熙來攘往的。但每當夜幕初降、華燈初上，更多的人潮就會瞬間從四面八方湧來，把這條大街擠得更加水洩不通；此刻正値尖峰時刻，接連兩波人潮，一個個形色匆匆的身影，不停地從我面前掠過。多麼有意思的尖峰下班時刻啊，人山人海向我湧來、包圍著我，我從不曾置身類似的情境，這種感覺眞是新鮮有趣！到最後，咖啡館裡的人事物已不再吸引我，我轉而將全副注意力放在咖啡館外的蜂擁奇景上頭，抓住機會，仔細觀察這瞬間暴增洩出的人潮。

一開始，我只是很大致抽象地觀察著，看著來來往往的人們，想像他們之間的關係，想像他們之所以在此時此刻聚集此地的原因。接著，我很快就把注意力放在細節上，並開始觀察人們的各種樣態，包括：體型、服裝、神態、步伐、外表，以及他們臉上的表情。

人潮之中，絕大多數的人看起來都像生意人，他們的神態自若堅定，只想趕緊穿越人群；行進中的他們，眉頭深鎖，眼睛骨碌轉動，看來是在思考工作上的事，因而他們即使被路人推擠碰撞，也不感到焦躁，只是稍微整裝一番，然後繼續疾疾前行。此外，還有為數不少的人，他們在行走時，腳步煩躁不安，神情亢奮激動，還會對自己比手畫腳、喃喃自語，他們把自己隔離在雜沓紛擾的人群外，只活在自己的世界裡；行進中，若前方有人擋路，他們會立刻停止自語，做出誇張的禮讓手勢，帶著虛偽的笑容，禮讓前方的人先行通過再行走；若與路人稍有推擠碰撞，他們會習慣性先向對方欠身致意，然後表現出一副無辜困惑的樣子。對我而言，這兩大類人並不太吸引我，沒什麼特別的；他們個個穿著體面，看起來就像一般上流階層、正派的良民，無疑地，他們應該都是一些貴族、生意人、律師、店家老闆、股票經紀商等人士；貴族們悠哉度日，一般人則汲營事業，他們全都循規蹈矩地活著，因此，無法引起我太大的觀察興致。

此外，人群中還有一類相當顯眼的人，那就是一般公司行號的員工；不過，這一類人又可以分成兩種，一種是在新興行業或小公司工作、資歷還很短淺的員工；另一種是在大企業工作、資歷較深的上層職員。先說說我對第一類公司行號職員的觀察好了，他們大多是年輕男子，西裝筆挺，短靴光亮，頭髮梳得油亮，雙唇間透露出高傲的氣息。他們予人的觀感是光鮮時髦、精明能幹，將上流社會的那一套風雅習氣，學得唯妙唯肖。我只能說，他們只不過是一群附庸風雅、自以爲躋身上流階層的年輕小伙子罷了。

第二種公司行號員工，則是在大企業工作、資歷較深的上層職員，他們又有著什麼樣的特徵呢？這群老傢伙看起來多半沉著穩健、作風老式，我是不可能錯看他們的。他們大多穿著黑色或棕色的深色西裝（但爲了坐得舒服，而搭配寬寬大大的長褲）、白色背心、白色領帶、寬厚堅固的鞋子、短統襪。他們的頭都有點禿，右耳因長期夾著筆思考的緣故，變得僵直變形。我還發現，他們不管是戴帽或脫帽，都一定會優雅地用兩隻手動作；身上全都佩戴懷錶，錶鍊是黃金材質，樣式古老而堅硬。這群老傢伙可眞是把體面做作的姿態，發揮到極致。

人群中，還有一些十足瀟灑時髦，一副上流紳士模樣的人。但我一看就知道他們是一流的小偷扒手，專門在各大城市伺機下手、偷人錢財。我對這些上流扒手很感興趣，於是便仔細觀察他們。我立刻就發現他們和眞正上流紳士的不同之處，那就是——「上衣的袖口」，扒手們的上衣袖口太大、太寬鬆了嘛，這很容易暴露他們的身分，可不是嗎？那些上流紳士，如果還分辨不出誰是眞正的紳士或小偷扒手，那可就太扯了。

此外，人群裡也混雜了一些賭徒騙子。我爲什麼知道呢？實在是因爲他們比扒手小偷還好辨認啊！他們的裝扮、氣質往往天差地別，不是身穿絲絨背心、圍上高級領巾、戴著金項鍊、別緻飾釦的耍狠惡霸模樣，就是樸素到了極點，和神父有得比的清純模樣。但這些賭徒騙子的確有其共同特徵，他們一律都有暗沉黑黝的皮膚、茫然渙散的眼神、蒼白的臉色、癟皺的雙唇；此外，還有兩種線索能讓我輕易辨識這些騙子：第一，他們的聲音多半低沉謹慎；第二，當他們伸展大拇指時，不知爲何，拇指竟與其他手指延伸的方向形成直角。當然啦，一群騙子之中，還是會有幾個氣質習性不全然如此的人，但不用懷疑，他們仍是同一夥的。這些人往往靠著他們的小聰明，騙吃騙喝度日，他們不是僞裝成長髮迷人、笑容燦爛的花花公子，就是以軍人模樣，蹙眉兇相、身著流蘇飾釦外套地出現在眾人面前。

觀察過各式各樣的眞假上流階層後，我發現城市裡還有更晦澀陰鬱、黑暗深沉的人事物有待我去挖掘。我看見滿臉滄桑、爲生活辛苦奔走的猶太小販，神情卑微，但卻有雙鷹眼般銳利、洞悉人心的雙眼。我看見霸占某地、專事乞討的職業乞丐，堂而皇之喝斥其他「同行」離開他的勢力範圍，但那些因突發意外而遭逢困頓、眞正需要援助的孤苦行乞之人，又該怎麼辦？我看見虛弱無依、病入膏肓的人，在人群中怯生生蹣跚而行，與迎面而來的人四目相接，渴望人間溫情的安慰能爲他帶來一絲生命曙光。我看見端莊乖巧的年輕女孩，經歷一整天長時工作，下班後，還得拖著疲憊身軀，回到那個沉鬱失和、毫無溫暖可言的家；沒想到，回家途中竟還碰上流氓混混，面對無賴男子的輕狎打量，女孩只得滿臉淚痕、不敢稍怒地趕緊避開，以免清白身家不保。我看見城市裡形形色色的女人，芳華正茂的，卻金玉其外、敗絮其中，毫無內涵可言；衣著破舊襤褸的，是那些眾人厭惡、避之唯恐不及的痲瘋女病患；雞皮鶴髮、滿臉皺紋的，卻濃妝豔抹、穿戴珠寶，費盡心力，只爲抓住青春的尾巴；未成年的，稚氣未脫，卻早已開始搔首弄姿、勾引男人，想在情色賣淫行業裡，後浪推前浪，早早出頭。我看見難以計數的酒鬼醉漢，他們的舉止神態千奇百怪、無法逐一形容，有的人衣衫襤褸，走起路來搖搖晃晃，說話口齒不清，臉上有瘀傷，眼神渙散無光；有的人衣衫還算完整、但奇髒無比，走路有點搖擺，但看起來仍神氣活現，嘴唇肥厚，紅光滿面；有的人身上穿的衣服雖已老舊，但看得出來質感很好，而且刷洗整理得很仔細；有的人走起路來穩健且腳步輕快，但面色卻極度慘白，雙眼布滿血絲，極度恐怖，大踏步走在人群裡，還不時伸出顫抖的雙手，試圖抓取任何觸摸得到的東西。此外，街上還不時有叫賣餡餅點心的小販、搬運工人、搬煤工人倏忽掠過；管風琴藝人、耍猴戲藝人、民謠歌曲詩人唱著歌兒，兜唱賣藝；各行各業裡，辛苦勞動了一整天的工匠們，疲憊狼狽地走著。各式各樣、各階各層的人們齊聚在這條街上，發出各式嘈雜聲響，呈現人生百態的光景。

夜色愈來愈深沉，入夜後的街景也愈來愈使我感興趣。夜晚聚集於此的人群，與白天流動的族群差異甚大。白天，這裡是正派守法良民的活躍場所；夜晚，這裡則成了三教九流之輩橫行的罪惡淵藪。此外，稍早天色還未全暗之際，街上一柱柱煤油燈已然就緒，要與一日將盡的殘餘天光進行交接；剛開始，殘光日影仍卯足全力進行最後掙扎，不願輕易退場，煤油燈因而暫居下風，無力慘白地映著光束；最後，夜幕完全降下，日影湮滅，煤油燈昂然登場，光影一閃一閃，明明滅滅，將黑夜點綴得華麗亮燦，光亮照人。

點綴夜晚的詭奇光影，映照在每個來來往往的人臉上，使我益感如癡如醉，著迷地觀察光影下的每張臉孔。光影很快掠過每個人的臉孔，坐在窗前的我，往往只能驚鴻一瞥，無法將每個人看個仔細；然而，故事一開始我已提過，由於我當時的精神心智狀態很奇特、很敏銳，這流光片刻，已足夠我一窺每個身影背後的精采故事。

我把頭貼著窗，專心致志看著街上的人群，突然間，有張奇特臉孔映入我的眼簾，並馬上攫住我的全副注意力。那是張老人的臉孔，看起來很老、很滄桑，感覺上，老人的年紀應該在六十五歲至七十歲上下；無論如何，我從未看過這樣的臉孔。我清楚記得第一眼看見老人的臉，便立刻聯想到雷斯克；我相信，如果他看到這張臉，也會毫無疑問地同意，這名老人就是他畫作裡魔鬼的化身。我閱讀老人的臉孔，試著分析臉孔傳遞出的訊息，接著，各種混亂分析浮現了；這張臉孔底下竟展現出——高人一等的心智、謹慎、吝嗇、貪婪、冷靜、淡漠、怨恨、無情、成就感、歡樂、極度恐懼、極度絕望的複雜特質，如此詭異，但也令人驚訝著迷。這是何等詭異古怪的人啊！此時，我心中昇起一股想仔細觀察老人的渴望，我想知道更多關於他的事情！於是，我急忙穿上大衣，抓了帽子和手杖，跑到街上，順著老人剛剛離去的方向走去，然而，老人卻消失了。我費了好一番力，終於再次看見老人的身影，我湊上前去，小心翼翼跟緊他，以免暴露自己的跟蹤形跡。

此時，我有機會從頭到腳好好觀察老人了。他的身材很瘦小，看起來很單薄。一開始，我還以爲他身上穿的衣服又髒又破爛，但當他走著走著，走近了街燈，在煤油燈的強光映照下，我發現他身上穿的亞麻材質衣裳雖然很髒，但質感卻很不錯。不過，老人身上穿的及膝風衣卻是件二手貨，他把鈕子扣得十分嚴密，但隱約中，我似乎從鈕子與鈕子間的小縫隙，看見風衣裡藏了一顆鑽石和一把匕首。這項發現很讓我吃驚，也使我對老人更感興趣了，我因此決定，不管老人走到哪兒，我就要跟到哪兒。

現在天色已完全黑了，城市裡瀰漫著一股厚重的濕氣，接著，大雨很快落了下來。面對突如其來的天氣變化，人們或奔跑、或推擠，各式各樣嘈雜的嗡鳴聲伴著唏哩嘩啦的雨聲，把大街妝點得喧嘩騷動；總之，幾乎人人都撐起了雨傘。雖然我個人不怎麼在意淋一點雨，但事實上，我的身子骨還沒痊癒，若繼續毫無遮蔽地走在滂沱大雨裡，雖刺激但確實不智，於是我還是用圍巾罩住了嘴巴，以注意保暖，然後繼續跟蹤老人。接下來的半小時裡，老人就著滂沱的雨勢，沿著大街，艱難地走著，而我也亦步亦趨緊跟在後，深怕跟丟；幸好老人一直沒發現我在跟蹤他。不久，他過了馬路，走到對街，這條街的人潮已不若先前那條大街人潮洶湧，老人的舉止也明顯變得不同，他開始放慢腳步，漫無目標，猶疑不定地走著。之後，老人便一而再、再而三地在這條有馬路相隔的街上，毫無特定目的的橫越馬路，他從左側走到右側，再從右側走回左側；此時，街上的人依然不少，而老人穿梭來去的舉動又是如此怪異，我只得小心跟緊，以免跟丟了他。轉眼間，老人已在這條又窄又長的小街上，在馬路的兩邊往復橫越了將近一小時，此時，街上的行人也愈來愈稀少。這會兒，老人第二次轉換路線，他拐了個彎，來到一座廣場，廣場上燈火通明，滿滿都是人。老人把下巴拉得很低、簡直就要垂到了胸口，一邊蹙緊額眉、轉動骨碌雙眼掃視周圍的人，一邊踏著穩健堅定的步伐，繞著廣場行走。令我驚訝的是，沒想到老人繞了廣場一圈還不夠，還繼續多繞了好幾次；有一次他突然改變繞圈方向，跟在他後面的我來不及反應，差點就被他識破。

老人就這樣沿著廣場一直繞圈，繞了有一小時之久；雨愈下愈大，氣溫也愈降愈低、愈來愈冷，人們紛紛回家，廣場上的行人也愈來愈少了。突然間，老人做出不耐煩的手勢，便立刻鑽進一條罕無人跡的小巷。小巷子大約四分之一英里長，老人這一路簡直是急速狂奔，我作夢也沒想到這個上了年紀的老人，竟能跑得如此之快，費了我好大的勁兒才追趕上他。幾分鐘後，穿出街巷，我們來到一處大型繁忙的商店街，老人看起來對這裡十分熟稔；接著，他又一如常態，在商店與商店之間、在一群又一群的買家與賣家之間，往復來回地走動。

在這個密閉商場裡，我得更小心翼翼，以免被老人發現我在跟蹤他；幸好，我腳底下穿了雙橡皮雨靴，走起路來靜悄無聲，不致發出聲響；我想，他應該不會發現我一直盯著他看。老人走進商店街裡的每一家店，雙眼空洞，古怪地瞪視店裡的所有商品，不問價錢，也不說話。這下，我對老人的舉動實在是驚詫到了極點，我完全搞不懂，他一整個晚上做這些事的意義何在，因此，我下定決心要弄清楚這一切，不弄清楚，決不中斷跟蹤。轉眼間，我們又在這處商店街待了一個半小時左右的光景。

晚上十一點的鐘聲響起，商店街裡的人潮也迅速散去。有位店家拉下門、準備歇息時，不小心推擠了站在一旁的老人，老人竟像通了電般，全身發顫。他急忙跑到街上，焦慮地東張西望；接著，老人便以不可思議的速度，飛快穿越許多彎彎曲曲的無人巷道；最後，我隨著他回到了D咖啡館前的這條大街，回到了我跟蹤他的起點。此刻的大街一片冷清，幾乎已無人跡，只有煤油街燈依然亮晃佇立，暴雨依然猛烈落下。老人的臉色變得蒼白，他在這條空蕩冷清、已不見洶湧人潮的大街上悶悶踱步；接著，他發出一聲長嘆，便轉頭朝河岸方向走去。老人走進許多彎曲迂迴的小徑，很快又繞出；最後，來到了一家大戲院前。此時，戲院節目剛映畢，觀眾從四面八方的出口散場走出，站在散場人群中的老人，雖然被人群擠得透不過氣，一直大口喘氣深呼吸，但他臉上的肌肉線條卻柔和了不少，感覺上，他的痛苦心情似乎舒緩許多。如同先前，老人又再一次拉低下巴，蹙緊眉頭，雙眼骨碌轉動，掃視著周圍的人，並尾隨在一群群結伴散場的人們後面。面對老人這些怪異舉動，我真是覺得很困惑，很難理解他的用意是什麼。

眼看一群群結伴離開戲院的人們，從十幾個嗒嗒呼呼、喧鬧不已的一夥人，慢慢分道揚鑣、各自離去，減少到只剩三兩成群，老人又開始顯得茫然不安。當這些三兩成群的人走進黑黑窄窄的巷子裡，老人停下了腳步，一時間，似乎亂了方寸；接著，在一陣煩亂不安後，老人心中有了決定，他急忙飛快地趕路，來到了城市的邊緣；這裡是城郊，景貌和我們當晚去過的其他地方完全不同。這裡應該是倫敦最貧困、最髒亂、犯罪率最高、治安最糟糕的地帶，藉著唯一一盞燈光昏暗的街燈，我看見許多高聳、老舊、殘破、且搖搖欲墜的木造公寓。這一幢幢破舊的公寓毫無建造章法地混亂佇立，看不出房子與房子之間是否有通道。鋪路用的石塊四散一地，看來，路一直沒鋪好，雜草到處叢生。路旁的排水溝排水不良，完全堵塞，溝裡的噁心穢物也不斷發出腐敗惡臭。從種種跡象看來，這裡應該是個杳無人煙的廢墟；然而，我們愈是前行，卻愈是清楚聽見前方傳來「人煙」復甦的聲音；最後，我們看見全倫敦最墮落放蕩的一群人，在那裡來回扭動、搖擺著身軀。老人見狀，竟像油燈發出最後一道光熱般，重新振奮起精神，大踏步地輕快前行。突然間，我們拐進一個彎，一道亮晃晃的燈光映入我們的眼簾；眼前，矗立了一座大型縱慾天堂，一座充滿聲色酒慾的惡魔殿堂。

天已經快亮了，但還是有很多醉生夢死的酒鬼，在誇張炫麗的酒吧入口進進出出。老人發出興奮的尖叫，擠進酒吧，混入人群，一如常態地來來回回走動。不過，老人在酒吧裡待沒多久，人潮就開始散去，原來是要打烊了；此時，這個我觀察了一整夜的詭異老人，臉上露出了前所未有的絕望。然而，此時有股莫名癲狂的活力仍在驅策，老人於是毫不遲疑地立刻調頭，往市中心的方向走去。老人的腳程飛快，始終如一，真讓人感到不可思議；我仍繼續尾隨在後，不想輕易放棄這有趣的調查行動。走著走著，天色已完全亮了，新的一天開始了，我們又再度回到D咖啡館前這條大道。這條街果眞是城裡最繁忙的金融中心、人潮最洶湧的聚集場所；原來，這裡在大白天萬頭鑽動、市聲鼎沸的盛況，一點也不輸給夜晚。一整天下來，我都置身在大街的喧囂擾嚷之中，我繼續尾隨老人，堅持著我的觀察行動；老人也一如往常，在這條人聲鼎沸的大街上，來來回回地走著。傍晚時分來到，我的體力已嚴重透支，虛脫疲累得快要死掉，最後，我走到老人面前，雙眼直視，盯著他看；沒想到，老人毫無反應，無視於我的存在，繼續趕他的路，我則不再跟隨，陷入了長長的沉思。最後，對於這名老人的行爲，我得出了自己的結論，那就是——

「這名老人，象徵著萬惡重罪，是作奸犯科的化身，他的心裡藏了許多不可言說的詭謀祕密。就是因爲這樣，他的內心才會日夜深受煎熬，無法獨處，即使身處市井塵囂，仍無法獲得眞正的平靜。我若繼續跟蹤觀察他，想必也只是徒勞枉然，我永遠無法看透他；詭謀祕密既已成了祕密，就不可能讓人理解。這世上到處存在著罪惡鄙陋、骯髒齷齪、無恥下流的祕密，多到令人無法想像，也令人無法承受；或許上帝帶給世人最大的慈悲憐憫，就是讓這些罪惡鄙陋、骯髒齷齪之事，永遠成爲祕密，永遠不可言說、不可揭露。」

18 莫麗拉 MORELLA

它自己，全然只有它自己，唯一的、永恆的、獨特的自己。

柏拉圖，《饗宴》

莫麗拉，是我一個相當特別的朋友，我對她懷抱的情感是那麼深刻而獨特，無人能比。在多年前一個偶然場合中，我結識了莫麗拉，從那一刻起，我的靈魂便爲她而燃燒，無以名狀地燃燒。這燃燒的火焰並非甜蜜唯美的情愛，而是日漸使我感到痛苦的精神折磨，這火焰極度曖昧、奇特，讓我很難定義這究竟是什麼感受。我們終究還是相遇了，即使我從沒對她表示過熱情，也沒想過要愛她，但我倆仍在教堂聖壇前締下誓約；是命運，讓我們緊緊相繫。婚後，莫麗拉爲了讓我開心，放棄了一切社交往來，完全以我爲中心地生活著。這樣的幸福美滿，讓我不敢相信自己得到了夢寐以求的幸福。

莫麗拉的學識相當淵博，她的心智天賦與特長高人一等，這一切，都令我望塵莫及，我感覺自己在許多方面都差她一大截，活像是她的學生，有待調教。然而，我很快發現，或許因爲她曾在歐洲的「普萊斯堡受過教育，因此她閱讀的大多是德國早期的神祕主義文學作品（這些作品多被視爲無足輕重之作），但我還是無法理解，我的莫麗拉爲何會對此類主題的讀物如此愛不釋手？後來，受到她的耳濡目染，我也讀起了這類作品。

接觸了神祕主義之後，我的所思所爲無不受到它的影響，奉它爲圭臬，完完全全拜倒在神祕主義的「神祕」思維之下。我毫不保留地耽溺此間，並接受妻子的帶領，心神專注地進入她那深奧難懂的閱讀領域。之後，每當我讀到禁忌、不可知事物的篇章，內心就會燃起一股更想深入探索的欲望（此時，莫麗拉就會將她冰冷的手放在我的手上，帶領我輕撫那神祕哲學的思想產物，向我解釋某些自古即遭輕忽貶抑的奧妙觀念），這些深沉奇奧的神祕概念、哲學思考至今仍在我的腦海灼熱地燃燒著。我無時無刻都央求著莫麗拉，要她告訴我更多、更恢弘廣大的神祕主義思想，而她的細語也如同美妙樂音，每每令我如癡如醉。直到有一天，我開始對莫麗拉的溫柔細語反感，不但打從心底發抖冷顫，面色也變得蒼白枯槁，霎時，美好樂音變得恐怖，像恐怖幽影般籠罩著我的靈魂。突然間，歡樂美好不再，取而代之的是無止盡的驚恐懼怖；我從最美好的天堂，掉進最醜惡的煉獄。

即使有好長一段時間，我和莫麗拉談論的話題都圍繞在神祕學上頭，但我仍不打算在這裡詳述神祕主義、哲學思想的學說。對於博學多聞的人而言，他們會把這個範疇的學問歸類在道德神學；對於沒受過教育的人而言，他們則無論如何都無法理解何謂神祕學。神祕學並非不值探究的異端邪說，它往往指涉了深沉的哲學思想，也因此，從費希特的泛神論、修正後的畢達哥拉斯學說，到謝林極力主張的同一性哲學，這些都是莫麗拉最喜歡、也最常探討的學說觀點。不過，既然談到個人的主體性、同一性，我倒是認爲洛克的觀點最能指出一個完整的人所應具備的特質。洛克認爲，一個完整的個體，應具備健全理性的心智。我們都知道，人類聰明才智的發揮，都得奠基在理性之上，而且得經由思考，才能形成各種意識與概念，如此一來，每一個人都不同於其他人，每個人都是獨一無二的個體。至於個人的主體性，究竟是死後即滅亡，或將永恆存在，這個哲學性議題，已成爲我時時刻刻追索的課題。不過說穿了，我之所以如此關心這深奧難解的問題，並非眞的打從心底感興趣，而是因爲莫麗拉和我談論這個話題時，總是那麼興致勃勃、熱切激動，這種情緒感染我，也使我激昂深究了起來。

然而，這一天終究還是來到了；我那謎樣般神祕的妻子，她詭祕的舉止神態就像一道緊箍魔咒，長久下來，使我感到痛苦、受折磨。我再也受不了她用蒼白病弱的手指碰觸我，再也受不了她那詭祕樂音般的低語，再也受不了她那鬱鬱寡歡的雙眼；我的這些受不了，她全都看在眼裡，但卻毫無生氣責怪之意。聰慧的她似乎意識到我的反常是因爲我自己性格愚蠢軟弱，但她也只是微笑帶過。善感的她似乎也意識到我不再關心她、日漸疏離她的原因，但她仍不想有所暗示或透露；然而，究竟是什麼原因使我變得如此，我至今還是不知道。莫麗拉再聰慧明理，她畢竟也還是個女人，我對她的態度一百八十度轉變，一定使她日夜遍嚐冷落孤寂，終致伊人日漸消瘦憔悴。過了不久，她的臉頰冒出一個深紅斑點，蒼白額頭上的青筋也突起……有那麼一瞬間，我對妻子打從心底感到憐愛，軟化冷漠態度，但下一秒鐘，當我瞥見她欲語還休的眼神，我的靈魂又立刻感到厭惡作嘔，整個人暈眩了起來；這種感覺就像居高臨下、凝視陰鬱未知的黑暗深淵一樣，令人感到反胃作嘔，而且剎那間，身邊的一切全都天旋地轉了起來。

我知道我不該這麼說，但我確實一直誠心期盼莫麗拉趕緊死掉。但將死的靈魂還是緊抓著她的肉體不放，以至於莫麗拉又苟延殘喘地多活了好幾天、好幾個星期、好幾個月，眞是令人厭惡啊！直到有一天，我那飽受折磨的心神終於受不了死神的拖拖拉拉，我感到生氣暴怒，於是用惡魔般的壞心眼開始詛咒莫麗拉，無時無刻詛咒她趕緊死掉。然而，莫麗拉卻仍日復一日耗弱地苟活著，猶如一日將盡，但日影卻拉得老長，做最後的垂死掙扎。

在一個秋高氣爽的傍晚，莫麗拉把我叫到床邊。此時此刻，大地爲一片薄霧所籠罩，湖面映照著秋日溫暖的陽光，從天而降的一彎彩虹則落在十月的深秋樹林裡。

「不管是繼續活著或就此死去，」當我走近莫麗拉時，她開口說話了，「今天是個好日子！這是個能讓普天下男子好好品嚐生命的好日子，更是個讓普天下女子安心離開人世的好日子。」

我親了親莫麗拉的額頭，她繼續說道：「我就要死了，但我的靈魂將會繼續活著。」

「莫麗拉——」我叫著她的名字。

「我活著的時候你從沒好好愛我，」莫麗拉幽幽地說，「你是如此地憎恨我。死後，我要你時時刻刻都愛著我的靈魂。」

「莫麗拉——」我叫著她。

「我再說一次，我就要死了，」莫麗拉繼續說著，「但我對你的愛將永不消逝。即使我死了，你一定還能繼續感覺我的愛，你就會知道我是多麼地愛你。我就要死了，但我肚裡的孩子會活下來，那是我們的骨肉哪！然而，我知道，你往後的日子將永遠在悲傷中度過，你心中的悲痛悔恨將永隨你的餘生。你將不再擁有幸福歡樂，因爲，美好的時刻已經過去了；我活著的時候你並不珍惜這幸福美好，往後也不會有幸福美滿再降臨你的生命，今後，你將如行屍走肉般地活著。」

「莫麗拉——」我大叫著，「告訴我，妳是如何預知這一切的？這一切是眞的嗎？」但莫麗拉並沒回答我，她把臉別過去，四肢微微地顫抖，然後就死了。我再也聽不到她神祕的、低聲的細語了。

是的，一切正如莫麗拉所預言，她在將死之際把孩子生了下來，然而，直到她斷氣之後，孩子才開始有了呼吸心跳，她是個活生生的女嬰。不可思議的是，這孩子的身高、智能都成長得非常快，而且像極了她的母親，從裡到外簡直就像同一個模子刻出來的。我很愛這孩子，我對她的愛簡直到了無以復加的地步。

但不久後，我對這孩子的感覺起了變化。這片展示著濃濃純粹父愛的天空，開始爲陰鬱、悚然、恐怖的烏雲所遮蓋，天堂不再極樂，開始變得晦暗。我先前說過，這孩子在身高智能方面的成長速度驚人，光是外在體型急速成長已經很不可思議，但更令我感到恐怖且思緒紛亂的，是她的心智發展速度。每天，每天，我都不斷發現——這孩子竟擁有大人般的思想與意念，而且與她死去的母親如出一轍；這個襁褓中的嬰兒，口中講出的可不是牙牙學語，而是人生大道理；這孩子不但有雙充滿哲思的眼睛，還不斷散發出成熟的熱情與智慧……這一切的一切，都教我感到驚恐。從種種跡象看來，事情已經再明顯不過，內心不斷加深的疑慮，不禁使我感到毛骨悚然，我再也無法掩飾內心的恐慌，更無法忽視這令人顫抖的事實眞相，那就是，難道莫麗拉死前的荒誕預言成眞了嗎？這孩子眞是死去莫麗拉的化身嗎？命運繫住了我和莫麗拉，注定要我狂烈地愛慕她，但我卻當著老天的面奪走了她的生命；諷刺的是，如今我竟如此小心翼翼地護守這個莫麗拉化身的小生命，熱烈摯愛這個令我感到滿心痛苦、焦躁不已的小生命。

時光飛逝，又過了好幾年，每當我凝視這孩子聖潔、溫柔且表情豐富的臉龐，以及她日漸成熟的身軀體態，便發現她一天比一天更像她死去的母親了。這孩子和她的母親是如此相像，氣質也憂鬱陰沉，讓人摸不透，非常可怖厭惡；這孩子笑的模樣也教人無法忍受，因爲她笑起來與她母親是多麼相像啊！這孩子的眼神簡直和她母親一模一樣，這更令我焦躁難忍，她就像莫麗拉一樣，總是帶著迷濛欲語的深情眼神，望進我靈魂的深處；還有，這孩子高聳的額頭、如絲一般光滑的長捲髮、蒼白病弱般的手指、說話時的悲傷語調，以及用字遣詞與表情……這一切全都像極了她的母親，使我不由自主感到恐怖。我因此若有所得，那就是鬼魅般的寄生蟲永遠不死，死人仍將繼續活著。

轉眼間，這孩子十歲了，然而，我卻從未替她取名字。我這做父親的，總以──「我的孩子」、「我的摯愛」叫著我的女兒，而且我們父女幾乎過著與世隔絕的隱居生活，阻隔一切外在的擾攘。莫麗拉，這個名字已隨我妻的死去，永歸塵土。我也從未對女兒說起她母親的事，甚至我根本不可能告訴女兒，我與她母親的這一切糾葛。在我女兒短暫的生命裡，爲了保護她、擁有她，我從未讓她接觸外面的世界，並盡可能讓她過著隱居、無人知曉的生活。但我還是想讓女兒接受宗教浸禮，希望藉此方式，使我終日感到惶惶不安的靈魂獲得解救釋放。然而，當受洗儀式開始時，我竟無法決定到底該幫女兒取什麼名字，一時間，那些聰慧美好、古今中外的好名字全都湧上了我的嘴邊，但我就是無法下決定？該死，這會兒是什麼力量干擾我，使我想起了死去的妻子？是什麼樣的惡魔，讓我一想到死去的妻子，全身血液就從腦門直衝心臟，讓我湊近行聖禮神父的耳邊，輕輕說出「莫——麗——拉」這幾個字？莫麗拉，這個讓我在無數寂靜的深夜、幽暗的迴廊中，打從靈魂深處不斷低迴的名字。又是什麼樣的惡魔，在我以極小音量說出「莫麗拉」這個名字時，讓我的孩子得以聽見，並使她如受極大驚嚇一般，臉龐蒙上了死亡之色抽搐著，雙眼毫無生氣地往上翻白，臥倒在家族墓穴之上的黑色石板，還竭力地回應著，「我——在——這——裡」。

女兒臨終前說的一字一句，是那麼清晰、冰冷地傳進了我的耳裡，這些字眼像堅定的鉛塊，鎔進了我的腦海，永難磨滅；儘管許多年過去了，但這個記憶仍永不消逝。對於命運日日夜夜加諸悲痛陰影於我，我也毫無感覺；對於今朝置身何處、生命日漸損耗，我也毫不在乎；我就像具行屍走肉，繼續苟活於人世。形形色色的人像光影般掠過我的生命，人群中，我唯一能望見的，只有女兒莫麗拉的身影；輕風吹拂著、海水翻浪般地低語，在我耳裡，我唯一能聽見的，只有女兒莫麗拉的軟語。然而，她終究還是死去了；當我親手掘墳，準備將女兒和她母親埋葬在一起時，竟不見她母親的骨骸，我笑了，長長地一聲苦笑，然後在這座空墳裡，我再一次埋葬了——莫麗拉。

譯注：

1 Pressburg，現名布拉提斯拉瓦Bratislava，是斯洛伐克共和國首都。

19 汝即真凶

THOU ART THE MAN

在此，我將以希臘悲劇《伊底帕斯》的諷諭手法，爲各位解開發生在拉圖市的謎團奇案；相信，由我來勝任此解謎大任，再適合不過。接下來，我將對各位娓娓道出的奇案，是一樁空前絕後、絕無虛假、全體公認奇案中的奇案。這個事件，使拉圖市居民重新審視了他們對天地鬼神的看法，他們開始相信天理一定會昭彰，相信「惡有惡報，不是不報，時候未到」的道理。

本事件發生在一八××年的夏天，拉圖市最富有、最受人敬重的市民巴拿巴・夏特沃斯先生，已離奇失蹤七天了，眾人皆擔心他可能已遭不測。時間回溯至星期六清晨一早，夏特沃斯騎上馬，說他要到十五英里外的某城辦點事，他將於一天來回，預計當天晚上返家。離家兩個小時之後，夏特沃斯的馬匹獨自回來，馬背上的主人不見了，出發前掛上的馬鞍袋也不見了。馬兒受了傷，身上沾滿泥土。馬兒主人失蹤的消息，傳到了所有朋友的耳裡，眾人莫不爲之感到擔心；到了星期天早上，仍不見夏特沃斯的蹤影，眾人於是決定組成一支搜索隊伍，到附近各地找尋他的屍體。

商討搜索行動之初，眾人當中有一名最重要、也是最積極的份子，他名叫[1]查爾斯・郝仁。此人之所以如此積極參與搜索行動，是因為失蹤的夏特沃斯是他的知心好友。人們通常不太正經八百稱呼他為「查爾斯．郝仁」，反而比較親暱隨性地稱他為「查理．郝仁」或「老查理．郝仁」。故事說到這兒，請先容我來點個人的注解。話說，不知是出於神奇的巧合，或「名字」對一個人真有著不可言說的影響力，但似乎每個名叫「查爾斯」的人，莫不擁有開闊、雄渾、誠實、溫和、眞誠的性格，而且個個都有副圓潤沉厚且清晰可聞的嗓音，讓人一聽，便由衷感到舒服暢快；他們個個都有雙眞誠的眼睛，看人的眼神專注、堅定，彷彿在述說：「我，是個有道德、有良心的人，對人問心無愧，對事也從不做虧心壞勾當。」因此，舞台劇裡，凡是擁有眞誠無愧性格的「模範紳士」角色，他們的名字一定都叫「查爾斯」。

回到本故事「老查理．郝仁」身上。對人們而言，他的背景來歷簡直是個謎，而且他搬到拉圖市也才不過半年光景，但這些因素都無妨他在短短時間內，便與本市那些最有名望的人結識、相熟。人人都喜歡老查理，男人喜歡他直爽率眞的說話方式，女人更是對他的個人魅力佩服得不得了，這一切都得歸功於他那人見人愛的名字——「查爾斯」，以及他與生俱來的率直正派「好人」臉孔。

我在一剛開始提過，夏特沃斯是本市最富有的人，當然，他也是一位十分受人敬重的長者。至於「老查理．郝仁」與他的交友來往，確實相當親密，就像親兄弟一般。夏特沃斯就住在老查理的隔壁，不過他卻很少到隔壁去找老查理，即使有，也從沒在老查理家吃過一頓飯。不過，這並不妨礙兩位老紳士成為交往親密的好朋友，因為老查理一天總要到隔壁這位鄰居家裡，問候走動個三、四次，而且還常常留下來吃早餐或下午茶，而且，幾乎一定會留下來吃晚餐。這兩個好朋友話匣子一開便停不了，一頓飯下來，總不知要喝光多少酒。老查理最喜愛的酒，莫過於瑪歌酒堡出品的紅酒了，對此，夏特沃斯相當清楚，每每總是很慷慨地讓好友暢飲個夠。於是，有一次，當兩人喝酒喝得有幾分醉意時，夏特沃斯拍了拍好友的背，脫口而出地說：「老查理啊，我得說，你是我這輩子見過最眞誠可愛的老傢伙了。既然你這麼愛喝瑪歌堡的紅酒，我這個做好朋友的，怎麼沒想到送個一大箱好酒給你呢，我眞該死！」（夏特沃斯有個壞毛病，就是老愛用對天發誓來當口頭禪，他常說的總是不離——「我不得好死」、「乖乖，我的老天爺！」）接著，夏特沃斯又說：「如果我今天下午沒進城訂個兩大箱好酒送你，我就不得好死！總之，我一定會把這些好酒當禮物送給你的，我一定會的。你現在什麼都別說，別和我客氣，就這麼說定了。請你耐心等著吧，說不準在哪天，這份禮物就會出奇不意交到你手上。」我之所以提到夏特沃斯對老查理的慷慨大方，是爲了要說明，這兩位忘形之交有多麼相知相惜，這眞是令人感動的美事。

也因此，當夏特沃斯於這個星期六失蹤，一直到星期天都還不見人影，大夥便心裡有數，知道這名老富翁可能已遭不測；對此，眾人之中反應最劇烈、激動的，莫過於老查理了。當時，老查理一聽見好友的馬兒自個兒奔了回來，馬背上的主人不見了，馬背上的馬鞍袋也不見了，而且馬兒還受了槍傷，子彈射穿胸膛，馬兒雖然全身是血，但卻命大沒死，他立刻臉色大變，面如死槁，好像失蹤的人是他親生父親或兄弟似的，而且還全身上下不住地顫抖。

聽到好友可能慘遭殺害的惡耗，剛開始，老查理因悲傷過度而無法自持，也無心去想後續的搜索事宜。因此，他費了好一番工夫勸退夏特沃斯的朋友們，暫時不宜輕舉妄動，他認為，應該再等個十天半個月或一、二個月，說不定在這段期間內，夏特沃斯便會平安地回來，之後就能好好向大家解釋當初為何先打發馬兒返家。對於老查理的心態與建議，我想大家一定不陌生，那就是，當一個人處於深沉悲痛之中，他會變得很脆弱，心智思考變得很遲鈍，害怕採取任何相應行動，而且完全失了主意，不肯面對現實，什麼都不想去想、去做，只管意志消沉地躺在床鋪上，撫平他巨大的傷痛。

幾乎所有人都認為老查理的建議很實在，並且很佩服他的思慮竟能如此周密，也因此，大部分的人都傾向聽這名正派老紳士的話，先靜候一陣子，看看事情有沒有什麼變化再說。我想，當時若不是夏特沃斯的姪子極力反對，大夥應該會一致聽從老查理的建議辦理。夏特沃斯的姪子，也就是班尼費特先生，他是個遊手好閒、沉迷酒色的年輕壞胚子，他對這整件事以及老查理的言論，感到十分可疑，覺得事有蹊蹺。班尼費特並不想靜靜等待事情的後續變化，他堅持一定得馬上搜索那「慘遭謀殺的被害人屍體」（這是他當時的說法用字），但此時，我們敬愛的「老查理．郝仁」說話了，他要班尼費特注意用字，他不希望再聽到這種不吉利的說法。老查理的意見在眾人之間起了大波瀾，其中有一人反應相當快，並接著表達出疑問：「班尼費特為何這麼清楚他那富有叔叔失蹤的事情，他何以能斷定，他的叔叔已慘遭謀殺？」之後，許多人便開始以不同角度看待此事，眾人之間也發生了一些意見相左的小爭執，其中爭吵最甚的，便是老查理和班尼費特。不過，這也不是他們一老一少第一次發生不合，他們早在三、四個月前的一次打架中，便結下了梁子。一直住在夏特沃斯家裡的班尼費特，「聲稱」當時他看不慣老查理在他叔叔家裡，行爲很放肆踰矩，便動手教訓了老查理一番。結果，被揍倒在地的老查理不但沒作勢反擊，反而表現得一派溫和寬容。他用手肘撐著自己，從地上爬起來，整一整身上的衣物，口中只是唸唸有詞地說：「看我找到機會，怎麼好好報仇！」不過，話說回來，我們誰不會在生氣的時候，說出這種情緒性的表達呢？這種宣洩的話極自然，正常得很，而且沒什麼大不了的，過不了多久，等氣消了，這些氣話也就會被忘得一乾二淨。

然而，不管老查理和班尼費特當時爭吵打架的眞相爲何，那也都與現下夏特沃斯的失蹤事件無關。如今，眾人的態度與決定已相當明確，他們決定改聽班尼費特的意見，立刻到附近鄉間找尋失蹤的夏特沃斯。當大夥決定進行搜索後，便理所當然地商討起搜索計劃，大夥認爲所有的人應該要分散開來，意即，眾人需分爲幾支隊伍，分散成好幾條路線，在鄰近區域展開地毯式的搜查。但老查理卻對此種兵分多路的搜索方式，深表反對；不過，我已忘了他當初是如何巧妙、有見地的說服眾人（不包括班尼費特），此種搜索方式其實相當不智。老查理的意見是，既然要搜查，就得全員齊一心力、不分你我，組成唯一、也最重要的一條搜索隊伍，一起共同進行小心仔細的搜查，他並且自告奮勇要帶頭領路。

談到帶頭領路這件事，眾人都一致認爲由老查理擔任領路先鋒，再適合不過；這是因爲，大家都知道老查理的眼力過人，他的眼睛就像山貓般銳利，什麼細微的東西都逃不過他的眼睛。然而，儘管老查理已帶領大夥走遍了各無名小路、深入了附近各偏僻地帶和洞穴，且夜以繼日不斷搜尋了將近一個星期，還是連一點點夏特沃斯的蹤跡都沒發現。不過，各位請注意，可別單從字面上來理解我所謂的一點「蹤跡」也沒有，因爲在某種程度上，眾人的確發現了一些與夏特沃斯失蹤事件有關的蛛絲「馬跡」。大夥循著這位可憐老紳士的馬兒蹄痕（其蹄痕極爲特殊，很容易辨識），一直來到離本市東邊三英里遠、通往某城的主要道路上，並在此發現某個關鍵地點。馬蹄痕跡在此地點打住，離開了主要道路，轉進一條小路；看樣子，夏特沃斯原本打算取道林地，然後再回到主要道路，算一算，這個走法的確是條捷徑，能比原本一直走主要道路，省去約莫半英里的路程。眾人於是沿著小路上的馬跡繼續追蹤，最後卻來到位在小路右邊、爲灌木刺藤半遮掩住的發臭池塘處，但所有的痕跡只持續到池塘的對面，就消失了。看來，此處曾發生過某種爭鬥，從現場痕跡判斷，似乎有個比一般人還巨大沉重的身軀，從小路一路被拖行至池塘處。眾人於是仔細打撈了池塘兩次，但卻什麼也沒發現；而對一無所獲的搜尋打撈，眾人正感到絕望、準備離開之際，深謀遠慮的老查理說話了，他建議抽乾池塘的水，找個仔細。眾人對老查理的提議連聲說好，也欣然接受，還紛紛讚賞他的睿智與反應快速。許多人都帶了鏟子，因爲他們原本擔心，或許得用鏟子來挖掘出屍體；有了鏟子，眾人便很快地挖出一條排水溝。當池塘的水被抽乾見底時，大夥在池塘中央的一團爛泥巴堆，發現了一件黑絲絨背心，而現場的群眾也很快認出這件背心是歸班尼費特所有。經仔細檢查，眾人發現這件背心不僅被撕得很破爛，而且上頭還沾有血跡。在場的許多人都清楚記得，夏特沃斯當天一早離家時，班尼費特身上穿的就是這件背心；此外，也有一些人說，他們願意作證發誓，夏特沃斯當天一早離家後，在當天的其他時間裡，都沒再見到班尼費特穿著這件衣服；甚至，也沒有任何人指出，他曾在夏特沃斯失蹤這段期間裡，看見班尼費特穿上這件衣服。

事情演變至此，不利矛頭均指向了班尼費特。而當眾人群情激動地指控班尼費特涉嫌重大，並問他針對背心一事作何解釋時，這位年輕人的臉色不僅變得極度蒼白，甚至還吐不出任何一句話。此時，那些平日與班尼費特一起放蕩鬼混的豬朋狗友，也立刻背棄他，甚至比以前那些與他有過過節的仇家還心狠手辣，極力主張立刻逮捕他。但反觀我們的「老查理．郝仁」，這個與班尼費特以前曾發生過不愉快的「郝仁先生」，心胸氣度卻寬厚許多；老查理站了出來，由衷急切地為班尼費特辯護，其間並不只一次提及，願意真心原諒這名「身為夏特沃斯先生的財產繼承人」的年輕孩子，原諒他過去因一時衝動，而做出的種種侮辱逆行。老查理是這麼說的：「我打從心底原諒這孩子，但很遺憾看到這個指出他涉嫌重大的物證。不過，我會盡我最大的力量，秉持最大的良心善意，用我這一點點拙劣的口才，盡量緩和淡化這件離奇怪案的種種疑點，期盼能幫這孩子洗刷冤屈。」

接下來的半個多小時裡，老查理便以這種熱心急切的口吻，絞盡腦汁地幫班尼費特說好話。不可諱言地，我們身邊的確有很多像「老查理．郝仁」這樣的「好人」，他們非常熱心、滿懷善意，總是急於發表言論，幫人緩頰或緩和事情的發展。他們常常一頭熱的為朋友兩肋插刀、發出正義之聲，但卻力有未逮，或說錯話，或誤導視聽，最後反而弄巧成拙，幫了倒忙。

因此，在當下這個事件裡，儘管老查理已費盡唇舌地為班尼費特辯護，但仍造成了反效果，愈幫愈忙。不知怎地，他說的每一句話，儘管很直率坦然，但卻無法讓人信服，反倒使眾人對現下這名嫌疑犯更添疑慮，更引發了眾人的群情激憤。

老查理的雄辯言論中，最啓人疑竇且最令人激憤的一點，莫過於間接提到班尼費特是「夏特沃斯先生的財產繼承人」這件事了。人們先前一直沒設想到這一點，他們只記得，約莫在一、二年前，夏特沃斯曾威脅過這不成材的姪子，說是死後可不一定會將財產留給他（除了班尼費特，夏特沃斯先生在這世上沒別的親人了），當時，大夥還以爲這件事已成定局，以爲班尼費特已喪失了財產繼承權。（瞧，本市的居民們，心思是多麼單純天眞哪！）因此，當老查理提到財產繼承一事，眾人這才恍然大悟，當初，夏特沃斯說那些話的用意，果眞純粹就是想威脅姪子罷了！於是，眾人便很自然地聯想到，倘若夏特沃斯眞的發生不幸而過世了，誰會從中得到好處（Cui bono）？看來這個問題的答案，可是比池塘中發現的背心物證，更讓班尼費特顯得涉嫌重大，因爲這無異直接點出他有犯罪、殺人的動機。

這會兒，既然提到了 Cui bono（誰會從中得到好處），我想，我有必要向各位好好解釋這個簡單的拉丁文片語，因爲很多人都誤解了這個片語的眞正意思。許多首屈一指的小說家，都把這兩個拉丁字解釋成「爲了何種目的」或「爲了什麼好處」。但事實上，Cui代表的意思是「對誰而言」，bono代表的意思是「好處」，因此這兩個字應解釋爲「對誰有好處」。而且，這個拉丁文片語的性質是法律用語，用來描述本事件中的財產繼承問題，可說再合適不過。這片語的意思是說，一個人之所以會做某件事，取決於他能從中（或說，一旦完成了該舉動，能夠……）得到何種好處。所以，回到本事件的聯想——「倘若夏特沃斯眞的發生不幸而過世了，誰會從中得到好處（Cui bono）？」無疑地，這暗示了班尼費特將獲得好處。班尼費特的叔叔曾威脅過他，說要更改遺囑，剝奪他的繼承權；然而，夏特沃斯畢竟還是沒這麼做。倘若遺囑眞的更改了，拿不到一毛錢的班尼費特，自然可能挾怨報復，殺害他的叔叔；或是，即便遺囑更改了，但他卻一直無法改變叔叔的心意，重新恢復他的財產繼承權，那麼，他也可能爲了報復，而加害叔叔；在這兩種情況下，「報復」就成了可能的犯罪動機。但倘若遺囑根本沒更動，班尼費特仍是財產繼承人，那麼誘使他殺害叔叔的動機，就可能是，他對叔叔當初揚言更改遺囑的威脅，一直懷恨在心。以上，就是眾人聰明歸納出的兩種犯罪動機。

於是，班尼費特便立即在現場遭到逮捕，而眾人又繼續搜索一陣之後，隨即結束搜查，準備將班尼費特帶回拉圖市予以羈押。沒想到，之後路上又發生了另一件事，這更使眾人堅信，這名年輕人的確涉嫌重大。事情是這樣的，涉嫌殺害他叔叔的年輕人被逮捕後，眾人仍繼續進行搜索，而老查理也仍然熱心地在前頭領路；突然間，老查理竟往前跑了幾步路，從草堆裡撿起一個小東西，他很快檢查了這東西後，便作勢想藏進他的大衣口袋……不料，老查理撿起東西的舉動早已被眾人看個一清二楚，尤其當大夥發現那東西竟是把西班牙小刀，而且許多人都認出那把刀是歸班尼費特所有，再加上刀柄上還刻了班尼費特的姓名縮寫、刀身則不僅打開還充滿血跡，這可是極重要的物證或凶器，怎能任由老查理藏匿起來。

至此，班尼費特的犯罪事實已無庸置疑，於是當搜索隊伍回到拉圖市後，他便立刻被帶往地方法官處，接受訊問。

情勢繼續發展，而且對班尼費特愈來愈不利。當這名羈押犯被問及，夏特沃斯失蹤的當天早上，他去了哪裡，他竟還大無畏地承認，那時他已帶著來福槍出門獵鹿，而且打獵的地方就在那個池塘附近，也就是，老查理睿智建議抽乾池裡的水、進而挖出班尼費特那件沾血背心的池塘附近。

此時，老查理眼眶含淚地走上前來，請求停止法官的訊問，因爲他有話要說。老查理說，在他心中，對人類同胞的那份道義之心，實不少於對上帝的堅定之愛，因此，他得誠實地說出實話，不能再保持緘默了。儘管之前班尼費特曾對他不敬、侮辱過他，但他仍對這個年輕人愛護有加，並認爲所有對這年輕人的涉案指控都是不實的，因而極力向眾人澄清維護之。但是，事情發展至今，班尼費特犯案證據歷歷，罪證確鑿不過，他認爲，這個年輕人實在太可惡、太沒人性了。所以，他將不再遲疑，即使之後他會爲夏特沃斯這唯一親人的下場，感到無比心痛，他也還是要說出所有的事情。接著，老查理開始說出他知道的事情；他說，就在夏特沃斯進城去的前一天下午，這位可敬的老紳士對姪子說的話，他都聽見了。原來，夏特沃斯隔天是要到城裡的「農民機械銀行」去存一大筆錢，當時，這老紳士還堅定地向姪子宣稱，將廢止先前所立的遺囑，並且從此不再金援班尼費特。老查理說完後，即一臉凝重嚴肅地請這名涉嫌重大的年輕人確認，他剛剛所說的句句屬實。接著，出乎在場每一個人的意料，班尼費特眞的坦承老查理所言不假，全是事實。

至此，法官已認爲有必要派幾位警官到夏特沃斯的房子裡，搜查這名年輕人的房間。警方的搜查很快就有了結果，並即刻帶回了一只以鋼材鑲邊、顏色呈黃褐色的眞皮皮夾，眾所皆知，那正是夏特沃斯多年來不忘隨身攜帶的皮夾。皮夾裡頭的鈔票全都不翼而飛，法官於是盤問班尼費特，問他都把錢拿去做什麼了，或是把錢藏在哪裡了？然而，任憑法官再怎麼訊問，這個年輕人仍然固執聲稱，他對這些事一無所知，並且否認殺害他叔叔。此外，警方也在班尼費特的床架與床墊之間，發現了繡著他名字縮寫的襯衫和領巾各一，而且這些物件上頭還沾滿了他叔叔的血跡。

在此關頭，有人通報夏特沃斯的馬匹已因傷勢過重，在馬房裡死去了；老查理因此建議應該即刻解剖馬兒的屍體，檢查馬兒體內是否留有子彈。馬兒屍體相驗工作於焉展開；老查理爲了證實班尼費特的清白，試圖做最後的努力，他積極參與相驗工作。對馬兒進行仔細檢查後，沒想到，老查理竟在馬兒的胸腔找到一枚口徑大得異常的子彈；經過測試，這枚子彈竟與班尼費特的來福槍口徑恰好吻合，而且全拉圖市根本沒人擁有如此大口徑的槍枝。至此，整個事件已然更加清楚明朗；而且，這枚子彈的接合處有一道特別的擦痕，經查證班尼費特的製彈模具，發現這枚子彈的擦痕特徵，竟正好與模具上的稜線分毫不差地相符。這枚子彈在馬兒身體裡找到，調查本案的法官便不再聽取任何進一步證詞，並決定即刻將班尼費特移送法院審理，且不得交保。老查理一聽到法官的處置，深覺太過嚴苛，並向法官嚴正抗議，他還表示，只要能讓嫌犯交保，無論需要多少保釋金，他都願意支付。老查理此等寬容慷慨、激昂正義的行止，確實將他住在拉圖市這半年以來，所予人的俠義敦厚風範形象，表露無遺。不過，對於本事件的年輕被告，我們可敬的「老查理・郝仁」所展現出的熱心同情似乎過了頭，他好像完全忘記，自己在這世上可說是一文不名，又如何能拿出保釋金，保出這名年輕人。

於是，班尼費特便很快遭到了拘押。在眾人激憤詛咒這名年輕被告的聲浪中，此冷血殺人案件進入了刑事法庭的審理程序，雖然一連串的證據全都是間接證據（由於「老查理・郝仁」承受不住道德良心的折磨，也不願對神聖的法庭有半點隱瞞，才在後續供出了更多驚人兇殘的事件眞相），但仍被視爲確認被告罪證確鑿的證據，陪審團因此即刻達成了裁決共識，立即裁定被告的一級謀殺罪罪名成立。班尼費特隨即被宣判死刑，並被遣送郡監獄，靜候無情處決的報應到來。

夏特沃斯的謀殺案案情終於明朗化，殺人犯班尼費特也正在等候行刑處決；這段期間裡，德行正直高貴的「老查理・郝仁」受到了更多人的敬重感佩，也比以前更受歡迎，更受眾人的喜愛，也受到了更多的熱情款待。另一方面，老查理也變得更放得開了，以前他總是因爲手頭吃緊，而不得不表現出極度吝嗇的作風，但如今，名聲與人緣兼具的他，便常常動不動就在自家開起小型聚會。當然，我們這個作風慷慨的主人——「老查理・郝仁」先生，有時想起他那死去知心好友的姪子，就不禁眼眶微微濕潤，爲這名年輕人的悲慘命運，感到無比傷悲。

在一個尋常晴朗的好日子裡，老查理意外開心地接到了一封收據信函。信裡頭是這麼寫的：

致查爾斯・郝仁先生：

敬愛的先生，敝公司敬愛的好客户巴拿巴・夏特沃斯先生，於兩個月前向我們訂購的酒品，目前已確認處理妥當。敝公司謹以最崇高的敬意，將於您收到此信的當天早上，遞送出兩箱瑪歌酒堡出品的羚羊牌紫色封蓋紅酒至您府上。酒箱上有編號與註記，煩請點收。

附帶說明：該箱紅酒，將在您收到此信的隔日，以推車送達您的府上。此外，也勞煩您代我們問候夏特沃斯先生。

洋窪帕格公司敬上

一八××年六月二十一日於某城

事實上，自從夏特沃斯死了之後，老查理便不再指望會收到那位死去老紳士答應送他的禮物——「瑪歌酒堡紅酒」。但這會兒，他竟收到一封紅酒公司寄來的收據信函，他才得知美酒即將送達，因此認爲這無異是天上掉下來的特殊恩惠。老查理開心極了，他興高采烈地邀請了許多人隔天到家裡小聚一番，目的當然是暢飲那位死去老紳士送給他的禮物。不過，他的目的雖然是請大夥到家裡來聚一聚、喝點小酒，但他卻隻字未提這些酒是夏特沃斯送的；他之所以這麼做，其實是經過了深思熟慮，才決定不透露這些酒從何而來的實情。如果我沒記錯的話，他確實沒向任何人提及，這些紅酒是別人送的。他僅僅向朋友們提到，幾個月前，他向城裡一家公司訂了一批風味醇厚的上等好酒，而這批酒終於將在明天送到，因此他想在第一時間裡，與大家共享美酒。不過，我到現在都還很納悶，為何老查理不願向眾人透露，這批酒是來自他死去知心好友的心意呢？我實在不懂他不願透露的理由，不過我相信，他肯定有他的理由，而且一定是好得不得了的高貴理由。

品嚐好酒的日子終於到來，許多體面有名望的人也都受邀來到老查理的家中；事實上，是一半的拉圖市市民都來了，而我也在受邀的行列之中。賓客都到齊了，豐盛豪華的晚餐餐點也全被掃蕩一空，但那批美酒卻遲遲未到；為此，老查理感到很心急。左等右等，酒終於送到，但沒想到那口酒箱竟大得驚人。現場所有人興致極好，便齊聲起鬨地說，應該把大酒箱搬到桌上，立刻開箱拆封，把酒拿出來喝。

大夥才剛說完，就忙著把箱子抬到桌上，而我也幫忙插一手。桌上杯盤狼藉，但我們才不管那麼多，很快地便把箱子抬上了桌，想當然耳，桌上的杯杯盤盤也因而破了不少。此時，老查理已經喝得醉醺醺了，他漲紅著臉，故作威嚴狀，坐在主位上，拿起桌上的一支酒瓶用力敲著，他要大家在這「揭寶儀式」中，守點秩序。

一陣喧鬧之後，大夥全都安靜了下來，屋裡異常寂靜。老查理要我幫忙撬開酒箱蓋子。我拿了一支鑿子，鉤著箱蓋上的釘子，接著再以鐵鎚輕敲鑿子的柄部，鬆開了釘子，酒箱蓋於是突然開啟，此時，映入眾人眼簾的不是美酒，而是一具突然坐起、臉孔朝向老查理的血肉糢糊屍體，沒錯，那正是遭人殺害的夏特沃斯，他的屍體已全部腐爛，並發出陣陣惡臭。在接下來的幾秒鐘裡，坐立的死屍以他那潰爛且如死灰的眼睛，悲傷地盯著「老查理．郝仁」看，還慢慢地、清晰地說出——「汝即眞凶」這句話。死屍一說完話，彷彿心願已了，立刻往箱子旁一倒，手足四肢也搖搖晃晃地攤在桌子上。

現場隨之而來的情形，無法以筆墨完整形容。眾人嚇得紛紛從大門、窗子逃出去，甚至有許多身體看起來很強健硬朗的人，竟當場嚇暈。不過，眾人經過一陣狂亂驚駭的尖叫後，隨即慢慢鎮定下來，並全都盯著「老查理・郝仁」看。此刻，老查理的臉早已從先前的酒醉醺紅、志得意滿，變成死鬼一般的慘白，彷彿陷入了瀕死的痛苦。他這副驚駭不已、被嚇得快死去的表情，我一輩子都忘不了。接下來的好幾分鐘裡，只見他坐姿僵直、動也不動，像一尊大理石雕像；他的眼神極度空洞、茫然，好像正往內心那個卑鄙殘忍的靈魂看去。突然間，他又回到了現實世界，並很快地從椅子上彈起，身體重重地往前倒在桌子上，正對著眼前的死屍，激動詳細、滔滔不絕地自白著，說出他是如何謀殺了夏特沃斯，設計嫁禍給班尼費特，使其鋃鐺入獄，等待死刑處決等罪行。

「老查理・郝仁」自白的內容大致如下：事發當天，他尾隨夏特沃斯來到池塘附近，並用槍射殺馬兒，再用槍托把馬背上的主人打死，奪走夏特沃斯的皮夾。此外，他以爲馬兒已經死去，便使勁將死馬拖到池塘邊的灌木刺藤裡。接著，再將夏特沃斯的屍體抬起，放上了他自己的馬，騎著馬穿越樹林，把屍體藏在一個離樹林很遠、眾人找不到的安全地方。

用來設計陷害班尼費特的相關物證如：背心、小刀、皮夾和子彈，全都是他一手安排放置的，而這是爲了報復這個年輕人對他的無禮與侮辱。此外，沾血的領巾和襯衫，也是他陷害班尼費特的伎倆。

「老查理．郝仁」的冷血謀殺自白愈進入尾聲，他說話的聲音也變得愈來愈顫抖結巴、空洞細小。當他說完全部的罪行後，便站起身來，搖搖晃晃地離開了桌子，隨即倒地死去。

話說，我用來讓老查理招供自白的手法，不僅時間點抓得剛剛好，且非常有效。其實，本事件一開始，我們的「老查理．郝仁」，就表現得太過坦蕩直率；那副完美聖人的模樣，不僅惹我反感，也使我對他產生疑心。幾個月前，他和班尼費特發生肢體衝突，被那個年輕人打倒在地；那時，正好在現場的我，聽見他喃喃自語、暗暗發誓要報仇，也看見他臉上浮現出惡魔般絕決的神情，那神情雖然稍縱即逝，但卻彷彿在告訴我，他並不只是說說氣話，而是一逮到機會，他肯定會好好復仇。從此，我看待老查理一言一行的眼光，便與其他人大不相同。於是我發現，那些指控班尼費特犯下謀殺案的證據，不管直接或間接，全都來自老查理之手。不過，於我來說，案情眞相豁然開朗的關鍵是——「找到子彈」一事，也就是老查理在馬兒屍體裡找到的那顆子彈。大家皆忘了馬兒身上總共有兩個彈孔，分別是子彈射進和子彈穿出時所留下。既然子彈已然射穿了馬兒，馬兒的身體裡又怎麼可能找得到子彈呢？至此，我已很清楚地知道，若有人聲稱他找到了子彈，那他一定就是把子彈偷偷摸摸放進馬兒屍體的人。此外，沾血的襯衫和領巾，經過檢驗後，發現上頭的「血跡」，只不過是以假亂眞的葡萄酒液罷了。當我開始思索種種證據時，也注意到老查理後來竟一改吝嗇作風，出手闊綽了起來，但他何以突然變得富有？思索至此，我知道，我對老查理的猜疑一點也沒錯，但我仍暫守祕密，沒對外聲張。

接下來，我便開始私底下到處搜索夏特沃斯的屍體，我搜索的範圍不是老查理先前帶隊搜查的區域，我刻意反其道而行，往截然不同的區域搜尋。幾天後，我在一口被灌木刺藤覆蓋半掩的乾涸老井中，果眞發現了夏特沃斯的屍體。

再談到之前的事，有一回，我碰巧聽見老查理與夏特沃斯的談話。我聽見老查理設計夏特沃斯，誘騙這位老紳士送他一箱瑪歌酒堡的紅酒。我心想，應該可以將計就計。我找來一只堅硬的鯨鬚板片，將之刺進屍體的喉嚨，再小心翼翼把屍體摺疊成坐姿，勉強塞進一個舊酒箱裡，並用力蓋上箱蓋，用釘子釘好；我預料，屆時只要一拔起箱蓋上的釘子，蓋子就會彈開，屍體就會挺立，坐了起來。

這個擺放屍體的酒箱準備妥當後，我便在箱子上頭煞有其事做了紅酒標示記號與編號，並寫上收件人地址。接著，我以夏特沃斯生前經常來往的酒商名義，冒名寫了一封信給老查理。之後，我指示一名僕人將這口酒箱放上手推車，並要他聽從我的信號，待我一發信號，便即刻將酒箱送到老查理的家門口。至於，我是怎麼讓屍體說話的呢？由於我深諳腹語術，所以這也不是件難事；我希望能藉著那句話「汝即眞凶」，喚醒這個僞善冷血、城府深沉凶手的道德良知。

關於這整件事，我想我已交代、解釋得相當清楚。至於班尼費特，他隨即被無罪釋放，也繼承了叔叔的財產，從這件事學到了慘痛教訓的他，改頭換面、重新做人，從此展開快樂的新人生。

譯注：

1故事中，此人的姓氏爲Goodfellow，想必其中寓有作者刻意安排之心，故特將此人物的姓氏譯作「郝仁」，以符合本故事欲表現的效果。

20 長方形箱子

THE OBLONG BOX

幾年前，我曾經搭船從南卡羅萊納州的查爾斯敦前往紐約。那是一艘相當舒適的定期航行船，船名叫「獨立號」，船長為哈帝。船隻預定六月十五日啓航，若天候許可，將照原定計畫啓航。到了六月十四日，也就是啓航的前一天，我來到船上，到預計下榻的客艙安頓一番。

我看了旅客名單，發現此行旅客很多，女性旅客也比平常還多；另外，我還從名單上看見好幾個熟悉的名字，其中最令我驚喜的，就是看見科尼留斯・懷特也在名單上。懷特是位年輕畫家，他是我在C大學唸書的同窗，當時我們倆走得很近，交情還算不錯。一般來說，有才華的藝術家個性都頗為乖張，懷特自然也不例外；他這個人性情喜怒無常、孤僻、敏感，但卻不失熱情，換句話說，他其實是個很眞性情的人。

我發現懷特用他的名字訂了三間客艙，於是我又再次查看旅客名單，看見上頭登記了懷特夫婦和懷特兩個妹妹的名字，看來他們是四人一同旅行。船上的客艙很寬敞，每間房都擺了上下兩張床鋪，不過床鋪很小，一張床僅能容納一個人睡。這樣說來，懷特他們一行四人應該只需要兩間客艙就夠了，不是嗎？為何懷特要多訂一間房呢？我記得那個時期的我，情緒不太穩定，老是對一些雞毛蒜皮的小事感到好奇，現在想想，都覺得自己很反常。對於懷特為何多訂一間艙房這件事，我得承認，我不但感到好奇，而且還做了一些很荒謬、很不得體的推測。其實這件事和我一點關係也沒有，可是一旦追根究柢的興致來了，就很難半途停下，我非解開這個謎不可。我想了又想，最後總算想出一個結論，那就是——懷特多訂的那間艙房，一定是給僕人睡的！於是我又再度查看旅客名單，卻發現懷特一家人的名字下頭，並沒列出「僕人」這兩個字。不過，仔細一看，名單上頭原先的確寫了「僕人」這兩個字，只是後來又被畫線取消。這下子，我心想：「嗯，那想必懷特一定帶了一件超大行李，他可能不想讓這件行李和其他貨物一起擱放，不想讓這件行李離開他的視線……啊，我知道了，這絕對是一幅很名貴的畫作，我記得他先前為了一幅畫，與義大利籍猶太藝術商尼可力諾討價還價半天。」我對自己想到的解釋頗為滿意，這個答案暫時滿足了我的好奇心。

我和懷特的兩個妹妹很熟，她們是我見過最好相處、最聰明伶俐的女孩。至於懷特夫人，我還沒見過，他們最近才剛結婚。懷特先前時常提起他的妻子，而且感覺得出來，他對妻子十分愛慕，感情很濃烈。聽說，懷特夫人不僅容貌出眾、機智風趣，而且還相當有才華。我很高興懷特能找到一位才貌雙全的伴侶，因此一直很想親眼見見懷特夫人。

六月十四日那天，我登船查看客艙，船長告訴我，懷特一家人等會兒也會來，我於是故意在船上多停留一會兒，希望能見到懷特夫人。過了一會兒，有人捎來口信：「懷特夫人身體微恙，今日無法登船，明日啓航才會登船。」

隔天，我從旅館來到碼頭，準備登船。哈帝船長一見到我，便說：「由於有特殊情況發生，獨立號可能沒辦法在這一、二天開船。等到一切就緒，會請人送口信給我，讓我知道何時啓程。」船長所謂「有特殊情況發生」的說法，雖然很陳腔濫調，但卻是最好用、最簡單的說辭。但究竟發生了什麼特殊情況呢？實在讓人想不透，天氣這會兒好得很，正吹著和煦的南風呢！既然不是天候因素延誤了開船時間，我便試著探問可能原因，但仍得不到任何答案。於是，我只好回家，耐著性子等候登船通知了。

一個星期快過了，我一直沒接到開船通知。終於，通知來了，我於是趕緊前往碼頭，準備登船。船上擠滿了旅客，一切都亂哄哄的，大家都在爲這趟航行做準備。懷特一家人在我上船後不久也登船了。我的朋友懷特仍一如往常擺個臭臉，看起來心情欠佳、不想和人多說話的樣子，幸好，我對他這種個性早已司空見慣，因此還是趨前問候他們一家人。然而，懷特甚至沒向我介紹他的新婚妻子，反而是他妹妹瑪麗安見狀（我先前就說過，懷特的妹妹甜美伶俐，也懂人情世故），簡單說了幾句話，介紹我們認識。

懷特夫人的臉，密密實實地蒙上了一層面紗，使我看不見她的容貌；然而，當我向她行禮鞠躬時，她爲了答謝我而揭開面紗，那一刻，我清楚看見了她的容貌，我得承認，我眞是嚇了一跳。或許是我自己先前過於一廂情願，完全相信懷特，相信一個沉醉愛河的藝術家所說的話，我一直把懷特夫人想像得百般美好，但沒想到，事實與想像差得還眞遠！懷特對各方面的「美」感鑑賞，眼光一向很獨到，而且總是追求百分之百的完美，因此，我很納悶，他怎麼會選這樣的女人當太太。

在我看來，懷特夫人絕對是個相貌平庸的女人。我得說句公道話，她長得並不醜，只是相貌非常普通。不過，她的打扮倒是很得宜，品味相當好；我想，毫無疑問地，她一定是以無與倫比的「內在美」擄獲懷特的心。她沒和我多說什麼話，便很快隨懷特進入客艙。

這會兒，我那好管閒事的好奇心又發作了。我很確定懷特一家人並未帶著僕人一起旅行，於是，我開始注意有沒有大件行李被送上船來。耽擱了好一陣，獨立號卻一直還沒啓航，不久，有輛貨車抵達碼頭，上頭載了一口長方形松木箱。看來，我們就是在等這箱子的到來，因為此箱一登船，我們也即刻啓航；不一會兒，獨立號已然平穩航行於海上。

最後登船的這口箱子，是個長方形箱子，長約六英尺，寬約二點五英尺。我儘可能仔細觀察這口箱子，它的形狀雖奇特，但我大概猜到了裡頭裝的是什麼，我對自己先前的猜測很有把握。我相信，這個屬於懷特所有的「大件行李」，裡頭至少裝了一幅畫。我知道他之前和藝術商尼可力諾為了一幅畫，已經周旋了好幾個星期，如今從這口大箱子的形狀看來，裡頭裝的很可能就是李奧納多．達文西的《最後的晚餐》複製畫，複製畫的畫家叫盧比尼，他是義大利佛羅倫斯的一個年輕畫家，而且據我所知，這幅畫已經在尼可力諾手裡好一陣子了。我想，我猜得準沒錯，而且只要一想到自己竟如此聰明敏銳，就不禁得意忘形，咯咯笑了起來。這可是頭一回，懷特對我隱瞞他的藝術收藏，顯然他想早我一步，偷偷走私名畫到紐約去。不過，他的一舉一動可逃不過我的法眼，這一路的航行時間不算短，他準備等我挖苦考問吧！

然而，還有一個疑點很困擾我，那就是這口箱子竟然沒被放進懷特多訂的客艙裡，反而是安置在懷特夫婦的艙房。這樣一來，艙房的地板應該都被箱子占滿了吧，懷特夫婦在裡頭顯然寸步難行，感覺應該不是很舒服吧！不僅如此，箱子還會發出陣陣強烈刺鼻、令人噁心的臭味呢，這味道顯然來自箱子上方那些寫得歪歪扭扭的字，那些字應該是用焦油或油漆寫成的，味道才會那麼刺鼻。我看見箱子的木蓋上漆了這些字眼：

愛德萊德．科帝士　女士收
阿爾巴尼，紐約州
由科尼留斯．懷特先生保管
此面朝上
請小心照料

現在我知道了，那位「愛德萊德．科帝士女士」是懷特的岳母。可是，箱子的收件地址卻讓我一頭霧水，那並不是懷特位於紐約錢伯斯街的工作室地址。令人感到奇怪的是，箱子裡頭裝了如此珍貴的藝術品，豈有不放在自己工作室的道理，反而是要送往別的地方？

我們在海上航行的頭三、四天，天氣都很晴朗，只是前頭一直颳著大風；接著，風勢突然轉向，改往北面吹，我們於是很快遠離了沿岸。另外，船上的旅客也開始交際了起來，興致相當高昂。我對這種社交儀節一直都沒什麼興趣，但沒想到，這回甚至連懷特和他的兩個妹妹，也沒什麼興致和別人打交道，他們顯得很緊繃拘謹。或許我沒什麼資格說別人，但我就是覺得懷特一家人的行爲舉止，實在很不得體。懷特表現出來的態度尤其不得體，他似乎比平常還要憂鬱，幸好，我早就對他的個性見怪不怪。至於懷特的兩個妹妹爲何如此冷淡、不想與人交際，這我就想不通了；她們一直把自己關在客艙裡不出來，我曾多次請她們出來和其他人認識認識，但都被婉拒。

至於懷特夫人，她則十分喜歡與人交際，甚至交際得過了頭；我的意思是，她很健談，甚至健談得過分了些。她和船上其他女士變得非常熟稔，而且出乎我意料的是，她竟然還與船上其他男士調起情來；可以說，她把我們大家都「逗」得很開心，但我其實不知道該怎麼解釋「逗」這個字眼。然而事實是，不久後我便發現，大家幾乎都在暗地裡嘲笑懷特夫人，男士們或許還是比較保留，不太做批評；但女士們可就不同了，她們都說懷特夫人心地很不錯，只是長得實在很普通，而且看起來一副沒受過教育的樣子，相當粗俗無文。至此，我眞的感到相當疑惑，懷特爲何會和這種女人結婚呢？或許有人會說，可能是爲了錢吧，但據我所知，完全不是這回事。懷特先前告訴我，他從來沒拿過妻子的一分錢，也沒想過要從妻子身上得到什麼財產，他是爲了愛而結婚，僅僅就是爲了愛，他非常非常愛他的妻子。每當想起懷特先前說的這些話，我得承認，我實在被搞糊塗了。他究竟是不是失去了理智，才會愛上這麼平庸粗俗的女子？懷特是一個那麼優雅、聰明，而且對女人、對美的事物都極度挑剔的人呢！他怎麼可能容下任何不完美的人事物？

看得出來，懷特夫人非常愛他，尤其當他不在身邊的時候，懷特夫人更是開口閉口都是懷特的名字，而且三句不離——「我親愛的丈夫，懷特先生」。每當懷特夫人提到「丈夫」這個字眼時，感覺十分刻意、不自然，像是故意從舌尖迸出這個稱呼似的。不過於此同時，船上所有人也都發現，懷特非常刻意避開他太太，他老是把自己關在客艙裡，並任由妻子在主艙留連，盡情地與其他人談天說笑。

這些日子以來的一切我都看在眼裡，並自有一番結論，那就是，我這位藝術家朋友，先前一定是發神經，不知道是哪根筋不對，才會迷戀上這個粗俗、沒氣質，與他一點也不相配的女子。結婚後，他果然很快就對妻子感到嫌惡，完完全全的厭惡。沒錯，一定是這樣，我的推斷一定沒錯。天啊，我眞是打從心底爲他感到可憐與惋惜，竟娶到這種女人；然而，再怎麼說，他也不能因爲婚姻不幸福就絕口不提那只長箱子的事，他買到這麼珍貴的畫作竟什麼也沒透露，這眞是惹惱我了，我一定要報仇、還以顏色。

有一天，懷特到甲板上來，我立刻熱情地抓住他的手，兩人在甲板上四處閒晃了起來。他看起來還是那麼陰沉憂鬱（唉，娶到這種老婆，我想，他不憂鬱也很難），他話不多，而且顯然悶悶不樂。我故意說一、兩個笑話逗他開心，但他也只是皮笑肉不笑，可憐的傢伙，即使再不滿意自己的老婆，也沒必要一副天塌下來的苦情模樣吧。於是，我當下便決定，要有意無意說到那口長箱子的事，好好挖苦諷刺他一番，讓他知道我沒那麼好騙，他在玩什麼神祕把戲，我可是清楚得很。爲了揭穿他的僞裝，於是我說：「那口箱子的形狀還眞特別啊……」說完後，我還故意笑了笑，朝他眨眨眼，還用食指輕輕戳他的腰。

說完這無傷大雅的玩笑話後，我發現懷特的反應很激動，他簡直像瘋了一樣；從他這舉動看來，我更確定箱子裡頭一定裝了名畫。剛開始，他只是一直盯著我看，好像聽不太懂我到底想說什麼；接著，他似乎若有所悟，雙眼開始瞪視著我，眼珠子瞪得老大，一副快從眼窩掉出來的樣子。他臉上的神情先是漲得暴紅，然後又變得慘白；接著，好像我剛剛說了什麼玩笑話似的，他開始大笑，仰天狂笑，這簡直出乎我意料，他愈笑愈大聲，而且至少笑了十分鐘之久。最後，他整個人直挺挺、重重地昏倒在甲板上，當我跑過去扶他時，只見他面如死槁，像是死了一樣。

我立刻請人來幫忙，大夥費了好大的勁兒，才把懷特救回來。懷特醒來後，有好幾次，他神智不清地胡亂說了一些話，最後，我們幫他放了血，扶他上床休息。隔天一早，懷特整個人看起來恢復了不少，嗯，我是指他的身體看起來好些了，但他的精神狀況如何，我就不多說了。船長勸我，在接下來的航程中，盡量不要再靠近或刺激懷特了。看來，我和船長心照不宣，我們都知道懷特病得不輕、精神錯亂，船長因此要我不要向船上其他旅客說起懷特的狀況。

懷特在甲板上大笑發狂這件事之後，我又馬上注意到其他狀況，這無疑又引發了我高度的好奇心。其中一個狀況是這樣的，我因為喝了太多濃茶，精神變得十分亢奮，以至於一連兩晚都睡不好，其實，根本是睡不著。我把客艙的門打開，整個人面向主艙，坐在床鋪上；而且不僅僅是我這麼做，船上其他單身男士也因天候悶熱，都會把客艙的門打開。懷特訂的三間客艙正好位在後艙，和主艙僅隔一道滑門，然而，這道滑門從不上鎖。當時海上的風勢不小，船身因而傾斜得頗厲害，一直往下風處側斜。當船隻的右舷一直往下風處側斜時，主艙與後艙之間那道滑門便會從左側滑向右側，不過即使如此，也沒人想起身，重新把滑門關上；當滑門向右側滑開後，我的客艙因爲相對位置以及艙門沒關，坐在床邊一角的我，便可將後艙艙房的情形看得一清二楚。我在連續兩晚睡不著覺的夜裡，清楚看見懷特太太每晚大約於深夜十一點鐘左右，躡手躡腳走進懷特多訂的那間艙房，一直要到隔天清晨，懷特去叫她，她才會回到懷特住的那間艙房。懷特夫婦簡直已經分居了嘛，而且他們還分房睡，看來應該是快離婚了。至此，我終於搞清楚懷特爲何要多訂一間艙房了。

在這兩個失眠的夜裡，我還觀察到另一個狀況，那就是，當懷特太太進入多訂的那間艙房就寢後，我馬上聽見懷特的艙房傳出某種聲音，那個聲音很細微，聽起來像是出於謹慎，刻意降低音量所致。我仔細聽了一會兒，好好想了一下，終於理解那是什麼聲音，對此，我頗爲自豪得意，因爲那是懷特用工具撬開長箱子發出的聲音，他一定是用大頭錘敲擊著鑿子的末端，讓鑿子得以撬開箱子上頭的釘子；懷特用大頭錘敲打時，錘子的聲音聽起來悶悶的，我想懷特一定用了毛料或棉料製品，包住大頭錘的頭端，讓它不致發出太大的敲打聲。

接下來，我還一一聽出懷特做了什麼舉動。他把木箱蓋完全打開，因爲我聽見木箱蓋碰撞床沿發出的細微聲響；懷特想必非常小心，儘可能輕聲地卸下木箱蓋，然後把蓋子輕輕放到地面上。而且，我確定他移動了箱子，他把箱子放到艙裡的下鋪，懷特把箱子放到床上後，便沒再發出任何聲音，房裡一片寂然，直到天色將亮。不過，我總覺得好像聽見了低聲啜泣、喃喃自語的聲音，那音量極度壓抑、克制，簡直聽不到，就是因爲這樣，我才會認爲那啜泣呢喃的聲音應是我自己胡思亂想的；這一定是我耳裡發出的嗡鳴聲，而絕對不可能是懷特啜泣或嘆息的聲音。根據我對懷特的了解，他對藝術品的執著喜愛，的確到了某種沉醉不可自拔的程度，我想，這一定是他鑑賞藝術品的怪癖習性。他之所以在深夜小心翼翼打開長箱子，爲的就是好好欣賞他的珍貴收藏，好好領略這視覺饗宴，因此，他高興都來不及了，哪有什麼理由啜泣呢？一定是濃茶惹的禍，哈帝船長好心請我喝茶，我竟半夜睡不著覺，還胡思亂想。這兩個晚上，我都清楚聽見，黎明破曉前，懷特重新將木箱蓋蓋上，再把釘子釘回去的聲音。之後，他盥洗整裝，步出艙門，走到另一間艙房去叫懷特太太。

我們已在海上航行了七天，此時西南方吹來了一陣非常強勁的風，我們只得趕緊駛離北卡羅萊納州的海特拉斯角。不過，即使天候惡劣，這艘船都有預防措施，裝備齊全得很。最後，我們收攏前後桅杆上的部分船帆，安然度過了強風。

就這樣，我們平安航行了四十八小時；事實證明，這是一艘各方面都很堅固完善的船隻，而且毫無海水滲入的跡象。不過沒想到，之後的風勢不但未見減弱，還演變成海上颶風，將船隻的後帆整個吹毀，後船帆成了碎條破片，整艘船因而載浮載沉地度過好幾個連續巨浪。這樁意外導致三個當時位在廚房的人落了水，而且船隻的左舷牆幾乎全毀。接著，我們在船隻的前後桅杆間，升起一面縱帆，希望可以抵禦暴風雨的攻勢，幸好應變得宜，我們因而較先前平穩航行了好幾個小時。驚駭的心情還沒完全平復，不久，在暴風雨毫不留情地吹襲下，前桅杆的中段船帆又被吹壞。

強風仍繼續吹襲，毫無減弱的跡象，還把船帆、桅杆上的滑輪索具都吹壞了，器具嚴重變形且無法使用。強風侵襲的第三天，大約到了下午五點左右，船隻的後桅杆被猛烈風勢吹得嚴重傾斜，倒塌在船舷上。接下來的一個多小時裡，大夥無不試著合力移開倒塌的桅杆，以免它雪上加霜，增加整艘船的重量，但由於風勢實在太猛烈，整艘船被吹得搖來晃去的，我們實在無法辦到，只好放棄。此時，船長來到了船尾，告訴我們船身已滲水達四英尺深；沒想到更倒楣的是，抽水幫浦竟然卡住了，簡直一點用也沒有。

此時，大家全都坐困愁城了，幸好後來我們又想到其他減輕船隻重量的方法。我們盡可能丟棄船上的貨物，並且切斷剩下的兩支桅杆，將它們丟入海中。但儘管我們做了這些補救動作，還是無法讓抽水幫浦起死回生，在此同時，船隻滲水情形也愈來愈嚴重了。

夜晚來臨，強風風勢終於明顯減弱，海浪也變弱了許多。四周雖然一片漆黑，但我們心中仍懷抱一絲希望，希望能趕緊搭船上的救生艇逃命去。到了晚上八點，原本陰暗無光的黑夜竟雲開見月，露出了滿月。上天似乎聽見我們的請求，帶來了皎潔的月光和一點點的好運，也振奮了大夥原本低落的心情。

經過一陣努力，我們終於成功取下船側的大型救生艇；很幸運地，沒有任何人因此受傷。接著，所有船員和大多數旅客全都擠上救生艇，並且立刻撤離。事後得知，歷盡千辛萬苦，他們一行人最後終於平安抵達歐克拉寇克海灣；這是船難發生後第三天的事。

除了船長以外，連我在內，還有十二個人留在獨立號上，準備搭乘繫在船尾的小型救生艇逃生。我們緩緩降下救生艇，老天保佑，小艇安然浮在水面上，沒被大海給淹沒。我們一行人，包括船長夫婦、懷特一家人、墨西哥籍軍官夫婦，和他們的四個孩子、我，以及一名黑僕，全都安全搭上了救生艇。

這艘救生小艇空間不大，上頭已經坐了十四個人，再加上一些必備的器材、糧食、衣物，已沒有空間容納其他東西；當然，到了這個節骨眼，也沒人想再多帶什麼個人財物了。然而，當我們划著救生小艇、離開了獨立號一小段距離後，懷特忽然站了起來，冷冷地請求哈帝船長將小艇調頭，讓他回船上拿他的長箱子；不用多說，我們所有人都被懷特的這項請求給嚇壞了。

「懷特先生，請你坐下。」船長帶著幾分威嚴回答，「你再不坐好，會害大家翻船的，船沿已經快進水了。」

「那個箱子——」懷特依然站著，並且大喊，「我說，我要回去拿我的箱子。哈帝船長，你不可以、也不能拒絕我！那個箱子很輕，不礙事的。看在老天爺的份上，我求求你把船調頭，讓我回去拿箱子。」

有那麼一瞬間，船長似乎被這位藝術家的真心懇求給打動了，不過，他很快就恢復冷靜，並嚴厲地說著：「懷特先生，我想，你真的瘋了，我不能照你的話去做。我說了，請你坐下，要不然你會弄翻這艘小船的……天啊，懷特先生，你穩住——誰趕快抓住他、抓緊他，他就要掉進海裡了——唉，我就知道他會這麼做，這下，他準沒命的。」

事實上，由於我們仍離獨立號不遠，而且位於獨立號的下風處，風勢因而不至於朝小艇狂吹。懷特跳下小艇後，蒙老天爺眷顧，他成功抓住了一條繩索，那是獨立號前桅杆上頭綁著的繩索。再下一分鐘，懷特已經爬上了獨立號，發瘋似地急忙跑回客艙。

於此同時，我們的小艇也一直被狂風暴雨往外席捲，而且離獨立號愈來愈遠，離開了大船下風處的庇護，我們只能將性命交由滔天巨浪，任其宰割。我們努力想將小艇調頭，等懷特上船，但這艘在汪洋大海中載浮載沉的小艇，就像一片微不足道的小羽毛，俯仰著暴風雨的鼻息，任憑處置。於是，我們只好回頭瞥了獨立號一眼，看來，死神離懷特不遠了。

小艇離獨立號愈來愈遠了，但此時，我們卻看見懷特這個瘋子，似乎想從客艙爬上通往甲板的艙梯，還用盡全身力量，想把那口長箱子也一起拖上甲板。沒想到，懷特竟然成功了，他成功爬上了甲板，大夥看著他，簡直不敢相信這一切。接著，他用一條寬度約三英寸粗的繩索，把自己和箱子綁在一起，再下一分鐘，懷特連人帶箱掉進了海裡，而且立刻消失在海面上，永遠地消失在海面上。

之後，我們一直盯著懷特落水的海面看，難過地划向那兒，並在附近逗留了好一會兒，但仍然不見懷特的蹤影，我們只好划離此處。接下來的一小時，小艇上個個沉默，沒人出聲；最後，我首先打破沉默：「船長，你有沒有發現，懷特和他身上綁的箱子，怎麼一下子就沉了下去？這不是很奇怪嗎？先前看懷特把自己和木箱綁在一起，我本來還抱著一絲希望，希望這木箱的浮力能幫他浮上水面、救他一命。」

「懷特會沉下去，那是理所當然的，」船長接著回答，「而且他一定會立刻下沉。不過，只要箱子裡頭的鹽巴溶解了，懷特就會馬上浮起來。」

「鹽巴？箱子裡頭爲什麼有鹽巴？」我驚呼著。

「噓，別問了。」船長把手指湊到了嘴邊，接著又指向懷特夫人和兩個妹妹。「這些事情我們以後再談。」

救生小艇在大海上隨波漂流，我們一行人爲了活命，吃了很多苦頭，不過老天爺還是眷顧我們，就像眷顧先前那艘大救生艇上的旅客一樣，我們終於平安登陸了。只不過，撐過來的小艇成員並不多，這一天是船難發生後第五天，我們從羅安諾克島對面的海灘登陸。我們在此處停留了一星期，島上的人對我們挺不錯；最後，我們終於再度搭上前往紐約的船，抵達目的地。

獨立號發生船難後一個月，我和哈帝船長在紐約的百老匯不期而遇。我們很自然就聊到了先前經歷的船難，還特別聊到懷特遭遇的悲劇，接著，我終於知道了事情的原委：

我的藝術家朋友懷特，原本眞的預定偕同妻子、兩個姊妹，以及妻子的一名女僕，一起搭船航行到紐約。懷特夫人，也眞的如他先前所描述，是個美若天仙、才華洋溢的女子。但到了預定啓程的前一天，也就是六月十四日，懷特夫人突然患了急病而死去。懷特悲痛欲絕，但情況卻不允許他留下來平撫傷痛，只得依照原定計畫搭船到紐約。原因是，懷特一方面得把愛妻的遺體帶回岳母家處理後事，所以不能延宕太久；另一方面，由於擔心當地的輿論壓力與閒言閒語，懷特只能低調處理妻子驟然死去的事情，不好弄得人盡皆知。然而，如果懷特眞要帶著妻子的遺體一起航行，倘若讓預定搭船的旅客知道此事，恐怕大多數人根本不可能同意，進而改變心意、不搭此船。

在進退兩難的情況下，哈帝船長幫懷特想到一個權宜之計。他請人替懷特夫人的遺體做局部防腐處理，然後再覆蓋大量鹽巴，裝在箱子裡。如此一來，便能以貨物的名義，將裝了懷特夫人遺體的箱子運上船來。但由於所有人都不知道懷特夫人驟逝的消息，因此懷特得找個人僞裝成他的妻子，一起搭船旅行。懷特只好說服女僕假扮成自己的太太，而且懷特原本就多訂了一間艙房，準備給女僕住，於是，冒牌懷特夫人每晚都悄悄回到這間多訂的艙房睡覺。而這位冒牌懷特夫人，她白天的任務就是稱職扮演好她的角色，不能露出馬腳，不能讓人察覺她是冒牌的。

哎呀，原來我先前的猜想錯得離譜。都怪我觀察得不夠仔細，沒留意懷特一家人的神色全都很悲傷憂鬱；都怪我太好奇、太愛管閒事，性子也太衝動，才會對懷特造成那麼多困擾。但沒想到，聽完懷特的事情，解開我心中的疑惑後，近來的夜晚，我都睡得特別沉。不過，自此以後，好友懷特生前悲悽陰鬱的面容便一直不斷縈繞我心；懷特那發了瘋的狂笑聲響也一直不斷在我耳邊迴盪著。

21 梅琛葛斯坦 METZENGERSTEIN

活著，我便是你的災難；死時，我便成了你的死神。

馬丁・路德

既然無時無刻都有災難、恐怖事件發生，那我又何必特別交代這個故事確切發生的年代呢？這麼說好了，這篇故事是發生在某個年代的匈牙利，那個時期的匈牙利，境內普遍流傳著「輪迴轉世」的觀念。至於，「輪迴轉世」的觀念是否眞有其事，我個人則不予置評。爲什麼呢？因爲沒什麼好加以懷疑的。面對未知的事，人通常會採取猜疑或懷疑態度，我認爲人之所以如此，是因爲我們總是不能安於做自己，總是對自己的處境感到不安，這也就是拉布爾耶所說的——「無法安於做自己、面對自己、與自己獨處，是一個人最大的不幸。」

儘管我對「輪迴轉世」概念沒有特別的意見，但匈牙利人抱持的某些觀點確實太過荒謬，簡直近乎迷信，而且和東方佛教正統裡的輪迴轉世觀念相距甚遠。舉例而言，匈牙利人認爲，人死後，靈魂會在特別敏感、特別容易受磁場影響的肉體上依附一陣子，像是附身在馬、狗，或是另一個人身上。

好幾世紀以來，柏利費珍和梅琛葛斯坦兩大家族一直不合，互看對方不順眼。史上從不曾有哪兩個如此顯赫的家族像他們一樣，對彼此的敵意與恨意如此之深。這兩家族互相怨恨、爭端不斷的起源，似乎與一個古老預言有關，預言的內容是這麼說的——「若原本必死的梅琛葛斯坦，像騎士征服他那桀驁不馴的坐騎一般，擊敗了永恆不死的柏利費珍，那麼其中一方地位崇高的家族勢將垮台。」

其實，古老預言本身並沒有什麼特殊含義，但這兩家族卻拿著放大鏡來看待這個預言，甚至不久前，他們還爲了一些很小、很瑣碎的事情，發生大爭端。此外，這兩個采邑領地相接的家族，一直以來，在政治方面也都持續互相角力，更使國事紛紛擾擾、忙上加忙。別忘了，近鄰成爲好朋友的例子，可說是少之又少。柏利費珍城堡裡的人們從自家高聳的城牆往外看，正好可一眼望進梅琛葛斯坦宮殿的窗戶，進而將世仇宮裡的情形瞧個一清二楚。柏利費珍家族雖然家族歷史不及世仇悠久，財富也不若敵家雄厚，但看在他們的眼裡，梅琛葛斯坦家族的采邑氣派似乎也沒富麗堂皇到哪兒去，跩什麼跩嘛，這個世仇敵家只不過是發跡得早，財富累積多了點罷了。原來這兩家族世世代代都對彼此存有妒忌之心，雙方總是緊張敵對，難怪儘管那個有關兩家族命運的古老預言無聊又傻氣，但每每總讓兩家族之間的紛爭一觸即發。不過，若要認眞看待古老預言的內容，那麼預言或許是在暗示，現下握有較大權勢的梅琛葛斯坦家族終將獲得最後勝利，這也難怪權勢財富略遜一籌的柏利費珍家族，會對他們恨之入骨了。

柏利費珍家族的威廉伯爵雖出身貴族，但如今垂垂老矣，儘管如此，他仍每天縱情享樂。威廉伯爵從沒成就過什麼了不起的功績，他最爲人所知的個性，無非是——對世仇敵家打從心底感到憎恨厭惡、對鑑賞馬匹與出外打獵打從心底執著熱愛。這位老伯爵對馬匹與打獵的熱愛，簡直沉溺縱欲到了極點，他無視於自己年事已高、體力衰弱，反應能力也日漸衰退，仍每天出外打獵，執拗堅持這種危險的狩獵遊戲。

另一方面，梅琛葛斯坦家族的弗雷德烈克伯爵則是年紀很輕，還未成年就繼承了龐大家業。他的父親G大臣英年早逝，他的母親瑪麗夫人在丈夫死後不久，也接著撒手人寰；此時，弗雷德烈克才十八歲。十八歲的年紀，在大城市裡或許無足輕重，但在荒野中，偌大的貴族采邑領地裡，十八歲即繼承家業，確實有其不同凡響的特殊意義。

弗雷德烈克伯爵在父親死後，立刻繼承了龐大的家業領地，他可說是匈牙利有史以來最年輕的侯爵。這位年輕伯爵的領地內城堡無數，但其中最金碧輝煌、占地最寬廣的則非「梅琛葛斯坦宮」莫屬；弗雷德烈克伯爵的領地之寬廣，疆界綿延之幅長，幾乎無法清楚計算丈量，然而，光是梅琛葛斯坦宮的占地幅長，即綿延了五十英里。

有人私底下推測這位年輕、生性暴戾的伯爵，一旦繼承這無與倫比的龐大家業，將來恐怕極盡驕奢、荒淫、殘暴之能事，來治理他的領地。果然，弗雷德烈克伯爵才繼位三天，他的暴行比起那聖經中濫殺嬰兒的殘暴希律王，可說是有過之而無不及，跌破先前那些好事之人的眼鏡。縱欲酒色、背信忘義、極度殘暴……年輕伯爵的這些所作所爲，看在僕人們眼裡，不僅嚇得發顫，並早早認清無論再怎麼對他屈膝奉承，終有一天，冷血、泯滅人性的伯爵，仍會對他們伸出無情的毒牙。弗雷德烈克伯爵繼位的第四天夜裡，柏利費珍家族的馬廏竟失火了，柏利費珍家族一致認爲這肯定是梅琛葛斯坦家族縱的火，年輕伯爵的暴行惡狀於是再添一樁。

外頭正爲失火一事喧鬧不已的同時，弗雷德烈克伯爵則獨自坐在偌大的宮殿房間沉思。房間裡，各個牆面都掛滿了華貴富麗的掛毯，掛毯因年代歷久而稍顯褪色，呈現出陰沉暗鬱的色澤；掛毯上映繡的，是一個個威嚴雄壯、但又幽靈般緲遠的傑出先祖圖像。有幅掛毯圖畫描繪了穿著貂皮長袍的神父與主教顯貴們，和一個握有實權的侯爵親王親密同坐，共同否決了一個短暫在位君王的議案；並上承羅馬教皇的指示，共同壓制了不具正當性的造反王權。也有些掛毯描繪了身材頎長的梅琛葛斯坦侯爵們，英氣勃發的騎著健壯戰馬，從成堆的敵人屍骸一躍而過。還有些掛毯則描繪一個個天鵝般純潔、又不失性感美麗的伯爵夫人，丰姿綽約、亭亭而立，那姿態之美妙，有如跟隨曼妙樂音輕巧起舞一般。

此時，柏利費珍家的馬廏火災也愈演愈烈，然而，從弗雷德烈克伯爵沉思默想的模樣看來，他不是正假裝毫不知情地聆聽屋外騷動，就是正在竭力構思更大膽放肆的惡行計畫。他一邊凝神思索，一邊不自覺盯著牆上某幅掛毯看。這位年輕伯爵不知爲何一直看著那幅掛毯裡的高大駿馬，圖畫裡，那匹馬有著不尋常的毛色，而且歸世仇敵家的阿拉伯血統先祖所有，馬兒像座雕像似的靜止在圖畫的前景位置，而主圖則是馬匹主人死在梅琛葛斯坦家族祖先匕首下的景象。

當弗雷德烈克伯爵回過神來，發現自己竟不自覺盯著那匹馬看，接著，他的嘴角漾起了一抹邪惡笑容，並繼續好整以暇的盯著那匹馬兒看。但他愈是看著那匹馬，就愈感到一股無以名狀的焦慮感朝他襲來，焦慮不安，像塊黑布幕，劇力萬鈞般遮蔽、淹沒了他的理智。他費了好大的勁，才從那如夢似幻的情境裡清醒過來。然而，他盯著那匹馬看得愈久，就愈被牠深深吸引，像中了符咒一般，視線離不開牠，著魔地看著牠。然而，外頭的喧鬧騷動突然變得很猛烈，他這才勉強自己移開視線，望著那映照在房間窗上的熊熊火光。

但弗雷德烈克伯爵才看了窗戶一下子，就又中了魔似地轉頭，眼光再度鎖定牆上那匹掛毯中的馬。但不得了，這一看可嚇壞了伯爵——那匹巨大駿馬的頭竟轉了方向！掛毯中的馬原本是低著頭，看著俯臥倒地的主人，但這會兒卻伸長了脖子，朝伯爵的方向看；馬兒的眼睛原本畫得不太明顯，但如今卻閃耀著火焰般的紅光，不僅變得炯炯有神，還流露出人類般的目光；馬兒看起來像是被激怒一般，張著大嘴，露出凶惡的大牙。

弗雷德烈克伯爵被掛毯呈現出的怪景象嚇壞了，接著便踉踉蹌蹌衝到了門口。他一打開門，就有道火紅閃光猛然照了進來，此時，蹣跚倒斜在門檻邊的伯爵，渾身顫抖、感到不對勁，轉頭一看，竟看見火光將他的影子投射在那幅嚇壞他的掛毯上，而且不偏不倚，就落在殺害柏利費珍家族先祖的戰士身上。那冷血無情的戰士不是別人，正是弗雷德烈克伯爵的祖先，而且，不只是身形，就連伯爵的面容輪廓，也與掛毯中人的臉龐一一疊映——伯爵，似乎幻化成掛毯中的冷血戰士。

爲了提振精神，弗雷德烈克伯爵匆忙逃離房間，跑到外面透透氣。接著，他在宮殿大門口遇見了三名掌馬官，他們三人正冒著生命危險，使勁制伏一匹高大、火紅毛色，且桀驁不馴的駿馬。

「這是誰家的馬？你們從哪兒弄來的？」弗雷德烈克伯爵暴怒、嘶啞地盤問。他之所以如此震怒，是因爲眼前這匹馬，竟和房間掛毯上謎樣般詭異的馬匹如此相像。

「陛下，這匹馬歸您所有。我是說，至少目前並沒有其他人來認領，所以牠歸您名下所有。」其中一名掌馬官回答，「我們抓到牠的時候，牠的性子就是這麼猛烈暴怒，牠全身上下都在冒煙、滴汗，並且從柏利費珍家族的失火馬廄飛奔而來。我們原本以爲這隻外國血統的馬匹，是歸柏利費珍家族的老伯爵所有，於是，便把牠牽回柏利費珍家族以供招領。但他們的馬伕卻說這匹馬不是柏利費珍家族所有，可是這就奇怪了，這匹馬明明一副從火場逃生的模樣啊！」

「而且，牠的額頭上還烙印了幾個大寫字母，」另一名掌馬官接著插話，「照我推斷，那幾個字母分明是柏利費珍家族老伯爵的姓名縮寫啊，但對方家族上上下下都說這匹馬不是他們的。」

「嗯，這事兒的確很詭異。」弗雷德烈克伯爵一邊思考，一邊不自覺地說；但他沉吟了一會兒，隨即又補充說明：「你們說得沒錯，這匹高大的馬的確很特別、很奇特，既然弄不清楚牠究竟是誰家的馬，好吧，那牠就歸我所有了。不管柏利費珍家族的馬廄裡跑出了什麼樣的妖魔鬼怪，看來只有我這樣偉大的騎士，才能予以馴服！」

掌馬官又說：「陛下，我想你可能弄錯了，我剛剛說過，這匹馬已經確定不是柏利費珍家族所有。如果這匹馬眞是歸對方家族所有，我們就會直接把牠還給對方了，哪能讓世仇敵家的馬匹大剌剌的出現在您跟前呢？」

「這倒是。」弗雷德烈克伯爵冷冷地說。此時，宮裡一名整理臥房的小僕神色緊張地跑了過來。他附著伯爵的耳朵輕聲地說，他所負責的那個房間，牆壁上有幅掛毯的一小塊圖案竟然不見了；接著，他繼續詳細說明當時的狀況。儘管小僕已盡量放低音量，但那三名好奇心頗重的掌馬官，還是聽得一清二楚。

弗雷德烈克伯爵一邊聽小僕說明事情經過，情緒也一邊激動了起來。不過，伯爵很快就鎮定了下來，接著，他一臉邪惡地下令，說是要將那個房間暫時鎖起來，並且由他親自保管該房間的鑰匙。

小僕離開後，一名掌馬官接著對弗雷德烈克伯爵說：「您知道柏利費珍家族的老伯爵慘死的事了吧？」話一說完，那匹大駿馬竟加倍猛烈暴怒了起來，兩隻前腳倏然躍起，接著便朝梅琛葛斯坦家的馬廄狂奔而去。

「不會吧，」弗雷德烈克伯爵聽了，猛然回頭問著掌馬官，「你是說，那個老獵人死了？」

「我親愛的陛下，沒有錯，這個消息千眞萬確。」掌馬官小心翼翼奉承地說，「而且，我想您一定很樂意得知這個消息。」

「他是怎麼死的？」弗雷德烈克伯爵臉上閃過一抹奸笑。

「他是為了救出一些心愛的馬匹，才不幸葬身火海的。」掌馬官如實以告。

「看來他是眞的死了。」聽到柏利費珍家族老伯爵慘死的消息，弗雷德烈克伯爵緩悠悠地出聲，腦袋不知又想到了什麼念頭。

「沒錯，這消息是眞的，假不了。」掌馬官回應著。

「這消息眞是令人震驚啊！」弗雷德烈克伯爵平靜地說。接著，他便轉身，靜靜走回宮殿。

從這一天開始，梅琛葛斯坦家族的繼承人——年輕的弗雷德烈克伯爵，他的行為舉止，有了很大的轉變。伯爵的性情似乎不再那樣殘暴，而且還對鄰近貴族世家釋出友好善意，一改從前的囂張跋扈、目中無人。這種種轉變較諸以往，簡直是一百八十度轉變，他又再次跌破了各界的眼鏡，也讓先前那些善謀略、好分析情勢的多事之人大感意外。而且，再也沒人看見他步出自己的領地一步，他也沒有任何社交活動，更甭提朋友了，好吧，或許那匹他每天都要騎的怪異奇特、性情暴怒的火紅馬兒，可勉強算是他的朋友吧！

然而，弗雷德烈克伯爵還是常接到鄰近貴族世家捎來的邀請函，內容多半是——「伯爵可願意賞光，出席我們的慶典」、「伯爵是否願意加入我們打獵的行列，獵殺野豬，過過癮呢」。然而，弗雷德烈克伯爵對這些邀約，卻都報以簡潔中帶點自傲口吻的回覆，像是——「伯爵不擬出席慶典」、「伯爵不打獵」等等。

要知道，貴族們大多很跋扈傲慢，哪能忍受弗雷德烈克伯爵一而再、再而三的拒絕邀約，還擺出羞辱人的姿態呢？漸漸地，這類邀約變得愈來愈表面應酬化，次數也愈來愈少，最後，伯爵就再也不曾收到任何邀請函了。據說，柏利費珍家族可憐的伯爵遺孀，曾這麼形容弗雷德烈克伯爵的行為——「既然他老是不屑和其他貴族來往，那麼他即使不想待在家裡，也無處可去；既然他只想和馬兒交朋友，那麼他即使不想騎馬，也還是得騎，因為他根本沒有其他朋友可找。」無疑地，又是那股世世代代的仇恨感作祟，才會有這種愚蠢無聊的意氣之言出現；這些話只說明了一件事，那就是，當我們愈想與別人愚勇較勁，便愈可能逞口舌之快，說出毫無意義的意氣之語。

然而，有些較為仁慈寬厚的人，則將弗雷德烈克伯爵的性情大變，歸咎於他仍處在失去雙親的悲痛之下，但這些人似乎忘了，他當初一失去雙親、繼承爵位那幾天可不是這樣的，當時，他的所作所為可是極盡殘暴莽撞之能事啊！不過，有些人則認為，伯爵完全是因為妄自尊大、自以為高貴不凡，才不屑與人親近。另外還有些人（其中不乏伯爵的家庭醫師）則斷定，伯爵一定是患了憂鬱症，以及遺傳性疾病，才會變得不喜歡與人接觸。各界均對伯爵的狀況毫無所知，這件事在各界好事的猜疑下，變得更加曖昧不明，各式各樣的猜疑傳聞也在平民百姓間傳了開來。

確實，弗雷德烈克伯爵自從得到那匹桀驁不馴的馬兒之後，便對牠極度依戀。那匹野馬愈是像惡魔般展露殘暴習性，伯爵就愈顯得神采奕奕、活力無窮。不管是陽光刺眼的午間、寂靜的深夜、生病時或健康時、冷靜時或暴怒時……伯爵無時無刻都黏著那匹怪異駿馬，離不開牠座上的馬鞍；看來，這匹習性倔強放肆、膽大妄為的馬兒，與伯爵還眞是臭氣相投啊！到後來，伯爵對那匹馬反常愛戀的程度，看在腦袋清楚的人眼裡，簡直是詭異駭人。

事實上，之後還發生了一些事，足以證明弗雷德烈克伯爵的心智已經發瘋著魔、充滿不祥的徵兆，也證明這匹野馬確實是隻潛力驚人的駿馬。曾有人特地在這匹火紅野馬狂奔時，丈量牠每一步所跨出的距離有多遠，結果馬兒的一跨步距離確實相當遠，牠的步伐之大，令所有人瞠目結舌、不敢置信。此外，這匹如此奇特不凡的馬，竟然沒個名字稱號，照理說，伯爵應該會幫牠取個好名字才是；在以往，不管如何，伯爵是一定會根據每匹馬的特質，幫馬兒取名的。還有，這匹怪異駿馬的馬廄也特別與其他馬匹隔開，由伯爵親自梳整、加以照料，別人可碰不得這匹馬；也因此，伯爵每每都得冒生命危險，親自照料這匹暴烈不馴的馬兒，他甚至也敢踏入馬兒的圍欄裡。（有人發現，雖然這匹馬是由三名掌馬官所發現，並以馬轡頭和套索成功制伏，但不管是在捉捕當時或之後的日子裡，竟沒有任何一名掌馬官膽敢用手去碰這匹馬。）不過，對於愛馬人而言，每天騎馬，與馬兒親密相處，自然可能變得熟悉彼此；因此，即使伯爵對火紅野馬表現出種種超乎尋常的愛護依戀，這份人馬之間的眞摯互動倒也能讓人理解，還不至於太引人側目。然而，眞正使多疑之人，或甚至連思考冷靜之人也感到反常的，是以下幾件事：有好幾次，馬兒那驚人恐怖、威武厚重的跺腳踩地之姿，都把一旁圍觀的人群嚇得往後退避；有好幾次，當馬兒那人類般眞摯的雙眼，猛然透露出直指人心的銳利目光，伯爵就會被嚇得往後退縮，臉色發白。

幾乎所有弗雷德烈克伯爵的貼身僕役都認爲，伯爵對這匹火紅野馬確實懷有非比尋常的愛戀，但卻有一名奴僕不以爲然。這名奴僕畸形殘廢，所有人都嫌棄他怪形怪狀、礙手礙腳的，總之，他是個卑微到不能再卑微的僕役，也因此自然不會有人把他的意見當回事。姑且不論這名奴僕說的話是否有參考價值，先來看看他是怎麼個放肆厥詞——他說，每當伯爵跨上馬鞍的那一剎那，都會莫名的全身顫抖，當然，伯爵的顫抖反應相當細微，因此不容易被人察覺；此外，每當伯爵結束長時騎乘，在返程路上，就會不自覺流露出洋洋得意之情，臉上肌肉線條也極度扭曲，簡直邪惡怪異到了極點。

有天，在一個狂風暴雨的夜晚，熟睡中的弗雷德烈克伯爵忽然起身，像瘋子一樣離開他的房間，急急忙忙躍上火紅野馬，騎馬狂奔，進入詭譎的森林。本來，伯爵這項舉動對僕人們而言，早已見怪不怪，但在他離開宮殿的這幾個小時裡，宮裡竟發生猛烈大火，而且火勢完全無法控制，堅固的城牆也抵擋不住大火的蔓燒，竟逐漸發生爆裂、破碎，整座宮殿因而搖搖欲墜；此時，所有奴僕全都陷入了一片焦慮慌張，只希望伯爵趕緊回來。

事實上，當梅琛葛斯坦宮裡的人們才剛察覺火災，就發現火勢實在延燒得太快、太猛烈，整棟建築物已來不及灌救。至於鄰近地區的貴族世家，也看見了這場鋪天捲地的熊熊大火，但他們什麼也沒做，只是對這場突如其來的大火感到很訝異，並一邊默默看著火勢蔓燒，一邊寄予梅琛葛斯坦家族無限同情。但這會兒，眾人的注意力卻很快從火燒宮殿的壯觀駭人景象，轉往另一個突然映入眼簾的恐怖奇景。原來是弗雷德烈克伯爵騎著馬回來了！六神無主的奴僕們，眞的盼到了伯爵的歸來。

只見伯爵連帽子也沒戴，一副精神異常、心緒混亂的模樣，騎著他熱愛的火紅野馬，從森林裡鑽出，步上了連接梅琛葛斯坦宮殿大門的橡樹大道。火紅野馬載著伯爵，在大道上跳躍狂奔，發了狂似的朝宮殿而來。野馬的模樣兇煞邪惡，比起猛烈的暴雨惡神，實有過之而無不及。

弗雷德烈克伯爵坐在馬背上，毫無主控能力，只能任野馬拔腿狂奔。他臉上的表情痛苦扭曲，全身都陷入顫抖掙扎，雙唇因極度戰慄而被他咬破了，但他就是無法從口中發出任何痛苦尖叫聲……這種種舉動已非常人的正常行爲。再下一刻，野馬已然緊急停下腳步，馬蹄的煞步聲相當尖銳淩厲，不但劃破了火焰轟隆燃燒的聲響，也蓋過了強風暴雨的呼嘯；接著，發狂的野馬猛然一躍，隨即跨進了宮殿大門，也跨過了護城河，並直接跳上搖搖欲墜的宮殿階梯，載著馬背上的伯爵，一起消失在猛烈竄燒的火海中。

此時，狂風暴雨竟突然止息，隨之而來的，是一片陰鬱深沉的死寂。大火火勢也停止了，但火後散布充斥的白色煙霧，仍籠罩著燒毀破敗的梅琛葛斯坦宮殿，使整棟建築物看起來像裹上了一層素白屍衣；火後竄出的蒸騰熱氣，頓時掃破了死寂的氛圍，朝天際射出一道奇異光芒。就在此刻，匯聚在宮殿上空的厚重煙雲，幻化成一幅詭異的圖像，眼前出現了——一匹馬。

22 紅死神的面具 THE MASQUE OF THE RED DEATH

紅死病已經在國內橫行肆虐好長一段時間了，沒有任何傳染病像它一樣，如此可怕，如此具有毀滅性，足以致人於死。流血，流出暗紅色的、恐怖的血，就是這種傳染病的特徵，更是紅死神的化身。一旦感染此病，會先感到極大的痛苦，接著很快感覺暈眩，之後全身毛孔大量出血，血流光，也就死了；感染紅死病的人，身上、尤其是臉上會開始出現一個個暗紅色的斑點，這無異是宣告「死神將臨，活人勿近」。此時，病人身邊的親朋好友全都會被嚇得逃之夭夭，什麼照護看守，什麼同情共感，全都不是那回事了。一旦感染紅死病，從發作到死亡，整個過程僅僅半小時光景。

然而，即使紅死病的感染傳布如此猖獗，普羅斯佩羅親王還是天天縱情逸樂，開心得很，他是個勇敢、大無畏的人，也是個聰明有遠見的人，因此，他一點都不在乎、也不害怕紅死病的傳染威力。當領地上的人民已因紅死病肆虐而死了一大半，他從宮中挑選出一千名身強體健、個性樂觀的男女貴族爵士，準備帶他們前往一處固若金湯的城堡修道院，隱密地躲藏紅死病的浩劫。這座修道院建造得相當浩大宏偉，設計發想的人，正是我們的普羅斯佩羅親王，他的品味古怪獨到，但又令人敬畏欽佩不已。整座修道院被堅固高聳的城牆圍繞著，牆上嵌了一道鐵柵出入口，這回爲了避難，大夥帶了火爐、大鐵鎚進入修道院，等所有人都入內後，出入口的門閂鐵鎖即刻被熔掉焊死；之所以這麼做，是奉了最上位人的旨意，鐵了心讓外面的人進不來，也不讓裡面突然發了狂或失落絕望的人出得去，這些預防措施都是爲了抵抗紅死病的傳染入侵。避難所裡備足了充裕的糧食，可供大家安然避難、安心度日。至於外面世界的一般人民，就只能自求多福了！爲了不讓悲傷或沉重的氣氛感染避難所，親王早已準備了各式聲色犬馬娛樂，好讓大夥開心歡樂，忘記死亡的威脅與傷痛。避難所裡進駐了小丑、即興表演藝人、芭蕾舞者、音樂家……當然，還有美人與醇酒，等著大夥恣肆狂歡。避難所裡什麼奢華生活享受都有，就是沒有「紅死病」的侵襲。

普羅斯佩羅親王一干人在避難所內，安然快樂地避隱了將近半年的光景。此時，外頭的紅死病正以前所未有的威力肆虐狂襲，但不知人間疾苦憂患的親王，竟決定舉辦一場歷來最盛大非凡的化妝舞會。

這場化妝舞會，只能以極盡縱慾逸樂之能事來形容；不過，請容我先描述一下舞會舉行的場地。舞會的場地足足有七個房間打通後那麼大，我們都知道，一般皇宮裡的各個房間都是呈一整排筆直綿延的形式建造，也就是說，只要把隔間用的任何一扇房門打開，往牆壁兩旁收攏，即可從頭到尾將所有房間的格局遍覽無遺。然而，這處避難所的七個房間卻與一般皇宮房間的建造形式非常不同，這可能也是爲了配合普羅斯佩羅親王的古怪喜好所致。這七個房間的配置非常不規則，把隔間門打開後，一次僅只能看見一部分的房間景觀，這是由於每往前走六十英尺或九十英尺，就會碰上一個急轉彎，每一次轉彎，即能柳暗花明看見相當不同的房間景象。每個房間左右兩道牆的正中間，開了一扇又高又窄的哥德式窗戶，從窗戶往外看，會看見一條走廊通道圍繞住整個房間，意即，這是一條封閉式、不與其他房間走廊相通的通道。每個房間的窗戶玻璃顏色都不同，基本上都依該房內部裝潢的主色調來鑲嵌，例如，最東邊的房間，裡頭懸掛的布置裝飾是藍色系，那麼它的窗戶便嵌入藍色玻璃；從東邊數來第二間房，裡頭的掛毯和裝飾品都是紫紅色系，那麼窗玻璃便是紫紅色；第三間房則徹頭徹尾都呈綠色系，因此窗玻璃便是綠色；第四間房則被妝點成橘色，第五間房是白色系，第六間房是紫羅蘭色系；至於第七間房，整個房間從天花板、牆壁，到地板全都是黑色系，黑色絲絨皺摺掛毯從上頭的天花板，往下方的牆面延伸直到牆角，掛毯末端的皺摺則垂墜覆蓋在同是黑絲絨材質的地毯之上，黑色系的裝潢連成一氣；不過比較特別的是，它的窗玻璃並非黑色，而是猩紅色，像暗沉血液一般的猩紅色。這七個房間全都擺設得金碧輝煌，從天花板到房間各角落無不金光閃耀，然而，裡頭卻沒設置任何油燈或燭臺，反倒是每個房間的走廊正對窗戶的地方，都各自立了一盞三腳火盆，盆中的熊熊火光穿透窗玻璃，照亮屋內，幻化出奇詭華麗、繽紛非常的色彩；唯獨最西邊、也就是黑色房間的火光效果特別不同，當火光穿透暗紅玻璃，映照屋內的黑色裝潢，暗紅與深黑交融後的景致十分恐怖駭人，只要進到屋裡，人的臉孔就會被陰森的光芒映照得異常恐怖，這也令大多數人都對此房間感到毛骨悚然，因而總是敬而遠之、不敢踏進一步。

黑色房間靠西邊、最裡端的這面牆，立著一座黑檀木大時鐘。時鐘鐘擺來回地擺動，伴隨著低悶、沉重且毫無高低音調起伏的擺盪聲；然而，時鐘每小時報時一次的報時聲卻相當大聲、清晰、深沉，就像魔音般美妙，正因這音調是如此罕見奇特，以至於每當整點的報時聲響起，舞會中的管絃樂師們就會停下手邊的演奏，仔細聆聽這聲音，而方才沉浸在華爾滋舞曲的人們也會停下舞步。報時聲魔幻詭奇的音調，片刻間，讓縱情聲色的男男女女全都亂了心神，驚惶失措；輕浮、容易驚慌的人無不嚇得面色發白，年紀較長或較冷靜沉著的人，則是以手撫額，故作沉思默想狀。然而，只要報時鐘聲一停止、回聲也消散了，方才暫時停止作樂的人們又開始愉快地暢懷、玩樂了起來；管絃樂師們則是面面相覷，無不對自己前一刻窮緊張、胡亂發神經的舉動感到傻氣，並不忘在心底暗暗嘀咕，發誓下一次報時聲響起，絕對不要再有此般神經質的反應。然而，六十分鐘過去了，三千六百秒的須臾飛逝了，報時聲又再度響起，宴會中的男男女女仍會像前一次一樣，陷入莫名害怕的恐慌，或惶惶不安，或緊張顫抖，或撫頭沉思默想、力求鎮定。

儘管黑檀木大鐘的報時聲是如此令人感到惶惶不安，但撇開那令人聞之悚然的魔音不談，這無論如何都是一場極盡縱慾、華豔、豪貴、動人之能事的狂歡饗宴。是的，這一切的確都該歸功普羅斯佩羅親王對美感有獨到的眼光，對色彩有敏銳的鑑賞力，此外，他並不盲目追求流行，胡亂裝飾布置一通，他自有一番定見與喜好。他把這場化妝舞會的氣氛營造得相當熱烈狂放，充滿恣意作樂的野性光彩。或許有些人會認為普羅斯佩羅親王簡直瘋狂到了極點，但看在那些信服他的追隨者眼裡卻非如此，他們認為親王只是眼光異於常人、品味獨到，並非發瘋癲狂，如果有機會近距離聽他說話、看著他、接觸他，便會知道。

這個規模將更勝以往、更詭奇不凡的化妝舞會場地，也就是那七個房間的布置，幾乎都由普羅斯佩羅親王坐鎮指導，由他指揮裝飾品該怎麼放、該放到哪裡等等。另外，他還按照自己的特殊喜好，指定每個人的裝扮，以確保這場化妝舞會夠古怪、荒誕而奇特。無疑地，在親王的總指揮督導之下，化妝舞會的確相當刺眼奪目、詭奇有趣，舞會裡有人以阿拉伯人的造型出現，只不過露出的四肢和配件似乎不太相稱；舞會裡也放了許多造型美麗、淫蕩、怪誕、恐怖，甚至令人感到厭惡的裝飾擺設，親王爲了化妝舞會想出的這些點子，還眞是奇奇怪怪、詭譎非常，難怪有人說他簡直瘋狂到了極點。那些裝扮得千奇百怪的人們，在這些房間幽靈般來回穿梭，說他們像是在夢遊，一點也不爲過；這些穿梭於每個房間、夢遊一般的人，身上全都披著房間裡的奇異光影，狂亂地舞動身體，就連樂隊也應和著他們的舞步，奏出只屬今宵的極樂癲狂樂音。不一會兒，黑色絲絨掛毯下的檀木時鐘又響起報時聲；一瞬間，所有人都靜止、安靜了下來，舞會大廳一片寂靜，只聞低沉的報時聲在此間迴盪著。所有人都僵直站立著，一動也不動，無論他們沉醉在什麼樣的金迷幻夢，此刻，全都嘎然停止。當短暫的報時聲響完後，人們又開始明快輕笑了起來，音樂再度奏起，他們回到了幻夢之中，繼續夢遊，恣意搖擺狂舞，來回穿梭，每間房裡透射出的奇異光芒，輪番在人們身上晃動流轉著。不過，最西邊的第七個房間則是無人敢踏入；夜色愈來愈深，從猩紅色窗戶射進屋內的光芒，也愈顯暗紅恐怖，而房裡暗黑色的掛毯也愈見陰森悚然；更恐怖駭人的是，黑檀木時鐘就是座落在這個房間，倘若整點報時鐘聲響起，有人正好待在這個房間裡，這可是比當時待在遙遠的別處狂歡、乍然聽見報時聲響起的感覺，還要來得心生敬懼。

也因此，沒人膽敢踏進黑色房間，所有人都在其他六個房間來回穿梭狂舞，即使擠得前胸貼後背，每個人的心也都興奮狂熱地砰砰跳動著。喧騰歡樂的舞會繼續進行，終於，報時鐘聲提醒了所有人，午夜已然來到。如前所述，報時鐘聲一響起，音樂停了下來，跳舞的人也靜止不動，所有人都彆彆扭扭地停下動作，全場安靜無聲。午夜的整點報時足足響了十二聲，鐘聲前所未見的久長，這或許能讓前一刻仍在縱情狂歡的人們擁有更多片刻，好好沉思默想一番；而就在第十二聲報時聲響完、回聲還未完全停止時，或許是因爲報時即將完畢，讓人心情逐漸恢復、放鬆，這才有人注意到，舞池裡竟有個極度詭異的面具客。關於這名古怪新成員的謠言，立刻在眾人之間輕聲傳開，最後，所有人都注意到了這名面具客，並且都私下竊竊私語談論著，大夥都對此人的這身裝扮大感驚詫訝異，而且相當不認同他的扮相。最後，眾人無不陷入了一片恐慌驚怕、憎惡厭惡的情緒。

我前面對這名面具客的裝扮描述，事實上，對任何一個參加過「化妝舞會」的人而言，應該不足爲奇，也不會感到意外；尤其是這個屬於普羅斯佩羅親王的夜晚，參加化妝舞會的人，無不被要求裝扮得愈古怪愈好，也因此，幾乎沒有什麼服裝打扮限制。然而，於此紅死病肆虐的光景，面具客鬼魅般的裝束，確實特別敏感，就連作風一向大膽荒誕、百無禁忌的普羅斯佩羅親王，也不免對他的裝扮大感不悅。即使是個性最大剌剌、最無所謂的人，也會有不容碰觸的心防；即使是早置生死於度外、常把生死問題當玩笑開的灑脫之人，也會有不容開過頭的玩笑。也因此，眾人眞的認爲，面具客的裝束與行止，實在相當不智、不合宜。他的個子很高、身軀枯瘦，而且全身上下、從頭到腳都包裹著死人穿的屍衣；臉上戴的面具像極了殭屍的面貌，一點也不像戴著假面具，不仔細看，還以爲有殭屍跑來混入人群，現身舞會。好吧，即使面具客身穿屍衣、面孔像殭屍，看在這群荒誕搞怪的人眼裡，再不認同他的裝扮，或許還能睜一隻眼閉一隻眼忍受；然而，最說不過去的，就是這名啞巴面具客，顯然把自己裝扮成一個感染紅死病的人，他身上穿的屍衣濺滿了鮮血，不僅如此，他那寬闊的前額以及整張臉，不，應該說他臉上戴的這張面具，竟然全都布滿了恐怖的暗紅斑點。

當普羅斯佩羅親王已經開始瞪視這名幽靈鬼魂般的人，面具客竟還渾然不覺，仍忘情扮演他的角色，繼續攪和在華爾滋舞蹈的人群中，緩慢、正經地移動著舞步。親王愈看愈憤怒顫抖，前一分鐘他還只是恐懼厭惡地顫抖，下一分鐘他便因盛怒而滿臉通紅了起來。

「是誰？好大的膽子！」普羅斯佩羅親王氣急敗壞、聲嘶力竭盤問著一旁的朝臣，「是誰，竟有這麼大的膽子，敢假扮成這副鬼模樣來羞辱我們？他是想嘲笑我們嗎？來人啊，抓住他，扯掉他的面具，讓我們看看黎明一到，就要在城垛上被吊死的人長得是什麼模樣？」親王站在最東邊的藍色房間，咆哮地說出這些話。親王十分生氣，再加上個性大剌剌，於是他扯嗓迸出的這些話，清楚而大聲地傳遍了七個房間。這當下，他向樂隊大手一揮示意，音樂也即刻停止。

當普羅斯佩羅親王開始說話時，一旁嚇得臉色發白的朝臣們開始朝面具客緩步逼近，於此同時，面具客也不疾不徐、行止堂皇地朝親王走去。不一會兒，面具客與朝臣們幾乎只間隔一步之遙，但這些臣子因爲對面具客的眞實身分懷抱著恐怖的猜疑、無名的恐懼，因而沒人膽敢一把擒住他；如此一來，面具客便輕易通過朝臣們的防線，向親王趨近；此時，面具客與親王，已相距不到三英尺，眾人們見狀，更是下意識地從房間正中央退開，縮到牆邊角落。但面具客的腳步仍未稍歇，步伐同樣從容，繼而卻開始踏著劃一的節奏，穿越藍色房間來到紫紅色房間，再穿越紫紅色房間來到綠色房間，再穿越綠色房間來到橘色房間，接著來到白色房間、紫羅蘭色房間……此時，普羅斯佩羅親王也因自己前一刻表現得懦弱遲疑，感到惱羞成怒，整個人發狂暴怒到了極點，因而決定親自追捕這名面具客。親王自己一個人（其他人都因極度恐懼而沒跟上來），一口氣穿越了六個房間，他拔出匕首，快速地衝向面具客，與面具客只有三、四英尺之距，此時面具客早已進入黑色房間，走到房間西牆盡頭，突然轉過身來，與親王面對面相視。接著，傳出一聲尖叫，普羅斯佩羅親王的匕首掉落在黑色地毯上，閃閃發出幽光；只見親王俯臥在地，立即身亡。迫於恐懼、出於絕望的眾人，突然拿出勇氣，衝入這最教人恐怖戰慄的黑色房間，他們看見面具客僵直靜止地站在黑檀木時鐘前，讓自己沒入了時鐘長長的陰影裡，一行人於是粗暴地抓住面具客，沒想到這一抓，竟是說不出的恐怖駭人——這名戴著殭屍般面具、全身裹著屍衣的人，衣服底下並沒有任何血肉軀幹！

現在，大家都確認了面具客的身分，沒錯，祂就是紅死神，祂像小偷一樣趁著夜色混了進來。之後，眾人一個接一個倒在他們荒淫作樂的染血大廳裡，而且每個人都以無比絕望之姿倒下。黑檀木大鐘的壽命也隨著縱慾血腥饗宴的結束，停擺終止；房間外，三腳火盆裡的火焰也熄滅了。世界已由黑暗、衰亡、紅死病接管，由紅死神進行無邊恐怖的統治。

23 活葬

THE PREMATURE BURIAL

有些恐怖的題材本身十分有趣，也很引人入勝，但卻不適合拿來寫小說；這一點，是浪漫主義作家應謹記在心的，萬一拿了這些不討喜的題材大作文章，可是會惹人厭、觸怒別人的。不過，若眞要處理這類題材，倒也不是完全沒可能；如果題材本身具有嚴謹且雄渾的眞實性，那麼背後等於有了神聖的光環支撐，如此一來，就有了寫作傳頌的正當性。舉例而言，當我們讀到「貝瑞西那戰役」、「里斯本大地震」、「倫敦大瘟疫」、「聖巴薩羅繆日大屠殺」，以及「加爾各答的牢房因爲空間過於狹小，使得一百二十三名人犯窒息悶亡」等類似天災人禍事件的報導時，心頭怎能不爲之激動震顫呢？這些報導之所以震撼人心，是因爲有其事實面、現實面與史實面的背景支撐，倘若這些報導純屬虛構，我們的感受就不是如此了，反而會因此感到徹底厭惡、嫌惡。

我前面提到的，都是史上相當重要壯闊的災禍報導記載；然而，我們之所以會對天災人禍報導的印象這麼深刻，還有一個很重要的原因，那就是，這些事件裡的死亡受難人數很多。人類的歷史長河中，充滿了各式各樣、奇奇怪怪的苦難，但我卻寧願選擇個人身心受苦、受折磨的事件來當做寫作題材，而不是那些集體性的大災禍。其實，眞正終極的痛苦感受，是很個人的，不具備普世性；也因此，承受極端恐怖苦痛的，往往是個人自己，而非眾人集體；爲此，我們得感謝上帝的慈悲。

人類的極端恐怖苦痛之最，無疑地，是遭到活埋。這世上，不但有活埋這種事，而且還時常發生，時有所聞。生與死的界線是很模糊的，誰能確切說出何處是生命的終點，何處又是死亡的起點？有些疾病，會發生維生功能似已全都停擺的情形，使人看起來像是死了，毫無生命跡象可言。不過，人體的機制實在精妙得令人難以理解，這種病症會讓病人的維生功能暫時中止運作，暫時停擺，病人其實沒死；過了一段時間，看不見的神祕機制，彷彿像帶動我們體內的各種大小齒輪般，又再一次使病人的維生功能運作了起來。生命的銀鍊折斷、金罐破碎，仍有接合與修復的可能，然而，我們的靈魂又將在何處飄蕩呢？

倘若撇開病人因出現前述的假死狀態，而遭到活埋的事例（確實時有所聞）不談，事實上，我們還可以從醫學上的直接證據、人們周遭的經驗中，發現許多人遭活埋的眞實事例；若有必要，我可以馬上舉出一百個例子。這些眞實案例中，有一則不久前發生在巴爾的摩市的活埋事件，相信各位應該仍記憶猶新，此事件在當時引起了廣泛注意，使人們大感震驚之餘，也興起悚然之感。事情是這樣的，巴爾的摩有位名聲一級響亮的市民，此人不僅是當地最有名的律師，更是一位國會議員。他的妻子突然得了一種急病怪症，醫生們都對這位國會議員夫人的病束手無策。在經歷許多身心折磨後，病人死了，或說，被認爲已經死去，我的意思是，病人身上出現了所有死亡的特徵，因而沒理由讓人懷疑她死去的事實。她的臉龐癟塌凹陷，雙唇像大理石般死白，眼神毫無光澤，身體沒了溫度，脈搏也停止了跳動。病人死了三天仍未下葬，遺體已變得極度僵硬，由於擔心屍體會很快腐爛，喪家才匆匆辦了喪禮。

這位女士的棺材被安放在家族墓窖裡，而且這之後，墓窖都不曾再開啓過。三年後，屍體將以石棺入殮，墓窖於是打開，且由這位女士的丈夫來開。然而，接下來出現在這丈夫眼前的景象，十足恐怖駭人、令人震驚；當墓窖大門向外打開的那一瞬間，竟有具裹著白色屍衣的死屍跌了出來，倒在丈夫的懷裡，而那正是他死去妻子的骸骨啊！令人意外的是，骸骨身上的屍衣竟未腐爛。

之後，此事件經過了仔細調查，結果發現這位女士被埋葬後兩天，即甦醒過來；她在棺材裡死命掙扎著，棺材於是從壁架上掉落到地面破裂，她才得以逃出棺木。當時，有一盞裝滿油的油燈不小心被留在墓窖裡，但如今油已全空，燈油有可能是被燒完耗盡，也可能是完全蒸發。此外，在這發生了恐怖事件的墓窖裡，最上方的一階石梯，還丟著一大塊棺木破片；看來，當時，這位女士曾試圖以此棺木破片敲擊墓窖的鐵門，想引人注意。不過，她可能愈敲愈感到恐怖害怕，之後可能又暈了過去，或眞的就死去了；而且，在她軟下身子的當兒，屍衣可能被鐵門上的什麼突起物給鉤住，她才因而一直直挺挺地站在原地，死去，腐爛。

一八一〇年，法國也曾發生一件活埋的案例，而且此眞人眞事的後續發展，簡直比小說故事還離奇。故事的女主角，名叫薇多莉·拉福開的年輕女孩，她出身名門富貴，貌若天仙。追求這個女孩的人很多，其中包括了朱利安．波薛特，此人是個窮作家，也是個新聞記者。女孩很欣賞這名窮作家的才華，還有他開朗正面、好相處的個性，也就是說，這個窮小子很得女孩的好感與芳心。但追求愛情的決心，終不敵出身顯貴的驕傲自尊，女孩最終還是拒絕了窮作家，嫁給了赫東爾先生，此人是個頗有名望的外交官與銀行家。婚後，赫東爾先生不僅對妻子冷淡疏遠，甚至還對她施暴。經歷了幾年不幸的婚姻生活，薇多莉抑鬱地死去了，或說，至少她身上的死亡特徵，讓所有人都以為她死了。之後，她並未被葬在夫家的家族墓窖，反而是葬在她故鄉的一處普通墓地裡。

薇多莉雖已香消玉殞，但當年那個窮作家仍深深愛慕著她，在絕望與心痛的驅使下，這癡情漢離開了巴黎，千里迢迢來到死去愛人的故鄉。這窮小子有個羅曼蒂克的目的，那就是，即使無法與愛人廝守，也要把她的遺體給挖出來，得到她那一頭美好濃密的秀髮。窮小子找到了薇多莉的墳墓後，便趁著夜黑風高的午夜，從地底下掘出了棺材，但正當他準備動手取愛人的頭髮時，竟赫然發現她的眼睛是睜著的。事實上，薇多莉沒死，她是遭到了活葬；當時，一息尚存、氣若游絲的她，感受到這癡情漢的溫柔懷抱，便從假死的昏迷狀態中迷迷糊糊醒來。窮小子像發現了什麼寶貝一樣，發狂興奮地把死而復生的愛人帶回了租賃的住所，原就精通醫理的他，在開了幾方補藥給愛人服用後，愛人總算恢復氣血，真正甦醒了過來。薇多莉認出了救她的人，並且一直留在這窮小子身邊靜養身子，最後，總算慢慢恢復了健康。至此，薇多莉已被這窮小子無與倫比的堅定愛意給感動，便以身相許；但不願再回到丈夫身邊的她，為了不想讓丈夫知道她還活著，於是與情人悄悄走避美國。

時光飛逝，二十年的光陰過去了，他們倆回到了法國，並認爲經過了這麼多年，薇多莉的容貌已改變許多，應不致讓人認出來才是。但他們錯了，在偶然的一次場合中，薇多莉的前任丈夫赫東爾認出了她，並要求這死而復生、多年不見的妻子回到他身邊。薇多莉堅決不從，官司訴訟的結果，也證明法律是站在她這一邊的；法官認爲兩人已分開了二十年，因此這份婚姻關係的正當性與合法性已不復存在。

此外，最近一期的《外科醫訊》期刊，也刊登了一則使人深感遺憾的活埋案件。這是一份來自德國萊比錫當地的刊物，專業權威，且內容扎實，若有美國的出版商願意取得版權，翻譯、發行之，那就太好了。

期刊裡的案例是這麼記載的。有位身材高大、強健結實的砲兵軍官，從一匹烈馬的背上摔了下來，腦袋受到嚴重撞擊，立刻陷入昏迷。經送醫檢查後，發現他的頭骨雖稍有裂痕，但並不至於威脅到生命安全。醫生鑽開他的頭骨，爲他動手術，手術進行得相當成功；此外，他還被施以放血及其他一般性的療程。但沒想到，他的昏迷情形卻愈變愈嚴重，最後，醫生判定了他的死亡。

一個風和日暖的星期四，這位軍官的葬禮舉行了，他被草草埋葬在一座公墓裡。到了星期六，公墓一如往常，擠進了許多弔唁掃墓的人。大約到了中午時分，有個農人引起了一陣大騷動，他聲稱，他方才坐在這名軍官的墳上休息時，清楚感覺到地面在激烈震晃，感覺上像是地底下有「人」在劇烈掙扎。剛開始，並沒有什麼人理會這農夫的話，但由於他表現得很驚恐懼怕，並對他自己所說的事信誓旦旦、堅持得很，最後才終於引起眾人的注意。有人很快拿來了鏟子，開始挖墳；之前說過，這名軍官是被草草埋葬的，因此棺木埋得一點也不深，挖沒幾分鐘，就發現了「死者」的頭部。棺材蓋在「死者」的猛烈掙扎之下，往上掀開了一大半，這名奄奄一息的軍官，因而能近乎直挺地坐在棺材裡。

於是，這名遭到活埋的軍官立刻被送往鄰近醫院；醫生診斷後，發現他確實還活著，只是窒息太久，又暈了過去。幾個小時後，他甦醒了，認出了身旁的幾個朋友，接著，並斷斷續續、驚魂未定地說出他所經歷的恐怖活埋。

他說，當時入土後，在最初的一個多小時裡，他的意識其實仍然很清楚，不過之後，便逐漸不省人事。幸好，他被埋得很草率，墳墓上頭的土回填得很隨便，因而才得以透進空氣。他還說，也幸好公墓後來湧進了許多人潮，頭頂上因而傳來了紛沓嘈雜的人聲、腳步聲，讓他能從沉睡昏迷中轉醒；沒多久，當他真的完全清醒後，才知道自己陷入的處境是何等恐怖。於是，他便想盡辦法、拚命叫喊出聲，希望讓人發現他。

報導中還說，之後，這名軍官身體復原的情況相當良好，但卻不幸被愚庸的醫學試驗給害死了。有次，他被施以電流治療後，竟又陷入了偶發的昏迷，接著，便很突然地、真正地死去了。

雖說電流法害死了這名軍官，但其實電流真的是可以用來救人一命的。我就記得有個相當出名、且非常適合在此說明電流救人一命案例。一八三一年，倫敦有個年輕的律師，在下葬了兩天之後，就是被電流法給救回一命；這件事相當相當轟動，在當時還成了人們開口閉口必談的話題。

事情是這樣的。有位名叫愛德華．史達布爾頓的律師病人，他患了斑疹傷傳染病，在併發了幾種異常症狀後死去了，但由於醫生對這些異常併發症狀感到很好奇，便在宣判病人死亡後，請求家屬讓他們對遺體進行驗屍，但卻被家屬拒絕。想當然耳，醫生們的這種請求經常遭到拒絕，他們於是決定偷偷將屍體從棺木中挖出來，不稍加張揚地、從容地好好進行解剖。醫生們要偷取屍體當然不是自己動手，在倫敦，偷屍這一行頗爲普遍興盛，他們因而找了其中一組人出任務。葬禮舉行後的第三天夜晚，這具死屍便被人從八英尺深的墳墓地底挖出，悄悄放上了某家私人醫院的手術檯。

醫生在屍體腹部劃了一道頗深的切口，發現屍體竟一點腐爛的跡象也沒有，有人於是建議對死屍施以電流試驗。試驗了許多次，屍體都沒出現什麼異常反應，但偶有一、二次，屍體在電流通過的抽搐動作中，出現了像是生命跡象的反應。

時間一分一秒過去了，此時已近黎明。最後，醫師們認爲得趕快加緊腳步、進行解剖才行。不過，有位醫生爲了想試驗自己的理論，因而堅持還要在屍體的某條胸肌上，通電流測試。屍體的胸口於是又被劃了一道大切口，並在一陣倉促中通上了電，結果，竟馬上出現了異常。屍體猛然從手術檯上站起，走到房間中央，不安地看了自己好幾秒，接著便——開口說話。「它」說的話沒人聽得懂，但「它」確實清清楚楚吐出了一些字眼；說完，「它」便重重摔倒在地。

接下來的好幾分鐘裡，眾人全都嚇呆了，但由於事態非常急迫，所以大夥很快就恢復了鎮定。所謂急迫的事態是，看來，史達布爾頓先生並沒有死，他還活著，此刻的他，只是昏厥過去罷了。在群醫的努力下，史達布爾頓醒了過來，並很快恢復了健康；醫生們觀察著他的身體狀況，直到他們確定史達布爾頓的痼疾應該不會再復發，確定他眞的康復了，才將他死而復活的事，告訴他的家屬。可想而知，親屬好友對史達布爾頓重新活過來一事，一定很開心，而且訝異得不得了。

這個事件中，最令人毛骨悚然、感到詭異的，莫過於史達布爾頓本人在事後的說法。他聲稱，在這一連串的過程中，他從頭到尾都是有意識、有知覺的；雖然意識很模糊混亂，但他確實知道所有發生在自己身上的事情，包括：從一開始，醫生們宣判他死亡的那一刻，及至他最後在醫院裡重重摔倒、暈過去。至於，他最後在醫院裡，究竟說了些什麼話呢？原來，他說的是：「我還活著。」因爲當時，他知道自己身在解剖室裡，知道自己即將被解剖，於是拚了命地想告訴醫生們——「他還活著！」

關於活埋的案例，我還可以輕鬆舉出更多，但我得在此停下了，說眞的，我們似乎沒必要如此一個個舉出實例，以證明一些早已存在的事實吧；事實是不證自明的，可不是嗎？無疑地，活埋這種事，簡直是詭異到家；倘若我們仔細觀察、發現，也不免承認，這種事確實經常發生在我們的周遭，只是我們從不自知罷了。事實上，不管爲了什麼或大或小的目的，而得挖掘墳墓、打開棺木，便會發現，那骨骸僵硬掉的姿勢，往往都會令人感到極度悚然，而不由得浮現最恐怖駭人的聯想與懷疑；這是因爲，屍體在當初下葬時所擺的姿勢，根本就不是後來所看到的這樣啊！

我們活著的人，光是看到棺木中骨骸的姿勢，與屍體當初下葬時根本不同，就快嚇得半死了，更不用說，當初裡頭的「人」面對必死命運時，所感受到的恐怖與絕望！毫無疑問地，這世上沒有任何事會比遭到活埋更恐怖的了，一個人的身與心，將因此被極大的痛苦折磨、摧殘著，直到死去。那是一種——肺部被壓迫得喘不過氣、被濕土氣味弄得快窒息、被身上的屍衣緊緊貼住、被狹窄棺木緊迫局限、被無止盡的黑暗包圍、被排山倒海而來的寂靜制伏，以及被看不見、但摸得到的蠕蟲腐蛆慢慢爬滿全身的感覺。伴隨著各種感覺的，是腦袋會想到——近在咫呎的頭頂上，充滿了新鮮空氣、青青綠草；會想到——倘若親朋好友知道我遭到活埋，一定會飛快趕來搭救；會想到——別傻了，親朋好友怎麼可能會知道我還活著，我沒有希望了，我注定只能在這兒等死……這些有關活埋的想像，如今我只要一想到，仍會全身不住發抖，這種恐怖之駭人心扉、令人無法忍受，我得說，即便我的想像力再大膽無畏，也不敢稍加碰觸、胡亂想像。在這人世間，還有比遭到活埋更痛苦的事嗎？那地獄冥府裡，會有比遭到活埋一半恐怖的酷刑嗎？也因此，所有與活埋有關的報導記載，都會使人深深感到興味、感到關心，而這份興味與關心，是基於我們對活埋這種事的眞心相信，一種懷抱神聖敬畏的眞心相信。接下來，我要說的，是我自己遭遇活埋的親身經驗，與一點點實際的了解。

過去幾年，我一直被一種怪病纏身，這怪病沒有確切稱呼，醫生於是都以類癲癇症稱之。雖然這種病的成因和診療方式仍舊是個謎，但發病特徵卻相當明顯，而且每次發病的情況與嚴重程度不一。有時病人會一整天都陷入異常的昏睡狀態，有時卻只昏睡幾個小時、不到一天的光景。病人在昏睡中，會完完全全不省人事、毫無知覺，處在一種靜止狀態下；脈搏心跳雖微弱，但仍依稀可辨；身體仍有體溫；臉頰中央微微泛紅；四肢僵直；將一面鏡子湊到病人唇邊，仍可發現他的肺部有微弱、不均勻的呼吸運作。嚴重的時候，病人甚至會陷入好幾個星期，甚至是好幾個月的深沉昏睡，即便是最精密的醫學測試與檢查，也判斷不出此種深沉昏睡和完全死去所表現出的特徵，有什麼兩樣。也因此，罹患此怪病的病人，往往難逃活葬的命運，除非親友對他的病史、發病特徵有基本了解，才可能懷疑昏睡的當事人並非真的死去，也才可能鎮定地觀察到，當事人的身體其實一點腐敗發臭的跡象也沒有，才不至於真的把病人給活埋了。不過，這怪病雖然會使人陷入死去一般的沉睡，但幸好，發作之初，通常歷時不會太久，病人很快就會甦醒，這才不致遭到活葬；可以說，昏睡情況是慢慢地、逐漸地變嚴重，而非第一回就會陷入昏睡太久。剛開始前幾回的昏睡，特徵雖然很明顯，但卻都差不多；但之後的昏睡發作，不僅特徵會愈來愈不相同，而且每一回都會比前一回歷時更久。倘若病人的身邊，有人知道這怪病如此種種的發病特徵，便不會將病人予以活埋。但悲慘的是，倘若病人第一次昏睡發作，情況就很嚴重，歷時相當長一段時間，那麼就非常有可能會被當成死人，遭到活埋。

我的病況和前述情形（醫學書上的記載）並沒有太大差異。有時候，上一分鐘我人還好好的，下一分鐘便一點一滴陷入了半昏迷狀態；在當下，我並不感到痛苦，也沒有思考能力，只能隱約意識到自己還活著，並知道是哪些人圍繞在我的床邊；我會一直處在這種半昏不醒的狀態下，直到突然間，昏迷危機解除，才會重新恢復所有意識，恢復正常。但在其他時候，這怪病卻是以迅猛之姿，向我襲來，我會立刻興起一陣噁心、麻木、發冷、頭暈，接著，便馬上暈倒在地；接下來的幾週裡，我會被空虛、黑暗、寂靜、虛無所包圍，我想最終極的毀滅，也不過就是如此吧！此種發作，入侵得又快又狠，但要恢復正常，可就沒那麼快、那麼容易了；那種感覺，就像一個孤單且無家可歸的乞丐，在漫長的深冬夜裡，一直在空無一人的大街上晃蕩，疲憊地等待那已然遲到太久的破曉，愈接近黎明，愈興高采烈地知道，自己就要被心靈的第一道黎明曙光，給救回現實來。

不過，我生的這種怪病，除了會使我陷入昏迷外，倒也沒什麼其他症狀，所以我的身體還算滿健康的；當然啦，我並不清楚，我的身體之所以還頗健康硬朗，是不是因爲生了這種怪病的緣故，我的意思是，或許這怪病已全然掌控了我的身體，所以其他怪症病痛根本染不上我的身？若眞硬要說這怪病帶給了我什麼其他症狀，那或許就是指，平常睡了一覺醒來後，身體知覺的異常情形；也就是每當我從睡眠狀態醒來後，通常無法立刻恢復全身知覺，此種無意識狀態，仍會困惑混亂地持續好幾分鐘，我的心智思考能力仍舊停擺，也記不起任何事情。

這種怪病，雖不致使我的身體受折磨，但我的心靈及精神卻受到極大的煎熬。我不僅會胡思亂想，而且還幻想得極盡恐怖陰森之能事，我常會幻想蠕蟲腐蛆爬滿我全身，幻想我被埋在墳墓裡，甚至，還會幻想墓碑上的碑文都寫了些什麼。過去那幾年裡，我確實全然迷失在死亡的恐怖想像之中，「我會遭到活埋」的極端恐怖想法與死法，日日夜夜都在我腦海中盤桓不已；白天，這想法已將我折磨得半死，夜晚，這想法則使我內心的恐懼飆到了最高點。每當無情恐怖的黑夜降臨，夜幕無邊無際籠罩起四周，我就會很恐懼，我總是害怕地發抖打顫，就像靈車上不住抖動的黑色羽毛一般。也因此，我總是嚇得不敢睡覺，深怕一闔上眼，再醒來，就發現自己已然躺進了墳墓裡；然而，誰有辦法永遠不睡覺呢？到最後，那撐著我保持清醒的意志力，仍不敵疲憊已極的睡意，我掙扎著，我屈服地——進入了睡眠。進入睡眠的我，仍繼續感到恐慌害怕；正所謂日有所思夜有所夢，於是，我等於立刻鑽進了另一種恐怖的幻夢之中。活埋，像一只碩大無朋的黑色翅膀，不斷在我夢境上方盤桓；也像一片陰鬱的大黑影，徹徹底底遮蔽了我。

睡夢中，我曾被無數個陰鬱黑暗的夢境痛苦壓迫；不過，在此，我只挑其中一個講就好。我想，我那一回肯定睡得比平常還久、還要深沉。夢境裡，突然間，有隻冰冷的手放上了我的額頭，接著，便有個模糊不清的聲音，在我耳邊低聲地說：「站起來。」

於是，我直挺挺坐了起來。但四周一片漆黑，我根本看不見那個叫醒我的人，而且我也想不起來，自己究竟是在何時、何地睡著的。我動也不動地繼續坐著，並努力集中心緒思考；但接下來，那人竟以他冰冷的手粗暴地抓起我的手，一邊生氣甩著我的手，一邊再次以模糊不清的聲音說話：「站起來！我不是要你站起來嗎？」

「你是誰？」我不理會對方的命令，反問著。

「我在我住的地方是沒有名字的。」那聲音哀戚地回答著，「我以前是人類，但現在是魔鬼。以前的我冷酷無情，但現在的我卻慈悲為懷。你感覺不到我在發抖嗎？每當我一開口，牙齒就會顫抖地格格響，但這並不是因爲夜晚的寒意，而是因爲夜晚竟是如此永無止盡。這種感覺實在很恐怖，恐怖得令人難以忍受，但爲何你還能睡得如此安穩？我的四周充滿了痛苦的吶喊聲，叫聲多到使我無法入眠，無法忍受。你快點站起來吧，我帶你去看看外頭的黑暗世界，看看那數不清的墳墓。你瞧，這是不是災難奇觀？這景象夠淒慘了吧？」

那個看不見的形體，仍繼續抓著我的手，「它」還打開了全人類的墳墓給我看。每座墳墓都閃爍著腐朽屍體發出的磷光，使我得以望進墓穴的最深處，裡頭，蠕蟲腐蛆在裹著屍衣的軀體上到處蠕動，伴著屍體進入悲傷莊嚴的沉睡。但仔細一看，哎呀，好幾百萬具軀體裡頭，眞正進入沉睡的人其實少之又少，絕大部分的人根本就沒睡著！有人在虛弱地掙扎著，有人則悲傷地騷動著，我甚至還聽見墓穴深處傳來屍衣的沙沙作響聲。然而，有些人即使平靜地躺著、睡著，但我卻發現，這之中有許多屍體的姿勢與他們下葬時所擺的姿勢，並不相同；如今，他們的姿勢顯得很僵硬、不自在，沒錯，那是下葬後，在墳墓裡劇烈掙扎、求生所造成的。我一邊看著好幾百萬具的死屍，又聽到那聲音再次對我說：「多麼淒慘可憐的景象啊！」

但我還來不及回應，「它」便放開了我的手，眼前的點點磷光消失了，所有的墳墓也在一瞬間關上了。然而，仍有許許多多絕望哄鬧的叫喊聲，不停地從墳墓中傳出，其中有個聲音說著：「老天爺啊，這是多麼淒慘可憐的景象！」

夜夢中，那些死亡、活埋的恐怖景象，甚至還伸出嚇人的魔爪，影響著白日清醒時的我。我已然變得神經衰弱，鎮日活在恐懼之中。我變得害怕運動騎馬、害怕步行走路，害怕從事任何得離開家的戶外活動。我一刻也不敢離開那些知道我病情的人，我害怕要是我在外頭病症突然發作，陷入了昏迷，就會被當成死人，遭到活埋。甚至就連了解我病情、照顧我的親友，我也感到不信任。我害怕，倘若我某次昏迷得比平常還久，他們可能會被人說服，判斷我已死去；再加上，我這怪病為身邊許多親友造成了很多麻煩，因此我更害怕，倘若我某次昏迷得比平常還久，他們便可藉此時機，將我的身體處理掉，永遠擺脫我。也因此，不管他們是如何信誓旦旦地表示忠誠，似乎都沒用，我還是不相信；因此，我逼著他們鄭重發誓，除非陷入昏迷的我，身體已發生腐爛情形，才能把我當死人看，否則在任何情況下，都不准把我給埋了。但即使如此，我內心的恐懼仍凌駕一切，我變得不可理喻，不相信別人，也不接受任何安撫與安慰。我認為，還是相信自己最保險可靠，於是，我煞費苦心進行了一連串的預防措施；其中一項，便是改造家族墓窖。我設計了機關，使墓窖大門可輕鬆出裡往外打開；一根從大門處往墳墓裡頭延伸的長控制桿，可讓我輕輕一壓，就將大門往後、往外打開。此外，我還在棺材裡設置了供應氧氣與光線的裝置，以及儲放飲用水和食物的器室；棺材四周填入溫暖柔軟的填充物；仿造墓窖大門輕鬆開啓的概念，棺材蓋也增加了彈簧裝置，只要身體輕輕一扭動，棺材蓋就能往外打開；而且，為了以防萬一，我還特地從墓窖屋頂垂下一只人鈴鐺，上頭繫了條繩子，繩子則從棺材的一個小洞穿進，屆時，才能綁在我的其中一隻手上，以便大聲求救。然而，我儘管機關算盡，但還是無法與命運之神對抗。事實是，這些費盡心機設計的防護措施，仍然救不了一個注定得承受活埋苦痛的人！

有一次，如同以往，我感覺自己似乎進入了某個階段，那時，我正逐漸恢復意識，模模糊糊感覺自己又「回來」了；遲到已久的灰弱曙光，正緩緩地、龜速般地往我心上爬。我意識到一絲絲的不安與悶痛，但這種感覺仍不太確切明朗；我仍然感到輕飄飄的，什麼事都不在乎、都使不上力，也感覺不到希望。接著，過了很長一段時間，我的耳畔開始嗡嗡作響；之後，又間隔了一段更長的時間，我的手足四肢開始感到刺痛；隨之而來的，是永無止境的愉悅寧靜，在這段時間裡，我一直掙扎著想趕緊醒來，恢復思考；但之後，我又陷入了短暫的無意識狀態；一會兒後，我突然醒來，總算恢復了正常知覺和意識。最後，我的眼皮輕輕顫抖著，並立刻感到一股模模糊糊的、致命般的恐怖電流通過，它將我的血液怒流從太陽穴送往了心臟。這會兒，我努力恢復著思考，努力恢復著記憶。此時，我的記憶力已完全恢復，並且在某種程度上，我知道自己處在何種情況下。我感覺得到，自己並不是從睡眠中醒來；我想起來了，我是從又一次的昏迷狀態中醒來。但最後，我心上浮出一個恐怖的想法，一個一直以來困擾著我的想法……那個念頭、那個陰森恐怖的威脅，以排山倒海之姿，占據淹沒了我那顫抖不已的心靈。

接下來的好幾分鐘裡，我一動也不動，保持著靜止狀態。但這又是爲什麼呢？因爲我不敢！我鼓不起任何勇氣，稍加動彈。我害怕動了之後，結果並不是我想要的；因爲，我心裡一直有個聲音在說：「那命運不會是你想面對的！」我心中昇起了一股絕望；絕望，成了這世上最悲慘不幸的念頭與感受；絕望，除了它，再也沒其他催促我的力量了；絕望，催促著我，但它又一直舉棋不定，最後，它總算決定了，它要我——睜開眼睛。於是，我絕望地睜開了眼睛。四周一片漆黑，黑得很徹底。我很清楚，自己已從昏迷中醒來；我很清楚，昏迷危機早已解除；我很清楚，我應該已恢復了正常視覺才對，但爲何四周卻一片漆黑，如永夜般的漆黑深沉呢？

我試著尖叫出聲，雙唇與乾渴的舌頭也隨之痙攣，但每一次的呼吸掙扎，換來的是心跳不停地撲通跳動、上氣不接下氣，空洞的肺像泰山壓頂般壓迫我，我——叫喊不出任何聲音。

我想放聲大叫，但卻沒辦法張闔下巴、叫出聲音；無疑地，我的下巴被綁住了，像個死人般的被綁住。我還感覺到，自己正躺在堅硬的東西上頭，四周緊緊環繞我的，也是這堅硬的東西。到目前爲止，我都還不敢稍加動彈。我的雙手伸直，呈交叉擺放，這會兒，不知哪來的勇氣，我用力將雙手往上一舉，立刻頂到一種堅硬的木造物，頭頂上的木造物離我約六英寸高，呈長條狀延伸、罩住了我整個人。最後，我已然確定，自己躺在一副棺材裡。

我心想，雖然這慘遭活埋的命運終於還是降臨了，但沒關係，幸好我早有救命措施。接著，我扭動身體，希望能觸動彈簧機關，讓棺材蓋開啟，並且還不時用力輔助往上推，但這棺材蓋竟一動也不動。我不死心，於是又摸了摸手腕，想抓到那條綁著鈴鐺的繩子，但卻找不到任何繩子。這下子，我的心都涼了，我的心情比先前更絕望了；棺材裡不但沒有我先前精心準備的柔軟填充墊，而且我還聞到了潮濕泥土所散發出的氣味。至此，結論已再清楚不過，那就是，我根本不是被埋在自家的墓窖裡。我想，我一定是在戶外陷入昏迷、失去意識的，而且當時身邊一定沒有熟人，但我當時究竟是處在何種情況下，我卻一點也想不起來。那時，我的身邊一定都是些陌生人，他們見我如此昏迷不醒，便當我是條死狗般地埋了；他們肯定是隨便找了副普通的棺材，將我放進去，再用鐵釘釘緊棺材蓋，將我埋在某個不知名的普通墓地裡，深深地、永遠地將我埋進了地底下，我——被活埋了。

當我打從心底發現了這恐怖的事實後，我不禁再一次掙扎著想大叫，是的，我總算成功地叫喊出聲音來了……綿長的、瘋狂的、持續的、痛苦的尖叫聲，迴盪在這地下的黑暗國度。

「喂、喂，你這是在喊個什麼勁兒？」有個粗啞的聲音回應著。

「究竟發生了什麼事？」第二個聲音問著。

「你出來吧！」第三個聲音說著。

「你幹嘛這樣鬼叫，活像隻山貓似的！」第四個聲音指責地說。接著，有一群樣子很兇的人粗魯地抓住我，猛搖了我好幾分鐘。他們這麼做，或許是想將我從睡夢中搖醒，但其實我在尖叫時，意識是很清楚的，我是完完全全清醒的；不過，他們倒是幫了我回想起所有的事情。

我的這樁奇遇，發生在維吉尼亞州，一個離首府理奇蒙不遠的地方。當時，我和一個朋友在詹姆士河的下游沿岸打獵。之後，夜幕降下，且遭遇了暴風雨，我們看見岸邊停了一艘堆滿園藝用鬆土的單桅帆船，但我們別無選擇，只能以此作臨時避難所，度過這一夜。這艘小船大約只有六、七十噸重，可想而知，船上那兩個床鋪有多麼的小，而且根本不可能有床墊之類的寢具。床鋪的寬度只有十八英寸，床底與上方甲板的距離也是十八英寸，因此，我當初還費了好一番工夫，才將自己擠進床鋪裡去。儘管睡眠環境惡劣，我仍沉沉睡去，而且睡得很酣、很熟。我自以爲遭到活埋的那些情境，既不是夢境，也不是夢魘，而純粹是自己嚇自己；我想，一定與我當時所處的睡眠環境有關；與我往常那些充滿恐懼、神經兮兮的幻想有關；而且與我從睡眠中醒來後，往往無法很快集中知覺意識，恢復記憶力的症狀有關。那些對我東搖西晃、搖得我恢復記憶的人，是這艘船的船員和準備卸貨的工人。而且，船上滿載了泥土，這解釋了我所聞到的濕土氣味；至於那條綁住我下巴的帶子，則是一條用來罩著我的頭充作臨時睡帽，並在下巴處打結的絲質手帕。

不過，那次在船艙裡所受的心靈折磨，眞的和遭到活埋沒什麼兩樣，同樣可怕，同樣深深使人感到恐怖。然而，說起來，這場遭遇對我而言，還眞是個人生的關鍵，我——因禍得福；自此以後，我的性情與個性，便有了一百八十度的大轉變。我的心靈和精神狀態，變得正常許多，也變得比較勇敢，不再時時活在恐懼之中了。我開始常到戶外走走，進行大量戶外活動，呼吸自由自在的新鮮空氣，也會思索一些死亡以外的有趣課題。我丟棄了所有的醫學書籍，我燒了蘇格蘭籍作家巴肯那本《巴肯家庭醫學大全》，也不再閱讀英國詩人楊格那本談死亡、談不朽的詩集《夜思集》，也不再看那些與墳場、妖怪有關的恐怖故事。總之，我徹徹底底成了一個嶄新的人，擁有嶄新的人生與生活，並從此不再想些陰森恐怖的活埋念頭，說也奇怪，那長期糾纏著我的怪病，竟也就這麼消失了；看來，那些恐怖可怕的活埋幻想，才是我罹患怪病的原因，而不是那怪病害我心存許多恐怖念頭的，原來，我眞的從頭到尾，都是自己嚇自己，自己害了自己。

然而，許多時候，以最理性清醒的角度來看，可悲的人世與悲慘的地獄其實是很相像的……噢，不，我不該老是從內心深處，挖掘出這種恐怖的怪念頭。哎呀，不過，那些有關恐怖活埋的可怕怪念頭，也不全然是想像，就像我在文章的前半部提到的，活埋這種事是會發生的，而且時有可聞。然而，這種念頭還是少想爲妙，就讓它永遠沉睡吧，要不然它可是會跑到我們夢裡作怪，不斷地折磨我們，最後，甚至徹底毀滅我們。

24 作怪的心魔

THE IMP OF THE PERVERSE

一直以來，人們對顱相學家們聲稱可從人類的頭骨形態判斷出一個人的心智特徵這件事，都普遍存疑；顱相學家怎麼說呢？他們認爲人一生下來，即擁有各式各樣原始的、激進的、不可馴服的心智特徵，而且這些心智特徵都可以在大腦裡找到對應的官能區域。然而，若說人類是由實際運作的身心官能與原始激進的心智衝動特徵所組成，肯定會讓那些高高在上的衛道人士大感不屑。爲什麼呢？因爲人類向來自詡爲萬物之靈，因此，出於理性的自大傲慢，我們認爲自己身上不可能流著「非理性」血液，也不可能懷有「原始激進的心理衝動」。人類只有在遇上宗教信仰、天啓、神奧教義等超乎理性能解的力量時，才願意讓心中那頭充滿「原始激進心理衝動」的猛牛破柵衝出，才願意承認自己的非理性！

平常，人們之所以從不去思考「衝動」這項心智特徵，是因爲它似乎與「理性」背道而馳，不是什麼好特質，毫無存在的價值；然而，我們不去正視「衝動」的存在，它就眞的不存在嗎？我們不了解，自己爲何有時會爆發原始衝動？我們從來不了解，原始衝動會使自己做出什麼事？原始衝動究竟只是出來橫行霸道一會兒，還是永遠不再回籠？或許，我們應該好好參考顱相學家或玄學家的主張（它們認爲，人類生來就具備掌管「心理衝動」的官能），別老是以爲自己十足理性，進而抹滅、蔑視其他心智特性。況且，與一般聰明才智、觀察敏銳的人比起來，反倒是那些看起來十足理性的高知識分子，還更相信神的旨意這回事（意即，相信「非理性力量」的存在）。高知識分子認爲上帝創造他們，是爲了讓他們完成重大、神聖的使命，他們自我膨脹，把自己的存在想像得相當重要、偉大，並一味相信把他們帶來人世間是耶和華的旨意。這會兒，我們的高知識分子的「非理性力量」又衝過了頭，竟完全不顧此設想究竟合不合理，反而把自己原有的理性思維，一點一滴都給拋卻了。如果人類的存在眞是出自上帝的旨意，假設再套上顱相學的概念，不就等於以天意論與顱相論完全化約解釋一個人的所有思想活動？這種推論邏輯未免也太偏狹自大了吧！試舉兩例，看看這兩套理論如何解釋人類思想活動的運作。第一，人類之所以需要進食，是因爲腦袋喚起我們肚子餓的感覺；看來，上帝爲了懲罰人類，賦予人類飲食消化器官，不管我們願不願意，餓了就會想到要吃，而且就得吃！第二，人類之所以會繁衍後代，也是出於上帝的旨意，我們的腦袋也因而馬上意識到性愛器官的存在。如此一來，出於上帝的旨意，我們的思想作爲全都與祂有關，祂可以使我們反叛好鬥，或充滿理想性格，或表現得積極……總之，在這兩套理論的解釋下，人類全身上下的器官之所以能運作，不是出於心智衝動特徵，就是受到思維官能的驅使。然而，不管天意論和顱相論的理論究竟是對或錯，或是部分正確部分錯誤，似乎也已不太重要，因爲顱相論的後繼研究者已完全承襲了前人的腳步，並據以演繹、建立出一套原則，那就是——「人類的所有思想行爲，都是個人與生俱來的心智特徵（顱相論）和造物者旨意（天意論），運作之下的結果。」

然而，我想若把人類的思想行為看成一套可加以分析、分類的學問來研究（探討人們為何經常做某些舉動？為何偶爾做某些舉動？為何習慣性做某些舉動？），應該會比把凡事解釋成上帝的旨意，來得明智穩當許多吧！如果我們不試著去了解自己，理解上帝造就的這份有形作工，又怎麼可能了解祂是如何創造萬物的？如果我們不藉由上帝造就的萬物來理解祂的偉岸，又怎麼可能了解祂創造萬物時，那份堅定的心與心路歷程呢？

但若仔細歸納研究顱相論，就會發現它所主張的原則，其實與人類的某項心智特徵是自相矛盾的；顱相論的主張過於化約、小看了人類，它將人類的所有思想活動都看成一種原始的、與生即俱的心智活動，看成一種必然的心智運作結果，然而它卻無法解釋人類為何有時會特別倔強、特別愛與自己過不去，所以我說，這個理論有瑕疵，自相矛盾。所謂「特別倔強、特別愛與自己過不去」這種心智特徵，事實上是一種無來由的、說來就來的意念，或者我們可以這樣解讀此種心態──「我們之所以愛與自己過不去，沒有什麼特別的原因，只是出於一種明知不可為而偏要為之的衝動。」理論上，我們根本沒必要、沒理由，也沒道理與自己過不去，但有時候就是因為知道「沒理由或不應該這麼做」，才更讓人興起一股莫名其妙、無以名狀的衝動，決意要去做。人處在某種心智狀態、某種特殊情況下，就是會想要倔強、與自己過不去，這種莫名其妙、著了魔的內心衝動一旦被激起，是完全無法壓抑或稍加控制的。

人類的很多思想行動究竟是對或錯，這我不敢肯定地論斷；但我敢百分百肯定的是，常常有某股無法控制或壓抑的力量，驅使我們去做某些事，這個時候，其他的理智思考全都使不上力，只能任由這股無法控制的力量占據我們全身上下。這股擋也擋不住的力量，我們很難說它是好或壞，但很難用理智分析倒是眞的；我們不知道這股力量裡頭到底包含了什麼元素，只知道它是一種很激進、原始的心理衝動特徵。說了這麼多，我知道，一定會有人反對我的立論觀點，他們會說，人之所以會有這種「明知不可爲而偏要爲之」的著魔心態，還不就是源自顱相論的「反叛好鬥」心智特徵，只是程度不那麼嚴重罷了，因此，仍可用顱相論歸納、解釋，與顱相論並不矛盾。然而，我說這些人的想法其實是錯的，推論也是錯的。此話怎講呢？顱相論主張，反叛好鬥是一種必然存在的心智特徵，是一種自我防衛、免於使自己受傷的心理機制；說穿了，這個機制背後有個宏大的原則支撐著，那就是「確保個人身心的安康與平衡」，因此在這個原則之下，我們的內在會發展出許多自我防護的心理機制，而「反叛好鬥」只是其中一項特徵。但我所謂「明知不可爲而偏要爲之」的著魔心態，卻不是某種自我防護心理機制的表現，而是一種扎扎實實、強大劇烈的心智反動。

一個人只要誠實地面對自己，就絕對會意識到某種激進反動的心智傾向，這就是內心眞正的呼喚；只要我們願意捫心自問，就不難意識或理解內心這股控制不住的呼喚，難的是該怎麼分析或說清楚，這究竟是一股什麼樣的力量。舉一個很簡單的例子來說明這股著了魔的內心衝動。假設有兩人正在談話，說話的人是A，聽話的人是B；話說著說著，不知著了什麼魔，竟無法控制地脫口說出各種迂迴拐彎的言詞來激怒B。這會兒，B也察覺到A話裡的含蓄敵意，而A也知道自己這麼做讓B感到很不悅，然而，A其實一點也不想用這種方式說話、惹人嫌。A說話的風格一向很簡單扼要、清楚明確，但他這會兒卻無法明快表達，內心好像有股什麼力量與他過不去，偏偏不讓他言簡意賅地痛快說話，反而只能畏畏縮縮，看似虛僞的迂迴說話。對於用這種方式激怒B，A實在千萬個不願意，也十分擔心後果不妙；然而，不知爲何，A的內心就是著了魔，盡說些惹人厭的話，而且後果可能不堪設想。唉，這樣一股著了魔的莫名衝動，竟足以讓衝動增強爲希望，希望再增強爲想望，想望最後變成了渴望。一瞬間，A內心即便懷著萬分羞愧與歉疚，但仍顧不得天殺的後果，終於，還是讓渴望成眞，說出明知不該說、但偏要說的惹人嫌話語。

再舉一例，說明人人內心時不時都有股著了魔的衝動，想倔強、想作怪，想與自己過不去。假設我們眼前有一項重要任務得趕快完成；如果稍有延遲，後果將不堪設想。因此，我們大聲地告訴自己，眼前這項任務是此生截至目前爲止最重大的一樁，所以一定得馬上振奮精神、投入其中。只要一想到任務完成，會是一件多麼光榮美好的事，我們的全身上下就不禁爲之燃燒、振奮、發光發熱，恨不得趕緊投入所有心神精力。這項任務原訂在今天即刻著手，但卻被我們延到明天再開始進行，這又是爲什麼呢？這事不是很重要嗎？除了解釋成「心魔在作怪」，我們還能怎麼說？好了，明天到來了，我們的內心已因昨日的進度延宕而感到焦慮不已，這會兒可以開始上工了吧？然而，隨著內心的焦慮不斷增加，莫名的擔心與恐懼，竟又著了魔似的驅使我們再把工作拖過這一天；這股驅使我們偷懶延宕的渴望竟如此熱切，無法壓抑，讓人不顧時光一點一滴流逝，也不顧這麼做之後的工作進度將多麼吃緊。接下來，我們眞的得開始進行工作，事情已迫在眉睫了。但沒想到，內心的理智與衝動仍持續激戰，甚至心頭還因此蒙上一大片晦暗不明的陰影，令我們的全身不住顫抖；理智與心魔激戰至此，眼看心魔的巨大陰影就要戰勝，所有的抵抗也將成徒然。此時，鐘響了，宣告理智戰敗的喪鐘之聲響起……但在此同時，一股雄雞般的鬥志倏然昇起，逼退作怪搗亂的心魔，驅散了心魔的巨大陰影。心魔消失了，理性又重回我們身上，趕快上工吧；欸，無奈，現在才開始振作，為時晚矣！

這種偏偏與自己過不去的著魔舉動，還有一例可喻。假設我們站在懸崖邊往下看，看見了無底深淵，隨之感到噁心、暈眩。原始的、自我保護的本能一直告訴我們遠離懸崖、遠離危險，但卻有種無法解釋的原因，使我們繼續留在原地不動。噁心、暈眩、驚恐之感，慢慢地、漸漸地加深蔓延，終至在我們的心頭，匯聚成一大片無以名狀的烏雲。這片心頭大烏雲也將漸漸地、不知不覺地，幻化成一個恐怖的形體，就像《一千零一夜》阿拉伯故事集裡，蒸氣從瓶底往上竄，慢慢幻化成神燈巨人那樣。在我們的想像中，這具自心底成形的恐怖形體，可是比任何故事傳說裡的精靈惡魔還要恐怖上千萬倍。但我們究竟為何要自己嚇自己呢？因為這樣才能將自己推向無邊的恐懼，恐懼到了極點，將轉變為興奮快感，使我們全身上下的髓骨竄動、發顫不已；這正是跌下萬丈深淵那一刻，心頭唯一充塞的感受。或許，過去我們也曾對自己將如何死亡殞命，做過各式各樣驚恐懼怖的想像，然而——「落入懸崖，急速往下俯衝，往萬丈深淵衝……」這種毀滅性死法，無疑是最恐怖駭人的一種；不過，或許正因為我們的腦袋確實閃過這種毀滅性死法，這當下才會如此渴望嘗試、渴望感受何謂自我毀滅。與此同時，理智心性中的自我保護機制，仍不斷要我們後退、遠離懸崖，但心中那股著了魔的衝動，卻讓我們更往懸崖邊緣逼近。我們的天性裡，從沒有任何澎湃熱情，像內心那股不可壓抑的衝動般激昂，於是，站在懸崖邊不住發抖的我們，思考著縱身一躍。那一瞬間，倘若我們當眞縱身一躍，雖能滿足內心著魔的衝動，但也等於奔赴了無可避免的死亡；什麼？理智要我們千千萬萬不能往下跳，我說，不可能，我們非這麼做不可。因此，當時若沒有人拉我們一把，或仍無法及時恢復理智、往後退步，我們就眞的會跳下懸崖，奔向死亡，然後毀滅。

前面說了這麼多「特別倔強、特別愛與自己過不去」的例子，我們可以發現，案例中的當事人都有一副「作怪的心魔」。在當下，我們之所以對自己或對別人使壞，沒有別的原因，僅僅是因爲「明知不可爲而偏要爲之」罷了。我們無法理解，爲何會有心魔跑出來作怪，或許只能想成是天地邪魔附身吧；倘若眞是如此，那麼邪魔鬼道出柵，如果不作怪使點壞，那就不叫邪魔鬼道了！

在講自己的故事前，我之所以在前頭說了這麼多，是希望能讓你們或多或少了解（我知道這個原因聽起來很不可思議、很微不足道，聽起來像是在狡辯，爲自己脫罪），爲何我會落到如此田地，爲何我會穿戴腳鐐、住在死刑囚牢裡。請相信我前面說這麼多，自有我的道理，因爲我不希望你們聽了我的故事後誤解我，或以爲我瘋了。如果你們眞的明白我前面表達的那些概念，那麼就能理解，我正是犧牲在「作怪心魔」底下，那千千萬萬受害者的其中一個。

爲了那場謀殺案，我足足計畫了好幾個星期，不，應該說是好幾個月；我相信如此精心策畫的謀殺計畫，在這世上可說是絕無僅有。爲了成功殺人、掩人耳目，我至少否決了上千種謀殺計畫與手法；終於，在讀了好幾本法文專書後，總算讓我找到一種完美謀殺手法。書上的案例是這麼寫的——「蠟燭會殺人，一位名爲琵嫪的女士，意外被蠟燭給毒死。」我之所以決定採用這項蠟燭殺人計畫，原因有二：第一，我的謀殺對象確實有睡前夜讀的習慣；第二，我知道他的房間既小又不通風。至於，我是如何輕易進入作案對象房間，替換有毒蠟燭等犯案細節，在此不便多加敘述。總之，有天清晨，我的謀殺對象就被發現死在房間床上；一切正如我所料，驗屍官判定死者是蒙主召喚、自然死去。

謀殺目標一過世，我就繼承了他的遺產，安然無事、快活自在地過了好些年。我從不認爲事情會東窗事發，因爲我連當時作案用剩的有毒蠟燭都處理得一乾二淨，讓警方找不出任何線索，也排除了自己涉案的可能。每當想起自己犯下謀殺的手法之高明、計畫之完美，我心中總是感到十分得意，我簡直就是不可多得的犯罪天才。這些年來，這樁完美謀殺案從不曾在我心中稍有抹滅，相反地，我時時刻刻都沉醉在謀殺計畫的勝利歡呼裡；這種打從心底、來自精神層面的無形狂喜，哪是殺了人後繼承有形的世俗財富所能比擬。但不知從何時開始，這份殺人狂喜竟不知不覺變成一種困擾，一種縈繞在心頭、揮之不去的煩擾感受；說來好笑，這感受之所以令人困擾，就是因爲它一直縈繞我心、揮之不去，一刻都擺脫不了。這種困擾感受有點像是耳朵一直傳出嗡嗡耳鳴，或是耳朵不斷響起某些歌曲的副歌、某些劇曲的片段一樣，想關掉或蓋住，但一點辦法也沒有。不過，當然啦，如果這些歌曲、劇曲的旋律是好聽的，或許我們的耳朵、腦袋就不至於如此受罪。然而，這困擾感只要一天存在，我便得永遠在心底不斷低聲地告訴自己：「我是安全的、我是安全的。」

有一天，當我在路上閒晃，竟發現自己喃喃自語得好大聲；一陣氣急敗壞之後，我把喃喃自語的內容改成：「我是安全的、我是安全的，如果我沒笨到向警方招供的話，我就會一直很安全。」

當我又繼續喃喃自語，不久，便感到毛骨悚然、汗毛直豎。爲何會如此呢？完了，該不會是心魔又要出來作怪了吧？（以前，我便曾有過這種經驗；至於何謂「作怪的心魔」，我在講故事前，已經長篇大論說了一堆。）我知道，一旦心魔開始搗亂作怪，我可是完全無法招架。難道就因爲我剛剛說自己——「不會笨到向警方招供，坦承犯下謀殺案。」心魔就偏要挑釁，和我來個正面對決嗎？難道作怪的心魔，就是那可憐冤魂用來向我討命的工具？

接著，我立刻用盡全力，想甩開作怪的心魔，我激動地邁著步伐，愈走愈快，愈走愈快，最後，甚至狂奔了起來。我還感到極度癲狂，極度想大吼大叫。天哪，我的腦袋不斷翻轉，興起的念頭一個比一個還恐怖，腦袋瓜簡直就快爆炸了。我知道，我已經徹底喪失心神和理智了；這一點，我太清楚了。我繼續奔跑，繼續加快步伐，像個瘋子一樣，在人潮洶湧的大街上瘋瘋癲癲地跳著。我的舉動嚇壞了路上的人們，最後，有人報警抓住了我。此刻，我終於意識到自己接下來的命運了。如果能把自己的舌頭扯掉，不讓自己洩密招供，我一定會這麼做。然而，那刺耳的嗡嗡困擾聲仍繼續在我耳邊迴盪，有股力量緊緊抓住我的肩膀不放，天啊，我快喘不過氣了，我趕緊轉身，大口大口深呼吸。在剛剛那一刻，我全身上下都喘不過氣，一股窒息的鬱悶之感朝我襲來，我看不見、聽不見，我在天旋地轉，我的世界就要崩潰。接著，有個我看不見、摸不著的惡魔，用祂那寬厚的手掌朝我背上重擊，那幽禁已久的殺人祕密，便立刻從我的靈魂迸出，從我的口中說出。

事後，聽說我當時的自白宣言顯得相當鏗鏘有力，而且還一副擔心被人中途打斷的急迫激動模樣，不忘加重說話語氣，熱切激昂地進行著。唉，誰教心魔找上了我，讓我管不住自己的嘴巴，現在你們已經知道，我爲什麼待在死牢的原因。當我招出這些足以讓自己定罪的口供後，便即刻昏倒在地上。

我究竟爲何要對你們說這些呢？今天，我戴著鐐銬，待在牢裡等死；明天，我將遭到處決，屆時，鐐銬束縛雖不再，但靈魂又將被囚禁在何處？

25 屍變 THE FACTS IN THE CASE OF M. VALDEMAR

各界對於發生在沃爾德馬先生身上的事感到好奇、熱烈討論……這件事，我一點也不感到意外。我相信，這件事本來應該是個重大奇蹟，但現在卻被渲染得如此走樣，整件事都被污名化了。我們這些涉入沃爾德馬先生事件的人，都認爲應該等待進一步調查研究結果出爐（爲此，我們無不卯足全力進行研究），再將事件眞相公諸於世。我們秉持謹愼的科學研究精神，沒有十足把握，不敢胡亂提出成果，但沒想到此間卻傳出對我們不利的言論；這些言論不僅誇張不實，還因此引起各界對我們、對整個事件的扭曲誤解與懷疑。

我想，該是把整件事公諸於世的時候了，在此，我將盡可能簡單扼要說明。事情的來龍去脈是這樣的：

過去這三年以來，我一直都把心思放在「催眠術」上頭。大約在九個月前，我的腦袋忽然靈光乍現，閃過一個念頭，那就是，一直以來，我進行了許許多多的實驗，但沒想到我竟遺漏了「臨死之際的催眠」這項重要實驗。如同天體引力影響潮汐變化一般，人體亦會受到天體引力的磁力牽引，而我之所以想進行「臨死催眠」實驗，主要是想解釋心中三點疑惑：第一，人在臨死前，身體是否還能接收催眠所傳導出的磁力？第二，如果人在臨死前，確實還能接收催眠所傳導出的磁力，那麼接收能力是強或弱？第三，如果人在臨死前，確實還能接收催眠所傳導出的磁力，那麼磁力應該強到何種程度或催眠應該進行多久，才能影響臨死之人，拖延其死去的時間，延長其生命？當然，針對這項「臨死催眠」主題，我想還有很多事情有待確認，不過前面提到的三點疑惑，最令我感到好奇；尤其是最後一點，若我眞能證明，藉由催眠可以拖延死亡，這無疑是相當重要的一項發現。

接著，我開始注意周遭是否有合適的對象，可供我進行「臨死催眠」實驗，於是，我想到了我的朋友M·厄尼斯特·沃爾德馬，他是彙編《辯論文大全》一書的著名編輯，並且是《瓦倫斯坦》、《巨人傳》兩本書的波蘭版譯者（他用了「以薩迦·馬克斯」當筆名）。沃爾德馬先生打從一八三九年開始，就一直住在紐約的哈林區。他極度瘦弱，四肢也非常細瘦；他的鬍子白花花的，和他那頭黑髮形成強烈對比，因此，常有人把他的黑髮誤認成假髮；他的性情很容易興奮，而且極度神經質，可以說是接受催眠的最佳人選。我曾替他催眠兩、三次，雖說他很容易就進入催眠狀態，但由於他的體質特殊，意志力強大得驚人，我從沒辦法完全掌控他的意志；出於第六感，我早就猜到我對沃爾德馬先生進行的其他實驗項目根本不可能成功；而且，我認爲實驗之所以會失敗，原因都出在他的健康狀況不佳。早在我認識沃爾德馬先生的前幾個月，醫生就診斷出他罹患了肺結核，而他似乎也能坦然接受自己的病，並平靜以對，時常向我提及他的死期將臨，他認爲死亡本就無可避免，因此也無需悲傷。

因此，當我想著手進行「臨死催眠」的實驗時，腦中馬上想到了沃爾德馬先生，我相信他是最合適的人選。我很清楚他把生死之事看得很豁達，應該不會有所顧忌；再加上，他在美國沒有親友，不可能有親友介入干涉。於是，我很坦白對他說了這項實驗計畫，出乎意料地，他竟顯得十分有興趣。他的回應之所以使我大感意外，是因爲他先前雖曾爽快接受過我的催眠，但我知道他對催眠這種事，從來都很不以爲然。此外，由於沃爾德馬先生罹患的是肺結核，因此醫生能精確推測出他的死亡之日；於是，我和沃爾德馬先生最後講定，當醫生宣布他的死亡日期後，請他派人在前一天通知我。

之後的某一天，我接到了沃爾德馬先生親手寫的便箋，那是距離現在的七個多月之前。他在信上是這麼寫的：

親愛的P：

我的時辰到了，你現在可以過來我這兒了。D醫生和F醫生都一致認爲，我不太可能撐得過明日午夜。我想他們推測的時間，應該很準確才是。

沃爾德馬敬上

沃爾德馬先生一寫好這封短箋，就派人在半小時內送達我手上；我一收到信，便在二十分鐘內火速趕到他的住處。才十天不見，沒想到病魔竟將他的面貌摧殘得如此恐怖駭人。他的形容枯搞不在話下，面色成鉛灰色，眼神空洞無光，臉頰也極度凹陷憔悴。他咳血咳得很嚴重，脈搏跳動非常虛弱，但即使如此，他還是撐了下來，了不起地保持著意志力和體力。他說的話仍清晰可辨，也能自己服藥，毋須他人幫忙。當我進門時，看見他正以枕頭墊背、靠在床上，拿著鉛筆在記事本上寫下一些備忘事項。D醫生和F醫生則在他的病榻前照料著。

我握了握沃爾德馬先生的手，隨即向兩位醫生借一步說話，我們走到一旁，我請他們說明病人目前的狀況。原來，在這一年半以來，病人的左肺葉已呈半鈣化狀態，當然，在此種情況下，他的左肺機能已完全喪失。至於病人的右肺葉，目前上方已呈部分鈣化現象，下方則是一大片化膿的結核結節，而且仍在持續擴散蔓延；結核結節已造成好幾處肺葉穿孔，更有一個結節已蔓延黏著在肋骨上了。右肺葉都是在最近才急速惡化，一個月前，毫無徵兆地，右肺上方部位不尋常地惡化了起來；肋骨上黏著的結節轉移，則是發生在三天前。除此之外，病人還疑似患有大動脈瘤；至於肺葉的鈣化症狀，則診斷確定無法治癒。兩位醫生的聯合診斷是，沃爾德馬先生將無法撐過明日午夜（星期天）；此刻，則是星期六深夜的十一點鐘。

兩位醫生對我說明了病情後，便走到病人床前，向沃爾德馬先生道永別；看來，他們似乎不打算再回來看看臨終的病人了。不過，在我的請求下，他們同意明晚十點鐘再回來探看病人的情況。

兩位醫生離開後，我和沃爾德馬先生便開始無拘束地聊著即將到來的死亡，當然，還特別談到我們即將合作進行的「臨死催眠」實驗。沃爾德馬先生告訴我，他很樂意成為我的實驗對象，而且很希望我趕緊開始、立刻著手。然而，現在房裡只有男、女護士各一名，我想我應該等更多可靠證人到場，再開始進行實驗比較保險，倘若有什麼意外發生，還有可靠的權威人士以茲作證。於是，我一直等到星期天晚上八點鐘，我的一位友人L先生（他是醫學院的學生）到來後，才開始進行實驗。我原本計畫等沃爾德馬先生的兩名醫生都到場，再開始進行催眠實驗，不過既然到場的L先生也是醫界中人，那麼確實可稍解我先前的爲難，再加上沃爾德馬先生的不斷催促，還有他的精神明顯變得虛弱，更使我意識到實驗的刻不容緩，必須趕緊進行才行。

多虧了L先生的慨然允諾，願意在一旁爲這場「臨死催眠」實驗做下所有紀錄，我才能據以寫下這篇文章；文章裡有很大一部分都是節錄或抄錄自L先生所做的實驗筆記。

實驗開始前，我先舉起沃爾德馬先生的手，並請他盡可能清楚地告訴負責做紀錄的L先生，說明他是在完完全全自願的狀態下，願意在臨終前接受這場「臨死催眠」實驗。從我舉起沃爾德馬先生的手，到他虛弱說明接受催眠，共歷時五分鐘。

「是的，我願意接受催眠。」沃爾德馬先生以虛弱但清晰可聞的聲音回答，但他又馬上接著說，「只怕你耽擱了太久才進行這實驗。」

事實上，當沃爾德馬先生說明接受此項實驗之際，我也開始著手催眠。我使用了使他鎮靜下來的最有效的按摩方式，沒錯，當我開始用手在他的額頭兩側按摩時，就立刻感覺到他已受影響。然而，接下來的兩個小時裡，無論我使用任何技法，就是無法對沃爾德馬先生產生任何作用。十點鐘左右，兩位醫生依約前來，我簡單扼要的向他們解釋這項催眠計畫；醫生們都表示病人已然進入瀕死痛苦的階段，此刻的催眠應無害處，因此同意繼續進行實驗。這意味著我將可毫無顧慮地繼續催眠；之後，我便把額頭兩側的按摩動作，改爲朝臉部下方進行，並專心致志地直視病人的右眼。

此時，病人的脈搏跳動已微弱得幾乎感覺不到；他的呼吸聲也像鼾聲一般，每隔半分鐘才能規律聽見一次。

沃爾德馬先生維持了此種狀態將近十五分鐘；接著，病人從胸口發出一聲極其自然的深沉嘆息。那鼾聲般的呼吸聲也停止了，我的意思是，病人仍是每隔半分鐘發出呼吸聲，但呼吸聲已不再那麼大聲。此外，病人的手腳四肢，已呈極度冰冷。

十點五十五分，我明確察覺病人已進入催眠狀態。病人的眼球已從原先呆滯的轉動，變成不安地快速轉動，此種情形通常只出現在已被催眠的狀態下，我想我不會弄錯。接著，我在病人額頭兩側快速施以按摩動作，使病人的眼皮產生抖動，就像人們剛入睡、但還未完全進入睡眠狀態那樣；之後，我又多做了幾次額側按摩，使病人的眼皮完全闔上。然而，對此催眠成果，我仍不滿意；我於是繼續快速施以額頭兩側的按摩動作，並用盡全副意志力，終於使病人的手足四肢變得完全僵直。病人的手足四肢在我的催眠下，呈現出安祥從容的姿勢；病人躺在床上，兩條腿完全伸直，兩條胳臂也幾近伸直地自然垂放於腰部兩側，頭部則是微微抬起，離開床面。

當我完成這些動作，已是午夜時分，之後，我請在場所有人查看沃爾德馬先生目前的狀況。經過幾項簡單試驗，所有人一致認爲病人已完完全全進入一種不尋常的催眠昏迷狀態。我的催眠實驗似乎引起了兩位醫生的高度興趣，D醫生因此決定不離開，要留下來觀看後續情況，而F醫生則是先行離去，但承諾天亮的時候會再回來；我的友人L先生和兩位護士也繼續留下。

之後，從午夜到凌晨三點鐘左右的這段時間裡，我一直沒再對沃爾德馬先生施以其他試驗，他完全沒再受到干擾，並維持先前躺在床上、頭部微微仰起的姿勢。接著，我湊近查看，發現他的脈搏跳動仍微弱得幾乎難以探測；呼吸很平緩，除非湊到他唇邊仔細查看，否則很難察覺；眼睛很自然地闔上；手足四肢仍很僵硬，冰冷的像大理石；總之，從沃爾德馬先生的種種外表及生理跡象看來，他還活著，他沒死。

接著，我又湊近沃爾德馬先生，並伸出右手和緩地在他身體上空來回揮動，我這麼做，是試著想讓他的右手也跟著我的手一起揮動。以前我也曾對沃爾德馬先生進行過類似試驗項目，但從來沒成功過，因此這次我也不抱太大的希望；然而，出乎意料地，他的右手臂竟然眞的揮動了起來，儘管動作很小、很虛弱，但無論我揮往哪個方向，他就跟著我的方向揮。受到鼓舞的我，於是想採取進一步動作，那就是，大膽地與他交談。

「沃爾德馬先生，你睡著了嗎？」我問著。他沒有回答，但我發現他的雙唇微微顫抖，於是我又重複發問了好幾次。到了第三次，我發現他整個人都輕微顫動了起來，眼皮稍啓、露出眼白，嘴唇慢慢張開，發出了微微的、幾乎聽不見的低語。

「對，我現在在睡覺。別叫醒我，就讓我這樣死去吧！」沃爾德馬先生低聲地回答我。

此時，沃爾德馬先生的手足四肢仍是那麼僵硬，右手臂也仍順從我的指令揮動著。於是，我又問這名完完全全進入了催眠狀態的病人：「沃爾德馬先生，你的胸腔還疼嗎？」

「不疼了，我就要死了。」這回，病人馬上就回答我，只是聲音比起之前，又更細微小聲了。

之後，我想我最好暫時不要再打擾病人，於是便不再對他發問，也停止了手部揮舞的動作。不久，天還沒亮，F醫生就來了；看到沃爾德馬先生還活著，他驚訝萬分，測量病人的脈搏和呼吸之後，他便請求我再和沃爾德馬先生進行交談。我照辦了，於是問病人：「沃爾德馬先生，你現在還在睡覺嗎？」

在我問完問題的這幾分鐘裡，我發現病人也如同先前，似乎一直努力用盡全身力量發出聲音。直到第四次重複發問，他才以虛弱得近乎聽不見的聲音說：「對，我還在睡覺，我就快死了。」

此時，醫生們都表示，希望我不要再對病人做試驗，不要打擾他，就讓他處於目前的平靜狀態，平靜死去；兩位醫生都認爲，沃爾德馬先生在接下來的幾分鐘內就會死去。然而，我還是決定再問他最後一次話，而且僅僅只重複問先前的問題，也就是——「沃爾德馬先生，你現在還在睡覺嗎？」

然而當我一開口，病人的面容就產生明顯變化。他的眼睛緩緩睜開，瞳孔一直往上看，逐漸消失不見；皮膚變得像死屍，慘白得像張白紙；原本因生病而出現在兩頰的潮紅圓斑，即刻消散退去了，就像蠟燭被人一口氣快速吹熄那樣。病人的雙唇原本緊閉，如今上唇卻顫動不已、張得很開；下唇也迅速張開，連同下巴，往下猛力張開；至此，病人的嘴巴已張得老大，讓人足以將裡頭腫脹發黑的舌頭，看得一清二楚。我想，在場所有人對人們在臨終前會有什麼恐怖模樣，應該都不陌生才是，然而，沃爾德馬先生此刻的模樣卻恐怖駭人得出乎眾人意料，大夥因此下意識退離了床邊好幾步。

寫到這裡，讀者一定會覺得我所描寫的臨終景況太恐怖了，恐怖得令人難以置信。然而，爲了釐清事件、反映原貌，我想我會繼續忠實往下陳述。

至此，沃爾德馬先生看起來已毫無生命跡象可言。正當我們認爲沃爾德馬先生已經死了，並準備託付護士處理他的遺體時，他的舌頭動了，猛烈顫動約一分鐘之久。他的舌頭停止顫動後，立刻有一個聲音從那腫脹靜止的下顎深處傳來，（天啊，該怎麼形容這聲音呢？我這舉動簡直太瘋狂了！）我可以試著用幾個形容詞來加以敘述，但絕對只是很局部粗略的形容；舉例而言，我認爲這聲音聽起來很刺耳、斷續、空洞，但我想這樣的形容無法完整傳達這聲音予人的恐怖感；很抱歉，我就是找不出適當的字眼來形容。爲什麼這聲音聽起來如此恐怖駭人，且難以形容呢？我想只有一個原因，那就是，這聲音並不屬於人類，人類不可能發出此種聲音，相信不只是我，在場其他人應該也都對這種聲音感到很陌生，前所未聞才是。然而，無論如何，我還是歸納了兩點特徵，用以描述這聲音的音調特徵；這兩點是我到目前爲止所能想到的最好說法，相信用以詮釋這超人類的、超自然的詭異聲音，應該還算傳神恰當；第一，這聲音聽起來像是從一個非常遙遠的地方傳來，像是從地底深處的某個超大洞穴所傳出；第二，這聲音聽起來黏呼呼的，就像身體四肢摸到或碰到黏膠類的東西一樣。（這是這聲音給我的「觸感」，但我自己也無法理解這究竟是什麼樣的觸感。）

我剛剛形容沃爾德馬先生發出的駭人聲音時，提到了「音調特徵」，我的意思是，他的聲音音調聽起來很清晰，而且出乎意料且不可思議的清晰，是令人毛骨悚然的清晰。而從他話裡的內容聽來，他顯然是在回答我幾分鐘前問的問題；我問他的問題是——「沃爾德馬先生，你現在還在睡覺嗎？」相信他如果一直處在睡眠狀態、還沒死去的話，他一定會記得的；結果，他用那恐怖的、非人類的音調所回答的是：「對，我一直都在睡覺，而我現在——現在——已經死掉了。」

沃爾德馬先生清清楚楚吐出的一字一句，讓在場所有人都感到無以名狀的恐怖悚然，而且不住地害怕發抖。先是我的友人L先生（那位醫學院學生）昏了過去，接著兩位護士也立刻倉皇離去，而且說什麼也不肯再回來。而我心中感到的驚恐懼怖也非筆墨能形容，寫到這裡，我當然不敢奢求讀者們能了解我的感受。接下來的一個小時，房裡一片寂然，我和兩位醫生沒交談過任何一句話，三人安靜地忙著使L先生甦醒過來、恢復神智。L先生醒來後，我們便開始查看沃爾德馬先生的情況。

沃爾德馬先生目前的狀況，如同先前一般，測不出任何呼吸，毫無生命跡象可言。我們想從他的右手臂抽血，但抽不出來。對了，我應該在此補充說明，此時，我的催眠指令已不管用，沃爾德馬先生的右手已不再隨我的手往指定方向揮動；他身上僅存的催眠跡象是，每當我試著問他問題時，他的舌頭都會發顫震動，似乎很努力想回答我的問題，但意志力卻已明顯不足，使他說不出任何話來。我們於是想，那如果由其他人來發問，不知會如何？於是我便盡力使在場其他人與沃爾德馬先生建立起催眠狀態下會有的相互信賴感，但他不僅沒說話，甚至對其他三人的提問一點反應也沒有。我認爲前面這些陳述，對於了解沃爾德馬先生於此時期的催眠狀態，是絕對必要且重要的資訊。之後，我們找來了幾位新護士看護病人，四人便於早上十點鐘一起離開沃爾德馬先生的住處，回家稍事休息。

當天下午，我們四人又相約前往探視沃爾德馬先生，但他的情況仍和先前一樣，毫無生命跡象，但仍處於催眠狀態。我們於是討論──是否該喚醒他？到此關頭，還有沒有可能喚醒他？最後我們一致同意，喚醒他對他的現況並不會比較好或有幫助。很顯然地，到目前爲止，我已藉由催眠術，成功延緩了沃爾德馬先生的死亡；至今，情況已相當明確，那就是，我們都相信倘若現在喚醒沃爾德馬先生，他一定會馬上死去。

沃爾德馬先生維持在毫無生命跡象的催眠狀態下，至今已將近七個月了。這七個月裡，我們四人每天都會去探視沃爾德馬先生；有時，也會有醫學界的友人一起陪同探望。沃爾德馬先生維持在這種毫無生命跡象的催眠狀態下，已長達七個月了，並且時時都有護士在一旁看護照料。

到了上星期五，我們終於決定要喚醒沃爾德馬先生，或說，試著想喚醒他，因爲我們不清楚到底能否成功。然而，或許就是這個喚醒實驗帶來的不幸後果，才讓醫界在私下興起了熱烈的激辯討論；我想，就連醫療專業人士也各執不同意見，更遑論一般大眾會有何誤解看法與感受了。

爲了讓沃爾德馬先生從催眠的昏迷狀態中醒來，我採用了傳統按摩動作。一開始，這項按摩成效並不好，他毫無反應；但按了一陣後，甦醒跡象出現了，原本眼球一片翻白，但現在瞳孔已稍稍出現，降下了一些，眼皮下方還流出了膿，膿液呈黃色，而且大量流出，味道相當惡臭噁心。

有人建議我像先前那樣，試著引導沃爾德馬先生做揮手的動作，我試了，但他毫無反應。接著，F醫生暗示我，要我向沃爾德馬先生提問，我同意了，於是發問：「沃爾德馬先生，你可以說說現在的感覺嗎？或是你有什麼願望？」

沃爾德馬先生兩頰上的潮紅圓斑原本已消退，如今則又出現了；舌頭在張得老大的嘴裡，猛烈地顫動捲繞著（他的嘴巴一直都呈現張開狀態，其張啓的嘴唇和下顎也一直維持著僵硬不動的姿勢），最後，他的下顎深處又傳來極其駭人恐怖的非人類聲音：「看在老天爺的份上，快——快——讓我睡去，或是說快——快——讓我醒來。快點——快點——我說過，我已經死掉了。」

聽了沃爾德馬先生說的話之後，一時間，我亂了方寸，不知道該怎麼做才好。剛開始，我心頭的思緒十分混亂，因而無法集中心志，讓病人平靜下來；接著，我試著重新鎮定心神，盡最大努力喚醒病人。喚醒病人的過程中，我很快察覺到，這一次應該會成功；或者應該說，我認爲這一次肯定會成功，我確定在場的各位，一定很快就會看到病人甦醒過來。

然而，接下來發生的事，我想對在場的人而言，此情此景將永生難忘，永難磨滅。

當我正迅速對病人進行著催眠按摩時，病人竟又突然從舌頭下顎深處發出——「死亡！」、「死亡！」的字眼，此時，他的身體竟在我的手底下逐漸縮小、碎裂，然後完全腐爛；整個過程歷時不到一分鐘。現場所有人均目睹，病床上，沃爾德馬先生的屍體在最後成了一大片令人感到噁心、厭惡不已的腐爛殘滓。

26 跳蛙

HOP-FROG

我從沒見過像國王這麼熱中「笑話」的人，不管是講笑話或聽笑話，他都很愛，感覺上他好像是爲了笑話而活。因此，擅長說笑話的人，往往就能得到國王的歡心；無巧不巧，國王的七位大臣正好也都是說笑話的高手。國王和他的七位大臣都是數一數二、各有千秋的說笑話高手，除此之外，他們連外形也很相似，這八個人全都長得高大肥胖、腦滿腸肥。說到這幾個人，不禁讓我聯想到「肥胖」和「笑話」之間的關係，眞不知道這些人究竟是不是因爲笑話聽多了才變得那麼胖，還是他們本來就很胖，只是剛好都特別喜歡講笑話、聽笑話，不過，可以確定的是，這世上喜歡講笑話的「瘦子」應該不多。

國王感興趣的笑話，可不是那種充滿機鋒的精緻幽默，他喜歡的是滑稽俏皮的淺白笑料，爲了聽這類型的笑話，即使笑話內容又臭又長，他也可以忍受。對他而言，拉伯雷的諷刺作品《巨人傳》，可能還比伏爾泰的推理小說《查第格》來得有趣些。不過，說到底，比起耍嘴皮的笑話，國王大人最喜歡的還是直接對人惡作劇，對他而言，活生生戲謔玩笑別人，是最好玩、好笑的。

這個故事的時代背景是宮廷中仍習慣設置弄臣小丑的年代。那時，幾個歐陸強國仍供養許多專供逗樂的弄臣，弄臣們得穿著花花綠綠、繫著鈴鐺帽的雜耍衣，準備各種噴飯笑話，隨時等候大人們召見，好好逗樂主子一番。

我們的國王當然也不例外，他當然也養了弄臣。國王的說法是，由於國事如麻，七名大臣爲此耗費相當多心神精力，爲了替他們（或替他自己？）調劑心情、排遣辛勞，得找一些不用動大腦的娛樂消遣，意即，找個蠢到極點的弄臣小丑來逗大家笑，再適合不過。

我們國王手底下這名弄臣可不單單只是小丑，他可擁有「三重」功能呢，既是小丑，還是個侏儒，更是個瘸子，一個瘸了腿的侏儒小丑，哈，再完美不過。那時，宮廷裡有侏儒也是很常見的。國王們老覺得宮廷裡如果沒有小丑和侏儒提供笑料樂子，生活簡直無聊透頂。如同我先前所提，這世上有百分之九十九的逗樂小丑，模樣大都很肥胖渾圓、動作不靈活，也因此，我們的國王當然對他手底下這名「三合一功能」的弄臣滿意得不得了。別忘了，這名弄臣既是小丑（負責搞笑），還是個侏儒（身材圓胖），更是個瘸子（動作不靈活）。他，名叫「跳蛙」。

我想，國王這名弄臣的名字——「跳蛙」，應該不可能是他剛出生受洗時，教父教母幫他取的「本名」吧，很有可能是那七個刻薄的大臣爲了取笑他走路不良於行，而幫他取的！事實上，跳蛙走起路來一點都不像動作俐落的青蛙，反而一跳一扭的，不怎麼協調，但就因爲他光是走路的樣子就很滑稽可笑，才會把國王逗得這麼開心，而且還很能讓國王自我安慰一番，因爲國王不僅胖得大腹便便，而且生來頭頂就長了個大疙瘩（但儘管如此，國王仍是宮裡外形最稱頭的一位）。

跳蛙的雙腳嚴重變形扭曲，以至於行走時相當吃力、痛苦非常。不過，老天爺似乎爲了補償他先天不良於行的雙腿，而賜給他一對異常健壯發達的手臂，好讓他能敏捷靈巧地攀緣樹木或繩子，以進行各式各樣的技能表演。因此當跳蛙進行攀爬表演時，比起原先因走路模樣被人嘲諷爲「跳蛙」，這會兒，他反而更像隻身手俐落的小松鼠或小猴猻。

我並不清楚跳蛙來自何方，只隱約知道他的家鄉距離宮廷非常遙遠，好像是個很原始的無名鄉下地方。有個住在跳蛙隔壁鄉村、與跳蛙同是侏儒，且體型甚至更嬌小的年輕女孩（不過，這個女孩雖嬌小，但體態卻很嬌巧，而且是個很棒的舞者），也一同和跳蛙被國王手下一名驍勇善戰的將軍擄走，當成獻禮帶進宮來。

跳蛙和這個女孩同爲天涯淪落人，落入皇宮成囚客，便很快親近熟悉起來，成了肝膽相照的好伙伴。不過，說到互相照應這件事，跳蛙雖然很擅長體能雜耍，但在宮裡並不是很受歡迎，也因此沒什麼能耐替崔琵塔這女孩多擔當一些事。反而是優雅美麗的崔琵塔還比較吃得開，這位侏儒小美人在宮廷裡可是很受歡迎和寵愛，因此，由她照應跳蛙的機會還多一些，只要做得到，爲跳蛙赴湯蹈火，她也在所不辭。

有一次，不知爲了歡度什麼國家慶典，國王下令舉辦化妝舞會；說到這裡，得特別說明的是，只要是化妝舞會這類的宮廷慶典大事，都少不了跳蛙和崔琵塔這兩位宮廷藝人出場獻藝。這類慶典場面的籌備尤其少不了跳蛙，像是替化妝舞會發想好玩的角色扮演、準備戲服道具等等；

可以說，若沒有跳蛙從旁幫忙，場面絕對搞不定。

舉行化妝舞會的日子終於到來了，舞會場地在崔琵塔的監督下，已經布置妝點完成，整個大廳顯得華麗美燦、富麗堂皇。另一方面，宮廷上上下下早已充滿興奮之情，眾人無不熱烈期待晚上的舞會，所有人幾乎早在一個星期、甚至一個月前就想好要扮演什麼角色；當然，到了舉行舞會的這一天，大夥也早已備妥粉墨登場的戲服行頭。不過，還是有一小群人一直拿不定主意該扮演什麼角色，這群人就是——國王和他的七位大臣；眼看化妝舞會就要開始了，真不知他們為何遲遲無法決定，難道他們是故意尋人開心、故意不扮演任何角色嗎？不太可能吧！我想，比較有可能的原因是，他們這幾個人實在太胖了，以至於好像想不出什麼適合他們扮演的角色。時間一分一秒逼近了，很快地，盛大的化妝舞會即將登場，國王最後還是把崔琵塔和跳蛙找去，要他倆幫忙出點子。

當崔琵塔和跳蛙來到國王跟前時，發現國王和七位內閣大臣正在喝酒作樂，不過，國王看起來顯然心情很壞，一點都「不樂」。心情不太好的國王，雖然明知跳蛙不勝酒力、酒一下肚就會發酒瘋（大家都知道，酒醉發酒瘋不是件舒服的事），但還是故意向跳蛙灌酒，還假裝友善熱絡地說幫他「找點樂子」，但誰都知道，國王這樣作弄跳蛙，是為了幫自己找樂子。

國王是這麼說的：「跳蛙，你可來啦，為了保佑你遠方的親友平安健康，你得乾了這杯才行（跳蛙一聽，嘆了口氣，他當然知道國王一定不安什麼好心眼）；然後，再幫我們想想有什麼好玩的角色可以扮演，想想有沒有什麼新奇的、與眾不同的角色適合我們裝扮？我們想來想去都是些千篇一律的角色，來來來，喝了這杯酒，保證讓你提神醒腦，想出好點子。」

為了答謝國王的好意，跳蛙一如往常，抓破頭想擠出一點笑話獻給國王，讓他龍心大悅。不過，跳蛙想著想著，竟想到今天是自己的生日，但他卻無法和「遠方的親友」一起慶祝，只能孤零零地在宮中度過，一想到這兒，跳蛙不禁眼眶泛紅，當他從這個欺負人的暴君手裡接過酒杯時，大滴大滴的眼淚便不爭氣地掉進了酒裡。

「啊——哈——哈，喝得好！」跳蛙勉為其難將手中的酒一飲而盡後，國王開心地高聲喊著，「你們看看這酒有多好，跳蛙的眼睛變得水汪汪、亮閃閃的呢！」

黃湯下肚後，酒力馬上發作，跳蛙這可憐傢伙的一雙眼睛立刻迷濛了起來，這可不是國王認為的精神奕奕、水汪汪、亮閃閃的，跳蛙把酒杯放回桌上，醉茫茫地看著在場的每一位，大夥看到跳蛙一副快醉倒的德行，全都開心極了，大臣們對國王的此番惡作劇，無不感到痛快滿意。

「喂，跳蛙，切入正題，幫我們想想扮演什麼角色好呢？」非常、非常癡肥的首相說話了。

「沒錯，沒錯，」國王接腔，「幫我們一個忙，我的好跳蛙，我們全都得靠你發想好玩的角色，哈哈哈！」國王說完話，最後還不忘笑了好幾聲，笑得煞有介事，好像他講了什麼好笑的笑話一般，而七位大臣不知是心有同感還是阿諛附從，也跟著笑了起來；就連跳蛙也雙眼無神、茫然地胡亂笑了一陣。

「快點，快點，」國王這會兒不耐煩地說，「跳蛙，你有沒有想到什麼點子？」

「有的，有的，我正在努力想點好玩的。」不勝酒力的跳蛙，兩眼無神、糊裡糊塗地回答。

「什麼叫做你『正在努力』，」暴君生氣地大吼，「你怎麼可能想不出好點子。啊哈，我知道了，你心情不太好，想不出點子，想多喝點酒醒腦，是吧？來啊，酒在這兒，給我喝了！」國王立刻斟滿酒，遞給跳蛙。

跳蛙深呼吸，盯著這一大杯酒看。國王見狀，立刻大聲咆哮：「你快給我喝了，要不然你那些遠方的朋友就——」

跳蛙遲疑了，國王被他激怒得青筋暴露，大臣們則是嘻嘻訕笑著。此時，崔琵塔的臉色早已嚇得發白，但她仍鼓起勇氣趨前，跪倒在國王面前，哀求國王饒了跳蛙。

國王被崔琵塔突如其來的舉動嚇到，因爲從來沒有人敢大膽違逆他的命令，他望了崔琵塔好一會兒，一時之間，不知該如何表達他的生氣憤怒。最後，他一語不發，粗暴地推倒崔琵塔，還把滿滿的一杯酒往女孩臉上潑。

遭受了屈辱的可憐女孩，一聲不吭地很快從地上爬起，退回到她的位置。這會兒，所有人都靜悄悄的，沒人出聲，靜得就連落葉掉下、羽毛飄落都可能聽得見。此時，不知從哪個角落，忽然冒出一陣低沉刺耳的聲響。

「你——你——你幹什麼，爲什麼要發出這種聲音？」國王氣急敗壞、轉頭質問跳蛙。

此時，跳蛙似乎酒醒了一大半，雙眼直視，鎮定地看著暴君，並突然說出：「我？發出怪聲？沒有啊，那可不是我。」

「這怪聲好像是從外面傳來的，」一位大臣說話了，「我想一定是窗邊那隻鸚鵡就著鳥籠的鐵網磨嘴發出的聲音。」

「哦，是嗎？」聽了大臣這麼說，國王放心不少地回應著，「不過呢，我敢以身爲勇士的名譽發誓，肯定是這卑鄙侏儒發出的刺耳磨牙聲。」

跳蛙聽見國王這麼說，立刻大笑了起來，還故意露出一口爛牙自我揶揄，甚至還說只要是國王賜予的「敬酒」他通通都喝，要他喝多少他都喝。跳蛙裝瘋搞笑的舉動，終於讓國王平息了怒氣，而且國王似乎沒察覺任何異狀，立刻斟滿酒要跳蛙喝下去。跳蛙接過酒杯馬上一飲而盡，並且興致勃勃切入化妝舞會的正題。

「我的腦袋突然靈光乍現，想到了一個好點子。」跳蛙以極爲平靜的口吻說著，神情語氣之清醒，彷彿方才滴酒未進。「就在陛下您打了這女孩、潑酒在她臉上，窗外的鸚鵡又發出怪聲之後，我立刻想到了一個絕妙好玩的點子。這點子來自我的家鄉，我的族人經常玩這種角色扮演，我保證宮裡的人絕對都沒玩過；只不過，這個遊戲得八個人才玩得起來。」

「哈哈哈，那眞剛好，我們這裡正好就有八個人。」國王自以爲聰明，發現了什麼巧合似的興奮大叫，「快說，這遊戲怎麼玩？」

「這個遊戲叫做『八隻猩猩戴鐵鍊』，」跳蛙好整以暇地回答，「如果演得好，這個笑料帶來的娛樂效果絕對無人能比。」

「那好、那好，我們就演『八隻猩猩戴鐵鍊』。」國王把身體湊近跳蛙，俯身看著他，興奮地說。

「這個遊戲的巧妙之處在於，」跳蛙不疾不徐繼續說，「能讓女士們個個嚇得花容失色、驚慌失措。」

「能把人嚇倒啊，太棒了、太棒了。」國王和他的七位大臣齊聲興奮地說。

「我會負責幫你們每個人打扮成猩猩，」跳蛙繼續往下說，「所有的戲服道具通通交給我來傷腦筋。你們的扮相一定會很逼眞傳神，肯定能讓所有化妝舞會的客人把你們當成眞正的野獸，而且還會嚇得半死。」

「喔，這眞是太棒、太巧妙的扮相了。」國王興奮地說著，「跳蛙，你眞是我的好臣子。」

「為了逼眞起見，你們得看起來像是從某處逃出來的八隻猩猩，所以得請你們戴上鐵鍊；而且鐵鍊的效果還不只這樣，當你們奔入會場時，鐵鍊還會發出鋃鐺聲，再加上你們逼眞演出的野獸怒吼，一定能讓人信以為眞，以為你們眞是八隻從牢籠裡逃出來的野獸，如此一來，肯定能為舞會帶來恐慌與騷動。試想，八隻野獸混在衣著華貴、氣質高雅的賓客之間，這是何等強烈的對比與寫照啊！親愛的陛下，您能想像這樣的化妝舞會會有多成功、『笑果』會有多驚人嗎？」

「那當然、那當然，我們身上一定要綁鐵鍊才會逼眞！」國王贊成地回答。接下來的時間裡，跳蛙開始準備猩猩的戲服道具。

對跳蛙來說，要把這八個人裝扮成「眞正的猩猩」一點也不難，不過這個幾可亂眞的點子背後，可是有目的的。在這個故事進行的年代裡，猩猩這種動物在文明世界中還不是很常見，而且在跳蛙的巧手打造之下，這些假猩猩看起來就像眞猩猩一樣。

首先，國王和他的七位大臣得穿上彈性緊身衣物，然後全身塗滿黑色焦油。此時，八人之中有人建議可在身上貼滿羽毛會更逼眞，不過，這個提議馬上就被跳蛙否決，跳蛙認爲以目測效果來看，如果能用亞麻來製作猩猩身上的毛髮，效果會最好，而眾人也就此被跳蛙說服；接著，八人便再貼上一層厚厚的亞麻外衣。之後，便開始纏繞鐵鍊的步驟，鐵鍊先在國王的腰上繞過一圈、綁緊，其他七個人也依序繞上鐵鍊、綁緊，當八人都戴上鐵鍊後，他們被要求站得盡可能離隔壁的人遠一點，站得圍成一個圓圈；爲了讓這八隻猩猩看起來像眞猩猩，跳蛙還仿照婆羅洲人抓黑猩猩或大猿猴的作法，把剩下的鐵鍊以圓心爲基準，繞成兩條鐵鍊直徑，再將它們垂直交叉，繞過圓圈，固定住。

舉行化妝舞會的大廳是個圓形挑高的場地，整個大廳僅開了一扇能將陽光帶進來的天窗，到了夜晚，這個大廳的主要照明來源就是天窗下這盞大型吊燈。有了設置在圓形屋頂外的一個平衡裝置（爲了美觀起見，此裝置設在屋外），吊燈藉著一條與平衡裝置相連的鐵鍊即可任意升降。

舞會大廳的布置是由崔琵塔全權監督負責，不過在某些細節上，她還是聽從了跳蛙的建議，畢竟跳蛙在籌備宴會方面的眼光獨到，經驗也老道。由於這次舉行的是化妝舞會，跳蛙因而建議把懸在室內正中央的吊燈移開，以免屆時燈蠟滴下（當時的天候相當炎熱，因此這種事極有可能發生），弄髒了賓客們華美講究的服裝；而且屆時大廳肯定賓客雲集，怎可能爲了要賓客避開吊燈滴下的燈蠟，請大家別靠近室內正中央呢？這樣一來，要讓那麼多的賓客往哪兒站？然而，若眞的移開了吊燈，那麼室內又該怎麼照明呢？跳蛙建議在大廳各個角落放置燭臺；此外，大廳矗立的近六十根女人雕像高聳圓柱，也在跳蛙的建議下善加利用，他建議讓每一柱女人雕像的右手，都拿著一支能散發甜膩香味的火把，如此一來，既可照明又能製造浪漫氣氛。

八隻猩猩聽從跳蛙的建議，等賓客完全到齊，在人潮最多、最擁擠的午夜時分再出場，效果會最好，也能嚇到更多人。他們耐心等到午夜十二時的鐘聲響完，便迫不及待地連跑帶奔衝進大廳，但由於他們身上都被同一條鐵鍊纏繞束縛住，猩猩們根本無法順暢劃一的整體行動，他們變得很不靈活、互相牽制，可以說這些猩猩簡直是一路連跌帶絆地爬進會場，狼狽至極。

八隻猩猩進入舞會大廳時引起了很大的騷動，這景象看在國王眼裡，自是得意開心得很，因爲跳蛙說得沒錯，他們的打扮眞的嚇壞了大家。一如跳蛙先前所料，賓客們即使有人不太清楚猩猩的模樣，也多半以爲這些長相兇惡的生物是某種野獸，某種眞正的野獸，完全不疑有他。很多女士被猩猩們嚇得暈了過去，幸好國王事先聲明，請賓客均不能帶武器進場，否則手持武器的賓客或許將因害怕驚慌而喋血舞會，屆時，這八隻假猩猩可能得爲惡作劇鬧過了頭，付出寶貴的生命代價也不一定。當然，賓客一驚慌，就一定會想奪門而出逃命去，這一點，國王也事先想到了，因此下令，當八隻猩猩進場後，隨即關閉大門；跳蛙還建議，大門鑰匙交由他來保存最妥當。

猩猩大鬧舞會，引起現場一片恐慌騷動，眾人爲了安全起見，紛紛推擠狂奔逃命，四散到大廳各個角落，盡可能離猩猩愈遠愈好；然而，事實上，賓客們逃命時互相推擠，致使場面混亂失控，這似乎比猩猩眞的攻擊人還容易出人命呢！眾人四散逃命之際，只見原本繫著吊燈的鍊條，在吊燈撤除後，這會兒竟慢慢地往下降，直到鍊條鐵鉤離地不到三英尺才停止。

不久，國王和七位大臣假扮的猩猩開始在大廳裡四處踉蹌、胡亂走動，當賓客都被他們嚇得逼到一旁時，猩猩們最後來到了大廳中央，也無巧不巧碰到了那條從天而降的吊燈鍊條。跳蛙先前一直輕輕尾隨在猩猩的後面，小聲鼓譟著野獸們繼續製造騷動，盡量把恐慌氣氛炒到最高點；這會兒，當野獸們來到大廳正中央，他就立刻抓住先前穿過眾猩猩身上的兩條垂直交錯鐵鍊，找到圓心那一點，並不假思索，立刻將之與垂下的吊燈鍊條鉤子相鉤連，鉤妥後，突然間，有股肉眼看不見的作用力，將吊燈鍊條升高至人們手搆不著的高度。如此一來，這八隻猩猩也被拉了上了去，他們緊緊相繫，圍成了圓圈狀，而且全都身體朝內，面面相覷著。

當猩猩們被吊在半空中尷尬得動彈不得後，此時，賓客才似乎驚覺整件事是人為設計的玩笑鬧劇，因此大都感到放心，放聲笑了起來。

「把這些猩猩交給我處置吧！」跳蛙大聲地說著；由於他的聲音相當尖銳，因此很容易蓋住現場的喧鬧聲，引起眾人的注意，「把這些猩猩交給我傷腦筋吧，我想我一定能猜出他們是誰假扮的，只要我能湊近一點、看仔細一點，一定很快就能猜出他們的眞實身分。」

跳蛙話一說完，便趕緊手腳並用爬上賓客們的頭，爬過一個又一個，設法靠近大廳角落的圓柱，從雕像手中抓下一支火把，再循來時路，快速踩著賓客的頭，回到大廳正中央，再以猴兒般敏捷的身手一跳，跳上了國王的頭頂，接著，又沿吊燈鍊往上爬高好幾呎。他緊握火把，俯下身來，仔細端詳八隻猩猩，還不忘一邊大聲叫著，「我一定很快就能猜出他們的眞實身分。」

此時，包括八隻猩猩在內，所有化妝舞會的與會者全都被跳蛙的舉動搞得哈哈大笑，簡直快笑破肚子。接著，跳蛙忽然吹出尖銳的口哨聲，吊燈鍊便猛然急遽升高約莫三十英尺。突如其來的往上升高，讓這八隻猩猩驚慌掙扎不已，這會兒他們全都離地很遠，懸在很高的半空中；至於跳蛙，他則維持原本下俯的姿勢，從容地抓緊吊燈鍊往上升，還不忘以火炬往下照看這八隻猩猩，一副努力想猜出他們眞實身分的樣子。

吊燈鍊突然將八隻猩猩和跳蛙升高，可嚇壞了所有人，霎時間，大廳內全都靜悄悄的。突然間，有陣低沉刺耳的聲音冒了出來，打破一片寂靜。這個聲音就是先前國王把酒潑在崔琵塔臉上後，他和七位大臣隨後聽見的聲音；這個聲音，毫無疑問就是從跳蛙身上發出的，只見跳蛙張著大嘴、口沫四濺、咬牙切齒地發出低沉刺耳的磨牙聲，並且表情發狂、怒眼瞪視這八隻把頭往上抬的猩猩。

「啊——哈，我知道了，我知道這幾隻猩猩都是些什麼人扮的了！」終於，跳蛙滿懷怒意、故作鎮定地開口了。此時，跳蛙假藉想看得更清楚，而把火炬湊近了國王，國王身上的焦油亞麻衣立刻燃燒了起來，一下子，其他猩猩身上也陸續著了火，火勢猛烈地延燒，在底下觀看的眾人只能驚慌失措地看著這一切，一點忙也幫不上。

火勢愈燒愈猛烈，跳蛙爲了不被波及，只好再沿著吊燈鍊往上攀爬，於此同時，底下觀看此景的眾人也再度沉寂下來，驚恐但安靜地看著這一切。跳蛙趁此安靜片刻，再一次說話了，「我現在已經把這些人看得清清楚楚了，他們不就是咱們偉大的國王和他的七位內閣大臣嗎？我們偉大的國王，不是個堂堂的男子漢、享有榮譽的勇士嗎？他竟恬不知恥地侮辱欺負一個手無寸鐵的女孩，而他這七個大臣也全是幫凶，毫無正義感與道德感可言，竟還在一旁幫忙鼓譟煽動國王這麼做。至於我，跳蛙，只不過是一介弄臣小丑，今天這一齣鬧劇，將是我獻給大家的最後一個玩笑把戲。」

由於國王和大臣們身上裹穿的亞麻焦油衣都是易燃物，因此火勢愈燒愈猛烈，一直往上竄升，這下，使跳蛙不得不趕緊結束他的復仇演說。這八具屍體隨著縛在身上的鐵鍊搖來晃去，還不斷發出惡臭，全身焦黑醜陋，難以辨其貌。跳蛙把手上的火炬往這些焦黑屍體丟去，從容地爬上天花板，隨即消失在夜空中。

當時，崔琵塔一定是守在大廳外的屋頂上，聽著跳蛙的指示，控制吊燈鍊的升降，協助跳蛙完成他激烈的復仇計畫。之後，兩人便逃回家鄉，從此再也沒有人看見過他們。

27 艾洛斯與查米恩的對話

THE CONVERSATION OF EIROS AND CHARMION

我將降火於汝。

尤里比底斯，《安德恩》[1]

艾洛斯

你爲什麼叫我艾洛斯？

查米恩

從今以後你將一直被這麼稱呼。你也必須忘掉我在塵世間的名字，並且叫我查米恩。

艾洛斯

這眞的不是夢！

查米恩

我們不再有夢；有的只是接踵而至的奧祕。我很高興見到你充滿活力而且神智清楚。晦暗薄霧已從眼前消散，你要拾起勇氣無所畏懼。你的麻木階段已經結束；爾後，我將親自帶領你走向嶄新存在的極樂與驚奇。

艾洛斯

的確，我不覺得麻木，一點也不。強烈的噁心與恐怖的黑暗已經離我而去，而且不再聽到狂暴、奔騰、令人驚嚇的洶湧水聲。然而我的感官無所適從，查米恩，因爲新的知覺極爲敏銳。

查米恩

過幾天就會適應了；但我完全了解，也很同情你。依塵世計算十年前，我曾經歷你現在的遭遇，那種感覺我依舊記得。無論如何，此刻你已受過所有的痛苦，那是你在埃登[2]理應蒙受的。

艾洛斯

埃登？

查米恩

埃登。

艾洛斯

喔，天啊！饒了我，查米恩！我一時無法承擔萬物的浩瀚，無法承擔所有的未知在此刻都一目了然，無法承擔揣測的未來全都體現在凜凜確鑿的當下。

查米恩

先別在這思緒上打轉。我們明天再談這個。你的心智猶豫不決，只要在回憶裡，心智的焦躁便能得到抒解。不要四下環顧，也不要向前張望——只要回想。我急著想知道，是什麼驚天大事把你送來我們這邊。請告訴我。讓我們談談熟悉的事，用那以前熟悉的語言，來自那已經完全毀滅的世界。

艾洛斯
可怕，可怕極了！——這眞的不是夢。

查米恩
不再有夢了。人們很爲我悲傷嗎，艾洛斯？

艾洛斯
悲傷，查米恩？——非常悲傷。到那臨終時刻，你的家人盡是一片愁雲慘霧，虔誠哀悼。

查米恩
臨終時刻——說到這個，記住，除了事故本身，此後我就一無所知。離開人間時，我穿越了墳墓進入暗夜——在那時期，如果我沒記錯，摧毀你們的大災難根本無從預料。不過，我對當時的思辨哲理實在了解不多。

艾洛斯
如你所言，這與眾不同的大災難是完全無從預料的；不過類似災難長久以來就是天文學家討論的一項課題。不用多說你也知道，吾友，即便你離開了我們，人們早已一致認同那最神聖著作中，講到所有事物終將毀於大火的章節，都只牽涉到地球這個星體。但以瞬間毀滅的作用來看，從否定彗星擁有火焰般的恐怖力量開始，天文知識的思辨就已出錯。這些星體被認定密度極低，有人觀察到它們通過木星的衛星環，而沒有對這些衛星的分布與軌道帶來明顯變化。我們向來認爲四處漫遊的彗星是由非常稀薄的霧氣構成，完全無法傷害我們結實的地球，就算碰撞也一樣。碰撞絕不可怕，因爲彗星的所有元素都被精確掌握。若說我們應該檢查這些元素中是否具有大火般的毀滅力量，這想法也早在多年前就被視爲禁忌。然而近來人類流傳著不可思議的疑惑與奇想，關於天文學家宣布新彗星的出現，雖然只有少數無知群眾眞的爲此擔憂，但就我所知，一般人對此宣稱也並非毫無不安與疑慮。

這個陌生星體的元素立刻受到估算，所有觀測者不得不立刻承認，它來到近日點時會非常靠近地球。兩三位名望不大的天文學家斷然宣稱碰撞是不可避免的。我沒辦法跟你清楚描述這消息對眾人的影響。他們一時並不相信，人的心智長期被世俗思維所占據，無論如何都無法理解這項聲明。但這極爲重大的事實很快就讓即便最駑鈍的人也開始明白眞相爲何。最終，所有人領悟到天文學家所言非假，於是他們拭目以待。它一開始接近的速度似乎不快，外表也沒有極不尋常的特徵。它是暗紅色，看得到拖著小尾巴。經過七到八天的時間，我們看不出它的外觀尺寸明顯變大，只是顏色有局部變化。人們這時把日常事務擱在一旁，把所有關注都放在賢士達人對彗星本質日益熱絡的討論上。甚至不學無術之徒也喚醒他們怠惰的腦筋關心此事。學者現在付出他們的才智與精神，不是爲了研究不撫恐懼的論點，也不是爲了支持自己熱愛的學說。他們探尋——他們渴望正確的見解。他們企盼那完善的知識。眞理從其純粹的力量中冉冉升起，無比威嚴，於是智者屈身膜拜。

令人擔心的撞擊會對我們星球及居民造成實質傷害，這個見解逐漸失去智者的支持；現在智者可以任意支配大眾的理智與想像。證據顯示，星核的密度遠比我們最稀薄的氣體還低，而且曾有一顆類似的彗星，通過木星衛星環時並未造成影響，這是最被強調的一點，也因此大大降低了恐慌。神學家懷著一種因敬畏所激發的虔誠，仔細研究《聖經》預言並以最直截了當的方式向人們解經，這可說是前所未見。他們用令人非信不可的精神高聲疾呼，說地球最終毀滅必定是大火所致；然而彗星並沒有火的性質（現在所有人都知道了），這件事實大幅地抒解了所有人對災難預告的憂慮。值得注意的是那流傳的偏見與世俗的謬誤——每當彗星出現，總有瘟疫和戰爭的謬誤——現在全都默不吭聲。彷彿藉著某種突如其來的力量，理智隨即把迷信從寶座上扯了下來。最虛弱的才智也從氾濫的關注得到了活力。

至於碰撞可能造成哪些較不嚴重的災害，則成爲認眞討論的重點。學者提到輕微的地質變動、可能的氣候改變，從而影響到植物，也提到磁場與電力的可能影響。許多人認爲根本不會產生任何看得見、可察覺的結果。當這些討論持續下去，他們的主角逐漸接近，外觀尺寸變得更大，展現更明亮的光輝。人們隨著它的來臨，嚇得臉色日益慘白。所有人類活動都停頓下來了。

當彗星尺寸終於超越以往任何記錄，大眾的心情起伏隨之轉折。現在，人們已放棄苟延殘喘地期盼天文學家搞錯了，體認到災難必將降臨。他們的恐懼不再只是虛幻一場。最勇敢的人也禁不住心驚膽戰。然而沒過幾天，人們心情甚至變得比心驚膽戰還難忍受。我們不能再用慣常思維看待這陌生星體。它的歷史屬性已經消失，正用全新的痛苦情緒折磨我們。我們不再將它視爲空際的天文現象，而是我們心頭的夢魘、腦中的鬼影。它以不可思議的速度轉換角色，成爲猶如巨大斗篷般的罕見火焰，遍布無垠大地。

過了一天，人們呼吸得從容多了。我們顯然已在彗星影響範圍之內，然而我們還活著。我們甚至覺得身體異常靈活，精神特別充沛。我們懼怕的物體貌似極爲稀薄，因爲透過它可以清楚看見所有天體。在此同時，植物呈現變化；我們也獲得了信心，看這預料的狀況，早在智者先知卓見中。極爲繁茂的綠葉從每株植物迸發出來，完全前所未見。

又過了一天——災難並未完全降臨我們身上。現在能明顯看出彗星核會先碰到我們。全人類開始出現劇烈變化，最初的痛苦感受是個跡象，呈現出了普遍的嘆息與驚恐。痛苦起因於胸部和肺臟的過度緊迫，以及皮膚乾燥難忍。不可否認的是我們的大氣受到徹底影響，空氣成分及其可能遭受的改變，成爲現在討論的課題。研究結果送出了一道極端恐懼的神經震顫，流遍所有人心臟。

人們早就知道，包圍我們的大氣是氧氣與氮氣混合而成，比例是百分之二十一的氧氣，和百分之七十九的氮氣。做爲燃燒條件和導熱媒介的氧氣，既是維持動物生命不可或缺的必需品，也是自然界最有威力、最具能量的元素。相反地，氮氣不能維持動物生命，也不能助燃。

氧氣異常過量造成的結果已經確認，就是精力變得特別充沛，如同我們最近才經歷過的一樣。依此觀念延伸的探究讓人心生敬畏。如果氮氣被抽光會造成什麼結果？一場不可抗拒的烈火，瞬間吞噬一切，燒遍大地——《聖經》預言中恐怖的大火天譴，鉅細靡遺地完全實現了。

查米恩，我何需描繪人類此時幻滅的狂亂呢？彗星的稀薄性原本喚起我們的希望，現在成爲痛苦絕望的根源。在它無形氣體的性質中，我們清楚意識到天意的實現。此刻一天又過去，隨之消失的是最後一絲希望。我們在迅速變化的空氣中喘息，鮮血在緊繃的血管中洶湧脈動。所有人陷於狂烈的失神妄想中，雙臂僵直伸向險惡天際，他們顫抖著，大聲尖叫著。但是毀滅的彗星核現在逼近我們了，即使目前身在埃登，我一提起仍不寒而慄。讓我長話短說——簡短得如同那鋪天蓋地的毀滅。剎那間只見觸目驚心的亮光，降臨大地，穿透萬物。然後——查米恩，讓我們向偉大上帝的無比威嚴俯首吧！——然後，傳來一聲通天巨響，猶如祂親口發出的咆哮。一會兒，我們生存其中的蒼穹大氣立刻爆發成一團烈焰，那無比的光輝和熾熱的高溫，就連高居天國、擁有全然知識的天使也無法形容。到此一切結束。

譯注：

1 此句實際出自於希臘悲劇作家尤里比底斯的劇本《安德洛瑪克》（Andromache），劇情描述火焚特洛伊的戰事中，王子赫克特被殺害，其妻安德洛瑪克被貶爲奴隸的遭遇。

2 愛倫·坡用埃登（Aidenn）一詞代表天堂。

特別收錄

渡鴉

THE RAVEN

曾有一個陰鬱午夜，在沉思中精疲力竭，
我默想許多被人遺忘、怪誕離奇的傳聞，
當我開始打盹，頻頻點頭，突然傳來一聲輕叩，
像是有人輕輕敲擊著、敲擊著我的房門。
「有客來訪，」我咕噥，「正在敲擊我的房門——
僅此而已，別無他人。」

啊，我的記憶無誤，那是十二月寒風刺骨，
一團團的柴火餘燼將鬼影投射在地板，
我殷切期盼翌日晨曦；——因爲我已白費心機，
借助書籍排解憾慟——失去麗諾爾的悲嘆，
天使稱作麗諾爾的少女，那般絕美嬌豔，

如今長逝，煙消雲散。

紫色絲簾飄忽不定，瑟瑟聲響彷若悲鳴，
我驚駭不已，前所未有的恐懼莫名而生，
爲了平撫不止心跳，我起身不斷嘮叨，
「這是訪客想進屋內，正在敲擊我的房門—
深夜訪客想進屋內，正在敲擊我的房門；—
僅此而已，別無他人。」

很快我的心變得強壯，立刻不再猶豫徬徨，
「先生，」我說，「或夫人，請你務必寬仁，
事實上我睡意濃厚，您的叩門又那麼輕柔，
如此微弱地敲擊著、敲擊著我的房門。
幾乎聽不到你的聲音。」—於是我打開房門；
漆黑一片，別無他人。

凝視著幽暗無盡，我佇立著膽戰心驚，

疑惑中儼然墜入凡人不敢想像的夢幻，
但那未曾打破的止息，黯幕籠罩的死寂，
「麗諾爾！」那是我唯一的低語呼喚，
「麗諾爾！」我呢喃，回音輕聲送還，
僅此而已，別無復返。

我轉身回到房間，心中燃起熊熊烈焰，
很快又聽到叩擊，比起剛才更為渾亮，
「必定，」我說，「必定有什麼在我窗櫺；
讓我瞧瞧那是什麼，揭開這神祕聲響——
讓我暫且定下心來，揭開這神祕聲響；——
是風而已，別無他樣！」

我倏地猛推開窗，只見一陣羽翼飛響，
狀似昔日堂皇聖徒，一隻渡鴉步入房間，
既沒有向我行禮致意，也沒有片刻遲疑，
卻以貴族般的端莊風采，棲在我的房門上面——

棲在一尊帕拉斯半身像，就在我的房門上面—
氣定神閒，如此這般。

黑鳥肅穆的容儀，令我無端著迷，
原本的悵然自憐卻轉爲一絲笑顏，
「雖然冠毛盡廢，」我說，「你非泛泛之輩，
鬼魅滄桑的渡鴉，你來自黑夜的彼岸—
告訴我尊姓大名，在那晦暗地府冥間！」
渡鴉答曰「永不復返。」

我萬分訝異，回應竟是明瞭清晰，
即使答非所問意義不明—著實令人煩厭；
我們不得不同意，世人未曾這般經歷，
有幸見到一隻飛鳥，棲在他的房門上面—
權且不論是禽或獸，就在半身雕像上面—
如此自稱「永不復返。」

但是渡鴉，坐在寂靜的雕像上惜字如金，
僅此一句，似乎全然足以吐露它的心思，
於是不再發出話語，停止拍動它的翼羽——
直到我近乎低聲呢喃「其他朋友早已失散——
次日它也將離我而去，同如希望早已消散。」
渡鴉答曰「永不復返。」

我驚訝這片刻的靜默竟如此被打破，
「肯定，」我說，「這只是它唯一的本錢，
承自某個不幸的主人，他的命運艱苦困頓——
接踵而至的悲歌，擔負這沉重的字眼，
一直到希望幻滅，刻印在憂喪的輓聯：
『永不復返，永不復返。』」

但渡鴉從我悲傷心窩，誘引出微笑一抹，
我即刻拖張椅子到它棲息的門旁雕像前，
然後坐在絲絨軟墊上，我開始霞思雲想，

思量這歲月悠悠的古鳥，爲何出此不祥之言，
猙獰又枯瘦憔悴的古鳥，爲何出此不祥之言，
這般噪啼「永不復返。」

我汲汲忖度猜想，未發出隻字聲響，
它炯炯的雙眼深深烙印在我的心門；
更讓我枯坐思索，不自覺泰然仰臥，
靠在紫色絲絨，那被微光浸染的軟墊，
曾是何者擁有，那被微光浸染的軟墊，
啊，她長眠，永不復返！

接著我感到濃郁薰香，空氣傳來無形的芬芳，
熾愛天使擺動著香爐，步步聲響灑落在地板，
「這個傢伙，」我喊叫，「上蒼讓你送來藥，
緩解牽掛的忘憂藥，停止對麗諾爾的思念！
大口喝下這忘憂藥，拋卻對麗諾爾的思念！」
渡鴉答曰「永不復返。」

「使者！」我說，「凶惡！—雖是使者，無論鳥或魔！—
是否魔鬼派你遠道而來，或者風雨將你拋擲上岸，
淒涼卻又無所顧忌，銷魂奪魄的這片荒地—
在這魅影幢幢的居所，我懇求你吐露實言—
基列眞的有忘憂藥嗎？我懇求你吐露實言！」
渡鴉答曰「永不復返。」

「使者！」我說，「凶惡！—雖是使者，無論鳥或魔！
憑著頭頂蒼天的名義—憑著崇敬上帝的靈驗—
告訴這哀慟至極的魂魄，是否可以在那遙遠天國，
擁抱天使稱作麗諾爾的少女，那樣聖潔如仙—
擁抱天使稱作麗諾爾的少女，那樣絕美嬌豔。」
渡鴉答曰「永不復返。」

「這話就是我們道別之辭，鳥或魔！」我叫喊著力竭聲嘶—
「回到狂風暴雨的吹襲，回去晦暗的地府冥間！

莫勿留下任何的黑色翼羽，那標記著你的肺腑謊語！
別打斷我的孤寂，快離開半身雕像，從我房門上面！
別啃啄我的心靈，快消失無影無蹤，從我房門上面！」
渡鴉答曰「永不復返。」

渡鴉緊緊收合雙翼，仍舊棲息，仍舊棲息，
在慘白的帕拉斯半身像，就在我的房門上面；
它的眼神簡直就像睡夢中的惡靈那樣，
在燭光映照下，它的魅影投射在地板；
從搖曳晦影中，我的靈魂將遠離黑暗，
緩緩升起，永不復返！

延伸閱讀——
愛倫．坡的天才與不幸

整輯撰文◎漂流物

愛倫・坡的一生大事年表

一八〇九	一月十九日出生於美國麻州波士頓市。
一八一一	母親過世，後來被艾倫先生收養。
一八一五	隨養父母遠渡英國待了五年。
一八二三	進入威廉巴克學校就讀，認識傑因・史泰斯・斯塔納德夫人。
一八二四	斯塔納德夫人病逝。
一八二五	與瑟雅拉・露伊斯塔私下訂婚。
一八二六	在維吉尼亞大學就讀，遭露伊斯塔離棄。
一八二七	和艾倫先生起爭執，離家從軍，發表文章。 發表〈塔瑪連〉、〈死者的靈魂〉。
一八二九	遭軍方開除，發表第二卷散文全集。 發表〈走向科學〉、〈阿爾・阿科夫〉。
一八三〇	就讀西點軍校，一年後被退學。
一八三一	住進巴爾的摩的姑媽家。 發表〈伊斯拉費爾〉、〈勒諾亞〉。
一八三二	在《費城週六晚報》發表五篇故事。

一八三三	詩和小說皆榮獲不錯的獎項；發表〈瓶中稿〉，並因此獲得獎金五十萬。
一八三四	約翰·艾倫先生辭世，小說首次在雜誌上刊載。
一八三五	擔任《南方文學通訊》雜誌的書評。
一八三六	與十四歲的表妹維琴妮雅祕密結婚。
一八三七	去紐約巡迴演講。
一八三九	在《波頓紳士雜誌》發表〈亞瑟家之傾倒〉、〈艾洛斯與查米恩的對話〉。
一八四〇	發表〈群癡〉。
一八四一	擔任《葛拉漢雜誌》的編輯，並刊登發表小說〈莫爾格街凶殺案〉。
一八四二	妻子維琴妮雅罹患肺結核。發表〈紅死神的面具〉。
一八四三	發表〈告密的心〉、〈金甲蟲〉、〈黑貓〉、〈陷阱與鐘擺〉等短篇小說。
一八四四	在紐約演講美國詩，發表〈活葬〉。
一八四五	發表〈屍變〉、〈失竊的信函〉與〈渡鴉〉，〈渡鴉〉一詩廣受好評。
一八四六	妻子維琴妮雅肺結核病逝。發表〈致海倫〉。
一八四八	與女詩人莎拉·惠特曼訂婚，不久即取消婚約。
一八四九	發表〈跳蛙〉、〈安那貝李〉。於十月七日病逝於醫院。

愛倫．坡身高五呎八吋，有一副安靜、害羞的臉孔、一雙長睫毛的雙眼、一張優美的嘴，身兼詩人、偵探小說家、奇幻文學教主等頭銜，他就是以驚悚懸疑小說——〈告密的心〉、〈金甲蟲〉、〈莫爾格街凶殺案〉、〈亞瑟家之傾倒〉、〈失竊的信函〉聞名於世的埃德加．愛倫．坡（Edgar Allan Poe）。

一八〇九年，愛倫．坡出生於美國波士頓，排行老二，下面還有一個妹妹。愛倫．坡的父母都是巡迴公演的演員，好賭嗜飲的父親大衛在愛倫．坡還小的時候就拋棄家庭，後來母親伊麗莎白又早逝，以至於三個小孩子被送到不同的寄養家庭，三人就此走向不同的命運。兄長威廉早年夭折，而唯一的妹妹後來精神也出現問題，愛倫．坡算是最幸運的一位。有位叫艾倫的菸草商當愛倫．坡的監護人，雖然沒有正式合法收養，但是艾倫夫婦視他如己出，並讓愛倫．坡沿用家族姓（Allan）。

艾倫先生因為從商的關係，帶著太太和愛倫．坡遠渡英國五年。在英國，愛倫．坡在私立學校完成基本教育，甚至與瑟雅拉．露伊斯塔祕密訂婚，後來因為受到雙方家長的反對而結束這段感情。可是在維吉尼亞大學就讀的時候，愛倫．坡浪蕩而行為不檢，喝酒賭博，並欠下賭債兩千美元，艾倫先生對此感到相當憤怒，並且不打算幫愛倫．坡還債，兩人爭吵不休，導致愛倫．坡時有離家舉動，並且大學讀不到一年就遭退學。憤怒之餘，愛倫．坡出走波士頓，萌生從軍的念頭，並且使用別名加入美國軍隊服役兩年。之後在艾倫夫人的安排下，為了更好的未來生涯而進入西點軍校就讀，可是生性不受拘束的愛倫．坡仍無法忍受軍中制訂的教條，於是在屢次犯規之後，於一八三一年被學校開除。原本和艾倫先生有所爭執的愛倫．坡，在調停者艾倫夫人過世後，加上艾倫先生又娶新婦，兩人的關係更加疏離，父子關係終究決裂。

一八三三年愛倫．坡在姑媽馬利亞．克拉蒙夫人家居住，暫住的這段期間是他人生的重要階段，不但認識後來成為他妻子的表妹維琴妮雅，雖然兩人有懸殊的年齡差距，可是表妹柔美纖細的外表還是擄獲愛倫．坡的憐惜，兩人在一八三六年結婚，那時維琴妮雅只有十四歲而已。婚後幸福的愛倫．坡在創作上也找到另一片天空。職業生涯沒有良好表現的愛倫．坡，卻在創作上深獲好評，離開西點軍校時，他已經發表過三卷詩集，而在姑媽家居住期間內還參加雜誌徵文，並且獲得不錯的獎項，因此受到許多人的賞識。愛倫．坡後來擔任許多雜誌的編輯和評論家，並仍持續不斷在報紙雜誌發表散文故事，後來也在《南方文學通訊》擔任書評，從一八三九年到一八四四年這一段期間，他還在各大報紙和雜誌任職編輯。

沒想到幸福總是不長久，一八四六年是愛倫．坡最悲慘的一年，向來身體狀況不好的妻子，因為罹患肺結核而離世。受到妻子離去的嚴重打擊，愛倫．坡在往後的歲月裡，藉由酒精和鴉片來麻醉自己，然而這種消沉的日子讓他不適任編輯的工作。後來他又和幾個女人有牽扯不清的感情，像是與女詩人莎拉．惠特曼訂婚又毀約；後來又回到初戀女友身旁。

一八四九年，愛倫．坡前往巴爾的摩不久，某一天他被路人發現躺在路旁，自言自語，高燒不退，於是立刻送至當地醫院治療。愛倫．坡在醫院裡昏迷了兩天，在第三天甦醒過來一次，當時主治醫生鼓勵他，說他很快又能回到朋友們的身邊，但是愛倫．坡對他說：他最好的朋友能為他做的最好事情，就是拿一顆子彈射穿他的腦袋。次日，一八四九年十月七日，愛倫．坡去世了，死時年僅四十歲。

開啓創作世界另一扇窗——愛倫．坡的作品特色

愛倫．坡被譽爲十九世紀少數影響美國文壇的作家。對創作有獨特的見解，主張爲創作而創作，提高文學品味，發展獨特的美學理論，著名代表作有〈告密的心〉、〈金甲蟲〉、〈莫爾格街凶殺案〉、〈亞瑟家之傾倒〉、〈失竊的信函〉等等。除了小說的傑出表現，愛倫．坡的詩作也頗富盛名，幾首詩歌韻律極富鏗鏘有力，諸如〈渡鴉〉、〈安那貝李〉、〈致海倫〉等等。擔任雜誌評論家期間，其犀利的文章批評也非常精采。

由於愛倫．坡對於人類的心靈狀態和悚人聽聞的事著迷好奇，以致作品中向來充滿神祕恐怖氣息，深獲讀者的喜愛。雖然故事總是充滿詭異和灰暗，但是描寫人類內心的幽暗詭異獨具風格。作品中那種病態的內心潛意識書寫，將讀者帶入恐怖的境地，反映出人類潛藏內心的共同病態心理，雖然敘述極爲毛骨悚然，但熟練生動的技巧還是令讀者深深喜愛。

愛倫．坡大幅影響了十九世紀的美國文壇，法國人也喜歡他的作品，同爲詩人的波特萊爾、魏崙、馬拉梅稱讚愛倫．坡的詩開創新風潮，成爲另個獨特的學派，尤其〈渡鴉〉一詩的象徵意

味非常深刻，他也擅用詩韻的技巧特地加深詩歌的節奏感，聲音比含義更爲重要。

基本上愛倫．坡是一個詼諧家，最愛在短篇故事裡嘲諷那些次等作家。後人稱讚愛倫．坡是推動推理偵探小說的先驅也不爲過，尤其〈莫爾格街凶殺案〉和〈失竊的信函〉兩篇小說中所散發的理性和科學主義精神，啓發後世的推理小說名家，諸如英國的柯南．道爾即深受愛倫．坡影響，福爾摩斯系列和許多現代推理小說的繁盛均因而誕生。

國家圖書館出版品預行編目資料

愛倫坡驚悚小說全集／埃德加・愛倫・坡（Edgar Allan Poe）著；簡伊婕、林捷逸譯. —— 三版. ——臺中市：好讀, 2018.5
面：　公分，——（典藏經典；17）

ISBN 978-986-178-453-3（平裝）

874.57　　　　　　107002868

好讀出版

典藏經典 17

愛倫坡驚悚小說全集【增修新版】

原　　著／埃德加・愛倫・坡 Edgar Allan Poe
譯　　者／簡伊婕、林捷逸
總 編 輯／鄧茵茵
文字編輯／游雅筑、林碧瑩、王智群
美術編輯／李靜佩
扉頁繪圖／鄧語葶
扉頁設計／賴維明
發 行 所／好讀出版有限公司
台中市407西屯區工業30路1號
台中市407西屯區大有街13號（編輯部）
TEL:04-23157795 FAX:04-23144188 http://howdo.morningstar.com.tw
（如對本書編輯或內容有意見，請來電或上網告訴我們）
法律顧問　陳思成律師

線上讀者回函
獲得好讀資訊

讀者服務專線／TEL：02-23672044 / 04-23595819#212
讀者傳眞專線／FAX：02-23635741 / 04-23595493
讀者專用信箱／E-mail：service@morningstar.com.tw
網路書店／http : //www.morningstar.com.tw
郵政劃撥／15060393（知己圖書股份有限公司）
印刷／上好印刷股份有限公司

三版／西元2018年5月15日
三版四刷／西元2023年8月25日
定價／299元
如有破損或裝訂錯誤，請寄回台中市407西屯區工業30路1號更換（好讀倉儲部收）

Published by How Do Publishing Co., Ltd.
2023 Printed in Taiwan
ISBN 978-986-178-453-3